现代学术视野下的《文选》研究

刘跃进　柳　宏◎主　编

中国社会科学出版社

图书在版编目(CIP)数据

现代学术视野下的《文选》研究/刘跃进,柳宏主编. —北京:中国社会科学出版社,2016.7
ISBN 978-7-5161-8429-5

Ⅰ.①现… Ⅱ.①刘…②柳… Ⅲ.①《文选》—古典文学研究—文集 Ⅳ.①I206.2-53

中国版本图书馆 CIP 数据核字(2016)第 138267 号

出 版 人　赵剑英
责任编辑　郭晓鸿
特约编辑　席建海
责任校对　郝阳洋
责任印制　戴　宽

出　　　版　中国社会科学出版社
社　　　址　北京鼓楼西大街甲 158 号
邮　　　编　100720
网　　　址　http://www.csspw.cn
发 行 部　010-84083685
门 市 部　010-84029450
经　　　销　新华书店及其他书店

印　　　刷　北京君升印刷有限公司
装　　　订　廊坊市广阳区广增装订厂
版　　　次　2016 年 7 月第 1 版
印　　　次　2016 年 7 月第 1 次印刷

开　　　本　710×1000　1/16
印　　　张　22
插　　　页　2
字　　　数　353 千字
定　　　价　80.00 元

目　录

序　言

刘跃进

　　当前，文学研究乃至整个人文学术研究正面临着重要转变，或者说正处在历史变局中。最近 30 年，学术发展狂飙猛进。首先是研究队伍逐渐扩大。据说，仅古代文学研究从业者就达 3 万多人。其次是研究成果异常丰富。这几年年均出版物就多达 40 万种，其中不乏文学研究工作者的贡献。不可否认，随着科学技术的迅猛发展，信息的获得日益便捷，写书的人越来越多，贪多求快，急功近利，跑马圈地，造成学术生态的恶化。这是我们面临的第一个历史变局。

　　上溯一百年，1915 年 9 月，《青年》杂志（第二卷更名《新青年》）创刊，倡导建设新文化、摧毁传统旧文化，由此揭开新文化运动的序幕。1917年 7 月，《新青年》杂志第 3 卷第 5 号 "通讯" 一栏发表钱玄同致陈独秀信，信中说："惟《选》学妖孽所推崇之六朝文，桐城谬种所尊崇之唐宋文，则实在不必选读。" 这就是后来盛行的 "选学妖孽，桐城谬种" 的由来。① 近百年来，中国学术文化发生了翻天覆地的变化。现代学科体制的建立和学术观念的变化，是其中显而易见的变化。文学、历史、哲学从此分开，中文系又分为语言、文学两大块。文学研究分为古代、现代、当代等。各种方法纷至沓来，不绝如缕。20 世纪前半叶，有进化论的观念；50 年代以后，有历史唯物主义观念；八九十年代，有新方法论，老三论、新三论、现代派、后现代

---

　　① "妖孽" 二字见于陈琳《为袁绍檄豫州》："司空曹操祖父，故中常侍腾，与左悺、徐璜并作妖孽，饕餮放横，伤化虐民"。

派等。问题是，由于学科壁垒的制约，学术研究越来越匠气化、越来越技术化、越来越八股化。而今，项目体、学位体造就了一代学者，读书人没有耐心读书，只有翻书的工夫。学者也是为写论文而写论文，多平面克隆自己，越做越琐碎，背离了人文学术研究本质。这是我们面临的第二个历史变局。

历史还可以上溯到东汉前期，那时佛教刚刚以比较柔和的方式进入中土。从那以后到公元 7 世纪鉴真和尚数次东渡扶桑求法传法。前后 700 余年，佛教文化融入中国社会，改造中国文化。相比较而言，另外一个中西交融就不那么温柔敦厚了。19 世纪下半叶，现代西方列强以血与火的方式强势进入中国，西方文化正在深刻地改变着中国文化。不管你如何看待，这种历史进程刚刚开始。一些历史学家认为，这是中国近三千年来未有之变局。

在上述三个历史变局中，如何面对外来文化，一直是无法回避的问题。历史上，或西化之风甚嚣尘上，或复古思潮尘渣泛起。无论哪一种思潮，都与近百年的学术思潮密切相关。必须认识到，"五四"运动影响下的学术研究，有"反传统"的一面，更有注重对"优秀传统"继承与发扬的主流一面。就文学研究而言，可以这样说，在"五四"精神影响下，中国文学研究已达到空前的高度，引入西方研究方法固然重要，中华优秀的传统文化基因，是促成近百年来中国文学发展繁荣不同于西方的根本动力。从发展的眼光看问题，任何极端的选择都行不通。我们只有放平心态，不仰视，不俯视，既不能食古不化，也不能食洋不化，坚定地走自己的路，也许才是正途。

2015 年春，在柳宏院长的支持下，中华文学史料学学会在《文选》学重镇扬州举办"《文选》·文章学·学术史"学术研讨会。同年秋，中国社会科学院文学研究所又在桐城派发祥地安徽安庆师范学院的支持下，召开了"桐城派·文章学·方法论"学术研讨会。在同一年，两个会议把"选学"和"桐城派"联系起来，目标只有一个，就是反思近百年来的学术发展道路，探讨中国古代文学研究的思路与方法，为新世纪文学研究提供思考和拓展的空间。

扬州是《文选》研究的故乡，早在隋唐时期，扬州的曹宪、李善奠定了《文选》研究的基础，清代扬州学派阮元等大儒也有《文选》相关文章，近代扬州学者刘师培、李审言等都有不少《文选》研究的经典论著。因此，本次会议在扬州召开有着非同寻常的纪念意义。

会议共收到 65 篇学术论文，有 60 多位专家学者向大会作学术报告，围绕着"《文选》·文章学·学术史"这三个议题展开研讨。会后，宋展云博士协助主编广泛听取各位专家意见，从中精选出27篇论文汇编成集。虽不免有遗珠之憾，但大体可以涵盖这次学术会议的总体面貌。论文集分为"综合研究"和"文选研究"上下两编，具体内容可以概括为下列三个方面：

第一是文章学及相关问题研究。当代中国学者，面对丰富的中国古代文章，还找不到合适的学术话语来评说。5篇论文努力从文章学本身入手，梳理文章概念，分析写作方法，辨析文章与政治、经学以及历史文化背景的关系等问题。这些论文材料详实，视角多样，为文章学研究提供了多种可能性。

第二是学术史研究。这类研究论文多选取文史大家的研究成果作为研究对象，涵括文献学，文学理论，义理考据，史学与文学诸多方面。作者在纵横比较中，分析这些大家的研究方法、学术贡献及当下启示，总结前辈学者的学术特色，多有启发意义。

第三是《文选》学界研究。15篇论文涉及《文选》版本、校勘、征引文献、《文选》学史、《文选》评点以及经典作家、作品的个案研究，提供新的资料，体现出较高的文本细读与研究能力。这些论文对于推进《文选》研究的深入以及开辟《文选》研究新方向，皆有参考意义。

上述研究既重视古典文献整理，又能够反思近代学术名家的治学路径，诸多话题切实而不乏新意，体现出扎实的学风和较高的研究水准。由此说明，中国文学研究，不可能也不应该"照搬西方"、"全盘西化"。离开了中国本土优秀的文化元素，中国文学研究就会迷失自我。

那么，中国本土文化最核心的元素是什么呢？顾炎武《日知录》所倡导的，文章必须"有益于天下，有益于将来"应当可以视之为结论。两个"有益于"，首先要有益于学术，其次要有益于社会。有益于学术，就要有一种献身学术的精神。现在，很多人只是抱有一种实用主义的态度从事学术研究，写论文、报项目，评职称，很少从一个更高的学术层面上思考问题。有益于社会，就要求我们的人文研究工作者，要把所学的知识反馈给哺育我们的人民大众，更要为我们的民族认同做出自己的贡献。

我们研究学问，理应有这样的情怀，有这样的理性。我们编选会议论文集，也是出于这样的学术目的，是否如愿，还希望广大读者给予评判。

2016年5月

上　编

综合研究

中古文学研究的文章学维度及其他

——重读刘师培《汉魏六朝专家文研究》

顾 农[*]

一

对任何对象都可以做多维度的研究，中古文学也是如此，可以从文献学、文学史、文章学等不同的方面入手。现代意义的中古文学之文学史、文章学研究都由刘师培先生（字申叔，1884—1919）开创，前一方面的成果是他自编的讲义《中国中古文学史讲义》，后一方面则是他的讲课记录稿《汉魏六朝专家文研究》[①]。

[作者简介] 顾农，男，扬州大学文学院教授，出版过《文选论丛》等专著。

① 这份记录稿由他的学生罗常培（1899—1958）记录整理而成，于民国三十四年（1945）十一月由重庆独立出版社印行，凡七十六页，为《现代学术丛书》之一。书前罗常培《弁言》有云："曩年肄业北大，从仪征刘申叔师（师培）研治文学，不贤识小，辄记录口义，以备遗忘。间有缺漏，则从同学天津董子如（威）兄抄补。两年之所得，计有：一、群经诸子，二、中古文学史，三、《文心雕龙》及《文选》，四、汉魏六朝专家文研究，四种。日积月累，遂亦衰然成帙。惟二十年以来，奔走四方，未暇理董，复以兴趣别属，此调久已不弹。友人知有斯稿者，每从而索阅；二十五年秋，钱玄同师为南桂馨氏辑刻《左盦丛书》，亦拟以此入录，终以修订有待，未即付刊。非敢敝帚自珍，实恐示人以朴。及避地南来，此稿携置行箧，朋辈复频勖我订正问世。乃抽暇雠正，公诸世人，用以纪念刘、钱两先生及亡友董子如兄，且以质正于并时之治中国文学者。"这里提到的《左盦丛书》就是稍后由南桂馨氏出资刊印的《刘申叔先生遗书》（凡七十四种，由南桂馨先生出资，钱玄同、郑裕孚等先生编校，于1936至1938年印成；今有凤凰出版社1997年影印本），钱玄同应请参与编校，曾经打算收入《汉魏六朝专家文研究》，但实在来不及了。后来编印的《刘申叔先生遗书补遗》（万仕国辑校，广陵书社2008年版）已将《汉魏六朝专家文研究》一书辑入。

《汉魏六朝专家文研究》一书的大量内容，与其说是评论作家作品，不如说是研究文章的写法，按现在的知识分类来说，属于文章学的范畴。现在我们研究汉魏六朝文学，可以根本不会写文言文特别是骈体文，而这在一百年前乃是难以想象的事情。刘先生在《汉魏六朝专家文研究》中总结了许多写文章的规律和奥妙，书中有这样的标题：《论谋篇之术》、《论文章之转折与贯穿》、《论文章之音节》、《论文章宜调称》，如此等等。研究文学的著作中包括文章学的内容，是古代的一个传统，例如《文心雕龙》一书中就有大量的文章学成分，以致曾经有人特别强调其为文章学专书，不承认它是一部理论批评著作。萧统编《文选》为的是向人们提供经过筛选的精品；李善注《文选》，也是因为这部书里尽是好文章，"后进英髦，咸资准的"（《上文选注表》）：他们关注的中心都在写作而非研究。现在不能要求一个研究古代文学的人一定要会写旧体诗，会写文言文，他只要能研究就好。研究什么就得会动手写什么，这个要求太高了；当然，如果多少也能写一点，岂非更妙。

刘师培研究文章学，固然非常注意历来传诵的名篇，同时也讲究从比较当中去体会为文的奥妙。例如在文献方面，他首先推荐严可均所辑《全上古三代秦汉三国六朝文》，由于严氏不收史书，所以刘师培又大力推荐这一时段出现的几部史书：《史记》、《汉书》、《三国志》和《后汉书》（后来合称"前四史"）。《史记》、《汉书》的重要性人所皆知，现在既已进入文学史论述的范围，也是文章学取材的重点；后两种现在尚未进入文学史，刘先生认为范晔《后汉书》乃是研究文章学的富矿，他说："自魏晋以来作《后汉书》者甚多。范晔之书，不过因前人成业，重加纂订。然以《汉学堂丛书》子史钩沉中所辑诸家《后汉书》佚文，及汪文台所辑七家《后汉书》，与之相较，其不同处，一在用字之简繁，一在行文之简繁。故同叙一事，而得失自见。"刘师培提示学生拿黄奭、汪文台两家所辑之诸家《后汉书》①与范晔书进行

---

① 《汉学堂丛书》出于清代道光、咸丰间著名辑佚专家、扬州闻人黄奭（1809—1853），辑录唐以前散佚古籍二百八十多种，逐条一一注明出处，校雠精审；刘师培对这位扬州前辈乡贤的辑佚成果非常熟悉。汪文台（1796—1844）字南士，安徽黟县人，清嘉庆、道光间著名学者，著有《论语外传》、《十三经注疏校勘记识语》、《淮南子校勘记》、《脞稿》、《英吉利考略》等，他辑录的《七家后汉书》尤为士林推重，此书辑录了谢承书八卷、薛莹书一卷、司马彪书五卷、华峤书二卷、谢沈书一卷、袁山松书二卷、张璠书一卷，末附无名氏书一卷。逐条注明出处，编订有序，汪氏生前未能付梓，后略有散失，到光绪八年才得以印行；今有周天游先生校订本（河北人民出版社1987年版）。

比较研究，从而领会文章学的奥妙。按刘先生的看法，《后汉书》与《三国志》均为研治中古专家文者所必读。为了说明中古史书的影响，刘先生举清代著名的作家型学者汪中为例，指出"汪容甫（中）为清代名家，而绎其所取法者，亦只《三国志》、《后汉书》、沈约、任昉四家而已"。

《汉书》和《后汉书》都收录了不少前人的作品，但往往有所改动；刘师培指出从这些地方最容易看出班固、范晔的水平，并就此举例加以说明道：

> 《汉书》武帝以前之纪传十九与《史记》同，但其不见于《史记》者，转折亦自可法。如贾谊之《治安策》原散见于《贾子新书》，而前后次序与此迥异，经孟坚删并贯串，组织成篇，即能一脉相承，毫不牵强。又如《董仲舒传》对江都王语原见于《春秋繁露》"对胶西王越大夫不得为仁"篇，虽颠倒错综，繁简异致，而能前后融贯，不见斧凿痕迹。推此可知，《汉书》删节当时之文必甚多，特以原文散佚已久，而孟坚又精于转折，故难考见耳。
>
> 至于《后汉书》列传中所载各家奏议论事之文，大都经范蔚宗润饰改删，试与袁宏《后汉纪》相较，则范氏或删改其字句，或颠倒其次序，草创润饰前后不同，转折之法于焉可见。例如《蔡中郎集》有《与何进荐边让书》（本集卷八，《全后汉文》卷七十三），《后汉书》采入《文苑边让传》（《后汉书》卷一百十下），但锤炼字句，裁约颇多，以其始终贯串，转折无迹，如不对照原件，即毫不觉其有所改删，此最堪后学玩味者也。

这里提出应当拿《贾子新书》、《春秋繁露》、《后汉纪》、《蔡中郎集》等书中的有关文本与班固、范晔的修改加工本进行比较研究。这实在是一个很好的思路和方法，运用此法不但可以深入理解这两位史学家、文学家的高水平，也能对文章学的奥妙增加许多领悟。中国古代的史家和选家对前人的著作拥有某种得到读者认同的修改权（萧统《文选》和后来某些选本都曾对入选作品有所删节和改动）；根据现代学术规范，这种古人因惯例获得的权力已不复存在。

如果一位成熟的作家留下了其作品的不同文本，那么，拿后出之定本与此前之草本进行对比，是体悟写作窍门的极好方法，但这样的材料很不易得。① 而在中国古代，由史家或选家著录下来，后来成为定本的文本与作家原本并存的情形却比较多见，拿这样两种不同的文本进行比较，也是大有意味的工作；当然，这对作家、史家或选家来说，其意义是各不相同的。

二

《汉魏六朝专家文研究》除了许多有关文章学的论述之外，也有文学史方面的重要见解，例如他提出了一个这一阶段文学史的六分法：两汉、魏、晋宋、齐梁、梁陈、隋及初唐。关于梁的一分为二，有说明道："梁武帝大同以前与齐同，大同以后与陈同，故可分隶两期"；把初唐跟隋连在一起，则是因为"初唐风格，与隋不异，故可合为一期"。这两点都非常深刻。萧梁王朝的大同（535—545）前后，文学方面确有大变化，到这时候许多老一代作家以及昭明太子萧统都已经去世，梁武帝萧衍也老了，文坛以萧纲为盟主，大同以后与陈几乎全是宫体的天下，不再有先前那种丰富的多元局面了。唐取代隋王朝之初，文化文学基本还是过去的老一套，唐太宗与隋炀帝为政风格完全不同，而写起诗来皆为宫体，陈朝的宫体遗老在隋及初唐活跃了很长时间，正是这些大人物主导了当时的诗坛。诗风的改变要到武则天以后，要到盛唐。刘先生的这些看法对后来都大有影响。②

刘先生特别强调"论各家文章之得失应以当时人之批评为准"，这是因

---

① 顾农：《一本鲁迅推荐过的教材——读蓝译〈果戈理是怎样写作的〉》，《上海鲁迅研究》2007 年夏季号，上海文艺出版社 2007 年版。

② 现当代著名文学史家游国恩先生将整个中国文学史分为六期：上古到春秋末、战国到东汉、建安到盛唐、中唐到北宋末、南宋到鸦片战争、鸦片战争到五四运动。他也是既充分考虑到改朝换代对文学的影响而又并不完全按王朝分段。具体说到唐代，游老指出："开元、天宝之际，诗歌经过一番改革之后，风气为之一变，由绮丽而清真，由萎靡而壮健。就在这文学和历史的转折点上出现了诗歌的最高峰，而李白和杜甫就站在两座高峰的顶上。从此以后，文学的浪头开始向另一个方向冲击，在散文方面出现了古文运动，诗歌方面涌现了各种派别不同的作风……"（《对于编写中国文学史的几点意见》，《游国恩学术论文集》，中华书局 1989 年版，第 527 页）这也就是说，隋及初唐诗歌的风格同先前大体一样，仍为绮丽萎靡，未有大的改变。这与刘先生的看法可谓一脉相承，相视而笑。但是按王朝为文学史分段具有顽强的惯性，所以由游国恩先生领衔主编的文学史并没有按他先前的意见来实施，还是按朝代来划段；而刘先生在《中国中古文学史讲义》里将齐梁与陈划为两段，并没有标举梁之大同的分水岭意义。此中有许多值得深长思之的问题。《剑桥中国文学史》（孙康宜、宇文所安主编，刘倩等译，生活·读书·新知三联书店 2013 年版）受到刘师培、游国恩的影响，并进而特别提出了一个"文化唐朝"的新概念，明确地以 650 年（高宗永徽元年）为"文化唐朝"的起点并下延到宋初一甲子，给人留下深刻的印象。凡此种种意见，均有助于梳理文学发展的脉络。

为汉魏六朝去今已远，作品散佚严重，只有当时的人才能看得比较完全，"去古愈近，所览之文愈多，其所评论亦当愈可信"。更具体地说："建安七子文学，魏文《典论》及吴质、杨德祖辈均曾论及，《三国志·王粲传》及裴松之注亦堪参考。至于钟嵘《诗品》、刘勰《文心雕龙》，所见汉魏两晋之书就《隋（书·经籍）志》存目覆按，实较后人为多，其所评论迥异后代管窥蠡测之谈，自属允当可信。譬如《史记》全书今已不传而惟存《伯夷列传》一篇，后人若但据此篇以评论《史记》列传之体，岂如当年曾见全书者所论为确耶？"应当特别重视"当时人之批评"这一点，可视为研究古代文学的重大原则之一；当然我们也可以有自己的评论意见，而古代作家的同时代及稍后之评论家的某些结论，有今日颇不容易理解者，则不能急于否定，不妨存而不论。这是因为"当时人之批评"所据以立论的作品，我们现在很可能已经看不到至少也看不全了。刘先生何以在《中国中古文学史讲义》里着力辑录当年的评论资料，由此可以得到解释。

刘先生又很强调研究文学须注意学术思想对创作的影响，其说具见于《论各家文章与经子之关系》一节。在古代，学术与文学关系往往比较密切，那些横跨研究与创作两界的人物尤其如此。刘师培出身经学世家，对诸子的研究也很深，所以他研究文学从来不单就文学论文学，而能打通四部，纵横驰骋；要达到他那样的境界，在学科分得越来越细、专家的学养往往走"窄而深"之路的今天，是很难了，但还是应当弄清楚"文章与经子之关系"，我们必须就此作出尽可能多的努力。

此书中引人深思之说随处可见。例如他指出"研究文学不可为地理及时代之见所囿"。一个作家难免会受到他出生与成长之地的影响，包括自然和人文环境的熏陶，但这一点弄不好就会被夸大。文人流动性往往比较强，他后来很可能生活在别的地方而且不止一处，接受过更复杂的自然和人文环境的熏陶，何况中国统一的时间比较长，大的文化环境往往相差不大，于是作家的籍贯对他的影响这一条就不能作太高的估计。刘先生举例说："以晋人而论，陆机为南人，潘岳为北人，何以陆质实，而潘清绮？后世学者亦各从所好而已。"这是很有道理的。当然也不必因此而完全否定地域的影响，特别是那些一直生活在故乡及故乡情结特别强的作家就更加是如此。

时代对作家的影响当然也是存在的，但同样不可一概而论，有完全落后于时代的，也有大大超前的，这些特立独行之士往往并不与时迁移："于当

代因袭旧体之际，倘能不落窠臼，独创新格，或于举世革新之后，而能力挽
狂澜，笃守旧范者，必皆超轶流俗之士也。"作家中总有反潮流或领导潮流
的高人，有各行其是、不知或不管今夕是何年的怪人，这种似乎生活在其他
时代的作家是最值得研究者加以注意的人物。

先秦文章文体研究中的几个问题

韩高年*

新世纪之初，刘跃进先生曾撰长文《走出散文史研究的困境——20 世纪中国散文史研究的回顾与展望》，在全面评述 20 世纪中国散文研究的代表性论著的基础上，对 20 世纪中国古代散文研究的得与失进行了系统的梳理。在文章开篇，他无不感叹地说："古往今来，中国散文家族始终处在一种变化多端、归属莫定的状态。因此之故，20 世纪的中国古代散文史研究虽然取得了令人瞩目的成就，但是，面临的问题似乎最多，分歧也最大。这是因为，迄今为止，中国散文史研究的最基本问题，诸如什么是'文'，什么是'散文'，古代的'文章'与今天的'散文'观念有多少相通之处？类似的概念，迄今尚没有梳理清楚，更不要说有关散文史研究的重大理论问题了。"[1] 文章还在全面总结概括了古代散文民族特点的基础上，指出今后散文研究的努力方向：一是从个案研究（包括作家、作品和文体等）出发逐步深化散文史的研究；二是微观研究（文献考辨、资料整理等）与宏观研究（各代各体散文发展规律、散文理论等）相结合。

受刘先生文章的启发，笔者对先秦文章文体进行了文献整理和初步考辨，仿《古文辞类纂》体例，编成了近 80 万字的《先秦文章类纂》；在此基础上，以"礼乐制度变迁与春秋文体源流演变研究"为题，对先秦时期的 20 多种文章文体的生成机制、文体特征及演变规律等问题，进行了探讨和描述。

* 【作者简介】韩高年，西北师范大学文学院教授，主要从事先秦两汉魏晋南北朝文学研究。
① 刘跃进：《走出散文史研究的困境——20 世纪中国散文史研究的回顾与展望》，刊《人文论丛》2001 年卷，武汉大学出版社 2002 年版。

这个题目有幸获得 2009 年度国家社科基金资助，现已基本完成。在研究过程中，笔者也曾比较全面地梳理了近年来的先秦散文研究成果，虽然学者的研究又有了长足的进展，但笔者发现刘先生文中所说的那些问题，尤其是散文、文章、文体概念的古今会通，文章学研究方法等，在先秦散文研究中还普遍存在。这些问题不解决，研究就无法深入。另外，因为先秦文章是中国古代文章的源头，有其特殊地位，这些问题解决好了，也会促进中国散文史的研究。故此笔者认为有必要从方法论的角度梳理这些问题，反思形成的原因，寻找解决问题的路径。

就目前所见先秦文章研究而言，其明显的不足之处在于以下几点。

一 对先秦文章的"文献还原"整理还是空白

先秦文章研究对象大多仍然主要以书为单位，偶尔涉及篇章，也仅限于行人辞令、器铭等，还略显粗疏；大量存在于史传、诸子、经书中的著述之文还几乎无人问津。

先秦两汉的经、史、子、集类著作对先秦时期单篇文章的著录不容忽视。《尚书》、《逸周书》、《国语》、《左传》、《韩非子》、《说苑》、《新序》、《列女传》等分体著录和保存的大量先秦文章，显示出当时文体的风貌。从汉魏六朝始，总集和选集也大量选录评点先秦的各体文章。如真德秀《文章正宗》、汪基《古文喈凤》、金圣叹《必读才子古文》、余诚《古文释义》、姚鼐《古文辞类纂》等，均选评《左传》、《国语》所载辞令、书启、奏议、谏语类文章。严可均《全上古三代文》著录凡百余家，数百篇，涉及文体近 30 种。各代著录虽有很多遗漏，也主要着眼于文章评点，但春秋文章及文体之大端得以呈现，奠定了研究先秦文章文体的文献学基础。

清末以来，学者对先秦散文的关注稍稍转向文学性及文体研究。章太炎《国学讲演录·文学略说》指出："《左》、《国》、《史》、《汉》中之奏议书札，皆独行之文也。"[①] 章氏认为宜将《左传》、《国语》中的奏议书札作为独立的文体来对待，这对于先秦文章文体的研究具有重要的启发意义。刘师培《文说》、《文学出于巫祝之官》等对各体文章"推迹其本原，诊求其旨趣"，已是文体研究专论。黄侃《文心雕龙札记》、范文澜的《文心雕龙注》对春秋文体

---

① 章太炎：《国学讲演录》，华东师范大学出版社 1995 年版，第 239 页。

的例证、讲疏，明确春秋文章创作取决于礼乐行政的需要，是对刘勰"释名以彰义，选文以定篇，敷理以举统"的文体研究方法的发展，只可惜后继寥寥。

二　囿于"春秋无私家著述"的传统观念和偏重战国"诸子"的先秦散文研究格局，对春秋时代及此前文章创制的成就和文体研究尚显薄弱

整体上观察，中国古代文学的发展存在着时代、地域、文体等诸多方面的不平衡性，具体到先秦文章也是如此。过去学者都认为春秋时代学在官府，文章皆出于官守，无私家著述。笼统地这么讲，似乎也不无道理，但仔细考察春秋时代甚至之前的文章撰述、著录状况，不仅单篇文章大量存在，并且各类文章都具备较为稳定的文体特点和语体风格。余嘉锡《古书通例》尝言："西汉以前无文集，而诸子即其文集。""既是因事为文，则其书不作于一时，其先后亦都无次第。随时所作，即以行世。政论之文，则藏之故府；论学之文，则为学者所传录。迨及暮年或身后，乃聚而编次之。其编次也，或出于手定，或出于门弟子及其子孙，甚或迟至数十百年，乃由后人收拾丛残为之定著。"① 诸子中所收，多即春秋战国时代之篇章。不独如此，即六经之书，亦多具文集性质。如《尚书》，虽号称为"经"，但依时代分类编排三代之文，自有体例。其中所收，十之八九为单行之文。其中所收誓、命、训、诰、歌等各体之文，不仅明确标出文体，而且大多作者可考。如《周书》中的《无逸》是周公姬旦训诫成王之辞，《召诰》、《洛诰》都是召公奭的诰辞。不仅如此，史传也广征文类，汇为一集。比如《国语》，即是分国编排当时社会上流传的"嘉言善语"，《周语》中的"祭公谋父谏穆王伐犬戎"、"召公谏厉王弭谤"等，都是有作者、有文体的篇章。如果继续坚持"春秋无私家著述"的观念，那么春秋及此前的文章撰作所取得的成就便很容易会被遮蔽，文章文体的丰富性也有可能被人忽视。

三　对先秦文章存在形态的认识还不到位，对其生成机制和文体功能存在着误解，也缺乏必要的理论概括

刘师培曾揭示先秦文章的形态及风格说："三代文辞，句简而语文。

---

① 余嘉锡：《古书通例》"古书单篇别行之例"，中华书局 2007 年版，第 265 页。

《书》言'辞尚体要'，《礼》言'辞无枝叶'，贵简之证也。孔尚文言，曾
戒鄙词，尚文之证也。夫简近于质，文近于繁，而古代之文，独句简而语文
者，其故何欤？盖竹帛繁重，学术授受，咸凭口耳，非语文句简，则记忆良
难。且三代之文，与后世殊；或意浮于言，有待后人演绎，或词无语助，非
若后世之冗长：简而不繁，文而不质，此之故欤。"① 与处于"书写时代"的
后世文章不同，先秦文章多以口语文体的形态存在。无论是叙事之文，还是
论说之文，最初都是口宣耳受，传之口吻，后经著录，方成案头之文。只有
弄清楚其存在的形态，才能对先秦文章的文体及风格有深入的认识。

　　《尚书·多士》中曾说"惟殷先人，有典有册"，似乎早在殷商时代，就
已经有了整理成书面形式的"典"、"册"一类的文献。这大概是有确切记载
的口语之文被文字著录的第一个重要时期，甲骨卜辞就是由卜官在占卜之后
被书写到龟甲或兽骨上的"口语文体"；就行文结构而言，每条卜辞有相对
固定的结构。一条完整的甲骨卜辞，可以包含前辞、命辞、占辞、验辞四个
部分。但是，王宇信指出，在殷墟卜辞中，结构如此完整的不多，"多数没
有验辞。也有的省去占辞和验辞两部分。更有的还省去前辞，只刻命辞。但
是，以具有前辞和命辞者为常见"②。可见甲骨卜辞有固定的文体，其口头制
作是遵循一定规律的。可证上说之不误。

　　西周建立后，为宣扬政权的合理性，周公旦曾"制礼作乐"，也就是在
继承殷礼的基础上，改革礼乐制度、祭祀制度，应该也整理过前代流传下来
的那些宣扬天命、祭祀祖先的"口语文章"；并且毫无疑问也会制作新的宣
扬周人政权出自天命的新的"口语文章"。我们认为，《尚书》中的《商书》，
《周书》的誓、命、训、诰就是在上述背景下被编成的。

　　春秋时期，天命式微，理性勃兴。出于政治上的借鉴与思想上取资的现
实需求，兴起了又一次的整理"口语文章"的活动。笔者曾撰《春秋时代卿
大夫的文献整理及其文化意义》③ 一文予以讨论，文中钩稽史料，详述这样
一种史实：一大批讲述历史人物事迹和家族历史的口头叙事，还有明君贤臣
的治国修身的嘉言善语等口语文本，被人们通过书于竹帛的形式著录下来。

　　我们今天见到的先秦文章，大多是在以上三个时期被书面著录的，最初

---

①　刘师培：《论文杂记》，舒芜点校，人民文学出版社 1959 年版，第 124—125 页。

②　王宇信：《中国甲骨学》，上海人民出版社 2009 年版，第 142 页。

③　韩高年：《春秋卿大夫的文献整理及其文化意义》，载《西北师大学报》2011 年第 3 期。

都是为某种宗教的或礼俗的仪式服务的。面对这些已经案头化的口语文本，我们必须将其与该文本产生的宗教、礼俗等仪式语境联系起来，才能正确认识其文体性质与文体功能。比如《尚书·多方》记周公对"有方多士暨殷多士"训诫说：

> 周公曰："王若曰：猷！告尔四国多方，惟尔殷侯尹民。我惟大降尔命，尔罔不知。洪惟图天之命，弗永寅念于祀。惟帝降格于夏，有夏诞厥逸，不肯戚言于民；乃大淫昏，不克终日劝于帝之迪，乃尔攸闻。厥图帝之命，不克开于民之丽；乃大降罚，崇乱有夏，因甲于内乱。不克灵承于旅，罔丕惟进之恭，洪舒于民。亦惟有夏之民叨懫，日钦劓割夏邑。天惟时求民主，乃大降显休命于成汤，刑殄有夏。惟天不畀纯，乃惟以尔多方之义民不克永于多享。惟夏之恭多士大不克明保享于民，乃胥惟虐于民；至于百为，大不克开。乃惟成汤克以尔多方，简代夏，作民主。慎厥丽，乃劝。厥民刑，用劝。以至于帝乙罔不明德慎罚，亦克用劝。要囚，殄戮多罪，亦克用劝。开释无辜，亦克用劝。今至于尔辟，弗克以尔多方享天之命。"
>
> 呜呼！王若曰："诰〔告〕尔多方，（告）非天庸释有夏，非天庸释有殷。乃惟尔辟以尔多方大淫，图天之命屑有辞。乃惟有夏图厥政，不集于享；天降时丧，有邦间之。乃惟尔商后王逸厥逸，图厥政，不蠲烝，天惟降时丧。惟圣罔念作狂，惟狂克念作圣。天惟五年须暇之子孙，诞作民主；罔可念听。天惟求尔多方，大动以威，开厥顾天。惟尔多方罔堪顾之。惟我周王灵承于旅，克堪用德，惟典神天。天惟式教我用休，简畀殷命，尹尔多方。"

据蔡沈《书集传》，此篇为诰体，是成王即政后平定奄与淮夷之乱，在宗周训诫殷遗及多方之人的时候周公所发表的"诰"语。[①] 上引的两段，主要是强调夏、殷皆因失掉天命而亡国，而周天子之所以得天下，则是因为"克堪用德"，所以获得了天命。周公纯然是从"神道设教"的角度阐明天命转移的道理，并借天命神灵的威严来消除殷遗与多方之人的敌对情绪。由此

---

①　蔡沈：《书集传》，钱宗武、钱忠弼整理，凤凰出版社 2010 年版，第 210 页。

来看，这篇诰辞完全是一篇借神灵和天命的力量来解决现实政治危机的"经国之文"。考虑到其"设道设教"的动机，诰中"王若曰"的形式特征，其实既非如传统经学家所说属"代宣王命"或"周公自称"，而应当是以巫、政集于一身的周公代宣天命的一种特殊方式。

这类文章，虽是个体撰制，但却是为行政而作，又属官守。类似的文章在《尚书》等典籍中还有很多，如果我们仅仅以通行的"思想内容"、"艺术特色"的模式去分析评判此类文章，则势必会对其生成机制、文体功能产生严重的误解，或导致人为的遮蔽。

介于对先秦文章"口语文本"性质的忽视，一些重要的文章文类被摒弃于现代研究者的视野之外。

四　对先秦文章生成的"人类学还原"尚显不足

因经国之需而产生的各类口语文本，都是礼乐制度的产物。如果将其与礼乐制度背景人为剥离，犹如将植物拔出生长的泥土而观察它的生长过程。因此，对先秦文章生成的礼乐制度进行人类学还原，是深入考察其生成规律的重要一环。目前的研究，在这方面还不够充分。

英国学者杰克·古迪曾就口语文本的研究发表自己的观点："在口语文化中，各式各样的成人文体不只是图书馆分类法下的一支，而是构成大背景的行动集合的一部分，它们通常是仪式，有时也是音乐与表演者的舞蹈。它们含有表演者说话、手势与动机所代表的决心，以及听众的预期。每种文体都有专门的表演语境，有场所、时间、表演者与目标。"[①] 他山之石，可以攻玉！以上这段话虽主要指口语文化中的神话、传说、歌谣等文本而言，但也特别能说明先秦文章的口头存在样态。以传世的《尚书》诸篇为例，学者认为它们多为"夏、商、周三代统治者在政治活动中讲话的记录"[②]，除此之外，很多先秦文类，如"誓"、"命"、"训"、"诰"、"铭"、"语"、"说"、"讽谏"、"盟"等等，也都与某种礼仪有关，是用来"饰礼"的言辞，"都有专门的表演语境，有场所、时间与目标"。只可惜这些因素都被书面著录者所"改写"，因而也未引起研究者的注意。

---

① ［英］杰克·古迪：《神话、仪式与口述》，李源译，中国人民大学出版社 2014 年版，第53 页。

② 刘起釪：《尚书学史》，中华书局 1989 年版，第 3 页。

　　因为此理未明，故当代的散文史研究者很少从文章产生的原始语境如巫术宗教、礼乐制度、风俗习惯等对文体创制的"吁求"出发，对文章文体的内在规定性加以揭示。例如，有的文类是用于特定礼仪场合的，但很多古文选本或评本，只是将其当作"散文"对待，其评价也只能在一般的遣词造句层面，而无法深入文体内部。如《左传·成公十三年》载此年夏四月戊午，晋侯使吕相绝秦，历数其过曰：

　　昔逮我献公及穆公相好，戮力同心，申之以盟誓，重之以昏姻。天祸晋国，文公如齐，惠公如秦。无禄，献公即世。穆公不忘旧德，俾我惠公用能奉祀于晋。又不能成大勋，而为韩之师。亦悔于厥心，用集我文公，是穆之成也。文公躬擐甲胄，跋履山川，逾越险阻，征东之诸侯，虞、夏、商、周之胤而朝诸秦，则亦既报旧德矣。郑人怒君之疆场，我文公帅诸侯及秦围郑。秦大夫不询于我寡君，擅及郑盟。诸侯疾之，将致命于秦。文公恐惧，绥静诸侯，秦师克还无害，则是我有大造于西也。无禄，文公即世，穆为不吊，蔑死我君，寡我襄公，迭我殽地，奸绝我好，伐我保城，殄灭我费滑，散离我兄弟，挠乱我同盟，倾覆我国家。我襄公未忘君之旧勋，而惧社稷之陨。是以有殽之师。犹愿赦罪于穆公，穆公弗听，而即楚谋我。天诱其衷，成王殒命，穆公是以不克逞志于我。穆、襄即世，康、灵即位。康公，我之自出，又欲阙翦我公室，倾覆我社稷，帅我蝥贼，以来荡摇我边疆，我是以有令狐之役。康犹不悛，入我河曲，伐我涑川，俘我王官，翦我羁马。我是以有河曲之战。东道之不通，则是康公绝我好也。及君之嗣也，我君景公引领西望曰："庶抚我乎。"君亦不惠称盟，利吾有狄难，入我河县，焚我箕、郜，芟夷我农功，虔刘我边陲，我是以有辅氏之聚。君亦悔祸之延，而欲徼福于先君献、穆。使伯车来，命我景公曰："吾与女同好弃恶，复修旧德，以追念前勋。"言誓未就，景公即世，我寡君是以有令狐之会。君又不祥，背弃盟誓。白狄及君同州，君之仇雠，而我之昏姻也。君来赐命曰："吾与女伐狄。"寡君不敢顾昏姻，畏君之威，而受命于使。君有二心于狄，曰："晋将伐女。"狄应且憎，是用告我。楚人恶君之二三其德也，亦来告我曰："秦背令狐之盟，而来求盟于我，昭告昊天上帝、秦三公、楚三王曰：余虽与晋出入，余唯利是视。"不穀恶其无成德，是用宣之，以惩不壹。诸侯备闻此言，斯是用痛心疾首，昵就寡人。寡人帅以听命，唯好是求。君若惠顾诸侯，矜哀寡人，而赐之盟，则寡人之愿也。其承宁诸侯以退，岂敢徼乱？君若不施大惠，寡人不佞，其不能以诸侯退矣。敢尽布之执事，俾执事实图利之。

秦桓公既与晋厉公为令狐之盟，而又召狄与楚，欲道以伐晋。故晋厉公使吕相作此"责言"，责让秦国之罪而绝之。此篇辞令历数自晋文公、秦穆公以来，秦晋外交中秦人背盟弃信之举，数秦之过，责让对方的意图很明确。因此是一篇比较典型的"责言"，刘勰《文心雕龙·檄移》说："管仲吕相，奉辞先路，详其意义，即今之檄文。"即指吕相绝秦之辞而言。吴楚材、吴调侯《古文观止》，汪基《古文喈凤》等古文选本均录此"责言"，后者题作"晋使吕相绝秦"，且评之曰："说秦则好中见恶，自叙虽恶亦好。开合顿挫，笔笔匠心。"① 只作一般辞令看待。清人余诚《古文释义》评此篇曰：

> 只为背盟起见，因备溯先世之事，竟把秦晋之世好写成世仇。好则归之己，恶则归之人，即有道人之好处，亦略而不详；有道己之恶处，皆因人而起，故言词极婉曲中都含极愤怨意。及叙至背盟，"伐狄"、"与楚"作两确证，直使秦桓无可置喙。说到绝秦处，牵定诸侯，两意双铃，听秦自寻一条路走。观此可以想见麻隧誓师之词，是奋三军之勇，固宜其克败秦师也。至行文之妙，一波未平，一波随起，前后相生，机神鼓荡，有顿挫处，有跌宕处；有关锁处，有收束处；有重复处，有变换处。长短错综，纵横排纂，无美不备，应是左氏得意之作。②

余诚高度称赞此篇，但也是将其当作一般的辞令，余氏言其"无美不备"，并详细分析其内容、措辞、笔法文脉，所言大体中肯，但他不明《左传》成书中吸收了春秋时的单篇之"文"这一事实，以为这是"左氏得意之作"倒未必。杨伯峻《春秋左传注》云上引之"责言"为"绝秦书，或由吕相执笔，或由吕相传递。其后秦作《诅楚文》，仿效此书"。庶几得其真实。

---

① （清）汪基：《古文喈凤》卷三，上海广益书局 1914 年石印本。
② （清）余诚：《古文释义》，叶桂彬、刘果点校，岳麓书社 2003 年版，第 52 页。

吕相，晋大夫，魏锜之子，是晋国大夫中能文者。从历代古文选本的载录及评论，亦可见这篇"责言"影响虽大，但因其礼仪背景不明，故其文体也因此而未被准确认识。

类似的例子很多，不烦举。总之，如果要揭示先秦文章的文体特点，对其生成语境的人类学还原必不可少。

五 尚未揭示先秦"文章官守"向私人著述转型的文章学意义

文章官守的主要表现形式是夏、商、西周时代为宗教祭祀、占卜及各种礼仪而进行的、带有程式化特点的言辞活动和礼仪写作活动。最有代表性的如祭祀祝辞，刘师培尝言："东周以降，祭礼未沦，故陈信鬼神无愧词者，随会之祝史也（《左传·昭二十年》）。能上下说乎鬼神者，楚王之左史也。推之范文虞灾，则祝宗为之祈死；随侯失德，则祝史兼用矫词。盖周代司祭之官，多娴文学，与印度婆罗门同，故修辞之术，克擅厥长。"① 《仪礼》之《特牲馈食礼》与《少牢馈食礼》均载筮日、筮尸之命辞与祝宿尸之辞，大体相同。如少牢馈食礼主人使史筮尸吉否之命辞曰：

> 孝孙某，来日丁亥，用荐岁事于皇祖伯某，以某妃配某氏。以某之某为尸，尚飨。

郑玄注："荐，进也，进岁时之祭事也。皇，君也。伯某，且（祖）字也。大夫或因字为氏。《春秋传》曰'鲁无骇卒，请谥与族，公命之以字为展氏'是也。某仲、叔、季，亦曰仲某、叔某、季某。某妃，某妻也。合食曰配。某氏，若言姜氏、子氏也。尚，庶几。飨，歆也。"② 史受主人之命后，在筮时还要"述命"，即重申上面所引的主人的"命辞"：

> 假尔大筮有常。孝孙某，来日丁亥，用荐岁事于皇祖伯某，以某妃配某氏。以某之某为尸，尚飨。

---

① 刘师培：《周末学术史序·文章学史序》，原载《国粹学报》1905 年第 1—5 期。又收入《刘申叔先生遗书》。

② 贾公彦：《仪礼正义》，彭林整理，王文锦审定，北京大学出版社 1999 年版，第 898—899 页。

郑玄注："述，循也。重以主人辞告筮也。假，借也。言因著之灵以问之。常，吉凶之占繇。"如果史求吉得吉，要告主人："占曰从。"接下来要行"宿尸之仪"，由祝代主人告尸曰：

> 孝孙某，来日丁亥，用荐岁事于皇祖伯某，以某妃配某氏。敢宿。

因神尸代表受祭者，提前将其请至家，就意味着祭前准备工作的完结。以上所载的是一般祭祀的祭礼筮日、筮尸、宿尸命辞，由此可见祭礼之中祝嘏辞的撰作到春秋时代已经形成一种套式。每当祭礼操演之时，循此套式进行即可。可以推知郊祭立尸当亦有辞。

关于正式举行祭礼时的祝嘏活动，周人立尸作为天的代表，但尸不是人与神沟通的中介，中介者是祝。据《仪礼·少牢馈食礼》等所载，祭品备好后，由祝来陈辞，将主人的祈祷及愿望转达于尸。其祝辞曰：

> 孝孙某，敢用柔毛、刚鬣、嘉荐、普淖，用荐岁事于皇祖伯某，以某妃配某氏。尚飨。

因是祝向神所致之辞，不同于一般交际语言，故祭品的称谓也有专称，"羊曰柔毛，豕曰刚鬣。嘉荐，菹醢也。普淖，黍稷也"（《少牢馈食礼》郑注）。按：礼书所载献祭之辞应是春秋时代献祭通用之辞。

除了祭祀祝嘏之外，盟誓、器铭等文体也属于"官守"的礼仪写作。虽然礼仪对上述文体的写作具有严格的要求，因而其体式往往趋于统一，写作者须严格遵守。以秦汉以后人们的文章观念衡量这些似乎是千篇一律的文体，受礼仪的规定对文章的写作技巧和文学性来说，这是一种束缚和限制，缺少灵活变化。然而在先秦时期以口语文章为主流的时代，这种看似简单的语体的"重复"却是文体意识养成和文体走向定型的关键一步。当"官守"文章经过礼仪的不断展演而经历由写作个案向抽象的文体样本的过程后，一些习于此道的杰出人物开始在礼文写作的细节上突破"样本"，"官守"文章的写作出现了"私人"或"个体"的因素。这种现象在春秋中后期的各类礼文的写作当中已经出现，可以将其视为私家著文的"前奏"。

个体之文则主要发生在春秋战国时期，出于卿大夫的讽谏之举和士人的游说活动。前者可以大量见于《国语》、《左传》中的讽谏语的产生并作为典型的例证，后者如《墨子·鲁问》曰："墨子曰：'凡入国，必择务而从事焉。国家昏乱，则语之尚贤、尚同；国家贫，则语之节用、节葬；国家憙音湛湎，则语之非乐、非命；国家淫僻无礼，则语之尊天、事鬼；国家务夺侵凌，即语之兼爱、非攻，故曰择务而从事焉。'"① 这是诸子游说而产生口头的私家著述的形象描述。

目前的先秦文章研究，轻视甚至完全否定"官守文章"，而重视个体之文（私人之文），还没有认识到"文章官守"在文体文类意识形成和文体由口头文学经由书面被固定过程中的重要意义。先秦文章文体是后世各体文章的源头，如果要对各类文章追本溯源，必须要改变过去只注重个体之文而忽视"官守礼文"的观念。

六　小结

以上五个方面，是笔者在梳理先秦文章文体时所收获的一些愚见，提出来供大家批评。笔者认为，出现以上问题的主要原因是：第一，主要是对中国古代散文，尤其是对先秦散文本质特点的认识存在着严重的误解与偏差；第二，一些学者受20世纪六七十年代以来盛行的"人民性"、"现实性"评价标准的影响，在古代文章研究中，对作家、作品的基本判断出现了较大的偏差；第三，研究者多不重视对传统的中国古代文章学理论著作的研究归纳，尤其是对其中蕴含的、适合于古代文章创作实际的传统研究方法的归纳，更谈不上主动地运用这些方法。程千帆先生曾说研究古代文论"一是研究'古代的文学理论'，二是研究'古代文学的理论'。前者已有不少人从事，后者则似乎被忽略了。实则直接从古代文学作品中抽象出理论的方法，是传统的做法，注意这样的研究，可以从古代理论、方法中获得更多的借鉴和营养，并根据今天的条件和要求，加以发展"②。程先生所说的后一条，可以为先秦文章与文章学研究者指示一门径。

---

① （清）孙诒让：《墨子间诂》，诸子集成本，上海书店出版社1988年版，第475—476页。
② 蒋寅：《古典诗学的现代诠释》，中华书局2003年版，第259页。

汉魏六朝章、表和上书关系考辨

黄燕平*

【摘　要】 两汉公牍以上书（疏）、奏、议为主，曹魏至南朝，上书（疏）篇数锐减，逐渐边缘化，而章、表则成为当时公牍撰作的主要文体。它们之间具体关联表现在：《文选》"表"文在早期的史书载录中又多称为"上书"、《文选》"上书"文文体功能与表体相近；上书（疏）与章、表的制作格式最为接近；现存两汉上书（疏）的主要功能为陈请，近于表。这说明上书与汉代所定四体之章、表最为接近，前者的文体功能随着文体的分化演变，魏晋以降主要为章、表二体所承继。

【关键词】 章表；上书；关系；考辨

据蔡邕《独断》"凡群臣上书于天子者，有四名：一曰章，一曰奏，三曰表，四曰驳议"，① 与刘勰《文心雕龙·章表》"汉定礼仪，则有四品：一曰章，二曰奏，三曰表，四曰议"，② 可知汉初群臣上书天子主要有四种文体：章、表、奏、议。但考察两汉现存上行天子的公牍，章、表二体文章稀少。③ 刘勰

---

* **【作者简介】** 黄燕平，女，华侨大学文学院教师，主要从事汉魏六朝文学研究。

① （汉）蔡邕：《独断》卷上，《丛书集成初编》本，商务印书馆 1937 年版，第 4 页。

② （梁）刘勰著，范文澜注：《文心雕龙注》卷五，人民文学出版社 1958 年版，第 406 页。

③ 注：从现存西汉文来看，此四者中仅奏和议数量较多，而表仅有三篇，无章。东汉章、表有所增加，但数量依旧极少，有马融《飞章虚诬李固》、郎𫖮《言灾异章》、杨秉《劾奏侯参章》、《劾奏侯览具瑗章》，蔡邕《戍边上章》、《上始加元服与群臣上寿章》、《让高阳乡侯章》、《谏太尉董卓可相国并自乞闲冗章》等约 10 篇，表有蔡邕《荐皇甫规表》、《为陈留太守奏上孝子程末事表》、《巴郡太守谢表》，何进《荐董扶表》，刘焉《荐任安表》，公孙瓒《表袁绍罪状》，许贡《上表汉帝》等约 17 篇。

称："前汉表谢，遗篇寡存。"① 西汉现存表 2 篇，无章。东汉存表约 17 篇，章约 10 篇。两汉存篇数量最大的是上书（疏）文②，占了近 76%，次为奏、议。曹魏以降，章、表、上书所占比例发生了明显变化（见表 1）。

表 1　　　　　　　　　曹魏以降章、表、疏存量表　　　　　（单位：篇）

朝　代	章	表	上书（疏）
曹　魏	4	81	82
西　蜀	0	16	6
东　吴	1	22	35
两　晋	0	182	152
刘　宋	2	121	16
南　齐	2	53	10
萧　梁	15	167	6
陈　代	0	21	5

由表 1 可知，至晋，表的数量超过了上书。宋至陈，随着章、表数量的增多，上书数量锐减。依此类推，章、表似与上书（疏）存在反比关系。又，萧统《文选》列"表"、"上书"、"启"、"弹事"四类作为上行公牍，任昉《文章缘起》则列有"表"、"让表"、"上书"、"上疏"、"奏"等。萧统、任昉与刘勰《文心雕龙》最大不同在于：后者未将上书、上疏视为公牍文体。那么上书（疏）是一种什么样的文体形态？它与汉初所定四体有何具体关联？本文兹以此二问题作为切入点，从以下几个方面来考察章、表与上书的关系。

一　《文选》"表"、"上书"二体辨

本节拟选取《文选》表类 19 篇、上书类 7 篇，梳理诸篇的文献出处与篇题命名，考察其异同。

（一）《文选》"表"类与上书文

1. 孔融《荐祢衡表》

《后汉书·祢衡传》载："衡始弱冠，而融年四十，遂与为交友。上疏荐

---

① （梁）刘勰著，范文澜注：《文心雕龙注》卷五，人民文学出版社 1958 年版，第 406—407 页。

② 注：现存许多上书文、上疏互称，故此处将二者合为一体，在标题上及下文皆简称为"上书"。

之……"①《后汉书》称"上疏"，但《文选》却标为表文。自《文选》之后，载录该文的《北堂书钞》、《艺文类聚》、《初学记》皆名为表文。独严可均《全上古三代秦汉三国六朝文》（下简称《全上古文》）称上疏文。

2. 诸葛亮《出师表》

《三国志·蜀书·诸葛亮传》载："五年，率诸军北驻汉中，临发，上疏曰：……臣不胜受恩感激。今当远离，临表涕零，不知所言。"裴松之按："刘备以建安十三年败，遣亮使吴，亮以建兴五年抗表北伐，自倾覆至此整二十年。"②史书称"上疏"，而诸葛亮本人在文中云"表"，裴松之按语亦称"表"。李充《翰林论》、《文选》名为表文，后之《北堂书钞》、《艺文类聚》、《初学记》、《全上古文》皆名为表文。

3. 曹植《求自试表》

《三国志·魏书·陈思王植传》载："太和元年，徙封浚仪。二年，复还雍丘。植常自愤怨，抱利器而无所施，上疏求自试曰……"③裴松之注引《魏略》"植虽上此表，犹疑不见用"④。《三国志》称"上疏"，而《魏略》曰"表"。《翰林论》⑤、《文选》标为表文，《北堂书钞》、《艺文类聚》、《全上古文》同之。

4. 曹植《求通亲亲表》

《三国志·魏书·陈思王植传》载："三年，徙封东阿。五年，复上疏求存问亲戚，因致其意曰。"⑥《三国志》称"上疏"，《翰林论》、《文选》名为表文。《北堂书钞》同之。但《全上古文》则称上疏文。

5. 羊祜《让开府表》

《翰林论》、《文选》名为表文。后编之史书《晋书·羊祜传》载："后加车骑将军，开府如三司之仪。祜上表固让曰。"⑦此处亦称"上表"。《全上古文》同《文选》。

6. 李密《陈情事表》

《三国志·蜀书·杨戏传》裴松之注引晋人常璩《华阳国志》载："晋武

---

① （刘宋）范晔：《后汉书》卷八十下《祢衡传》，中华书局1962年版，第2653页。
② （晋）陈寿：《三国志》卷三十五《蜀书·诸葛亮传》，中华书局1971年版，第919—921页。
③ （晋）陈寿：《三国志》卷十九《魏书·陈思王传》，中华书局1971年版，第565页。
④ 同上书，第569页。
⑤ 注：李充《翰林论》云"若曹子建之表，可谓成文矣"。
⑥ 《三国志》卷十九《魏书·陈思王传》，中华书局1971年版，第569页。
⑦ （唐）房玄龄等：《晋书》卷三十四《羊祜传》，中华书局1974年版，第1015页。

帝立太子，徵为太子洗马，诏书累下，郡县偪遣，于是密上书曰。"① 《华阳国志》称"上书"，又曰"表"。《文选》名为表文，《全上古文》同之。

7. 陆机《谢平原内史表》

《文选》李善注引南齐臧荣绪《晋书》："成都王表理机起为平原内史，到官上表。"② 史书称"上表"，《文选》名为表文，《全上古文》同之。

8. 刘琨《劝进表》

《文选》李善注："何法盛《晋书》曰：刘琨连名劝进，中宗嘉之。《晋纪》曰：刘琨作劝进表，无所点窜，封印既毕，对使者流涕而遣之。"③ 该文在篇体上，《晋书》所载不如《文选》完整。《文选》之《劝进表》载："臣碑顿首死罪上书，臣琨臣碑顿首顿首，死罪死罪。"④《晋书·元帝纪》："六月丙寅，司空、并州刺史、广武侯刘琨，幽州刺史、左贤王、渤海公段匹碑……等一百八十人上书劝进曰。"《晋纪》作"表"，《劝进表》、《晋书·元帝纪》称"上书"，且据公牍制作格式，此文当为"上书"或"章"⑤，但《文选》名为表文，《艺文类聚》、《全上古文》同之。

9. 张悛《为吴令谢询求为诸孙置守冢人表》

《文选》李善注引晋人孙盛《晋阳秋》："张悛，字士然，吴国人也。元康中，吴令谢恂表为孙氏置守冢人，悛为其文。"⑥ 此处称"表"，《文选》名为表文，《艺文类聚》、《全上古文》同之。

10. 庾亮《让中书令表》

《文选》李善注引南朝宋人何法盛《晋中兴书》："《颍川庾录》曰：亮字元规，为中书郎，肃祖欲使为中书监，上疏。肃祖纳亮言，封永昌公。"⑦ 此言"上疏"。又，《晋书·庾亮传》："明帝即位，以为中书监，亮上书曰：……疏奏，帝纳其言而止。"⑧《晋书》称"上书"或"疏"。但《文选》名为表文，《全上古文》同之。

---

① （晋）陈寿：《三国志》卷四十五《蜀书·杨戏传》，中华书局1971年版，第1078页。

② （梁）萧统著，李善注：《文选注》卷三十七，中华书局1977年版，第524页下。

③ 《文选》卷三十七，第526页上。

④ 同上。

⑤ 注：上书文的制作格式见下文。

⑥ 《文选》卷三十八，第530页上。

⑦ 同上书，第531页下。

⑧ 《晋书》卷七十三《庾亮传》，第1916—1917页。

11. 桓温《荐谯元彦表》

《三国志·蜀书·谯周传》裴松之注引晋人孙盛《晋阳秋》："永和三年，安西将军桓温平蜀，表荐秀曰。"① 《文选》李善注引孙盛《晋阳秋》："桓温平蜀反役，上表荐秀。"② 此二处皆称"表"。《初学记》载："何法盛《晋中兴书》曰：桓温上疏荐谯秀曰。"此称"上疏"。 《文选》之前，该文为"表"或"上疏"，但《文选》名为表文，《全上古文》同之。

12. 殷仲文《解尚书表》

《文选》李善注引南朝宋人檀道鸾《晋阳秋》："帝初反正，抗表自解。"③ 此文又有"谨拜表以闻，臣某云云"④。《文选》名为表文，《全上古文》同之。

13. 傅亮《为宋公至洛阳谒五陵表》

该文载"谨遣传诏殿中中郎臣某，奉表以闻"⑤。《文选》名为表文，《全上古文》同之。

14. 傅亮《为宋公求加赠刘前军表》

《宋书·刘穆之传》载："高祖又表天子曰。"⑥《南史·刘穆之传》："帝又表天子曰。"⑦ 又，该文曰："是以献其乃怀，布之朝听，所启上，合请付外详议。"⑧ 前者称"表"，后者称"启"。《文选》名为表文，《全上古文》同之。

15. 任昉《为齐明帝让宣城郡公第一表》

该文云"谨附某官某甲，奉表以闻"⑨，此称"表"。《文选》名之表文，后编之《梁书·任昉传》"封宣城郡公，加兵五千，使昉具表草。其辞曰"⑩，也称"表"。《艺文类聚》、《全上古文》同《文选》。

16. 任昉《为范尚书让吏部封侯第一表》

该文云"谨奉表以闻，臣云诚惶以下"⑪，此称"表"。《文选》名之表

---

① 《三国志》卷四十二《蜀书·谯周传》，第 1033 页。
② 《文选》卷三十八，第 532 页下。
③ 同上书，第 533 页下。
④ 同上书，第 534 页上。
⑤ 同上书，第 534 页下。
⑥ （梁）沈约：《宋书》卷四十二《刘穆之传》，中华书局 1974 年版，第 1307 页。
⑦ （唐）李延寿：《南史》卷十五《刘穆之传》，中华书局 1975 年版，第 426 页。
⑧ 《文选》卷三十八，第 535 页下。
⑨ 同上书，第 537 页上。
⑩ （唐）姚思廉：《梁书》卷十四《任昉传》，第 252 页。
⑪ 《文选》卷三十八，第 539 页下。

文，《艺文类聚》、《初学记》、《全上古文》同之。

17. 任昉《为萧扬州荐士表》

该文云："临表悚战，犹惧未允，不任下情云云。"① 此称"表"。《文选》名之表文。《文选》李善注引北周刘璠《梁典》载："齐建武初，有诏举士，始安王表荐琅邪暕及王僧儒。"②《全上古文》同《文选》。

18. 任昉《为褚谘议蓁让代兄袭封表》

该文云"谨诣阙拜表以闻"③。又，《南齐书·褚渊传附》："六年，（贲）上表称疾，让封与弟蓁……明年，表让封还贲子霁，诏许之。"④《文选》名之表文，《艺文类聚》和《全上古文》同之。

19. 任昉《为范始兴作求立太宰碑表》

该文云"临表悲惧，言不自宣，臣诚惶已下"⑤。又，《南齐书·竟陵文宣王子良传》："所著内外文笔数十卷，虽无文采，多是劝戒。建武中，故吏范云上表为子良立碑，事不行。"《文选》名之表文，《艺文类聚》和《全上古文》同之。

据上所列，《文选》"表"下 19 篇文，在文章题名载录上大体有两种情形：（1）题名分歧。第 1 至 11 篇中，除羊祜《让开府表》⑥、陆机《谢平原内史表》、张悛《为吴令谢询求为诸孙置守冢人表》3 篇史书记载的文体名与《文选》一致外，其余 8 篇的命名在史书和《文选》中存在分歧。此分歧表现有二：一是编撰时间早于《文选》的史书称"上书"者，《文选》却名为表文，如孔融《荐祢衡表》、曹植《求通亲亲表》；二是《文选》前之史书及文本有称"上书"或"表"者，《文选》则统一名为表文。（2）题名统一。第 12 篇至末篇，诸篇的命名在史书与《文选》中一致。一篇文章，在文献载录过程，有两种文体命名，这似说明"上书"与"表"之间存在相通性。

---

① 《文选》卷三十八，第 541 页上。
② 同上书，第 539 页下。
③ 同上书，第 541 页下。
④ （南齐）萧子显：《南齐书》卷二十三《褚渊传附》，中华书局 1972 年版，第 432 页。
⑤ 《文选》卷三十八，第 543 页下。
⑥ 注：该文所载之《晋书》编撰时代晚于《文选》，其与另 10 篇载录情形实不同。

（二）《文选》"上书"类与表文

1. 李斯《上秦始皇书》

《史记·李斯列传》载："李斯议亦在逐中。斯乃上书曰。"① 《文选》、《艺文类聚》、《全上古文》均名之上书文。

2. 邹阳《上书吴王》

《汉书·邹阳传》载："吴王以太子事怨望，称疾不朝，阴有邪谋，阳奏书谏。"② 《文选》、《艺文类聚》、《初学记》、《全上古文》均名之上书文。

3. 邹阳《于狱中上书自明》

《史记·邹阳列传》载："邹阳客游，以谗见禽（擒），恐死而负累，乃从狱中上书曰……书奏梁孝王，孝王使人出之，卒为上客。"③ 《汉书·邹阳传》载："阳客游以谗见禽（擒），恐死而负絫，乃从狱中上书曰……书奏孝王，孝王立出之，卒为上客。"④ 《文选》、《艺文类聚》、《初学记》、《全上古文》均名之上书文。

4. 司马相如《上疏谏猎》

《史记·司马相如传》载："是时天子方好自击熊彘，驰逐野兽，相如上疏谏之。其辞曰。"⑤ 《汉书·司马相如传》载："尝从上至长杨猎。是时天子方好自击熊豕，驰逐壄兽，相如因上疏谏。"⑥ 《文选》、《艺文类聚》、《初学记》、《全上古文》均名之上书文。

5. 枚乘《奏书谏吴王濞》

《汉书·枚乘传》载："枚乘字叔，淮阴人也，为吴王濞郎中。吴王之初怨望谋为逆也，乘奏书谏曰。"⑦ 任昉《文章缘起》视其为奏体之始，《文选》、《艺文类聚》、《全上古文》均名之上书文。

6. 枚乘《重谏举兵》

《汉书·枚乘传》载："乘奏书谏曰……枚乘复说吴王曰。"⑧ 此"复说"

---

① （汉）司马迁：《史记》卷八十七《李斯列传》，中华书局1959年版，第2541页。
② 《汉书》卷五十一《邹阳传》，第2338页。
③ 《史记》卷八十三《邹阳列传》，第2469—2478页。
④ 《汉书》卷五十一《邹阳传》，第2343—2353页。
⑤ 《史记》卷八十七《司马相如列传》，第3053页。
⑥ 《汉书》卷五十一《司马相如传》，第2589页。
⑦ 《汉书》卷五十一《枚乘传》，第2359页。
⑧ 同上书，第2359—2362页。

的形式亦当是前之"奏书"。《文选》、《艺文类聚》、《全上古文》均名之上书文。

7. 江淹《诣建平王上书》

《梁书·江淹传》载:"宋建平王景素好士,淹随景素在南兖州。广陵令郭彦文得罪,辞连淹,系州狱。淹狱中上书曰……景素览书,即日出之。"①《文选》、《艺文类聚》、《全上古文》均名之上书文。

以上 7 篇上书文,书写用意均为劝谏或自理,文末多有"愿大王熟察之"②(邹阳《上书吴王》)、"愿陛下留意幸察"③(司马相如《上疏谏猎》)、"臣愿大王熟计而身行之"④(枚乘《奏书谏吴王濞》)等语。而此类惯用语在表体中较为常见,如《文选》"表"下诸葛亮《出师表》"愿陛下亲之信之"、"愿陛下托臣以讨贼兴复之效"⑤,庾亮《让中书令表》"愿陛下垂天地之鉴,察臣之愚,则虽死之日,犹生之年矣"⑥,任昉《为范尚书让吏部封侯第一表》"矜臣所乞,特回宠命"⑦ 等,这说明 7 篇上书文的功用都近于表体的"陈请"。萧统分立"表"、"上书"二目,主要在于二者的呈送对象不同:前者皆呈送于天子,⑧ 后者则是地方诸侯王。二者在本质功能上是相近的,这或许正是"上书"紧跟在"表"后的原因,说明二者具有明显的相通之处。

二　《文心雕龙·章表》与上书关系辨

据范文澜《文心雕龙注》,本节拟对《文心雕龙·章表》⑨ 所引章、表之文进行梳理,考察章、表与上书的关系。

(1)"左雄奏议,台阁为式。"(《后汉书·左雄传》)"由是拜雄尚书,再迁尚书令。上疏陈事曰。"(左雄今存《上疏陈事》)

---

① 《梁书》卷十四《江淹传》,第 248—249 页。

② 《文选》卷三十九,第 547 页下。

③ 同上书,第 551 页上。

④ 同上书,第 552 页上。

⑤ 《文选》卷三十七,第 517 页(上、下)。

⑥ 《文选》卷三十八,第 532 页下。

⑦ 同上书,第 539 页下。

⑧ 注:孔融作《荐祢衡表》时,曹操为丞相非天子,但曹操逝后被追封为魏武帝。

⑨ 注:《文心雕龙》引文均自范文澜《文心雕龙注》,人民出版社 1958 年版。

（2）"胡广章奏，天下第一。"（此句来自《后汉书·胡广传》）"既到京师，试以章奏，安帝以广为天下第一。"（胡广今存《上书驳左雄察兴议》、《谏探筹立后疏》）

（3）"伯始谒陵之章。"胡广，字伯始。今此章无存。

（4）"晋文受册，三辞从命。"晋文公重耳。今无存文。

（5）"文举之《荐祢衡》"，即孔融《荐祢衡表》，同《文选》。

（6）"孔明辞《后主》"，即诸葛亮《出师表》，同《文选》。

（7）"琳、瑀章表。"按：陈琳、阮瑀今无存章表。

（8）"陈思之表，独冠群才"，曹植现存《求自试表》、《求通亲亲表》、《谏伐辽东表》等三十余篇。

（9）"晋初笔札，则张华为俊。其三让公封，理周辞要。"张华让三公表，今无存文。

（10）"羊公之辞开府"，即羊祜《让开府表》，同《文选》。

（11）"庾公之让中书"，即庾亮《让中书监表》，同《文选》。

（12）"刘琨劝进"，刘琨《劝进表》，同《文选》。

（13）"张骏自序，文致耿介，并陈事之美表也。"张骏今仅存《上疏请讨石虎李期》一文。

以上十三条，第一至四条，第八、九、十三条因文献缺失，难以确定对应具体何文。其余可明确的文章有：孔融《荐祢衡表》、诸葛亮《出师表》、羊祜《让开府表》、庾亮《让中书监表》、刘琨《劝进表》及曹植现存《求自试表》、《求通亲表》、《谏伐辽东表》等。这些多数属于《文选》"表"类所列之文。其中，除羊祜《让开府表》外，余下篇目都有称上书者。而此处刘勰将它们举为表体之代表作。可见上书与表二体可相通。

三　上书与章、表的写作程式关系辨

关于上书的格式，《史记》、《汉书》有较完整的记载，且年代为现存之最早，故以其中霍去病《请立皇子为诸侯王疏》[①]、韩信等《上尊号疏》[②] 为例，其格式大致如下：

---

① 《史记》卷六十《三王世家》，第 2105 页。
② 《汉书》卷一《高帝纪下》，第 52 页。

大司马臣去病昧死再拜上疏
皇帝陛下：
×××××××
×××××××
×××××××
××××　×　×
臣窃
不胜犬马心，昧死愿
陛下诏有司，因盛夏
吉时定皇子位。唯陛
下幸察。臣去病昧死
再拜以闻
皇帝陛下。
（某年某月某日
上）

楚王韩信……燕
王臧荼昧死再拜言
大王陛下：
×××××××
×××××××
×××××××
××××　×××
××××　×　×
×××　×　×　×
×。
昧死再拜上
皇帝尊号。
（某年某月某日
上）

关于表与章的写作格式，蔡邕《独断》云："表者，不需头，上言臣某言，下言臣某诚惶诚恐，顿首顿首，死罪死罪。"又，"章者，需头。称稽首。上书谢恩、陈事、诣阙通者也"。蔡邕熟谙汉代制度仪礼，又现存有表、章文，故二体的格式分别以蔡邕《荐皇甫规表》和《戍边上章》②为例。

臣闻：
×××××××××××××××
×××××××××××××××
顿首。
×。
臣邕顿首×××××
（某年某月某日
议郎臣邕上）②

---

①　注：该文文中"分别首目，并书章左"，故其为章文。

②　注：据《后汉书·皇甫规传》载，皇甫规自永康元年（167）至熹平三年（174）之间拜为护羌校尉。蔡邕《荐皇甫规表》言"护羌校尉皇甫规"，则蔡邕举荐皇甫规当在永康元年之后、熹平三年之前。《后汉书·蔡邕传》载，在此期间蔡氏先为郎中，后迁议郎。其中，郎中职在校书东观，议郎则掌顾问应对。据此，蔡邕约为议郎时举荐皇甫规。再据上《戍边上章》可知，表文末尾官职当以其写作该文时所任职官而定，而非一成不变。

朔方髡钳徒臣邕稽
首再拜上书
皇帝陛下：　　×
×　×　×　×　×　×　×　×　×
×　×　×　×　×　×　×　×　×
×　×　×　×　×　×　×　×
×　×　×　×　×　×　×　×
×　×　×　×　×　×　×　×
×　×　×　×　×　×　×　×
×　×　×　×　×　×　×　×
×。臣顿首死
罪，稽首再拜以闻。

（某年某月某日）

蔡邕《荐皇甫规表》因表不需头，故前仅言"臣闻"。其后称"臣邕顿首顿首"。在总体框架上与上书文格式相差不大。另一篇《戍边上章》，据蔡邕《独断》所载："汉承秦法，群臣上书皆言'昧死言'。王莽盗位，慕古法，去'昧死'曰'稽首'。光武因而不改。朝臣曰'稽首顿首'。非朝臣曰'稽首再拜'。"可知除了二处文字因时代变迁有所改动外，该文的书写格式、抬头和结尾的文字均与前之霍去病《请立皇子为诸侯王疏》、韩信等《上尊号疏》无异。"章"虽是汉初群臣上书四品之一，用于谢恩，但它的功用常包含在表体中，章、表实为一体，故刘勰《文心雕龙》合论章、表二体，唐以后，无章，谢恩、庆贺等用表。通过上书与章、表在制作格式方面的比对，可以看出二者明显的相似之处。

四　上书主要文体功能辨析

公牍各体得以区分的一个重要依据是文体功能。据刘勰《文心雕龙·章表》载"章以谢恩"、"表以陈请"①，萧统《文选》"表"类19篇均有陈请的功用。可知，陈请是表的文体功能。陈请在具体文本中，主要体现在谏劝、赐爵、辞让、荐举、请事等题材中。兹以这一范围来考察两汉现存上书文（见表2）。

表2　　　　　　　　　　　　　　两汉现存上书文

	上书、上疏数量（篇）	陈请之用（篇）	所占比率（%）
西汉	90、37	69、20	76、54
东汉	90、167	63、119	70、71

① （梁）刘勰著，范文澜注：《文心雕龙注》卷五，人民文学出版社1958年版，第421页。

　　由表 2 可知，上书文中，两汉现存上书文中用于陈请者均超过 50%，可见上书的主要文体功能是陈请。而"表以陈请"，故上书与表在文体功能上相近相通。

　　以上是基于一个朝代的上书文所进行的统计分析，上书与表二体在撰作题材上的相近相通还体现在某一作者作品中。以曹操为例，他现存公牍有策、表、奏、上疏、上书、教、令，其公牍文体的撰作种类相对较完备。其中表、奏、上疏、上书为上行公牍（见表 3）。

表 3　　　　　　　　　　　曹操现存上行公牍

表	上书	奏
《领兖州牧表》	《上杂物疏》	《奏定制度》
《陈损益表》	《上书理窦武陈蕃》	《奏上九酝酒法》
《表糜竺领嬴郡》	《兖州牧上书》	《奏事》
《谢袭费亭侯表》	《上书让增封》	
《谢置旄头表》	《又上书让封》	
《让还司空印绶表》	《上书让费亭侯》	
《请爵荀彧表》	《上书让增封武平侯及费亭侯》	
《请封荀彧表》	《上书谢策命魏公》	
《表称乐进于禁张辽》		
《表论田畴功》		
《请追增郭嘉封邑》		
《表论张辽功》		
《掩获宋金生表》		
《留荀彧表》		
《让九锡表》		
《上器物表》		

　　对比这三类上行公牍，在内容、题材上，上书与奏毫不相涉，与表十分相近。上书所反映的内容在表中几乎可得一一对应：献物者《上杂物疏》与《上器物表》；谢恩者《上书谢策命魏公》与《谢袭费亭侯表》、《谢置旄头表》；辞让者《上书让增封》、《又上书让封》、《上书让费亭侯》、《上书让增封武平侯及费亭侯》与《让还司空印绶表》、《让九锡表》。剩下一篇《上书理窦武陈蕃》与《请追增郭嘉封邑》亦近，主要为逝者理功追封。同一作者

作品，上书与表所表现的内容、题材基本相同，说明二者之文体功能在作者看来也应是相近相通的。

　　综上所述，上行公牍文体随着时代的变迁，由先秦统称书或上书，至两汉定为四体：章、表、奏、议。虽然四体之名已定，但臣下在实际撰作中，似并未严格执行，故相应的史书在载录时多称"上书"或"上疏"。汉之上书、上疏承自先秦书或上书，一般认为其性质更近于文体类名，其文体功能涵养了四体。但从萧统《文选》、刘勰《文心雕龙》、史书等记述情况来看，上书在六朝的发展过程中及六朝人看来，其文体功能更近于章、表，远于奏、议。

论古文运动与中国古代文章学的关系

张志勇[*]

【摘　要】近年来，中国古代文章学的确立时期问题成为学界研究的焦点，各家的研究成果大有仁智相殊之势。然而多数学者将研究方向集中于宋、元、明、清以及汉魏六朝时期，对唐代开始的古文运动却鲜有论及。故而，本文拟以唐宋古文运动为切入点，来探讨它对于古代文章学成立的意义。学界对于古文运动的研究成果可谓星光粲然，为了避免抄袭陈言旧说，这里拟从更为广阔的历史背景着眼，通过将古文运动与不同历史时期不同文章学现象的比较，来确立古文运动对于文章学成立的作用及意义。

【关键词】古文运动；中国古代文章学；道统

一　综述

文章学，是 20 世纪 80 年代以来中国文学研究领域新兴的一门学科。近年来，在古代文学研究当中，文章学也成为一个见仁见智的"研究"热点。而各家分歧的焦点正在于——中国古代文章学究竟成立于哪一时期？

王水照、慈波两先生在《宋代：中国文章学的成立》一文中，将古代文章学作为一门学科的自我成立的时间划定在宋代。其理由是：以南宋陈骙的《文则》于孝宗朝问世开始，宋代文化进入了"蔚然博兴"的繁荣发展期，

---

　　*【作者简介】张志勇，（1971—　），男，安徽阜阳人，河北大学文学院副教授。研究方向：古代文论、唐宋文学等。

在文章创作的批评方面做出了许多"精到的理性阐述"。创作理论的成熟，标志着我国古代文章学在宋代的成立。在"附记"中，两位先生也提到，《文心雕龙》重点论述了诗、赋创作理论，应"定位于研究'杂文学'整体的理论著作，与一般所称的'中国古代文章学'是有区别的"。且《文心雕龙》并未以其为核心构建"相对独立的文章学学科"，故而《文心雕龙》的出现并非中国文章学创始之标志；① 祝尚书先生在其《论中国文章学正式成立的时限：南宋孝宗朝》② 一文中，也将文章学的成立时间作为一个更加具体的"点"锁定在了南宋孝宗时期。理由是：在理学"事功派"的推动下，孝宗"淳熙更化"确立了古文创作的典范。加之北宋以来所积累的"诗赋格法"艺术"营养"的滋育，南宋孝宗朝诞生了如陈骙的《文则》、陈傅良的《止斋论诀》等一系列以论述古文做法为主要内容的"文话"，并开启了元、明、清三代文话创作的先河。因而，可将古代文章学的成立时间锁定在宋孝宗时期。

胡大雷先生则持不同意见，在其《"文笔之辨"与中国文章学的成立——"文话"出现于隋唐考辨》一文中认为：若以"文话"的出现作为文章学成立的标志，则隋唐时期出现的《文笔十病得失》、《笔二种式》等文论作品，已经是关乎"文笔之辨"这一命题的"文话"了。故而，古代文章学应成立于隋唐时期；③ 吴承学先生在《中国文章学成立与古文之学的兴起》一文中，则又提出魏晋南北朝时期应为我国文章学的成立期。④ 理由是：此期"文章"观念业已成熟，并出现了《文心雕龙》等一批具有文章学建构意义的理论著作，因而在此期，古代文章学就已经成立了。而古文运动的兴起，则导致古代文章学的发展重心从"六朝时代以诗赋、骈文为主"转向了唐宋以降的"以古文为主"。但宋代只是"古文文章学"确立的时期，并不能以《文则》等一批古文"文话"的出现来作为整个中国古代文章学的成立的标志。

从以上诸先生的学术争鸣来看，"古代文章学的确立时限"这一问题，在实质上则关系到了各家对于"古代文章学"这一概念的理解。进一步说，则是对于"文章"这个概念的理解。王水照、吴承学诸家大抵都认为，"文

---

① 王水照、慈波：《宋代：中国文章学的成立》，《复旦学报》（社会科学版）2009 年。

② 祝尚书：《论中国文章学正式成立的时限：南宋孝宗朝》，《文学遗产》2012 年 1 月。

③ 胡大雷：《"文笔之辨"与中国文章学的成立——"文话"出现于隋唐考辨》，《社会科学研究》2013 年 3 月。

④ 吴承学：《中国文章学成立与古文之学的兴起》，《中国社会科学》2012 年 12 月。

章"或曰"文"，是"一个内涵丰富且变动不居的概念，在不同的历史阶段具有特定的含义"，是"因时而异、因人而异的概念"，因而具有多解性。诸先生大抵是从《说文》、《论语》、《文心雕龙》等典籍及文论有关"文"字的释义和用法入手，解析了"文章"两字含义由"交错的物象"到"礼乐等文化现象"，再到"典籍、著作和文字"，最后直至"文辞"的演变过程；而单论"文"字，其含义也存在着从"重点指称韵文"而向"重点指称古文"的演变历程。在此基础上，祝尚书先生认为文章学即"研究文章写作的科学"，可分为广、狭二义。而狭义文章学"所研究的对象是除专著及诗词之外的单篇文章（辞赋及各体骈文、古文）"。而文章学成立的标志，诸先生也基本都认为体现在文章观念的建立、文章创作及批评的共同繁荣以及相关理论体系的构建等几个方面。

二　从正向看古文运动与文章学成立之关系

既然"文章"或"文章学"是个开放的概念，而诸位先生已引经据典对这些概念进行了辨析。故而，我们并不打算蹈袭故辙，再对"文章"的概念进行特定的界说。相反，我们拟另辟蹊径，从"功能"的角度来解析"文章"在各个历史时期所面临的文化环境及其在历史中的发展规律。在这个基础上，我们或可对古人心目中的"文章"内涵有所窥见，进而提出有关"文章学"成立时限的一些观点和依据。

既然诸先生举出了《文心雕龙》和《文则》，分别作为"文章学"确立的标志性作品，我们就不妨从这两部作品入手来展开论述。《文心雕龙·宗经》："三极彝训，其书言'经'。'经'也者，恒久之至道，不刊之鸿教也。故象天地，效鬼神，参物序，制人纪，洞性灵之奥区，极文章之骨髓者也"；"故论说辞序，则《易》统其首；诏策章奏，则《书》发其源；赋颂歌赞，则《诗》立其本；铭诔箴祝，则《礼》总其端；纪传铭檄，则《春秋》为其根"；"故文能宗经，体有六义：一则情深而不诡，二则风清而不杂，三则事信而不诞，四则义直而不回，五则体约而不芜，六则文丽而不淫。"[①] 以上，该篇已针对不同的文体，道出了"宗经"的必要性、优越性及其具体操作的门径。然而，在《文心雕龙》之后论述作文之法，不折不扣地实践了"宗

①　（梁）刘勰著，范文澜注：《文心雕龙注》，人民文学出版社1962年版，第21页。

经"者，当要数大约六个半世纪之后南宋陈骙所著的《文则》。顾名思义，《文则》专门探讨作文之规则、门径，真正做到了"言必称典籍，口不离六经"。以《文则·丙》为例，该篇探讨行文时的十种比喻之法，分别援引若干经典为例："一曰直喻"，引《孟子》、《论语》、《尚书》、《庄子》为例；"二曰隐喻"，引《礼记》、《国语》、《左传》、《公羊传》为例；"三曰类喻"，引《尚书》、《新书》为例；"四曰诘喻"，引《论语》、《左传》为例；"五曰对喻"，引《庄子》、《荀子》为例；"六曰博喻"，引《尚书》、《荀子》为例；"七曰简喻"，引《左传》为例；"八曰详喻"，引《荀子》为例；"九曰引喻"，引《左传》、《礼记》为例；"十曰虚喻"，引《论语》、《老子》为例。① 综上可见，除《老子》、《庄子》及贾谊《新书》外，《文则·丙》在解说作文设喻之法时，在大多数情况下引用了儒家的经典，其中又多属《礼记》、《尚书》、《春秋》等"五经"范畴。然而，《文则·丙》篇的上述例子并非孤例。援引"五经"等典籍以明为文之法的例子，在《文则》当中恰似"中原有菽"，俯拾即是。可以说，六个半世纪之后成书的《文则》的确是不折不扣地实现了《文心雕龙》"宗经"的主张，真可谓前无古人；然而，时光再次流逝约六个半世纪后，我们在桐城派末期大家姚永朴所著的《文学研究法》中，也听到了响应《文则》为文之法的余音："大抵集中，如论辩、序跋、诏令、奏议、书说、赠序、箴铭，皆毗于说理者；词赋、诗歌、哀祭，则毗于述情者；传状、碑志、典志、叙记、杂记、赞颂，皆毗于叙事者。必也质而不俚，详而不芜，深而不晦，琐而不亵，庶几尽子史之长，而为六经羽翼。"② 所谓"尽子史之长，而为六经羽翼"，即在鉴定"集部"之文时，应着意考察其是否取径于子、史二部，从而最终达到"羽翼六经"之目的。因为在姚氏看来，"经、史、子、集"四类当中，子部诸子如"《管》、《晏》、《老》、《墨》、《列》、《庄》、《扬》、《韩非》、《吕览》、《淮南》，皆说理者也；屈、宋则述情者也；《左》、《国》、马、班及以下诸史，则叙事者。经于理、情、事三者，无不备焉，盖子、史之源也。如子之说理者本于《易》，述情者本于《诗》；史之叙事者，本于《尚书》、《春秋》、三礼"。而"集于理、情、事三者，亦无不备焉"③。那么为"集部"之文的向上一路，

---

① （南宋）陈骙：《文则》，人民文学出版社 1960 年版，第 12—14 页。
② 姚永朴：《文学研究法》，江苏古籍出版社 2009 年版，第 27 页。
③ 同上书，第 26 页。

自然就应该取径于子、史，通过这一"中介"手段，最终达到从"理、情、事"三方面都能够同化于"六经"，阐发"六经"之义而为其"羽翼"之目的。作"集部"文之法既然如此，则鉴赏"集部"文之法亦当如是。唯其如此，才能达到"翦刈厄言，别裁伪体""振雅而祛邪"之目的。可见，姚氏鉴赏"集部"文之方法，与《文则》写作"集部"文之方法，可谓出自同一机杼。

综上，我们举出了三部文论作品，在前后历经约 1300 年的时空背景中，梳理了"宗经"在文章学写作及评论相关理论体系中的发展轨迹。而《文则》之所以能够具体实践《文心雕龙·宗经》的主张，正是有赖于唐宋时期由韩愈、柳宗元、欧阳修等人发起、主持的古文运动。其发展轨迹是，在写作的指导原则层面，唐代韩愈提出："修其辞以明其道，我将以明道也"①；"愈之所志于古者，不惟其辞之好，好其道焉尔"②；"学古道则欲兼通其辞，通其辞者，本志乎古道者也"③。柳宗元主张："此在（写作文章）明圣人之道"④。北宋欧阳修进而主张"大抵道胜者文不难而自至也"⑤，提倡文与道并重。以上主张，实际是宗"恒久之至道"，亦即《文心雕龙》所谓"宗经"。

在文章的创作实践层面，韩愈现身说法，提出作古文要"沉浸酿郁，含英咀华，作为文章，其书满家。上规姚姒，浑浑无涯；周诰、殷《盘》，佶屈聱牙；《春秋》谨严，《左氏》浮夸；《易》奇而法，《诗》正而葩；下逮《庄》、《骚》，太史所录；子云，相如，同工异曲"；而且"穷究于经传史记百家之说"，"自'五经'之外，百氏之书，未有闻而不求，得而不观者"⑥，这就为习作古文指出了取法的方向。而欧阳修进一步提出"言以载事，而文

① （唐）韩愈撰，马伯通校注：《韩昌黎文集校注·争臣论》，古典文学出版社 1957 年版，第 62 页。

② （唐）韩愈撰，马伯通校注：《韩昌黎文集校注·答李秀才书》，古典文学出版社 1957 年版，第 102 页。

③ （唐）柳宗元：《柳宗元集·论九六书》，中华书局 1979 年版，第 813 页。

④ （北宋）欧阳修撰，李逸安点校：《欧阳修全集·答吴充秀才书》，中华书局 2001 年版，第 663 页。

⑤ （唐）韩愈撰，马伯通校注：《韩昌黎文集校注·答李秀才书》，古典文学出版社 1957 年版，第 102 页。

⑥ （唐）韩愈撰，马伯通校注：《韩昌黎文集校注·答侯继书》，古典文学出版社 1957 年版，第 95 页。

以饰言。事信言文看，乃能表见于后世。言之所载者大且文，则其传彰也；言之所载者不文而又小，则其传也不彰"①，这就提高了"文"相对于"道"的地位，令文辞日益受到作者的重视。其后，受江西诗派"夺胎换骨、点铁成金"、"无一字无来处"等诗法的影响，《文则》等"文话"将写作古文的指导原则及创作方法"合为一体"，构建了一套忠实贯彻《文心雕龙·宗经》主张的作文方法体系。

而上述体现桐城派"义法"理念的"尽子史之长，而为六经羽翼"之主张，无疑也是从古文运动"文以明道"的主张脱化而来，对《文则》所举创作方法加以提炼概括而得出的有关古文创作的"体用合一"之论大为赞同。

可以说，在写作方法及鉴赏规范等方面，古文运动不仅联结了《文心雕龙》的艺术主张以及《文则》的创作、批评实践，而且它所提出的一些原则、方法，在后世文话、文派"体用合一"式的演进中一以贯之、不绝如缕，影响力一直延续到了清末民初古文寿终正寝之际。

三　从反向看骈文鼓吹者及纯文学性"文章观"支持者的困境

然而，行文至此，我们却打算宕开一笔，转而去考察一下推崇骈体文的学者于文章学的创作理念，以资对比，以助思考。而与姚永朴大体同时代的另一位国学大师——刘师培，则是很好的研究对象。在《文章源始》中，刘师培绍继扬州学派先代宗师阮元的观点，提出"是则文也者，乃经史诸子外别为一体者。齐梁以下，四六之体渐兴，以声色相矜，以藻绘相饰，靡曼纤冶，文体亦卑。然律以沉思翰藻之说，则骈文一体，实为文体之正宗"②。既然刘师培本人也承认骈体文"靡曼纤冶，文体亦卑"，那为什么还要将其奉为"文体之正宗"呢？这还要从扬州学派的先代宗师阮元说起。阮元尚骈文，他在《书梁昭明太子文选序后》中说："昭明以为经也、史也、子也，非可专名之为文也。专名为文，必沉思翰藻而后可也。自齐、梁以后，溺于声色，彦和《雕龙》，渐开四六之体，至唐而四六更卑；然文体不可谓之不卑，而文统不得谓之不正。"③ 个中原因，在其《文言说》中略有说明："孔

---

① （北宋）欧阳修撰，李逸安点校：《欧阳修全集·答吴充秀才书》，中华书局 2001 年版，第 663 页。
② 《国粹学报》1905 年第 1 卷第 1 期。
③ （清）阮元：《揅经室三集》卷二，世界书局 1982 年版，第 609 页。

子于乾坤之言，自名曰文，此千古文章之祖也。为文章者，不务协音以成韵，修词以达远，使人易诵易记；而惟以单行之语，纵横恣肆，动辄千言万字；不知此乃古人所谓直言之言，论难之语，非言之有文者也，非孔子之所谓文也。《文言》数百字，几于字字用韵。孔子于此发明乾坤之蕴，诠释四德之名；几费修词之意，冀达意外之言。要使远近易诵，古今易传。……不但多用韵，抑且多用偶……凡偶皆文也。于物，两色相偶而交错之，乃得名曰文；文即象其形也。"①

　　也就是说，阮元以孔子为《周易》的"乾"、"坤"二卦所作的《文言》传为宗，说明文的标准是"字字用韵"，"协音成韵，修（约，简约之义）词达远"，而且最好使用对偶。凡不符合此标准者，即被目之为"言"而非"文"。似乎就为"文"保持相对于经、史、子的独立地位撑起了一把"保护伞"。而刘师培在其《论文杂记》中也表述了类似的见解："中国三代之时以文物为文，以华靡为文，而礼乐法制，威仪文辞，亦莫不称为文章。推之以典籍为文，以文字为文，以言辞为文。其以文为'文章'之文者，则始于孔子作文言。盖文训为饰，乃英华发外秩然有章之谓也。故道之发现于外者为文，事之条理秩然者为文，而言辞有缘饰者亦莫不称之为文。古人言：文合一，故借为文章之文。后世以文章之文遂足该文字之界说，失之甚矣。夫文字之训既专属于文章，则循名责实，惟韵语俪词之作稍与缘饰之训相符。故汉魏六朝之世，悉以有韵偶行者为文。而昭明编辑《文选》，亦以沉思翰藻者为文，文章之界至此而大明矣。"②虽然刘师培论"文章"涉及名物、礼法、典籍等诸多方面，但在这里则明确提出"文章之文"始于孔子为《周易》作《文言》。在这里，"文"与"道"是对举的，即道"发现于外"才能成为"文"，而非"道"之本身为文。而且必须有"缘饰"即艺术性的润色，使所指称之事表现出系统的条理性，方能称之为"文"。在这里值得注意的是，"文"与"道"的关系即"文"是"道"显现于外的表现形式，是其立论之关键。

　　既然"文"是"道"显现于外的表现形式，那么"文"与"道"以及论说"道"的"经"等之关系就仍然是难以回避的。因而，刘师培在《汉魏

----

① 刘师培：《文说·耀采篇第四》，《刘师培全集》第2册，中共中央党校出版社1997年版，第79页。

② 刘师培著，舒芜校点：《论文杂记》，人民文学出版社1984年版，第118页。

六朝专家文研究·论各家文章与经子之关系》一文中对此进行了解析："欲探各家文学之渊源，仍须推本于经。"认为"汉人之文，能融化经书以为己用。如蔡伯喈之碑铭无不化实为空，运实为空，实叙处亦以形容词出，与后人徒恃'峥嵘'、'崔巍'等连词者迥异。此盖得诸《诗》、《书》，如《尧典》首二段虚实合用，表象之辞甚多"①。在刘师培看来，蔡邕碑铭等文实际是运用了"经"的表现手法而非因袭"经"的内容，亦即它之所以成为"文"，只是因为它模仿了"经"阐述"道"的手法而非直接表现"道"本身。从这个意义上来说，蔡邕碑铭等文通过"缘饰"润色而使所指称之事表现出了条理性，最终较为"间接"地成为"道"的外在表现形式。对于曹植、陆机、任昉等人所作之文的论述，其逻辑也与蔡邕相似。

此外，刘师培还认为"研究各家不独应推本于经，亦应穷源于子"。在这里，他举出了儒家、纵横家、法家三者为"子"的代表，并认为"《史记》之文，兼取三家，其气厚含蓄之处，固与董仲舒《春秋繁露》为近，而其深入之笔法则得之法家，采《国策》之文，则为纵横家，故与纯粹儒家之文不同"。然而，"《史记》之文"却并非"韵语俪词"、"有韵偶行"，也为《文选》所不收。那么，刘氏在这里盛赞"《史记》之文"，其实是与其在《论文杂记》中所提出的使"文章之界至此而大明矣"之一系列标准相抵牾的。造成这种现象的原因在于，刘氏对"文章"还有另一番见解。

如果翻阅刘师培的《文章学史序》，我们就会看到刘氏对"文章"的另一个定义："言以足志，文以足言。文章者，所以抒己意所欲言而宜之于外者也。"并认为"上古之文，其用有二：一曰抒己意以示人……一曰宣己意以达神……则周末得文章正传者，仅墨家、纵横家二家而已。何则？墨家出于清庙之守……则工于祈祷；纵横家出于行人之官……则工于辞令"。经过一番考证，在文章末尾刘氏总结道："要而论之，墨家之文尚质，纵横家之文尚华；墨家之文以理为主，纵横家之文以词为主。故春秋战国之文，凡以明道阐理为主者（如《荀子》、《吕氏春秋》）皆文之近于墨家者也；以论事骋词为主者（《国语》、《国策》、《左传》及《孟子》之类），皆文之近于墨家者也。若阴阳、儒、道、名、法，其学术咸出史官，与墨家同归殊途。虽文体各自成家，然悉奉史官为矩镬。后世文章之士，亦取法各殊，然溯文体

---

① 刘师培：《中国中古文学史讲义》，时代文艺出版社 2006 年版，第 124 页。

之起源，则皆墨家、纵横家之派别也。故论其大旨著于篇。"①

　　从刘氏上面的论述可见，文章的"大旨"在于"抒己意所欲言而宜之于外"，与音韵、骈俪等因素毫无关系。而且"周末得文章正传"的墨家、纵横家，也并没有多少"韵语俪词"、"有韵偶行"的文章。至此可见，刘氏本身对于"文章"就有两个定义，两套标准。故而其各种著述常常在讨论"文章"的问题上陷入矛盾。究其本源，就在于他固执阮元所订立的"韵语俪词"、"有韵偶行"等标准以及《文选》收文的原则，缩小了文章的外延，故而常常自相矛盾，言过其实。

　　当然，如果我们回过头来细加思考，则阮元、刘师培们将孔子为《周易》所作的《文言》作为立论之依据，也是有缺陷的。比如章太炎就曾批驳："既以《文言》为文，《序卦》、《说卦》又何说焉？"② 意即，同是孔子为《周易》所作的《序卦》、《说卦》是"目录笺疏"，必须用单行散体而无法用"韵语俪词"。既然孔子为《周易》所作的"十翼"尚不能统一称为"文"，那么单单拿出其中的《文言》作为"文"的发轫点，自然就颇为值得怀疑了。

　　故而，综上所述，我们可以想见，为了维护"'韵语俪词'、'有韵偶行'方为文章"的学说以及《文选》的选文标准，阮元及刘师培们在理论上处于何等脆弱而艰难的境地。

　　其实，有关阮、刘二氏立论之依据，《文心雕龙·总术》早已讨论过了："今之常言，有'文'有'笔'，以为无韵者'笔'也，有韵者'文'也。夫文以足言，理兼《诗》、《书》，别目两名，自近代耳。颜延年以为：'笔之为体，言之文也；经典则言而非笔，传记则笔而非言。'请夺彼矛，还攻其盾矣。何者？《易》之《文言》，岂非言文？若笔为言文，不得云经典非笔矣。"③ 这里是由南朝时常见的"文笔之辩"导入，实际是在进行"言、文"之辩——颜延之认为"经"只有说理之言，不仅没有押韵而且没有艺术性的润色，故而连无韵的"笔"都不属于；为"经"所作的"传"则符合"笔"

---

①　刘师培：《文章学史序》，舒芜等编选《近代文论选》（下），人民文学出版社 1959 年版，第 564 页。

②　章太炎：《文学总略》，傅杰编校《章太炎学术史论集》，中国社会科学出版社 1997 年版，第 45—46 页。

③　（梁）刘勰著，范文澜注：《文心雕龙注》，人民文学出版社 1962 年版，第 655 页。

的标准。刘勰则拈出孔子为《周易》所作的《文言》用韵且有艺术性润色的例子，运用归谬法来反驳颜延之的言论（吴林伯《文心雕龙义疏》认为此处将"传"视为"经"之末，而与"经"统称为经典，良是）。而后，刘勰指出"发口为言，属翰曰笔，常道曰经，述经曰传。经传之体，出言入笔，笔为言使，可强可弱。'六经'以典奥为不刊，非以言笔为优劣也"。亦即，"六经"以其所承载的深刻之道而成为不刊之论，不能用"文笔"来界定、评论它。也就是说，"六经"是卓然超越于文、笔之上的，这与《宗经》篇的观点也是一致的。故而，《文心雕龙》虽然多处涉及文、笔之辩，但其实均不关涉"六经"。

与《文心雕龙》观点类似的，还有萧统的《文选序》："若夫姬公之籍，孔父之书，与日月俱悬，鬼神争奥，孝敬之准式，人伦之师友，岂可重以芟夷，加之剪截？老、庄之作，管、孟之流，盖以立意为宗，不以能文为本，今之所撰，又以略诸。"在这里，萧统认为，"六经"等儒家经典承载着宇宙间至高之"道"，是不可从其整体中加以剪截而录入《文选》的。至于"老、庄、管、孟"，则不再享受如"六经"的待遇，直接指出其"以立意为宗，不以能文为本"。即，因其过于"质"而缺少音韵、骈偶及语言艺术的润色，故而不选。而儒家"六经"在本质上也是"以立意为宗，不以能文为本"的，但碍于"六经"在封建文化中的地位，萧统以"日月俱悬，鬼神争奥，孝敬之准式，人伦之师友"为托词，给予儒家经典以卓然超越于文、笔之上的至高地位。因而在编选《文选》时对其采取了"敬而远之"的态度，"明褒暗贬"而又非常成功地将儒家经典排斥在了"文章"之外，维护了纯文学式的"文章"观念。

如果说《文选》对儒家经典采取了一种"敬而远之"的态度而加以规避，则梁元帝萧绎在《金楼子·立言》中则体现了另一种心思："然而古人之学者二，今人之学者有四。夫子门徒，转相师受，通圣人之经者谓之儒，屈原、宋玉、枚乘、长卿之徒，止于辞赋则谓之文。今之儒博穷子史，但能识其事，不能通其理者，谓之学。至如不便为诗如阎纂，善为章奏如柏松，若此之流，泛谓之笔，吟咏风谣，流连哀思者，谓之文。而学者率多不便属辞，守其章句，迟于通变，质于心用。学者不能定礼乐之是非，辩经教之宗旨，徒能扬榷前言，抵掌多识。然而掫源知流，亦足可贵。笔退则非谓成篇，进则不云取义，神其巧惠笔端而已。至如文者，惟须绮縠纷披，宫徵靡曼，

唇吻遒会，情灵摇荡，而古之文笔，今之文笔，其源又异。"学人多以为
"吟咏风谣，流连哀思者，谓之文"以及"绮縠纷披，宫徵靡曼，唇吻遒会，
情灵摇荡"① 等语句体现了萧绎"文章观念"的进步性，即从形式层面的
"韵语俪词"转而提升到了内容层面的"抒写性情"。然而，却较少注意到萧
绎立论时的文化心态——实际上，萧绎是在消极评价当世儒学的基础上提出
"文"这一概念的。亦即，上述这段文字表明古代的学者"通圣人之经"，故
而能被称为"儒"；而当今的学者"但能识其事，不能通其理"，故而只能降
格而被称为"学"，且此类学者"多不便属辞，守其章句，迟于通变"。也就
是说，在当世仅靠从"儒"蜕变而来的"学者"，"圣人之经"不唯"无人
可通"，而且也"无法可传"了。那么，如何才能绍继圣人之经义呢？凭借
"退则非谓成篇，进则不云取义，神其巧惠笔端而已"的"笔"者自然是不
可行的。隐然间，这一任务就落到了"文人"身上。如下文写道："曹子建、
陆士衡，皆文士也，观其辞致侧密，事语坚明，意匠有序，遗言无失。虽不
以儒者命家，此亦悉通其义也。遍观文士，略尽知之。"也就是说，这些先
代的"文士""虽不以儒者命家"，但还能"悉通其义"，犹能胜过当今的
"学"者。下文引"王仲任言：夫说一经者为儒生，博古今者为通人，上书
奏事者为文人，能精思著文连篇章为鸿儒，若刘向、扬雄之列是也。盖儒生
转通人，通人为文人，文人转鸿儒也"。在这里，萧绎出于抵御道德风险的
考虑，自己不便直言，而引用了王充的话，实际出自《论衡·超奇》篇。王
充认为："通书千篇以上，万卷以下，弘畅雅闲，审定文读，而以教授为人
师者，通人也。杼其义旨，损益其文句，而以上书奏记，或兴论立说，结连
篇章者，文人、鸿儒也。"② 意即，能够熟读经典、审定句读、堪为人师的人
可称为"通人"；能够发挥古书意思，灵活运用其中词句，提出自身见解和
主张者为文人、鸿儒。《超奇》通篇主要就是围绕上述几句话为论点而展开
的。但是，"文人"与"鸿儒"又有区别。王充举周长生的例子说明，"文
人"基本上是在草奏公文案牍时提出一些见解和主张。而像扬雄、刘向、桓
谭、周长生等人不仅能够草奏公文案牍，而且能够著书立说，贯通古今一切
或显大或幽微的事物，如此才能被称为"鸿儒"。可见，鸿儒的特点是，发

① （梁）萧绎撰，许逸民校笺：《金楼子·立言篇第九下》，中华书局 2011 年版，第 966 页。
② （东汉）王充著，黄晖撰：《论衡校释》，中华书局 1990 年版，第 606 页。

挥古书意思，灵活运用其中词句，著书立说而提出自身的见解与主张。

那么，依照这个观点，则前文提到的曹植、陆机等负有雄才的高级文士显然可以称得上是"鸿儒"了；而"上书奏事"的文人，多起草无韵脚的公文，约略相当于当今的"笔"者；而当世由古儒蜕化而来的"学"者"不能定礼乐之是非，辩经教之宗旨，徒能扬榷前言，抵掌多识"。只能约略相当于此处"博古今"的"通人"。

虽然萧绎没有言明，但这段话暗含的意思是，在儒学衰微的背景下，需要由"鸿儒"这样的高级文士担当起古代"通圣人之经"的"儒"所负担的大任。而他所选择的先代高级文士如陆机等，又是主张"诗缘情而绮靡"的。"诗缘情而绮靡"，当然也可以被解读为"发挥古书意思，灵活运用其中词句，著书立说而提出自身的见解与主张"的"鸿儒"之所作为。在这里，萧绎引用了王充之语，其实已经将"著书立说"这种相对个性化且具变通性的创作方法，高高地列于（但所著之书、所立之说未必尽合儒家典籍）儒生墨守经典的行为之上了。因而，鸿儒自然远胜一般儒生。但是，此"鸿儒"是否为真正的儒生呢？在理解上却是有很大弹性的。在封建社会，大抵文人才士都要熟读儒家经典，即使发一些偏离六经的言论，也会点缀一些儒家经典的言辞或说法，也可以视之为活用经典了。比如陆机《文赋》在阐述文章之用时就说道"俯贻则于来叶，仰观象乎古人。济文武于将坠，宣风声于不泯"。但是"诗缘情而绮靡"对于"济文武于将坠"又能发挥何种作用呢？这在汉魏六朝儒学衰微的背景下是无人细究的。故而，萧绎援引王充之语拈出"鸿儒"这个概念，在不知不觉中就实现了偷换概念之功用。"鸿儒"大可不必指饱学经典的硕儒，因为那可能被解读为"通人"。"鸿儒"转而却可以指如陆机、曹植般的高级文士，因为他们"发挥古书意思，灵活运用其中词句，著书立说而提出自身的见解与主张"。

那么，隐然之间，不就可以用"鸿儒"，"缘情而绮靡"，"绮縠纷披，宫徵靡曼，唇吻遒会，情灵摇荡"的诗赋创作来取代往昔儒生传经布道的事业了吗？而且，这样的"鸿儒"之位，很可能就是留给萧绎自己的。

萧绎此番话其背后的动机可能是：借文学活动来对抗世家大族的文化话语权优势。我们知道，南北朝时门阀制度大行其道。士族以儒家"经术"世代相传，掌握着主流的话语权。而南朝帝王却都出身于寒门素族，面对士族的文化优势他们在内心是不安的。就像"党锢之祸"前后汉灵帝设立"鸿都门学"专门教习文学艺术来对抗太学生的儒家正统地位一样，自魏晋以来，出身寒门的帝王及皇室成员也每每以标举"文学"来为自己争取新的话语权。于是我们看到了魏文帝《典论·论文》的"盖文章，经国之大业，不朽之盛事"；看到了梁元帝萧绎在《金楼子·立言》中所倡导的"至如文者，惟须绮縠纷披，宫徵靡曼，唇吻遒会，情灵摇荡"。而在《立言》中，萧绎所说的由"儒"蜕化而来的"学"，则应该就是不点名地批判、贬低江南士族了。

但是，儒家的正统观念毕竟还处于至高无上的地位。故而，作为皇族的萧绎在说这番话时却也只能旁征博引，一弹三叹，拐弯抹角，欲言又止，显得支支吾吾，别有深意。这自然是出于抵御道德风险的考虑。

综上所述，出于自身争夺文化话语权的需要，萧绎在《金楼子·立言》中采取了一种含糊的口吻以及近似偷换概念的方法，暗示了希望用文学活动取代儒学活动的愿望。同时，也在贬低儒学及士族儒生的基础上，将儒家典籍及儒学活动排斥出了"文章"的范畴，为树立纯文学性质的"文章"概念进行了一次努力和尝试。

通过上述的分析，我们可以看到，在儒学占据正统地位的封建社会当中，即使在儒学衰微的背景下，即使如萧绎、萧统等皇族也不得不用各种或巧妙或隐晦的方法来规避儒家经典的文化统治权，排斥经、子、史，进而为纯文学性的"文章"争得相对独立的地位。正是在他们的努力下，唐贞观年间修订的《隋书·经籍志》确立了"经、史、子、集"四部体制。然而，由于时代及文化环境的变迁，千载而下仍然尊奉纯文学性"文章"观念的阮元、刘师培等人，却在学理上陷入了自相矛盾乃至危殆的境地。这说明，在儒学占据正统地位的封建社会当中，纯文学性的"文章"学，其发展面临着较大的阻力，始终处于"名不正则言不顺"的困境之中。

四　结语

从本文以上的论述可见，在我国古代封建社会中，儒学之"道"始终是在文化领域占据统治地位的。即使是在儒学衰微的南北朝时期，出身皇族的萧绎、萧统们在确立纯文学性"文章"观念时都采用了"尊道而远之"的"规避"式手法乃至"敷设诡辞"、"含糊暗示"的"偷换概念"式手法，将儒学之"道"排斥于"文章"之外，从而达到了使"文章"独立之目的。六朝至唐骈体文的兴盛以及"集"部体制的确立，也从实践层面回应了他们"推尊文体"的努力。然而，在理论层面，"文"本身则始终处于一种缺乏理论支撑的相对尴尬的状态。及至中唐，韩愈、柳宗元等人发起古文运动，提出"文以明道"的说法，直接击中了骈文始终缺乏"道"支撑的尴尬之处及要害之处。虽然此后，韩门后进如李翱、皇甫湜等人因走向过分"怪奇"而将文坛主导权又暂时拱手让与骈文。但是，欧阳修主导的北宋古文运动则在兼顾"文"与"道"两者关系以及发展纡徐、平和之文风的基础上，从理论及实践两个层面树立了古文创作的标准，也就从根本上树立了古文这一文体。

如果我们回顾一下《文选序》，就会看到，它是在屡屡标举"《诗序》云：'诗有六义焉：一曰风，二曰赋，三曰比，四曰兴，五曰雅，六曰颂。'"以及"吉甫有'穆若'之谈，季子有'至矣'之叹"等儒家"诗教"话语的同时，采取"尊道而远之"的"规避"式手法将儒家经典排斥在"文章"范畴之外，进而确立"文章"之独立地位的。这不禁令人联想到明末《三言二拍》在表面标举封建道德以"劝化人心"的同时，却在实质上反映着市民阶层的全新生活面貌及思想观念。

儒家诗教，向来以"哀而不伤、乐而不淫"、"温柔敦厚"的"中和之美"为其要旨，讲求文学创作要在"风"、"雅"、"比兴"中体现上述的人文及审美规范。但同时它又是相对松散的，这表现在并没有一套可操作的方法体系可以提供给创作者来对"诗教"加以"有效"的贯彻，因而对于文学创作、文章写作来说就缺乏应有的"向心"型约束力。于是我们看到，汉赋讲究"诡文谲谏"，但它在多大程度上体现了"儒家诗教"，却是值得怀疑的。汉赋如此，其他的诗歌、辞赋创作也与之相似。于是，毫不奇怪地，我们看到了《文选序》标举"诗教"之名而行"文章"独立之"实"的现象。

但是，古文运动的兴起则不然。彼时，诗歌已走过了它的极盛期走向衰落，辞赋则衰落已久，骈散文体则渐渐成为文坛"主力"。而相对松散的儒家诗教，对于诗歌、辞赋尚缺乏足够的约束力，则对于骈散文体更难以发挥足够的"引导及规约"等功能。而古文运动勃兴，标举"文以明道"，则一方面赋予了"文章"以"道统"的意义，使之获得"名正言顺"的地位而加快了发展；另外，也逐步创建起了一套相对于"诗教"更为严密的创作理论及方法体系。我们不妨称之为"文教"。具体表现在，从南宋孝宗朝的《文则》等文论作品开始，逐步确立了一种文章创作目的（指导原则）、创作理论及创作方法三者高度统一、融合，且具有可操作性的方法理论体系。这个体系紧紧围绕"文以明道"乃至"文以载道"的理念逐步扩充发展。此后的历代"文话"都在这一"体系"的既有基础之上做着添砖加瓦的工作。延及清代，最终发展成为翁方纲"肌理说"以及桐城派"义法说"，标志着上述文章创作方法理论体系在古文及骈文等一切旧体文章"行将就木"的前夕，终于定型了。而从南宋初期发展而来的这一套"方法体系"，我们不妨将其概括为紧密围绕儒家道统、具有可操作意义且远比"诗教"更为严密的一套"文教"体系。而且，这套"文教"体系，与宋代以来科举以"古文"取士的形势相适应。而南宋以来大量"文话"作品围绕这一"文教"体系而发展出的"科举"之文做法、对策，也对明清"八股文"的成型具有示范及推动作用。

　　以上，我们概述了南宋以来直至明清"文教"的发展状况，而古文运动正是这一"文教"体系得以建立的肇端。古文运动的意义在于，它在注重儒学"道统"的封建社会里赋予了"文章"以名正言顺的"道统"，使之摆脱了之前"名不正则言不顺"的尴尬境地，从创作实践及理论两方面都促进了"文章"的发展，最终促成一套可称为"文教"的文章创作及理论体系的成型。虽然古文运动的成果之后也为道学家所利用，产生了许多流弊。但在当时看来，古文运动无疑是具有先进意义的。

　　最后，我们认为，探讨中国古代文章学，如果不考察古人的观念，古人在我们的研究中没有发言权，这将是不合适的。而中国古代文化与文学发展的实际情况是，儒学"道统"始终占据着支配地位。因而，文章的发展最后趋近于"道统"，是一种客观的必然。否则，文章就因缺乏济世、教化等功能而难以自存。与萧统、萧绎等皇族树立纯文学性"文章"观念时左支右绌、顾左右而言他的艰难情状以及阮元、刘师培等在理论层面自相矛盾的艰难情状相比较，从韩、柳以来逐步确立的古文创作理论及实践体系，其发展无疑是从容裕如，相对顺利的。笔者无意于评价古人以"道统"来确立"文统"这种观念及行为的对错得失，但文学史上的客观情况却表现出了古文这一文体对于彼时文化环境的极强适应性与生命力。从尊重古人创作实践及其观念的指导原则出发，我们认为，古文运动以来所逐步建立起来的文章创作理论及实践体系比以《文心雕龙》为代表的创作理论及实践体系更为严密而具可操作性；而且建立起了比"诗教"更为严密的"文教"体系。而且，它明显更适应古代社会的文化环境，并在与文化环境实现完美交融的过程中实现了古代儒学文士心目中理想的功能。所以，从这几个方面来说，笔者认为，中国古代文章学的成立期定位在南宋时期是具有其合理性的。

"制度与文学"研究范式的形成和发展

吴夏平[*]

【摘　要】"制度与文学"是 20 世纪 80 年代以来古典文学研究的热点。其研究范式的形成，源于西方文学社会学理论与"知人论世"的中国学术传统的交互作用。"制度与文学"范式推动了古典文学研究，但同时也产生了不少问题。本文提出突破当前研究困境的两种方法，一是坚持文学本位，在纵向和横向两方面开掘新论题，一是加强"制度—文化—文学"与"制度—文人—文学"双线交错的研究。

【关键词】制度与文学；研究范式；中国学术传统；文学社会学；学术史

20 世纪中国古典文学研究进程，大致可分成三个阶段。一是清末民初至新中国成立之初，以"五四"新文化运动为中心，其基本特征是中西学术的融通，或者说是旧学与新知的交汇，产生了一批标志性的古典文学研究大家，如王国维、梁启超、胡适、陈寅恪等。二是新中国成立之初至 20 世纪 70 年代，这一时期的主要特点是以马克思主义文艺思想作为文学研究的基本理论。比如社科院文学所编写的《中国文学史》，其编写原则即是"遵循马克思列宁主义的观点，比较系统地介绍中国古代文学的发展过程，并给古代作家作品以较为恰当的评价"①。游国恩等人所编《中国文学史》也同样"遵循马克

---

* 【作者简介】吴夏平（1976—），江西都昌人，贵州师范大学文学院教授，博士生导师。研究方向：中国古代文学与文化。

① 中国社会科学院文学所中国文学史编写组编著：《中国文学史》，人民文学出版社 1962 年版，第 1 页。

思列宁主义、毛泽东思想的原则来叙述和探究我国文学历史发展的过程及其规律"①。三是 20 世纪 80 年代初至 20 世纪末，典型特征是西方文艺思潮在中国广泛传播，其与古典文学研究相结合，产生了一大批新的研究成果。其中"制度与文学"的研究，成为 20 世纪 80 年代以来古典文学研究领域中的重要学术话题，并逐步形成"制度与文学"研究范式。三十余年来，"制度与文学"的研究成为学术热点，但与此同时也产生了不少问题。随着研究成果的不断增加，思路的重复和成果的叠合也不断出现。因此，追溯"制度与文学"研究范式的形成过程，并据此提出研究的新方法和新路径，对突破当前困境来说，具有十分重要的价值和意义。

一

研究范式是指研究者进行科学研究时所共同遵循的模式与框架，是由其特有的观察角度、基本假设、概念体系和研究方法构成的，它表示研究者看待和解释研究对象的基本方式。"制度与文学"研究范式的基本含义，是指研究者从社会制度这个角度考察制度与文学之间的关联性，并以此为基础来阐释文学的生成和演变。本质上来说，"制度与文学"的研究，就是以制度为观察视角，将文学、史学、哲学、社会学等学科结合在一起，利用多学科的优势作历史还原研究。用傅璇琮先生的话来说，就是："把那些最足以说明生活特色的材料集中起来，并尽可能作立体交叉的研究，让我们研究的对象（不管是一个人、一群人，或是一个社会），站起来，活起来。使我们仿佛走进了那个时代，迎面所接触的是那个时代所特有的色彩和音响。"② 其中"与"的含义，不是表示并列关系，而是表示制度和文学二者的本质联系。"与"的义项，既包括促进，也包括"促退"。③

回顾三十余年来"制度与文学"的研究历程，可以看到，傅璇琮等先生具有筚路蓝缕的开创之功。傅著《唐代科举与文学》，实为"制度与文学"研究的发轫之作，具有里程碑意义。傅先生本人是这样总结的："此书 1986 年由陕西人民出版社出版，出版以后，反应尚可，得到学界的首肯。使我感到欣慰的是，好几位中青年学者，仿我的写作格局，撰写类似的选题。如兰

---

① 游国恩等编著：《中国文学史》，人民文学出版社 1963 年版，第 1 页。
② 傅璇琮：《唐代科举与文学》，陕西人民出版社 2003 年版，第 2 页。
③ 程千帆：《唐代进士行卷与文学》，上海古籍出版社 1980 年版，第 88 页。

州大学中文系王勋成教授花了好几年的时间,写有《唐代铨选与文学》;南京师范大学文学院薛亚军博士以《唐代进士与文学》为题写作学位论文;有一位原在东北某大学执教的博士生,拟在已完成其有关宋代官制论文之后,写一部《宋代科举与文学》。郑州大学中文系陈飞教授正在博士学位论文基础上,撰写唐代策文研究。"① 事实上,唐代科举制度与文学的研究,除傅先生所提到的几种著作之外,近年来还出现了俞钢《唐代文言小说与科举制度》、郑晓霞《唐代科举诗研究》等。不仅如此,经过三十余年的发展,"制度与文学"研究已从科举制度拓展到其他各种制度。比如幕府制度,就有戴伟华师《唐代幕府与文学》、《唐代使府与文学研究》等。戴师在谈到使府与文学研究选题时,曾引用《〈唐代科举与文学〉序》中的一段话:"我想,从科举入手,掌握科举与文学的关系,或许可以从更广的背景来认识唐代的文学。如果可能,还可以从事这样两个专题的研究,一是唐代士人怎样在地方节镇内做幕府的,二是唐代的翰林院和翰林学士。这两项专题的内容,其重点也是知识分子的生活。我想,研究中国封建社会,特别是研究其文化形态,如果不着重研究知识分子的历史变化,那将会遇到许多碍隔。"② 基于这样的认识,戴先生指出:"研究唐代方镇幕府,研究这一群体,可以深化我们对唐代文学的认识,甚至可以纠正传统的偏颇和错误。"③ 再如教育制度,有《唐代的教育和教育诗》、《唐代寺院教育与文学》、《唐代私学与文学》等。礼乐制度,有《初盛唐礼乐文化与文士文学关系研究》、《唐代乐府制度研究》等。交通制度,有《唐代交通与文学》、《唐宋时期馆驿制度及其与文学之关系研究》等。谏议制度,有《唐代谏议制度与文人》等。贬谪制度,有《元和五大诗人与贬谪文学考论》、《唐五代逐臣与贬谪文学研究》等。馆阁制度,有《唐代文馆制度及其与政治和文学之关系》及拙著《唐代中央文馆制度与文学研究》。上述现象说明两个问题,一是"制度与文学"已成为古典文学研究的基本范式,二是傅璇琮先生在研究格局形成中起到了道夫先路的开创性作用。

　　中国现当代文学研究也产生了不少以"文学制度"为题的论著。比如《中国现代文学制度研究》、《中国当代文学制度研究》、《新时期以来中国文学制度研究——以茅盾文学奖为中心的考察》、《二十世纪中国文学的奖励机

---

① 　傅璇琮:《唐代科举与文学》,陕西人民出版社 2003 年版,第 2 页。

② 　同上书,第 6 页。

③ 　戴伟华:《唐代使府与文学研究》,广西师范大学出版社 1998 年版,第 3 页。

制研究》、《文学研究会与中国现代文学制度》等。可见"制度与文学"已成为中国文学研究的热点。

"制度与文学"研究范式的形成，首先应归功于前辈学者的大力倡导。其次，还与当代学术体制密切相关。上述成果大多曾成功申报国家级项目，这些经验往往被后人学习和模仿。"制度与文学"研究成果的不断增多，应与此有关。不过，这两点只是"制度与文学"研究范式形成的大背景，其学术渊源和学理机制，还要从中西学统的交互作用来分析。

二

早在《唐代科举与文学》出版的六年前（1980），傅璇琮先生已出版另一部重要学术著作《唐代诗人丛考》。在该书序言中，傅先生反复征引法国学者丹纳的《艺术哲学》：

> 艺术家不是孤立的人。我们隔了几世纪只听到艺术家的声音；但在传到我们耳边来的响亮的声音之下，还能辨别出群众的复杂而无穷无尽的歌声，像一大片低沉的嗡嗡声一样，在艺术家四周齐声歌唱。[1]
>
> 艺术家本身，连同他所产生的全部作品，也不是孤立的。有一个包括艺术家在内的总体，比艺术家更广大，就是他隶属的同时同地的艺术宗派或艺术家家族。[2]

作为一种艺术理论，柏拉图、亚里士多德等人早就有关于文艺社会关系和文艺社会作用的论述。但真正意义上的文学社会学的开山之作，是斯达尔夫人写于1800年的《从文学与社会制度的关系论文学》。此后，欧洲各国开始产生一些较为系统的文艺社会学理论。其中的佼佼者当属丹纳和埃斯卡皮。丹纳著有《艺术哲学》。埃斯卡皮在20世纪五六十年代发表了一系列著作，如《文学社会学》（1958）、《书籍的革命》（1965）、《文学性和社会性》（1970）。其理论主要集中于文学生产、文学发表与发行、文学消费与阅读等方面。丹纳和埃斯卡皮等人的著作，在20世纪六七十年代被译介至我国，对

---

① ［法］丹纳：《艺术哲学》，傅雷译，人民文学出版社1963年版，第6页。
② 同上书，第4—5页。

学术研究产生重大影响。

　　傅先生为丹纳的艺术理论所吸引，并自觉地将其运用于文学研究。他说："若干年前，我读丹纳的《艺术哲学》，印象很深刻。……由丹纳的书，使我想到唐诗的研究。唐代的诗歌，在我国古代文学上，是一个重大的发展。在唐代的诗坛上，往往会有这样的情况，即每隔几十年，就会像雨后春笋一般出现一批成就卓越的作家，其中还产生了像李白、杜甫、白居易那样有世界声誉的伟大诗人。……对于这样的一种文学现象，如果只是以诗论文，以文论文，显然是不够的。……为什么我们不能以某一发展阶段为单元，叙述这一时期的群众生活和风俗特色呢？为什么我们不能这样来叙述，在哪几年中，有哪些作家离开了人世，或离开了文坛，而又有哪些年轻的作家兴起；在哪几年中，这一作家在做什么，那一作家又在做什么，他们有哪些交往，这些交往对当时及后来的文学具有哪些影响；在哪一年或哪几年中，创作的收获特别丰硕，而在另一些年中，文学创作又是那样的枯槁和停止，这些又都是因为什么？"① 这种学术思想在《唐代科举与文学》一书中得到具体实践。在谈到为什么要选取唐代科举与文学作为研究题目时，傅先生说："从研究一个作家、学者，或者政治人物着手，来展示一个时代，已经成为许多著作者所采用的方法了，其中还曾产生过一些杰作。但是，是否可以抓住某一历史时期带有普遍性的问题，作为叙述的线索，把一些零散的社会现象和人物行迹串联起来，使内容的覆盖面更大一些呢？鉴于社会是在不断地发展，社会生活又是如此的纷繁多彩，研究方式也应有所更新，要善于从经济、政治与文化的相互关系中把握住恰当的中间环节。由此，我想到了科举制度。"② 由这些论述可以看到，西方文学社会学理论对傅先生学术思想的形成产生过重要影响。此点业已为学界关注，比如陈友冰指出："《唐代诗人丛考》的研究观念和研究方法，其中一部分乃导源于国外的研究观念和研究手段的吸纳和创新。"③ 董乃斌先生说："傅先生做唐代作家生平考证，既有学术史的考虑，又受到不尽如人意的刺激。而在《唐代诗人丛考·前言》中提及的丹纳《艺术哲学》的影响，也可视为学术现状的正面启发。"④

---

　　① 傅璇琮：《唐代诗人丛考》，中华书局 1980 年版，第 2—3 页。
　　② 傅璇琮：《唐代科举与文学》，陕西人民出版社 2003 年版，第 3 页。
　　③ 卢燕新等编：《傅璇琮先生学术研究论文集》，商务印书馆 2012 年版，第 23 页。
　　④ 同上书，第 12 页。

　　"制度与文学"研究范式的形成，不仅受西方文学、社会学影响，而且也与中国传统学术思想相关，且与"知人论世"、"诗史互证"等学术方法的关系尤为密切。傅先生曾说："我们的文学史研究工作者……比丹纳更进一步。"① 更进一步体现在哪里？或者说如何才能做到比丹纳更进一步呢？傅先生给我们的答案是："在工作进行中，我不得不接触历史记载，因此查阅和参考了建国前后的一些史学著作。这方面，陈寅恪、岑仲勉等学者的有关著作给了我很多启发和帮助。"② 可见，中国学术传统对傅先生产生了极为重要的作用。傅先生对传统学术方法的研究，主要体现为对陈寅恪学术体系的考察。从 20 世纪 80 年代初至 90 年代中期，傅先生写作了多篇研究陈寅恪学术思想的专文，如《一种文化史的批评——兼谈陈寅恪的古典文学研究》、《陈寅恪思想的几点探讨》、《陈寅恪文化心态与学术品味的考察》、《略谈陈三立——陈寅恪思想的家世渊源试测》等。傅先生认为陈寅恪学术体系的精义是"对历史演进所作的文化史的批评"，"文化史的批评不是一种偶然性与局部性，而是一种根本观点，那就是对历史、对社会采取文化的审视。他的研究使某一具体历史事件得到整体的呈现，使人们更易于接近它的本质"③。

　　若进一步追问，我们会发现陈寅恪先生之所以能够对历史事件做文化的批评，从而使其得到整体的呈现，是因为他所采用的研究方法，乃是融贯中西的社会学的分析法。陈先生说："其真能于思想上自成系统，有所创获者，必须一方面吸收输入外来之学说，一方面不忘本来民族之地位也。"④ 先生留学欧美多年，大量地学习和接受了西方艺术理论和学术方法。早在宣统三年（1911），先生就在瑞士读过《资本论》的原文，曾对西方社会学方法有过专门的研究。⑤ 他强调学术研究必须坚持"中体西用"的中国文化本位原则。所以其论治学方法，一再强调"知人论世"的重要性。如早期论元稹诗歌谓"欲了解元诗者，依论世知人之旨"⑥。晚期《论再生缘》一文亦谓"年来读史，于知人论世之旨稍有所得"⑦。中国古代"知人论世"理论和"兴观群

----

① 傅璇琮：《唐代诗人丛考》，中华书局 1980 年版，第 4 页。
② 同上。
③ 傅璇琮：《一种文化史的批评——兼谈陈寅恪的古典文学研究》，《中华文化》1989 年第 1 期。
④ 陈寅恪：《金明馆丛稿二编》，生活·读书·新知三联书店 2001 年版，第 284—285 页。
⑤ 汪荣祖：《史家陈寅恪传·自序》，北京大学出版社 2005 年版。
⑥ 陈寅恪：《元白诗笺证稿》，生活·读书·新知三联书店 2001 年版，第 86 页。
⑦ 陈寅恪：《寒柳堂集》，生活·读书·新知三联书店 2001 年版，第 63 页。

怨"批评方法，实与西方文学、社会学有许多相通之处。"知人论世"语出《孟子·万章下》，后世文论家经常拿来论述文学与社会的关系。如章学诚《文史通义·文德》云："不知古人之世，不可妄论古人文辞也。知其世矣，不知古人之身处，亦不可以遽论其文也。"① 只有全面了解作者本人及其所处的社会环境，才能对作品作出恰当的评价。孔子论《诗》的"兴观群怨"，所论实际上也是文学与社会的关系问题。比如"群"，是指文学的交际功用。诗歌作为交际工具，可以通过唱和诗、公宴诗、应制诗、赠别诗、分题分韵、赋得诗、联句诗等形态来实现其功利性和集体性。② "兴观群怨"和"知人论世"等理论，与西方社会学分析方法表述有所不同，但实质却是相通的。

陈寅恪先生"中体西用"研究立场的实质性意义，在于将中国传统学术方法与西方文艺理论融会贯通，创造性地提出"诗史互证"的研究策略。虽然早在陈寅恪先生之前，刘师培已经提出过以唐诗证史。③ 但真正将这种方法发扬光大并形成理论的还是陈先生。"诗史互证"的要义，主要是时间、地理、人事之法。④ "诗史互证"的方法，有利于对历史演进作文化的批评，有利于从整体上揭示历史事件的本质。

傅璇琮先生对丹纳《艺术哲学》的服膺，以及对以陈寅恪先生为代表的中国传统学术的继承和发扬，二者交互作用，形成具有傅氏特色的研究理路。先生对"制度与文学"的关注从未间断，21 世纪初更进一步指出："应将文学的研究拓展到政治制度、传统思想、社会思潮、社会群体（家族、流派、作家群、社团等）、科举、幕府、音乐、绘画、民俗、交通等文化层面，注意在文史哲相关学科和其他交叉学科的联系中探索知识分子的生活道路、思维方式、心灵状态和社会处境。对复杂的文化背景的综合研究将有助于人们更真实而深入地解读文学，厘清文学与社会文化的多重互动关系，从总体把握文学史的复杂流变和演进规律。"⑤ 这些论述深刻表明，傅先生的学术思想对古典文学研究产生了重要影响。

---

① 章学诚著，叶瑛校注：《文史通义校注》，中华书局 1985 年版，第 278—279 页。

② 吴承学：《诗可以群——从魏晋南北朝诗歌创作形态考察其文学观念》，《中国社会科学》2001 年第 5 期。

③ 卞孝萱：《现代国学大师记》，中华书局 2006 年版，第 53—54 页。

④ 蔡鸿生：《金明馆教泽的遗响》，《广东社会科学》2005 年第 3 期。

⑤ 傅璇琮：《唐代文学研究：社会—文化—文学》，《华南师范大学学报》（社会科学版）2005 年第 2 期。

三

但是，多学科交叉的研究方法也势必带来一些消极影响。多学科交叉研究，对研究者学术素养提出了更高要求。在学科发展日益精细的今天，熟习一门专业知识都极为不易，遑论熟练掌握多种学科了。这就导致各种弊端产生。比如研究某种制度与文学的关系，往往只是从历史学层面研究制度本身，对制度与文学的关联性却未能揭示。或者是先研究一种制度，再研究文学，将"制度与文学"简单理解为"制度＋文学"。如何解决好这些问题，笔者以为应从两点着手：一是在横向和纵向两方面开掘新的研究题目，二是采用"制度—文化—文学"与"制度—文人—文学"双线交错的研究模式，从本质上揭示制度与文学的关系。

"制度与文学"研究的横向拓展，就是发掘新的与文学相互关联的制度。在上述制度之外，还可以尝试从藏书、刻书、传播、丧葬、婚姻、法律、医药、商业、移民、军事、饮食、服饰、士族、家族等方面入手，研究它们与文学的关系。其中部分已得到学界关注，比如书籍的刊刻和传播，已有查屏球《纸简替代与汉魏晋初文学新变》、宋迎平《宋代刻书产业与文学》、程国赋《明代书坊与小说研究》、孔德明《汉代藏书制度对汉代文学传播的影响》等论著。门阀士族与文学的研究，也出现了《士族与魏晋南朝文学研究》、《东晋南迁士族与文学》、《唐代山东士族与文学》等著作。家族与文学的研究，已有张剑《宋代家族与文学》等论著。郭树芹《唐代涉医文学研究》，则从医药角度来研究文学。

纵向拓展，是指加强"制度与文学"的历时研究。比如科举与文学的研究已从唐代扩展至宋、明诸朝，其中较有代表性的著作有祝尚书《宋代科举与文学考论》、林岩《北宋科举考试与文学》、叶楚炎《明代科举与明中期至清初通俗小说研究》等。馆阁制度与文学的研究也扩展至宋代，出现了《北宋馆阁翰苑与诗坛研究》、《北宋馆阁与文学研究》、《北宋馆阁词研究》、《南宋馆阁与南宋诗歌》等论著。礼乐、教育制度与文学的研究，则拓展至先秦和汉代，出现了《周礼与文学》、《汉代教育制度与汉代文学创作》等著作。官制与文学，也有《南朝选官制度与文学》、《明代中央文官制度与文学》等博士论文。由此可见纵通确实不失为拓展学术空间的好办法。

横通与纵通两种方法，可以拓展"制度与文学"的研究空间。但如何提升研究水平，发掘制度与文学之间深层次关系，却非此法所能解决。笔者以为，应剔除"制度＋文学"的简单思路，采用"制度—文化—文学"和"制度—文人—文学"二者交错的新模式。制度是文学生成的外部环境，属于文学生态部分，并不一定直接作用于文学。联结制度与文学的重要媒介是社会文化以及生活在这种环境中的文人。事实证明，只有将制度融入社会文化中，研究制度之下的社会思潮、社会群体、社会风气，以及制度影响之下的文人生存境况和生活状态、心灵历程、社会活动、角色变迁等，才能真正从本质上揭示制度与文学的内在关联性。举例来讲，比如研究唐代教育制度与文学之关系，不能简单地运用"教育制度＋唐代文学"这样的方式来进行。教育制度如何作用于学官和学生，学官和生徒在科举考试大环境之下的心理状态和文学生活又是怎样的，学官迁出对地方文学的影响又如何等，才是连接教育与文学的关捩子。只有把这些问题解决好了，才能真正揭示教育制度与唐代文学之间的关系。笔者对上述问题有所思考，已发表《"官学大振"与初唐诗歌演进》、《唐代国子学官朝野迁转及其地方影响》、《唐代国子学官社会角色变迁及其与文学之关系》、《从学官角色看韩愈贬潮与区域文学影响》等论文。① 近来笔者又发现，对学官和生徒的文学生活进行研究非常重要。笔者认为《国秀集》是一个很好的例子。据北宋曾彦和跋文所言"天宝三载国子生芮挺章撰"②，及南宋陈振孙《直斋书录解题》著录"《国秀集》三卷，唐国子进士芮挺章撰"③，可知《国秀集》编选者芮挺章的身份为国子生，也就是在国子监就读以备进士试的学生。从《国秀集》所选诗歌来看，既有优秀诗人的作品，也有一些名不见经传的小人物的诗作。其选诗水准颇为后人讥诮，曾彦和就曾批评"挺章编选，非璠之比"④。意思是说芮挺章选诗的眼光，比不上殷璠的《河岳英灵集》。但这正是《国秀集》的特点也是其价值所在。芮挺章作为一名国子监的学生，其诗歌水平自然无法与殷璠相比。此外，从编选目的来看，殷璠是为了表彰河岳英才，而芮挺章则是为应进士试

①　笔者拙文分见于：《"官学大振"与初唐诗歌演进》，《文学遗产》2013年第2期；《唐代国子学官朝野迁转及其地方影响》，《贵州社会科学》2013年第6期；《唐代国子学官社会角色变迁及其与文学之关系》，《唐代文学研究》第十三辑，广西师范大学出版社2010年版；《从学官角色看韩愈贬潮与区域文学影响》，《贵州师范大学学报》（社会科学版）2012年第2期。
②　傅璇琮编：《唐人选唐诗新编》，陕西人民教育出版社1996年版，第290页。
③　陈振孙：《直斋书录解题》，上海古籍出版社1987年版，第440页。
④　傅璇琮编：《唐人选唐诗新编》，陕西人民教育出版社1996年版，第290页。

编撰诗歌选本。《国秀集》选录了一批进士和前进士——唐代科举习称已被贡举但尚未登第的举子为"进士",已登进士第的称"前进士"——他们的诗歌是该选本与其他唐人选唐诗的最大不同。据上所述,《国秀集》是国子生为应试而编就的一部诗歌教材。芮挺章的身份及其选诗活动,反映了国子监生文学生活的一个侧面,而这正是深入揭示教育制度与唐代文学相互关联的最佳切入点。从这个例子来看,文化和文人作为桥接制度与文学的介质,为考察二者的互动关系提供了更重要的视角。

姚永朴《文学研究法》征引《文心雕龙》考察

叶当前*

【摘　要】姚永朴《文学研究法》发凡起例仿之《文心雕龙》，在文献征引上，与姚鼐、刘大櫆、曾国藩等桐城派先贤的条目相当，体现出姚氏谨守家法却能破除门户之见的文学思想。姚永朴援《文心雕龙》入《文学研究法》教材，开黄侃在北大讲解《文心雕龙》之先河，进而使《文心雕龙》成为《文选》派与桐城派论争阵地，具有深刻的学术史学意义。《文学研究法》征引《文心雕龙》侧重在释名章义与敷理举统方面，较少引用选文定篇材料。在对具体篇目接受上，姚氏侧重《文心雕龙》文体论部分，黄侃《文心雕龙札记》侧重创作论各篇。

【关键词】姚永朴；《文学研究法》；《文心雕龙》；黄侃

《文学研究法》是姚永朴在大学课堂教学基础上精心结撰的一部文章学著作，"其发凡起例，仿之《文心雕龙》"[①]，其在范畴界定、命题阐释、文学史论等方面大量征引《文心雕龙》，述作并重，既重视经典文论的传承，又主动考虑学术体制的需要，在总结中国民族文学理论史上做出了贡献，在现代文学理论发展史上有一定的地位。该书四卷二十五篇，在体例上与《文心雕龙》呼应相通，学术界多有论述。然而其对《文心雕龙》的征引，却不被

---

　*【作者简介】叶当前，安徽太湖人，文学博士，安庆师范大学文学院教授。

　①　基金项目：国家社科基金重大招标项目"东亚《诗品》、《文心雕龙》文献研究集成"（14ZDB068），国家社科基金后期资助项目（13FZW058）。姚永朴著，许结讲评：《文学研究法》，凤凰出版传媒集团2009年版，卷首序。

重视，杨明照《增订文心雕龙校注附录》"采撷"、"引证"部分均未提及。故在全面梳理姚永朴征引《文心雕龙》句段基础上开展考察，抛砖引玉，希望裨益《文心雕龙》的接受研究。

一

《文学研究法》是作者在北大讲义的基础上编订而成，前期基础是国立法政学校讲义《国文学》四卷。《国文学》选录中国历代单篇文论《诗·关雎序》以迄曾国藩《经史百家杂钞序》二十篇，随文简要夹注词义或段落大意，每篇之后以"永朴谨案"、"又案"字样领起按语的形式阐述中国古代文学理论史上的重大命题、范畴、理论与规律，类似中国古代文论作品选讲。①《文学研究法》很重视《国文学》选录篇目，除方苞《书归震川文集后》一篇外，其余十九篇均见引录，像曹丕《典论·论文》、陆机《文赋》、韩愈《答李翊书》等均引达七条之多，文体分类更是直接沿用姚鼐《古文辞类纂》与曾国藩《经史百家杂钞》。同时，《文学研究法》还大量录用《国文学》按语。如姚鼐《古文辞类纂序》按语"盖文有名异而实同者"一段，见录于《文学研究法·门类》篇；曾国藩《经史百家杂钞序》按语"昔郑东甫言郑康成注《经》"一段，见录于《疵瑕》篇；《毛诗·关雎序》按语"古今著作不外经史子集四类"一段，见录于《范围》篇等。门人张玮序介绍《文学研究法》撰写原委，亦从《国文学》说起，只是"今年先生复应文科大学之聘，编订讲义，较《国文学》尤详"，编订过程也非常精审，"每成一篇，辄为玮等诵说。危坐移时，神采奕奕，恒至日昃忘餐"②。可见该书编撰之用力。

姚永朴作为桐城嫡传，论文"本之姜坞、惜抱两先哲"，《文学研究法》征引先祖姚范、姚鼐两家之说亦冠以尊称"先姜坞府君"与"惜抱先生"；曾国藩是桐城派中兴主将，姚氏征引其说多以"曾文正公"相称；其他桐城派古文家文论也多有引录。然而，《文学研究法》又是一部旁征博引的宏大著述，张序谓"自周秦以迄近代，通人之论，莫不考其全而撷其精"，"自上古有书契以来，论文要旨，略备于是"，全书征引之富，可

---

① 姚永朴：《国文学附见闻偶笔》，（台北）广文书局1982年版。
② 姚永朴著，许结讲评：《文学研究法》，凤凰出版传媒集团2009年版，卷首序。

见一斑。程正民先生总结该书编撰特点说："行文之中，作者多综述前人观点，自己只是略加点评和串联。引述最多的桐城三祖方苞、姚鼐和刘大櫆的著述，经常成篇引用，像《状态》一篇中引刘大櫆的《论文偶记》长达四页。此外，曾国藩也是书中常常出现的名字，而另一个必不可少的资源是《文心雕龙》。"① 姚永朴对《文心雕龙》的重视可能有一个过程。起初，在《国文学》中，姚氏并没有选录《文心雕龙》篇目，按语中提及《文心雕龙》的仅九处，"意翻空而易奇，言征实而难巧"凡两引，涉及篇目只有《神思》、《诠赋》、《风骨》、《指瑕》、《养气》、《定势》六篇。大抵到京师大学堂接受"文学研究法"课程教学任务，《国文学》并不能满足新课程的教学要求，新课程又没有成熟的教学目标与完善的教学内容，姚永朴对本课程的理解可能接近于后来的"文学概论"，重视文学的分类、派别、创作等内容，于是"体大而虑周"的文章学巨著《文心雕龙》成为不二范本，开始受到重视。另外，由于西学东渐，"西文艺学"的学科观念随之引入，固守家法旧学已不合时宜，追求新变已势在必行，姚永朴应清楚看到这一点，故其《国文学》跳出《古文辞类纂》的窠臼，从古代文论入手选篇，算是别开生面，《文学研究法》不薄桐城爱"文心"，又是其"谨守家法而无门户之见存"文学思想的体现。这种思想倾向从数据统计可以直观看出。

在谨守家法方面：《文学研究法》共引姚范文论 40 条，其中直接标明出自《援鹑堂笔记》的计 37 条，标示"先姜坞府君"言论凡 3 条。征引姚鼐文论总计 69 条，主要出自《古文辞类纂》及其序目、《复鲁絜非书》、《答鲁宾之书》、《复曹云路书》、《与新城陈硕士书》、《与陈硕士书》、《与张阮林书》、《答翁学士书》、《与姚莹书》、《与管异之书》、《与张翰宣书》、《复刘明东书》、《复陈东浦方伯书》、《与王铁夫书》、《与何砚农书》、《答徐季雅书》、《与方植之书》、《与人书》、《贾生明申商论》、《跋刘海峰诗》、《五七言今体诗钞》及评点文字等。征引方苞文论 26 条，主要出自《答乔介夫书》、《与刘言法书》、《赠方文輈序》、《古文约选序例》、《答孙以宁书》、《与程若韩书》、《答程夔州书》、《又书〈货殖传〉后》及文章评点等。征引

---

① 程正民、程凯：《中国现代文学理论知识体系的建构：文学理论教材与教学的历史沿革》，北京大学出版社 2005 年版，第 13 页。

刘大櫆《论文偶记》55条，征引篇幅达到原著的一半，其中《状态》篇连续引用《论文偶记》中"文贵奇"、"文贵高"、"文贵大"、"文贵远"、"文贵简"、"文贵疏"、"文贵变"、"文贵瘦"、"文贵华"、"文贵参差"、"文贵去陈言"、"文贵品藻"等相关条目34条。征引曾国藩文论50条，主要出自《曾文正公日记》、《答刘孟容书》、《试大理评事王君墓志铭》、《答许仙屏书》、《经史百家杂钞》、《欧阳生文集序》、《曾国藩家训》、《与吴南屏书》、《曾文正公笔记》、《复陈右铭太守书》、《复李眉生书》、《与张廉卿书》、《复邓寅皆书》、《圣哲画像记》及评点等。征引方东树《昭昧詹言》22条。对先大父姚莹、先考慕庭府君姚濬昌等文论亦有征引。姚氏家族自姚范、姚鼐、姚莹、姚濬昌至姚永朴，文学思想代代传承，在《文学研究法》中有着清晰的脉络。《文学研究法》对其他桐城派古文家如梅曾亮、戴钧衡、张裕钊、吴汝纶、马其昶等重要文论观点亦多有摘引，梳理对照，不难看出桐城文学思想发展的线索。

《文学研究法》征引《文心雕龙》共62条，从破除门户之见角度看，意义尤显重要。首先，在征引数量上，《文心雕龙》与姚鼐、刘大櫆相当，比其他桐城派古文家所引条目多，足见姚氏对《文心雕龙》的重视。其次，《门类》篇阐释十三类文体时，姚氏往往选录《文心雕龙》的文体界定释名章义，涉及文体有"论"、"章"、"表"、"奏"、"启"、"议"、"书"、"记"、"说"、"诏"、"策"、"檄"、"移"、"状"、"碑"、"颂"、"赞"、"赋"、"诔"、"哀"、"吊"等，或先引《文心雕龙》的定义，次以姚鼐、曾国藩或其他文论家理论证之；或先引姚氏、曾氏之论，次以《文心雕龙》结之。无论先后，《文心雕龙》文体界定在姚著中有着举足轻重的作用。再次，在重点篇目上，姚氏不惜笔墨征引《文心雕龙》大段文字，以述为著，说明问题。如《功效》篇引《物色》440余字，引文占《物色》原文的三分之二；《运会》篇征引《时序》1921字，占《时序》原文91%；《性情》篇征引《情采》300余字，占原文三分之一；《神理》篇引《神思》370余字，占45%，在《奇正》篇又引《神思》"夫神思方运"至"言征实而难巧也"一段文字，足见作者对《神思》篇的重视。

通过数据对比，姚氏文学思想总体倾向清晰可鉴。《文学研究法》将《文心雕龙》提到与桐城派古文家文论同等重要的位置，客观上促进了《文心雕龙》进入大学课堂，正是在姚永朴《文学研究法》的直接刺激与影响下，北京大学《文心雕龙》课程在黄侃手里成为热门课程，① 也开启了以《文心雕龙》为阵地的《文选》派与桐城派之学术论争，演绎成学术史上一段公案。从这个角度看，《文学研究法》大量征引《文心雕龙》，有着深刻的学术史意义。

二

《文学研究法》征引《文心雕龙》多为直接引用，一般以"《文心雕龙》××篇云"、"又云"直接领起引文，但为了文字简洁，也会概括大意后衔接引文，或在引文中间略去数句。故许振轩在校点本《文学研究法》的"出版说明"中说："先师曾为予言：古人引文多凭记忆，所以如能予以校勘、注释，当更有利读者。"② 的确是这样，兹仅就姚氏对《文心雕龙》引用中的概述与省略部分出校若干条如下，以引起读者注意。

（1）《门类》篇："奏议类者，其异名尤多。……而《文心雕龙》言之尤详。《章表》篇云：七国言事，'皆称上书。秦初定制，改曰书奏。汉定四品：一曰章，二曰奏，三曰表，四曰议；章以谢恩，奏以按劾，表以陈请，议以执异。章者，明也。表者，标也'。"③ 此段文字，有数处概括省略。"七国言事"，《文心雕龙》为"降及七国，未变古式，言事于主"；"汉定四品"，《文心雕龙》为"汉定礼仪，则有四品"；"章者，明也。表者，标也"，中间有省略，《文心雕龙》原文为："章者，明也。诗云为章于天，谓文明也；其在文物，赤白曰章。表者，标也。"④

（2）《门类》篇："《奏启》篇云：'奏者，进也。言敷于下，情进于上也。自汉以来，奏事者或称上疏'。《文心雕龙》原文："奏者，进也；言敷于下，情进于上也。秦始立奏，而法家少文。观王绾之奏勋德，辞质而义近；

---

① 姚永朴应算北京大学最早在课堂上摘段讲解《文心雕龙》的教师，其后，北京大学主讲《文心雕龙》的教师有黄侃、朱宗莱等。朱宗莱（1881—1919），字蓬仙，在日本留学时与鲁迅一起听过章太炎讲学，与黄侃同为章门弟子。1916 年后任教北京大学，主讲《文心雕龙》课程，被傅斯年、罗家伦、顾颉刚等学生上书蔡元培撤换为黄侃主讲。黄侃早朱蓬仙两年到北京大学任教，主讲《文心雕龙》应已颇有名声，故得学生青睐。朱宗莱事迹见朱怿《朱蓬仙生平事略》一文，《鲁迅研究动态》1984 年第 1 期。

② 姚永朴撰，许振轩校点：《文学研究法》，黄山书社 2011 年版，卷首出版说明。

③ 姚永朴著，许结讲评：《文学研究法》，凤凰出版传媒集团 2009 年版，第 38 页。

④ 杨明照校注拾遗：《增订文心雕龙校注》，中华书局 2000 年版，第 306 页。

李斯之奏骊山，事略而意迳：政无膏润，形于篇章矣。自汉以来，奏事或称上疏"①。姚永朴引用时，将中间举例部分省略掉了。接下来引用"启"的界定，同样有大段省略。姚氏引文为"启者，开也。孝景讳启，故两汉无称。至魏国笺记，始云'启闻'，奏事之末，或云'谨启'。自晋盛启，用兼表奏，陈政言事，既奏之异条，让爵谢恩，亦表之别干。自汉置八仪，密奏阴阳，皂囊封板，故曰封事。晁错受书，还上便宜。多附封事，慎机密也"。《文心雕龙》原文被略去三处。一为"启者，开也"之后有"高宗云：启乃心，沃朕心。取其义也"；二为"亦表之别干"后有"必敛饬入规，促其音节，辨要轻清，文而不侈，亦启之大略也。又表奏确切，号为谠言。谠言者，偏也。王道有偏，乖乎荡荡，其偏，故曰谠言也。孝成称班伯之谠言，贵直也"；三为"还上便宜"后有"后代便宜"②。

（3）《门类》篇："《议对》篇云：'议之言宜，审事宜也。昔管仲称轩辕有明台之议，其来远矣。'汉立驳议，'驳者，杂也。杂议不纯，故云驳也'。'又对策者，应诏而陈政也；射策者，探事而献说也。言中理准，譬射侯中的。二名虽殊，即议之别体也。'"此段文字引用《文心雕龙》关于"议"、"驳议"、"对策"、"策射"等名称的解释，稍不注意，就容易当成原文整段读下去。其实在"审事宜也"后略去了《文心雕龙》几句原文："《易》之《节卦》，君子以制度数议德行。《周书》曰：议事以制，政乃弗迷。议贵节制，经典之体也。""汉立驳议"也是原文"迄至有汉，始立驳议"③的概括。而且原文解释"议"、"驳"、"对策"分布在全篇三处，姚永朴糅合在一起，虽更简练，却容易淆乱原著，读者不可大意。

（4）《门类》篇："《文心雕龙·书记》篇云：'书者，舒也。舒布其言，陈之简牍。''战国以前，君臣同书，秦汉立仪，始有表奏；王公国内，亦称奏书。迄至后汉，稍有名品，公府奏记，而郡将奏笺。记之言志，进己志也；笺者，表也，表识其情也。'"此段引文解释"书"、"记"、"笺"等文体，在"陈之简牍"后省略历代"书"体经典范例的大段原文，在"亦称奏书"后省略"张敞奏书于胶后，其义美矣"④一句。

---

①　杨明照校注拾遗：《增订文心雕龙校注》，中华书局 2000 年版，第 317 页。
②　同上书，第 318—319 页。
③　同上书，第 332—333 页。
④　同上书，第 345—346 页。

（5）《门类》篇："而《文心雕龙》言之尤详。《诏策》篇云：'昔轩辕、唐、虞，同称曰命。其在三代，事兼诰、誓，誓以训戒，诰以敷政，命喻自天，故授官锡胤。降及七国，并称曰命。命者，使也。秦汉天下，改命曰制。'汉初'命有四品：一曰策书，二曰制书，三曰诏书，四曰戒敕。敕戒州郡，诏诰百官，制施赦命，策封王侯。策者，简也；制者，裁也；诏者，告也；敕者，正也'。"①姚氏引文在"同称曰命"后省略"命之为义，制性之本也"，在"故授官锡胤"后省略"《易》之《姤》象，后以施命诰四方。诰命动民，若天下之有风矣"，"汉初命有四品"原文为"汉初定仪则，则命有四品"②。接下来又引《诏策》篇解释"戒"："又云：'戒者，慎也。君父至尊，在三罔极。汉高祖之敕太子，东方朔之戒子，亦顾命之作也。教者，效也，言出而民效也。故王侯称教。'"相对《文心雕龙》原文，在"慎也"后略去"禹称戒之用休"，在"亦顾命之作也"后略去"及马援已下，各贻家戒。班姬女戒，足称母师也"。在"言出而民效也"后省去"契敷五教"③。

（6）《门类》篇："《檄移》篇云：檄之称自七国始。'檄者，皦也。皦然明白也。或称露布，播诸视听也。''移者，易也。移风易俗，命往而民随者也'。"原文檄、移分开论列，姚氏概括的"檄之称自七国始"，原文为"暨乎战国，始称为檄"；"皦也"后略去"宣露于外"；"皦然明白也"后略去"张仪檄楚，书以尺二，明白之文"。

（7）《门类》篇："《文心雕龙·诔碑》篇云：'碑者，埤也。上古帝皇纪号封禅，树石埤岳，故曰碑也。又宗庙有碑，树之两楹，事止丽牲，未勒勋绩。而庸器渐缺，故后代用碑，以石代金，同乎不朽。自庙徂坟，犹封墓也。'"原文在"故曰碑也"后有"周穆纪迹于弇山之石，亦古碑之意也"。

（8）《门类》篇："《文心雕龙·诠赋》篇云：'诗有六义，其二曰赋，赋者，铺也。铺采摛文，体物写志也。'赋与诗体虽异，'总其归涂，实相枝干。赋也者，受命于诗人，拓宇于楚辞也。'"原文在"体物写志也"后有"昔邵公称公卿献诗，师箴赋。传云：登高能赋，可为大夫。诗序则同

① 姚永朴著，许结讲评：《文学研究法》，凤凰出版传媒集团2009年版，第40页。
② 杨明照校注拾遗：《增订文心雕龙校注》，中华书局2000年版，第264页。
③ 同上书，第266页。

义，传说则异体"，姚永朴将这段文字缩略为"赋与诗体虽异"串联引文，虽然通畅，但略去了上古对诗、赋的认识。"实相枝干"后原文有"刘向云：明不歌而颂，班固称古诗之流也。至如郑庄之赋大隧，士蒍之赋狐裘，结言短韵，词自己作，虽合赋体，明而未融。及灵均唱骚，始广声貌"①。

（9）《门类》篇："《文心雕龙·诔碑》篇云：周时'大夫之材，临丧能诔。诔者，累也，累其德行，旌之不朽也'。""周时"原文为"周世盛德，有铭诔之文"。

（10）《门类》篇："《哀吊》篇云：'哀者，依也，悲实依心'，'以辞遣哀，盖不泪之悼'。'吊者，至也，君子命终定谥，事及理哀。故宾之慰主，以至到为言也。'"② 为了尽量体现引文与原文的区别，标点本用三个双引号隔开此段引文。原文在"悲实依心"后有"故曰哀也"；在"吊者，至也"后有"《诗》云：神之吊矣，言神至也"。

（11）《功效》篇分三处引《物色》篇文字论证文章的"达情"与"博物"功效，其中"山林皋壤，实文思之奥府。屈平所以能洞鉴风骚之情者，抑亦江山之助乎"一段略去开头的"若乃"二字，在"实文思之奥府"后略去"略语则阙详说则繁然"九字。

（12）《格律》篇："《奏启》篇云：'夫奏之为笔，固以明允笃诚为本，辨析疏通为首，强志足以成务，博见足以穷理，酌古御今，治繁总要，此其体也。若乃按劾之奏，所以明宪清国……术在纠恶，势必深峭。'"此段文字在"明宪清国"后省略"昔周之太仆"至"矢人欲扬"简述历代奏文发展的129字，从"明宪清国"跳跃到"术在纠恶"，显得很突兀。

（13）《声色》篇："《文心雕龙·炼字》篇，有避诡异、省联边、权重出、调单复四法，而论重出尤精。其说云：'重出者，同字相犯者也。《诗》、《骚》适会，而近世忌。若两字俱要，则宁在相犯。故善为文者，富于万篇，贫于一字。一字非少，相避为难也。'"③ 姚氏在引文之前对原文炼字四法进行概括，还是比较得体的。在同篇谈"隶事"时，姚氏以"《文心雕龙·丽辞》篇，尝戒不均与孤立二病"概括《文心雕龙》大意，

①　杨明照校注拾遗：《增订文心雕龙校注》，中华书局2000年版，第95页。
②　姚永朴著，许结讲评：《文学研究法》，凤凰出版传媒集团2009年版，第46页。
③　同上书，第159页。

领起引文，亦简洁有力。在《繁简》篇引用《文心雕龙·镕裁》篇，分别以"其总论镕裁曰"、"其论镕曰"、"其论裁曰"导出引文，可谓言之有序。

总之，姚永朴对《文心雕龙》的征引，并没有完全照抄原著，而是将讲义中摘录的笔记归类汇合到一起，以说明问题为旨归。故姚永朴对引文往往做一些技术处理，如在引用《文心雕龙》时，只是将释名章义的要点以简短语句串联起来，尽量不引例证部分，最大限度减少枝蔓，因而行文流畅，论点突出。又正因其连贯简洁，极易造成对原文的断章取义，误导读者。整理者亦怯其引文之烦琐，许振轩校点与许结讲评本，在引文标点上都下了一番工夫，然仅就《文心雕龙》而言，仍有许多省略文字没有在标点上体现出来。

《文学研究法》征引《文心雕龙》侧重在释名章义与敷理举统方面，较少引用选文定篇材料。一则姚永朴理解的"文学研究法"重在文学文体论与创作论，不必细致梳理文学发展史；再则桐城派早就有姚鼐《古文辞类纂》选定的文体范文，不必过多引入《文心雕龙》介绍的范例；另外，桐城派古文家讲究义法，要求语言雅洁，而广泛征引前人著述，容易造成行文臃肿，气脉断续，故在引用中略去不少句段，以求行文连贯。最后，《文学研究法》除在《气味》篇引《隐秀》赞辞"深文隐蔚，余味曲包"外，不引其他篇目的赞辞，大抵因为赞辞皆为规范的四言体，高度概括，含义深蕴，不符合明白晓畅的要求。

三

姚永朴前后，以《文心雕龙》为主要教学内容进行教学的，主要有章太炎、黄侃。章氏在日本时期在"国学讲演会"上讲过《文心雕龙》，后到北大讲授《文心雕龙》的朱宗莱即与朱希祖、沈兼士等一起听过课，留存有听课记录稿在上海图书馆。黄侃在北大主讲《文心雕龙》名声显赫，日后在讲义基础上整理的《文心雕龙札记》更是"龙学"的开风气之作。章、黄重视对《文心雕龙》的注解疏通，姚永朴则重在为我所用，以引代著，进而阐发自己的文章学理论观点。出发点不同，对《文心雕龙》篇目的侧重便不一样。兹列表对照三家涉及《文心雕龙》篇目，以见异同（见表1）。

表 1　　　　　　　　　**三家涉及《文心雕龙》篇目对照表**

章太炎讲授	《文学研究法》	《文心雕龙札记》	姚、黄均不提及篇目
《原道》、《征圣》、《宗经》、《正纬》、《辨骚》	仅概引《辨骚》一句	《原道》、《征圣》、《宗经》、《正纬》、《辨骚》	卷一
《明诗》、《乐府》、《诠赋》、《颂赞》、《祝盟》	《诠赋》、《颂赞》	《明诗》、《乐府》、《诠赋》、《颂赞》	卷二《祝盟》
《铭箴》、《诔碑》、《哀吊》、《杂文》、《谐隐》	《铭箴》、《诔碑》、《哀吊》	无	卷三《杂文》、《谐隐》
《史传》、《诸子》、《论说》	《论说》、《诏策》、《檄移》	无	卷四《史传》、《诸子》
	《章表》、《奏启》、《议对》、《书记》	《议对》、《书记》	卷五《封禅》
	《神思》、《体性》、《风骨》、《定势》	《神思》、《体性》、《风骨》、《通变》、《定势》	卷六
	《情采》、《镕裁》、《声律》、《丽辞》	《情采》、《镕裁》、《声律》、《章句》、《丽辞》	卷七
	《事类》、《练字》、《隐秀》	《比兴》、《夸饰》、《事类》、《练字》、《隐秀》	卷八
	《指瑕》、《养气》、《附会》、《时序》	《指瑕》、《养气》、《附会》、《总术》	卷九
	《物色》	《序志》	卷十《才略》、《知音》、《程器》

　　黄霖整理集评《文心雕龙》附录有周兴陆整理的《章太炎讲授〈文心雕龙〉纪录稿两种》，一种为《文心雕龙札记》，只有前 8 篇；一种为《文学定谊诠国学讲习会略说》，一直到第 18 篇。据周兴陆考证，章太炎讲授《文心雕龙》进度为"每周一次，五周而毕其事"。据此，章太炎应通讲《文心雕龙》50 篇，笔记仅存 18 篇，不得窥章氏《文心雕龙》讲义全貌，实属遗憾。周兴陆《章太炎讲解〈文心雕龙〉辨释》指出："近代刘师培、黄侃等骈文派学者从刘勰《文心雕龙》中寻找到理论支撑点，而散文派也同样如此。桐城派后劲林纾的《春觉斋论文》认为'《文心雕龙》为最古论文之要言'，此书与桐城派的另一位文论家姚永朴的《文学研究法》，都多处称引《文心雕龙》，特别是对其'文体论'部分津津乐道。章太炎已经摆脱了畸骈畸散的胶着，强调文学的务实治用，大大扩展'文学'的范围，但他同样也从

《文心雕龙》中找到其理论的基石。"① 将章、黄、林、姚等四人对《文心雕龙》的应用与研究联系起来考察，无疑切中当时的学术风气。据"纪录稿"，可以推断章太炎讲解《文心雕龙》的着力点在文字的校勘训诂与六朝文学史论，并自然涉及文学观问题，有较高的学术价值。黄侃亲聆讲授，受其影响自在情理之中。

黄侃《文心雕龙札记》选取《文心雕龙》31 篇展开讲解，或概括剖析《文心雕龙》文学思想，或根据《文心雕龙》线索梳理文学发展史，或征引历代文论印证刘勰论点，或附录《文心雕龙》提及经典篇章备读者研阅。全书以《文心雕龙》篇目为经，以文学理论史与范畴命题为纬，以笺疏体展开，不求体系完整，在体例上迥异于《文学研究法》。然而，学界每论《札记》，往往将其置于桐城派与《文选》派论争的背景下，关注黄氏对《文学研究法》的批判，较量二者异同。李平老师认为："其实，《札记》与《文学研究法》并非水火不容，如果对两个文本进行细致分析，可以发现二者之间异中有同。"相同处主要表现为二人都重小学，对《文选》与骈文的态度基本一致，对文章义法与法度的态度比较灵活。其区别则表现为："同是借鉴于《文心雕龙》，黄侃欣赏其有韵骈偶之一端，为之张皇幽眇；而姚氏则拾其全部，虽然其古文家的倾向性是坚定的，但他有意统合有韵之文和无韵之笔，试图消弭古文与骈文之间的壁垒。""《札记》侧重于创作论部分，《文学研究法》更侧重于文体论部分。"② 的确是这样，从表 1 三家所选篇目便可见一斑。

在卷一的枢纽论部分，姚永朴仅在《著述》篇辞赋类论屈原时间接引用了《辨骚》用词："是以刘彦和《文心雕龙·辨骚》篇，以屈宋为'惊采绝艳'，而叹'《九怀》以下，莫之能追'。"姚永朴很重视屈原，认为"辞赋类以屈原为鼻祖。盖周衰《诗》熄，屈氏因崛起于楚"。继引张惠言《七十家赋钞序》明辞赋体发展脉络，又引洪迈《容斋随笔》、方苞评语略述辞赋体之正变。③ 姚氏从辞赋史角度阐释屈原的文学地位，区别于《文心雕龙·辨骚》篇把屈赋放在文之枢纽位置。可见，姚氏对《辨骚》篇应有自己的理解。实际上，姚永朴有自己的理论体系，并不刻意模拟《文心雕龙》，故在

---

① 黄霖整理集评：《文心雕龙》，上海世纪出版集团 2008 年版，第 105—128 页。
② 李平等：《〈文心雕龙〉研究史论》，黄山书社 2009 年版，第 105—107 页。
③ 姚永朴著，许结讲评：《文学研究法》，凤凰出版传媒集团 2009 年版，第 79 页。

《文学研究法》中亦没有直接征引文之枢纽论五篇。傅莹说:"作者自己虽强调,与'西方文艺学'相比较,'无取于文',仿效的是《文心雕龙》,但开篇绝非沿着'原道'、'征圣'、'宗经'、'正纬'和'辨骚'的构架与路数;且'取'与'不取',已经显示出参照的经纬,本身暗含了中西对比的眼光和视角,隐形中放置了一套参照体系和标准,在某种意义上说,是中国传统文论向现代文论转向的纽结点。"① 傅莹高度评价《文学研究法》在新学与旧学交替中的意义,姚永朴是否真的这么全面接受西方文艺理论体系又另当别论,但这种看法的确从一个侧面揭示了姚永朴不引《文心雕龙》文之枢纽论篇目的原因。

对《文心雕龙》卷二至卷五文体论部分,姚、黄都讲解征引的篇目有《诠赋》、《颂赞》、《议对》、《书记》四篇,姚永朴还征引有《铭箴》、《诔碑》、《哀吊》、《论说》、《诏策》、《檄移》、《章表》、《奏启》等篇目,姚氏征引 12 篇中相应文体基本包含在姚鼐归纳的十三类之中。在"门类"篇,姚永朴阐释十三类文体,主要征引姚鼐、曾国藩、《文心雕龙》三家释义,尤其重视三家论及每一类文体的异名。兹就三家理解的文体异名情况列简表如下(见表2)。

表2 三家所论文体异名表

序号	类别	《文心雕龙》	姚鼐	曾国藩
1	论辩类	论(《论说》篇)	论	篇、训、览、论、辨、议、说、解、原
2	序跋类		序	序、跋、引、题、读、传、注、笺、疏、说、解
3	奏议类	上书、章、奏、表、议(《章表》篇)上疏、封事(《奏启》篇)议、驳、对策、射策(《议对》篇)	表、奏、疏、议、上书、封事	书、疏、议、奏、表、劄子、封事、弹章、笺、对策
4	书说类	书、奏书、记、笺(《书记》篇)说(《论说》篇)	书	书、启、移、牍、简、刀笔、帖
5	赠序类		序、引、说	

---

① 傅莹:《中国现代文学理论发生史》,上海文艺出版社 2008 年版,第 43 页。

续表

序号	类别	《文心雕龙》	姚鼐	曾国藩
6	诏令类	命、誓、诰、制、策书、制书、诏书、戒敕、教（《诏策》篇）檄、露布、移（《檄移》篇）	檄、令	诰、诏、谕、令、教、敕、玺书、檄、策命
7	传状类	状（《书记》篇）	传、行状	本纪、世家、列传、家传、行状、事略、年谱
8	碑志类	碑（《诔碑》篇）	石鼓刻文、碑、表、志、铭、序	
9	杂记类		碑文之属	《礼记·投壶》、《深衣》、《内则》、《少仪》、《周礼·考工记》
10	箴铭类		箴、铭	
11	颂赞类	颂、赞（《颂赞》篇）	《诗·颂》之流	
12	辞赋类	赋（《诠赋》篇）	赋	赋、辞、骚、七、设论、符命、歌
13	哀祭类	诔（《诔碑》篇）哀、吊（《哀吊》篇）	《颂》、《黄鸟》、《二子乘舟》皆其原	祭文、吊文、哀辞、诔、告祭、祝文、愿文、招魂

从表 2 可见姚永朴对文体的重视，《文心雕龙》文体论释名章义、敷理举统，自然是可资参考的最佳材料。然而，黄侃很重视的《明诗》、《乐府》篇，姚永朴均不作征引。桐城派古文家重视文章及其理论，不论诗词亦在情理之中。然而《文学研究法》专列《诗歌》篇，且曰："诗歌亦著述门之一类。但古今作者既众，而境之变化又多，大抵文中或论道，或叙事，或状物态，或抒性情，诗皆有之，兹不得不别为一篇，以评历代作者之得失，而备商榷焉。"① 可见姚永朴还是非常重视诗歌的。《文心雕龙·明诗》篇在阐释诗歌本质与梳理诗歌历史方面都受到时代的限制，不能概述唐宋以来诗歌发展概况，故姚永朴另起框架，按照五言古诗、七言古诗、五七言绝句诗、五言律诗、七言律诗、历代诗论、词曲的先后顺序全面梳理中国诗学发展史，后出转精，颇有价值。《文学研究法》不引文体论部分的《明诗》、《乐府》、《祝盟》、《杂文》、《谐隐》、《史传》、《诸子》、《封禅》8 篇，对诗歌、乐府因有新的认识而不征引，《祝盟》、《封禅》已成为刍狗陈迹而不必论，《杂文》、《谐隐》、《史传》、《诸子》等因文学观念差异而无法纳入桐城派古文家文体十三大类，故不合引论。姚、黄二者比较起来，无论从数据上还是从

---

① 姚永朴著，许结讲评：《文学研究法》，凤凰出版传媒集团 2009 年版，第 97 页。

论述符合度上，姚永朴都相对重视《文心雕龙》文体论。

对《文心雕龙》卷六至卷十，姚永朴、黄侃均有征引讲解。二人皆涉及的篇目有《神思》、《体性》、《风骨》、《定势》、《情采》、《镕裁》、《声律》、《丽辞》、《事类》、《炼字》、《隐秀》、《指瑕》、《养气》、《附会》14篇；姚永朴引用率很高的《时序》《物色》两篇，黄侃没有注解；黄侃注解的《通变》、《章句》、《比兴》、《夸饰》、《总术》、《序志》6篇，姚永朴没有引及；两家均没有涉及《才略》、《知音》、《程器》3篇。从数据上比较，黄侃更重视《文心雕龙》的创作论，甚至修辞方法及篇章结构的安排。桐城派古文家特别讲究文章作法，但其自有"义法"，而不是《文心雕龙》所讲的那种骈文写作方法，在作品构成与作品风格方面也区别于《文心雕龙》总结出来的经验，而是重视"神、理、气、味、格、律、声、色"对作品生成的意义，关注"刚、柔、奇、正、雅、俗、繁、简"的文学风格。故姚永朴对《文心雕龙》创作论部分自有取舍。

总之，姚永朴身处当时学术语境，西方文学观念渐次传入、《文选》派重辨文笔问题，泛文学与纯文学的交锋虽处深水暗流，却已引起姚氏等桐城派古文家的注意，由姚鼐确立的文章十三类在《文学研究法》中重新阐释，并以《文心雕龙》为据，在大类中不断纳入文体小类或历代异名，对古代文体去彼取此，都经过反复衡量与思考。故在姚永朴《文学研究法》中不难找到旧学润新知的蛛丝马迹，这也是《文学研究法》有选择地征引《文心雕龙》的内在因缘吧。

论刘师培文论中的"存古"意识
——以《汉魏六朝专家文研究》为例

宫伟伟[*]

【摘　要】《汉魏六朝专家文研究》是罗常培对刘师培任职北大期间相关课程讲义的整理之作，反映了刘师培晚期的文学思想。受家学、价值观、时代环境以及个人遭际等因素的影响，刘师培有着与其学术生涯相始终的"存古"意识。这种意识也影响到他的文论主张，在《汉魏六朝专家文研究》一书中，主要表现为以汉魏六朝文体为文体正宗，以古人批评为论文准的，以汉学的治学手段研治文学三个方面。

【关键词】刘师培；《汉魏六朝专家文研究》；存古；文论

《汉魏六朝专家文研究》一书系由刘师培的学生罗常培根据 1918 年的听课笔记整理而成，并非刘师培亲自创作。罗常培自称往年从刘师培研治文学，为防遗忘，便记录其口义，"间有缺漏，则从同学天津董子如（威）兄抄补"，"回家又逐字逐句地翻译成文言"①。他于 1941 年着手整理此稿，并于 1944 年 10 月整理完成。1945 年，该书由南京独立出版社出版，书名署有副题："仪征刘申叔先生遗说。"

该书主要以汉魏六朝某些专门名家的文章作为研究和参考对象，对诸如作家、文体、修辞、写作、文学理论等相关问题进行探讨，意在溯源竟流，

---

　*【作者简介】宫伟伟（1986—　），男，山东烟台人，厦门大学人文学院中文系古代文学专业博士生。主要研究方向为汉唐文学研究。导师为胡旭教授。
　①　北京市语言学会编：《罗常培纪念论文集》，商务印书馆 1984 年版，第 411 页。

树立典范，示人以写作、研究的方法。其择取名家的标准，如其绪论所言，"或以某家文章传于今者独多；或以某家文章于文学流变上关系綦钜"①。总体来说，《史记》、《汉书》、《后汉书》以及蔡邕、陆机、嵇康、任昉、沈约、庾信等作家最为该书所推重。

钱玄同在评价刘师培学术生涯时说："刘君著述之时间凡十七年，始民元前九年癸卯，迄民国八年己未（一九○三——一九一九）。因前后见解之不同，可别为二期：癸卯至戊申（一九○三——一九○八）凡六年为前期，己酉至己未（一九○九——一九一九）凡十一年为后期。嬅较言之，前期以实事求是为鹄，近于戴学，后期以笃信古义为鹄，近于惠学；又前期趋于革新，后期趋于循旧。"② 钱玄同此言是就刘师培自1909年起，放弃原有政治主张且学术观点日趋保守而言的。按照他对刘师培学术生涯所作的划分，如果说前期刘师培在此方面所作的努力是"藉西学证明中学"③，以图国学能与世界文化接轨、并立的话，那么后期（尤其是1917年入职北大后）则纯粹以"保存国粹为宗旨"④。

一 刘师培"存古"意识的由来

所谓"存古"意识，是指刘师培对我国旧有学术（尤其是唐代以前的传统学术）所具有的自觉保存意识。刘师培出身于一个三世传经的传统文人家庭，"曾祖文淇、祖毓崧、伯父寿曾，均以治《左氏春秋》名于清道、咸、同、光之世，列传国史。父贵曾，亦以经术发名东南"⑤。他的家乡扬州，自乾隆年间起，便以学术称胜，出现了不少今、古文派经学大师。这样的环境既为刘师培多方面学习和继承传统文化提供了有利的条件，又在无形中培养了他尊崇旧学的学术思想。刘氏家族成员在言及自身学术渊源时，往往会上溯到徽州学者江永和戴震。基于这种家学渊源，刘师培自小便立志继承先业，"董理故籍，疏通证明，以步戴、段、阮、王之后"⑥。故而他

---

① 刘师培撰，程千帆、曹虹导读：《中国中古文学史讲义》，上海古籍出版社2011年版，第119页。
② 刘师培：《刘师培全集》第一册，中共中央党校出版社1997年版，第27页。
③ 《〈国粹学报〉发刊辞》，邓实、黄节主编《国粹学报（影印本）》第三册，广陵书社2006年版，第2页。
④ 万仕国辑校：《刘申叔遗书补遗》下册，广陵书社2008年版，第1452页。
⑤ 刘师培：《刘师培全集》第一册，中共中央党校出版社1997年版，第14页。
⑥ 刘师培著，李妙根编，朱维铮校：《刘师培辛亥前文选》，中西书局2012年版，第81页。

在学术旨趣上又是深受尊汉唐而黜宋学，以小学、音韵为绝业的戴震学派影响的。

刘师培对旧学的尊崇还得益于其家乡扬州赋予他的一种恢复华夏文明的种族血缘意识。这种意识源于顺治二年（1645）发生在扬州的那场惨绝人寰的大屠杀。一些记录当时情景的书籍，如《扬州十日记》、《胜朝殉扬录》等，以不同的形式被保存下来，给刘师培带来很大触动。他自称少年时期"嗜读明季佚史，以国朝入关之初，行军或流于惨酷，辄废书兴叹，私蓄排满之心"①。加之受到当时民族革命学说的影响，他的民族情绪得以激发。这种情绪在他《扬州三百六十年之纪念》一文中表现得尤为明显，是文中他历数清廷对扬州人民和扬州文化所犯下的八大罪状，笔调异常激愤。又据其《甲辰自述诗》可知，他不仅曾写过一本名叫《扬民却虏录》的书籍，还立志要整理在异族统治下日益沦微的"故国"②文献。

与此同时，时代的大环境也激发着刘师培保存旧学的决心。中英鸦片战争之后，清王朝统治日益腐朽，西方的商品与文化则以其强大的实力日渐增多地涌入中国。面对民族与文化的双重危机，以张之洞为代表的传统知识分子提出了"旧学为体，新学为用"③等对学人影响深远的主张。受此启发，刘师培早在1901年即撰文将国家的富强与兴学联系在一起，认为兴学的宗旨在于用中学"参之以西说，考之以实验"④，以达致用。他不赞成维新派废弃国学的主张，认为新学固然重要，但学习它的前提之一即需保持旧学的主体地位，⑤因为旧学是中华民族的灵魂所在。

当然，同许多传统文人一样，旧学对于刘师培来说，更是通往仕途、取得名利的门径，这也是影响他"存古"意识生成的最直接、最有力的因素。或许是受父亲早殁与家境贫困的影响，刘师培于少年时代便"思欲有以自见"⑥，而卓绝的学识正是他赖以成功的法宝。在无法通过科举实现自我人生价值之后，正是扎实的旧学功底让他重新找到了人生方向：他先是在上海因

---

① 刘师培著，李妙根编，朱维铮校：《刘师培辛亥前文选》，中西书局2012年版，第81页。
② 万仕国辑校：《刘申叔遗书补遗》上册，广陵书社2008年版，第384—385页。
③ （清）张之洞：《劝学篇》，广西师范大学出版社2008年版，第76页。
④ 万仕国辑校：《刘申叔遗书补遗》上册，广陵书社2008年版，第8页。
⑤ 同上书，第154页。
⑥ 刘师培：《刘师培全集》第四册，中共中央党校出版社1997年版，第505页。

学识受到章炳麟、章士钊、陈独秀等人的赏识，从而参加革命；继而又因"硕学高名"① 被端方纳入幕中，转投清廷；甚至在他因依附袁世凯而最终声名狼藉、穷困潦倒之时，学识又成为他入职北大、赖以谋生的资本。

如上所述，刘师培的"存古"意识是时代、家学以及个人身世等因素共同作用下的产物。这种意识又是与其学术宗旨紧密关联的，文论主张作为他学术的一部分，自然也就难免受到其"存古"意识的深刻影响。

二　"存古"意识对《汉魏六朝专家文研究》一书的影响

刘师培认为，文学是用来表达心之所见的，"虽为艺术而颇与哲学有关"②，这毋宁说是间接证明了"存古"意识对其文学观点的影响。大抵而言，"存古"意识对其《汉魏六朝专家文研究》一书的影响主要体现在如下几个方面：

（一）以汉魏六朝文体为文体正宗

穷源溯流，辨别正体，是《汉魏六朝专家文研究》一书的重要内容。其目的在于示后人以创作、模仿的楷式，并借此以弘扬和保存我国古代文学的"正体"。刘师培将文章划分为体、用两部分，认为"用"可变，而"体"则"本有公式，不能变化"，倘若逾越各文体间的界限以相混淆，则未免穿凿附会，不是正体。所谓正体，于刘师培而言，即是文章体裁刚刚发展成熟时的形态。如他在评价六朝人以骈文形式作传状时，即说："《史》、《汉》之传，体裁已备，作传状者，即宜以此为正宗。如将传状易为四六，即为失体。"③为了便于区分各种文体，他十分重视对各文体的写作要求和风格等方面进行归纳，如名理之文须明隽，碑铭须庄重，哀吊须缠绵，咏怀须宛转，又如吊文哀词贵抒己悲，墓志碑铭重在死者等，这样就将各种文体固定于一定的框架内，并强调应在符合为文主旨的情况下，以上述要求为标准，对文章"相体而施"④。

---

① 梅鹤孙著，梅英超整理：《青溪旧屋仪征刘氏五世小记》，上海古籍出版社2004年版，第47—48页。

② 刘师培撰，程千帆、曹虹导读：《中国中古文学史讲义》，上海古籍出版社2011年版，第144页。

③ 同上书，第149页。

④ 同上书，第161页。

　　但后世文学的发展、衍变，显然不符合刘师培这种极具复古色彩的文体观。他同时也认识到保持文体纯粹的困难性，于是本着"据唐、宋以后之文学以律陈、隋以上，殆未见其可也"①的原则，以汉魏六朝文体为衡量后世文体的标杆，并分门别类地罗列出汉魏六朝时期的多位作家以作初学者模仿、研究的法式："以文体而论，则箴铭、颂赞，蔡中郎、陆士衡并臻上选，欲求辞旨文雅，亦可参访任昉、沈约、徐陵、庾信。至于兼长碑铭箴颂赞诔说辩议诸体者，惟曹子建、陆士衡二人。"②

　　从本书的内容来看，刘师培视蔡邕、曹植、陆机等汉魏六朝作家的作品为正体，显然是受到了《文心雕龙》等著作的影响。因此，凡后世文体风格与汉魏六朝时期有所不符的，即被他视为"乖体"。他评价清代常州派作家的骈文，即因其每篇常用数字分段，又过多地运用"为古人所无"的虚字，便断然认为它不甚佳。③他还批评自六朝产生而兴盛于后世的"粉饰"之风，认为"返观汉魏，无此格也"。相反，对于汉人文中所有而后世文中所无的乱词，则认为"似宜恢复"，以作为全篇事迹或情感的结穴。④显然在刘师培看来，文体才是古代文学的真髓所在，保存古代文学的关键即在于保存其文体形式。故在面对当时文学界日益兴起的新文学潮流时，他很少提出批评，而是主张"不妨用旧有的文章体裁来表达新思想，这是用旧酒瓶装新酒的办法"⑤。他还盛赞嵇康的论体文，认为"迩者哲学昌明，思想解放，倘能绍嵇生之绝绪，开说理之新涂，实文士之胜业也"⑥。

　　受"存古"思想的影响，刘师培的文体观带有鲜明的"旧学为体，新学为用"色彩。他对于文体标准的界划，无疑有利于研究者深入展开对各类文体的批评，并使他们能够尽快地掌握写作文章的基本技巧。但从另一方面来说，文体界限的固定化又显然忽略了不同文体在发展过程中的相互影响和传承，如明人汤显祖即说："自三百篇降而骚赋；骚赋不便入乐，降而古乐府；乐府不入俗，降而以绝句为乐府；绝句少宛转，则又降而为词。"⑦何良俊也

---

①　刘师培撰，程千帆、曹虹导读：《中国中古文学史讲义》，上海古籍出版社 2011 年版，第 152 页。

②　同上书，第 121 页。

③　同上书，第 132 页。

④　同上书，第 159 页。

⑤　杨亮功：《早期三十年的教学生活·五四》，黄山书社 2007 年版，第 19 页。

⑥　刘师培撰，程千帆、曹虹导读：《中国中古文学史讲义》，上海古籍出版社 2011 年版，第 124 页。

⑦　（明）汤显祖：《汤显祖集·诗文集》，上海人民出版社 1973 年版，第 1477 页。

说："夫诗变而为词，词变而为歌曲，则歌曲乃诗之流别。"① 过分地固守文体间的界限会扼杀古代文体于新时代继续向前发展的契机，并最终导致其僵化。从长远的角度来看，这显然不利于古代文类在后世的流传与保存。

（二）以古人批评为论文准的

刘师培在文学批评方面崇信古说，以图尽可能地了解古代作家真实的创作水准。他认为："历代文章得失，后人评论每不及同时人评论之确切……据唐宋人之言以评论汉魏，每不及六朝人所见为的；据近人之言以评论六朝，亦不如唐宋人所见较确。"② 因为古代作品会逐渐散佚，而与作者同时之人所见到的作品实较后人为多，故其评论也就更加允当可信。后人就残缺不全的作品以评论古人，则无疑属"管窥蠡测之谈"。为此，他还以《史记》举例，认为如果《史记》仅存《伯夷列传》一篇，而后人据以评论其列传体例的话，则"岂如当年曾见全书者所论为确耶"？③

他评论古代作家便多参照古人（尤其是宋代以前的人）文论，如在论述任昉之文出于傅亮时，他就以《梁书·任昉传》中的相关评论作为依据。在研究蔡邕与陆机之文时，他更是明确提出应"寻古人对于蔡、陆之评论"④以作参考，进而根据陆云《与兄平原书》以及刘勰《文心雕龙·才略篇》所论，断陆文为清新，蔡文为精雅。除了认为古人之论较近人"允当可信"之外，刘师培还十分重视作者对自身作品的评论。他称赞陆机兄弟对自身所作文章"能甘苦自知"，所以建议研究陆机文章的人通过阅读他与陆云品论文章的书信，即可"了然其文章之得失"⑤。他还多次引用范晔《狱中与诸甥侄书》中有关《后汉书》的言论对《后汉书》进行评价，甚至勇于自我剖析，指出自己曾好用四言体，"为文力求艰深，遂至文气变坏"⑥。

在重视引用古人之论的同时，刘师培还注意对近人所论进行针砭。他在掌握大量相关材料的基础上，批评今人对陆机之文每每推崇其炼句布彩，而不知其精华在于"长篇大文中能有提空之语"⑦。他还援引潘岳、谢灵运、陶

---

① （明）何良俊撰：《四友斋丛说》，中华书局1959年版，第337页。
② 刘师培撰，程千帆、曹虹导读：《中国中古文学史讲义》，上海古籍出版社2011年版，第155页。
③ 同上书，第155—156页。
④ 同上书，第139页。
⑤ 同上书，第155、123页。
⑥ 同上书，第160页。
⑦ 同上书，第123页。

渊明等人的例子，力证"文之轻重悉在用笔，而与用典无关"，从而指出当时文学界"用经说则重，用杂书则轻"这一说法的荒谬。更难能可贵的是，刘师培虽重视古人文论，却并不泥古，而是能够在古人文论的基础上有所发挥，提出自己的观点。他在论述作文谋篇的方法时，即首先引用刘勰《文心雕龙·章句》中有关立言次第的言论，继而指出临文构思与立言的次第恰恰相反，"立言次第须先字句而后篇章；而临文构思，则宜先篇章而后字句"，可谓真正做到了"就其所论推其所未论"①。

刘师培的文学批评以古人文论为依据，并重视文人的自评，这无疑有利于我们更好地认识和了解古代作家、作品在文学发展过程中所具有的地位和影响，同时也为相关学者的文学批评指引了道路。但需说明的是，刘师培以古人文论为依据的做法是建立在古人"去古愈近，所览之文愈多"这一基础上的，空疏臆断的言论自然不在他的征引范围内。并且由于该书系由讲义整理而来，故对许多问题尚未作出深入细致的探讨，如除却掌握的艺术材料外，评论者所处时代的文化价值取向、艺术理念以及自身的际遇等都会对他的艺术判断力产生影响。因此，古人的宗尚未必即适合后世。且如刘师培自言，一个时代有一个时代流行的学说，"而流行之学说影响于文学者至巨"②。故每个时代的"流行学说"不同，其于文学的标准也自然不同，从而使文学面貌呈现出"各期之间变迁甚多，同在一代每有相同之点"③的特色，这也是值得我们注意的。

（三）以汉学的治学方法作为研治文学的主要手段

刘师培以倡扬戴震学派为己任，他的治学方法即源自此一学派。因而他对汉魏六朝作家作品的研究，也就部分体现出了该学派的治学特色。梁启超曾于《清代学术概论》一书中对戴震学派的学风特色进行总结。其可资于本文者，主要有以下几点："一、凡立一义，必凭证据；无证据而以臆度者，在所必摈……五、最喜罗列事项之同类者，为比较的研究，而求得其公则……九、喜专治一业，为'窄而深'的研究。十、文体贵朴实简洁，最忌言有枝叶。"④

① 刘师培撰，程千帆、曹虹导读：《中国中古文学史讲义》，上海古籍出版社 2011 年版，第 128、139 页。
② 同上书，第 142 页。
③ 同上书，第 120 页。
④ 梁启超：《清代学术概论》，东方出版社 2012 年版，第 42 页。

刘师培对汉魏六朝专家文的研究虽属"欲借事立言，以发挥意见为主"①
的一类，但却十分重视对材料的搜集，力图做到言而有据。他认为研究古代
文学的人需做到"治一家者固不能不旁及（如任、沈可合观，徐、庾可合
观，又，研究陆士衡可溯及蔡中郎之类），治一代者亦不能不遍观"②。只有
溯源竟流，上下贯通，方能参透一家或一代文学的真相。他还告诫学做文章
的人，"与其推崇天才，毋宁信赖学力"，如此方能识见"文章正格"③。具体
到实践上来，他每作出一个结论，必援引大量事实以作证明，如他为了证明写
作必须先树命意、谋篇，然后才能选词、定句，便列举出蔡邕、陆机、嵇康、
庾信及《史记》、《汉书》中的多篇优秀作品为证，故其结论也让人信服。

在面对纷繁复杂的问题时，刘师培还善于运用比较的方法加以解决。这
种比较有横向的，也有纵向的，视需解决问题的不同而灵活、综合地加以运
用。他认为，将叙述同一事物的作品加以比较，则两者的性质、优劣可当下立
判，如"参校《左传》事实，而后《春秋》之笔削可见；参校裴松之《三国
志注》，而后陈寿之笔削可见也"。如果拿《后汉书》中杨秉、杨赐、郭泰、陈
实等人传记与蔡邕为他们所作的碑铭相比较的话，"则传实碑虚，作法迥异。
于此可悟作碑与修史不同"④。他还往往通过对不同性质作品的罗列与对比来更
好地阐释某些概念，如他在指出赋体作品也有主客观之别时，即罗列屈原《离
骚》、荀卿《蚕赋》、班固《幽通赋》、张衡《思玄赋》和《二京赋》等不同时
代的作品加以比较，从而使客观之赋与主观之赋的形态更加明晰。

大概是受戴震学派"专治一业"的治学特色以及曹丕《典论·论文》、
刘勰《文心雕龙》等作品的影响，刘师培还主张在研治古人之文时，必须
"以个人体性才略为断"⑤，选择适合自己性情的文体进行学习，"若不可沟
通，则无妨悬置"⑥。然后再从擅长此文体的作家中选出取法对象，"天赋所
限，不可强求"，"要宜各就性之所近，专攻一家"⑦。他认为通过取法多家而

---

① 刘师培撰，程千帆、曹虹导读：《中国中古文学史讲义》，上海古籍出版社 2011 年版，第
144 页。

② 同上书，第 120 页。

③ 同上书，第 160 页。

④ 同上书，第 122—123 页。

⑤ 同上书，第 120 页。

⑥ 同上书，第 146 页。

⑦ 同上书，第 121 页。

能兼得各家之长的情况大概是不存在的，大抵古人能够成为名家的，其所取法必有专主。如果取法无所专主，则必然导致文章的驳杂。刘师培以驳杂为文之大忌。他指出，所谓驳杂，"有文体驳杂、用典驳杂、字句驳杂之殊"，而"综兹三患，体纯为难"。所以学做文章之人，如果能够做到专主一个时期的文体，用典符合文体性质，用字摘句精练意繁，文章风格纯粹而不驳杂，便能有所成就。因此，他赞赏《史记》虽引据之书非出一类，但却能做到"俨然抄自一书"的功力①，并批评汪中所作碑铭"杂用《国语》、《国策》、《史记》、《汉书》诸体，而参之以唐宋之文，遂至骈散皆不可辨"②。

　　与"文忌驳杂"相关的还有刘师培对文章简洁风貌的要求。由于承袭戴震学派的衣钵，刘师培论文以小学为根基，故对文章的字句、音节极为重视。他对文章简洁风貌的追求也主要从这两个方面着力。在字句方面，他重视前人的研究成果，认为学做文章的人，如能将俞樾《古书疑义举例》之法，"推之于汉魏六朝文学，则于当时用字造句之例"③，必会有所创获。他将奇僻、驳杂、浮泛、烦冗诸病列为作文之大忌，又指出解决它们的方法必须从用字摘句的精练妥帖上出发，"对于字句务求雅驯，汰烦冗，屏浮词。凡多之无益，少之无损，除文气盛者间可以气聘词外，要宜加以剪截，力从捐省"④。他还将此种要求用于对具体作品的品评上，如他在评价《史记》、《汉书》的优劣时，即援引刘知几《史通·六家》中"叙事之工者，以简要为主"的观点，以《汉书》字句简而《史记》字句繁，便认为《汉书》优于《史记》。

　　在音节方面，刘师培借鉴了钟嵘《诗品·序》的说法，认为所谓的音节"既异四声，亦非八病"，而是"诵之于口无不清浊通流，唇吻调利。即不尚偶韵之记事文亦莫不如是"⑤。他认为文章不能成诵的原因仍与作者的用字摘句有关，文章音调"必须浅深合度，文质适宜，然后乃能气味隽永，风韵天成"⑥。这说明文章的音节是由文气而生的，用字不妥帖或过于艰深便必然会

---

① 刘师培撰，程千帆、曹虹导读：《中国中古文学史讲义》，上海古籍出版社 2011 年版，第 131 页。

② 同上书，第 146 页。

③ 同上书，第 121 页。

④ 同上书，第 157 页。

⑤ 同上书，第 133 页。

⑥ 同上书，第 147 页。

影响到文章的简洁程度，从而导致文气不通。故要文章可诵，必先求文气的疏朗，而文气的疏朗则与文章的以文副意、无堆砌敷衍之辞息息相关。因此，他主张无论研习何种文体，都要将"尚洁"作为第一要义，追求文章"文质得中，深浅适当。炼句损之又损，摛藻惟经典是则，扫除陈言，归于雅驯"，认为只有如此，方能"文人正轨"①。他批评后世的惊才艳绝之文"格实不高"，与宋人语录一浅一深，"其弊则同耳"②。又批评清代常州董祐诚兄弟的骈文，认为其"堆砌成篇毫无潜气内转之妙，非特不成音节，文亦甚晦，绝无辉煌之象"③。显示出他对文章不俗、不古、不枝这一简洁风格的追求。

此外，刘师培还注意到句读对于研究《史记》、《汉书》的重要性，主张在研究二书时博采裴骃、司马贞、颜师古、刘邠、宋祁等人的相关著作以断之，并指出研究《史记》、《汉书》的人，"若不明其句读，即不足以见其章法"④。这说明他还注意到校勘学对研治古代文学的意义，并且与其重视小学一样，都反映出他在研治文学方面所具有的汉学色彩。

刘师培以汉学的治学方法作为研治古代文学的主要手段，凡立一言，必求言而有据，并善于通过对同类事物的罗列、比较而得出自己的结论。他以小学为基础，追求文章的简洁风格，虽是一家之言，却足以提示我们古代文学与小学等基础学科的紧密联系。这既符合古代文学的学科性质，又有利于古代文学传统的保存，为后继研究者树立了标杆。至于他主张对古人文章应学有专主，则仍是站在保持文体纯粹的立场上而言的。从研治文体的角度来看，有一定道理。但正如上文所说，其局限性也是不可忽视的。

综上所论，《汉魏六朝专家文研究》是刘师培晚期文学思想的产物，并受到其学术旨趣的影响而于文论主张中表现出鲜明的"存古"意识。由于刘师培自身"存古"意识的局限性以及《汉魏六朝专家文研究》一书内容的简略，也使得本书所反映的文论思想既有其科学、实证的一面，又不可避免地掺杂着偏颇甚至错误的观点，这是我们在阅读和利用本书时所应当注意的。

---

① 刘师培撰，程千帆、曹虹导读：《中国中古文学史讲义》，上海古籍出版社 2011 年版，第 161 页。
② 同上书，第 147 页。
③ 同上书，第 135 页。
④ 同上书，第 139 页。

陈寅恪《唐代政治史述论稿》的
学术方法与启示

米彦青[*]

作为 20 世纪最伟大的学者之一，陈寅恪著述之精审、博大，自不必言，而关于陈寅恪的研究文章也可谓卷帙浩繁。本文不能也不敢"摘星辰"，只是想在重读陈著的基础上，将自己的一点体会就教于方家。

一 陈寅恪唐代历史研究学术方法述略

陈寅恪以中国中古史为专业，其中以唐史研究之成果最为丰硕，先后出版三本专著，《隋唐制度渊源略论稿》、《唐代政治史述论稿》、《元白诗笺证稿》，这三本著作都成书于抗战期间，影响颇为深远。不过翻看陈寅恪集，这一时期的研究论文还有多篇。陈寅恪研究唐史，早始于战前清华园期间，如其早年弟子蒋天枢所说："是时（1931）先生授课之余，精研群籍，于唐代文学及佛经多所涉及。所特好者，用力尤勤，时武强贺氏所刊吴挚甫评注本《韩翰林集》甫行世，先生购置一册，于书眉细字详录有关资料，间抒己校订意见。"[①] 陈寅恪于战前发表的《府兵制前期史料试释》及《李唐氏族之推测》等文，提出新的见解，实已发唐史研究之先声。

第一部专著《隋唐制度渊源略论稿》，完成于 1939 年，因战乱未能立即付印。这部书实际上是若干专题的综合研究，诸如"礼仪"（附都城建筑）、"职官"、"刑律"、"音乐"、"兵制"、"财政"。加上"叙论"和"附论"，

———————————

 * 【作者简介】米彦青，女，内蒙古大学文学与新闻传播学院教授、博士生导师，出版过专著《清代李商隐诗歌接受史稿》等。

 ① 蒋天枢：《陈寅恪先生编年事辑》，上海古籍出版社 1981 年版，第 75 页。

一共八章。全书的宗旨，在"叙论"中开宗明义，说得很清楚："兹综合旧籍所载及新出遗文之有关隋唐两朝制度者，分析其因子，推论其源流，成此一书。"① 在这部著作中，陈寅恪首先点明隋唐制度的源流有三：一是（北）魏、（北）齐，二是梁、陈，三是（西）魏、周。而（北）魏（北）齐的源流则含有东晋南朝前半期的因子，以及保存于河西凉州一带的汉文化；梁陈则为南朝文化因子的总结；（西）魏周则系鲜卑野俗加上魏晋遗风的关陇文化。② 这一"三源流说"是陈寅恪的发现，也是他写作全书的理论基础。同时，这一"三源流说"也奠定了《唐代政治史述论稿》中唐代政治制度、统治阶级、党派分野、内政外交等问题，尤其是府兵制衰落、胡地汉人胡化和汉地胡人汉化等问题的渊源。

《隋唐制度渊源略论稿》完成后，陈寅恪在桂林良丰雁山别墅又完成《唐代政治史述论稿》。这部书是集中探讨有唐一代政治史的。关陇、山东两政治集团的此起彼落，是陈寅恪研究唐史的重要心得，由它们生发出的种族与文化的剖析则是这部书的核心内容。唐室承袭北周宇文氏的"关中本位政策"，这一政策与李唐的氏族问题和政治权力问题紧密关联，所谓"关陇集团"，既是初唐政治的重心，也是皇室依靠的根本。但在初唐社会，作为魏晋门第之风后劲的山东士族仍保持着声誉与势力，所以唐太宗不得不抑压山东士族的声望与权力，故此敕撰《氏族志》。所谓山东集团，包括山东士族、山东寒族及山东豪杰。值得注意的是，初唐时期唐室虽打压山东士族，但对山东豪杰是重用的，彼时山东豪杰种族非常复杂，已是"一胡汉杂糅、善战斗、务农业，而有组织之集团，常为当时政治上敌对两方争取之对象"③。山东豪杰的战斗力非常强大，远非渐趋衰退的府兵可堪比拟的，唐太宗也最终倚靠山东豪杰击败建成太子。不过正如学者指出，"所谓'关陇集团'与'山东士族'的对立，主要是两种社会力量的冲击，而非真正的政治斗争"④。武则天为了创业垂统的野心，大举提倡"进士科"，破格用人，引起新兴阶级的上升，"关中本位"的传统因之被逐渐破坏，导致"社会阶层之流动"，

---

① 陈寅恪：《陈寅恪集·隋唐制度渊源略论稿》，生活·读书·新知三联书店2009年版，第1页。
② 同上书，第1、2页。
③ 陈寅恪：《论隋末唐初所谓山东豪杰》，载《陈寅恪集·金明馆丛稿初编》，生活·读书·新知三联书店2009年版，第217页。
④ 汪荣祖：《史家陈寅恪传》，北京大学出版社2005年版，第100页。

这才是真正的引发全社会介入其中的大变革。所以陈寅恪说："武周之代李唐，不仅为政治之变迁，实亦社会之革命。"① 重"进士科"与武则天出身山东寒族，虽被高宗宠爱，但在宫廷及其后的朝廷争斗中却得不到诸如长孙无忌这样的关陇派首脑人物的支持有绝大关系。须知南北朝贵族阶级及其势力并未衰于隋唐开国之初。

陈寅恪研究的是传统学问，在史学与政学之间紧密贯通，史实的叙述中带着现实的关怀，考据的辨析和陈述中透着鲜明的文化立场和价值取向。史学从未变成史料考证的纯粹技术。因此在中古史研究中他选取极有代表性的唐代，通过对其政治史和制度史的研治，为世人剖解了这个中古史上最辉煌朝代的核心问题。他在繁复的文献的稽考与芜杂的资料的爬梳中，让我们领会到历史的"必然"实则并非客观的铁律，而是来自创造性的政治与文化实践，涉及社会生活的各个方面，乃至世道人心以及思想方法的转换。

陈寅恪阐论治道之作，并不悬空演绎。《唐代政治史述论稿》所包含的"统治阶级之氏族及其升降"、"政治革命及党派分野"、"外族盛衰之连环性及外患与内政之关系"三篇各讨论一个专题，但是彼此又紧密联系。统治阶级的升降导致政治和社会的革命，促成党派的分野和竞争。而李唐氏族与士族阶级的关系密切又是显而易见的。因政治革命而消失的"府兵制"，使唐室更加依靠胡兵，胡兵强大则引起安史之乱及唐室对沙陀的屈忍，与此同时外患严重也使得党派斗争更加激烈。如此一来，全书成为一个有机整体。将革命纳入历史的流程中去认识，革命引发的社会各阶层的矛盾、分合愈加鲜明。

陈寅恪中古史研究的第三部著作《元白诗笺证稿》是其以诗为史料，开辟史学与文学研究新途径的代表性作品。陈寅恪以史释诗、由诗证史，旨在通解诗的内容，得到时事的真相，而不在于诗歌意境、声韵、艺术结构的考索，这也是史学与诗学之分。但实质上，这部书既是文学研究之作，也是历史研究之作。在具体的行文中，《元白诗笺证稿》与《唐代政治史述论稿》呼应之处很多。如陈寅恪曾论述武则天以后的新兴进士阶级不拘礼法。而白居易、元稹正是这一新兴阶级中的成员，同属以文学进用的寒族。《琵琶记》

① 陈寅恪：《唐代政治史述论稿》，上海古籍出版社 1997 年版，第 19 页。

里的白居易，《莺莺传》里的元微之，都可看出他们对男女问题的态度，而这一态度同时反映了当时的士风。①

陈寅恪研究中古史，以唐史为重点。胡化对唐代政教的影响，是其一直重视的。陈寅恪曾谓吴宓曰："唐代以新兴之精神，强健活泼之血脉，注入于久远而陈腐之文化，而创造一伟大的新时代。"② 在这个伟大的新时代中，胡汉杂糅的血液（如李白、元稹、白居易）和胡化之风（朔方、河北边镇等地）有不可磨灭的作用。陈寅恪能在具体的研究中，在细微史料中发现此类问题，并加以述、论，充分说明学者不是下工夫搜集、拣择资料，在阅读史料基础上，由史实发不得不发之论，而是先确定论题，跟着论题再去搜集资料，就会产生本末倒置、发空泛议论之弊。

"哲学史家研究思想系统之本身及其演变；文化史家则研究宗教、神话、文学、艺术等，即整个社会文化现象之全面；而思想史则居于二者之间，将思想概念置于时代、社会之中，再从思想推知时代文化的精神，以及从时代文化推知思想的渊源与流变。"③ 作为伟大的思想史家，陈寅恪并不仅仅关注某种哲学或某种社会文化现象，唐史的研究充分展示了他"从史实中求史识"④ 的长才。

二　由陈寅恪论"府兵制"衰微、"蕃将"兴起想到的清初
八旗格局变易

隋唐的兵制与北周有密切的关系。陈寅恪在其《府兵制前期史料试释》中曾言府兵制由周文帝时苏绰所创建，由周武帝、隋文帝所变革。唐朝的府兵制是建立在均田制之上，兵农合一的兵制。如《新唐书》"兵制"所说，"府兵之置，居无事时耕于野；其番上者，宿卫京师而已；若四方有事，则命将以出，事解辄罢，兵散于府，将归于朝，故土不失业，而将帅无握兵之重"⑤。关于府兵制的破坏，陈寅恪认为除"自身本已逐渐衰腐"外，"武氏更加以破坏，遂致分崩堕落不可救止"⑥。

---

① 陈寅恪：《陈寅恪集·元白诗笺证稿》，第48、101页。

② 蒋天枢：《陈寅恪先生编年事辑》，上海古籍出版社1981年版，第75页。

③ 汪荣祖：《史家陈寅恪传》，北京大学出版社2005年版，第82页。

④ 陈寅恪：《冯友兰中国哲学史上册审查报告》，载《陈寅恪集·金明馆丛稿二编》，第48页。

⑤ 欧阳修、宋祁：《新唐书》，中华书局标点排印本，第1328页。

⑥ 陈寅恪：《唐代政治史述论稿》，上海古籍出版社1997年版，第49页。

　　唐代袭前朝府兵制，亦即继承宇文泰"关中本位"政策，长安洛阳因之成为唐初政治权力的重心。为了固其本位，唐太宗曾要整顿府兵，但从太宗到玄宗已是府兵制的后期，逐渐衰微。而武则天将重心东移，崇尚进士科，逐渐破坏关陇集团，尤为府兵式微的关键。"府兵"的衰落与关陇集团的消降，实不可分。关陇集团衰落，将相大臣不再出于同一系统，造成文武分途的现象。其结果，"宰相不能不由翰林学士中选出，边镇大帅之职，舍蕃将莫能胜任"①。代"府兵"而起的是"蕃将"。太宗时所用的"蕃将"尚属部落酋长，而玄宗时已大都是寒族胡人。"蕃将"与唐朝命运关系的重要，陈寅恪在其《论唐代之蕃将与府兵》一文中言之最切。安史固属蕃将，平定安史之乱的朔方军，亦以蕃将为主。玄宗以后，益复如此。②唐初的内重外轻的格局，至玄宗朝一变为内轻外重的格局。因此，府兵制的废除，与将相分途确实有因果关系。

　　可见，武则天重"进士科"并不仅仅是带来了关陇集团和山东士族的衰落、社会上寒门士子通过科举考试进入社会上层的机会，同时也使府兵制衰颓无可挽回，唐王朝不得不起用胡人。唐代"府兵"的废弛引起的"蕃将"问题，牵动整个政治社会结构的变化。由于胡人与胡将之渐兴，安史之乱后，大唐帝国实已分为二部：一部为胡族与胡化汉人区，另一部为汉族与汉化胡人区。素为山东士人根据地的河北旧壤，亦随之沦为胡化藩镇之区域。山东士人乃不得不弃其老巢而徙居长安或洛阳一带。于是，山东士族不但在武则天之后，政治势力下降，且于安史之乱后，社会经济力量也告消失。陈寅恪于1956年曾借李栖筠一家从河北徙居洛阳一事，说明河北士族豪强，因受塞外胡骑的压迫，不得不抛弃祖宗坟墓而远行。既弃累世产业，徙居异地，经济来源无着，李氏子孙如李吉甫、李德裕不得不举进士科，其社会政治阶级亦因而转变，"斯则中古政治社会上之大事变，昔人似未尝注意"③。陈寅恪以李氏自赵徙卫一事，说明唐朝为门第贵族阶级逐渐下降、科举出身士人逐渐上升的过渡时期。据此也可看出陈寅恪论史的长处，"在于彼此呼应，所谓牵一发而动全身"④。由一兵制问题，草蛇灰线，上下其手，最终引出了唐

---

①　陈寅恪：《唐代政治史述论稿》，上海古籍出版社1997年版，第49页。
②　陈寅恪：《论唐代之蕃将与府兵》，载《陈寅恪集·金明馆丛稿初编》，第264—276页。
③　陈寅恪：《论李栖筠自赵从卫事》，载《陈寅恪集·金明馆丛稿二编》，第7页。
④　汪荣祖：《史家陈寅恪传》，北京大学出版社2005年版，第102页。

代上层社会的人事更迭、士人生存方式的改易等问题（不唯李德裕家族参加科考，诸如李益远走河朔等都由此而来）。不过，"府兵制"的被破坏，除了武则天与唐玄宗重进士科，从寒门拔擢士人，导致关陇集团衰颓之主因外，初唐时期用兵太频，府兵不堪重负，从社会上广泛募兵，府兵职责渐被取代也是不能不注意的因素。①

　　唐代社会政治军事联系如此紧密，实际上在中国古代史上，举凡一个王朝的兴衰，与立国之政治器局、兵制莫不有关联。仅以与"出则战，入则民"、承继前朝而衰于唐初的府兵制相近的清代八旗制度为例说明。

　　满族形成时期，处在领主社会阶段，在兼并、掠夺的过程中，努尔哈赤把他们得到的属人分给本家族及附从征战的异性者，后又将属人以三百人为单位编为牛录，努尔哈赤族人及异性附从者随之以领牛录的形式成为领主。牛录组旗后，努尔哈赤及其兄弟、子侄、孙辈又成为各旗之下分领牛录的领主，而其中主管本旗旗务者，便是习称的旗主。牛录是后金/清早期统治的根基，牛录中人战时为兵，闲时则耕种、放牧、渔猎，八旗领主的分封，导引了后金/清政权早期的统治体制。考察八旗的演变，对于研究清初的政治、经济、军事各个方面都有重要作用。

　　1583年，努尔哈赤以十三副遗甲起兵，到1615年建八旗，共32年时间，期间经历过统一建州女真、长白山三部，征服海西女真，兼并东海女真，属人不断增多，不断增编牛录、组编旗（固山）的过程。八旗领主分封与后金（清）政权的"八分"②体制密不可分。根据《满文老档》太祖朝卷（册）28，天命七年（1623）三月，努尔哈赤宣布以后实行八和硕贝勒共治国政之制，并为这一制度的实行做了若干部署，至其死前，八旗都已确定旗主（即八和硕贝勒）：皇太极领正白旗，皇太极之子豪格领镶白旗，代善、萨哈廉父子领正红旗，岳托、硕托兄弟及其堂兄弟杜度等人领镶红旗，阿敏、济尔哈朗兄弟领镶蓝旗，莽古尔泰、德格类兄弟领正蓝旗，后来努尔哈赤将

---

　　① "（玄宗）扩骑、长从宿卫代替了上番府兵的任务；长征健儿代替了府兵征镇的任务；募兵或职业兵制就完全替代了府兵。"唐长孺：《唐书兵志笺证》，中华书局1962年版，第1页。

　　② "天命年间，立八和硕贝勒共议国政，各置官署，朝会宴飨，皆异其礼，赐赉必均及，是为八分。"乾隆《大清会典》卷1"宗人府·封爵"。满族宗法，嫡庶之分森严，嫡出成员与庶出成员在家族内的等级差别及权益分配相差悬殊，只有嫡出者才具有入八分议政资格。之后，崇德元年四月定封爵制后，以前的旗主贝勒全部封为亲王；非旗主贝勒，高者封郡王，低者封多罗贝勒。这些人是天聪朝的入八分议政贝勒。

自领的两黄旗分与嫡妻所生三个幼子，多铎领镶黄旗，阿济格与多尔衮领正黄旗。从而形成皇太极继位后八旗分立、各有旗主、共理后金国政的政体形式。① 在此基础上，又在天聪九年（1635）二月编设八旗蒙古。崇德二年（1637）七月建汉军二旗；崇德四年（1639）六月析为四旗；崇德七年（1642）六月，建立了汉军八旗。蒙古八旗独立编旗，但和汉军八旗一样，隶属于同旗色的满洲旗主。如处罚正白旗主多铎为例。崇德四年五月没收多铎"满洲十牛录、蒙古四牛录、汉二牛录。分其奴仆牲畜财物及本旗所属满、汉、蒙牛录为三分，留二分给豫亲王（多铎），其一分奴仆牲畜全给和硕睿亲王（多尔衮），满洲、蒙古、汉人牛录及库中财物，和硕睿亲王与武英郡王（阿济格）均分"②。几天后，把满洲十牛录、蒙古四牛录、汉牛录原数退还给多铎。③

相对于唐初实行的府兵制，八旗并不仅仅是战时起到作用，同时也是后金/清（政权）的政体形式，因此，八旗各有旗主、各置官署、本旗人任本旗官，且能共议国政（当然是八旗旗主、各旗之下的非旗主入八分议政贝勒、八旗每旗一名的固山额真才有资格）。人口、财物也是"八家"均分。相近宗支共领一旗。八旗行使之初，后金皇帝并没有太多特权，只领有一旗，如后金朝臣胡贡明对皇太极当面所言："汗您虽身为一国之主，而实无异整（正）黄旗一贝勒耳。"④ 但随着后金/清政权的统治加强，后金/清皇帝逐渐运用手中的权力改变这样的格局。从制度上取消宗王的当然议政权，代之以皇帝的任命，是崇德末年从入八分宗室领主的承袭儿孙们开始的。⑤ 而从八旗改旗事件中更可以看出后金/清从领主分封制走向中央集权制的演变之烈。

后金至清初的改旗事件发生过四次：一次是皇太极继位初，为了皇家以黄色为尊，两黄旗与两白旗之间改旗，一次是天聪九年（1635）十二月皇太极吞并德格类之正蓝旗，一次是崇德八年（1643）辅政王镶白旗主多尔衮（当时与其兄阿济格共领镶白旗）和正白旗主多铎两白旗主互易旗纛，一次

① 《满文老档》太祖朝卷（册）28，（上册），第249页，卷（册）59，第568页，中华书局1990年版。
② 《清太宗实录》卷46，崇德四年五月辛巳条，第27页。
③ 《清太宗实录》卷47，崇德四年六月戊子条，第1—2页。
④ 《天聪朝臣工奏议》卷上胡贡明奏章。
⑤ 杜家骥：《八旗与清朝政治论稿》，人民出版社2008年版，第135页。

是顺治六、七（1649—1650）两年多尔衮暂行强占顺治帝之兄豪格的正蓝旗，后将豪格属员与领镶白旗的多铎旗员互调，让自己同母兄弟镶白旗两旗主多铎和阿济格入主正蓝旗，这样打乱编制，多尔衮便以领白旗之形式占有豪格属员，免去夺正蓝旗之讥。

第二次改旗，清太宗皇太极通过兼并正蓝旗，以前的八旗八主变成了八旗七主，第一次打破了后金八旗八主的"八分"体制格局，对于八和硕贝勒共治国制及共举新汗旧制的破除，使后金汗由八旗共主而成为集权王朝的皇帝，有一定影响。此次并旗事件，也成为以后皇帝为强化皇权、削弱宗王藩权而继续兼并强藩领旗的先例。此后，正白旗主多尔衮死后被追论定罪，其正白旗由顺治帝收纳，皇帝由领"上二旗"进一步变为领"上三旗"，皇权进一步被强化。进入康熙朝后，诸王子不断被分封进入下五旗，这是皇帝以"众建以分其势"的方式，对下五旗王公势力的进一步削弱，而皇权也因之得到进一步强化。① 从此，由康熙朝始，清王朝上层的政治势力矛盾，已主要表现为皇帝的上三旗内部及康熙帝本支诸皇子之间的派别斗争。

八旗在长期征战过程中，八旗兵士的食用所需如府兵一样，由所在旗提供，但随着满族统治区域的扩大，大部分旗民入关后，远离东北这个富裕的根据地，而且在人口数量也不断增多的情况下，原来的生产格局显现出它的弊端，这样，为了解决大量旗人的生计问题，顺治年间，多尔衮三次下令圈地，这一举措，虽然有利于巩固清朝八旗内部的和谐，但是激化了民族矛盾，如黄宗羲《太垣靳公传》中所说："国朝仿府兵之制，畿甸之地，悉圈赐八旗勋戚。"② 从长远看不利于其统治。

从后金时期到清代初年，八旗由独立自主的分封制逐渐演变成皇权附庸，而其在清朝政权中的作用也随着康熙、雍正的中央集权日渐加强后渐趋至基本只是兵制的位置。同"府兵"的兵将分离一样，八旗旗主共居京师，因此当八旗开始在全国驻防后，旗主与所领旗人更是日渐脱节。

八旗在长期的征战中，随着清政权的统治区域的扩大，为了巩固疆域，开始施行拱卫京师、驻防重要地区的驻防制度。清代八旗驻防制度开始于顺治朝，发展于康、雍两朝，迄乾隆朝大体完备。顺治年间，驻防各地的八旗

---

① 杜家骥：《雍正帝继位前的封旗及相关问题考析》，《中国史研究》1990 年第 4 期。
② 黄宗羲：《黄宗羲全集》，浙江古籍出版社 1985 年点校本。

兵丁仅一万五千余人，康、雍年间渐增至七万九千余人。乾、嘉年间达到十万余人。康熙至乾隆年间，八旗驻防地在全国各地渐增。在东北驻防四十四处，在关内各省驻防二十处，在新疆驻防八处。八旗兵丁屯驻在全国七十余处重要城镇和水陆要冲，根据兵力多少各设将军、都统、副都统，或只设城守尉、防守尉为其统领，由此构成清朝控制全国的骨干力量。清代社会实行旗民分治，驻防旗人分散在全国各地后，均驻在为他们专门建立的满城（旗城）里，因此，除东北外，大部分驻防地处在汉人社会的包围中。[①] 八旗驻防分三级：一级驻防官兵多达三千人，由将军统领；二级驻防官兵一千到三千不等，由副都统统领；三级驻防官兵不过一千，由城守尉统领。[②] 在长期的满蒙汉文化交融中，八旗驻防渐渐丧失了自身的民族属性，乾隆四十九年（1784），清高宗巡幸杭州，在阅视八旗之后，不由发出"已此百年久驻防，侵寻风俗渐如杭"[③] 的慨叹，便是对这种历史现象无可奈何的客观反映。

随着八旗驻防与当地人的融合，很多民族生活方式渐渐开始熏染，如满汉语言中的共通。人口较少、生产方式和文化落后的民族被人口众多、生产方式先进、文化发达的民族所同化，是历史发展的必然规律。如陈寅恪《唐代政治史述论稿》开宗明义即指出的那样，种族和文化是唐代的核心问题，在清代，更是如此。清代文明是满蒙汉等民族共同创造的，作为统治民族，满族的立国之本——八旗制度更有着非同寻常的重要性，而尤其生发的种族和文化问题，无不与政治相关联，故研究清代文学，清代政治史是首先要关注的。

三　由陈寅恪述论武则天强化"进士科"引起唐代社会革命想到的康熙十七年开博学鸿词科对文学创作的影响

通过陈寅恪《唐代政治史述论稿》的分析可以看出，唐代朝政演变之脉络如此：大约自唐初到武则天当国，关陇集团为政治之重心；武则天到玄宗为新兴进士阶级的上升时期，主要思想与作风与旧时山东士族有显著的不同，造成新旧的冲突；由宪宗到文宗为牛李党争剧烈时期，武宗时李党得势，宣

---

① 刘小萌：《清代八旗子弟》，辽宁民族出版社 2008 年版，第 20—21 页。

② ［韩］任桂淳：《清朝八旗驻防兴衰史》，生活·读书·新知三联书店 1993 年版，第 51 页。

③ 《杭州八旗驻防志略》卷 7，光绪十九年（1893）浙江书局刊本。

宗时则牛党得势，宣宗以后阉党一致对外，内掌皇位继承或废立的大权，导致士大夫与阉人之争，唐朝国运的衰败亦因而决定。陈寅恪在分析这些复杂的因子时，相互关应，有条不紊，奠定了唐代政治史研究的基础，不仅于唐代政治史有所启发，而且扩大了中国史学史的视野。陈寅恪不单从汉族角度看国史，亦从外族角度来看国史。唐代文明显然是胡汉共同创造的，外族对唐代的发展和盛衰也有密切的关系，他在《下篇》——"外族盛衰之连环性及外患与内政之关系"里，指出唐朝的盛衰常与边疆各族的盛衰相呼应。他曾说："中国无论何代，即当坚持闭关政策之时，而实际终难免不与其他民族接触。李唐一代其与外族和平及战争互相接触之频繁，尤甚于以前诸朝，故其所受外族影响之深且巨，自不待言。"①

　　陈寅恪在阐发武则天于 690 年殿前面试，发展科举制度，导致唐代社会阶层流动，并由此推及唐代文化、政治、外交、兵制等各个方面的变迁。由此，本文试图探讨在清初康熙年间首开的博学鸿词科对清代文学、文化、兵制、职官等各个方面的变化，以观文学与政治之间的关系。

　　康熙十七年（1678）下旨征召，次年春三月殿试的"博学鸿词科"，在清代科举史上因其有荡涤遗民反清之心志的作用，在明清之际的思想史、文学史上一向被重视。其开科之时，正值清王朝征讨"三藩之乱"已胜券在握，② 海内平定一统在望，所以"博学鸿词科"的举行，是彰显康熙文治之功，代表"康熙盛世"局面呈现的信号，也是清朝政权进入全盛时期的转折标志。

　　在文学史家眼中，"'鸿博'一科的诏开，意味着原先雄踞关外的满族统治集团已巩固并发展了其对整个华夏各族的稳定治理。它已有充分的自信力运用恩威兼施、刚柔相济的手段全面网罗遗民故旧及其子弟于彀中。一面利用封建知识分子对科举仕途的习惯心理，一面则又毫无顾忌地挥动高压的权杖，以威劫就范。显然，这是处于上升期的新王朝所施行的大控制、大笼络行动"。

　　"从遗老旧民那方面来说，时光的流逝固然能逐渐淡化由明社倾倒、陵谷变异造成的心灵创痛，而现实的不可逆性的严峻，更是任何一个正视人生的清醒者所深有感受的。即使坚定如顾炎武也已在诗中感喟'翡翠年深伴侣稀，清爽憔悴减毛衣'（《路舍人客居太湖东山三十年，寄次代柬》），人事沧

---

① 陈寅恪：《唐代政治史述论稿》，上海古籍出版社 1997 年版，第 152 页。
② 1678 年，耿精忠和尚之信先后投降。同年，吴三桂逝，其子吴世藩逃到昆明。

桑，流光无情，大局已难挽转。而黄宗羲则虽始终以遗民自处，'不事二姓'，但从康熙十八年起，他对清王朝的合法性的承认是可以从《南雷文约》和《文定》中清楚考见的。黄宗羲这一态度的转化，最明显地表现在他撰写的大量墓志铭中。黄氏一生写过 108 篇墓志和行状，作于康熙十八年前的纯用干支纪年，康熙十八年后所作近 50 篇墓志铭基本上冠以清朝的年号，不仅如此，黄宗羲在一些文章中还称清朝为'国朝'，而《陈夔献墓志铭》还有'天子留心文治'，《周节妇传》更有'今圣天子，无幽不烛'等语，均系称赞康熙帝的。黄宗羲本人拒绝了'鸿博'的征召，但康熙十九年招聘其子黄百家入史局，黄宗羲是同意的。当然，他的遣子应聘意在'可以置我矣'，即换得自己的能以明之遗民终老的心志的无改，有其用心良苦处，但这正可说明遗老故旧在那个现实面前不得不有所让步，也不得不有所转变。黄宗羲尚如此，足见当时的政治态势和各个层次的知识分子的心理状况的。尽管各自有不同程度、不同形态的变化表现，但对清王朝的态度确实不能不发生大改变则是一致的。"①

这段话，对"博学鸿词科"的来龙去脉及对遗民世界的冲击剖析得非常深刻。明清之际文坛上的著名人物，无论经过此番的"博学鸿词科"后声望升降如何，但悉数被网罗一空确是不争的事实。"康熙十八年（1679），清廷首次开博学鸿词科。朱彝尊以荐应试，授任翰林院检讨，充《明史》纂修官，从此踏上了坎坷的仕途。这在朱彝尊的人生道路上，是一个不甚光彩的转折点。虽然朱彝尊原先只是一个'布衣'，因而其仕清与那些身仕二姓的所谓'贰臣'不同，但他既是明朝宰辅后裔，早年又曾经参与抗清复明运动，而此时却一改初衷，屈节辱志，则其仕清较之于一般遗民，性质却无疑要严重得多。同时，朱彝尊在此之前久已名满天下，其应试授官，客观上恰恰为清朝统治者标榜'熙朝盛世'、笼络汉族人民的欺骗政策所利用，产生了瓦解抗清意志的不良影响。"②"康熙十八年（1679），朱彝尊以'名布衣'被征召，应'鸿博'之试，中第一等第十七名，授检讨职，与修《明史》。"③

遗民故旧无论是否应"博学鸿词科"之试，其后在书写中都产生了很大的变化，不唯前文所引证黄宗羲的墓志、形状。此前，在阅读文本的时候，

---

① 严迪昌：《清词史》，江苏古籍出版社 2001 年版，第 244—245 页。
② 朱则杰：《清诗史》，江苏古籍出版社 2000 年版，第 155 页。
③ 严迪昌：《清词史》，江苏古籍出版社 2001 年版，第 254 页。

笔者更多关注学者笔下各类文学体式的书写中，"博学鸿词科"带来的变化（如词创作中先前所提倡的"存经存史"之作明显减少，诗歌中对故明的怀恋也有所减少），未曾思考过当时的政坛对此事的看法。近查《清史稿》、《清史列传》、《圣祖实录》、《皇朝文献通考》等史乘，竟发现这一在文学史上颇为重要的事件，在当时的清廷内部并未引起大的震动。如记载较为全面的《皇朝文献通考》："召试博学鸿词，钦取五十人，分别授职。先是十七年，奉谕旨：自古一代之兴，必有博学鸿儒，振兴文运、阐发经史、润色辞章，以备顾问著作之选。朕万几时暇，游心文翰，思得博洽之士，用资典学，我朝定鼎以来，崇儒重道，培养人才，四海之广，岂无奇才硕彦，学问渊通，文藻瑰丽，可以追踪前哲者？凡有学行兼优，文词卓越之人，不论已仕未仕，着在京三品以上及科道官员，在外督抚布按，各举所知，朕将亲试录用。其余内外各官，果有真知灼见，在内开送吏部，在外开报该督抚，代为题荐，务秉公延访，期得真才，以副朕求。贤右文之意，嗣经内外诸臣保荐，陆续送部。又奉谕旨：所举官人，俟全到之日考试，恐有贫寒难支者，户部量给衣食，于是月给俸廪及柴炭银两。至是集诸人于体仁阁考试，钦命试题：赋一篇，诗一首。上亲览试卷，大学士、掌院学士参阅，分为四等，曰上上，曰上，曰中，曰下。以彭孙遹为第一。共取五十卷，上上卷二十作一等；上卷三十作二等；其中卷三等，下卷四等，俱落第。又于上卷中斥去一卷，上自取严绳孙卷补之。爰命阁臣取前代制科旧例，查议授职，寻议，查得两汉授无常职，晋上第授尚书郎；唐制策高者特授以尊官，其次等出身因之，有及第出身之分；宋制分五等，其一二等皆不次之擢三等始为上等恩数，比廷试第一人四等为中等，比廷试第三人皆赐制科出身，第五等为下等，赐进士出身，得旨俱授为翰林院官。于是分别定议内升道员，授为侍读，邵吴远一人。补道员郎中，授为侍讲，汤斌、李来、施闰、吴元龙四人。进士出身之主事中行评博内阁中书知县及未仕之进士，授为编修，彭孙遹、张烈、汪霦、乔莱、王顼龄、陆葇、钱中谐、袁佑、汪琬、沈珩、米汉雯、黄与坚、李铠、沈筠、周庆曾、方象瑛、金甫、曹禾十八人举贡出身之推知教职，革职之检讨知县及未仕之举贡荫监布衣俱授为检讨：倪灿、李因笃、秦松龄、周清原、陈维崧、徐家炎、冯勖、汪楫、朱彝尊、邱象随、潘耒、徐釚、尤侗、范必英、崔如岳、张鸿烈、李澄中、庞垲、毛奇龄、吴任臣、陈鸿绩、曹宜溥、毛升芳、黎骞高咏、龙燮、严绳孙二十七人，共五十人俱充史馆官纂修《明史》。又奉谕旨：杜越、傅山、王芳毂等文学素著，着念其年迈，从优加衔，以示恩荣。因俱授为内阁中书，听其回籍。"① 查《圣祖仁皇帝御制文集》卷七、卷八和《圣祖仁皇帝实录》，康熙十七年到十八年所写谕旨，其中关于博学鸿词的只有两篇谕吏部旨，此外再无与博学鸿词有关的谕告，并且也无其他记载。不过，在康熙二十年时，曾有过关于科道的这样一条谕旨："谕：大学士等曰科道官职司耳目，行取知县内，如有曾经从贼并深受伪职及身在贼中之人，名义已坏，科道不当选用，尔等识之。"② 科道是明、清六科给事中与都察院十三道监察御史总称，大约康熙认为这样的部门是履历中有污点的人不堪担当的，不过上述博学鸿词科中所选人员并无担任此类职务的记载，自然也就不存在甄别问题。

笔者想弄清楚的是当康熙选取了故老遗民五十人进入国家政权机构后，不知何故，并没有反对的声音出现？现在推测，一是当时虽四海平定在即，毕竟内患犹在，而且当年曾有地震出现，二是与清政权对文化的重视有关。早在崇德元年（1636），皇太极改后金为清的当年八月，就曾"遣官祭孔子"③，崇德二年（1637）十月，"初颁满洲、蒙古、汉字历"④。顺治元年（1644）冬十月福临在北京登基后，即宣告"以孔子六十五代孙允植袭封衍圣公，其五经博士等官袭封如故"⑤。并下诏"文武制科，仍于辰戌丑未年举行会试，子午卯酉年举行乡试"⑥。因此，顺治二年（1645）十月首先在陕西、江南举行了乡试。科举考试其后成为大清定制，直到 1905 年废除。期间，八旗子弟也积极参与其中，事实上，满族对科举考试的重视并不仅体现在沿袭明以来的科考上。早在努尔哈赤时期，就命八旗子弟入学读书。天聪八年（1634）四月，后金举行科举考试，八旗下的满洲、蒙古、汉军旗人子弟共十六人考取举人，此后崇德三年（1638）八月、崇德六年（1941）七月的两次科举，又有十七名旗人考中举人，录为生员秀才者则达到一百余人。⑦

---

① 《皇朝文献通考》卷十四，清刻本。

② 《圣祖仁皇帝实录》康熙二十年五月条。

③ 赵尔巽等撰：《清史稿》卷三 "太宗本纪二"，中华书局 1977 年版，第 57 页。

④ 同上书，第 62 页。

⑤ 赵尔巽等撰：《清史稿》卷四 "世祖本纪一"，中华书局 1977 年版，第 88 页。

⑥ 同上书，第 90 页。

⑦ 据《崇德三年满文档案译编》，辽沈书社 1988 年版，第 188—189 页（《清太宗实录》卷 56 戊寅条统计）。

在有清一代施行的科举考试中，尽管八股文带来的种种弊端是不言而喻的，但在客观上对于八旗子弟修习汉族经典著作、在少数民族人群中传播汉文化还是起到了积极作用。

四　陈寅恪唐代文史研究在方法论上的意义

在阅读陈寅恪的过程中，总是能想起王国维，想到数年前读到的关于陈、王的文章，大意说（陈寅恪）太敏感、太感伤，这一点，与王国维颇为相近。王国维以词胜，陈寅恪因诗名。二者审美情调、意象取舍的方式，均很相同，恍若出自一人之手。造成两人诗词韵致相当的原因，一是"遗民"情结，二是悲观哲学。陈氏中年目盲，晚年骨折，这都是个人身世的不幸。就大的方面而言，历经战乱，久在漂流，生活动荡，也是一个原因。但最根本的，还是旧文化日趋衰亡，所钟情的精神之山屡遭劫难所致。① 这精神之山的核心大约就是陈寅恪对王国维追求"独立之精神、自由之思想"② 的概括吧。而这样的精神与思想体现在生活中就是在天地间成一家之言的学术人生的追求。

陈寅恪曾概括王国维之学问为：（1）取地下之实物与纸上之遗文互相释证；（2）取异族之故书与吾国之旧籍互相补证；（3）取外来之观念与固有之材料互相参证。③ 此三端实际上也是陈寅恪自身治学的方法。④ "总之陈寅恪之所以能凌驾前人，除了天资与勤学外，尚有：（一）他能见到更多更新的史料，如清档案、满洲老档、敦煌石室等；（二）他有前无古人，来者也难追的语言文字工具，他能运用二十几种外文来治史；（三）他直接接触到西洋语文考证学派，合中西考证于一炉而融会贯通，集此数因卒有独到的造诣。"⑤ 陈寅恪的唐代文史研究就集中体现了这几个方面。仔细想来，他的学术方法是以实证为主的，而且在具体的搜集佐证中，搜集勤、科条精是不能不注意到的。陈寅恪学识宏富，因能订正史籍的伪误，推理论史，也常常发

---

① 孙郁：《陈寅恪："遗民"歌哭》，载《百年苦梦——20 世纪中国文人心态扫描》，广西师范大学出版社 2006 年版，第 75 页。
② 陈寅恪：《清华大学王观堂先生纪念碑铭》，载《金明馆丛稿二编》，第 246 页。
③ 陈寅恪：《王静安先生遗书序》，载《金明馆丛稿二编》，第 219 页。
④ 汪荣祖：《史家陈寅恪传》，北京大学出版社 2005 年版，第 46 页。
⑤ 同上书，第 47 页。

千古之覆，他尤其能利用辅助学科，如天文、地理、制度、杂史、版本、蒙文、藏文等来治史，他的以诗证史、文史结合，更是被学界广泛关注。他对于史料的整理和考订，客观赅备。陈寅恪于史学的成就，以氏族为最，对各时代氏族的流派了如指掌。与他推重的钱大昕①的治史方法颇类。

陈寅恪有很强的"文化中国观"，因之，在治唐代文史研究中，他把氏族和文化的推衍置于核心。观其人生亦践行此点。即使被外族征服，只要基本的社会结构不被破坏，传统文化得以保留，则征服者不过是一个漂浮在社会上层的权力阶级，并不会对中国文化和士大夫阶级本身的利益构成伤害。清朝社会即是如此。故而似陈寅恪、王国维这样的传统士人，对清朝无任何恶感。而"五四"以来的政党，则将根本破坏中国传统的社会结构，打倒旧的统治阶层，摧毁原有的统治秩序和建立在这套统治秩序之上的文化观念。生活在社会变革激烈时世中的陈寅恪，他内心要成就的，始终是与国家、文化融为一体的个人德行的自我完善。因此，无论是唐代文史中的山东士族，还是明末清初之际的柳如是、钱谦益等文化传承者的生存方式，都是令陈寅恪关注的。而由对陈著的阅读，也可以清晰感知士人始终生活在学术与政治的相互缠绕中。

---

① 陈寅恪：《李德裕贬死年月及归葬传说辨证》有钱大昕为"清代史家第一人"之言，《金明馆丛稿二编》，第230页。

义理与证据不偏废

——蒙文通《经学抉原》研究方法解读

关小彬[*]

蒙文通治经今古文学，师从清末国学大师廖平与刘师培。其中，廖平作为近代经今文学之殿军人物，被冯友兰称为"经学时代之结束"[①] 的标志性人物，对蒙文通的影响最为深刻。刘师培为当时的经古文学研究大家，他与廖平虽然在经学研究中各持今古之说，却相交甚笃，时时于经义方面互相发明。所以，蒙文通浸淫于两家之学，从而得以取长补短，在经学研究中达到了前所未有的高度。

《经学抉原》为蒙文通在经学研究方面的代表著作，书中收录了《经学抉原》、《经学导言》、《井研廖师与汉代今古文学》、《井研廖季平师与近代今文学》、《儒家政治思想之发展》、《周秦民族与思想》、《与陈斠凡（中玄）论内学书》等一系列相关论文，体现了他在经学研究方面的深厚功力。同时，在研究方法方面，也给予后人很多启示，尤其是书中随处可见的义理与考证相结合的方法，与他称许的汉人论经方法极为契合："汉史称郑玄之答何休，义据通深；李育以《公羊》义难贾逵，往返皆有理证。汉师著述之存于后者，亦义理与证据不偏废。"[②]

---

* 【作者简介】关小彬，河北省社会科学院语言文学研究所（燕赵文化研究中心）助理研究员，中国社会科学院研究生院 2013 级博士，主要研究方向为中国古典文献学、先秦两汉文学。

① 冯友兰：《中国哲学史》（下），华东师范大学出版社 2000 年版，第 334 页。
② 蒙文通：《经学抉原》，上海人民出版社 2006 年版，第 103 页。

一 《经学抉原》之义理研究解读

在《经学抉原》中，收录了蒙文通《井研廖师与汉代今古文学》一文。在此文中，蒙文通曾说廖平"判今古之分界"，"究齐鲁之学"，"皆所以召学者之应从两汉而上探周秦，由今古而溯之齐鲁，求周秦学术之家法，以易两汉学术之家法，此固廖师之志也"①。蒙文通的经今古文学研究，也正是继承了廖平之志，并沿着"从两汉而上探周秦，由今古而溯之齐鲁"方向前行。这是蒙文通治经今古文学之纲要，同时又为他从义理方面确定经今古文学的区分标准提供了理论支持。

所谓义理，即指普遍皆宜的道理。在《经学抉原》中，蒙文通在廖平的研究基础之上，更为深入地探讨了经今古文学的源头所在，并补正了廖平的一些明显错误之处，从而将"从两汉而上探周秦，由今古而溯之齐鲁"确定为剖分经今古文学的不二之法。

1. "由两汉而上探周秦"

廖平发明经今古文学的区别，虽欲上探周秦而未能详尽。对此，蒙文通在《井研廖师与近代今文学》一文中曾有论述："廖刘两师既讲明今古学，然今古究两汉之学，未必即可持以说周秦之学，势不得不进而探索今古两学原始之学，于是廖刘两师皆略事齐鲁学之研讨……刘师、廖师虽已进而谈齐鲁学，然其说究未畅，汉之齐鲁学即为晚周之齐鲁学之本真无所变异耶，亦未之辨；齐鲁之学即足以括尽晚周之学耶，亦未有说。"②

同时，廖平分别经今古文学之后，又欲"从两汉而上探周秦"，在这一过程中经历了反复寻讨仍然不得其所。对此，蒙文通总结道："夫今古学，两汉之事也，不明今古则不足以知两汉之学，然而两汉之事固不足持之以语先秦。推两汉学之本，更溯源于先秦则可，墨守汉人之学以囿先秦则不可。廖师以渊微卓绝之识，博厚深宏之学，既以辨析两汉之学也，而上溯其源若犹未合，此固廖师之欲罢不能者。"③

有鉴于此，在《经学导言·诸子》中，蒙文通对自己所认识的经学源头略加阐释：

---

① 蒙文通：《经学抉原》，上海人民出版社 2006 年版，第 115 页。
② 同上书，第 100—101 页。
③ 同上书，第 118 页。

　　《庄子·天下篇》把当时的学术平行论述了一番，说是有旧法世传之史一派，有《诗》、《书》、《礼》、《乐》一派，有百家之学一派。这三派学术，在当时都是很有势力的。……古文的晋学和今文的鲁学、齐学，是从这三派蜕变出来的。但是，晋、鲁、齐是这三派的末流，内中只略略保存了他的一小部分……推寻这三派的本来面目，这便是推本鲁、齐、晋三派的本源。①

　　只此一段话，蒙文通就点明了汉代经今古文学各自的源头（旧史之学，六艺之学，诸子之学）所在，以及经今古文学与各自源头在内容方面存在着很大的差异：汉代经学，只是庄子所说三派学术的末流而已。

　　在《经学抉原·旧史》一节中，蒙文通对这一说法进行了更为系统的阐释，并进一步还原了这三派的本来面目。他说，周代之学有三：旧史、鲁人六艺、诸子百家。孔子删定六经，即是据旧史以为本。

　　《庄子·天下篇》称："其明而在数度者，旧法世传之史，尚多有之；其在《诗》、《书》、《礼》、《乐》者，邹鲁之士、搢绅先生，多能明之；其数散于天下而设于中国者，百家之学时或称而道之。"是周季之学，类别有三：旧史为一系，鲁人六艺为一系，诸子百家为一系。……孔子制作《春秋》，既求观于《周史记》，又求百二十国宝书，此尤列国之史，灿然具在之证。荀卿亦谓"三代虽亡，治法犹存"。故孔子曰："吾犹及史之阙文也。"三古列国之书既存于世，则孔子之删定六经，实据旧史以为本。②

　　蒙文通认为，在周代的三系学问中，鲁人之六艺有对旧史吸取的成分，孔子制作《春秋》时，就求观于《周史记》和列国之史书。因此，经典从旧史中删定而出，并非空言。孔子所说"我欲托之空言，不如载之行事之深切著明也"③，正是指此而言。所以，蒙文通指出："中国则所尚者儒学，儒以六经为依归，六经皆古史也。"这体现了经学与古史之间的联系。

---

① 蒙文通：《经学抉原》，上海人民出版社 2006 年版，第 34 页。
② 同上书，第 56 页。
③ 赵歧：《孟子题辞》，见阮元校刻《十三经注疏》，中华书局 1980 年版，第 2662 页。

　　然而经学脱胎于史，并不等同于史。对此，蒙文通有着深刻的认识，他以周代的旧典之学为史学，而以秦以来儒者的理想为经学。同时，这也是经今古文学之分界线。他说："有周之旧典焉，所谓史学者也；有秦以来儒者之理想焉，所谓经学者，实哲学也，此今古学所由判也。"① 指出古学即旧典，即史学，今学即经学，即哲学，它们之间有史实和理想之分，即今文学的理想与史学之史迹有别。如此，则历史上纷纭未决的经今文学与经古文学之间的区别豁然明朗。

　　2. "由今古而溯之齐鲁"

　　如前所述，"由今古而溯之齐鲁"乃廖平发明，并启发了蒙文通，使之认为"经术亦以地域而分"②。在《经学抉原》中，蒙文通进一步发展了廖平以地域分古今的思想，并对其中的错误进行了纠正。

　　廖平认为，西汉经学的今古两派，具体又可分为鲁、齐、古三派。如《诗》分鲁、齐、韩三家今学与《毛诗》古学，《春秋》分《穀梁》鲁学、《公羊》齐学与《左传》古学，《论语》也分鲁、齐、古三家，以地域分学派是汉代学术史上的普遍现象。因此，他试图以地域来划分今、古学：

　　　　鲁为今学正宗，燕赵为古学正宗，其支流分派虽小有不同，然大旨一也。……齐人间于二学之间，为乡土闻见所囿，不能不杂采。③

　　廖平以地域来区分经今古文学，并非无据可依，而且在区分经今古文学的问题上，以地域为标准对二者进行考量确实能够有所发明。只不过，他在此处犯了一个错误，即混燕、赵为一，认为其为古学正宗。而事实上，燕地学术是被列入今文十四博士之中。如燕人韩婴的《韩诗》，便是今文三家的代表。

　　对于廖平的这一错误，蒙文通别具慧眼，进行了纠正。他将"燕、赵为古学"改为"赵、魏、三晋为古学"，认为今文学来源于鲁学、齐学，是合鲁、齐之学而成；古文学依据三晋之学而立，来自晋学；燕学则与齐学同为六艺与诸子学相混杂的产物，自然也属于今文学的范畴："古文之学来自梁、

_____

① 蒙文通：《经学抉原》，上海人民出版社 2006 年版，第 172 页。
② 蒙文通：《古史甄微》，巴蜀书社 1998 年版，第 14 页。
③ 廖平著，李耀仙主编：《廖平学术论著选集》，巴蜀书社 1989 年版，第 73—74 页。

赵，孔氏学而杂以旧法世传之史，犹燕、齐之学，为孔氏学而杂以诸子百家之言，其离于孔氏之真一也。"①

不过，经术以地域分，并非指学者之地域属籍而言，而是要看其人之学术旨趣。对此，蒙文通说道："齐、鲁治学，态度各殊，《公羊》、《穀梁》、《易》、《书》之学，在汉传之者非特齐鲁之士，盖以合于齐人旨趣者谓之齐学，合于鲁人旨趣者谓之鲁学，固不限于汉师之属齐、属鲁"②，"辨别齐鲁学是从他学问起源的地域分，根据他的主义来分，而不问在汉初是某国人传出来的"③。

以地域分今古，只是从外在地域属性上对汉代不同学派的区分，其内在的深层学术根源则在于晋学、齐学和鲁学关于礼制阐释的差异，也就是王、霸之别。对此，蒙文通也作出了解释。他认为，"周礼尽在鲁"，鲁学为王道之学，齐学、晋学则渗透着齐桓、晋文"霸、王之道杂之"的痕迹，只有鲁学笃守王制。④ 虽然鲁学、齐学、晋学都源出孔氏，但是却体现了不同的学术理念。

如此一来，关于经今古文学之间的区别与联系，便十分清楚了。学者循此义理来梳理，则不会有"纷纷乎若乱丝"之感。

二　《经学抉原》之考证方法举例

本着"义理与证据不偏废"的研究宗旨，蒙文通在《经学抉原》中，通过坚实有力的考证，充分证明了"由两汉而上探周秦，由今古而溯之齐鲁"，从而对汉代经学"平分今古"的科学与准确。这种强有力的考证，得益于他审慎求真的态度、广泛扎实的材料取证、科学联想的论证能力和对矛盾的敏锐把握。

1. 科学审慎，不轻信妄疑

中国历史上流传下来各种的材料和观点，经过作者著述时的选择性保存和有意掩饰（如《春秋》的微言大义）、各种自然和人为原因（作伪、续补、

① 蒙文通：《经学抉原》，上海人民出版社 2006 年版，第 89 页。
② 同上书，第 85 页。
③ 同上书，第 24 页。
④ 可参看《经学导言》中《鲁学》、《齐学》、《晋学》、《王伯》诸节，见蒙文通《经学抉原》，上海人民出版社 2006 年版，第 21—34 页。

删节等）造成的破坏，往往真假难辨。这就给学术研究的求真求实带来了许多障碍。研究经学亦是如此，如古文《尚书》的真伪问题、《周礼》所载礼制的真假及时代问题、《诗经》中《诗序》的可信度等等，这些都是经今古文学争论的焦点所在。

鉴于经今古文学研究材料的真伪难辨，蒙文通曾经以秦汉间学者"言三代事"之可信与否为例，进行过如下论述：

> 秦、汉间学者言三代事，多美备，不为信据。不信，则摈疑之诚是也，然学人必为说若是者，何耶？斯殆陈古刺今，以召来世。其颂述三代之隆，正其想望后来之盛。必曰古固如此，则诬；若曰后当如是，则其思深、其意远也。嫌其诬，乃并其高致孤怀不复措意，是可谓达古人立言之情耶？有朴素之三代，史迹也；有蔚焕之三代，理想也；以理想为行实则轻信，等史迹于设论则妄疑，轻信、妄疑则学两伤，是谁之责欤？[①]

三代之事，远而难明。因此，审慎而科学的对待上古材料，便成为学术研究的基本态度。尽信书不如无书；反之，全部推翻也相当于无书。所以，轻信与妄疑无疑应当是学术研究所反对的。例如，《周礼》中所述的各种制度，其组织之严密、论述之翔实，令人叹为观止，但是其中所载多与史实不同，令人产生怀疑。若以蒙文通所言"有朴素之三代，史迹也；有蔚焕之三代，理想也观之"，则令人解颐。

因此，"以理想为行实则轻信，等史迹于设论则妄疑，轻信、妄疑则学两伤"，是每一个学者在面对材料时必须铭记的信条。在为科学论证选取材料时，必须以不轻信妄疑的态度对其进行辨伪存真。

2. 博观约取，广泛甄别

因为有着不轻信妄疑的态度，蒙文通面对问题时不会片面采信某一种说法，而是往往将有关的各种材料广泛搜集，甄别异同，从而使其论点具有众多坚实可靠的证据支持，给人以牢不可破之感。

在《井研廖师与汉代今古文学》中，蒙文通记述自己曾奉师命作《古史

---

① 蒙文通：《经学抉原》，上海人民出版社 2006 年版，第 152 页。

甄微》，"就晚周人所传史说求之，于五帝尧舜之故，见其异义孔多，仿佛晋之《乘》、楚之《梼杌》、鲁之《春秋》，似各有鸿沟不可紊者。复就五胜五帝之说，求其迁革同异之故，而晚周学术流变若有可寻。今古学家说，失之已远，即汉人齐、鲁学，亦远非晚周齐鲁之旧。而后知廖师诲诱后进其意之深也"①。从下文蒙文通所述自己探寻五胜五帝之说的过程来看，他的具体做法是：

> 聚周秦之书不涉疑伪者而论之，孟子之时，惟言三王，荀卿以来，乃言五帝，《吕氏春秋》乃言三皇。惟战国之初止言三王，故六国皆称王；其后言五帝，而齐因之为东帝，秦为西帝；战国之末言三皇，而秦人因之称皇帝。政治之事实，正以学说为转移，益证三五之说为次第而起。②

先广泛地搜集材料，然后摒除其中不足采信之伪材料，将各种关于五胜五帝的可信学说汇集到一起，继而按照时间顺序进行分类，从而可以看出各种学说之间的先后发展脉络及其与政治发展的关系。这种做法，对材料进行了科学的辩证分析，自然能够得出较为可靠的结论。这种方法和结论，与古史辨派所采取的方法及其"层累地造成的中国古史"说颇有相合之处。

3. 小中见大，多学科论证

蒙文通运用材料的另一特点是善于小中见大，并能够运用交叉学科互证的方法，全面分析问题，在坚实考证的基础上，发挥科学的联想，作出宏观而正确的结论。如在《周秦民族与思想》一文中，他对当时戎狄内侵的情况进行系统分析，勾画出从公元前 9 世纪至 3 世纪时中国少数民族长达 600 年之久的大迁徙画面。结合这些民族迁徙情况，蒙文通认为，秦与三晋等北方之地多戎狄，不识礼法，故李悝、商鞅等人往往推行以法治国之术，其国之学术自然当归之为法家。故而三晋之儒多杂以法家思想，荀子即是。因此，传荀子之学的赵国多为旧法世传之史学，亦即古文学：

---

① 蒙文通：《经学抉原》，上海人民出版社 2006 年版，第 115 页。
② 同上。

　　荀卿以北方之学者，能崇尚儒术，宗师仲尼，是为难能。然"性恶"、"制天"之说，终莫能自拔于北方之习，囿于戎狄之化，不能契合于仲尼、孟轲。自子夏居西河，荀卿起于赵，东方儒者之学以得被于北方，而有北方之儒，此儒之异派也，不足以言邹、鲁之旨，未契于仁义之微。①

　　由民族迁徙到学术演变，这种对不同学科之间联系的洞察力已非常人所能及，而他对民族迁徙的起因考察，则又是从自然灾害的加剧来探讨。他引用《诗经》的资料，"证明西周厉、宣、幽、平诸王一百五十年间，旱灾与人民之流徙不绝于史。当黄河流域气候反常时，长江流域雨泽独丰。在旧有的土地不宜居住而新的沃土大量空旷的情况下，引起了全国民族错综复杂的移动"②：

　　夷、厉、宣、幽，逮于平、桓，蕴隆甚旱，历纪阻饥，民卒流亡，鸿哀在野，三川竭，岐山崩，泾渭之眚已酷，江汉冻，牛羊死，而岁独丰于荆、扬，故于《诗》曰："无草不死，无木不萎。"而召伯营谢，独有阴雨清泉黍苗之盛。宣王、幽王，继世东略，大徙其民淮、汉之间，郑桓公亦徙其民于雒东，于时骊山之祸犹未发也。周、郑既东，关中殆已旷废。西夷乘隙，卒覆宗周，于是泾北之狄、泾西之戎，乃夺我关河以西而有之，则何怪邠郊之间杂戎狄之俗，异族而覆诸夏，此为之始也。③

　　通过《诗经》中的记载说明当时自然灾害的发生导致民族迁徙，从而引发学术演变，这种跨越多个学科的联想论证能力，非有深厚的学术素养不能为之。

　　4. 抓住矛盾，破中有立

　　"不破不立，不塞不流，不止不行。"蒙文通在经今古文学方面之所以能够有所成就，还在于其超强的立论能力，尤其善于抓住矛盾所在，边破边立。

①　蒙文通：《经学抉原》，上海人民出版社 2006 年版，第 137 页。
②　童恩正：《精密的考证，科学的预见——纪念蒙文通老师》，《文史杂志》1986 年第 1 期。
③　蒙文通：《经学抉原》，上海人民出版社 2006 年版，第 121 页。

例如，在《经学抉原·古学》篇中，蒙文通站在今文经学的角度，论证"《左氏》不传《春秋》"时，如是说道：

> 《华阳国志》引《春秋穀梁传·序》云："成帝时，议立三事，博士巴郡胥君安独驳《左氏》不祖圣人。"则刘歆所谓"抑此三学，谓《左氏》不传《春秋》"者，胥君安也。《东观汉记》云："光武兴，立《左氏》，而桓谭、卫宏并共毁訾，故中道而废。"则《后汉书》所谓"诸儒以《左氏》之立，论议欢哗，自公卿以下数廷争之"者，即桓谭、卫宏辈也。《班固集》中亦有《难左氏》九条、三评等科，桓、卫、班固并属古学，范升今学之徒，自应诋訾《左氏》，而古学家亦诋訾《左氏》。则中兴之际……今文家排《左氏》，古文家亦排《左氏》也。①

"《左氏》不传《春秋》"，本是今文学家在刘歆要为古学立博士时的反击之辞。站在今文学的立场，再举今文家的言论为据，则不免有党同伐异之嫌，不足以服人。因此，蒙文通在引今文经学博士胥君安之语为证后，更引古文诸家如桓谭、卫宏等攻击《左氏》的历史记载为证，说明无论习经今古之学者均反对立《左氏》为博士，不以之传经的学术事实。这说明以《左氏》传《春秋》的只有刘歆等极少数人，而"《左氏》不传《春秋》"在很长一段时期内，为习经今古文学者所共同持有之观点。

所以，蒙文通在以古学驳古学之后，又借范升之言得出结论："《左氏》不祖孔子而出于邱明，师徒相传又无其人"，"先帝不以《左氏》为经，故不置博士"，"此盖两京之通义"也。② 再辅之以《左传》与《春秋》不合之例，蒙文通的立论就显得坚强而有力了。

又如蒙文通论述汉代经学与谶纬之关系时，敏锐地发现同一经学师承的不同学者在对某事进行谶纬解读时，往往存在矛盾，从而得出结论"今古两家同有好内学者，不必内学即今文，今文即内学"，为了论证自己的观点，他先是指出了古文家如贾逵之流也喜说图谶以证明内学非今文经学独有，又举例说明"今文家之反对灾变者亦有之"。③

---

① 蒙文通：《经学抉原》，上海人民出版社 2006 年版，第 74 页。
② 同上。
③ 同上书，第 43 页。

在《经学抉原·内学》中，蒙文通进一步指出：

> 两汉经学有经学之师传，言五德者有五德之师传，董仲舒、何邵公同传《公羊》之学，一言赤统，一言黑统，其言《公羊》虽同，而言五德则异。张苍以汉当水德，黑统之说也；刘向、刘歆以汉当火德，赤统之义也；贾谊又谓汉当土德。三家同传《左氏》，而言五运则互不相同。①

董仲舒与何休同为公羊学而说汉为赤统、黑统不同，贾谊、张苍同传《左传》而说汉代为土德、火德各异，同一学派中的学者解说同一事而观点互异，这种矛盾充分证明了内学与经学各有师法，本不必互通的事实。

总之，作为经学大家，蒙文通在治学方法上颇有其独到之处。本文仅就其长于义理而又考证精密两方面略陈管见。限于个人学识，论述中难免有列举不周、挂一漏万之嫌，然而"高山景行，私所仰慕"，因此勉成拙文，就正方家。

---

① 蒙文通：《经学抉原》，上海人民出版社 2006 年版，第 82—83 页。

钱穆《刘向歆父子年谱》学术方法与启示

陈丽平[*]

【摘　要】《刘向歆父子年谱》所激荡起的经学问题的讨论，早已成为过去，而不再引起当今学者的注意，然而，钱穆在《年谱》中所采用的学术方法，对今天学人仍然值得分析探讨，仍然具有启示性。一、在体例上，《刘向歆父子年谱》并非传统意义上的年谱，其编撰目的不仅仅在于逐年梳理传主生平事述、著述，而是以年谱为驳论、以年谱为立论。二、《年谱》编撰的具体思路安排上，不同驳论问题、立论观点形成多条贯穿全文的副线索，依附于刘向、刘歆年谱的主线索，《年谱》中呈现了主次分明、多而不乱的问题论述体系。此外，《年谱》从文献入手阐述学术论题的方式值得后辈学习。《年谱》要言不烦、干净利落地阐述学术论题的行文风格，也值得后学琢磨学习。

【关键词】钱穆《刘向歆父子年谱》；学术方法；启示

晚清康有为《孔子改制考》、《古书伪经考》对于疑古风气的扩大影响极大。1923 年，工作于北京大学的顾颉刚先生所提出的"层累地造成的中国古史"，在学术界引起了一场大的讨论，主要参与者有胡适、钱玄同、刘楚贤等人，对中国古史的怀疑态度蔓延开来，1926 年，《古史辨》第一册出版，将对古史的怀疑推向另一个高点，古史辨派正式形成。

---

* 【作者简介】陈丽平，女，1974 年出生，辽宁海城人。文学博士，辽宁大学文学院教授。主要从事中国古代文学、文献教学与科研工作。

《刘向歆父子年谱》就是出现在这样强大疑古思潮背景下，从学术观点上看，钱先生对古文经态度等，与古史辨派是针锋相对的。《年谱》所阐述的经学观点在当时引起学者对于今古文经的重新认识，引起胡适、顾颉刚等人对钱穆的重视，凭借这篇成名作，钱穆得以任教北京大学。《年谱》所激荡起的经学问题的讨论，早已成为过去，而不再引起当今学者的注意，然而，钱穆在《年谱》中所采用的学术方法，对今天学人来说仍然值得分析探讨，仍然具有启示性。

一　在体例上，《刘向歆父子年谱》并非传统意义上的年谱[①]，其编撰目的不仅仅在于逐年梳理传主生平事迹、著述，而是以年谱为驳论、以年谱为立论

正如学术界已经指出的，[②] 钱穆《年谱》是在晚清以来疑古风气背景下所做，有着破除沉积已久的错误经学认识的使命感。1926 年《古史辨》发表，古史辨派形成，他们所主张的汉代今古文经泾渭分明，古文经为刘歆为王莽篡权而伪造的观念由来已久，与晚清康有为《孔子改制考》、《古书伪经考》前后呼应。可以想象，钱穆先生在这个经学学术问题争辩中，面对的问题是复杂的。而年谱体例的选取，是《年谱》能够达到预期"破疑"效果的关键。

年谱作为一种逐年记载传主生平事迹的著作体例，其最大特点在于能客观、真实梳理与传主相关的事实。在对一个问题有分歧时，年谱可起到矫正的作用，正如全祖望所说："年谱之学，别为一家。要以巨公魁儒事迹繁多，大而国史，小而家传墓文，容不能无舛谬，所借年谱以正之。"（《鲒埼亭集》卷三十二）也正因为如此，在对有分歧问题的讨论中，年谱反映出的对相关问题的记述，往往更具说服力，能让错误观点不攻自破。

钱穆先生在声势浩大的疑古思潮中，想要"破疑"，批驳康有为的疑古，年谱体例的选取，已见高明。"主今文经学者，信今文，疑古文，则以古文争立自刘歆，推行自王莽……率谓六经传自孔氏，历秦火而不残，西汉十四

---

① 　《刘向歆父子年谱》以下简称《年谱》。
② 　刘巍的《刘向歆父子年谱的学术背景与初始反响》（《历史研究》2001 年第 3 期）、李桂花的《钱穆刘向歆父子年谱与现代疑古运动》（《思想战线》2001 年第 4 期）等文章，对于钱穆文章出现的背景与疑古风气关系以及具有的意义有深入的揭示。

博士皆有师传……"①

钱先生指出，晚清以来治今文经学者已经习惯接受以上观念，即：六经皆传自孔子，秦的焚书并未使六经文本残缺；《左传》等古文经为刘歆伪造、王莽推行。在钱先生看来，这些都是明显缺乏证据支撑的。钱先生采取了尽量把相关事实真相揭示出来的方法：既然疑古者的根本性依据是古文经的不可靠，古文经是刘歆为助莽篡权所伪造，那么，"破疑"的切入点为刘歆必不伪造古文经。另外，疑古者认为刘歆之所以有条件伪造古文，是参与其父刘向的校书活动，从而获得了作伪条件，因而，钱先生"破疑"的切入点就调整为，做刘向、刘歆两人的年谱。

在对刘向、刘歆生平史实梳理中，钱先生笔墨尤其放在古文经在刘歆校书之前早已经客观存在的事实；另一笔墨重点在于，推动王莽篡权的复古社会思潮因素。《年谱》对这两个问题的重点梳理，使刘歆不伪古文经、更不曾为王莽篡权造古文经的事实水落石出。钱先生要解决的另一问题，是要破除治今文经者所强调的汉代今古文门户之见。《年谱》分析了西汉学者在文章中今古文兼用的史实，同时强调学者的今古文立场身份，得出结论，西汉今文经学者并不排斥古文经文献，而治古文经学者同样也采用今文经立论，并不存在截然对立的今文、古文两大阵营。

《年谱》前面，有三千余字序文，在客观《年谱》梳理史事基础上，作总结，表论点。"南海康氏《新学伪经考》持其说最备，余详按之皆虚，要而述之，其不可通者二十有八端。"提出《年谱》中涉及的二十八条"歆伪诸经"的"不可通"。之所以《年谱》以批驳康有为《新学伪书考》为目标，不仅因为"能深读康氏书，心通其曲折"。更因为其疑古学说最具典型性，影响最巨，因而，"康氏之说破，则诸家如秋叶矣"。之后，钱穆认为近世诸生的错误观念有了"矫正器"，"凡近世经生纷纷为今古文分家，又伸今文，抑古文，甚斥歆莽，遍疑史实，皆可以返"。以《年谱》作对照，而孰是孰非，真相大白。进一步发表自己经学观，"循是而上溯之晚周先秦，知今古分家之不实，十四博士之无根，六籍之不尽传于孔门而多残于秦火"。

《年谱》以史实排列为基础，以三千余字作结语，史论结合，使康先生

---

① 钱穆：《汉刘向歆父子年谱》自序，台湾商务印书馆 1987 年版。以下不标出处者，均出自此书。

为代表的疑古不攻自破，对今古文经观点的提出水到渠成。

二　《年谱》编撰的具体思路安排上，不同驳论问题、立论观点形成多条贯穿全文的副线索，依附于刘向刘歆年谱的主线索，《年谱》中呈现了主次分明、多而不乱的问题论述体系

钱先生驳论康有为《古书伪经考》的具体问题有：六经皆传自孔子，秦的焚书并未使六经文本残缺；《左传》等古文经为刘歆伪造、王莽推行、西汉十四博士皆有师传，这些纷杂的错误观点，在刘向、刘歆生平事迹史实的主线索梳理中，很自然得到纠正。

然而，钱先生对于经学问题有着鲜明的、不同于主流思潮的观点，也要在《年谱》中表达和呈现，这些观点有：西汉本无今文经、古文经的门户之见；王莽篡权由复杂的复古思潮推动而成；十四博士与先秦儒学的断裂；六经多残于秦火而缺于汉儒。这些问题是不能完整、自然地呈现于刘氏父子年谱中的，钱先生巧妙地把今古文经门户问题、复古思潮等问题，安排为不同线索，附着在年谱主干上。

如有关复古思潮的线索：

汉宣帝神爵二年九月，录有"司隶校尉盖宽饶"条目；

汉元帝初元元年，录有"以贡禹为谏大夫，罢诸宫馆希幸者"条目；

汉元帝初元三年，录有"翼奉上疏请徙都成周"，"六月，诏丞相御史举天下明阴阳灾异者各三人"条目；

平帝元始元年辛酉，录有"王莽为安汉公"、"刘歆为羲和官"条目。

以上诸条目，皆涉及经学中复古思想的抬头，主张复古学者在不同时期对政治的干预与命运，而最终这条线索归结到王莽的篡汉上。这条线索，梳理出西汉经学学风的"复古"走向。同时，也揭示出这种经学学风对政治的决定性影响。

再如有关今古文经门户的线索：

元凤三年正月，录有"眭孟言事伏诛"条目，钱穆注"然则弘虽习公羊，亦兼通左氏矣"。

竟宁元年四月，录有"封甘延寿为义成侯，赐陈汤爵关内侯"条目，钱穆注"向治穀梁，而此疏用公羊义，其条灾异封事如载伯奔鲁，尹氏世卿，亦均公羊说，后人必谓汉儒经学守家法不相通，其实非也"。

绥和二年二月，录有"翟方进卒"条目，钱穆引《汉书》本传注"方进虽受《穀梁》，然好《左氏传》"。

以上诸条目，皆涉及西汉治今文经学者，对于《左传》等古文经的研读与引用，此后提及尚多，如《何武唐林上书》等。而这一线索，钱穆分析亦较多，观点在于西汉并无今古文经壁垒森严，而这些条目，皆指向钱穆破除今古文经的门户之见的错误认识，这在《两汉经学今古文评议》中发展为以下观点："本书宗旨，则端在撤藩篱而破壁垒，凡诸门户，通为一家。"①"两汉经学的今古文问题……仅起于道咸之下。"②

三　《年谱》的编写，有着更为深切的文化关怀。其编撰视角与眼光，不仅仅着眼于经学的辩驳，更在于辩题之外的学术、政治变化规律，同时兼顾"学术、政制法度的变化"

《年谱》的自序中，钱先生说："元成哀平新莽之际，学术风尚之趋变，政制法度之因革，其迹可以观。"钱穆此文，目的原本在于破疑，但于行文中，对于西汉之学术发展轨迹、政治发展轨迹以及两者之间关系，也自觉去梳理出一条线索，而这种自觉梳理的意识，是着眼于民国时期的学术与政治的。

疑古思潮给传统文化带来一股强烈的破坏力，新文化运动前后，新文化人对于传统文化的态度常常是"中国文学不发达的原因"，"研究这疮痍满体的中国文学"。而胡适在提出"整理国故"后，解释自己整理国故的目的是证明国故"也不过如此"。

钱穆在之后出版的《国史大纲》中强调学者对于中国传统文化应具有的"温情与敬意"的态度，"不会对其本国以往历史抱一偏激的虚无主义，亦至少不会感到现在我们是站在以往历史最高之顶点，而将我们当身种种罪恶与弱点，一切诿卸于古人"③。以带有价值感的态度去发掘汉代学术、政治。这与陈寅恪提出对于古代作家要具有"了解之同情"，同样是出于对于中华传统文化价值的维护。

---

① 钱穆：《两汉经学今古文评议》，（台北）东大图书股份有限公司1989年版，第4页。
② 同上。
③ 钱穆：《国史大纲》，商务印书馆1996年版，第1页。

最后，《年谱》对于当下的学术研究具有启示性：首先，《年谱》从文献入手阐述学术论题的方式，以文献梳理为主，以简短篇幅进行论述，客观、准确，结论的得出水到渠成，具有说服力。这是现在学术论文中少见的做法了。但只有以这种方式得出的结论才最为踏实可靠。现在对于文献的掌握往往功利化了，学术研究中，只阅读与选题有关的部分，通读的功夫下得少了，这限制了学术视野，很难跳出具体问题之外，做到高屋建瓴。

其次，《年谱》同时涉及了众多的学术问题，有驳，有立，但《年谱》给人的阅读感觉是要言不烦、干净利落，同时给多个学术问题提供了论证，亦提供了结论。这种气定神闲的行文方式，一是得益于钱穆对于相关的学术枝枝杈杈问题做到了然于胸，"能深读康氏书，心通其曲折"。二是得益于钱穆刻意追求的行文技巧。在一封钱穆写给余英时的信中，钱穆谈到撰写论文主次内容的处理，"一、撰写论文前……枝节处胜过了大木大干，此事最当注意"。"四、正文中有许多枝节，转归入附注，则正文清通一气，而附注亦见精华。"说明钱先生是注意到行文的简洁性，而这也是今天学术论文撰写中要学习的，既要使自己观点明确、思路清晰，也需在提供论据文献的数量与位置上仔细斟酌。

钱锺书治学方法的"博"、"通"、"趣"、"雅"

马燕鑫[*]

钱锺书是当代学界一位家喻户晓的著名学者，其学术成就博大精深、举世瞩目，这与其独特的治学方法有着密切的关系。钱锺书治学注重"通"，这是其中心薪向，也是其治学的重要方法和终极鹄的。要做到"通"，其首要条件自然是"博"，这是又一特点。在通和博的同时，又表现出了活泼的生趣，这是钱氏学问的独特风貌，不仅仅是幽默风趣而已。同时其文章渊雅典美，笔致俊逸清丽，这种学理与诗情的交融，为学术文章增添了文学的韵味。就他个人而言，洵为现代学术史上的典范；从近现代学术史的整个长河中来看，他独树一帜的治学方法也极富学术价值和启发意义。

一　巨不遗细之博

钱锺书学问之博，人无异词，这是有目共睹，显而易见的。单看《管锥编》和《谈艺录》这两部主要的学术著作，征引之广，援用之富，读者几乎都会有"河伯见海"而望洋兴叹之感。其实不仅如此，《七缀集》何尝不是如此，即使是小说《围城》，"博"也是其中一个显著的特色。

他的博，涉及几乎所有的人文学科。既对中西文学、史学、哲学的新旧学问有着深入的理解，同时也对语言学、修辞学、美学、心理学、宗教学、人类文化学等或传统或新兴的学科也有着广泛的涉猎。他的阅读，既涵括了

* 【作者简介】马燕鑫，男，山西汾阳人。中国社会科学院研究生院博士研究生，主要研究方向为中国古典文献学与文学。

典奥高雅的学问，也有通俗浅白的作品。上至《易》、《老》、《左》、《史》，下至笔记稗史、俚谣歌谚，无不搜罗入彀。他所守的学术阵地绝不是一隅之地，也不被某一家之言所囿。这在近世学科分类日益琐细的风气中，面临学术视域狭窄，越做越小的缺陷，无疑具有发人深省的典范意义。

在一般情况下，某一学科的专业训练，往往是精读该领域大家、名家的经典著作，从中学习基本常识，掌握知识结构、惯用方法。这对初学者来说，自是正当门径。但如果志在光大学问之道的话，却不能单靠几个大家、名家讨生活，必须有着更开阔的视野，一定要从"博"上下工夫。钱锺书对于经典著作、宏文巨册，固然反复阅读，沉潜涵泳，这是大家都注意到的，毋庸赘说，但还有一个重要的方面，即他并不忽视一些短札零简、片语细词，相反有时还很重视。他曾说：

> 诗、词、随笔里，小说、戏曲里，乃至谣谚和训诂里，往往无意中三言两语，说出了精辟的见解，益人神智；把它们演绎出来，对文艺理论很有贡献。①

凭着他说的"精辟的见解"、"益人神智"，自然是深知甘苦的经验之谈。他又说：

> 齐谐志怪，臧否作者，掎摭利病，时复谈言微中。夫文评诗品，本无定体……或以赋，或以诗，或以词，皆有月旦藻鉴之用，小说亦未尝不可。即如《阅微草堂笔记》卷二魅与赵执信论王世正诗一节，词令谐妙，《谈龙录》中无堪俦匹。只求之诗话、文话之属，隘矣！②

学问不单单在大著作里，有时局外人不经意的几句话反而见理极明、言简意永，值得咀嚼深思。王国维《人间词话》说辛弃疾的《木兰花慢》一词，写出月球绕地之理，与科学家之说相合，可谓神悟。马克·吐温在《自传》中也曾记载自己早年在船上做水手时，一位同事告诉他生物进化的想

---

① 钱锺书：《读〈拉奥孔〉》，《七缀集》，生活·读书·新知三联书店 2002 年版，第 33 页。
② 钱锺书：《管锥编·太平广记·一一》，生活·读书·新知三联书店 2008 年版，第 1002 页。

法，与十几年后的达尔文之说暗合。一般说及钱氏博学，我们只看到他引书之多，但每每忽视了他关注词简意丰、话糙理精的这一面。因此钱锺书注意到这些散落的吉光片羽，是构成他"博"的另一个重要方面，有必要郑重指出。我们读他的著作，从中可以看到，他得助所及，包括稗史笔记、谚语方言、风俗习惯、市井言行，以及儿歌童谣、报纸新闻，无不加以关注，发现其中常人所忽略的意蕴。这种从生活本身所观察提炼出的义理学问，因为切合人情事理，所以便具有深远常青的生命力。固然运用之妙存乎一心，但他的这种眼光和方法，对于单纯究心于高文典册、一味沉醉于象塔书斋中的学究式的治学，无疑是一剂发蒙振聩的良药。

　　钱氏治学所表现出的博还有一个特征，就是博而有约，能放能收。他的博不是散漫如洪水，而是有所贯穿的。贯穿他学问的便是一二十部中国的重要典籍，除了《管锥编》中所论及的十部经典之外，还有计划续论而未成书的《全唐文》、《少陵》、《玉溪》、《昌黎》、《简斋》、《庄子》、《礼记》等十种作品。① 他治学不像皓首穷经的老儒那样抱残守缺，在有限的篇籍中抠字眼，翻跟斗。而是像大海中的渔舟，撒网投钓，虽然浩无涯际，却又不出扁舟。然而他虽从这几部经典出发，却又与凭借某书某家为专门之学者不同。他并不是为这些典籍作注释、阐义理，而是以其为中心，将各学科、各时代、各文体中相关联、可借鉴的理论、材料、感悟，一一收罗，通过相互比较、相互生发，发掘出其中所蕴含的普遍意义。因此虽然内容包罗万象、琳琅满目，但用宏取精，博而返约。

　　他的博而有约，除以经典为纲的特征外，还有一个特色，就是以具体的现象为目。如果说经典是其学问的主干的话，那么，具体的现象便可视为其学术之树上的枝条。《管锥编》（以及《谈艺录》、《七缀集》等）立足于某一现象，通过连类以博其趣，通过归纳以绎其理，通过印证以发其蕴，通过比较以评其艺。比如一些文、史、哲中的重要问题，有"一字多意之同时合用"、"神道设教"、"比喻有两柄亦有多边"（《周易》一、五、一六），"声与诗"、"形容词之'情感价值'与'观感价值'"、"语法程度"（《毛诗》四、三三、五四），"《左传》之记言"、"以空间示时间"（《左传》一、六），"字根智论"、"繁类成艳"（《史记》四、四九），"'道'与'名'"（《老

---

① 郑朝宗：《〈管锥编〉作者的自白》，《人民日报》1987 年 3 月 16 日。后收入《海滨感旧集》。

子》二），"梦"（《列子》四），"虚涵两意"（《楚辞》二），"意余于象"
（《太平广记》八八），"圆喻之多义"、"名教"、"说'韵'"（《全文》二〇、
一五五、一八九）。这些内容均是贯通各门相关学科的综合论述，分析来看，
包括哲学、心理学、语言学、修辞学、思想史、文艺学等。有的是前人已发
其端而言之不详的，有的则是钱氏的独见创获，无不博征载籍、深究事理、
纵贯古今、横通中外，然而其出发点却只是某个具体现象。像这样建立在众
多事例上的论述，避免了臆想空谈的偏蔽，从而切实可据、信而有征。职此
之故，其中大多数已经成了学术研究中的经典范例。除此之外，还有更多的
则是针对某个极为细微的现象，旁征博引，相互印证，"《泰》为人中之说"
（《周易》三），"花笑"、"暝色起愁"、"怨天"（《毛诗》八、二九、五三），
"兵不厌诈"、"借乙口叙甲事"、"雄鸡自断其尾"、"惟食忘忧"（《左传》一
五、三一、五七、五八），"云"、"屈打成招"、"中石没镞"（《史记》一〇、
三五、四五），"笑而不答"、"杨布之狗"（《列子》五、九），"盲躄相须"、
"'忍丑少羞'"（《焦氏易林》五、一二），"落英"、"思与丝"（《楚辞》二、
一〇），至于《太平广记》与《全上古三代秦汉三国六朝文》两卷所涉及的
细微现象更是不胜枚举。上述诸例，有的分类列举了中西文艺、政治、心理
方面相同相似的事例，如"花笑"、"借乙口叙甲事"、"屈打成招"、"思与
丝"，拓展了研究的视野，使得司空见惯的事物焕发出了新鲜的色彩。而像
"中石没镞"、"杨布之狗"，则抉发出习见的情事中所蕴含的心理学原因，令
人兴味盎然。再如"云"通过讨论助辞"云"的用法，间接说明了明七子食
古不化的可笑弊病；"落英"则通过分析王安石与欧阳修争论的文学史公案，
揭示了文人用典"不征之目验，而求之腹笥"的"意识腐蚀"的膏肓之疾。
问题虽小，可是发掘深，考辨精，达到了尺幅波澜的学术化境。他在论乐毅
《献书报燕王》中的"丫叉法"（chiasmus）时说："聊复举例，以博其趣。"
在文末又说："连类举似而掎摭焉，于赏析或有小补云。"① 由此我们可以看
出他学术方法的一端，以及其兴趣所在。

　　钱锺书学术风格所表现出的博，就像辛弃疾的词一样，经史百家，融会
一炉，虽然变化多端，却自能统驭，遂而别开生面，独树一帜。然而正像稼
轩词所受到的訾议一样，有人也说钱氏好掉书袋，炫博卖弄。可是我们应当

① 钱锺书：《管锥编·全文·三》，生活·读书·新知三联书店 2008 年版，第 1382、1385 页。

看到这个事实，即：因为他腹笥宏富，见多识广，再加上个人的机智敏捷，自然便会举一反三，言一及十，词源万斛，随地涌出。这虽然很容易给人以卖弄的嫌疑。但是他在广博的基础上，绎出了真知灼见，信而有征，不仅深化了学问的程度，而且拓展了学者的视野，那么即便是卖弄，也仅是白璧微瑕，无伤大雅，我们更无须苛责求全了。

二　新颖圆融之通

"通"是钱锺书治学方法的最大特点。虽然"通"不是他的独得之秘，但他却是将"通"发挥得最为淋漓尽致的一位大师。《世说新语·文学》提到南北学问之异时，说：北学渊综广博，但如显处视月，有朦胧不清之弊。而南学清通简要，如牗中窥日，却精核明晰。钱锺书的"通"，一是基于其渊综广博，同时又能如牗中窥日一般，不失精核明晰。

"通"包括的方面很多，既有各个学科之间的沟通，也有不同国度、时代间文学的对照，还有不同文体间的合观。关于第一点，钱锺书在《诗可以怨》一文中说道：

> 人文科学的各个对象彼此系连，交互映发，不但跨越国界，衔接时代，而且贯串着不同的学科。①

这种学科之间的交会融通，不仅打破了人为设定的学科壁垒，使得各自为政的学术研究相互映照生发，而且将原本陈陈相因的学科封闭圈变成开放的领域，从而使之获得了更加广阔的天地。这种将学科间高垒的打通，不仅能大大改善内部的封闭自足的陈腐情形，同时又能促进原有研究的精密深入。

至于中外的打通与不同文体间的打通，钱锺书在给朋友的书信中说，自己的学问方法"并非比较文学，而是求打通，以打通拈出新意"。打通包括"以中国文学与外国文学打通，以中国诗文词曲与小说打通"②。这一点随便翻开他的著作便能看到。兹聊举两例，以见一斑。比如论述"诗文之词虚而非伪"，征引杨慎、汪中、章学诚、刘师培、孟子、王充、刘勰、《礼记》、

---

① 钱锺书：《诗可以怨》，《七缀集》，生活·读书·新知三联书店 2002 年版，第 129 页。
② 《〈管锥编〉作者的自白》，《人民日报》1987 年 3 月 16 日。

《墨经》、《颜氏家训》、《汉书》、《资治通鉴》、潘岳、《红楼梦》、《关尹子》，以及马洛、亚里士多德、锡德尼、勃鲁诺、维果等三十余家的论说和事例，比观互证，出入纵横，破除了经、史、文、哲的界限，使得分析深刻而圆融，内涵丰富而厚实，比单单抽象而枯燥地解说"不以辞害意"的命题要高远多了。[①] 又如论"词章中之时代错乱"，针对阅读过程中一些人过于胶着于"征实"，而不理解其中的虚构成分的拘泥态度，进行了纠正。文章广征博引，上至经史子集、诗赋词曲，下至稗史俗书、古今中外，约七八十种典籍，证明"词章中之时代错乱"确为文学中常见的现象，并说明这是一种"设论"（imaginary conversations）、"假设之词"。[②] 以小见大，不仅指出该具体现象的普遍存在，而且从艺术手法及创作心理学上给予深刻的解释。《管锥编》的英译书名为"*Limited Views：Essays on Ideas and Letters*"（有限的观察：关于观念与文学的札记），由此可以看出，"它意味着从典籍文献中剥离出一些文句诗行，作为富有包孕和生发之内涵的'知识质点'，强化其联想性和穿透性，从而在固有的意识形体系的纸障上刺破一个小窟窿，从这个有限的视点中窥见不同时间、地域、语种、文体、学科的人类智慧关联和心智相通的无限性"[③]。

　　他的"通"，并非只是像《太平御览》这些类书一样将各种相似的材料堆积在一起，再拾人牙慧或者发一顿陈词滥调的意见，而是更进一步，要在"通"的基础上"拈出新意"，自创新见。在日本早稻田大学演讲《诗可以怨》时，他在开场白中说：要在深通汉学的日本学者面前"讲一些值得向各位请教的新鲜东西，实在不是容易的事"。郑朝宗解释这句话，认为"新鲜东西"四字，是钱氏治学与创作方面，一生所努力追求的。"他的所谓'新鲜东西'并不意味着眼前最冒尖的东西，而是指前人未曾吐露过的深刻思想和使用过的精巧手法。"[④] "通"是方法途径，"新"才是最终归宿。也只有"新"才能推进学术的发展，所以在说到钱锺书"通"的特征时，还要注意

---

　　① 钱锺书：《管锥编·毛诗·二六》，生活·读书·新知三联书店 2008 年版，第 164—168 页。
　　② 钱锺书：《管锥编·全文·一七一》，生活·读书·新知三联书店 2008 年版，第 2032—2038 页。
　　③ 杨义：《"管锥"之功与会通的"钱串"——会通效应通论之三》，《甘肃社会科学》2006 年第 1 期。
　　④ 郑朝宗：《读〈诗可以怨〉》，见陆文虎编《钱锺书研究采辑》（一），生活·读书·新知三联书店 1992 年版，第 69—70 页。

到其中的"新"。这是其"通"的一个深层内涵。

钱锺书治学以"通"为其重要方法,这一事实在学界已经形成共识。有的人看到《管锥编》"主要部分不是从文学作品本身,而是从文艺领域之外的一般的经史子集中来掘发与文心、诗心相通之处"[①]。这是从文学研究向其他传统学术领域延伸的角度而言的,而这个巨大的跨越在整个学术发展史上,确实是一个重大的创举。有的人看到钱氏擅长"撮合貌似漫无联系的事理,将千年时间、万里空间、语种难译、国家疆界、艺术分类的种种滞碍加以突破打通,以异求同,同中求异,在发现中发明,从而探究人情世态、历史民俗、文心人性、艺术风格与创造性思维的发展诸多方面,有哪些规律可循,这是钱锺书在治学方法上的独特贡献和重要方法之一"[②]。这是从钱氏融会贯通、绅绎新知的角度而言的。

然而钱锺书的"通",还不仅是将材料通过某个知识点贯串起来,因为这仍然是停留在平面的"通";他也不是刻意追新求异,务要言人所未言,因为这也不免小家子气。在"通"与"新"之间,还有一个不可或缺的必要条件,那就是"圆"。所谓"圆",就是义理不执滞于一边,议论不偏宥于一端,并且正反兼顾,往而复返,综合两极而归于更高层次的统一。在涉及某个具体的问题时,他既能从正面阐释,然而又从其反面加以补充,使得理与事圆融无间,言与义活泼不窒,所以既意蕴丰富,又益人神智。比如论"阐释之循环":

> 乾嘉"朴学"教人,必知字之诂,而后识句之意,识句之意,而后通全篇之义,进而窥全书之指。虽然,是特一边耳,亦只初桄耳。复须解全篇之义乃至全书之指("志"),庶得以定某句之意("词"),解全句之意,庶得以定某字之诂("文");或并须晓会作者立言之宗尚、当时流行之文风,以及修词异宜之著述体裁,方概知全篇或全书之指归。积小以明大,而又举大以贯小;推末以至本,而又探本以穷末;交互往复,庶几乎义解圆足而免于偏枯,所谓"阐释之循环"(der hermeneu-

---

① 《论钱学的基本精神和历史贡献——纪念钟锺书先生》,《文学评论》1999 年第 3 期。

② 舒展:《钱学缀要》,见陆文虎编《钱锺书研究采辑》(一),生活·读书·新知三联书店1992 年版,第 15 页。

tische Zirkel）者是矣。①

　　他借助西人阐释学之说，不只是为了批判乾嘉朴学的方法纰漏，而是从一个更高的角度为经学、史学、文学各门学问的研究视角和方法提供了一个值得借鉴的见解。像他说的"交互往复，庶几乎义解圆足而免于偏枯"，只要稍稍细想，便知是有着哲学根据的。这种"圆"的观察方法，用中国的古语说就是"执两端而用其中"，用西方的话说即是"辩证法"。因为能做到"圆"，所以"通"，也更加充实盈足，而且也因为达到了"圆"，所以其"新"才更为坚确可据。正因为如此，"圆"在钱锺书学术追求中也有着值得重视的关键地位。

　　"通"是钱氏治学的利器，也是他的高明之处。他对"通"铭刻在心，终生服膺，早年在《中国古戏中的悲剧》（*Tragedy in Old Chinese Drama*）一文中他说："我们必须从外国文学中吸取美的经历，因为文学研究中的'禁欲'（Asceticism）固然不好，但那种为了爱国而否认他之'美事'（good things）的做法更糟。"② 他注意到文艺中的许多现象，"谈艺者所熟知，然未尝触类而观其汇通"，对于这些世人司空见惯而熟视无睹的问题，他"疏凿钩连，聊著修词之道一贯而用万殊尔"③。这是他的志趣所在，他要从"万殊"之"用"中通过疏凿钩连来揭示"一贯"之"道"。在看到学者偏蔽之病时，他说："无知而掉以轻心，发为高论，又老师巨子之常态惯技，无足怪也；然而遂使东西海之名理同者如南北海之马牛风，则不得不为承学之士惜之。"④ 直到晚年，他对登门请益的后辈，仍然谆谆教以努力打通。⑤ 由此可以看出，"通"正是钱氏治学的一瓣心香所在，也可以看出"通"在他学问中的重要性了。

　　因为"通"，所以"博"呈现出的形态便不是杂，而是系统秩序；同时又因为"圆"和"新"，其"通"遂以一种全新的面貌展现出来。我们常常

---

　　① 钱锺书：《管锥编·左传·三》，生活·读书·新知三联书店 2008 年版，第 281 页。
　　② 于善江：《钱锺书英语文章三篇》，见冯芝祥编《钱锺书研究集刊》，上海三联书店 1999 年版，第 367—368 页。
　　③ 钱锺书：《管锥编·楚辞·五》，生活·读书·新知三联书店 2008 年版，第 923 页。
　　④ 钱锺书：《管锥编·周易·一》，生活·读书·新知三联书店 2008 年版，第 4 页。
　　⑤ 赵一凡：《钱锺书教我一个"通"字》，《书城》2009 年第 8 期。

说做学问要注重"通"，道理很容易明白，但做到这一点，不仅要眼界开阔，心思缜密，而且还需要摒弃成见，泯除雅俗，有一种"齐一而观"的哲学观照。钱锺书为我们树立了一个值得永资借鉴的典范。

三　机圆语活之趣

如果说"通"不算钱锺书治学方法的独得之秘的话，那么"趣"则真够得上是他的独有特色了。如若将他的文字杂入众人篇目中，我们一眼就能认出哪篇是钱锺书的文章。这倒不是因为我们有洞幽烛隐的本领，而是因为他的文笔太与众不同了，鹤立鸡群，有目者所共睹。而这种与众不同之处，便表现在"趣"。无论是阐释深奥的哲理，还是评析浅白的言辞，他都能将他机智的光芒照射其中，犹如智者悟道，上至天地阴阳，下至瓦石屎溺，无不能从中发现机趣。

他的这种"趣"，从表层来看，便是幽默。但这里所说的幽默并非指取悦于人的言谈，也不仅是贴切事理的调侃，而是一种包含着机智的洞察和观照。在早年的散文《说笑》中，曾引荷兰夫人（Lady Holland）《追忆录》中薛德尼·斯密史（Sidney Smith）的话："电光是天的诙谐（wit）。"英语 wit 一词，一般人都翻译成"机智"，而他则翻译成"诙谐"，可以看出，从某种意义上来说，他简直把"机智"等同于"幽默"，特别认为其中"智"是最重要的，没有智慧就没有幽默。① 他在论述《史记·樗里子甘茂列传》一文中也曾说："'滑稽'训'多智'，复训'徘谐'，虽'义'之'转'乎，亦理之通耳。……盖即异见同，以支离归于易简，非智力高卓不能。"② 因此，钱氏文章的幽默，其实是思维跳跃、独见超悟的机趣。如论及李贺时说："余尝谓长吉文心，如短视人之目力，近则细察秋毫，远则大不能睹舆薪。"③ 又如说到王充的《论衡》时说："王氏书斩辟处有当风之快，而固昧处又有堕雾之闷；尝欲以'东边日出西边雨'揣称其文境，半边之爽朗适相形而愈见余半之阴晦尔。"④ 可谓谈言微中，妙语解颐。这样的例子在他的书中俯拾皆是，不胜枚举。巧妙的比喻是一种天才，它能将貌似毫无关联的事物撮合

---

① 田建民：《论钱锺书的幽默观》，《河北师范大学学报》（哲学社会科学版）2000 年第 1 期。
② 钱锺书：《管锥编·史记·二七》，生活·读书·新知三联书店 2008 年版，第 510—511 页。
③ 钱锺书：《谈艺录·七》，生活·读书·新知三联书店 2007 年版，第 119 页。
④ 钱锺书：《管锥编·史记·四》，生活·读书·新知三联书店 2008 年版，第 433 页。

成学理上的眷属。这其实也是一种思考的方法，即联类互照、形象生动、"陌生化"的贴切表达自然会饶有趣味。

从深层来看，便是因为会通之后，各种原本隔山间水的事物，在相互映照之下，所闪耀出的熠熠光辉。这既有化腐朽为神奇的因素，给一些司空见惯的问题赋予了新的观察角度。这也有激发出事物内在生命的因素，使得一些原本孤立的材料在对比之中相得益彰。这是他的看家本领。比如在分析"文如其人"这一流传广远的命题时，钱锺书先引述了以往对于人文不一现象的诸多记载，接着又证以克罗齐所谓"作者修词成章之为人"（persona poetica）与"作者营生处世之为人"（persona pratica）的区别，然后论道：

> 文如其人，老生常谈，而亦谈何容易哉！虽然，观文章固未能灼见作者平生为人行事之'真'，却颇足征其可为、愿为何如人，与夫其自负为及欲人视己为何如人。……夫其言虚，而知言之果为虚，则已察实情矣；其人伪，而辨人之确为伪，即已识真相矣；能道"文章"之"总失"作者"为人"之真，已于"文章"与"为人"之各有其"真"，思过半矣。[1]

"文"、"人"不一的现象，很受传统的轻诋，并因此而造成因人废文或因文废人的极端情形。但是钱锺书从反向思考这一现象的内涵，把"人"与"文"作了细致的分别，阐明了以文观人的更加精深的意义，打破了陈旧的思维定式，令人顿生豁然开朗的憬悟，细细品读之下，感受到切理餍心的机趣。再如论述"诗文之累学者，不由于其劣处，而由于其佳处"时，认为："盖在已则窃意擅场，遂为之不厌，由自负而至于自袭，乃成印板文字；其在于人，佳则动心，动心则仿造，仿造则立宗派，宗派则有窠臼，窠臼则变滥恶，是则不似，似即不是，以彼神奇，成兹臭腐，尊之适以贱之，祖之翻以祧之，为之转以败之。"正因为这种心理的缘故，所以在文学史上，造成了一些经典作品在接受过程中的誉毁更迭、盛衰交替的现象，比如"唐诗之见弃于世，先后七子拟议尊崇，有以致之也；宋诗之见鄙于人，闽赣诸贤临

---

①　钱锺书：《管锥编·全文·一九五》，生活·读书·新知三联书店 2008 年版，第 2158 页。

摹提倡，有以致之也。他若桐城之于八家，湖外之于八代，皆所谓溺爱以速其亡，为弊有甚于入室操戈者"①。这种"为之所以败之"的道理乍看之下似乎有悖常情，但仔细一想，却又合情合理。这种反向思维的机趣是钱锺书文章的一大优长。

除了上述幽默和机趣外，还有三种构成其学问之"趣"的因素。一是用修辞的眼光鉴赏众作，使之生发出文学的趣味。二是用俗语谑词来形容或评价典雅的作品，由此产生了庄谐对照的效果。三是用一些亲身经历的往事来证明其论述，也增添了平易可亲的人情味。兹依次叙于下。

（一）用修辞的眼光鉴赏众作，使之生发出文学的趣味

他对一些从事文学研究的学者却不懂鉴赏文学的现象很不以为然，有时言语极为尖刻。他自己对中外文学有着洞见妙赏，灵心慧性，正是使得其学问生趣盎然的重要原因之一。他的鉴赏不局限于文学，而是延伸遍及各类著作文章。他曾说："盖修辞机趣，是处皆有；说者见经、子古籍，便端肃庄敬，鞠躬屏息，浑不省其亦有文字游戏三昧耳。"② 例如论《老子》"夫唯不厌，是以不厌"一句时，他从"一字双关两意"的角度，将经史子集中的相同现象，一一贯串，作了修辞性的鉴赏。他说："涉笔成趣，以文为戏，词人之所惯为……哲人说理，亦每作双关语……吾国禅宗机锋拈弄，尤以双关语为提撕惯技……狡狯可喜，脍炙众口，犹夫《老子》之'道可道'、'不厌不厌'、'病病不病'也。经、子中此类往往而有。"于是列举了《礼记》、《左传》、《论语》、《国语》、《庄子》、《公孙龙子》、《淮南子》、《春秋繁露》等多种经子著作为例。今择取二事以见其意，如《论语·卫灵公》记孔子曰："不曰'如之何？如之何？'者，吾末如之何也已矣！"承两"如之何"而三，词气却迥异，亦文词之拈弄。该双关不仅是意思不同，更有语气的不同。再如《春秋繁露·五行对》："故五行者，五行也"；合观《五行五事》篇，则上"行"谓金水木火土，而下"行"则谓貌言视听思。③ 从修辞角度来重新解读经子古籍，揭发出其中的"文字游戏三昧"，使得庄严板重的典籍一变而饶有趣味。这种方法除了增加阅读的兴味外，有时还可以判定原文表述的是非，如：

---

① 钱锺书：《谈艺录·五〇》，生活·读书·新知三联书店 2007 年版，第 450—451 页。
② 钱锺书：《管锥编·老子·一八》，生活·读书·新知三联书店 2008 年版，第 715 页。
③ 同上书，第 712—715 页。

　　《宋书·前废帝纪》："太后怒，语侍者：'将刀来剖我腹，那得生如此宁馨儿！'"郝懿行《晋宋书故·宁馨》条谓"宁馨"即"如此"，沈约"不得其解，妄有增加，翻为重复，《南史》'宁馨'上删去'如此'二字，则得之矣"。夫"如此宁馨"亦正累叠同义之词以增重语气，犹白话小说中之言"如此这般"，或今语"这种这样的人真是少见少有"。郝氏知训诂而未解词令，岂沈约当时并"不得"南朝"方言"之"解"哉！①

　　依照郝懿行的改订，尽管对于史实的理解并不影响，然而却使人物语气中的微妙感丧失殆尽了。钱锺书用修辞的眼光来欣赏正史的文章，不仅发掘出原书作者的文心用意所在，而且又纠正了那些学究式的误读误解。毫无疑问，这样解读的确新鲜可喜。

　　（二）用俗语谑词来形容或评价典雅的作品，由此产生了庄谐对照的效果

　　钱锺书绝不做板着面孔的高头讲章，而是像他的为人一样，妙语连珠，庄谐杂出。他每每将一些别人意想不到的事情联系在一起，尤其是将俗白可笑的具体人事与端严尊高的抽象情形撮合并置，在相互映照中，不仅清楚明白地阐释了他的观点，同时又营造出活泼生动的戏谑气氛。

　　比如，有人对《老子》易州龙兴观碑本盛加推许，以为远胜王弼注本，但实际在对碑本的句读释义上，这些人却"是貌从碑本而实据王本，潜取王本之文以成碑本之义"。这种自欺欺人、狡猾可笑的做法，钱氏形容说是"范氏掩耳椎钟，李逵背地吃肉，轩渠之资，取则不远"②。范氏事出《吕氏春秋》，李逵事出《水浒全传》，一为诸子名著，一为稗史巨擘，在常人看来二者各有天地，毫无相同之处，但此处他却能牵合捉对，既辛辣地讽刺了碑本推崇者的虚诈，而形成的相映成趣的效果也十分明显。再如在比较《老子》王弼注、《庄子》郭象注与《列子》张湛注的相异之处时，他又说："王之于老，以顺为正之妾妇也；郭之于庄，达心而懦之嗫嚅翁也；而张之于列，每犯颜谠论，作诤臣焉。"③ 寓庄于谐地将三者的不同之处形象化地揭示了出来。

_____

　　① 钱锺书：《管锥编·史记·三二》，生活·读书·新知三联书店 2008 年版，第 520 页。
　　② 钱锺书：《管锥编·老子·一》，生活·读书·新知三联书店 2008 年版，第 631 页。
　　③ 同上书，第 724—725 页。

《诗经》六义中的"兴"这一艺术手法,历代聚讼纷纭,钱氏以为"兴"乃是触物起情。为了说明这个问题,他先是引用古乐府的例子,其发端之词往往有声无义;接着他又引儿歌以及民众示威呼声来证明,文中说:"闻寓楼庭院中六七岁小儿聚戏歌云:'一二一,一二一,香蕉苹果大鸭梨,我吃苹果你吃梨。'又歌云:'汽车汽车我不怕,电话打到姥姥家。姥姥没有牙,请她啃水疙瘩!哈哈!哈哈!'偶睹西报载纽约民众示威大呼云:'一二三四,战争停止!五六七八,政府倒塌!'……'汽车、电话'以及'一二一'若'一二三四'等,作用无异'妖女'、'池蒲'、'上邪',功同跳板,殆六义之'兴'矣。"① 既明"兴"为发端之词,与正文意义无必然关系,然后又转而说到经师儒生不知诗歌之兴的修辞法,经常曲加穿凿,务为附会。他形容这种情形时说:"即若前举儿歌,苟列《三百篇》中,经生且谓:盖有香蕉一枚、苹果二枚、梨一枚也;'不怕'者,不辞辛苦之意,盖本欲乘车至外婆家,然有电话可通,则省一番跋涉也。鼷钻牛角尖乎?抑蚁穿九曲珠耶?"② 不徒涉笔成趣,而且深入浅出地将《毛诗》研究史上的这一重要问题解说清楚。说诗解颐,当之无愧。

他的文笔如此不拘格套,恣肆纵横,在谨重的学人眼中也许是没正经,然而"名家名篇,往往破体,而文体亦因以恢宏焉"③。他的这类学术文章或许也近于"破体",但是却为学术研究开了一个新境界。

(三)用耳闻目见的经历来证明其论述,增添了平易可亲的人情味

钱锺书的著作虽然因为引据甚博,遣词典雅,多用故实,让人望而生畏,敬而远之,但实际上并非如此。我们说钱氏的文章富有趣味,除了上述几点外,还有一个原因,就是经常于行文中穿插一些自己亲身闻见的风俗、方言、掌故等作为正文的衬拳边鼓,以为谈助。这不仅疏通了密实的文气,而且增添了平易可亲的人情味。

在论《楚辞》时言及"招生魂",他说:"余儿时在锡、苏、澄习见此俗,且尝身受招呼,二十许寓沪西尚闻邻人夜半为此。"又如论以谐声字寓吉祥之兆,"余儿时居乡,尚见人家每于新春在门上粘红纸剪蝠形者五,取'五福临门'之意;后寓沪见收藏家有清人《百福图》画诸蝠或翔或集,正

---

① 钱锺书:《管锥编·毛诗·五》,生活·读书·新知三联书店 2008 年版,第 113 页。
② 同上。
③ 钱锺书:《管锥编·全文·一五》,生活·读书·新知三联书店 2008 年版,第 1431 页。

如《双喜图》画喜鹊、《万利图》画荔枝，皆所谓'谐声'、'同音'为'颂祷'耳。"①

在讲到《招魂》中以"大苦"入馔一事时，说："余居湘时，方识以苦瓜入馔，想古之楚庖早已尚苦尔。"以今之湘证古之楚，犹属本地风味。在《焦氏易林》卷中论及"龙虎斗"这一常见的用语时，顺笔说道："吾国好言'龙虎斗'，南烹及吾乡小食犹有以此命名者。"而至扬雄《蜀都赋》中说到汉代蜀地食物喜为"甘甜之和"时，他笔锋带着深情回忆道：吴地烹饪好"甘甜之和"，而"吾邑尤甚，忆儿时筵席盛馔有'蜜汁火腿'、'冰糖肘子'，今已浑忘作何味，去乡四十余年，并久不闻此名色矣。"②

在解释"生"一字的训义时，文中先引《学斋佔哔》卷二"未食先出生"之语，然后又征之于无锡方言，说："未食而拨出少许谓之'生'，吾乡今语称未食而先另留者曰'生剩饭'、'生剩菜'，以别于食后残余之'剩饭'、'剩菜'。"又如说到草书难以辨识时，引无锡俗谚说："吾乡俚语亦云：'草字缺只脚，仙人猜不着。'"再如说到土偶时说："近世吾乡惠山泥人有盛名，吾乡语称土偶为'磨磨头'，而自道曰'偬伲'，故江南旧谑，呼无锡人为'烂泥磨磨'，亦犹苏州人浑名'空头'，常熟人浑名'汤罐'，宜兴人浑名'夜壶'。"③

在考证古代书启中自称"君"这一书仪时，他以自己的亲见为佐证："余尝临写《郁冈斋帖》中本，都三十六'君'字，一手之迹，初无涂窜遣痕。"有时候读书遇到疑惑的事情，他还会亲自试验一番。比如读《太平广记》时，见《杨素》一篇记破镜为两半，而《启颜录》言壁上镜坠地分二片。因为"余所见汉、唐镜皆铜铸"，所以前者"非有削金铁如泥之利器不办，已大非易事"，而后者则"更难想象"。于是他将"旧藏古镜十数枚，尝

___

① 分别见钱锺书《管锥编·楚辞·一七》，第 966 页。《全文·七五》，第 1680 页。另如：《全文·一六》言世俗鄙薄赘婿，第 1441 页。《全文·一一〇》记昔日讣告套语，第 1786 页。《全文·一八五》记吴地丧事风俗"哀丧婆"，第 2093 页。(生活·读书·新知三联书店 2008 年版)

② 分别见钱锺书《管锥编·楚辞·一七》，第 970 页。《焦氏易林·三》，第 827 页。《全文·二七》，第 1514 页。(生活·读书·新知三联书店 2008 年版)

③ 分别见钱锺书《管锥编·太平广记·三一》，第 1042 页。《全文·一〇八》，第 1781 页。《全文·二二八》，第 2282 页。另如《全文·一一三》记无锡俗谚"象牙筷配穷了人家"，第 1796 页。《全文·一九一》论僧徒背地食鱼肉时记吴地旧谑"僧徒于溺器中炖肉"，第 2140 页。《全文·二三一》记江南口语中"瞎"字之义，第 2295 页。(生活·读书·新知三联书店 2008 年版)

戏一一掷诸地，了无损裂。疑冰莫涣，当见博古或博物者而叩之"①。

他有时也会记述自己得书的因缘旧事，如："余三十岁寓湘西，于旧书肆中得《书舶庸谭》一册，无印钤而眉多批识，观字迹文理，虽未工雅，亦必出耆旧之手，转徙南北，今亡之矣。"接着转述了其中一条眉批的内容。又如"余旧见沈曾植朱墨评点严遂成《海珊诗钞》卷四《太行》"② 一诗的眉批。这些记载可以当作掌故来读。

还有一种属于学林往事。如在讨论书体与文体相称的问题时，他回忆曩日的一次经历说："犹忆李宣龚丈七十寿，名胜祝釐诗文，琳琅满墙壁而盖几案；陈汉策先生赋七律以汉隶书聚头扇上，余方把玩，陈祖壬先生傍睨曰：'近体诗乃写以古隶耶？'余憬然。后读书稍多，方识古来雅人深致，谨细不苟，老宿中草茅名士、江湖学者初未屑讲究及乎此也。"③ 这些记载将温和的人文情怀倾注于厚重的论说之中，使文章增添了摇曳多姿的风致。

四　清丽渊美之雅

严复在《天演论》弁例中说到译事三难：信、达、雅。信、达自然是翻译的基本要求，而"雅"则是辞章与风格之美。他所指谓的"雅"宗向周秦诸子之文。其优劣非此处所论，但追求文章之雅，这种自觉的意识却是极可称许的。钱锺书在文学上的造诣超越同侪时辈，诗文小说均有可观的成就。在学术著作方面，他的这种辞章之雅也有着突出的表现，这不只是辞藻的点缀，更是一种表述的方法，是辞章与义理的交融，从而在学术见解的阐发过程中起到相得益彰的积极作用。

钱锺书文章的雅，不是就其用文言还是白话来讲的，而是就其修辞立意方面而说的。他的著作中既有典奥的故事，也有俗白的人事，然而在他那支妙笔的点化之下，无不显示出高雅的风格。其中的原因，很大一部分是由于他能从别人看来浅俗的言谈行事中绅绎揭举出精深的义理来，而且再加上他别出心裁的修辞手法，将一切事情道理阐说得生动活泼，因此便形成了超凡

---

① 分别见钱锺书《管锥编·全文·一三〇》，第 1836 页。《太平广记·一一七》，第 1198 页。（生活·读书·新知三联书店 2008 年版）

② 分别见钱锺书《管锥编·全文·二二三》，第 2270 页。《全文·一三八》，第 1897 页。（生活·读书·新知三联书店 2008 年版）

③ 钱锺书：《管锥编·全文·二二六》，生活·读书·新知三联书店 2008 年版，第 2278 页。

脱俗的雅趣。萧统在《文选·序》中说到诸子之作"以立义为宗,不以能文为本",学术著作一般情形下虽然也以立义为宗,而不必要一定"能文",但钱锺书的文章在精思妙理之余,又能时时注意到文学化的经营,在语言和风味上均饱含着辞章之美。又桐城古文标举"义理、考据、辞章"为其著作的圭臬,我们考察钱氏之作,三者无不紧密结合在一起,阂通博雅,义深词美。虽然他并不局限于桐城派的矩矱之中,但他的文章真可谓"事出于沉思,义归乎翰藻"了。

钱锺书著作所表现出的"雅"的风致,细细分析起来,大约有三端,即:辞藻、骈俪、隶典。三者均为辞章方面的能事,他在这三方面均展现出了清雅的才气。

(一)辞藻

辞藻之丽是钱氏文章的一个明显特征,在行文中,他经常随手点染,笔端生花,虽然不像文人之文那样盛为铺衍,秾加涂饰,但往往零珠碎锦,吉光片羽,既引人注目,又隽永可味。这样的词句俯拾即是,不能一一多举,今略示比较明显的几例以见一斑。

如说到"心理事理,错综交纠"的各种情形时,形容道:

> 如冰炭相憎,胶漆相爱者,如珠玉辉映、笙磬和谐者,如鸡兔共笼、牛骥同槽者,盖无不有。①

说到《庄子》中"一事而数喻"的用意时说:

> 说理明道而一意数喻者,所以防读者之囿于一喻而生执着也。星繁则月失明,连林则独树不奇,应接多则心眼活;纷至沓来,争妍竞秀,见异思迁,因物以付,庶几过而勿留,运而无所积,流行而不滞,通多方而不守一隅矣。

接着又转而阐述文章中"一事而数喻"的特点时说:

---

① 钱锺书:《管锥编·周易·一》,生活·读书·新知三联书店 2008 年版,第 4 页。

　　若夫诗中之博依繁喻，乃如四面围攻，八音交响，群轻折轴，累土为山，积渐而高，力久而入（cumulative, convergent），初非乍此俄彼、斗起欻绝、后先消长代兴者（dispersive, diversionary），作用盖区以别矣。①

在分析比喻的"观感价值"与"情感价值"的区别时说：

　　"杏脸桃颊"、"玉肌雪肤"，语之烂熟者也……作者乃极言其人之美丽可爱，非谓一睹其面而绥山之桃、蓬莱之杏、蓝田之玉、梁园之雪宛然纷然都呈眼底也。……皆当领会其"情感价值"，勿宜执着其"观感价值"。②

　　上引数例中，辞藻鲜洁，意象圆莹，即使文章的色彩变得明丽起来，而且以之阐理论事也愈加形象生动，令人印象深刻。

　　钱文的辞藻除了清丽的特点，还有一种是议论纵横、辩才无碍，形成了词气风发的飘扬之美。比如在论及《离骚》题目的含义时，前人有的将"离骚"与"骚离"训为一义，他分析并驳斥其错误说：

　　诂之分者未遽即可移用。卑无高论，请征之寻常笔舌。匹似"东西"之与"西东"，"风流"之与"流风"，"云雨"之与"雨云"，"日月"之与"月日"，"大老"、"中人"、"小妻"之与"老大"、"人中"、"妻小"，均未可如热铛翻饼。"主谋"洵即"谋主"，而"主事"绝非"事主"；"公相"不失为"相公"，而"公主"迥异"主公"。"字画"、书与画也，又书法或字迹也，"画字"则作字或签名矣；"尊严"，体貌望之俨然也，"严尊"，则称事为父矣；"死战"，犹能生还也，"战死"则只许吊战场而招归魂矣；"混乱"，事势不清平也，"乱混"则人不务正业而游手糊口矣。"主客"以言交际酬酢，而"客主"则言交战争辩，"主客"又为官府及僧寺典客者之称矣。更仆难终，均类手之判反与覆，

————————————

① 钱锺书：《管锥编·周易·二》，生活·读书·新知三联书店2008年版，第22—23页。
② 钱锺书：《管锥编·毛诗·三三》，生活·读书·新知三联书店2008年版，第182页。

而非若棍之等倒与颠。复安保"骚离"之必同于"离骚"哉？单文孤证，好事者无妨撮合；切理餍心，则犹有待焉。①

由此可以看出钱氏文章能言善辩、词锋犀利又左右逢源的风格。

（二）骈俪

钱锺书对于骈文有特别的喜好，这一方面是因为地域的原因，有清一代，骈文大盛，常州派更是其中的佼佼者。浸染在这种文学的浓厚氛围中，钱锺书自幼便受到熏陶，培养了骈文的艺术习好。另一方面原因是骈文这种体裁形式，有着散体文所难以达到的表达上的优长效果。朱熹曾说骈语"常说得事情出"，他对此言极为嗟赏，许为"殊有会心"。他自己也说："世间事理，每具双边二柄，正反仇合；倘求义赅词达，对仗攸宜。"②虽然骈文有其缺点，但骈俪语却不可废。钱氏文章并不专遵骈文，而且学术著作对此也不可能全加步趋，可是骈俪语却是在说理论事上有着独具的特长。这是构成钱文典雅的一个重要质素。

在说到"诗文之词虚而非伪"时，他用骈俪之语阐明道：

> 高文何绮，好句如珠，现梦里之悲欢，幻空中之楼阁，镜内映花，灯边生影，言之虚者也，非言之伪者也，叩之物而不实者也，非本之心之不诚者也。③

意象之美，固不待言，而对仗之工，四六之精，尤有可称道者。

再如说到谈艺论学中，一些大家宗师的"佞臣"的表现，

> 《诗经》以下，凡文章巨子如李、杜、韩、柳、苏、陆、汤显祖、曹雪芹等，各有大小"佞臣"百十辈，吹嘘上天，绝倒于地，尊珠如璧，见肿谓肥。不独谈艺为尔，论学亦有之。④

---

① 钱锺书：《管锥编·楚辞·一》，生活·读书·新知三联书店 2008 年版，第 890—891 页。
② 钱锺书：《管锥编·全文·二三〇》，生活·读书·新知三联书店 2008 年版，第 2291 页。
③ 钱锺书：《管锥编·毛诗·二六》，生活·读书·新知三联书店 2008 年版，第 166 页。
④ 钱锺书：《管锥编·毛诗·五一》，生活·读书·新知三联书店 2008 年版，第 251 页。

"尊玦如璧"谓以贱为贵之妄，"见肿谓肥"谓误虚成实之谬，再加上"吹嘘上天，绝倒于地"，寥寥数语，犹如漫画一样勾画出文艺学术中"佞臣"的嘴脸和伎俩，要言不烦地"说得事情出"。

在比较《易》之象与《诗》之喻的不同功用时，他说《易》可得意而忘象，《诗》则不能离喻而释义：

> 苟反其道，以《诗》之喻视同《易》之象，等不离者于不即，于是持"诗无通诂"之论，作"求女思贤"之笺；忘言觅词外之意，超象揣形上之旨；丧所怀来，而亦无所得返。以深文周内为深识底蕴，索隐附会，穿凿罗织；匡鼎之说诗，几乎同管辂之射覆，绛帐之授经，甚且成乌台之勘案。①

即便匡鼎说诗，假如索引附会，也会等同管辂的猜谜射覆；而若穿凿罗织的话，则居绛帐授经的马融，也与推勘苏轼乌台诗案这一冤狱的奸佞之臣相差无几了。两联骈俪语将儒生说诗解义的弊病说得既切中肯綮，又诙谐易懂。而"绛帐"一联犹深妙可味，所谓以少许胜多许。

（三）隶典

隶典用事是骈文的一大特点，钱锺书的文章虽然也引用了不少术语，但在论述中他更多地还是使用典故或成语等"婉曲语"来表达意思，有着言少而义丰的简洁深永之致。不过这里所要说明的并非骈文中的用典，而是以典故代替论述之语的用法。

比如在论《易》象与《诗》喻的区别时，说：

> 《易》之象，义理寄宿之蘧庐也，乐饵以止过客之旅亭也；《诗》之喻，文情归宿之菟裘也，哭斯歌斯、聚骨肉之家室也。②

其中"蘧庐"出《庄子·天运》，"乐饵"出《老子》第三十五章，"菟裘"出《左传·隐公十一年》，"哭斯歌斯"出《礼记·檀弓下》。两句的意

---

① 钱锺书：《管锥编·周易·二》，生活·读书·新知三联书店 2008 年版，第 24 页。
② 同上书，第 23 页。

思是要说明，《易》之象是得意忘言的暂时工具，可以凭借却不能执着；《诗》之喻是言志抒情的必要条件，写作阅读均不可稍离。但是要圆融详细地阐释清楚，数十百言也难以办到，必然辞费。而援据典故，数语便将所要表达的义理用暗示的方式含蓄而丰富地表达了出来。再如形容艺术欣赏过程中心知其意而莫名其妙的复杂心理时说："听乐、读画，睹好色胜景，神会魂与，而欲明何故，则已大难，即欲道何如，亦类贾生赋中鹏鸟之有臆无词。"① 用鹏鸟的"有臆无词"来传达上述的心理状态，凝练中不失生动，也深具诗的韵致。

用典的另一形式是，类举故实并用排比的手法表述出来，如以兵法论造艺治学，"赵括学古法而墨守前规，霍去病不屑学古法而心兵意匠，来护儿我用我法而后征验于古法，岳飞既学古法而出奇通变不为所囿；造艺、治学皆有此四种性行，不特兵家者流为然也"②。再如论贾谊《过秦论》对偶偏枯、词肥义瘠时，说："'席卷天下'、'包举宇内'、'囊括四海'、'并吞八荒'四者一意，任举其二，似已畅足，今乃堆叠成句，词肥义瘠，无异《杨公笔录》所嘲诗句'一个孤僧独自行'，《广笑府》卷一所嘲诗句'关门闭户掩柴扉'，或《两般秋雨盦随笔》卷三所嘲'墨派'八股'天地乃宇宙之乾坤，吾心实中怀之在抱'；即对偶整齐，仍病合掌。在词赋中铺比如斯，亦属藻思窘俭所出下策。"③

用典还有一种情形是，在归纳某类文艺中常见的现象时，他也援用典故来为之命名。如文学题材中描写甲爱乙，而乙爱丙的"连锁单相思"现象，他命名为"鹅笼境地"；而将相反的现象，即甲打乙而乙又打丙，谓之"鹊蟷境地"或"斧斫境地"（"斧斫"取自《聊斋志异》卷十《席方平》中"斧敲斫，斫入木"一语）。④ 又如将登高心悲的文艺心理现象名为"农山心

---

① 钱锺书：《管锥编·老子·二》，生活·读书·新知三联书店 2008 年版，第 640 页。
② 钱锺书：《管锥编·史记·四七》，生活·读书·新知三联书店 2008 年版，第 570 页。
③ 钱锺书：《管锥编·全文·一五》，生活·读书·新知三联书店 2008 年版，第 1432—1433 页。又如《全文·一七一》论有的评论家不解文学中的虚构，斤斤于征实，不免可笑的情形，"譬如毛宗岗《古本三国演义》诩能削去'俗本'之汉人七言律绝，而仍强汉人赋七言歌行，徒资笑枋，无异陆机评点苏轼《赤壁赋》（姚旅《露书》卷五）、米芾书申涵光《铜雀台怀古诗》（刘廷玑《在园杂志》卷一）、王羲之书苏轼《赤壁赋》（《官场现形记》第四二回）、仇英画《红楼梦》故事（《二十年目睹之怪现状》第三六回）等话櫺矣"，第 2036 页。
④ 钱锺书：《管锥编·太平广记·一二五》，生活·读书·新知三联书店 2008 年版，第 1222 页。

境"（取《说苑·指武》、《孔子家语·致思》载孔子东上农山，喟然叹曰："登高望下，使人心悲。"）。① 再如将古代诗文中用鸟瞰手法写景物的方法喻为"大鹏负天势"②。这种用法也别出心裁，既准确又隽永。

钱锺书文章的渊雅之美，当然不止上述三点，辞藻、骈俪、隶典均属于技艺范畴，因为易于说明，所以加以标举。至于他本人学养气质等方面的因素，虽然重要，却不能悬想臆测而知，也只好略而不言了。然而古人说"文以载道"，无"文"则道不足借以昌明。学者之文，自属传道明理之作，若不加意经营，信、达而后更求其雅，则不免"言之不文，行之不远"。虽然这种境界非一日所能至，但前辈学者的"雅人深致"的确值得我们私淑学习。

现代学术史上，对文学的研究，一方面继承了清代考据学，一方面又引入了西方实证主义。虽然取得了不少的成绩，但可以说仍属文学的外围研究。钱锺书不为时代风气所拘缚，独好辞章之学，以文学批评为研究对象。③ 从现代整个学术史来看，二者各具千秋，皆有成就，需具体分析，不能轻加轩轾。然而就治学方法而言，钱锺书的"博"、"通"、"趣"、"雅"对很多人来说确是极富借鉴意义的。在面临学术研究困境和窘境的今天，钱锺书先生所树立的典范也无疑有着很大的启示。

---

① 钱锺书：《管锥编·全文·八》，生活·读书·新知三联书店 2008 年版，第 1410 页。
② 钱锺书：《管锥编·全文·一七六》，生活·读书·新知三联书店 2008 年版，第 2060 页。
③ 关于这一点详参张健《〈中国文学小史序论〉与钱锺书的文学观》一文，《北京大学学报》（哲学社会科学版）2014 年第 2 期。

曹道衡先生与北朝文学研究

郑虹霓[*]

曹道衡先生去世已经十年了，他的著述仍是很多古代文学研究者案头必备的书籍，他的人格精神更是为学界所敬仰。先生之风，山高水长！先生从事古代文学研究五十多年，无论在怎样的环境中始终坚持读书思考，为我们留下了丰厚的文化遗产。先生笃厚的人格、潜心治学的精神如泰山巍巍，令我等仰止；他对古代文学，尤其是汉魏六朝文学的研究做出了卓越贡献，如汪洋浩瀚，亦非后学能蠡测其万一。之所以选取曹先生对北朝文学的研究来说，也是意在从这个角度入手，能更深入地学习先生治学的方法，并希望有可能沿着先生开拓的道路继续前行。

据不完全统计，曹道衡先生发表的专题论文有二百多篇，涉及的范围非常广泛。这些论文后来陆续结集出版，主要收录在《中古文学史论文集》、《中古文学史论文集续编》、《汉魏六朝文学论文集》、《中古文史丛稿》等文集中。曹先生还有文学史专著《南朝文学与北朝文学研究》，合著《中国文学家大辞典·先秦汉魏晋南北朝卷》、《中古文学史料丛考》、《南北朝文学史》（与沈玉成合著）、《先秦两汉文学史料学》、《南北朝文学编年史》（与刘跃进合作）、《萧纲评传》（与傅刚合作）以及诗文选本、注本和学术随笔《困学纪程》等。单篇论文中以北朝文学为主题的有三十多篇，多为有分量

---

* 【作者简介】郑虹霓，女，安徽六安人。文学博士，阜阳师范学院文学院副教授，硕士生导师。系中国词学研究会理事、中华诗教学会理事、中国古代散文学会会员、中华文学史料学学会古代文学史料研究分会会员。曾在《文学遗产》、《江海学刊》、《学术界》、《江西社会科学》等刊物发表多篇学术论文。

的大文章；而与沈先生合作的《南北朝文学史》，二人的分工是曹先生负责北朝文学部分；与刘先生合作的《南北朝文学编年史》也是曹先生负责北朝部分。难怪他的博士吴先宁、刘跃进等先生在《〈中古文学史论文集续编〉后记》中指出："曹道衡先生的研究领域主要是汉魏文史方面，特别是北朝文学研究方面取得了学界瞩目的成就。"

本文拟从三个方面谈一下个人研读曹先生著述的心得：一是曹先生对北朝文学研究的开拓；二是曹先生进行北朝文学研究的方法；三是曹先生北朝文学研究对我们的启示。还请各位方家指教。

一　曹道衡先生对北朝文学研究的开拓

论及南北朝文学，长时间以来，人们总是觉得北朝文学远不如南朝，无论是文学史著作还是诗文选本，涉及北朝文学的都很有限，而把更多的篇幅给了南朝。谈到南朝文学与北朝文学的关系，也是一边倒地只谈南朝文学对北朝文学的影响，而对北朝文学如何影响南朝文学却不屑一顾。这些认识，大家习焉不察，也多顺理成章地接受。但曹先生善于发现问题，从不疑处发现疑问，又能突破成见，在细致考证的基础上得出新的结论。对于北朝文学研究，曹先生筚路蓝缕，从基础材料入手，逐步勾画了一个立体的全景式的北朝文学史地图。具体包括以下几点。

（1）北朝文学的特点。北朝文学的特点到底是什么？又是如何形成的？曹道衡先生在《南北朝文学史》中用了七个专章的篇幅来研究北朝文学。在该书的第十八章《北朝文学概说》中，曹先生回顾了北朝国家形态形成的历史，考察了北朝社会文化的情况，勾勒了北朝文学发展的历程，并作了分期。在此基础上，他指出："北朝文学的发展是和少数民族的汉化以及北方文人接受南方文学影响同步进行的。"[1] 与此同时，北朝文学有其自身的特色：从思想内容上来看，宗族观念较强，尊崇儒学，总的倾向上偏于实用。因此，北朝文人长于应用文，散文比南朝繁荣。北朝文人艺术趣味上重气质，对南方文化的吸收也有自己的标准。在《南朝文学与北朝文学研究》一书中，曹道衡先生专门设了一章《北朝文学的特点与得失》，并在这一章的第二节分析了北朝文学的长处与短处。曹先生结合北朝历史，分析文人处境，指出，

---

[1]　曹道衡：《南北朝文学史》，人民文学出版社 1998 年版，第 349 页。

北魏士子不可能有流连诗酒的闲情逸致，也没有广致声伎的条件，因此诗歌创作较少，题材上也与南朝之流行宫体不同。北朝人务实，较之南方人有较多的政治眼光，文章多议政、议礼之作。

（2）北朝文学与南朝文学的关系。在谈北朝文学的特点时，曹先生实际上已经涉及了这个问题，因为大家对南朝文学比较熟悉，曹先生往往通过作比较来介绍北朝文学的特点。如《南北朝文学史》第二十七章《南北文风的融合》，第一节就是《南北文风的区别》。曹先生指出，文人的社会地位、生活习惯的不同，文化传统以至地理环境的不同等，造成了文人气质的差异，但这种差异绝不是凝固不变的。

关于南北文风差别的时间断限，曹先生先作了界定，锁定在公元316年西晋灭亡至公元618年隋炀帝被杀，唐高祖称帝这一时间段内。[①] 在《南北朝文学编年史》中展现得更为清楚，以三卷的内容展现了南北文学彼此关系的消长：卷三为"南朝文学的分化·北朝文学的复苏"，卷四为"南北文学的分庭抗礼"，卷五为"南衰北盛格局的形成"。

曹道衡既分析了南朝文学对北朝文学的影响及其原因，同时又发现了北朝文学在南朝引起的反响。曹先生指出："到了南北朝后期，情况又有所不同，北朝温子升的作品传到南方，得到了梁武帝的赞赏，比之曹植、陆机；邢劭的文学才能也颇为南方人所知。……至于南方人到北方的，如王褒、庾信、颜之推、诸葛颖、萧悫等人，都无不有作品传世，像庾信最有名的作品，大抵都产生于入北以后，并且他的文集还是以北周藩王宇文逌所编的本子为基础。这种情况说明了北方的创作环境不但不同于南北分裂之初，也比魏孝文帝迁洛前后有重大改善。"[②]

关于北朝文学对南朝文学的选择性学习，曹道衡先生在《南朝文学与北朝文学研究》一书中作了细致的分析，他指出：

> 在形式方面，北朝人对南方文学用典、讲对仗、调声律等技巧都是比较注意学习的，但在学习的时候，他们也常有所选择。……邢邵之爱慕沈约，是取其平易和流畅，用典使人不觉等长处。他并没有学沈约作

---

① 曹道衡：《南朝文学与北朝文学研究》，江苏古籍出版社1999年版，第16页。
② 同上书，第14—15页。

《郊居赋》那种雕琢堆砌……魏收的诗，显然不是单纯地仿任昉，而更多地受到"永明体"以后作家如何逊、刘孝绰甚至萧纲的影响，更注意色彩的绚丽、对仗的工整和平仄声的调和。

（3）造成南北文学差异的原因。关于东晋南北朝时期，我国南北方在学术和文艺方面的差别，从《隋书·文学传序》以来，已有不少学术史和文学史研究者关注过，但具体到南北两地的文艺发展的各个方面的情况如何，一直没有人进行细致的考察。正因为对具体情况不了解，对于造成南北分化差异的原因，前贤所言也就难以切中要害。如刘师培的《南北文学不同论》从水土不同来解释南北文风的不同，胡国瑞的《魏晋南北朝文学史》虽然也强调了战乱对北方文化的影响，却将北方土地比南方贫瘠视为一个重要原因。他们大抵着重从地理环境的不同方面去解释，但水土的差别能否直接影响到学风和文风？对此，曹先生表示怀疑，并试图从史籍中去寻求新的看法，经历了非常艰难曲折的探索，曹先生发现了北朝人聚族而居以便在乱世中避免侵扰的情况，顿时豁然开朗。曹先生在《尝试和探索——略谈我的〈南朝文学与北朝文学研究〉》一文回忆了这个研究过程，包括如何重读陈寅恪、唐长孺和周一良三位先生的论著，联想到了《后汉书·樊宏传》和《三国志·田畴传》中的记载等。从而得出一个结论，即"北朝人的宗族思想远比南朝人为重，聚族而居的习惯及过乡居习惯的人也比南朝为多"，而这种聚族而居的生活方式直接影响了北方文学的面貌以及文学批评的风尚。

二　从北朝文学研究看曹道衡先生的治学方法

从刘跃进和张剑先生所编的《曹道衡先生论著目录》[①] 结合曹先生本人所写的《困学纪程》一书可知，曹先生早在 1958 年就于《光明日报》的"文学遗产"专栏发表了《读庾信诗赋选》，这应该是他关于北朝文学研究论文中发表最早的一篇了。但那时他还没有一个明确的目标，不是特别注意北朝文学。但在"文革"之后，重新回到研究状态的时候，他对未来的设想已经包括了北朝文学，并往上追溯，将对十六国作家的考订也列了进去。之后，曹先生有多篇有关北朝文学的论文发表。通过半个世纪孜孜不倦的研究，曹

---

① 《中国诗歌研究》第六辑，安徽人民出版社 2007 年版。

先生为我们勾画出一个立体的全景式的北朝文学史图。他犹如运筹帷幄的将军，对北朝文学研究有周密的规划。

首先是敌情意识，"知己知彼，百战不殆"，从南北朝时期上溯到十六国时期，对十六国的文学家的生平事迹进行考证。以南北朝为中心，向两头推进，从而使人对于北方文学之"由荒原起步到隋代文学融合与繁荣的过程有了比较全面系统而又深刻的了解"[1]。

其次为由点及面，在考证作家和具体作品、具体问题的基础上进行宏观的研究，从而使他的宏观研究立论有据，富有说服力。

再次是分而治之。空间上，将北朝分割为几个区域，进行精耕细作，如凉州、关陇、河朔、河表七州，代表论文有《东晋南北朝时代的凉州文化》、《试论北朝河朔地区的学术与文艺》、《河表七州与北朝文化》、《北朝黄河以南地区的学术与文化》、《西魏北周时代的关陇学术与文化》等。文体上，则是分别研究散文、骈文、诗赋，代表论文如《关于魏晋南北朝的骈文和散文》《关于北朝乐府民歌》等。

时间上，表现为对北朝文学的历时性观察。他认为："北朝自魏孝文帝以后，文学创作呈上升的趋势，而南朝在梁中叶以后却呈下降的趋势。"这不仅是对于北朝文学的肯定，也有助于审视南朝文学的发展。

曹先生的北朝文学研究也得力于他对前人研究的吸纳，比如对刘师培，曹先生肯定了刘师培关于南北文风不同研究中使用的方法，即"不局限于南北朝本身，而是一直上溯到先秦汉魏，并且指出了从汉魏以来北方文人和南方文人之间已经在融合而且保持各自的某些特色又互相影响的问题"[2]。先生对北朝文学的研究也是如此，不仅对于南北朝时期的北朝文学的各个组成部分加以深入的研究，而且由十六国到东汉，推源溯流逐步考察，在较广阔的历史视野下审视北朝文学，故能得出令人信服的结论。不仅如此，曹先生受恩格斯给梅林的信中所说"在每一科学部门中都握有一定的材料，这些材料是由以前各代人的思维中独立形成的，并且在这些世代相继的人们的头脑中经过了自己独立的发展道路"这段话的启发，指出："在任何一个时代，每一种意识形态的发展，都必然要以他们前人积累的材料和经验为出发点。"

---

① 曹道衡、刘跃进：《南北朝文学编年史》，人民文学出版社 2000 年版，第 2 页。
② 曹道衡：《南朝文学与北朝文学研究》，江苏古籍出版社 1999 年版，第 8 页。

对于南北方文学发展不平衡性的影响也作了探究，这样就把研究的视野又扩大到了隋唐。如他的《南北文风之融合和唐代〈文选〉学之兴盛》（《文学遗产》1999 年第 1 期）一文，在详论北朝文学发展历程与南北文风融合的基础上，指出："唐太宗和他的大臣们知道，用行政命令来改变文风既难奏效，而放任自流亦非良策，较好的办法只能是利用一定的场合，因势利导，让士人们有分析地对待南朝文学的传统。在这方面，他们在纂修几部史书时，就对此颇有用心。"唐初君臣的爱好反映在《隋书·文学传序》中，而《隋书·文学传序》的文学观正与萧统的《文选》相近，因此水到渠成地得出了唐代文选学的兴盛乃是唐代文化政策的产物，而这些都是在南北文风融合的大背景之下产生的。

三　曹道衡先生的北朝文学研究对我们的启示

近八十年的人生历程，曹先生几经风雨，而始终坚持自己的理想。《中古文学史论文集续编》后记中记录了先生的一段话，质朴无华，却振聋发聩。先生说："老天爷给了我生命，是要我做事的。我如果不做事，老天爷是会把寿禄收回去的。"实际上，先生一辈子都在和时间赛跑，他的生命密度与厚度远远大于普通人。十年浩劫之后，先生迅即进入角色，有条不紊地开展研究，这是因为他即使在那样的年代，也从未放弃自己的志向，利用一切机会看书、积累材料。这也就是曹先生在《南朝文学与北朝文学》一书的后记中所说的锲而不舍的治学态度。所以在对北朝文学中的一些问题进行研究时，他能四面受敌、触类旁通，调动丰富的史学积累去分析问题、解决问题。仅就先生对北朝文学研究来说，对我们的启示应该有这么几点：

（1）方法上，善于思考，重视实证。曹先生一直提倡"以宏观为目的，以微观为基础"[①]。重视考订，强调材料和考证是古典文学研究一个不能忽视的方面，认为不论作何研究都要下工夫掌握第一手资料。谈到编写《南北朝文学史》时，他说，在编写这部书之前"就应该对作家生平作一次考订，对现有的一些史料进行核查。……这种考订是要考出那些作家的经历，把他放在当时社会背景和文学潮流中来考察其创作道路的形成。"[②] 对于十六国作家

---

① 曹道衡：《困学纪程》，商务印书馆 2014 年版，第 192 页。
② 同上书，第 184 页。

过去没有人专门探讨，具体有哪些人都不清楚，曹先生将这些人的事迹一个个地从史籍中辑录出来；而北朝的作家除了所谓"北朝三书"的作者和"北地三才"以外，过去的文学史著作也未提到其他人，而曹先生通读《魏书》、《洛阳伽蓝记》和《文镜秘府论》等书，加上对史书的反复研读，又发现了郑道昭等从事文学活动的情况。在《尝试和探索——略谈我的〈南朝文学与北朝文学研究〉》一文中，曹先生指出："在开始时不可能抱有任何看法，只能在逐步深入中形成一定的见解。应先从大量占有材料开始，逐步发现一些小问题。"他的《十六国文学家考略》《邢邵生平事迹试考》等很多个案的考证，为他一些宏观论述北朝文学的论文提供了坚实基础，言而有据，令人信服。

（2）观念上，不忽视小作家，不局限于文学发展的高峰期。以前的文学史著作讲到南北朝文学，对北朝仅限于庾信、王褒等作家，对于一些作品的理解以及作品在文学史上的定位都存在一些偏差。这就是因为大家着眼点都集中在了较有名气的作家和作品上，忽视了中小作家。曹先生则不然，他指出："文学史著作的任务不仅在介绍作家作品，而在于论述其发展变化规律或原因。因此对北朝这样虽然出现作家较少，而在文学史的发展中处于一个特殊环节的情况，决不允许轻易一笔带过。"①

（3）视野上，打破学科壁垒，将对文学的考察扩展到社会生活各方面。正如邓绍基先生的序言所言："曹道衡先生治中古文学，还不限于具体问题的考证，而还在达识。他往往把某一作家或作品与社会历史学术文化贯通联系，从而使人们对此问题的认识进入一个新的境界。"② 而之所以能做到"达"，所依赖的是曹先生扎实的朴学功底、严谨的治学态度，遂有广阔的学术视野。如对于造成南北方文风差异的原因，曹先生考察了社会生活的多个方面，从点到面，将人物还原到当时的历史环境，分析政治等因素造成的各个地域不同时期的文化变化，再现了北朝宫廷内外的波谲云诡的画面。

（4）语言风格上质朴平实，不哗众取宠，不夸奇炫博。初读曹先生的一些论文时，常有应接不暇之感，感觉信息量很大，要言不烦，不加过多的修饰，诚如刘跃进老师所说："自然平实而又韵味深长。"对于很多问题的研究，曹先生都是花了很长时间，不断搜集资料，不断自我修正，但他行文时

---

① 曹道衡：《南朝文学与北朝文学研究》，江苏古籍出版社 1999 年版，第 18 页。
② 曹道衡：《中古文学史论文集续编》，（台湾）文津出版社 1993 年版，第 4 页。

却从不堆砌资料。作为精通南北朝文学研究的专家，曹先生并非不会学习南朝文风之华美，但他在写作论文时却选择了北朝文风的质实，是否也是有意为之，追求形式与内容的统一呢？

　　曹道衡先生视学术如生命，以学术报效国家、奉献社会是他一生的追求。余生也晚，未能随先生问学，但先生的著述给了我很多启示，先生取得了那么高的成就，却一直很谦虚，先生对北朝文学的认识有一个发展过程，在他后来的文章中常常及时对自己昔日的不足进行检讨，这样的人格精神更令我辈所敬仰。现在人面对种种诱惑不能安心书斋，动辄以外因为借口，然而对比一下曹先生，不能不汗颜。"文革"后曹道衡先生的研究能够很快有较大进展，更大的原因窃以为乃是他善于"钻空子"，利用一切机会看书，而且能相对集中在一个范围内，追求精深。事实证明，他这样的集中钻研很有效。在录制宋词的组里，他既能保证完成上面强加的任务，又能利用图书，阅读史书，回到文学所，又是争分夺秒看书，自己没有书就借了书回家抄。算一下，1977 年，曹道衡先生已经不是年轻小伙子了，近四十岁的人还如此如饥似渴地读书，而且对于自己的研究有周密的计划，绝不随波逐流。比较而言，我们的外部条件不是好多了吗？敢不黾勉从事乎！

下　编

《文选》研究

《子虚上林赋》旧注考辨

齐清仙*

【摘　要】古来注《子虚上林赋》者多。经过文献勾索,共整理出 25 家先唐旧注。这些旧注中有三家是因注《史记》而注的:徐广、裴骃、褚诠之。有十七家是因注《汉书》而注的。另有五家专门的注释:张揖、司马彪、郭璞、邹诞生、陈国武。尤其是这五家专注,对于重新认识《子虚上林赋》的分篇与定名,具有重要的学术价值。

【关键词】子虚上林;旧注;考辨

颜师古在《汉书》卷五七上《司马相如传》下注曰:"近代之读相如赋者多矣,皆改易文字,竞为音说,致失本真,徐广、邹诞生、诸诠之、陈(国)武之属是也。今依班书旧文为正,于彼数家,并无取焉。"②颜注这段话至少提供给我们以下信息:(1)司马相如作品在唐及唐以前流传甚广,注者甚多,此其正面。(2)但负面影响也随之而来,即人们在学习、研究相如作品时,也给原作带来了一定程度的伤害,如"改易文字"、"致失本真"。(3)颜师古以为,在他之前的《史记》注家,如徐广、邹诞生、诸诠之、陈国武等人虽曾注释过相如赋,但因质量不高,有"失真"之弊,故弃之不

　　* 【作者简介】齐清仙,女,汉族,南开大学中国古代文学博士研究生,研究方向为汉魏六朝文学。

　　② 班固撰,颜师古注:《汉书》,中华书局 1962 年版,第 2529 页。另,陈武,据吴承仕《经籍旧音序录》称《释文》引作"陈国武"。见吴书"陈国武"条,今从之。陆德明撰,吴承仕疏证,张力伟点校:《经典释文序录疏证:附经籍旧音二种》,中华书局 2008 年版,第 200 页。

用。（4）颜注《汉书》，择善而从，赋文取班固旧文，而注释则多依张揖、郭璞等旧注。颜氏的说法，我们在阅读《汉书》所载《天子游猎赋》时得到了充分印证。又《文选》李善注中，虽于《子虚》、《上林赋》（即《史》、《汉》之《天子游猎赋》，《文选》将其一分为二，据其内容，亦可称《子虚上林赋》）下明确标明是郭璞旧注，但细读就会发现，李善所取，并不主于郭璞一家，而于张揖、司马彪等人旧注亦有多取。正如清代徐攀凤所说："篇中胪列注家凡十余人，不得专题郭璞。"① 因此，问题随之产生：即唐前，至少在颜师古和李善之前，到底有多少人为司马相如的《子虚上林赋》作过注释？这些注者是谁？他们的注释成果怎样？各具什么特点？在学术史上又有何意义？等等。对于注者问题，踪凡先生《汉赋研究史论》和郭晓明《司马相如接受史》曾有论及，但着眼于司马相如的全部作品，非专门针对《子虚上林赋》的研究。有鉴于此，本文试专就以上问题展开讨论。

一 旧注勾索

由于《子虚上林赋》被分别著录于《史记》《汉书》中，我国现存的第一部文学总集《文选》也有收录。因此，我们的勾索工作，便沿这三部书的注展开。先看《史记》三家注。

1. 裴骃《史记集解》注《子虚上林赋》时引用了 5 家旧注，分别是：韦昭、郭璞、徐广、吕静、《汉书音义》。这里，有两个情况需予说明：

（1）关于《汉书音义》的作者，裴骃说是莫知姓名者。《史记集解序》："《汉书音义》，称臣瓒者，莫知氏姓。今直云瓒曰。又都无姓名者，但云《汉书音义》。"可见，裴骃是将佚名的旧注，统称为《汉书音义》。而以《史》、《汉》和《文选》注对读，裴骃所引《汉书音义》的内容，又多与颜师古和李善所引张揖注的内容吻合。如《子虚赋》"岑岩参差，日月蔽亏"条下，裴引《汉书音义》曰："高山壅蔽，日月亏缺半见。"这条解释，颜、李均指实为是张揖注。又《上林赋》"曳明月之珠旗"等处，也是同样的情况。但又不全如此。如《子虚赋》："礧石碔砆"条，裴骃"案：《汉书音义》曰：礧石出雁门，武夫出长沙也"。《汉书》颜注引张揖曰："皆石之次

① 徐攀凤：《选学规李》，《清代文选学珍本丛刊》第一辑，中州古籍出版社 1998 年版，第 128 页。

玉者。碔石，白者如冰，半有赤色。武夫，赤地白采，葱茏白黑不分。"《文选》李善注引张揖曰："碔石、碔砆，皆石之次玉者。碔石，白者如冰，半有赤色。碔砆，赤地白采，葱茏白黑不分。"显然，这里的《汉书音义》与"张揖曰"的内容不一一对应。因此，司马贞说："《汉书》注此卷多不题注者姓名，解者云是张揖，亦兼有余人也。"① 我们认为，这"兼有余人"的说法较为融通。但为方便计，我们暂归之于张揖名下。

（2）吕静，在《集解》中只出现了一次。即《子虚赋》"右夏服之劲箭"条下，裴引"吕静曰：步叉谓之服也"。据《隋书·经籍志》和新、旧《唐书》，吕静曾撰《韵集》一部。《隋志》载："《韵集》六卷，晋安复令吕静撰。"另据《魏书·江氏传》："（吕）忱弟静别放故左校令李登《声类》之法，作《韵集》五卷，宫、商、角、徵、羽各为一篇。"又，《隋书·潘徽传》："末有李登《声类》、吕静《韵集》，始判清浊，才分宫羽，而全无引据，过分浅局，诗赋所须，卒难为用。"② 可见，吕静《韵集》是仿李登的《声类》而作，属音韵学专书，非为注解史书或赋文而著，因此，可将其排除在我们的统计范围之外。

如上，则《集解》实际引用的《子虚上林赋》旧注有4家：张揖、韦昭、郭璞、徐广。

2. 司马贞《史记索隐》注《子虚上林赋》引用的先唐旧注有24家：服虔、应劭、伏俨、郑氏、李奇、文颖、张揖、苏林、张晏、如淳、孟康、韦昭、晋灼、司马彪、郭璞、徐广、邹诞生、褚诠（褚诠之）、裴骃、姚氏、顾氏、小颜、李善、乐产。

这里，也有几点说明：（1）《索隐》引用的《说文》、李巡《尔雅注》、李彤《字指》等小学类著作，皆不在旧注统计范围内。（2）据程金造先生《史记索隐引书考实》，《索隐》所谓"乐产"，当是"乐彦"之误。因"黄本、王本及张守约（笔者注：即张守节，讳节为约）句读本皆作"乐彦"，《通鉴》胡三省注引小司马《索隐》亦作乐彦"，故"疑产为误字"，而以"彦"为是。③乐彦曾撰《汉书注》。（3）《索隐》所称小颜是指颜师古，以区别于其叔父颜

---

① 司马迁撰：《史记》，中华书局1959年版，第3005页。
② 魏徵、令狐德棻撰：《隋书》，中华书局1973年版，第944、1745页。魏收撰：《魏书》，中华书局1974年版，第1963页。
③ 程金造编著：《史记索隐引书考实》，中华书局1998年版，第479页。

游秦。验之《旧唐书》，师古本传称"叔父游秦……撰《汉书决疑》十二卷，为学者所称，后师古注《汉书》，亦多取其义耳"①。即此。（4）《索隐》所称姚氏指姚察。据《考实》，姚察曾纂《汉书训纂》三十卷。（5）顾氏指顾胤，曾撰《汉书古今集义》二十卷。（6）郑氏指郑德。郑德为魏人，曾撰《汉书注》，其书久佚。

于上可见，《索隐》所取旧注范围既广，内容也最为驳杂。以《子虚上林赋》的征引看，《索隐》不仅引用了颜师古弃之不用的徐广、邹诞生、褚诠之等注，而且还广取颜师古、李善等唐人的新近研究成果，可谓广采博览，得失互见。

3. 张守节《史记正义》引用的先唐旧注有 10 家：服虔、李奇、文颖、张揖、如淳、韦昭、司马彪、郭璞、张、颜。

按：《正义》所称"张云"、"颜云"，经笔者将《史》、《汉》逐一比对，发现《正义》所称"颜"即《索隐》所称之"小颜"，是颜师古；而其所称之"张"，实是张揖的省称。② 因此，《史记正义》所引的先唐旧注实际是 9 家。

再看《汉书》颜师古注。颜注《子虚上林赋》所引用的先唐旧注有 13 家：服虔、应劭、伏俨、郑氏、李奇、文颖、张揖、苏林、张晏、如淳、孟康、晋灼、郭璞。

按：这 13 家旧注均在《汉书叙例》所列 23 家"诸家注释"范围内。至于郑氏，《汉书叙例》称："晋灼《音义》序云不知其名，而臣瓒《集解》

---

① 刘昫等撰：《旧唐书》，中华书局 1975 年版，第 2595 页。

② 如《上林赋》"掩以绿蕙，被以江篱"，《正义》："张云：绿，王刍也。蕙，熏草也。颜云：绿蕙，言蕙草色绿耳，非王刍也。"《汉书》颜注："张揖曰：掩，覆也。绿，王刍也。蕙，熏草也。师古曰：绿蕙，言蕙草色绿耳，非王刍也。"《上林赋》"奔星更于闺闼，宛虹扞于楯轩"，《正义》引"颜云：宛虹，屈曲之虹。拖谓中加于上也。楯，轩之阑板也。言室宇之高，故星虹得经加之。"《汉书》颜注则称："师古曰：宛虹，曲屈之虹也。拖谓申加于上也。楯轩，轩之栏板也。并言室宇之高，故星虹得经加之也。"又《上林赋》"拖蜺旌，靡云旗"，《正义》："拖音徒可反。张云：析毛羽，染以五采，缀以缕为旌，有似虹蜺气。张云：画熊虎于旌似云气也。"《汉书》颜注则引："张揖曰：析羽毛，染以五采，缀以缕为旌，有似虹蜺之气也。……张揖曰：画熊虎于旌为旗，似云气。"李善亦称："张揖曰：析羽毛，染以五采，缀以缕为旗，有似虹蜺之气也。画熊虎于旌为旌，似云气也。"此例甚多，不一一枚举。仅从以上三例可知，《正义》所称"张"即指张揖；所称"颜"即指颜师古。尽管颜、李所引文字、句读与《正义》间有差别，但从注解内容来看，这样的结论大体不差。另，日本学者泷川资言《史记会注考证》根据司马贞《索隐后序》称"贞少从张（嘉会）学"，断为司马贞师事张嘉会。而"张守节不名其师……所谓张先生，无乃《索隐》所谓张嘉会乎？"并得出"马、张二人同其师"的结论。今从以上实例来看，泷川的结论稍嫌妄断。

辄云郑德。既无所据,今依晋灼但称郑氏耳。"说明与《史记索隐》所引郑氏为一人。

再看《文选》李善注。共引用《子虚上林赋》的旧注 16 家:服虔、应劭、伏俨、李奇、邓展、文颖、宋均、张揖、苏林、张晏、如淳、孟康、韦昭、晋灼、司马彪、郭璞。

按:李善未取郑氏注,而多邓展、宋均、韦昭、司马彪四家。故实际比颜师古注多引 3 家,为 16 家旧注。

另外,还有两家值得我们注意:陈国武和萧该。陈国武"音说",虽被颜师古讥为"失本真",并弃之不用,但却从反面正好说明了陈是"近代之读相如赋者",陈注是专门注解过司马相如赋的古注。据吴承仕先生《经典释文序录疏证》,陈有《司马相如赋音》一部,但因其人生卒年月不详,其作的真实面目也难考知。但不管怎样,将陈注算作一家先唐旧注,该是毫无疑义的。而萧该,我们知道,他是精通《汉书》和《文选》的专家,曾撰《汉书音义》和《文选音义》,章怀太子注《后汉书》时,曾见引用。但他的注释成果未见颜、李在注《子虚上林赋》时有所引用,因而,我们不便算作一家,但其曾经做过的工作,是不容否定的。

经过以上勾索、考量,我们可得《史记》、《汉书》、《文选》注中征引的《子虚上林》先唐古注为 27 家:服虔、应劭、伏俨、郑德、李奇、邓展、文颖、宋均、张揖、苏林、张晏、如淳、孟康、韦昭、晋灼、司马彪、郭璞、徐广、邹诞生、褚诠之、陈国武、裴骃、姚察、顾胤、颜师古、李善、乐彦。去掉颜、李二家,实际为 25 家。

二　诸注略说

这 25 家先唐古注,情况又各自不同。大致说来,他们分属三个不同的注释系统:因注《史记》而注者;因注《汉书》而注者;还有一类特殊情况,即是专门注释司马相如作品者。下面分开来论。

因《史记》而注者,3 家。

第一家,徐广《史记音义》。徐广注是目前所存最早的《史记》注。据《晋书》本传,徐广,字野民,东莞姑幕人。"世好学,至广尤为精纯,百家数术无不研览。谢玄为兖州,辟从事。谯王恬为镇北,补参军。孝武世,除秘书郎,典校秘书省。增置省职,转员外散骑侍郎,仍领校书。"徐广家学渊博，又曾典校秘书，于"百家数术无不研览"，号为"精纯"。① 曾撰《晋纪》46卷，又撰《答礼问》行于世，《隋志》并见著录。

但其注《史记》，为《音义》，本传和《隋志》均未载，可能是已散入裴骃《史记集解》的缘故。王鸣盛说："考《宋书》五十五卷徐广本传……叙述颇详，并不言广注《史记》，《晋书》八十二卷本传、《南史》三十三卷本传并同，盖偶然漏略，诸传沿袭不补。"② 王氏说法值得商榷。因为如果说《晋书》本传是"偶然漏略"的话，那么《宋书》和《南史》也都"漏略"就显非偶然了。而史传漏载的原因，我们或可从裴骃《史记集解序》中找到答案。据裴《序》，其集解《史记》，正依徐广《史记音义》而来。"故中散大夫东莞徐广研核众本，为作《音义》，具列异同，兼述训解，粗有所发明，而殊恨省略。聊以愚管，增演徐氏。采经传百家并先儒之说，豫是有益，悉皆抄内，删其游辞，取其要实。"③ 可见，"增演徐氏"是裴骃选择性吸收、批判式继承徐广《史记音义》的具体操作方法。再结合其"删其游辞，取其要实"来看，大概就是要取其精华，去其糟粕。而从《子虚上林赋》的注文来看，裴骃往往于"徐广曰"的后面增加按语，这也正好印证了其增演徐氏、"以徐为本"的说法。

至于徐注特点，裴骃说是"研核众本"、"具列异同"，司马贞说是："宋中散大夫徐广作《音义》十三卷，唯记诸家本异同，于义少有解释。"今从《索隐》保存徐注来看，徐广确曾在当时的得书条件下记载了六朝时期的《史记》异本，对校正今本《史记》之讹具有重要价值，为恢复《史记》原貌提供了一定的根据。④ 而其于文义则少有解释。

第二家，裴骃《集解》。如上论列，此不赘言。

第三家，邹诞生《史记音义》。邹《音义》虽被颜师古讥为"竞为音说，致失本真"，但在司马贞《史记索隐》中仍然被引用了75处，⑤ 可见也不能一概否认其价值。从《子虚上林赋》注中保存的情形看，司马贞就对其取肯定态度。如：

---

① 房玄龄等撰：《晋书》，中华书局1974年版，第2159页。
② 王鸣盛著，黄曙辉点校：《十七史商榷》，上海书店出版社2005年版，第8页。
③ 裴骃：《史记集解序》，《史记》第十册，中华书局1959年版，第4页。
④ 张玉春：《〈史记〉徐广注研究》，《暨南学报》（哲学社会科学）2002年第24卷第3期。
⑤ 程金造编著：《史记索隐引书考实》，中华书局1998年版，第225—233页。

1. "其下则有白虎玄豹，蟃蜒貙犴"句，对于"犴"的音释，《索隐》曰："应劭音颜，韦昭一音岸。邹诞生音苦奸反，协音，是。"可见，对于这一个字，应劭、韦昭、邹诞生注音各不相同，而在对比、分析三家释音后，司马贞认为"犴"当读苦奸反，协音，取邹注为是。

2. "（鸟葴）鷰鸹鸬"句，"鸟葴"字，《集解》"徐广曰：'（鸟葴）音斟。水鸟也。鷰音斯。鸹音火交反。'駰案：《汉书音义》曰'（鸟葴）鷰，苍黑色'"。《索隐》曰："葴鷰。张揖云：'葴鷰似鱼虎而苍黑。'邹诞本作'鸥鷰'也。"徐广、裴駰、《汉书音义》均作"鸟葴"，张揖作"鸟葴鷰"，邹诞生作"鸥鷰"，司马贞取张揖说，但又列诞生说于后，可见其有一定的参考价值。或者，这也正是颜师古所说的"致失本真"的一例。

关于邹诞生生活的年代，《史记索隐序》称："南齐轻车录事邹诞生亦作《音义》三卷"，而《隋志》著录《史记音义》三卷，称"梁轻车录事参军邹诞生撰"。知其大概生活于南朝的齐、梁之际。

因《汉书》而注者，17 家。

其中的 13 家，我们可据《汉书叙例》，略知其情况：

1. 服虔字子慎，荥阳人，后汉尚书侍郎，高平令，九江太守。（初名重，改名祇，后定名虔）

2. 应劭字仲援（一字仲援，一字仲远），汝南南顿人，后汉萧令，御史营令，泰山太守。

3. 伏俨字景宏，琅琊人。

4. 郑氏，晋灼《音义》序云不知其名，而臣瓒《集解》辄云郑德。既无所据，今依晋灼但称郑氏耳。

5. 李奇，南阳人。

6. 邓展，南阳人，魏建安中为奋威将军，封高乐乡侯。

7. 文颖字叔良，南阳人，后汉末荆州从事，建安中为甘陵府丞。

8. 苏林字孝友，陈留外黄人，魏给事中领秘书监，散骑常侍，永安卫尉，太中大夫，黄初中迁博士，封安成亭侯。

9. 张晏字子博，中山人。

10. 如淳，冯翊人，魏陈郡丞。

11. 孟康字公休，安平广宗人，魏散骑常侍，弘农太守，领典农校尉，勃海太守，给事中，散骑侍郎，中书令，后转为监，封广陵亭侯。

12. 韦昭字弘嗣，吴郡云阳人，吴朝尚书郎，太史令，中书郎，博士祭酒，中书仆射，封高陵亭侯。

13. 晋灼，河南人，晋尚书郎。①

另有 4 家：宋均、姚察、顾胤、乐彦。根据程金造先生的研究，他们的注解成果可分别考实为：服虔《汉书音训》；应劭《汉书集解音义》；伏俨、郑德、李奇、邓展、文颖、苏林、张晏、如淳、乐彦等《汉书注》；孟康、韦昭《汉书音义》；晋灼《汉书集注》；姚察《汉书训纂》；顾胤《汉书古今集义》。②

只有宋均注，程先生未予考实，可能的原因是《索隐》未引用到宋均注。但《文选》李善注和《汉书》颜师古注均有征引。对此，周洪才先生作过专门的研究，③ 可参。

因司马相如作品而注者，5 家。

张揖、司马彪、郭璞、褚诠之、陈国武五人，是目前所见专门注解司马相如作品的注家。其中，张揖生活的年代最早。而且，我们注意到，无论《史记》、《汉书》还是《文选》注，均曾大量引用过张揖注，被引频次仅次于郭璞注。

据颜师古《汉书叙例》，张揖是魏太和年间（228—233）博士，曾专门注解过《汉书·司马相如传》。《汉书叙例》曰："张揖字稚让……魏太和中为博士。（止解《司马相如传》一卷）"④ "止解《司马相如传》一卷"几个字颇可注意，因为这关涉到张揖注解内容的范围和定名问题。

第一，按颜师古的说法，张揖并未全注《汉书》，而是只注解了《司马相如传》，注解成果亦仅一卷。因此，我们以为其注当名《司马相如传注》为妥。

第二，《文选》李善注和司马贞《史记索隐》，都曾吸收、引用张揖成果。但《索隐》引用时只称"张揖云"或"张揖曰"，未指明其著作名称，

---

① 颜师古：《汉书叙例》，《汉书》第一册，中华书局 1962 年版，第 4—5 页。
② 程金造编著：《史记索隐引书考实》，中华书局 1998 年版，第 344—422 页。
③ 周洪才：《颜师古〈汉书注〉引宋均说考辨》，《齐鲁学刊》1988 年第 5 期。
④ 颜师古：《汉书叙例》，《汉书》第一册，中华书局 1962 年版，第 4 页。

此其不严谨处。李善注《文选》虽比《索隐》严谨，但从李善引用的称谓来看，又较烦琐、复杂。需稍加辨析。

从李善注看，其引张揖旧注，或称"张揖《子虚赋注》"①，或称"张揖《上林赋注》"②，或称"张揖《汉书注》"，③ 又或径称"张揖曰"。"张揖曰"的情况较多，但观其内容，不出《司马相如传》内容。故胡克家《文选考异》于《四子讲德论》"故美玉蕴于碔砆"条下加按语说："（李善）引'张揖曰'者，《子虚赋注》也。"④ 是胡氏以为此处李善所引"张揖曰"的内容，出其《子虚赋注》，与上面第一种情况相同。

李善引张揖旧注，情况大体如上。从以上四种引书称谓看，其实又可归纳为两种：《司马相如传注》和《汉书注》。因为无论《子虚赋注》、《上林赋注》还是"张揖曰"，均属《司马相如传》的范围，因此，我们可将其并称为《司马相如传注》。至于"张揖《汉书注》"，则是溢出了张揖注释的实际范围，如此称谓，似有不妥。

第三，程金造先生《史记索隐引书考实》于"张揖《汉书注》"下曾详列《索隐》引用张揖注文，共 71 条，其中 69 条出自《司马相如列传》。另外两条，一条出《屈原贾生列传》注所引，程氏标明"此《子虚赋》注"⑤。另外一条出《袁盎晁错列传》，以"恐簷瓦堕中人"释"坐不垂堂"。而"坐不垂堂"，爰盎和司马相如均曾引用。司马相如《谏猎书》："故鄙谚曰：家累千金，坐不垂堂。此言虽小，可以喻大。"张揖曰："畏櫩瓦堕中人也。"虽文字稍有差别，但《索隐》引张揖注司马相如《谏猎书》的内容是确定无

---

① 如《文选》卷二张衡《西京赋》"睚眦蛮芥"，李善注引为"张揖《子虚赋注》曰：蒂介，刺鲠也"。卷三四枚乘《七发》"掩青蘋，游清风"，李善引为"张揖《子虚赋注》曰：青蘋，似莎而大"。

② 如《文选》卷一班固《西都赋》"挟沣灞，据龙首"，李善注引"张揖《上林赋注》曰：丰水出鄠南山丰谷"。又"翡翠火齐"，李善注引"张揖《上林赋注》曰：翡翠大小如爵，雄赤曰翡，雌青曰翠"。

③ 《文选》卷十一王延寿《鲁灵光殿赋》"奔虎攫拏以梁倚，仡奋巀而轩鬐"。李善引"张揖《汉书注》曰：梁倚，相著也。仡，举头也"。卷二六谢朓《暂使下都夜发新林至京邑赠西府同僚》："金波丽鳷鹊，玉绳低建章"。善引"张揖《汉书注》曰：鳷鹊观在云阳甘泉宫外"。卷二八陆机《乐府·塘上行》"江蓠生幽渚，微芳不足宣"。善引"张揖《汉书注》曰：江蓠，香草也"。又，卷二九曹植《朔风诗》"谁忘泛舟？愧无榜人"。李善引"张揖《汉书注》云：榜人，船长也"。卷三五张协《七命》"拉麒麟，捽獬豸"。李善引"张揖《汉书注》曰：獬豸，似鹿而一角也"。

④ 胡克家：《文选考异》，《文选》，中华书局 1977 年版，第 967 页。

⑤ 程金造编著：《史记索隐引书考实》，中华书局 1998 年版，第 365 页。

疑的。因此，从这个角度看，我们也能得出张揖注《汉书》，实仅《司马相如传》一卷的结论。

综合上述三条，本文以为对于张揖的注释成果，当以《司马相如传注》为妥，不能以《汉书注》概言之。而对于其学术地位，目前似未引起应有的重视。张揖是魏人，同时也是著名的训诂专家，他专挑《司马相如传》进行单独注解，在学术史上应当有其独特意义。尤其在司马相如作品的研究史上，当具一定地位。可以说，张揖是目前所见最早的专为《司马相如传》作注的学者，而其注释也理所当然地成为首部专为司马相如作品作注的学术成果。

张揖之外，第二位专为《子虚上林赋》作注的学者是司马彪。司马彪字绍统，乃西晋宗室，高阳王司马睦的长子。据《晋书》本传，司马彪为当时著名学者，曾为《庄子》作注，作《九州春秋》、《续汉书》以及"条（谯周）《古史考》中凡百二十二事为不当"①。其注《子虚上林赋》，本传也漏载。但从《史记》和《文选》注的引用情况来看，司马彪确曾为司马相如的《子虚上林赋》作过注释。如《文选》卷三四枚乘《七发》"杂裾垂髾，目窕心与"句，李善注引："司马彪《子虚赋注》曰：髾，燕尾也。"卷一班固《西都赋》"辇路经营，修除飞阁"句，李善引："司马彪《上林赋注》曰：除，楼陛也。"卷四张衡《南都赋》"苏菽紫姜"，李善引："司马彪《上林赋注》曰：紫姜，紫色之姜也。"这些都是李善具体引用司马彪《子虚上林赋注》的具体例证。另外，丁国钧《补晋书艺文志》卷四著录有司马彪《子虚上林赋注》②，这又可看作司马彪《子虚上林赋注》乃先唐旧注的旁证。

由于司马彪的注释内容仅涉《子虚上林赋》，因而如上所述，称其为《子虚上林赋注》较为妥当。这使司马彪成了专门就《子虚上林赋》作注的学者，此其独特处。至于其历史意义和学术地位，也应引起我们的重视，但还不宜过于拔高。杨继承《司马彪著述考辨》称："在同一句的注释下，司马彪的注总是最先被引用，由此可以推断，李善所见《子虚上林赋》注当以司马彪本为最早。"③似有不妥。一是，从实际情况看，司马彪注并不总列每句注文的第一位。二是，从本文考述看，目前可知，颜、李所引最早为司马相如作品，包括《子虚上林赋》作注的实是张揖，而非司马彪。三是，颜师

---

① 唐房玄龄等撰：《晋书》卷八二，中华书局 1974 年版，第 2142 页。

② 丁国钧：《补晋书艺文志》，《二十五史补编》，开明书店 1936 年版，第 3695 页。

③ 杨继承：《司马彪著述考辨》，《南都学坛》（人文社会科学学报）2014 年第 34 卷第 6 期。

古注《汉书》而不取司马彪注，原因为何？是他未见，还是司马彪注也在他所认为的"失真"之列，是值得我们认真思考的。

总之，从李善和司马贞引用司马彪注的实际情形看，司马彪确曾为《子虚上林赋》作过专门的注释。但可能正因为其只注此赋，内容过于简短，未能成为一篇独立结构，不是一部独立著作，因而流传起来较易散失。只被李善和司马贞有选择地引用过，故对其评价也当持审慎态度。

除了以上两家，汉唐之际，曾专门注解司马相如《子虚上林赋》，又最为学者所称道的，当数郭璞注。李善注《文选》，在不多的几家旧注中选取郭注便是明证。① 另外，颜注《汉书》和《史记》三家注也对郭注均有吸收，可以见出各家对郭注的重视。

比较来看，郭注《子虚上林赋》的独特之处主要表现在以下三个方面：

第一，从注释范围看，郭注少于张揖注而又多于司马彪注，换句话说，是在二者之间。《汉书叙例》称："郭璞字景纯，河东人，晋赠弘农太守。（止注《相如传序》及游猎诗赋）"② 又其本传称，"璞……注释《尔雅》……及《楚辞》、《子虚上林赋》数十万言，皆传于世"③。从《史》、《汉》、《文选》注所引郭璞注文来看，确与《汉书叙例》与本传合。也就是说，他只对《汉书·司马相如传》中的《子虚上林赋》及其以前的部分进行了注释。而这部分内容，正是司马相如由赋知名以及其作品的精华所在。郭璞选取这部分内容进行注释，对于我们了解该赋的创作背景以及赋文内容，提供了极大的便利。

第二，从流传形式看，郭注可能曾经别本单行，名为《子虚上林赋注》。《隋书·经籍志》"总集"下著录"杂赋注本三卷。梁有郭璞注《子虚上林赋》一卷，薛综注张衡《二京赋》二卷……徐爰注《射雉赋》一卷，亡"④。这条史料说明：一方面，郭璞《子虚上林赋注》在萧梁时期曾单独以"一卷"的形式留存。可惜到了隋唐之际，这个本子已遭亡佚，被后人编入了一

① 据现存南宋尤袤本李善注，李善全文共引录了12家前人旧注：张衡《两京赋》薛综注，《思玄赋》旧注，《三都赋》刘渊林注，司马相如《子虚赋》、《上林赋》郭璞注，潘岳《射雉赋》徐爰注，王延寿《鲁灵光殿赋》张载注，阮籍《咏怀诗》颜延年、沈约注，《离骚》、《九歌》、《九章》、《九辨》、《招魂》、《招隐士》王逸注，《毛诗序》郑氏笺，《典引》蔡邕注，陆机《演连珠》刘孝标注。
② 颜师古：《汉书叙例》，《汉书》第一册，中华书局1962年版，第5页。
③ 房玄龄等撰：《晋书》，中华书局1974年版，第1900页。
④ 魏徵、令狐德棻：《隋书》，中华书局1973年版，第1083页。

本名为"杂赋注"的集子里，李善注《文选》，或取资于此。另一方面，唐以前人对郭注的称谓可能是《子虚上林赋注》。如李善注《文选》时就常称"郭璞《上林赋注》"。但到了清代，汪师韩《文选理学权舆》卷二罗列《注引群书目录》时，改称《汉书音义》，程金造《史记索隐引书考实》中又称为《汉书·司马相如传注》，这些称谓既不统一，也不符合郭注的实际内容。笔者以为称郭璞《子虚上林赋注》较为妥帖。

第三，从注释质量看，郭注可能后出转精，优于张揖注和司马彪注。首先从时间上说，郭璞晚于张揖和司马彪，具备吸取前人的注释成果、后出转精的条件。再从学养看，郭璞是两晋时期著名的文学家和训诂学家，好古文奇字，也具备注解《子虚上林赋》，并最终成为优秀注解成果的能力。李善等人择善而从，郭注因此成为各家注《子虚上林赋》时优先选用的对象。

总之，郭注是目前所见保存最多、质量最精的《子虚上林赋》先唐旧注。

最后看褚诠之和陈国武。这两家是专为《子虚上林赋》注音的旧注。其中，陈注已如上述。褚诠之注则在《史记索隐》中被引用过一次。《子虚赋》"名曰云梦"条，《索隐》曰："褚诠音亡栋反，又音莫风反。"① 这是目前我们能见到的唯一一条褚诠之旧注，虽只字片言，但相对来说，又显得尤其珍贵。关于褚诠之其人其作，《隋书·经籍志》集部著录有"《百赋音》十卷，宋御史褚诠之撰"②。由此知褚大概生活于南朝宋代，而其作便也"盛行于齐、梁、陈、隋之世矣"。另据吴承仕先生的考察，褚氏之《百赋音》，古来有引作《上林赋音》者，有引作《灵光殿赋音》者，"盖总称'百赋'，而引者或分别言之耳"③。从这个角度看，褚诠之《百赋音》，又可看作专为《子虚上林赋》注音的专著。

综上，张揖、司马彪、郭璞、褚诠之、陈国武等人，或注音，或释义，均对司马相如的《子虚上林赋》作过专门性注解。这些注释成果或可称为《司马相如传注》，或可称为《子虚上林赋注》，又或可称为《司马相如赋音》，是我们理解司马相如赋的桥梁和纽带，为我们走近作者、品读作品提供了有益的帮助。因此，这五家旧注在所有旧注中，显得弥足珍贵。

---

① 司马迁：《史记》，中华书局 1959 年版，第 3004 页。
② 魏徵、令狐德棻：《隋书》，中华书局 1973 年版，第 1083 页。
③ 陆德明撰，吴承仕疏证，张力伟点校：《经典释文序录疏证：附经籍旧音二种》，中华书局 2008 年版，第 200 页。

三　学术价值

经过整理《子虚上林赋》的先唐古注，隐约可以看出汉唐之际学者对这篇赋作的研究与重视情况。不管是出于什么原因，是因注史书而注，还是专门注释，可见这些古注都已经经典化为我们理解《子虚上林赋》不可或缺的学术资料。尤其是上文梳理出的五家专门注释，对于学术界争论已久的《子虚》《上林》的分篇与定名问题，或许还能提供给我们一些新的思考。

《子虚上林赋》在《史记》和《汉书》中并未分篇，马、班题作《天子游猎赋》，萧统编《文选》，分为两篇，冠以《子虚赋》和《上林赋》的篇目。因此，自宋代以来，就有人批评萧统的这一做法，如王观国《学林》卷七"古赋题"称："司马相如《子虚赋》中虽言上林之事，然首尾贯通一意，皆《子虚赋》也。未尝有《上林赋》，而昭明太子编《文选》，乃析其半，自'亡是公听然而笑'为始，以为《上林赋》，误矣！"① 认为萧统分篇错误，定名也错误。但经过我们对于汉唐间古注的整理，可见，在萧统以前，已经有张揖、司马彪、郭璞等人对《子虚上林赋》进行过专门的注释，已经将其从司马相如的传中抽离了出来，成为单独流传的版本。这样的改动，会不会影响到该赋的分篇与定名呢？这里举三条材料：

1. 司马相如为《上林》、《子虚赋》，意思萧散，不复与外事相关。（《西京杂记》）②

2. 《毛诗》者，华彩之辞也，然不及《上林》、《羽猎》、《二京》、《三都》之汪濊博富也。……同说游猎，而《叔畋》、《卢铃》之诗，何如相如之言《上林》乎？（《抱朴子·钧世》）③

3. 杂赋注本三卷。梁有郭璞注《子虚上林赋》一卷……亡。（《隋书·经籍志》）④

---

① 《学林》卷七，文渊阁《四库全书》（子部杂家类），第851册，台湾商务印书馆1983—1987年影印，第166页。
② 葛洪集，成林、程章灿译注：《西京杂记全译》，贵州人民出版社1993年版，第65页。
③ 杨明照：《抱朴子外篇校笺》下册，中华书局1991年版，第70、75页。
④ 魏徵、令狐德棻：《隋书》，中华书局1973年版，第1083页。

按：郭璞是晋人。《西京杂记》的作者，若以刘歆说靠不住，也当"以葛洪所造为近似"，葛洪也是晋人。那么，这两位晋朝人或已分别以《上林》、《子虚》命名，或合称为《子虚上林赋》，这样的称谓应当引起我们足够的注意。在笔者看来，至少从这三条材料看，在两晋时期，史书中的《天子游猎赋》已经被改称为《子虚上林赋》，或已被分别命名为《子虚赋》和《上林赋》。既已分别命名，说明是已被分为两篇了。不止一家如此称呼，则又见其已是当时人对该赋的普遍称谓。

再从旧注的流传情况看，从魏张揖开始，就有将《子虚上林赋》从《史记》、《汉书》中抽离出来单独注释的情况。既已单独抽离，则后面便跟着单独流传，又在流传的过程中，融入了其他的集子。《隋志》所载郭璞旧注，被人编入"杂赋注"，就是这样一种情况。那么，我们可不可以根据本文对《子虚上林赋》旧注的整理，大胆假设一下该赋的传播过程呢？两汉时期，其被分别著录于《史记》和《汉书》，称为《天子游猎赋》，由于研究、注释、整理者不多，没有分篇的问题。到魏晋间，出现了单独注释《司马相如传》及其赋作的学者，如张揖专门注释《司马相如传》，司马彪专门注释《子虚上林赋》，郭璞注的则是《司马相如传》中《子虚上林赋》之前的部分，这样就形成了不同内容、不同注释的版本，而且它们都各自单独流传。从称谓看，晋人一般已不称其为《天子游猎赋》，而代之以《子虚上林赋》，或《子虚赋》《上林赋》。至萧统编《文选》，他便径依前人做法，将《子虚上林赋》分别著录，名之为《子虚赋》和《上林赋》。因此，通过《子虚上林赋》的先唐旧注看其分篇与定名，责任似乎并不在萧统。

《文选》扬雄《甘泉赋》作年考辨

龙文玲[*]

【摘　要】扬雄《甘泉赋》的作年，迄今有六种观点。《汉书·扬雄传》认为作于扬雄随汉成帝郊祀甘泉泰畤之后，但未给出《甘泉赋》创作的具体年份；《文选·甘泉赋》李善注引《七略》认为作于永始三年、司马光《资治通鉴考异》认为作于元延元年，应者寥寥；《文选·甘泉赋序》李善注引桓谭《新论》认为作于扬雄死之前日，经历代学者辨析，这条材料存在缺漏讹误问题，不足信；《文选·甘泉赋序》李善注认为作于永始四年、王益之《西汉年纪》认为作于元延二年的观点，各有追随者。经剖析历代歧说，结合《汉书》中《成帝纪》、《郊祀志》、《扬雄传》记载考辨，《甘泉赋》作于成帝首次祭祀甘泉泰畤的永始四年，与成帝企图通过祭祀求子嗣、拓迹开统有关。

【关键词】扬雄；《甘泉赋》；作年

西汉时期，以《甘泉》为赋名创作的除扬雄外，尚有王褒、刘歆。然唯有扬雄《甘泉赋》被《文选》收入，列于"郊祀"类。由此可见，在《文选》编者看来，扬雄《甘泉赋》乃是以郊祀问题主要表现对象的经典赋作。此赋最早载录《汉书·扬雄传》。而对《甘泉赋》作年的认识，直到现在，仍争讼不已。而弄清此赋的作年，对于深入认识这篇赋创作的时代背景和蕴

＊【作者简介】龙文玲，女，苗族，文学博士，广西大学文学院教授。主攻先秦两汉文学，先秦两汉文献学。代表作《汉武帝与西汉文学》。

藏的文化思想观念，有重要意义。因此，笔者不避浅陋，就这个问题作一细致考辨。

一 扬雄《甘泉赋》作年歧说辑录

迄今为止，对《甘泉赋》作年的认识，有六种观点。下依这些观点出现的时间先后顺序依次排列。

（1）认为作于扬雄待诏承明殿、随成帝郊祀甘泉泰畤之后。

此说始见于《汉书·扬雄传》："孝成帝时，客有荐雄文似相如者，上方郊祠甘泉泰畤、汾阴后土，以求继嗣，召雄待诏承明之庭。正月，从上甘泉，还奏《甘泉赋》以风。"①

（2）认为作于永始三年（公元前 14 年）。

此说始见于《文选》卷七《甘泉赋》李善注引《七略》："《甘泉赋》，永始三年正月，待诏臣雄上。"②

（3）认为作于扬雄死之前日。

此说始见于《文选》卷七《甘泉赋序》李善注引桓谭《新论》曰："雄作《甘泉赋》一首，始成，梦肠出，收而内之，明日遂卒。"③

（4）认为作于永始四年（公元前 13 年）。

此说始见于《文选》卷七《甘泉赋序》李善注："《汉书》曰：'永始四年正月，行幸甘泉。'《七略》曰：'《甘泉赋》，永始三年正月，待诏臣雄上。'《汉书》三年无幸甘泉之文，疑《七略》误也。"④

李善之后，一些学者在赞同其说同时，还对其说有所补充。如何焯《义门读书记》卷四十五《文选·赋》："按，子云之生，在宣帝甘露元年戊辰，至成帝永始三年丁未，为四十岁。班书赞中言：年四十余，自蜀来游京师，王音荐之待诏。此赋为四年所上无疑也。然长杨事在延元二年庚戌。"⑤ 又如唐兰《扬雄奏〈甘泉〉〈河东〉〈羽猎〉〈长杨〉四赋的年代》："我们如其假定三赋作于永始四年，那么，《七略》所说《甘泉赋》和《羽猎赋》作于永

---

① 班固撰，颜师古注：《汉书》卷八十七上，中华书局 1962 年版，第 3522 页。
② 萧统编，李善注：《文选》卷七，中华书局 1977 年版，第 111 页。
③ 同上。
④ 同上。
⑤ 何焯：《义门读书记》，上海古籍出版社 1992 年版，第 650 页。

始三年，就不用完全推翻，只需像李善《甘泉赋注》认为三年是四年之误就可以了。数目字是比较容易错误的。"①

（5）认为作于元延元年（公元前 12 年）。

此说最早由司马光提出。《资治通鉴》卷一："元延元年……十二月，乙未，王商为大将。辛亥，商薨。庚申，王根为大司马。扬雄待诏。"《考异》云："《雄传》云：'车骑将军王音奇其文雅，荐雄待诏。'按雄《自序》云：'上方郊祠甘泉泰畤，召雄待诏承明之庭，奏《甘泉赋》。其十二月，奏《羽猎赋》。'事在今年。时王音卒已久，盖王根也。胡旦遂误以为曲阳侯云。"②

（6）认为作于元延二年（公元前 12 年）。

此说始见于王益之《西汉年纪》卷二十七："元延二年春正月，行幸甘泉，郊泰畤。甘泉本因秦离宫，既奢泰，而武帝复增通天、高光、迎风，游观屈奇瑰伟，且其为已久矣，非帝所造。扬雄欲谏则非时，欲默则不能已，还，奏《甘泉赋》以风。又是时赵昭仪大幸，每上甘泉，常法从，在属车间豹尾中，故雄盛言车骑之众，骖骊之驾，非所以感动天地，逆厘三神。又言'屏玉女，却虙妃'，以微戒斋肃之事。赋奏，天子异焉。"③

此说有不少学者追随，并有所补充。如戴震云《方言疏证》云："《传》序《甘泉赋》、《河东赋》、《羽猎赋》为一年所作，断属元延二年庚戌（戌）。"④ 沈钦韩《汉书疏证》亦有论："愚按《成帝纪》，永始四年正月、元延二年正月、四年正月俱有行幸甘泉事。据此传下云：其三月将祭后土，其十二月羽猎，不别年头，则为一年以内之事。奏《甘泉赋》当在元延二年，与《纪》文方合。"⑤ 张震泽先生《扬雄诗文集校注》即从沈氏之说。

钱穆先生《刘向父子年谱》亦将《甘泉赋》系于元延二年："元延二年庚戌。正月，行幸甘泉，郊泰畤。扬雄奏《甘泉赋》，时年四十三。"⑥

陆侃如先生《中古文学系年》将此赋系于元延二年之后，还旁征博引："元延二年，扬雄四十三岁，桓谭十三岁。扬雄作《甘泉赋》，大病。……我

① 《学原》1948 年第一卷第十期。

② 司马光撰，胡三省注：《资治通鉴》卷三十二，中华书局 1956 年版，第 1031 页。

③ 王益之撰，王根林点校：《西汉年纪》，中州古籍出版社 1993 年版，第 578 页。

④ 戴震：《戴震全集》第 6 册，清华大学出版社 1997 年版，第 2492 页。

⑤ 沈钦韩：《汉书疏证》卷三十三，《续修四库全书》第 267 册，上海古籍出版社 1995 年版，第 132 页。

⑥ 钱穆：《两汉经学今古文平议》，商务印书馆 2001 年版，第 56 页。

们拿《扬雄传》和《成帝纪》对看，自然得到个结论：这四篇赋作于元延二年正月、三月、十二月及次年秋。过去学者早就见到这一点。例如梁章钜《文选旁证》卷九：'雄奏赋以自序考之，在后元二年为是。'又如朱珔《文选集释》卷二十三引姚范：'雄既奏《甘泉赋》，又云三月以祭后土奏《河东赋》，其十二月羽猎，雄从，作《羽猎赋》：事皆在元延二年无疑也。'①

以上六种观点，不可能都符合事实，但亦不可遽断为非。此下详辨之。

二 《甘泉赋》作年之歧说辨析

第一种观点由《汉书·扬雄传》首发，但其主要是给出了《甘泉赋》创作的背景："汉成帝方郊祠甘泉泰畤、汾阴后土，以求继嗣。"在解释这一创作背景同时，《汉书》给出了一个大致的创作时间：扬雄时为待诏，正月跟随成帝郊祀甘泉，返回之后奏《甘泉赋》。对于这样的写作背景与创作时间，自《汉书》之后，历代无异词。《文选·甘泉赋序》基本上照录之："孝成帝时，客有荐雄文似相如者，上方郊祀甘泉泰畤、汾阴后土，以求继嗣，召雄待诏承明之庭。正月，从上甘泉还，奏甘泉赋以风。"② 只是将《汉书》的"郊祠"改成"郊祀"。

第二种观点出自李善《文选注》引《七略》。李善在随后注文里，即根据《汉书》永始三年无幸甘泉之文，疑《七略》所记有误。唐兰先生进而指出"数目字是比较容易错误的"，继李善否定了《七略》的永始三年之说。对此，陆侃如先生另有看法：

> 问题是在李善所引《七略》。《文选》卷七《甘泉赋》注引："《甘泉赋》，永始三年正月待诏臣雄上。"又卷八《羽猎赋》注引："《羽猎赋》，永始三年十二月上。"又卷九《长杨赋》注引："《长杨赋》，绥和元年（公元前8年）上。"关于《河东赋》，姚振宗《汉书艺文志拾补》卷三说："按《河东赋》，永始三年三月上者，《七略》佚其文，故今不具也。"这些年月与纪传均不合，所以李善有时"疑《七略》误"，有时"疑班固误"，不敢断定。而沈钦韩则说："又疑《七略》篇当时文，不

---

① 陆侃如：《中古文学系年》，人民文学出版社1985年版，第10—12页。
② 萧统编，李善注：《文选》卷七，中华书局1977年版，第111页。

当有失；或雄自叙止据奏御之日，秘书点校则凭写进之年，故参差先后也。"（王先谦《汉书补注》卷八十七下引）事实上，沈说至多可应用于《长杨赋》，但已经有点勉强了，因为我们不能了解元延二年"奏御"的赋，为何要在四年之后的绥和元年方"写进"。至于《甘泉》、《羽猎》两赋，则沈说简直不通：元延二年"奏御"的赋，怎么在四年前的永始三年已经"写进"了？若说"奏御"即在永始而非元延，那也不合事实。因为据上文所引《成帝纪》，永始三年十月始复泰畤，四年正月始幸甘泉，在三年的正月怎么会作《甘泉赋》？因此，我们认为李善所见《七略》恐怕不是原文。①

第三种观点出于《文选》李善注所引的桓谭《新论》。此观点因与《汉书·扬雄传》赞中对扬雄"年七十一，天凤五年（公元18年）卒"的记载相抵牾，因而颇遭驳斥。由此引发了对《新论》这条材料的辨伪。

有认为这条材料完全失实，不足一辨。如吴曾《能改斋漫录》云：

> 唐李善注扬子云《甘泉赋》引桓谭《新论》曰："雄作《甘泉赋》一首，始成，梦肠出，收而内之，明日遂卒。"此说非也。予按：孝成帝行幸甘泉，据《汉纪》及赋序，并是正月行幸甘泉，扬雄死于王莽天凤五年，经历哀、平两帝，年代甚远，安有赋成明日遂卒之说？李善竟不排之，而反以为证，何耶？②

直斥这条材料为非，李善注引为诬。又如雷鋐《读书偶记》卷三：

> 汪尧峰、魏和公皆引郓人简氏之说辨扬雄未尝仕莽，大略谓：《传》言雄作符命投阁，年七十一，天凤五年卒。考雄至西京，年四十余，自成帝建始改元至天凤五年，计五十年。以五十合四十余，不将百年乎？则《传》言七十一者，恐误据桓谭《新论》"雄作《甘泉赋》，梦肠出，收而纳之，明日遂卒"。成帝祀甘泉在永始四年，谓雄卒是时，恐亦未

---

①　陆侃如：《中古文学系年》，人民文学出版社1985年版，第12—13页。
②　吴曾：《能改斋漫录》卷五"辨误"，上海古籍出版社1979年版，第102页。

然。就《法言》考之，莽之号安汉公也，在平帝元始间。《法言》称汉公，且云"汉兴二百一十载"，自高帝至平帝，正值其数。则雄年七十一卒，当在平帝末。雄仕历成、哀、平，故称三世不徙官。若复仕莽，讵止三世哉？以是知雄决无为莽大夫及投阁美新之事云。余友蔡次明驳之云：按《汉书》，孝成帝时，客有荐雄文似相如者，上方祀甘泉，召雄待诏承明之庭，正月，从上甘泉，还奏《甘泉赋》。班固赞曰：雄自序年四十余，自蜀来京师，大司马王音荐雄待诏，岁余，奏《羽猎赋》。幸甘泉为永始四年事，长杨校猎为元延二年事，则雄之待诏承明，当在永始三、四年也。雄年四十余官京师，亦乌知其为四十九与四十一耶？若以四十一，当永始四年事。则天凤五年卒，适当七十一岁。安得从建始改元算至天凤五年，疑近百岁乎？雄仕历成、哀、平，三世不徙官，非谓雄历官止三世也。且当莽时雄已为大夫，岂得云不徙官乎？孟坚作史，去雄殁才四十余年，不应错谬如是。紫阳千秋直笔，特书莽大夫，岂其以讹传讹、漫不详考、诬千古之是非哉？桓谭《新论》，则无稽之言，不足辨也。①

这里通过详细辨析扬雄由蜀至京的履历，驳斥桓谭《新论》这条材料乃无稽之谈。另外，乾隆《御制诗》四集卷五《题扬雄〈甘泉赋〉事》先有诗："甘泉献赋风枫宸，更著剧秦与美新。设果出肠明日死，投身天禄又何人？"后有评："出肠之梦，盖不过言其作赋镂肝研练之苦耳。《新论》务奇，遂至记载失实。"②认为桓谭《新论》有因务奇而至失实的特点，所谓"出肠之梦"，不过是为说明扬雄"作赋镂肝研练之苦"，事实上，扬雄并非因作《甘泉赋》而死。此评指出桓谭《新论》有因尚奇而失实的特点，值得重视。

也有认为《新论》这条材料纯属"妄人附益"。如清人何焯《义门读书记》卷四十五《文选·赋》云："子云《甘泉赋》，须看《汉书》中自叙，方知铺陈处皆讽谏也。"注称：

---

① 永瑢、纪昀等编：《四库全书》（子部）第725册，台湾商务印书馆影印文渊阁四库全书1986年版，第705—706页。

② 永瑢、纪昀等编：《四库全书》（集部）第1307册，台湾商务印书馆影印文渊阁四库全书1986年版，第331页。

　　桓谭《新论》曰："雄作《甘泉赋》一首，始成，梦肠出，收而纳之，明日遂卒。"《甘泉》作于成帝时，安得有肠出遂卒之事？扬子云、桓君山同时人，不应作此语。然则为妄人附益者多矣，非《新论》本书然也。①

　　以上这些辨析，都指出了《文选》卷七《甘泉赋序》李善《注》引桓谭《新论》的这条材料与史实不符。在此，需要注意的是，桓谭《新论》这条材料尚有不同记载。李善《文选注》中，同样的桓谭《新论》材料，在卷十七《文赋》"理翳翳而愈，伏思乙乙其若抽"注下却是这样的：

　　《新论》曰："桓谭尝欲从子云学赋，子云曰：'能读千赋，则善为之矣。'谭慕子云之文，尝精思于小赋，立感发病，弥日瘳。子云说成帝祠甘泉，诏雄作赋，思精苦，困倦小卧，梦五藏出外，以手收而内之。及觉，病喘悸少气。"②

　　这条材料在别的典籍里也有载录。如唐代马总《意林》卷三记桓谭《新论》卷十七云：

　　余少时见扬子云丽文，欲继之，尝作小赋，用思太剧，立致疾病。子云亦言成帝诏作《甘泉赋》，卒暴，遂倦卧，梦五藏出地，以手收内之，及觉，气病一年。由此言之，尽思虑，伤精神也。③

　　李昉等《太平御览》：

　　桓子《新论》曰："予少时见扬子云丽文高论，不量年少，猥欲迫及，业作小赋，用思太剧，而立感动发病。子云亦言：成帝上甘泉，诏使作赋，为之卒暴，倦卧，梦其五藏出地，以手收之。觉，大少气，病

---

① 何焯：《义门读书记》，上海古籍出版社1992年版，第650页。
② 萧统编，李善注：《文选》卷十七，中华书局1977年版，第243页。
③ 马总编，王天海校注：《意林校注》，贵州教育出版社1996年版，第209页。

一岁。"①

韩淲《涧泉日记》卷下亦记录：

> 余少时，见扬子云丽文，欲继之。尝作小赋，用思太剧，立致疾病。子云亦言：成帝诏作《甘泉赋》毕，遂倦卧，梦五藏出地，以手内之。及觉，气病一年。可知尽思虑，伤精神也。②

由以上所列材料可见，李善《文赋》注引、《意林》、《太平御览》、《涧泉日记》对《新论》的记录与《甘泉赋》注引的相同点在于，都提到扬雄完成《甘泉赋》之后做了噩梦。不同点在于，对扬雄做噩梦的结局记录是截然不同的。《甘泉赋》注引《新论》所记，是扬雄做噩梦的第二天即死；而《文赋》注引、《意林》、《太平御览》、《涧泉日记》等所记，是扬雄因此而病一年。

面对这些对桓谭《新论》不同载录的材料，沈钦韩解释道："李善注《甘泉赋》引《新论》……此文有脱误。"③朱珔《文选集释》也认为：李善《甘泉赋》注引《新论》与《文赋》注引《新论》，"二注不同，钱氏《养新录》谓当以后注为正。盖子云因作赋而病，未尝因病而卒也。前注'卒'字殆传写之误，不特非《新论》本文，并非善注之旧。何义门以《新论》出于后人附益，乃未检《文赋》注之故"④。梁章钜在《文选旁证》亦有辨析："盖子云因作赋而病，未尝因病而卒也。此注'卒'字或是'病'字之误。余曰：善注驳扬雄不当作《剧秦美新》，非不知雄死王莽之世，此条或后世传写致误，或遂据此注谓子云未及仕莽，则痴人说梦矣。"⑤沈钦韩、朱珔与梁章钜基本生活在清乾隆至道光年间，属同一时代学者，可见当时学术界对李善注《甘泉赋》引《新论》文字的准确性多有怀疑。而梁章钜更是怀疑"此注'卒'字或是'病'字之误"。梁氏观点得到了王先谦的认同，其

---

① 李昉等：《太平御览》卷五百八十七，中华书局 1960 年版，第 2646 页。
② 韩淲：《涧泉日记》卷下，上海古籍出版社 1993 年版，第 44 页。
③ 沈钦韩：《汉书疏证》卷三十三，《续修四库全书》第 267 册，第 132 页。
④ 朱珔：《文选集释》卷二十三，光绪元年泾阳川朱氏梅村家塾藏版，第 34 页。
⑤ 梁章钜撰，穆克宏校点：《文选旁证》，福建人民出版社 2000 年版，第 218 页。

《汉书补注》云："'卒'盖'病'字之误字。"① 可证。这些论说，其实都指出李善《甘泉赋》注引桓谭《新论》这条材料有脱讹，非原初面貌。

第五种观点出自司马光《资治通鉴考异》，认为《甘泉赋》作于元延元年。而这一观点几无应者。考《汉书·成帝纪》，元延元年仅于三月有"行幸雍，祠五畤"之事，而未有幸甘泉之事，故此观点显然与《汉书·扬雄传》给出的写作背景不符。

第四种和第六种观点，前者出自李善《文选注》，认为《甘泉赋》作于永始四年；后者出自《西汉年纪》，认为作于元延二年，各有追随者。相比而言，21 世纪以前，将《甘泉赋》系于元延二年者尤多。如钱大昕在认同此观点时指出：《汉书·扬雄传》"全写子云自序，不宜有误。且与帝纪叙事正相应。如云'正月从上甘泉'，即《纪》所书'元延二年正月，行幸甘泉，郊泰畤也"②。这是将《汉书·扬雄传》记载《甘泉赋》写作的背景材料，与《汉书·成帝纪》记载的成帝行幸甘泉的年份结合起来考察，并以扬雄自序为证，如此一来，则《甘泉赋》作于元延二年，似乎无可置疑。此观点一直影响到 21 世纪。如纪国泰先生《扬雄"四赋"考论——兼论扬雄"三世不徙官"的重要原因》，即支持此说。③ 而赞同《甘泉赋》作于永始四年的学者，其论证多与唐兰先生观点相合，认为李善所见《七略》所说《甘泉赋》作于永始三年，"三"乃"四"之误。④ 王以宪先生还通过对《扬雄传》记载的《甘泉赋》创作背景的材料辨析，认为"赵昭仪方大幸时，当在永始年间。……同时，永始四年幸甘泉，乃是罢祠甘泉后重新恢复的第一次，人主心理上自然有一种显赫炫耀的想法，故而特别隆重奢泰"，从而将此赋系于永始四年。⑤ 客观上看，进入 21 世纪以来，认为《甘泉赋》作于永始四年的学者已越来越多。⑥

---

① 王先谦：《汉书补注》，书目文献出版社 1995 年版，第 1492 页。

② 钱大昕：《潜研堂文集》卷十二，王云五主编《万有文库》第 2 册，商务印书馆 1935 年版，第 167 页。

③ 纪国泰：《扬雄"四赋"考论——兼论扬雄"三世不徙官"的重要原因》，载《西华大学学报》2005 年第 6 期。

④ 如熊良智《扬雄"四赋"时年考》（载《四川师范大学学报》2005 年第 3 期）、杨福泉《扬雄年谱考订》（载《绍兴文理学院学报》2006 年第 1 期）均持此说。

⑤ 王以宪：《扬雄著作系年》，载《湘潭大学社会科学学报》1983 年第 3 期。

⑥ 易小平：《关于扬雄作年的两个问题》，载《古籍整理研究学刊》2010 年第 6 期。（"《甘泉赋》、《河东赋》与《校猎赋》分别作于永始四年和元延元年。"）

面对现有的这些分歧，笔者认为，既然《汉书·扬雄传》主要录自扬雄本人的自序，其在叙述《甘泉赋》的写作背景时，提供了汉成帝"方郊祠甘泉泰畤、汾阴后土"这一重要信息，那么，考察《甘泉赋》的作年，还应该注意《汉书·成帝纪》记载的行幸甘泉郊祠泰畤、汾阴后土的几条材料：

> 永始……四年春正月，行幸甘泉，郊泰畤，神光降集紫殿。大赦天下。赐云阳吏民爵，女子百户牛酒，鳏寡孤独高年帛。三月，行幸河东，祠后土，赐吏民如云阳，行所过无出田租。
>
> 元延元年……是岁，昭仪赵氏害后宫皇子。二年春正月，行幸甘泉，郊泰畤。三月，行幸河东，祠后土。……冬，行幸长杨宫，从胡客大校猎。
>
> 元延……四年春正月，行幸甘泉，郊泰畤。……三月，行幸河东，祠后土。甘露降京师，赐长安民牛酒。[①]

由《汉书·成帝纪》的记载，参以《扬雄传》透露的写作背景看，《甘泉赋》作于永始四年、元延二年甚至元延四年，均有可能。但同一篇作品，是不可能完成于不同的年份的，因此，《甘泉赋》的作年问题，仍然还需细致考虑。

三 《甘泉赋》作于永始四年

由以上材料分析，《甘泉赋》作于扬雄死前一天的观点，难以成立；而认为《甘泉赋》作于永始三年、元延元年的观点，由于均未有成帝至甘泉祭祀泰畤至汾阴祭祀后土的记载，亦可排除。那么，接下来就只需要考察《甘泉赋》究竟是作于永始四年，还是元延二年。

支持这篇赋作于元延二年的学者，往往还结合扬雄《河东赋》和《羽猎赋》的创作时间来综合考察。这就可以将《汉书·成帝纪》和《扬雄传》记载的相关材料放在一起考虑。《汉书·扬雄传》记载了扬雄作《甘泉赋》之后，接着又记载了《河东赋》、《羽猎赋》的创作情况：

> 其三月，将祭后土，上乃帅群臣横大河，凑汾阴。既祭，行游介山，

---

① 班固撰，颜师古注：《汉书》卷一"成帝纪"，中华书局 1962 年版，第 324、326、327 页。

回安邑，顾龙门，览盐池，登历观，陟西岳以望八荒，迹殷周之虚，眇然以思唐虞之风。雄以为临川羡鱼，不如归而结罔，还，上《河东赋》以劝。

……

其十二月羽猎，雄从。以为昔在二帝三王，宫馆台榭、沼池苑囿、林麓薮泽财足以奉郊庙，御宾客，充庖厨而已，不夺百姓膏腴谷土桑柘之地。……然至羽猎田车戎马、器械储偫禁御所营，尚泰奢丽夸诩，非尧、舜、成汤、文王三驱之意也。又恐后世复修前好，不折中以泉台，故聊因《校猎赋》以风。①

据前引《汉书·成帝纪》，成帝在一年中既祭祀甘泉泰一畤、汾阴后土，又大张旗鼓校猎，唯在元延二年。如此，《甘泉赋》作于元延二年可能性似乎更大。

然而，这里还存在一个难以回避的问题，那就是怎样看待李善《文选注》所引的《七略》材料的问题。假如此处的"三"确为"三"字之讹，那就意味着，其实《七略》的作者刘歆和李善一样，都将《甘泉赋》系于永始四年。难道说早于王益之的刘歆和李善所记全都错了？

在此，还需关注《甘泉赋》背后的郊祀背景。可参考《汉书·郊祀志》：

后上以无继嗣故，令皇太后诏有司曰："盖闻王者承事天地，交接泰一，尊莫著于祭祀。孝武皇帝大圣通明，始建上下之祀，营泰畤于甘泉，定后土于汾阴，而神祇安之，飨国长久，子孙蕃滋，累世遵业，福流于今。今皇帝宽仁孝顺，奉循圣绪，靡有大愆，而久无继嗣。思其咎职，殆在徙南北郊，违先帝之制，改神祇旧位，失天地之心，以妨继嗣之福。春秋六十，未见皇孙，食不甘味，寝不安席，朕甚悼焉。《春秋》大复古，善顺祀。其复甘泉泰畤、汾阴后土如故，及雍五畤、陈宝祠在陈仓者。"天子复亲郊礼如前。又复长安、雍及郡国祠著明者且半。②

---

① 班固撰，颜师古注：《汉书》卷八十七下，中华书局 1962 年版，第 3535、3540—3541 页。
② 班固撰，颜师古注：《汉书》卷二十五下"郊祀志下"，中华书局 1962 年版，第 1259 页。

此条还材料可与《汉书·成帝纪》记载相参看："永始……三年……冬十月庚辰，皇太后诏有司复甘泉泰畤、汾阴后土、雍五畤、陈仓陈宝祠。"①两条材料说明，成帝自即位至永始三年，都未有子嗣。这对于刘氏政权的延续显然造成重大威胁。而成帝即位之初，曾接受匡衡、张谭的建议，认为"长安，圣主之居，皇天所观视也。甘泉、河东之祠非神灵所飨，宜徙就正阳大阴之处。违俗复古，循圣制，定天位，如礼便"②，因此废甘泉、河东之祠，而于长安定南北郊。这也是永始三年皇太后王政君的诏令抨击"违先帝之制，改神祇旧位，失天地之心，以妨继嗣之福"的背景。由此也可见，成帝即位后，尚未曾亲赴甘泉祠泰畤、赴河东祠后土。而皇太后诏令认为，成帝之所以无子嗣，就是因为得罪祖先神灵，失天地之心，因而降罪的缘故。所以，永始三年皇太后的这条诏令，无疑是为成帝即位以来即将开展的亲郊甘泉泰畤、汾阴后土大造声势，并期待通过这一活动，为成帝求得子嗣。这在当时来说，无疑是一种事关汉帝国国祚延续的重要活动。

而扬雄《甘泉赋序》，就及时反映了这一活动的目的性："上方郊祠甘泉泰畤、汾阴后土，以求继嗣，召雄待诏承明之庭。正月，从上甘泉，还奏《甘泉赋》以风。"这篇序因为是扬雄自作，《汉书》、《文选》基本照录，历代无异词，其可信度应当较高。序文提到，作赋前，成帝是"方郊祠甘泉泰畤、汾阴后土，以求继嗣"，可见成帝郊祀泰畤、后土求继嗣的活动是刚刚开始，此前未有过。而成帝首次祭祀泰畤、后土，就在永始四年。如果是写于元延二年，序文恐怕就不当为"方"，而当为"再"了。

我们还可以从《甘泉赋》文本中寻找线索。《甘泉赋》开头如此写道：

> 惟汉十世，将郊上玄，定泰畤，雍神休，尊明号，同符三皇，录功五帝，恤胤锡羡，拓迹开统。

这段文字，《汉书》与《文选》载录完全一致。李善注："十世，成帝也。上玄，天也。"赋中说成帝"将郊"天，并且是"拓迹开统"，可见本次赴甘泉祭祀泰一天神，对成帝而言乃是首次。所谓"恤胤锡羡"，应劭曰：

---

① 班固撰，颜师古注：《汉书》卷十"成帝纪"，中华书局 1962 年版，第 323 页。
② 班固撰，颜师古注：《汉书》卷二十五下"郊祀志下"，中华书局 1962 年版，第 1254 页。

"恤，忧也。胤，续也。锡，与也。羡，饶也。拓，广也。时成帝忧无继嗣，故修祠泰畤、后土，言神明饶与福祥，广迹而开统也。"应劭这段阐释不独见于《汉书》注，也见于李善《文选注》引。这句赋文与其序文一样，都揭示出成帝本次赴甘泉郊祀的目的：求神灵护佑降子嗣，获福佑。这正好与《汉书·郊祀志》里皇太后诏令提出的复甘泉郊祀礼仪的目的相吻合。

由《汉书》中《成帝纪》、《郊祀志》、《扬雄传》的记载，结合《甘泉赋序》及赋文，参以李善注引刘歆《七略》和李善观点，笔者认为，《甘泉赋》作于永始四年是完全有可能的。

至此，还涉及一个相关问题，就是《羽猎赋》的作年问题。

根据《汉书·成帝纪》和《扬雄传》的记载，《羽猎赋》作于元延二年应当没有疑问。那么为什么《甘泉赋》却不是作于元延二年呢？我们不妨再来品味桓谭《新论》关于《甘泉赋》写作轶事的材料。李善《文赋》注引桓谭《新论》，称扬雄自云其作《甘泉赋》，因思精苦，而作"五藏出外，以手收而内之"的噩梦，梦醒后"病喘悸少气"，马总《意林》、李昉等《太平御览》所录桓谭《新论》，情节基本一致，但补充了梦醒后大病一年的结果。尽管如乾隆《御制诗》四集《题扬雄〈甘泉赋〉事》所说，桓谭《新论》有因务奇而至失实的特点，但透过其务奇的叙事文字，可以发现扬雄写作《甘泉赋》的确是尽思虑，伤精神。他本人因此而病一年。那么，扬雄能够再次随成帝出行，也只能是到一年之后的元延二年，再创造《羽猎赋》等作品了。

再者，《汉书》在记载作家创作情况时，除《本纪》因编年要求而对创作时间记载较严谨之外，别的部分对时间的记录并非很严谨。《汉书·扬雄传》虽然出自扬雄自序，但其对作品创作的时间记载也是不严谨的。如其对《甘泉赋》只是重在记录此赋创作的时代背景，而没有提供具体的创作时间，就是证明。因此，《扬雄传》记载扬雄作《甘泉赋》之后，"其三月"作《河东赋》，"其十二月"成，并不一定说明《河东赋》、《羽猎赋》与《甘泉赋》就是在同一年里创作的。

综上，笔者认为，《甘泉赋》作于汉成帝永始四年，更合乎事实。

《文选》所录张协作品三题

宋展云[*]

【摘　要】《文选》所录张协作品大多作于其屏居草泽期间，这些作品反映出身处乱世的张协对西晋社会的批判以及人生道路的思考，代表着西晋末年士人远离世俗的避祸心态。张协诗歌摆脱了太康诗歌繁缛丽柔的特点，其《杂诗》十首回归汉魏诗歌艺术传统。张协诗作具有"巧构形似"的特色，对东晋南朝山水诗发展颇有影响。张协诗歌还扩大了西晋诗歌审美境界，开启后世奇崛冷峭一派诗风。张协作品依赖《文选》编录得以存世，此类非主流时期的边界性文学作品有其独特的文学史价值，值得深入研究。

【关键词】《文选》；太康文学；张协作品

张协是西晋文学的代表作家，南北朝时期的文论著作对其评价甚高。钟嵘《诗品》将张协列入上品，并评价为"风流调达，实旷代之高手"，刘勰《文心雕龙》则曰："孟阳、景阳，才绮而相埒，可谓鲁卫之政，兄弟之文也。"《文选》共收入张协作品十二篇，分别为卷二十一《咏史诗》、卷二十九《杂诗》十首、卷三十五《七命》。然而，目前对于这些作品的研究显然和张协的文学地位不相匹配。《文选》所录张协作品作于何时，其思想主旨如何，其文风特点及影响如何？上述诸多问题需要进行深入探讨。

一

《晋书·张协传》曰："协字景阳，少有俊才，与载齐名。辟公府掾，转

---

*【作者简介】宋展云，男，扬州大学文学院副教授，主要从事先唐文化与文学研究。

秘书郎，补华阴令、征北大将军从事中郎，迁中书侍郎。转河间内史，在郡清简寡欲。于时天下已乱，所在寇盗，协遂弃绝人事，屏居草泽，守道不竞，以属咏自娱。拟诸文士作《七命》……永嘉初，复征为黄门侍郎，讬疾不就，终于家。"① 此段记载虽然简略，然而从中透露出张协生平及其创作的几点重要信息：其一，张协人生轨迹分为前期仕进和后期屏居两个重要阶段。其二，张协屏居草泽的时间在天下大乱之后，根据相关史料记载，当在永宁元年（301）以后。② 其三，张协可能卒于永嘉时期。陆侃如先生将张协屏居草泽时期推断为永康元年（300）至永嘉四年（310）之间，③ 大体时间段相符，不过尚需进一步推敲。

要推论张协屏居草泽的时间，首先要断定其隐居前的仕宦经历，尤其是"征北大将军从事中郎，迁中书侍郎，转河间内史"的大概时间。据《晋书》所载，晋武帝、惠帝时期，任征北大将军者有卫瓘、成都王颖二人。卫瓘于泰始七年（271）任征北大将军，咸宁四年（278）转为尚书令。成都王颖于永宁元年（301）三月任征北大将军，同年六月升为大将军、录尚书事。此外，杨济于太康十年（289）任征北将军。张协任征北大将军从事中郎在其仕宦生涯后期，故不得为卫瓘从事中郎。陆侃如先生认为，杨济任征北将军时间与张协仕宦经历相合，张协当是杨济从事中郎。④ 曹道衡先生据《晋书》本传史臣曰有"景阳摛光王府，棣萼相辉"二语，认为"此王府自指成都王颖，张协为成都王颖从事中郎"⑤。"征北将军"与"征北大将军"官阶不同，且与史书"摛光王府"的记载不合，故张协为杨济从事中郎之说亦不能成立。"大将军"一职并非常置，一般"镇将军"资深者可进号为"大将军"。⑥ 太康末至永宁元年这十年间，并未见其他诸王任征北大将军的相关记载，因此张协任成都王颖从事中郎可能性最大。据《晋书·惠帝纪》载，元康九年，成都王颖为镇北大将军。永宁元年（301）三月，齐王冏起兵讨伐

---

① 房玄龄等撰：《晋书》卷五十五，中华书局 1974 年版，第 1518—1519 页。
② 永宁元年（301），"八王之乱"兴起，诛赵王伦，以齐王冏为大司马都督中外军事。太安元年（302），颍川处士庾衮闻冏不朝，叹曰："晋室卑矣，祸乱将兴！"帅妻子逃于林虑山中。参见《资治通鉴》"惠帝太安元年条"。
③ 陆侃如：《中古文学系年》，人民文学出版社 1985 年版，第 821 页。
④ 同上书，第 728 页。
⑤ 曹道衡：《中古文学史料丛考》，中华书局 2003 年版，第 166 页。
⑥ 《晋书·职官志》："大将军不常置，为之者皆擅朝权。"

赵王伦，征北大将军成都王颖等诸王举兵应之，同年六月，成都王颖升为大将军、录尚书事。张协可能在此讨伐赵王伦事件中任征北大将军从事中郎，不久之后，又迁为中书侍郎。太安元年（302），成都王与河间王密谋讨伐齐王冏。太安二年（303），成都王与河间王合兵进趋洛阳，二者关系较为密切。永兴元年（304）冬，河间王废黜成都王，二者联盟关系破裂。可能在太安年间，张协由成都王颖幕府转为河间王颙封地任河间内史。张协目睹诸王混战，故"在郡清简寡欲"，并无作为。西晋八王之乱至光熙元年（306）结束，此前两年，诸王混战愈演愈烈，又有匈奴首领刘渊叛晋独立，氐人刘渊据蜀自称成都王。其时百姓饥馑，生灵涂炭，可谓"天下已乱，所在寇盗"①。张协在永兴元年（304）左右，"弃绝人事，屏居草泽"，大约在永嘉年间卒于家中。②

厘清张协后期仕宦与归隐的大体时期后，我们再来细读《文选》所录张协作品，根据相关史事，推断其写作年代。③ 张协《咏史诗》李善注引臧荣绪《晋书》曰："张协，字景阳，载弟也。兄弟并守道不竞，以属咏自娱。少辟公府，后为黄门侍郎。因讬疾，遂绝人事，终于家。"六臣注《文选》多出一句："协见朝廷贪禄位者众，故咏此诗以刺之。"④ 李善引臧荣绪《晋书》，揭示出《咏史诗》的写作背景。后面一句虽然可能出自五臣注，⑤ 但有助于理解《咏史诗》主旨及其写作年代。西晋末年政治动荡，但仍有不少士人迷恋仕途，结果在政治斗争中无辜牺牲。元康时期，惠帝愚痴，贾后专权，出现"权在群下，政出多门"之类政权旁落的局面。永康元年（300），张华、潘岳、石崇、欧阳建等人相继被杀，左思退居。⑥ 太安元年（301），齐

---

① "寇盗"一词，可指异族侵扰掠夺。如《后汉书·班超传》："往者匈奴独擅西域，寇盗河西。"

② 《晋书》有张亢"中兴初过江，拜散骑侍郎"的记载，未见张载、张协兄弟相关记载，二人当卒于过江之前。张载"见世方乱，无复仕进意，遂称疾笃告归，卒于家"，张协"永嘉初，复征为黄门侍郎，托疾不就，终于家"。可知，张载、张协大约卒于永嘉时期。

③ 限于资料，张协前期的仕宦经历不可详考，曹道衡先生推论约于武帝咸宁中辟公府掾，大体可从。参见曹道衡、沈玉成编撰《中国文学家大辞典》，中华书局1996年版，第232页。

④ （梁）萧统编，（唐）李善、吕延济、刘良、张铣、吕向、李周翰注：《六臣注文选》，中华书局2012年版，第390页。

⑤ 胡克家《文选考异》认为："此当以尤所见为是，二本并五臣于善而误也。……凡题下意揣作者之旨，均属五臣语。"参见（梁）萧统编，（唐）李善注《文选》，上海古籍出版社1986年版，第995页。

⑥ 《晋书·左思传》："谧诛，退居宜春里，专意典籍。"

王冏不朝，颍川处士庾衮发出"晋室卑矣，祸乱将兴"① 的慨叹。太安二年（303），陆机、陆云兄弟被杀。张协目睹当时贪慕禄位者的不幸遭遇，表达出"抽簪解朝衣，散发归海隅"的归隐心声。因此，此诗当作于永兴元年（304）张协隐居前后。②

　　张协《杂诗》十首并非一时之作，但通过所写内容推测，应当大多作于晚年。其中有些诗篇直接写隐逸生活，可知作于屏居时期。如其三"高尚遗王侯，道积自成基"，其九"养真尚无为，道胜贵陆沉。游思竹素园，寄辞翰墨林"，其十"君子守固穷，在约不爽真"。此类描写与《晋书》本传所载"遂弃绝人事，屏居草泽，守道不竞，以属咏自娱"的生活状况颇为一致。有些诗作从写作心境上看，也当作于晚年隐居前后。如其二"人生瀛海内，忽如鸟过目"，其四"畴昔叹时迟，晚节悲年促"。这两首诗皆感叹时光流逝，当作于晚年。其五"流俗多昏迷，此理谁能察"，旨在抨击晋末政治，和其《咏史诗》颇为相似，当作于后期。其一"感物多所怀，沉忧结心曲"③ 以及其六"感物多思情，在险易常心"④，二诗作年虽难以断定，但从表达出的忧患意识看，很可能也作于惠帝末年。《杂诗》其七、其八描写战事。其七"常惧羽檄飞，神武一朝征。长铗鸣鞘中，烽火列边亭"描写边境战乱，其中"舍我衡门衣，更被缦胡缨"表达出张协试图告别隐居生活，为国效力的志向，由此可推知该诗当作于惠帝末年至永嘉初年胡族乱华之际。其八"述职投边城，羁束戎旅间"，描写漂泊军旅生涯，当作于张协任征北大将军从事中郎时，约在永宁元年（301）左右。张协《杂诗》十首非作于一时一地，颇符合"不拘流例，遇物即言"⑤ 的诗体要求，当为张协后期不同诗歌编选汇集而成，并非作者有意创作的组诗。但因大多作于晋末丧乱时代，其内容主旨具有一定连贯性，因此可以当作特定时期的一组诗歌来加以

---

　　① （宋）司马光等撰，（元）胡三省音注：《资治通鉴》，中华书局1956年版，第2672页。

　　② 刘履《选诗补注》卷四："景阳托疾屏居，故咏其事，以讽当代之持禄固位者。"刘履之说源自六臣注，认为张协《咏史诗》作于屏居时期，其说可从。

　　③ 俞士玲指出，《杂诗》其一"房栊无行迹，庭草萋以绿"一句和张华"房栊自来风，户庭无行迹"颇相似，二诗可能为同时共作，当作于咸宁、太康初。参见其《西晋文学考论》，南京大学出版社2008年版，第64页。俞士玲指出二诗的联系，可说明张协诗歌受到张华影响，但同时共作之说恐难成立。

　　④ 吴淇指出该诗"借鲁阳以喻世路之险，未必亲涉其地也"。参见《六朝选诗定论》，广陵书社2009年版，第203页。

　　⑤ 见《文选·杂诗》李善注，前揭（梁）萧统编，（唐）李善注《文选》，第1359页。

研究。①

　　关于《七命》作于前期还是后期的问题，学界也有争议。问题的争端在于第七事描写的盛世景象与晋末丧乱史实不符，一些学者据此认为《七命》乃张协前期作品，"表达张协早年积极进取的处世态度"②。笔者认为此种说法值得商榷。第七事"丹冥投锋，青徽释警"一句，张铣注曰："'丹冥'，南方远处，谓蜀也。言蜀以破，投去烽火，不设兵守。'青徽'，东方，谓吴已平，释舍戍候，不用卒也。"③此句描写西晋平吴之事，可知《七命》当作于太康元年（280）以后。《七命》中的两个虚设形象较有深意，值得研究者重视。④"徇华大夫"，尤刻本"徇"作"殉"。李善注曰："徇，营也。华，浮华。"吕延济注曰："徇，求。造，就也。假立此求华大夫闻冲漠公子就问焉。""殉"与"徇"意同，《玉篇·歹部》："殉，亦求也，营也。"可见，"徇华大夫"即求华大夫，暗喻追求浮华之士。"冲漠公子"李善注曰："冲虚恬漠也。范晔《后汉书》，孔融曰：'南山四皓，潜光隐耀，世嘉其高也。'""冲漠公子"指冲虚恬漠的隐逸之士，与"徇华大夫"人生追求恰好相反，张协虚拟此对立形象，正是对浮华风尚的否定。平吴以后，晋武帝日益荒淫，沉浸在宫室之美、声色之娱中，当时士人也以奢侈浮华相尚。元康时期，放达之风弥散士林，浮华之气有增无减。《七命》中"音曲之至妙"，"宴居之浩丽"，"田游之壮观"，"六禽殊珍，四膳异肴"等内容大多针对西晋浮华之风，具有现实讽刺意义。⑤惠帝末年，诸王混战，胡族乘机变乱。

----

　　① 吴淇认为《杂诗》十首"与《诗·绵》之九章同法"，并提出理由，"元亮《饮酒》诗，《选》改为《杂诗》，尚有陶集可稽"，参见《六朝选诗定论》，广陵书社 2009 年版，第 199 页。葛晓音先生认为"这组诗的结构与左思《咏史》类似，都是用咏怀的方式将自己的一生仕隐出处的经过串成组诗"。见《八代诗史》，中华书局 2007 年版，第 105 页。《艺文类聚》卷三引张协《杂诗》十首之外《杂诗》诗句"太昊启东节，春郊礼青祇"，可见张协《杂诗》不止十首，《文选》可能选其后期代表作品，一起编入"杂诗"类。

　　② 参见徐公持先生《魏晋文学史》以及叶枫宇先生《西晋作家的人格与文风》。

　　③ （梁）萧统编，（唐）李善、吕延济、刘良、张铣、吕向、李周翰注：《六臣注文选》，中华书局 2012 年版，第 661 页。下文所引六臣注皆出自此书，恕不一一列出。

　　④ 曹道衡先生认为"殉华"就是不惜为荣华殉身，因此《七命》中说的是反话，其本意在叫人避世而非出仕，张协自己走的就是这条道路。参见《魏晋文学》，安徽教育出版社 2001 年版，第 183—184 页。

　　⑤ 张协《七命》在主题上虽然延续前代"七体"描写"饮食"、"车马"、"射猎"等"六过一是"的创作模式，但其所写内容具有批评现实意义。如写"四膳异肴"与何劭"食之必尽四方珍异，一日之供，以钱二万"之类的生活颇为相似。张协通过冲漠公子之口说出"服腐肠之药，御亡国之器。虽子大夫之所荣，故亦吾人之所畏"。正是对西晋浮华之风的否定与批判。

永兴元年（304），刘渊叛晋独立，自称汉王，最终发展成为永嘉之祸。第四事"希世之神兵"中张协写道："拥之者身雄，可以从服九国，横制八戎。爪牙景附，函夏承风。"张协不仅写出利剑的无比锋利，更与现实战事联系起来，很可能针对惠帝末年的胡族叛乱有感而发。因此，从《七命》所写内容上看，《七命》当作于张协晚年，反映出他对西晋士风及晋末动乱的反思与批判。《七命》第七事着力描写"时圣道醇"的盛世景象，此段颂美之辞与西晋最鼎盛的太康时期并不相符，当是张协对于理想社会的憧憬。① 正如黄侃所言："此篇本旨唯在此节耳，然非无讽刺。《晋书》称：'天下已乱，协遂屏居草泽，拟诸文士作《七命》。'然则斯篇伤乱忧时。故作颂祝之辞，以寄其鱼藻之思耳。"② 永康元年（300）以后，"天下荒馑，百姓饿死"，西晋社会呈现出丧乱之象。惠帝末年，屏居草泽的张协反思西晋社会的浮华风气以及晋末社会动荡不安，此时唯有开明盛世出现才能够吸引张协再次出仕，《七命》写出了张协对于晋末社会的心灰意懒。因此，正如《晋书》本传所载，《七命》当作于张协隐居之后。归隐几年后，永嘉初年，看透世事的张协并未再次步入仕途。

综上所考，《文选》所录张协作品大多作于其隐居前后的晚年时期。这些作品相对于张协现存前期作品而言，③ 思想内容上更为丰富，艺术境界更趋成熟，很值得深入研究。

二

面对动荡的现实、突变的政治，批判现实与讽刺时事成为张协作品的重要主题。西晋元康年间贾后专权，不少士人贪恋权位，躁进不安。永康以后，诸王争斗愈演愈烈，仍有一些士人游走权门，投身暗流。张华、潘岳、二陆兄弟等士人追名逐利，最终在政治风云中丧生。对此，史学家王夫之看得非常透彻，他指出："有必不可仕之时，则保身尚矣。……夫然后纳身于狂荡凶狡之中，寄命于转盼不保之地，果矣其为大惑，而自贻以死亡也。"④ 张协

① 其兄张载写有《平吴颂》，其中歌颂晋德曰："上哉仁圣，曰惟皇晋。光泽四表，继天垂胤。帝道焕于唐尧，义声邈乎虞舜。"此与张协描写的盛世景象差距甚远。

② 黄侃：《文选平点》，中华书局 2006 年版，第 427 页。

③ 张协现存前期作品多为一些咏物赋及铭文，总体艺术价值及思想深度不及后期作品。

④ （清）王夫之著，舒士彦点校：《读通鉴论》"惠帝"条，中华书局 1975 年版，第 319 页。

有感于西晋社会贪吝成风，进而谋荣，对当时贪禄位者予以批判。张协《咏史诗》李善注曰："协见朝廷贪禄位者众，故咏此诗以刺之。"与左思《咏史诗》直接抨击门阀制度不同，张协采用汉代二疏"达人知止足，遗荣忽如无"的典故，表达出"抽簪解朝衣，散发归海隅"的隐逸情怀。"抽簪"一语，出自钟会《遗荣赋》："散发抽簪，永绝一丘。"张协以此抒发归隐心志。张协通过二疏功成身退的正面事迹，试图劝诫"纳身于狂荡凶狡之中"的士人，同时也表明了自己弃世遗荣的人生态度。二疏并不贪财，他们"挥金乐当年，岁暮不留储"，这与西晋社会奢靡风尚截然不同。"咄此蝉冕客，君绅宜见书"，最后一句发语警醒，将批判的矛头直接指向混迹朝野者，希望他们适可而止。张协作品能够批判流俗、抨击贤愚倒置的社会现象，此种思想在《杂诗》其五中尤为显著。该诗以《庄子·逍遥游》中"宋人资章甫而适诸越，越人断发文身，无所用之"的典故隐喻西晋社会贤愚倒置。"昔我资章甫，聊以适诸越"，李善注曰："章甫，以喻明德。诸越，以喻流俗也。"对于有德之士，西晋社会像越人不懂冠帽一样弃而不用。"穷年非所用，此货将安设？"李善曰："冠无所设，以喻德无所效也。"向曰："冠不用于越，将何所设之，此疾时君不用贤之甚也。"联系西晋社会，贾后专权，外戚受宠。八王乱起，一批小人得势，贤人因此受到打压与迫害。最后一句"流俗多昏迷，此理谁能察"，翰曰："人皆不识贤愚之甚殊也。"张协所要表达的不仅是个人的怀才不遇之感，更是直指西晋政治的混乱局面，批判当权者昏庸不堪。① 此外，张协还对西晋浮华腐朽的社会风气进行批判与讽刺。在《七命》中，西晋社会的浮华风气被层层展现。"徇华大夫"试图通过"荣子以天人之大宝，悦子以纵性之至娱"劝说"冲漠公子"出山。其中所铺写的富贵荣华、声色滋味，正是西晋士人浮华之风的写照。"任情极性，穷欢尽娱"的风气弥漫士林，导致士无操守，游走权门，奢靡无度。张协通过"冲漠公子"之口对西晋浮华之风予以彻底否定："服腐肠之药，御亡国之器。虽子大夫之所荣，故亦吾人之所畏。"浮华风尚令人生畏，奢侈无度必将亡国。张协作品所表达的批评意识与两晋之交葛洪等人对于社会的反思情结有相似之处，显示出当时知识分子对于乱世的反省，对于理

---

① 其兄张载《榷论》也有此类批判："至于轩冕戴班之士，苟不能匡化辅政，佐时益世，而徒俯仰取容，要荣求利，厚自封之资，丰私家之积，此沐猴而冠耳，尚焉足道哉！"

想社会的向往以及些许无奈情绪。只不过张协更能结合自己的切身体验，通过间接的隐喻彰显其对社会的思考，因此其表达相对含蓄，情感也较为真切。

反思现实之余，张协对于未来充满不安，其作品表达出浓郁的感物怀忧之情，这在《杂诗》十首中表现得尤为突出。《杂诗》其一以"秋夜凉风起"发端，抒发"感物多所怀，沉忧结心曲"之愁绪。李善注："古诗曰：'感物怀所思。'曹子建《杂诗》曰：'沉忧令人老。'"良曰："此时物忧气结之于心也"。时光迁逝之悲，对于汉末士人而言，是建功无门之慨叹；对于曹子建而言，则是年华老去之悲哀。而张协则将难以言说之忧气郁结心中，无法排遣。《杂诗》其二："弱条不重结，芳蕤岂再馥。人生瀛海内，忽如鸟过目。"济曰："九州岛外有瀛海以绕人国，言人居于此中死生之疾如鸟飞于目前也。"昔日繁华不在，生命如飞鸟般流逝，失落之情油然而生。《杂诗》其四："畴昔叹时迟，晚节悲年促。岁暮怀百忧，将从季氏卜。"向曰："畴昔，少时叹岁时来迟。晚节，衰暮悲年华促也。"张协通过今昔对比，更凸显暮年之忧。"将从季氏卜"采用《史记》典故，贾谊曾从司马季主占卜。张协用此典故，寓意自己也像贾谊前途未卜。"岁暮怀百忧"，有对生命不永之忧，有对西晋政局之忧，也有对百姓罹乱之忧……众忧交集，于是发诸斯篇。《杂诗》其六通过描写路途艰险，暗喻世道的艰辛。"感物多思情，在险易常心"，翰曰："感此山薮之物，思情多在此，险阻复有所惧，故易恒常之心。"张协告诫自己：世道艰险，要常怀戒备之心。此种心态在陆机诗文中也时常浮现，只不过陆机未能知足而止，最终被害。感物怀忧，像乐曲的主旋律，萦绕在张协心田，挥之不去。张协内心的迁逝之悲、无常之叹，不同于建安士人建功立业的迫切渴望，不同于正始名士的苦闷焦虑，也不同于太康文士的钟情适性。张协笔下流露的，是看透繁华后的一丝悲怆，是身处乱世的些许忧虑，更是历经艰险后的无所适从。

现实动荡不安，未来飘忽不定，将何去何从？明哲保身或为最佳出路。面临仕与隐的抉择，张协不像陶渊明那样反复纠结，而是义无反顾选择归隐。《晋书》本传曰："协遂弃绝人事，屏居草泽，守道不竞，以属咏自娱。"在张协诗文中，也有一些表达隐逸情怀、描写屏居生活的作品。如《咏史诗》借咏史而咏怀，抒发其知止退守的人生追求。吴淇评论此诗曰："二张不乐仕进，得明哲保身之道，故景阳寓意于汉之二疏。……以见当此时也，朝既不可托仕，而野亦不能安隐。此诗又是左、陆、王三《招引》之跋后也。"① 在其《杂诗》中，张协或是寄托遗世独立的人生情怀，或是抒写无为养真的遁世之志，或是彰显固穷守节的道德操守，诸如此类皆是张协隐逸心态的真实写照。《杂诗》其三"高尚遗王侯，道积自成基"。李善注："《周易》曰：'不事王侯，高尚其事。'《文子》曰：'积道德者，天与之，地助之。'《庄子》曰：'无为无治，谓之道基。'"张协离群索居，无案牍之劳顿，不为世俗所累，体现其逍遥物外的人格追求。《杂诗》其九真实反映出张协隐逸的生活状态，其隐居之地较为偏僻且荒芜。"结宇穷冈曲，耦耕幽薮阴。荒庭寂以间，幽岫峭且深"之类的描述与史载"屏居草泽"的隐居生活颇为一致，与《七命》中"冲漠公子"所住"绝景乎大荒之遐阻"的居所也很相似。就在此人迹罕至的荒野之中，张协"以吟咏自娱"，写出"养真尚无为，道胜贵陆沈。游思竹素园，寄辞翰墨林"的诗句，表达其顺应自然、养性无为的隐逸之志。《杂诗》其十描写洪水带来的苦难生活，张协立志学习黔娄生这样的隐士，尽管贫苦但不求仕进，表达出"君子守固穷，在约不爽贞"之类固穷守节的决心。张协此类作品描写隐逸生活与固穷之志，对陶渊明等隐逸诗人的田园诗创作颇有影响。

《文选》所录张协作品篇目虽然不多，但内容较为丰富厚实。其中有对社会的反思，有时光迁逝的忧虑，有归隐情志的抒写，也有军旅生涯的追忆等。这些作品都是张协人生经历的实录，透露其历经繁华、忧患无依、遗世避祸的真实心境。通过这些作品，我们可以看出西晋末年社会动荡导致的士风及士人心态的显著变化。太康时期的"身名俱泰"，元康时期的"放达不羁"随之消逝，晋末士人从反思中走向清醒，由愤世嫉俗走向远离世俗。② 身处乱世，张协等人的作品更加关注现实，具有忧患意识。这是对于汉魏风骨的回归，但不同的是建功立业之心泯灭，遁世避祸之志滋生，因此作品相对较为内敛含蓄，同时具有清新真切之美。"流俗多昏迷，此理谁能察"，叙写时代之悲哀；"秋夜凉风起，清气荡暄浊"，可谓诗人之自况；"闲居玩万物，离群恋所思"，正是人格之写照。反思乱世、寄情物色、玄化人格，共同铸就了张协作品的文学主题与思想内涵。

---

① 吴淇撰，汪俊、黄进德点校：《六朝选诗定论》，广陵书社 2009 年版，第 205—206 页。
② 罗宗强：《玄学与魏晋士人心态》，天津教育出版社 2006 年版，第 211—224 页。

三

　　提及西晋后期诗歌，论者多以"理过其辞，淡乎寡味"之类玄言诗风为代表，实际并非如此。西晋末年，社会动荡不安，政治风云突变，百姓困苦不堪，乱离世事致使士人的人生追求及文学创作发展发生变化。当时文士人格模式由太康时期的柔顺文明变为高蹈避世，他们摆脱幻想、更加现实，无法仕进、继而退守。① 表现在文学上，左思批判现实的咏史诗，郭璞寄托坎坷的游仙诗，刘琨慷慨悲凉的赠答诗，此类创作突破了采缛力柔的太康诗风的束缚，为西晋文学平添了张力与厚度，西晋后期文学显现出关注现实、回归汉魏传统的新趋向。张协《杂诗》十首在晋末诗风演变过程中的地位也颇值得重视，其华净清新的诗风对后世文学产生了诸多影响。

　　张协作品秉承了汉魏诗歌艺术传统，在内容上关注现实，叙写人生，为西晋文学增添了力度。钟嵘《诗品》曰："其源出于王粲。"② 张协继承了王粲关注现实、凄怨悲情的诗风。张协《杂诗》十首中有些诗篇直接描写社会动乱，通过写景状物抒发忧患情怀，这与王粲《七哀诗》有相似之处。如张协《杂诗》其七"此乡非吾地，此郭非吾城"与王粲《七哀诗》其二"荆蛮非我乡，何为久滞淫"所表达的羁旅之情、乡关之思颇为相似。又如张协《杂诗》其六"流涧万余丈，围木数千寻。咆虎响穷山，鸣鹤聒空林"，王粲《七哀诗》其二"山冈有余映，严阿增重阴。狐狸驰赴穴，飞鸟翔故林"，二诗皆是通过景物描写表达怀忧之情，意境荒寒孤寂，情韵哀婉动人。王粲词采秀逸，张协对此也有沿袭。如张协《杂诗》其四"朝霞迎白日，丹气临旸谷"与王粲《杂诗》"曲池扬素波，列树敷丹荣"皆工于写景、形象清新、辞藻华美。相比而言，张协诗歌情感上不及王粲沉痛悲怆，但其内在无法排遣的忧思，反而使得张协诗歌作品更加隽永有味。除了继承王粲诗风，张协诗歌受《古诗十九首》、曹丕、曹植以及阮籍等诗歌影响较为明显。迁逝之悲成为汉末士人重要的文学主题，在《古诗十九首》中多有表现。张协《杂诗》十首中前四首皆以时节转换发端，其中内蕴与《古诗十九首》有相似之处，一些诗句更直接化用之。如其一"庭草萋以绿"即化用古诗"秋草萋以

---

　　① 钱志熙：《魏晋诗歌艺术原论》，北京大学出版社 2005 年版，第 227 页。
　　② （南朝·梁）钟嵘著，曹旭集注：《诗品集注》，上海古籍出版社 2011 年版，第 185 页。

绿"诗句。张协还沿袭曹丕诗歌工巧而富有悲感的艺术风格。如张协"青苔依空墙，蜘蛛网四屋"化用曹丕诗句"蜘蛛绕户牖，野草当阶生"，二者设象取景颇为相似，营造出孤寂荒芜的艺术境界。曹植《杂诗》七首意悲而远，充满忧患，张协《杂诗》十首亦传此余绪，情韵悲凉。"离思故难任"、"沉忧令人老"、"俯仰岁将暮"、"忧戚与我并"，此类无法排遣的忧思穿过时间界限，在张协诗歌中再次呈现，汉魏时期的慷慨悲凉转变为晋末乱世的忧虑无助，同样凄楚动人。阮籍《咏怀诗》善用隐喻及象征手法，表达其对社会的反思与批判，张协《杂诗》十首对此也有学习借鉴。张协《杂诗》其五"昔我资章甫"借诸越以喻流俗，其六"朝登鲁阳关"借行路艰难暗喻人世艰辛，此类作品将汉魏诗歌注重比兴寄托的艺术风格发扬光大。张协诗歌摒弃了西晋太康诗歌模拟、柔弱、繁缛之风，继而回归汉魏诗歌抒情言志的艺术传统。其作品将写实与寄托结合，融工巧与悲凉之诗境，对东晋南朝诗风的发展走向颇具影响。陈祚明《采菽堂古诗选》曰："景阳诗挥洒匠心，纵横尽情。尽情而不拙，匠心而不乱，其手笔固高，熟于古法也。"[1] 正因张协充分吸收汉魏诗歌艺术传统滋养，更能将其身处乱世的人生体会灌注其中，故其诗歌才能纵横尽情，打动人心。

张协诗歌在艺术技巧上注重"巧构形似"，为西晋繁缛诗风带来一股清新之气，同时对东晋南朝山水诗创作有所影响。所谓"巧构"指构思精巧、文笔工整，"形似"指描形状物、形象逼真。刘勰《文心雕龙·物色》曰："自近代以来，文贵形似，窥情风景之上，钻貌草木之中。吟咏所发，志唯深远；体物为妙，功在密附。"[2] 可见，南朝时期"文贵形似"已经蔚然成风，但其发端者，当从张协开始。

张协"巧构形似之言"主要体现在以下几个方面：

其一，描写场景，动态多变。张协写景善于动态描摹，多种景物先后铺排呈现，有如蒙太奇般布景运镜。大段写景之后，再加以情语或玄思，使得诗歌情景交融，隽永有味。如《杂诗》其一：

> 秋夜凉风起，清气荡暄浊。蜻蛚吟阶下，飞蛾拂明烛。君子从远役，

---

① （清）陈祚明著评选，李金松点校：《采菽堂古诗选》卷十二，上海古籍出版社 2008 年版，第 353 页。

② （南朝·梁）刘勰著，詹瑛义证：《文心雕龙义证》，上海古籍出版社 1989 年版，第 1747 页。

佳人守茕独。离居几何时，钻燧忽改木。房栊无行迹，庭草萋以绿。青苔依空墙，蜘蛛网四屋。感物多所怀，沉忧结心曲。①

该诗首句写时序，"凉风起"三字为全诗定下萧索情调。随后，张协充分捕捉动态场景，将视角在不同空间中互相切换。室外，蟋蟀在台阶下吟唱；屋内，飞蛾于灯下扑火，一派凄清孤苦之象。秋意渐浓，君子远役，而佳人孤独已久。思妇数年的执着等待，转变为不经意间的刹那凝眸：那充满期盼的屋前，并不见君子的足迹；唯有庭前的茂草，发出了新绿，更添了一份哀愁。环视室外，青苔早已布满空墙；放眼屋内，蛛网挂满屋角。"感物多所怀，沉忧结心曲"，孤苦之景充斥眼帘，无法散去；深层忧思藏于心田，难以言说。全诗通过思妇的视角转换，渲染出凄清孤寂的氛围，生动传神地烘托出一位思绪游离、心神不定、孤苦无依的思妇形象。

其二，体物精微，形象逼真。张协观察细致，善于因物赋形，捕捉景物之内在特性，传达出物色之神韵。张协描写雨景，各不雷同。或是随风飘洒之急雨，"飞雨洒朝兰，轻露栖丛菊"；或是密如抽丝之细雨，"腾云似涌烟，密雨如散丝"；或是阴云密布之暴雨，"翳翳结繁云，森森散雨足"；或是绵绵不断之苦雨，"云根临八极，雨足洒四溟"。此类工笔细摹，把握住不同状态下雨景的特点，更将景语和情语融合，清新旷逸的艺术形象与诗人超迈情志巧妙契合，达到情景交融的艺术境界。

张协擅长描写秋景，还能够对声音、光影、色彩等方面展开细致描摹，刻画出生动逼真的自然景象。② "蜻蜊吟阶下，飞蛾拂明烛"，蟋蟀凄清的吟唱声与烛光下飞蛾扑腾的影像交织，共同营造出秋夜里孤寂幽冷的氛围。"浮阳映翠林，回飙扇绿竹"，余霞映衬出山林之苍翠，旋风卷动绿色竹林。此句通过色彩点染以及动态写真，生动描绘出秋雨中的清新物色。"寒花发黄采，秋草含绿滋"，秋雨过后，菊花焕发出鲜黄色的光彩，秋草蕴含着绿色的韵律，显示出作者非凡的观察力。"朝霞迎白日，丹气临旸谷。翳翳结繁云，森森散雨足。"殷红的霞光与阴暗的浓云形成了鲜明的对比，诗作随

---

① （梁）萧统编，（唐）李善、吕延济、刘良、张铣、吕向、李周翰注：《六臣注文选》卷二十九，中华书局 2012 年版，第 555 页。

② 张协之父张牧擅长绘画，据《华阳国志·大同志》载，成都文翁石室壁画为张牧所作。张协可能受其父影响，亦精通绘画，故能调动多种笔法描形状物。

后极写秋物之凋零，暗喻生命之短促。王夫之评价曰："佳句得之象外。"①
张协描写景物形象逼真，更能将人生感悟融会其中，因此具有象外之趣。

其三，炼字琢句，富于词采。张协描写景物，能够使用清新优美的语句，
并锤炼出关键字眼，物色因此更加生动可感。"飞雨洒朝兰，轻露栖丛菊"，
诗句对仗整饬、清新雅致。"洒"字将飞雨之动态美展现无遗，"栖"字则衬
托出菊花之幽静。"龙蛰暄气凝，天高万物肃"，夏秋之际，节气转换，物色
颇殊。一个"凝"字，暑热的夏季因此定格；而一个"肃"字，秋季萧索之
气跃然纸上，令人如临其境。"腾云似涌烟，密雨如散丝"，"涌烟"及"散
丝"设喻形象生动，将习以为常的"腾云"、"密雨"物象描摹得富有动感与
生命力。

"轻风摧劲草，凝霜竦高木。密叶日夜疏，丛林森如束。"此句甚为出
彩，备受历代诗论家好评。何焯曰："'丛林森如束'，钟记室所谓巧构形似
之言。"② 何焯认为此诗句即为张协"巧构形似之言"诗风的代表。"摧"字
凸显出"劲草"的刚毅品性，"竦"字则通过拟人手法，赋予高木感受到凝
霜之严寒。树叶"密"而转"疏"，林木由"丛"变"束"，仿佛一夜之间
万物枯朽，年华老去，令人哀婉叹息！

陈祚明评价张协诗歌曰："风气微开康乐。写景生动，而语苍蔚，自魏
以来，未有是也。"③ 张协写景之作在山水文学发展史上承前启后的地位值得
引起重视。汉末仲长统等士人遁迹山林、悟道守真，山水文学初露端倪。建
安诗人亦有写景诗句，如王粲《杂诗》"曲池扬素波，列树敷丹荣"，曹植
《公宴诗》"秋兰被长坂，朱华冒绿池"之类，写景虽日趋精微，然而大多感
物而发，情景未能交融。西晋金谷雅集，士人欣赏山水、游宴自乐，山水之
美作为浮华享乐的一种存在方式，并未成为独立审美。张协写景之作状物工
巧，词采清新脱俗，用字生动传神。张协作品不同于单纯的比兴感物，更能
体物缘情，通过景物描写寄托自己的人生感悟和玄思，自然物色逐渐成为独
立审美对象而存在。张协诗歌在表现手法、写作模式等方面对后世山水诗创
作颇有影响，可谓东晋南朝文学"声色大开"之先行者。谢灵运山水诗在体

---

① （清）王夫之评选，张国星点校：《古诗评选》，河北大学出版社 2008 年版，第 214 页。
② （清）何焯：《义门读书记》卷四十七，中华书局 1987 年版，第 932 页。
③ （清）陈祚明著评选，李金松点校：《采菽堂古诗选》卷十二，上海古籍出版社 2008 年版，
第 353 页。

物之精微、字句之工巧等方面颇似张协诗歌。如谢灵运名作《石壁精舍还湖中作》:"昏旦变气候,山水含清辉","林壑敛暝色,云霞收夕霏"等,此类摹景之句通过光线的明暗对比以及时间的流转,刻画出变幻之物色,体现诗人对于自然美独到的捕捉能力,这正是在张协"巧构形似"基础上有所发展而成。张协诗歌也有一些结尾表达出"高尚遗王侯,道积自成基"之类的玄学旨趣,此种由自然物色的工笔描摹再到体悟玄思的写作模式对后世颇有影响。如谢灵运山水诗写景之余,多以玄思收尾。张协较早使用此类创作模式,只不过其"以玄对山水"的主观意识并不强烈,与东晋诗歌玄冥观照、物我合一之境相差较远,但张协诗歌注重从自然物色中悟道,其"道"多为老庄玄退思想,这在西晋写景诗至东晋山水玄言诗发展中起到了过渡作用。南朝时期,张协"巧构形似"之诗风余波回荡。钟嵘《诗品》评价谢灵运诗曰:"杂有景阳之体,故尚巧似而逸荡过之。"钟嵘评价鲍照曰:"其源出于二张。善写形状物之词。"①《颜氏家训·文章》曰:"何逊诗,实为清巧,多形似之言。"② 张协一派诗歌以写形状物之工巧著称,其继轨者对此有所发展。谢灵运诗歌巧构而能放逸,放逸之余常有狷介不平之气;鲍照长于写形而能险俗,正因险俗故多奇警之语;何逊巧于经营而出之清新,风格清简而有俊逸之美。此皆"极貌写物"之余而又有"穷力追新"之意。

张协作品还扩大了西晋诗歌的审美境界,其"淑诡"诗风对后世产生了较大影响。张协诗歌不仅有自然清新的一面,而且有"淑诡"的一面。钟嵘《诗品》评价鲍照曰:"得景阳之淑诡。"所谓"淑诡",是指奇崛诡异的审美风格。此种美学特质在《庄子》、《楚辞》等作品中有所体现,阮籍诗歌中也有一些此类风格作品。西晋太康诗人写景喜用优美的意象,营造出柔和典丽的氛围,彰显其采缛力柔的美学追求。张协诗歌突破了时代审美特点,其《杂诗》其九、其十,多用奇异冷僻的意象,营造出荒凉凄苦的艺术氛围,开启后世奇崛冷峭一派诗风。如《杂诗》其九采用"穷冈"、"荒庭"、"幽岫"、"凄风"等一系列荒寒意象,形象描绘出诗人屏居草泽的凄苦状况。"泽雉登垄雏,寒猿拥条吟。溪壑无人迹,荒楚郁萧森。"冷峭无依、萧索阴森的诗境油然而生,给人以凄寒幽冷的审美体验。《杂诗》其十所表达的审美韵味在西晋诗歌中更是少

---

① 钟嵘著,曹旭集注:《诗品集注》,上海古籍出版社1994年版,第201、381页。
② 王利器:《颜氏家训集解》,中华书局1993年版,第298页。

见。诗人采用"墨蜮"、"商羊"、"飞廉"、"丰隆"等相对冷僻的神话意象，为一场苦雨定下宿命的基调。"沉液漱陈根，绿叶腐秋茎。里无曲突烟，路无行轮声。环堵自颓毁，垣间不隐形。"此段描写从色彩、声音、形状多个层面展现出洪水过后残破荒芜之境，吴淇评之曰："写困穷之状，可为极尽无余。"①张协通过穷形写态进而表现出异乎寻常的美感。张协此种奇异精警的美学追求对鲍照有所影响。鲍照诗歌因"险俗"著称，一方面其"俗"受到南朝民歌的影响，另一方面其"险"则与张协"诙诡"一派诗风有所关联。鲍照《苦雨》之篇，《庐山》之作，《芜城》之赋，皆求"险"求"异"，故有逸荡之气，富有奇崛之美，与张协"诙诡"诗风一脉相承。

　　总之，《文选》收录了张协后期具有代表性的作品，这些作品思想内涵丰富、艺术水准高超，犹如两晋之交的一颗启明星，引领着东晋南朝文学创作的新趋向。张协作品存世较少。《隋书·经籍志》载《张协集》三卷，可惜这些作品大多散佚。《晋书》本传全文存录张协《七命》，并注明"世以为工"，可知此篇在当时颇有影响。《玉台新咏》载张协《杂诗》一首，即《杂诗》十首之首篇。此外，《艺文类聚》、《初学记》等类书也存录一些张协诗文残篇。张协作品符合萧统"事出于沉思，义归乎翰藻"的选文标准，张协后期经典作品得以存录，可见编选者慧眼独具。其中《杂诗》十首历来备受好评，如钟嵘《诗品序》曰："景阳苦雨，五言之警策者也。"虽然历来对张协作品评价较高，但提及太康文学时，张协的文学史地位往往容易被忽略。为何后世对张协及其作品关注不够？这是一个值得深入讨论的话题。文学创作的鼎盛时期过后，一些作家的光芒被掩盖，后世关注较多的是文学主流时期的经典作家作品，而非主流时期的边界性文学往往容易被忽视。太康文学为西晋文学的主流时期，其代表作家有"三张、二陆、两潘、一左"。然而，"二陆入洛，三张减价"，张协也因此受到冷落。西晋末年，张协文学创作再次步入高峰，留下诸多经典作品。这些非主流时期的边界性文学作品通过《文选》等选本赖以流芳百世，有其独特的文学史价值。《文选》中还有不少这样优秀的作家作品，有待揭开尘封的历史面纱，进一步挖掘并加以研究。

---

① （清）吴淇撰，汪俊、黄进德点校：《六朝选诗定论》，广陵书社 2009 年版，第 205 页。

《文选》谢瞻诗与陶集《于王抚军座送客》诗辨伪

——兼论《文选》五臣注的价值及对古人权威注疏的吸收与扬弃

钟书林*

　　《文选》自隋唐以降便盛极一时，号为显学，从宋代起就有"《文选》烂，秀才半"的盛誉，影响既深且广。本文将要探讨的《文选》谢瞻诗与陶集《于王抚军座送客》诗辨伪，即属于《文选》对于后世影响的个案之一。

　　《文选》有谢瞻《王抚军、庾西阳集别，时为豫章太守，庾被征还东》诗（以下简称《文选》谢瞻诗）云：

　　　　祗召旋北京，守官反南服。方舟析旧知，对筵旷明牧。举觞矜饮饯，指途念出宿。来晨无定端，别晷有成速。颓阳照通津，夕阴暧平陆。榜人理行舻，辖轩命归仆。分手东城闉，发棹西江隩。离会虽相亲，逝川岂往复。谁谓情可书？尽言非尺牍。①

　　现通行陶集有《于王抚军座送客》诗云：

---

　　* 【作者简介】钟书林（1978—　），湖南长沙人，武汉大学文学院副教授，珞珈青年学者，主要从事先秦两汉魏晋南北朝文学研究。出版《敦煌文研究与校注》、《陶渊明新探》等学术专著6部，发表学术论文60多篇。
　　① 李善等：《六臣注文选》卷20，《四部丛刊》本。

秋日凄且厉，百卉具已腓。爰以履霜节，登高饯将归。寒气冒山泽，游云倏无依。州渚思缅邈，风水互乖违。瞻夕欣良燕，离言聿云悲。晨鸟暮来还，悬车敛余晖。逝止判殊路，旋驾怅迟迟。目送回舟远，情随万化遗。

陶渊明集自行世起就开始淆乱，"且传写寖讹，复多脱落。后人虽加综辑，曾未见其完正"①，又"岁久颇为后人所乱，其改窜者什居二三"②。因而，清代撰修《四库全书》时，不得不对陶集作了清理，仍从以昭明太子八卷，认为"虽梁时旧第，今不可考，而黜伪存真，庶几尤为近古焉"③。但可惜仍然窜入《问来使》、《四时》等伪作，这些伪作陆续为现代学者发觉而剔除。

但《于王抚军座送客》诗，不像《问来使》、《四时》等诗歌那样易于辨认，因而长期以来很少为学人所发觉。明代许学夷《诗源辩体》说："靖节诗有《于王抚军座送客》一首，句法工炼，与靖节诗不类，疑晋宋诸家所为。"④ 可惜明代以降，许学夷的看法一直没有得到重视。直到现代，曹道衡、沈玉成两位先生又重新提出质疑。曹道衡、沈玉成先生在《中古文学史料丛考》"陶渊明《于王抚军座送客》"条下云："宣远名瞻而陶诗云'瞻夕欣良燕'，似亦无礼。"⑤ 从名讳的角度，对《于王抚军座送客》诗提出了质疑，特别是对长期以来认为的陶集《于王抚军座送客》诗与《文选》谢瞻诗之间的关系定说作出了质疑和否定，证据充分、坚实而有力。

第一次将《文选》谢瞻诗与陶集《于王抚军座送客》诗联系起来的，是元代李公焕。李公焕《笺注陶渊明集·于王抚军座送客》诗下注云：

---

① 思悦：《书陶集后》，（清）陶澍《诸本序录》，《靖节先生集》，文学古籍刊行社铅印本1956年版。

② 焦竑：《陶靖节先生集序》，《陶渊明研究资料汇编》，《陶渊明资料汇编》（上），中华书局1962年版，第143页。

③ 纪昀等著，四库全书研究所整理：《钦定四库全书总目》卷148，中华书局1997年版，第1985页。

④ 许学夷：《诗源辩体》，人民文学出版社1987年版，第105页。

⑤ 曹道衡、沈玉成：《中古文学史料丛考》，中华书局2003年版，第232页。

　　此诗永初二年辛酉秋作也。《宋书》：王弘为抚军将军、江州刺史；庾登之为西阳太守，被征还；谢瞻为豫章太守，将赴郡。王弘送至溢口，三人于此赋诗叙别，是必休元要靖节豫席饯行，故《文选》载入谢瞻即席集别诗，首章纪坐间四人。[①]

　　李公焕提出《文选》谢瞻诗"首章纪座间四人"，《文选》谢瞻诗即《文选》谢瞻《王抚军、庾西阳集别，时为豫章太守，庾被征还东》诗。李公焕注本对后世影响很大，至今流行的逯钦立先生《陶渊明集》，就是以李公焕本为底本的。[②] 因而李公焕的上述说法，为后世许多研究陶渊明的人所信从，《于王抚军座送客》诗也因此成了陶渊明与王弘交往的主要证据，也由此开启《文选》谢瞻《王抚军、庾西阳集别，时为豫章太守，庾被征还东》诗的"诗序"到底是纪四人还是纪三人的公案。其真相如何，我们试作探讨。

一　"纪三人"与"纪四人"的公案

　　李公焕笺注陶集时，首次将《于王抚军座送客》诗与《文选》谢瞻诗相关联起来，并认为谢瞻诗"首章纪四人"，除王弘、庾登之、谢瞻三人外，还包括陶渊明在内，"是休元（笔者注：指王弘）要靖节豫席饯行"，认为陶渊明是应抚军将军王弘邀约赴席为谢瞻饯行。李公焕的这种说法，虽然信从者不少，但也遭到了一些学者的疑议和否定。

　　例如清代顾易《柳村陶谱》中说："（陶诗）所送客不知何人，刻本乃引《文选》谢瞻《王抚军庾西阳集别》诗，谓公必预此席，故谢瞻诗首章纪座间四人。可按《文选》，知其妄也。"[③] 陶澍在《靖节先生年谱考异》中也说："今《文选》，瞻序仅记三人，无先生名字，岂宋本有之，今本夺去耶？"[④] 顾、陶二人均依据《文选》原文，否定了李公焕笺注陶集时所谓《文选》谢瞻诗"首章纪坐间四人"的说法。可见李公焕的说法，显然是不查《文选》之误；他的"是休元要靖节豫席饯行"的说法，就更是李公焕自己

① 李公焕：《笺注陶渊明集》，《四部丛刊》本。
② 逯钦立：《陶渊明集》，中华书局 1979 年版。
③ 顾易：《柳村陶谱》，雍正七年（1729）顾易序刻本。
④ 陶澍：《靖节先生集》卷 2，文学古籍刊行社铅印本 1956 年版。

在此基础上的猜测臆断了。所以陶澍对此表示疑惑说："《文选》有谢宣远《王抚军、庾西阳集别，时为豫章太守，庾被征还东》一首。李善注：'沈约《宋书》曰：王弘为豫章之西阳、新蔡诸军事，抚军将军，江州刺史。庾登之为西阳太守，人为太子庶子。集序曰："谢还豫章，庾被征还都，王抚军送至溢口楼作。"'无'首章纪坐间四人'事。不知李注（笔者注：指李公焕注）所本，所引年谱，亦不知何人所撰。"① 陶澍仔细核查《文选》谢瞻诗及李善注原文，找不见任何李公焕所说的"首章纪坐间四人"事的痕迹，更不明晓李公焕说法的由来。

对于李公焕"首章纪坐间四人"的说法，今人古直先生批评得很明确。他说："《文选》谢宣远《王抚军庾西阳集别作》云：'方舟新旧知，对筵旷明牧。'李善注：'旧知，庾也。明牧，王抚军也。'止纪二人。"② "此诗所纪止休元，登之及瞻自己。李云'四人'，误也。"③ 古直先生结合《文选》谢瞻诗及李善注，直接否定了李公焕"纪四人"的说法。

前贤诸家多征引《文选》谢瞻诗及李善注，观《六臣注文选》中刘良注也说："王弘为抚军将军后，庾被征还，抚军送至盆口，瞻亦将赴豫章。三人于此叙别，故赋此诗。"刘良注明确说只有"三人"，更可以与李善注"纪三人"的说法互证。

综而可知，早在唐代，《文选》谢瞻诗就只有"纪三人"，并无"纪四人"的说法；即使是现在通行的《文选》中也只有"纪三人"的说法。所谓"纪四人"说的讹误盛行，只是研究陶诗的学者受李公焕注的影响而又疏于核查《文选》的结果。

既然李公焕"首章纪坐间四人"的说法不可信，那么他在此基础上臆断的"是休元要靖节豫席饯行"，即王弘邀请陶渊明"豫席饯行"的说法，自然也就不可信了。

二　"方舟新旧知"与"方舟析旧知"

《文选》谢瞻《王抚军、庾西阳集别，时为豫章太守，庾被征还东》诗中的"方舟析旧知"，有些《文选》版本中作"方舟新旧知"。为讨论方便，

---

① 陶澍：《靖节先生集》卷2，文学古籍刊行社铅印本1956年版。
② 古直：《陶靖节诗笺定本》，中华书局1935年版。
③ 古直：《陶靖节年谱》，中华书局1926年版。

现以李善注为基础，对照五臣注，重新抄录如下：

祗召旋北京，守官反（五臣注作及）南服。方舟析旧知（五臣注："铣曰：'方并析，别旷远也。'"），对筵旷明牧。举觞矜（五臣注作务）饮饯，指途念出宿。来晨无定端，别晷有成速。颎阳照通津，夕阴暧平陆。榜人理行舻，辖轩命归仆。分手东城闉，发棹西江隩。离会虽相亲（五臣注作杂），逝川岂往复。谁谓情可书？尽言非尺牍。①

仅由抄录而知，在唐朝六臣注《文选》时，"析"字并不作"新"。特别是《文选》五臣注中李铣注说："方并析，别旷远也。"表示此处原作"析"字，明确无误。

李公焕改"析"作"新"，可能是宋代以后的事情。《文选》南宋尤袤本，"析"已改作"新"。清代胡克家《文选考异》云："袁本、茶陵本'新'作'析'，是也。"胡克家对袁本、茶陵本的"析"字直接作出肯定，否定"析"改作"新"。尤袤是南宋人，而元代李公焕本又从宋本承袭而来的。郭绍虞先生说："吴焯《跋》称：'此编汇集宋朝群公评注，淳祐中又刻于省署，当时称玉堂本。'此言不知所据。使所言果确，则笺注原出宋人所辑，李公焕所集录，不过总论一卷耳。"② 因而可以断定"析"作"新"的改动，在元代李公焕之前，在南宋的时候即已经开始。而元代李公焕注本正是根据这个改动的"新"知，将《于王抚军座送客》诗与《文选》谢瞻诗相关联起来，并得出《文选》谢瞻诗"首章纪坐间四人"的说法。

这种文字的窜改，在当时可能有两种情况：一是被人有意改动，以符合"纪座间四人"说；二是无意的改动，"析"、"新"因形近传抄致误。像诗中的"及"作"反"、"矜"作"务（務）"、"亲（親）"作"杂（雜）"等，形近致讹。

但到了后世，不管是上述二者中的哪一种情况，学者将"析"误用为"新"，甚至作为李公焕"纪座间四人"说法的凭据，则是很通行的了。如古直先生虽然否定了李公焕"纪座间四人"的说法，但他在论述中仍然沿用的

---

① 李善等：《六臣注文选》卷20，《四部丛刊》本。
② 郭绍虞：《陶集考辨》，《照隅室古典文学论集》，上海古籍出版社1983年版，第288页。

是"方舟新旧知"。又如王叔岷先生《陶渊明诗笺证稿》云："谢诗'方舟新旧知'，李善注：'旧知，庾也。'新知，盖为陶公。则谢诗所纪，实休元、登元、陶公及瞻自己四人。李注不误。"[①] 不仅沿用"方舟新旧知"的说法，而且将"新知"理解成"盖为陶公"，显然是对李公焕"是休元要靖节豫席饯行"说法的另一种措辞，是对李公焕"纪座间四人"说法的具体深入阐释，因而得出"李注不误"的说法，信从李公焕之说。这些情形，事实上只能是距离《文选》的真实原貌越来越远。

从今天的眼光来看，"方舟新旧知"也应该作"方舟析旧知"才为允当。

首先，在语言对仗上，"方舟析旧知，对筵旷明牧"，句法整齐，对仗精工。"方舟"，李善注曰："《尔雅》曰：'大夫方舟。'郭璞曰：'方舟，并两船也。'""对筵"，李善注曰："杨仲武诔曰：'惟我及尔，对筵接机。'""方"、"对"均含有"双、两"义。"方"、"对"数词对，"舟"、"筵"名词对。"旧知"、"明牧"名词对，"析"、"旷"动词对。疑此处既可作对文，又可作互文："方舟析明牧，对筵旷旧知"或"对筵析旧知，方舟旷明牧"。李善注："旧知，庾也。明牧，王抚军也。"只是一种单向的理解方式，而五臣注："铣曰：'明牧，谓王、庾。'"就作了一种互文式的理解。旧知，即老朋友，指王、庾；明牧，是对官员的尊称，并非特定的官职名称，仍指做官的老朋友王、庾。因而，称旧知称明牧，语意一样。但是，如果改用"新"字，就会失去句法的严整性，达不到上述应有的效果。

其次，在句式结构上，诗句"方舟析旧知，对筵旷明牧"，是二——一——二与名词—动词—名词的基本结构句式。如果换成"新"字，则显然破坏了这种整体的美感。同时代横向看来，像谢瞻诗这样对仗精工的，在极力推崇、讲究辞藻的晋宋文学中是较为多见的。

最后，更为重要的是版本方面的依据。《文选》五臣注的李铣注："方并析，别旷远也。"其中已明显说了"析"，因而完全可以裁定原文是作"析"，不作"新"。所以胡克家《文选考异》中毫不含糊地肯定了袁本、茶陵本"新"作"析"的正确性。因此，《文选》五臣注中的李铣注，给我们留下了一点当年的真实原貌，弥足珍贵。不然，就真有点"死无对证"了。

---

① 王叔岷：《陶渊明诗笺证稿》，中华书局 2007 年版，第 182 页。

三　李公焕改"冬"作"秋"

《于王抚军座送客》诗开篇云："秋日凄且厉，百卉具已腓。爰以履霜节，登高饯将归。"李公焕《笺注陶渊明集》云："集本作'冬'，传写之误。"于是改"冬"为"秋"。李公焕的这一改动，和他"首章纪坐间四人"的说法一样，仍是为他的陶渊明参与王弘送别谢瞻的宴会寻求依据。随着后世对李公焕笺注的重视，李公焕的这种改动从此遂成定论，一直沿用至今。直到 2003 年袁行霈先生《陶渊明集笺注》中才改变了这种说法。

袁先生说："李注本（指李公焕注本）作'秋'，陶注本（指清代陶澍注本）从之。然本书底本（指汲古阁藏本）及曾集本、和陶本、绍兴本、汤汉本均无异文。李注本后出，恐不足为据。"① 袁先生从版本校刊的角度出发，指出了李公焕本将"冬"改为"秋"的错误，说法极为允当。

《于王抚军座送客》诗的第二句"百卉具已腓"，极易误导人，它自然地使人想起《诗经》中的句子。《诗经·小雅·四月》云："秋日凄凄，百卉俱腓。"这可能是李公焕改"冬"为"秋"的原因，也可能是我们大多数人读这首诗时，对李公焕的改动习而不察的原因。

在《诗经》中，"凄凄"、"百卉俱腓"都用来形容"秋日"，"秋日""百卉俱腓"。但我们如果试着换一下，将"秋日"换成"冬日"，语意上完全是说得通的。因为秋天百草枯萎，冬天就更是百草枯萎了。所以"冬日""百卉俱已腓"，从语意上说，完全不误。这是其一。

其二，"冬日凄且厉，百卉俱已腓"，并不完全是吸收《诗经》中的典故，而是更直接来源于张衡的《西京赋》。张衡《西京赋》云："于是孟冬作阴，寒风肃杀。雨雪飘飘，冰霜惨烈。百卉具零，刚虫搏击。"即为《于王抚军座送客》诗第二句所本。

其三，《于王抚军座送客》诗用"厉"字，非"冬日"莫属，与"秋日"无涉。因为秋日金风，冬日厉风，非"冬日"不言"厉"。"厉"与"冬"相连用，这在陶集中也常见。如《岁暮和张常侍》诗云："厉厉气遂严。"诗题的"岁暮"二字与诗中的"厉厉"连用；又如《癸卯岁十二月作与从弟敬远》诗云："凄凄岁暮风，翳翳经日雪。"诗题中的十二月与"凄

---

① 袁行霈：《陶渊明集笺注》，中华书局 2003 年版，第 151 页。

凄"连用；《咏贫士七首》之二："凄厉岁云暮，拥褐曝前轩。南圃无遗秀，枯条盈北园。"首句中"凄厉"直接与"岁暮"连用……陶集习惯性地将"凄厉"与"岁暮"连用，这种写法，可能是受汉魏古诗的影响。如《古诗十九首》（凛凛岁云暮）云："凉风凄已厉，游子寒无衣。"上引《于王抚军座送客》诗"凄厉岁云暮"，显然化用此诗而来。

其四，对诗句"履霜节"的理解存有偏颇。《于王抚军座送客》诗："秋日凄且厉，百卉具已腓。爰以履霜节，登高饯以归。"逯钦立注云："履霜节，九月。《诗·豳风·七月》：'九月肃霜。'"① 其说可商。《礼记·月令篇》云："（季秋之月）霜始降。"又云："孟冬行秋令，则霜雪不时。""孟春行冬令，则水潦为败，雪霜大挚，首种不入。"《诗经·小雅·四月》云："正月繁霜，我心忧伤。"可知霜期并非局限于九月，人们似乎一般只习惯于把霜期与秋联系起来，所以容易导致理解上的偏颇。从漫长的霜期来看，"履霜"在季节上说成秋天、冬天都未尝不可。因而"百卉具已腓，爰以履霜节"，在物候上说成"秋日"通，说成"冬日"亦通，但一连上"凄且厉"就非"冬日"莫属了。

其五，苏轼《和王抚军座送客》诗亦作"冬"。今存苏轼和陶诗《和王抚军座送客》中有"悬知冬夜长"语，在"冬夜"之下，王文诰辑注《苏轼诗集》、冯应榴《苏轼集合注》均未标出异文。十二月冬至，昼短夜长，诗句"悬知冬夜长，不恨晨光迟"叙述着漫长冬夜时的一种心理状态。

总之，再结合李公焕之前的诸家的陶集本子来看，都作"冬日凄且厉"，可见在当时作"冬日"是很通行的说法。李公焕只是很武断地说："集本作'冬'，传写之误。"又着意在诗下注"永初二年辛酉秋作也"，以强调"秋"，并没有给出必要的事实依据。遗憾的是，李公焕这种"不知所本"的说法，却反而被后世奉为圭臬。比起前贤诸修来，李公焕可谓"后来者居上"，以自己的武断说法反而掩饰了原来的真相，并被沿袭至今，误人匪浅。

四　《文选》谢瞻诗的作年与《于王抚军座送客》诗关系

《文选》谢瞻诗的创作背景，张铣注曰："王弘为抚军将军后，庾被征还

---

① 逯钦立：《陶渊明集》，中华书局 1979 年版，第 63 页。

（李善注曰：'入为太子庶子。'），抚军送至盆口，瞻亦将赴豫章，三人于此叙别。"① 结合相关史实，可以考知其作年。《宋书·王弘传》记载："（义熙）十四年，弘迁江州、豫州之西阳、新蔡二郡诸军事、抚军将军、江州刺史。"庾登之被征还，按李善注："入为太子庶子。"按当时史实，册封太子事，分别有王太子和皇太子的记载。《宋书·武帝纪》："元熙元年十二月，进王太妃为太后，王妃为王后，世子为太子。"《宋书·武帝纪》："（永初元年）八月癸酉，立王太子为皇太子。"因此，庾登之被征还，有元熙元年、永初元年两个时间段。到底是哪个时间段，再考证《宋书·谢瞻传》就清楚了。袁行霈先生曾经考证说：

> 《宋书》卷五十六《谢瞻传》：其弟晦"时为宋台右卫，权遇已重，于彭城还都迎家，宾客辐辏，门巷填咽。时瞻在家……乃篱隔门庭，曰：'吾不忍见此。'及还彭城……高祖以瞻为吴兴郡，又自陈请，乃为豫章太守。……永初二年，在郡遇疾，不肯自治，幸于不永。……遂卒，时年三十五。"刘裕还彭城在义熙十四年正月，宋台之建在此年六月。宋台初建，谢晦为右将军，见《宋书》卷四十四《谢晦传》，时谢瞻尚在家。则谢瞻之任豫州太守必在义熙十四年之六月以后。王弘既在江州与谢瞻、庾登之集别，则谢瞻之赴任又在王弘赴江州之后，且在王弘结识渊明之后。
>
> 谢瞻《王抚军、庾西阳集别时为豫章太守庾被征还东》曰："祗召旋北京，守官反南服。"既曰"反"，则非初次上任。……检《宋书》卷五十三《庾登之传》，其入为太子庶子时间不确定。但据《宋书·武帝纪》，元熙元年十二月刘裕之世子义符为宋太子，元熙二年六月刘裕即位改元永初，八月义符被立为皇太子，庾登之入为太子庶子，必在元熙元年十二月之后。②

据此可知，当时高祖仍在彭城，并未进入京都。谢晦担任宋台右卫，③虽然是刘裕的意愿，但还需经刘裕表请，然后到京都经由皇帝亲自册封任命，

---

① 《六臣注文选》卷20，《四部丛刊》本。
② 袁行霈：《陶渊明研究》，北京大学出版社1997年版，第364页。
③ 《宋书·谢晦传》记载是"右卫将军"。

这是晋宋间任命地方佐属官吏的习惯程序，① 因而说是"于彭城还都迎家"。由谢瞻的"时在家"、"及还彭城"可知，谢瞻陈请为豫章太守，也应是在彭城，其授官时间应该是在谢晦任宋台右卫（义熙十四年六月）后不久。考《宋书·武帝纪》：

> （义熙）十四年正月壬戌，公至彭城，解严息甲。……六月，受相国宋公九锡之命。……以太尉军谘祭酒孔季恭为宋国尚书令，青州刺史檀祗为领军将军，相国左长史王弘为尚书仆射。其余百官悉依天朝之制。……元熙元年正月，诏遣大使征公入辅……十二月……进王太妃为太后，王妃为王后，世子为太子……二年四月，征王入辅。六月，至京师。……永初元年六月丁卯，设坛南郊，受皇帝玺绂……元辰，改元熙二年为永初元年……八月癸酉，立王太子为皇太子。

刘裕义熙十四年到彭城，虽然两次受入辅征召，但强作姿态，终于在元熙二年（永初元年）五六月才离开，在彭城历时三年。因而，谢瞻在义熙十四年就已向刘裕请求外任，不可能一拖就是两三年，到永初元年或永初二年才途经江州赴任。因此，以谢瞻赴任为参照，庾登之入为宋王太子庶子（元熙元年十二月）比入为皇太子庶子的可能性要大一些。因而李善注言"庾被征还都"，而五臣注张铣只言"庾被征还"，并未言"都"。又考《宋书·庾登之传》："义熙初，又为高祖镇军参军，转太尉主簿。义熙十二年，高祖北伐，登之击节驱驰，退告刘穆之，以母老求郡。于时士庶咸惮远役，而登之二三其心，高祖大怒，除吏名。大军发后，乃以补镇蛮护军、西阳太守。"可知登之在任西阳太守前，一直是紧随刘裕身边，后因"二三其心"、"惮远役"动摇军心，被刘裕除吏名。但大军发后，仍委任其为郡守长官，满足"母老求郡"的要求，足可见刘裕对他的器重。因而，刘裕到彭城"解兵息甲"后，调他归还身边作为羽翼之用是极有可能的。那么，"被征还"就不是"被征还都"，而是还刘裕身边。李善用"被征还都"，大概是出于尊讳的说法。因此，王、庾、谢三人送别，大概是在元熙元年十

---

① 严耕望：《魏晋南北朝地方政府属佐考》，《历史语言研究所集刊》第 20 册（上），商务印书馆 1948 年版，第 446 页。

二月（宋王世子为太子）到元熙二年的五六月（刘裕离开彭城）之间，这近半年的时间。

至于李公焕所说的"此诗作于永初二年秋"，正如陶澍所质疑的"所引年谱，亦不知何人所撰"①，依据不足。龚斌先生也指出：李公焕的"永初二年之说，既与庾登之被征入都时间不合，亦与谢瞻遇疾至卒之情事不合也"②。

事实上，通过上述考证可以看出：《文选》谢瞻诗与《于王抚军座送客》诗，彼此并无任何瓜葛。李公焕既强调《文选》谢瞻诗与《于王抚军座送客》诗的密切联系，又将《于王抚军座送客》诗系于永初二年，与谢瞻诗创作的诸多史实背景相悖，导致前后失忤，顾此失彼，疏漏较多。

综上所述，李公焕在笺注时，为了将《于王抚军座送客》诗与《文选》谢瞻诗相关联起来，不惜作了多处有悖于事实的改动：一是根据《文选》谢瞻诗"方舟析旧知"到"方舟新旧知"的变动，将谢瞻诗序"纪三人"硬说成"纪四人"；二是将以前诸家陶集本（汲古阁本、曾集本、和陶本、绍兴本、汤汉本等）"均无异文"的"冬日"硬改为"秋日"；三是注明《于王抚军座送客》诗为"永初二年辛酉秋作"，未知所据。然而，李公焕注本可以改窜陶集，但却改窜不了《文选》等典籍，《文选》六臣注的保存和流传让李公焕注本的改窜痕迹彰显无遗。

五　陶渊明"被邀至州"及晚年与王弘交往之不可信

陶渊明"被邀至州"的记载，始见于《晋书·隐逸传》。

刺史王弘以元熙中临州，甚钦迟之，后自造焉。潜称疾不见……弘每令人候之，密知当往庐山，乃遣其故人庞通之等赍酒，先于半道要之。潜既遇酒，便引酌野亭，欣然忘进。弘乃出与相见，遂欢宴穷日。潜无履，弘顾左右为之造履。左右请履度，潜便于坐申脚令度焉。弘要之还州，问其所乘，答云："素有脚疾，向乘篮舆，亦足自反。"乃令一门生二儿共舁之至州，而言笑赏适，不觉其有羡于华轩也。弘后欲见，辄于

①　陶澍：《靖节先生集》卷2，文学古籍刊行社铅印本1956年版。
②　龚斌：《陶渊明集校笺》，上海古籍出版社1996年版，第134、136页。

林泽间候之。至于酒米乏绝，亦时相赡。①

与《宋书·隐逸传》、萧统《陶渊明传》、《南史·隐逸传》相比，《晋书》最为后出，杜撰相异的部分也最多。而好编撰故事，正是《晋书》的特色，这已成为定评。今人评"该史编撰者只用臧荣绪《晋书》作为蓝本，并兼采笔记小说的记载，稍加增饰。对于其他各家的晋史和有关资料，虽然也曾参考过，却没有充分利用和认真加以选择考核。因此成书之后，即受到当代人的指责，认为它'好采诡谬碎事，以广异闻。又所评论，竟为绮艳，不求笃实'"（《晋书·中华书局出版说明》）。这些确实是它作为正史很遗憾的地方。但是，《晋书》新增的王弘造访陶渊明、邀陶渊明至州的故事，却成为唐朝以后的学者笺注《于王抚军座送客》诗，研究陶渊明与王弘交游的主要史料和凭据。上文所引的李公焕笺注，大约也由《晋书》的记载发展而来。

按李公焕注本说法，《于王抚军座送客》诗是陶渊明离开庐山，应王弘之约，远赴溢口，饯别谢瞻时而作的。这一看法，比《晋书》本传走得更远。即：（1）陶渊明不但与王弘交往，而且关系匪浅；（2）陶渊明不但远离隐逸之地庐山，还远赴溢口参与王弘饯别朋友（谢瞻）的宴会活动，而这一朋友（谢瞻）与他却素不相识。因此，李公焕注本叙述的这些史事，恐怕与晚年陶渊明的生活习性乖离甚远。

李公焕注本荟萃众说，郭绍虞先生指出："吴焯《跋》称：'此编汇集宋朝群公评注，淳祐中又刻于省署，当时所称玉堂本者也。'此言不知其所据，使所言果确，则笺注原出宋人所辑，李公焕所辑录，不过总论一卷耳。……考其笺注，多采张绩、吴仁杰二家之说，窃疑其所据或出自蜀本也。"② 据此可以看出：陶渊明参与王休元（王弘）饯别谢瞻宴会而作《于王抚军座送客》诗的说法，在宋朝时就已经流传。而南宋王质《栗里谱》中所论："（陶渊明）自乙巳至于丁卯，迄死未尝他适，独暂为随休元入州。"③ 很明显就是针对当时的流行看法的。他认为，陶渊明从归隐一直到去世，从未离开过庐山。"独暂为随休元入州"，表明他对陶渊明被邀至州的说法持保留和

---

① 房玄龄等撰：《晋书》，中华书局 1974 年版，第 2462 页。
② 郭绍虞：《陶集考辨》，《照隅室古典文学论集》，上海古籍出版社 1983 年版，第 289 页。
③ （宋）王质：《栗里谱》，许逸民校辑《陶渊明年谱》，中华书局 1986 年版，第 6 页。

谨慎态度。

清代学者牟巘对陶渊明被邀至州的说法表示强烈反对，他说："陶公为建威参军，刘裕幕府也。……王弘自江北来，首以此事风朝廷，裕遂移晋祚，而弘为吏部尚书，为江州刺史，遂被心腹之寄。既来江州，柴桑近在境内，于陶公时拳拳，岂非内怀前愧，欲拔高人胜士以湔祓耶？彼曷不知名节之为高掇，陶公未易致，则使人中路酒食候其出，醉而邀之，庶几一见，斯盖以甚迫，则亦可以见吾胸怀本趣固有在，岂端为一王弘哉。适乘篮舆足以自返，其视华轩为何物，而弘欲以此荣其归，此又可笑也。"① 这一段话道破了王弘欲结交陶渊明的真实动机，对《晋书》、李公焕注本中王陶交游的说法作出有力的质疑、驳斥。

从陶渊明晚年的隐居生活态度来看，也可以反证他晚年与王弘交往的不可能，不可能到江州做客，更不可能参加送别庾、谢的宴会，并写下这首《于王抚军座送客》诗。所有这一切，还有一些旁证文献可以佐证。

第一，陶渊明天性爱静，晚年体弱多病，更少参加事务活动。他曾多次自述其好静的性格："我爱其静"（《时运》），"偶爱闲静"（《与子俨等疏》），"闲静少言，不慕名利"（《五柳先生传》），"闲静少言"，徐公持先生说他"性格内向，不好活动，亦不好交游"②。因而，厌倦了官场应酬的陶渊明，又岂会愿意跟随王弘在江州抛头露面，做出送别谢瞻之举？

又，王弘出任江州刺史之时，陶渊明已年届五十四岁，③ 正是疾患之身。陶渊明年过五十后，疾患缠身。同时代颜延之《陶征士诔》云："年在中身，疢维痁疾。视死如归，临凶若吉。药剂弗尝，祷祀非恤。"陶渊明《与子俨等疏》云："天地赋命，生必有死。自古贤圣，谁能独免。吾年过五十，疾患以来，渐就衰损。亲旧不遗，每以药石见救，自恐大分将有限也。"可见陶渊明年过五十的病患曾经使他一度濒临死亡，虽然侥幸度过，但对陶渊明此后的生活与身体造成极大的影响。

《示周续之祖企谢景夷三郎时三人共在城北讲礼校书》诗云："负疴颓檐下，终日无一欣。药石有时闲，念我意中人。""老夫有所爱，思与尔为邻；愿言诲诸子，从我颍水滨。"此诗作于义熙十二年，时年陶渊明五十二岁。

---

① 牟巘：《九日闲居并序》，龚斌《陶渊明集校笺》，上海古籍出版社1996年版，第547页。
② 徐公持：《魏晋文学史》，人民文学出版社1999年版，第567页。
③ 据《宋书·王弘传》，王弘出任江州刺史在义熙十四年，时年陶渊明五十四岁。

又《赠羊长史》:"闻君当先迈,负疴不获俱。路若经商山,为我少踌躇。"此诗作于义熙十三年,陶渊明五十三岁。两诗均描述病患的严重情况,以及陶渊明对待世事的态度。

又,《答庞参军》诗序云:"吾抱疾多年,不复为文。本既不丰,复老病继之。"此诗作于元嘉元年,陶渊明六十岁时。陶渊明诗序交代,自己年过五十患病以来,创作诗文不多。因此,陶渊明自患痁疾(疟疾)以后,参与江州刺史王弘的宴会活动,并作有《于王抚军座送客》的应酬文章,就更可堪怀疑了!

第二,陶渊明反对周续之出山讲礼,可见陶渊明的政治态度。最能反映此处陶渊明晚年归隐生活的诗文,是《示周续之祖企谢景夷三郎时三人共在城北讲礼校书》一诗(以下省称《示三郎》诗)。

考陶渊明归隐后先后有三个居住地:上京(《还旧居》)、柴桑里(《戊申岁六月遇火》)、南村(《移居二首》),都在柴桑县境内。其交游的圈子也不出庐山。① 《晋书》渊明本传云:"征著作郎,不就。既绝州郡觐谒,其乡亲张野及周旋人羊松龄、庞遵等或有酒要之,或要之共酒坐,亦欣然无忤,酣醉便反。未尝有所造诣,所之唯至田舍及庐山游观而已。"此段说得再清楚不过。又《五柳先生传》说:"性嗜酒,而家贫不能恒得。亲旧知其如此,或置酒招之,造饮必尽,期在必醉,既醉而退,曾不吝情去留……其自序如此,时人谓之实录。"《饮酒二十首》之十八:"子云性嗜酒,家贫无由得。时赖好事人,载醪祛所惑。"《形影神》自序:"好事君子,共取其心焉。"都可证《晋书》所载属实。

《示三郎》诗激烈反对周续之等人出山讲学,则更直接地表明了陶渊明晚年的仕隐立场。萧统《陶渊明传》说:"时周续之入庐山事释慧远,彭城刘遗民亦遁迹匡山,渊明又不应征命,谓之'浔阳三隐'。后刺史檀韶苦请续之出州,与学士祖企、谢景夷三人,共在城北讲《礼》,加以雠校,所住公廨,近于马队。是故渊明示其诗云:'周公述孔业,祖谢响然臻。马队非讲肆,校书

---

① 对渊明住所的考证,向来意见不统一。古直在《陶靖节年谱》中说有栗里、上京、南村三处;朱自清先生说是柴桑、上京、南村、浔阳四处(《陶渊明年谱中之问题》);逯钦立先生说是上京闲居、园田居、南里(南村)三处(《陶渊明事迹诗文系年》);魏正申先生说是柴桑、上京、西庐(西畴)、南村(南里)四处。其中逯、魏二说较详。但不管哪一家说法,对渊明的住所并没有超出浔阳、柴桑一带的意见,则是相同的。

亦已勤。'" 对其讲学校书进行讥讽和劝告。其实，周续之作为"浔阳三隐"之一，亦颇为时人所敬仰，宋高祖刘裕曾对其有过"真隐士"之誉。《宋书·周续之传》记载："续之八岁丧母，哀戚过于成人，奉兄如事父。……征太学博士，并不就。江州刺史每相招请，续之不尚节峻，颇从之游。……高祖之北伐，世子居守，迎续之馆于安东寺，延入讲礼，月余，复还山。……俄而辟为太尉掾，不就。" 可见，在"个个要职要官"的晋代，周续之还是保有一定操守的。但陶渊明对他这种一而再、再而三的不真心归隐，态度很不友好，甚至还带有训斥的口气。从诗题来看，对周续之是直呼其名，考陶渊明交游诗，陶渊明称人时均尊称人官职名，唯此诗例外。陶渊明与刘遗民、周续之同为"浔阳三隐"，但诗歌《赠刘柴桑》、《酬刘柴桑》诗题的称呼与此却迥然不同。王质《栗里谱》说："或恐刘柴桑是县令，刘或尝为此县，存此呼，或有命不为。……遗民（即刘柴桑）自隐之余无闻，续之在隐之中微婉。君与周、刘，号称浔阳三隐，校情义，稍有浅深。"① 指出陶渊明称官名和直呼其名时的情感差异。又，从语气上看，诗题直接呼其名犹可，还称其为郎，郎，即小儿。又诗句"老夫有所爱，思与尔为邻。愿言谢诸子，从我颍水滨"以老夫自居，与小儿相对，明显带有一种长辈对晚辈的教训语气。② 而且从四句诗的语意判断，要求周续之等人"从我颍水滨"，似乎还暗含有一种不容商量、不可违抗的态度。从这种"怒其不争"的怨怒语气中，侧面见出陶渊明誓志归隐的决心，不但自己身体力行，还严格地管束身边的友朋，甚至不惜指手画脚。

检《宋书·檀韶传》，檀韶出任江州刺史，始于义熙十二年。《宋书·王弘传》载王弘任江州刺史是在义熙十四年。此时期正是晋宋易代的最关键、最黑暗阶段，在这种血雨腥风的多事之秋，陶渊明离开庐山，奔赴王弘酒宴，并且在短短的两年里，与当时对周续之时的态度，前后判若两人，这似乎都不太合乎常理。更何况，被邀作陪酒送客，相较于被邀讲《礼》，身份又等而下之，这对于刚刚教训过小儿，并要其"从我颍水滨"的"老夫"来说，大概是不会为之的吧？因而，同作为"浔阳三隐"，陶渊明以长者身份规劝周续之等"从我颍水滨"（《示三郎》诗），足见他对刘裕政权的态度。

---

① 王质：《栗里谱》，许逸民校辑《陶渊明年谱》，中华书局 1986 年版，第 6 页。
② 郎，逯钦立《陶渊明集》，以为是对别人的尊称，并引《江表传》、《世说新语》为例，其说可商。今因渊明以"老夫"自居，疑"郎"即小儿，是一种教训时的詈称。

早在宋代，王质曾结合这首诗，对陶渊明的陪酒送客也表示过质疑和否定。他说："同隐周续之召至都，为颜延之连挫。义熙间，檀韶为江州刺史，要续之在城北讲《礼》雠书。有《示周掾祖诗》诗云：'马队非讲肆，校书亦已勤。'又云：'但愿还渚中，从我颍水滨。'江城尚不欲周往，奚况京师？"① 赵泉山说："靖节不事觐谒，惟至田舍及庐山游观舍，是无它适。续之自远公顺寂之后虽隐居庐山而州将每相招引，颇从之游，世号通游，是以诗中引箕隐之事微讥之。"② 何焯亦曰："鲁两生不肯起从汉高，况见此季代篡夺乎？故劝之从我为箕隐之游也。"③ 均点出了陶渊明劝阻周续之的真实内心以及他对晋宋易代的立场。

《宋书·周续之传》称"续之不尚节峻，江州刺史每相招请，颇从之游"；那么就陶渊明来说，江州刺史王弘"每相招请"，如果陶渊明也"从之游"，不也算是"不尚节峻"吗？而事实上，渊明不但没有遭受"不尚节峻"的讥苦，《宋书》反而称赞他"自以曾祖晋世宰辅，耻复屈身后代，自高祖王业渐隆，不复肯仕。所著文章，皆题其年月，义熙以前，则书晋氏年号；自永初以来，唯云甲子而已"。自《宋书》以降，陶渊明获得《南史》、《晋书》等多家正史并载的殊誉，其操行久为时人及后人的敬仰。因而，以此反观《宋书》中有关王弘与陶渊明交往的记载及《晋书》中增饰的史料，我们应对他们两人的交往作出重新理解。

第三，同时代隐士对王弘的态度可作参照。孔淳之是与陶渊明差不多同时代的隐士。《宋书·隐逸·孔淳之传》："（孔淳之）与征士戴颙、王弘之及王敬弘等共为人外之游。……元嘉初，征为散骑侍郎，乃逃于上虞县界，家人莫知所之。弟默之为广州刺史，出都与别。司徒王弘要淳之集冶城，即日命驾东归，遂不顾也。"④ 从《宋书》、《南史》、《晋书》三史都为陶渊明立传来看，陶渊明的隐名要比孔淳之稍大。孔淳之尚且这样注重声誉，对王弘的邀请不屑一顾，足可以据此推断陶渊明对王弘的态度了，因此他应王弘之邀赴江州饯别之事，更无从谈起。

综上所述，《晋书》陶渊明"被邀至州"的记载可信度不高，陶渊明晚

---

① 王质：《栗里谱》，许逸民校辑《陶渊明年谱》，中华书局1986年版，第6页。
② 陶澍：《诸家评陶汇集》，《靖节先生集》附录，文学古籍刊行社铅印本1956年版。
③ 同上。
④ （梁）沈约撰：《宋书》，中华书局1974年版，第2284页。

年没有走出过庐山，没有被王弘相邀到江州做客，更没有被王弘相邀参加送别谢瞻、庾登之的宴会，因此也不可能写下《于王抚军座送客》这首诗。李公焕注本结合《文选》谢瞻诗所作的注解，其破绽和不足征信之处较多，须谨慎待之。

六　启示

通过本文的撰写，有两点不成熟的心得体会，借此向大家汇报，敬请批评指正。

（1）五臣注的版本价值。过去对五臣注否定较多，自20世纪90年代以来，现代学者逐步对五臣注有了较为公允的评价，尤其注意到五臣注与李善注版本的差异，来源于它们有着各自的底本，[①] 由此可见五臣注相较于李善注的独特版本价值。以本文为例，《文选》谢瞻诗中五臣注的李铣注："方并析，别旷远也"，明确提到《文选》版本原作"方舟析旧知"，不作"方舟新旧知"，从而成为厘清诗序"纪三人"还是"纪四人"公案的有力铁证，从而在很大程度上否定了李公焕注本提及的《文选》谢瞻诗与陶集《于王抚军座送客》诗之间的关系，解决了陶渊明研究中一直聚讼不清的一个难题。仅此一例，足见五臣注本弥足珍贵的文献价值。

（2）如何甄辨、择选古注。孟子云："尽信书则不如无书。"（《孟子·尽心下》）面对浩如烟海的古人注疏的典籍时，经常会遇到两个困惑。一是功力、见识不够或者认识的角度不同，一时难以判断古注的良莠高下。一部古籍，从古到今，注疏的版本较多，对于它们的良莠高下，如何区分，难度较大，尤其是对于初学者而言，难度更大。有些古籍注疏的价值，学人的看法有时也不尽相同，会存在一定的分歧。二是过于迷信古代名人的经典注疏。有时读书，偶尔能够隐约感觉到某些古代名家的经典注疏并不准确，但囿于其地位，不敢提出质疑；或有时即使有自己的看法，也很难得到认同。因为有"注不破经"、"疏不破注"等传统，大家往往还是比较深信已有的成说。

以本文所探讨的李公焕注为例，李公焕注本荟萃众说，"开后世集注之

---

① 如陈延嘉《〈文选〉李善注与五臣注比较研究》（吉林文史出版社2009年版，第407页）即持此说。

风"，他继承南宋汤汉注本的遗风，对陶诗提出了许多独到的见解。但这些见解，就如同一把双刃剑，造福颇多，亦误人不浅。因此，我们对李公焕本的一些笺注，及其他在陶集版本中的价值，都是值得再度审视的。①

　　要之，深怀敬畏之心，尊重古贤，如何辩证地看待"注不破经"传统，如何辩证、客观、公正地对待古人注疏，恐怕依然是一个并不轻松的未尽话题。

---

　　① 李公焕笺注陶诗的缺憾，除《和王抚军座送客》诗之外，还有如《联句》诗等。陶集《联句》诗为四人联句，前三联署名依次为陶渊明、循之、愔之，末联在其他各家陶集版本中均未见署名，唯李公焕本署名为"陶渊明"，亦误。囿于篇幅，笔者有《〈联句〉诗及其联句人物考察》（《陕西师范大学继续教育学报》2006 年第 3 期）一文专门论及此事。

《文选·为范尚书让吏部封侯第一表》锥指*

柏俊才**

　　范云是齐、梁之际的政治家，初与萧衍一起侍奉竟陵王萧子良，为"竟陵八友"集团成员之一，颇受萧子良器重。后为萧衍出谋划策，协助其登上皇帝宝座，成为梁武帝的座上客。同时，范云也是著名的文学家，钟嵘以"范诗清便宛转，如流风回雪"①评之，使其声名大振。天监元年（502），范云被封为散骑常侍、吏部尚书、霄城县侯，是其政治生涯中最为辉煌的事情。诏书达到之日，其好友任昉替范云撰《为范尚书让吏部封侯第一表》，申述范云辞让之意。从而也使任昉《为范尚书让吏部封侯第一表》成为古代"表"类文体之佳构。

一　文本流变考

　　任昉《为范尚书让吏部封侯第一表》最初见于《文选》卷三十八《表下》，全文极长，有 954 字。此后，历朝历代的文集诸如《初学记》卷十二（以下简称《初学》）、《艺文类聚》卷四十八（以下简称《艺文》）、张燮《七十二家集·任中丞集》（以下简称《燮集》）、张溥《汉魏六朝百三家集·任中丞集》（以下简称《溥集》）、严可均《全上古三代秦汉三国六朝文》（以

　　* 本文是 2012 年教育部人文社科规划基金项目《"竟陵八友"与齐梁文学新变研究》（12YJA751001）阶段性成果。
　　** 【作者简介】柏俊才，1970 年生，陕西麟游人，文学博士，华中师范大学教授，国学专业博士生导师，研究方向为汉唐文学与文献。
　　① 曹旭：《诗品笺注》，人民文学出版社 2009 年版，第 188 页。

下简称《严文》）均有著录。今以《文选》为底本，参校其他文集，考察任
昉《为范尚书让吏部封侯第一表》的异文情形。

为范尚书让吏部封侯第一表[1]

臣云言：被尚书召，以臣为散骑常侍、吏部尚书，封霄城县开国侯，
食邑千户。奉命震惊，心颜无措。臣云顿首顿首！死罪死罪[2]！臣素门
凡流，轮翮无取。进谢中庸，退惭狂狷。固尝钻厉求学，而一经不治。
篆刻为文，而三冬靡就。负书燕魏，空殚菽粟；蹑屩齐楚，徒失贫贱[3]。
既而分虎出守，以囊被见嗤；持斧作牧，以薏苡兴谤。赭衣为虏，见狱
吏之尊；除名为民，知井臼之逸。百年上寿，既曰徒然。如其诚说，亦
以过半。乱离斯瘼，欲以安归？闭门荒郊，再离寒暑。兼以东皋数亩，
控带朝夕[4]，关外一区，怅望钟阜。虽室无赵女，而门多好事。禄微赐
金，而欢同娱老。折芰燔枯，此焉自足[5]。

陛下应期万世，接统千祀。三千景附，八百不谋。臣曩等离心，
功惭同德。泥首在颜，舆棺未毁。缔构草昧，敢叨天功。狱讼讴谣[6]，
示民同志[7]。而隆器大名，一朝总集。顾己反躬，何以臻此？正当以
接闰白水[8]，列宅旧丰。忘舍讲之尤，存诸公之费。俯拾青紫，岂待
明经[9]。

臣云顿首顿首！死罪死罪！夫铨衡之重，关诸隆替[10]。远惟则哲，
在帝犹难[11]。汉魏以降[12]，达识继轨[13]。雅俗所归，惟称许郭[14]。拔
十得五，尚曰比肩。其余得失未闻，偶察童幼，天机暂发，顾无足
算[15]。在魏则毛玠公方，居晋则山涛识量。以臣况之，一何辽落[16]！
齐季凌迟[17]，官方淆乱，鸿都不纲，西园成市，金章有盈笥之谈，华貂
深不足之叹[18]。草创惟始，义存改作，恭己南面，责成斯在。岂宜妄加
宠私，以乏王事[19]？附蝉之饰，空成宠章。求之公私，授受交失。

近世侯者[20]，功绪参差：或足食关中，或成军河内，或制胜帷幄，
或门人加亲，或与时抑扬，或隐若敌国，或策定禁中，或功成野战[21]，
或盛德如卓茂，或师道如桓荣，或四姓侍祠[22]，已无足纪，五侯外戚，
且非旧章。而臣之所附，惟在恩泽。既义异畴庸，实荣乖儒者。虽小人
贪幸，岂独无心[23]？

臣本自诸生，家承素业，门无富贵，易农而仕。乃祖玄平，道风秀

世，爰在中兴，仪刑多士。位裁元凯，任止牧伯。高祖少连，凤秉高尚，所富者义，所乏者时，薄宦东朝，谢病下邑。先志不忘，愚臣是庶[24]。且去岁冬初[25]，国学之老博士耳，今兹首夏，将亚冢司[26]。虽千秋之一日九迁，荀爽之十旬远至[27]，方之微臣，未为速达。臣虽无识，惟利是视，至于亏名损实，为国为身，知其不可，不敢妄冒。

陛下不弃菅蒯，爱同丝麻。觉平生之言，犹在听览，宿心素志，无复贰辞。矜臣所乞，特回宠命，则彝章载穆[28]，微物知免[29]。臣今在假，不容诣省[30]，不任荷惧之至，谨奉表以闻。臣云诚惶以下[31]。①

[1] 此文的题目，《文选》作《为范尚书让吏部封侯第一表》，《初学》作《为范云让散骑常侍吏部尚书表》，《艺文》作《为范云让散骑常侍吏部尚书霄城侯表》，《燮集》作《为范尚书让吏部封侯表》，《溥集》作《为范尚书让吏部封侯表》，《严文》作《为范尚书让吏部封侯第一表》。从文章内容来看，是任命范云为散骑常侍、吏部尚书，封霄城县开国侯之事，故《文选·为范尚书让吏部封侯第一表》最为贴切、明晰。

[2] 罪：《溥集》第二个"罪"作"皋"。以下第三段"死罪死罪"中第二个"罪"与此同。

[3] 失：《燮集》、《溥集》作"知"。

[4] 朝夕：《燮集》、《溥集》作"潮汐"。

[5] 自"臣云言"至"此焉自足"265字，《初学》、《艺文》无。

[6] 謌：《溥集》作"歌"。

[7] 示民同志：《燮集》、《溥集》作"示同民志"。

[8] 正：《燮集》、《溥集》作"政"。

[9] 自"陛下应期万世"至"岂待明经"121字，《初学》、《艺文》无。

[10] 关诸：《艺文》作"阙语"。隆：《初学》作"崇"，《艺文》作"隆"。

[11] 在：《初学》前衍一"而"字、后衍一"昔"字。难：《艺文》作"轻"。

[12] 已：《初学》、《燮集》作"以"。

[13] 达：《艺文》作"远"。继：《艺文》作"轻"。

[14] 惟：《初学》、《艺文》、《燮集》、《溥集》作"唯"。以下"草创惟始"、"惟在恩泽"、"惟利是视"三句中之"惟"与此同。

[15] 算：《燮集》作"筭"。

---

① 萧统：《文选》，上海古籍出版社1986年版，第1733—1740页。

　　［16］ 自"拔十得五"至"一何辽落"48 字，《初学》、《艺文》无。

　　［17］ 陵：《艺文》作"凌"。

　　［18］ 自"鸿都不纲"至"华貂深不足之叹"22 字，《初学》、《艺文》无。

　　［19］ 乏：《初学》作"隳"。

　　［20］ 世：《初学》作"代"。侯：《初学》删。

　　［21］ 野：《薄集》作"埜"。自"或制胜帷幄"至"或功成野战"30 字，《初学》、《艺文》无。

　　［22］ 祠：《薄集》作"祀"。

　　［23］ 自"既义异畴庸"至"岂独无心"19 字，《初学》、《艺文》无。

　　［24］ 自"臣本自诸生"至"愚臣是庶"74 字，《初学》、《艺文》无。

　　［25］ 且：《初学》作"臣"。

　　［26］ 冢：《初学》作"亚"。

　　［27］ 爽：《艺文》作"奭"。

　　［28］ 彝：《薄集》作"彛"。

　　［29］ 自"臣虽无识"至"微物知免"85 字，《艺文》无。

　　［30］ 诣：《薄集》作"请"。

　　［31］ 臣云诚惶以下：《燮集》、《薄集》6 字无。

　　通过以上的考察，我们可以看出：任昉《为范尚书让吏部封侯第一表》自《文选》著录之后，在后代的传播过程中，出现许多异文，这在抄本时代是最正常不过的事情了。尽管如此，到近现代，如严可均《全上古三代秦汉三国六朝文》，他全然不顾历代的异文情形，直接以《文选》文字为准。由此可见，《文选》保存了六朝文学文本的全貌。但是，唐代的《初学记》和《艺文类聚》，出现了文本的最大变异。

　　《初学记》卷十二《散骑常侍》收录任昉《为范尚书让吏部封侯第一表》，题曰《为范云让散骑常侍吏部尚书表》，仅 306 字，是《文选》文本字数的 32%。我们不妨考察《初学记》删去了哪些内容：

　　　　臣云言：被尚书召，以臣为散骑常侍、吏部尚书，封霄城县开国侯，食邑千户。奉命震惊，心颜无措。臣云顿首顿首！死罪死罪！臣素门凡流，轮翮无取。进谢中庸，退惭狂狷。固尝钻厉求学，而一经不治。篆刻为文，而三冬靡就。负书燕魏，空殚菽粟；蹑屩齐楚，徒失贫贱。既而分虎出守，以囊被见嗤；持斧作牧，以薏苡兴谤。赭衣为虏，见狱吏之尊；除名为民，知井臼之逸。百年上寿，既曰徒然。如其诚说，亦以过半。乱离斯瘼，欲以安归？闭门荒郊，再离寒暑。兼以东皋数亩，控带朝夕，关外一区，怅望钟阜。虽室无赵女，而门多好事。禄微赐金，而欢同娱老。折芰燔枯，此焉自足。

陛下应期万世，接统千祀。三千景附，八百不谋。臣蠹等离心，功惭同德。泥首在颜，舆棺未毁。缔构草昧，敢叨天功。狱讼讴謌，示民同志。而隆器大名，一朝总集。顾己反躬，何以臻此？正当以接闰白水，列宅旧丰。忘舍讲之尤，存诸公之费。俯拾青紫，岂待明经。

……拔十得五，尚曰比肩。其余得失未闻，偶察童幼，天机暂发，顾无足算。在魏则毛玠公方，居晋则山涛识量。以臣况之，一何辽落！……鸿都不纲，西园成市，金章有盈笥之谈，华貂深不足之叹。……

或制胜帷幄，或门人加亲，或与时抑扬，或隐若敌国，或策定禁中，或功成野战……既义异畴庸，实荣乖儒者。虽小人贪幸，岂独无心？

臣本自诸生，家承素业，门无富贵，易农而仕。乃祖玄平，道风秀世，爰在中兴，仪刑多士。位裁元凯，任止牧伯。高祖少连，凤秉高尚，所富者义，所乏者时，薄宦东朝，谢病下邑。先志不忘，愚臣是庶。且……①

从删去的 624 字来看，主要包括以下内容：第一，凡涉及范云家族的文字均被删削。范云是南乡舞阴（今河南泌阳县西北）人，舞阴范氏在六朝为寒门，地位低下。虽然我们经常用"旧时王谢堂前燕，飞入寻常百姓家"②来形象地说明到唐代六朝家族荣耀已经成为过去，但是唐代同样非常重视门第。唐代皇室出自陇西李氏，家族地位亦不高，故在教育子弟的《初学记》中就不愿提及士族。第二，范云在齐代的生平仕履被删去。范云任散骑常侍、吏部尚书、封霄城县开国侯是梁代之事，无须考虑其过去。第三，六朝是骈文兴盛的时代，任昉《为范尚书让吏部封侯第一表》骈文句子特别多。唐代骈散相争，任昉文中许多二二相对的骈偶句子被删除。第四，范云委婉含蓄

---

① 所录删节内容，系对照徐坚《初学记》（中华书局 1962 年版，第 287 页）整理。
② 刘禹锡：《乌衣巷》，《刘宾客文集》，商务印书馆 1939 年版，第 328 页。

的自谦之辞也被删去。

《初学记》删除的文字，《艺文类聚》也尽悉删去。此外，《艺文类聚》比《初学记》又多删了85字："臣虽无识，惟利是视，至于亏名损实，为国为身，知其不可，不敢妄为。陛下不弃菅蒯，爱同丝麻。傥平生之言，犹在听觉，宿心素志，无复贰辞。矜臣所乞，特回宠命，则彝章载穆，微物知免。"这些文字纯粹是范云自谦之辞，皇子们读之无益，自然亦无须保留。经《艺文类聚》删减，任昉954字的文章仅存221字：

> 夫铨衡务重，阙语隆替。远惟则哲，在帝犹轻。汉魏以降，远识轻轨。雅俗所归，唯称许郭。齐季凌迟，官方淆乱。草创惟始，议存改作，恭己南面，责成斯在。岂宜妄加宠私，以乏王事，附蝉之饰，空成宠章。求之公私，授受交失。近世侯者，功绪参差：或足食关中，或成军河内，或盛德如卓茂，或师道如桓荣。四姓传祠，已无定纪。五侯外戚，且非旧章。而臣之所附，唯在恩泽。且去岁冬初，国学之老博士耳。今兹首夏，将亚冢司，虽千秋之一日九迁，荀爽之十旬远至，方之微臣，未为速达。①

如果我们仔细分析这221字，就会发觉：这仅有的221字，不枝不蔓，直陈辞让之事，不旁及其他，行文显得干净利索。但若与《文选》收录的954字相比较，则文学性略差。因此，《初学记》和《艺文类聚》所收录的任昉《为范尚书让吏部封侯第一表》，对于初学写作的人来说有一定的价值。若就文学性方面来看，则不足取。

二　文本本事考

任昉与范云同为竟陵王萧子良西邸文人，入梁后同朝为官，友谊深厚。②"结欢三十载，生死一交情。携手遁衰孽，接景事休明。"③二人相交三十余年，相互之间一直保持着友好的往来。在现有文集中，任昉曾替范云代写二

---

① 欧阳询：《艺文类聚》，上海古籍出版社1965年版，第858页。
② 任昉与范云的交往参见拙作《任昉交游考》，柏俊才《竟陵八友考辨》，中国社会科学出版社2011年版，第276—277页。
③ 任昉：《出郡传舍哭范仆射诗》，逯钦立《先秦汉魏晋南北朝诗》，中华书局1983年版，第1600页。

表，一为《为范始兴作求立太宰碑表》，一为《为范尚书让吏部封侯第一表》。在《为范尚书让吏部封侯第一表》中，任昉提及范云祖上以及其在萧齐仕履，弥补了史传记载之缺，填补了范云生平之空白。

关于范云之世系，《梁书》本传云："范云，字彦龙，南乡舞阴人，晋平北将军汪六世孙也……父抗，为郢府参军。"① 又《南史》本传云："范云字彦龙，南乡舞阴人，晋平北将军汪六世孙也。祖璩之，宋中书侍郎。"② 由这两部史书可知，范云的天祖为范汪，祖父为范璩之，父亲为范抗。余不可知。任昉《为范尚书让吏部封侯第一表》正好弥补了史书之缺，"臣本自诸生……乃祖玄平……高祖少连"③。据此，范云的天祖为玄平，高祖为少连。玄平，即范汪，范晷之子。汪字玄平，东晋时曾任吏部尚书、徐兖二州刺史。"范玄平陈谋献策，有会时机。崧则思业该通，缉遗经于已紊。汪则风飚直亮，抗高节于将颠，扬榷而言，俱为雅士。"④ 风飚直亮、抗高节、扬榷而言等语言，精确地描绘出范汪的名士风度。少连，不见史乘，《文选》李善注引王僧孺《范氏谱》曰："汪生少连……少连，太子舍人，余杭令。"⑤ 少连为范汪之子。然《晋书》范汪本传述及其子嗣云："长子康嗣，早卒。康弟宁，最知名。"⑥ 范汪有二个儿子，长曰范康，次曰范宁，从未提及范少连。事实上，范少连就是范宁。范宁，字少连，东晋著名的儒学家。据此，范云烈祖为范晷，天祖为范汪，高祖为范宁，祖父为范璩之，父亲为范抗，谱系极为完整。

范云之家风，《梁书》、《南史》本传无一字提及，任昉《为范尚书让吏部封侯第一表》有云："臣本自诸生，家承素业，门无富贵，易农而仕。"⑦ 所谓素业，即儒业。换句话说，范云自称是以儒学传家的。天祖范汪"一生行事，全在崇儒"⑧，《通典》载其议丧礼之文甚多，著有《范汪方》、《围棋九品序录》、《棋品》等著作。高祖范宁，著有《春秋穀梁传集解》，是汉、

① 姚思廉：《梁书》卷十三《范云列传》，中华书局1973年版，第229页。
② 李延寿：《南史》卷五十七《范云列传》，中华书局1975年版，第1415页。
③ 萧统：《文选》，上海古籍出版社1986年版，第1738页。
④ 房玄龄：《晋书》卷七十五《范汪列传》，中华书局1974年版，第1995页。
⑤ 萧统：《文选》，上海古籍出版社1986年版，第1738页。
⑥ 房玄龄：《晋书》卷七十五《范汪列传》，中华书局1974年版，第1984页。
⑦ 萧统：《文选》，上海古籍出版社1986年版，第1738页。
⑧ 田余庆：《东晋门阀政治》，北京大学出版社2012年版，第147页。

魏以来《春秋穀梁传》之学的重要作品。祖叔范晔，著有《后汉书》，反对天命论、图谶说，主张无神论。堂弟范缜少拜名儒沛国刘瓛为师，著《神灭论》，痛斥因果报应论，反对宣扬佛教。范云承袭祖上遗风，以儒立身，然更多地渗入了权变的思想，像他支持萧衍篡位，虽与范缜同朝为官，因范缜排佛触怒梁武帝，终生不与之交往，即是明证。

范云年少读书之事，《南史》本传仅有"云六岁就其姑父袁叔明读《毛诗》，日颂九纸"① 一句，言其教育以《毛诗》为主。任昉《为范尚书让吏部封侯第一表》云："固尝钻厉求学，而一经不治。篆刻为文，而三冬靡就。"②"钻厉求学"、"三冬靡就"状其学习之持之以恒与刻苦努力。"一经不治"用汉代鲁谣谚"遗子黄金满籯，不如一经"③ 典故，说明其以经学为宗、不重科举的价值取向。

范云齐代仕履，史传所载较为模糊，任昉《为范尚书让吏部封侯第一表》记之亦略："负书燕魏，空殚菽粟；蹑屩齐楚，徒失贫贱。既而分虎出守，以囊被见嗤；持斧作牧，以薏苡兴谤。"④ "持斧作牧"指任广州刺史之事。"分虎出守"指任内史之事，据笔者所考，永明十一年（493）任零陵内史，建武四年（497）任始兴内史。⑤ 任零陵内史之前，范云"负书燕魏"、"蹑屩齐楚"，亦即到过燕魏、齐楚之地。根据"负书"、"蹑屩"二词来看，似乎是指范云求学之经历，实则非是，而是其仕宦履历。据笔者考证，元徽二年（474）任郢州西曹书佐，元徽五年（477）任郢州法曹行参军，建元元年（479）在会稽任萧子良府主簿，建元二年（480）任丹阳尹主簿，建元四年（482）在南徐州任竟陵王府主簿，永明二年至十年（484—492）在建康任竟陵王司徒记室、司徒参军，永明十年（492）出使北魏，⑥ 范云这些任职以及足迹所至，基本上都在燕魏、齐楚之地。既然范云已经入仕，为什么还要用"负书"、"蹑屩"等词？实际上，"负书"、"蹑屩"是用苏秦负书担橐、虞卿蹑屩檐簦的典故，暗指范云宦游。自元徽二年（474）至永明十年

① 李延寿：《南史》卷五十七《范云列传》，中华书局 1975 年版，第 1415 页。
② 萧统：《文选》，上海古籍出版社 1986 年版，第 1734 页。
③ 班固：《汉书》卷七十三《韦贤列传》，中华书局 1963 年版，第 3107 页。
④ 萧统：《文选》，古籍出版社 1986 年版，第 1734 页。
⑤ 详见拙作《范云生平仕履考》，柏俊才《竟陵八友考辨》，中国社会科学出版社 2011 年版，第 327—329 页。
⑥ 详见拙作《范云年谱》，《中国韵文学刊》2008 年第 4 期。

（492），十九年间，范云游历于郢州刺史晋熙王爕、竟陵王萧子良的幕府，寻求可以托身的诸侯王。因晋熙王爕反叛被诛，范云随之到竟陵王萧子良幕府，并取得其信任，成为萧子良重要的谋士之一。

永元元年（499）六月，范云出任广州刺史，十月颜翻接替范云任广州刺史。范云在广州刺史任上仅四个月就被免官，原因何在？史书未言。任昉《为范尚书让吏部封侯第一表》云："赭衣为虏，见狱吏之尊；除名为民，知井臼之逸。"①。赭衣，即囚衣。堂堂的地方大员不仅被夺官，而且被关进了监狱，简直匪夷所思。个中原因，不得而知。笔者揣测是得罪了权贵江祏所致："迁广州刺史、平越中郎将……时江祏姨弟徐艺为曲江令，祏深以托云。有谭俨者，县之豪族，艺鞭之，俨以为耻，至都诉云，云坐征还下狱，会赦免。"② 江祏本为南齐外戚，是齐明帝萧鸾委任的顾命大臣，永元元年为执掌朝政的"六贵"之一。范云与江祏均为竟陵王萧子良西邸文人，交往肯定不少。范云在任广州刺史期间，未能完成老朋友的嘱托，照顾好江祏姨弟徐艺，江祏恼羞成怒。恰巧此年前范云委托任昉撰写了《为范始兴作求立太宰碑表》，替篡夺萧齐政权的萧子良立碑，成为江祏置范云于死地的口实。范云以从逆的罪名关进监狱，后经萧衍的积极营救，被削职为民。

范云被任命为散骑常侍、吏部尚书、霄城县开国侯的时间，任昉《为范尚书让吏部封侯第一表》中云："且去岁冬初，国学之老博士耳，今兹首夏，将亚冢司。"③ 亦范云由国学博士升任现职。范云任国学博士的时间，熊清元先生认为"入城除国学博士，自当在永元三年十月间"④。熊先生之意旨在说明，永元三年（501）十月范云任国学博士，次年，亦即天监元年（502）首夏吏部封侯，在任六个月。熊先生谬矣！任昉文中有云"老博士"，说明其任国学博士的时间绝非半年，否则"老"便没有着落。《梁书》本传明确记载范云初任国学博士的时间是永元二年（500），吏部封侯的时间为天监元年（502）四月。古代官员一任为三年，范云在国学博士任上二年，方有"老博士"之说，纯粹属于发牢骚。

---

① 萧统：《文选》，上海古籍出版社 1986 年版，第 1734—1735 页。
② 李延寿：《南史》卷五十七《范云列传》，中华书局 1975 年版，第 1418 页。
③ 萧统：《文选》，上海古籍出版社 1986 年版，第 1739 页。
④ 熊清元：《范云为国学博士的时间问题》，《史学月刊》1992 年第 5 期。

三　文本特色论

《文选》收录十三位文学家十九篇表，其中收录任昉五表，占 26%，超过了曹植，确立了任昉在表类文体中一人独尊的地位。"昉尤长为笔……当时王公表奏无不请焉。昉起草即成，不加点窜。沈约一代辞宗，深所推挹。"[1] 任昉经常替王公大人撰写"表"，"任彦升所为章表，代笔甚多。然或因所代不同，而口气异致。或因一人数表，而前后疏途。并由谋篇在先，始能各不相犯。推此可知，六朝人所作章表贵在立言得体，而不在骈罗事实。不肯割爱，转为文累"[2]。任昉所代写之表，因人而异，各具特色，取得很高的成就，有着极好的声誉，就连当时文坛泰斗沈约也礼让三分。

若以内容来分，"表"可分为贺表、让表、辞表、谢表、陈表、请表、进表、谏表、上封事表等多种类型。任昉《为范尚书让吏部封侯第一表》属于让表。按照古代礼制，凡履新之官员，都必须三辞三让。也许他们在心里已经等了好久，得官后暗自窃喜，但都得多次上表请辞，皇帝照例不准。每次请辞，当然不可能复制原稿，而是花样翻新地表达辞让的决心。因此，"表"文非常重视写作技巧。刘勰在《文心雕龙·章表》曾云："原夫章表之为用也，所以对扬王庭，昭明心曲。既其身文，且亦国华……表以致禁，骨采宜耀……表体多包，情伪屡迁，必雅义以扇其风，清文以驰其丽。然恳恻者辞为心使，浮侈者情为文屈，繁约得正，华实相胜，唇吻不滞，则中律矣。"[3] 骨采宜耀、情伪屡迁、雅义、清文、华实相胜等，刘勰所概括的"表"的这些特点，都成为评价"表"体文成功与否的重要标尺。

从文章风格来看，任昉文源于傅亮，又有新的发展。时人王俭评任昉之文曰："自傅季友以来，始复见于任子。若孔门是用，其入室升堂。"[4] 认为任昉继承傅亮之文风，并有发展。刘师培更明确地指出任昉和傅亮实为同一派，"傅季友与任彦升实为一派。任出于傅……二子之文有韵者甚少。其无韵之文最足取法者，在无不达之辞，无不尽之意，行文固近四六，而词令婉

---

①　李延寿：《南史》卷五十九《任昉列传》，中华书局 1975 年版，第 1453 页。
②　刘跃进：《中国中古文学史讲义·汉魏六朝专家文研究》，凤凰出版社 2011 年版，第 162 页。
③　刘勰：《文心雕龙》，人民文学出版社 1958 年版，第 239 页。
④　李延寿：《南史》卷五十九《任昉列传》，中华书局 1975 年版，第 1452 页。

转轻重得宜"①。傅亮"表"文今存《为宋公至洛阳谒五陵表》、《为宋公求加赠刘前军表》、《为刘毅败军自解表》和《让尚书仆射表》四篇，写得质朴无华、言简意赅，有东汉文学之遗风。任昉"表"文今存十三篇，《文选》辑录五篇，发展了傅亮"表"文的风格，使"表"这种文体在艺术上达到新的境界，《为范尚书让吏部封侯第一表》堪属代表。

首先是苦心孤诣，破体求新。任昉《为范尚书让吏部封侯第一表》属于让表，旨在陈述心迹，让皇帝明白自己的心意，文辞以明白晓畅为主，正如李善所云："言标著事序，使之明白以晓主上。"② 基于人们对"表"文的这样一种认识，真德秀提出了简洁精致的标准："以简洁精致为先，用事忌深僻，造语忌纤巧，铺叙忌烦冗。"③ 深僻、纤巧、烦冗是"表"文的三大忌讳，恰恰是任昉《为范尚书让吏部封侯第一表》的特点之所在。任昉此文既属"表"，却不符合"表"的写作规范，究其原因在于破体之妙，虽曰表，实则弹。清人何义门读任昉《为范尚书让吏部封侯第一表》说："'岂宜妄加宠私'至'授受失交'，六句似弹文，不似让表。"④ 弹文也是奏疏的一种，主要用于弹劾官员的过错，一般写得"笔端振风，简上凝霜"⑤。然若将此篇与任昉的《奏弹曹景宗》、《奏弹刘整》、《奏弹范缜》、《奏弹萧颖达》四篇弹文比较起来，则规谏的意味更浓些。在文中，范云一再申诉"臣素门凡流"、"臣本诸生"、"门无富贵"，出身微贱，没有尺寸之功，过分拔擢的原因是"接闻白水"。萧齐永明末年，社会动乱，"竟陵八友"集团分裂，王融一派意欲拥立竟陵王萧子良称帝，萧衍一派支持萧鸾篡权。在萧衍等人的协助下，萧鸾篡夺皇位，是为明帝。在萧鸾朝，萧衍依靠军功，逐渐拥有强大的军事实力。萧齐末年，萧衍举义兵叛齐，兵临建康城下，范云亲自到城外迎接，并劝萧衍称帝。萧衍登基后，立刻任命范云为散骑常侍、吏部尚书，封霄城县开国侯。范云认为"铨衡之重，关诸隆替。远惟则哲，在帝犹难"，吏部尚书是国家选拔人才的重要机构，不宜轻易私授。情真意切，规劝之意明。尽管萧衍曾让儿子临川王宏、鄱阳王恢代自己呼范云为兄，但范云不会

① 刘跃进：《中国中古文学史讲义·汉魏六朝专家文研究》，凤凰出版社 2011 年版，第 154 页。
② 萧统：《文选》，上海古籍出版社 1986 年版，第 1732 页。
③ 吴讷：《文章辨体序说》，人民文学出版社 1996 年版，第 10 页。
④ 何焯：《义门读书记》，中华书局 1987 年版，第 952 页。
⑤ 范文澜：《文心雕龙注》，人民文学出版社 1958 年版，第 187 页。

那么傻，真拿萧衍当弟弟对待，毕竟萧衍已贵为人君，与西邸旧友不可同日而语，故不可能写得明白晓畅。因此，本篇破"表"体，融"弹"、"谏"为一体，恰当地表达了范云心中所想，是古代"表"文中之翘楚。

其次，隶事用典，追求新事。钟嵘评任昉诗歌时云："近任昉、王元长等，词不贵奇，竞须新事。"① 钟嵘是评价任昉诗歌的，文章亦当如是观。所谓"新事"有二意，一是用距离任昉时代最近的事典，二是不大为文人所常用的新生的典故。在《为范尚书让吏部封侯第一表》中，任昉用了《周书》、《周易》、《周礼》、《尚书》、《左传》、《战国策》、《论语》、《孟子》、《庄子》、《礼记》、《史记》、《汉书》、《后汉书》、《法言》、《韩诗外传》、《毛诗》、《东观汉纪》等书中的典故。不仅用了距离任昉时代较近的陆机、张载诗文集中的典故，还用了谢承《后汉书》、孙盛《晋阳秋》、虞预《晋录》这些不怎么流行书籍中的典故。这些新事的运用，使得《为范尚书让吏部封侯第一表》显得典雅醇正、繁密工致，也符合梁代整个社会崇尚博学、以隶事典为能的风尚。同时，也使文章的风格更为委婉。如在写到范云"让封侯"时云："或足食关中，或成军河内，或制胜帷幄，或门人加亲，或与时抑扬，或隐若敌国，或策定禁中，或功成野战，或盛德如卓茂，或师道如桓荣，或四姓侍祠，已无足纪，五侯外戚，且非旧章。"在这 69 字中，连用了萧何、寇恂、张良、邓禹、叔孙通、吴汉、邓骘、曹参、卓茂、桓荣、四姓（樊氏、郭氏、阴氏、马氏）、"五侯"（王谭、王立、王根、王逢时、王商）十二个典故，说明封侯者均为有功之人，而自己仅因为恩泽，没有接受侯爵的资格，含蓄委婉地说明了让封的原因。孙月峰评此篇曰："其趣味全埋在用事中。所以不觉其堆铺，但见其圆妙。此乃是笔端天机，良不易及。"② 谭献亦曰："委婉之妙在任笔独擅，绵邈动人。"③ 任昉不仅用典多，而且能够将典故的本意与引申意很好地融会在一起，含蓄地表明心迹，形成了文章隐秀的风格，"其（任昉）文章隐秀，用典入化"，"陆、蔡近刚，彦昇近柔。刚者以风格劲气为上，柔以隐秀为胜"④。

第三，雕章琢句，骈丽畅达。南朝是骈文发展渐趋兴盛的时期，如果说

①　曹旭：《诗品笺注》，人民文学出版社 2009 年版，第 160 页。
②　于光华：《重订〈文选〉集评》，国家图书出版社 2012 年版，第 1286 页。
③　李兆洛：《骈体文钞》，上海书店 1988 年版，第 207 页。
④　刘跃进：《中国中古文学史讲义·汉魏六朝专家文研究》，凤凰出版社 2011 年版，第 154 页。

生活在刘宋时期的傅亮"表"文中有骈偶化倾向的话，生活在齐梁之际的任昉更趋骈丽化。特别是声律的运用，使"表"文呈现出新的时代特点，"彦昇、休文，肇开声韵，轻重之和，拟诸金石，短长之节，杂以咸韶。盖时会使然，故元音尽泄也"①。如"齐季凌迟，官方淆乱，鸿都不纲，西园成市，金章有盈箧之谈，华貂深不足之叹"。此六句，两两相对，非常注意平仄协调，每联的出句和对句皆能做到平仄相对，"迟"与"乱"、"纲"与"市"、"谈"与"叹"，音韵铿锵，抑扬顿挫，尽显声韵之美。前四句为四字句对，后二句为六字句对，六字句中又嵌有虚词"之"来衔接，用以舒缓语气，使文气通顺而不凝滞。若就《为范尚书让吏部封侯第一表》通篇来看，基本上以四字句对为主，间以六字句对隔开，有时又用"臣"、"而"、"之"、"且"等词连接。这样刻意组织文辞，即使文气通畅，又将骈体文的技巧不断推向成熟，故张溥评任昉文曰："俪体行文，无伤逸气。"②

　　总之，任昉《为范尚书让吏部封侯第一表》无论构思立意，还是艺术技巧，都达到了"表"体文的最高成就。表中所述及范云齐代仕履，填补了史传记载之缺失，推动了范云的生平事迹研究。大概由于这样的原因，这篇表历代都有著录，也出现了许多异文，就今天来看，文字仍需以《文选》所录最优、最具文学魅力。

---

　　① 孙梅：《四六丛话》，商务印书馆 1937 年版，第 1 页。
　　② 殷孟伦：《汉魏六朝百三家集题辞注·任彦昇集题辞》，人民文学出版社 1960 年版，第 230 页。

从汉武帝诏令看《文选》的"文同训典"

秦　潇[*]

　　《昭明文选》是我国现存编选最早的诗文总集，共收录作家 130 位，700 多篇作品。其编排的标准是"凡次文之体，各以汇聚。诗赋体既不一，又以类分；类分之中，各以时代相次"①。从书中实际分类来看，大致划分为赋、诗、杂文三大类，又分列赋、诗、骚、七、诏、册、令、教、文等 38 小类。其中，"诏诰教令之流"在《文选》中对应为"诏、册、令、教、文"，这些文体是中国封建帝王以及朝廷颁布的不同种类的公文。根据这样的分类，再加上"其赞论之综缉辞采，序述之错比文华，事出于深思，义归乎翰藻，故与夫篇什杂而集之"② 的入选标准，可以发现，这些公文所属时代分别从汉魏至南朝齐梁之际，文风呈现由散至骈、由质朴厚重至华美典丽的趋向。"诏"共 2 篇，分别是《汉武帝诏》、《贤良诏》，"册"1 篇，《潘元茂魏王九锡文》，属汉魏时期作品；"令"1 篇，任昉《宣德皇后令》，"教"2 篇，傅亮《为宋公修张良庙教》、《修楚元王庙教》，"文"3 篇，王融《永明九年策秀才文》、《永明十一年策秀才文》，任昉《天监三年策秀才文》，属南朝作品。这些作者中，王融为文"文辞辩捷，尤善仓卒属缀，有所造作，援笔可待"③。任昉也是擅作公文的大家"昉雅善属文，尤长载笔，才思

---

　　* 【作者简介】秦潇，女，中国社会科学院研究生院 2012 级博士研究生，主要从事汉魏六朝文学研究。

　　① （梁）萧统编：《文选·序》，中华书局 1977 年版，第 1 页。

　　② 同上。

　　③ （梁）萧子显：《南齐书·王融传》，中华书局 1972 年版。

无穷，当世王公表奏，莫不请焉。昉起草即成，不加点窜。沈约一代词宗，深所推挹"①。傅亮同样是晋宋之际擅长制作公文的名家，"亮博涉文史，尤善文辞……入直中书省，专典诏命，以亮任总国权，听于省见客。神虎门外，每旦车常数百两。高祖登庸之始，文笔皆是参军演；北征广固，悉委长史王诞；自此后至于受命，表策文诰，皆亮辞也"②。另外还有潘勖《册魏王九锡文》，《文心雕龙》有"潘勖《九锡》，典雅逸群"。从以上《文选》中所选作品可看出，《文选》中这些诏令文体的选录，在萧统的标准下，能够代表每一种文体的成就，这也突出说明《文选》的性质，就是要选录优秀的文学作品，"文同训典"，以"垂范后世"。由此，武帝的 2 篇诏令是符合"事出于深思，义归乎翰藻"这一标准，并显然与"老、庄之作，管、孟之流，盖以立意为宗，不以能文为本"③ 有所不同。

一　《文选》中武帝诏令的"事出于深思"

"深思"，深思熟虑，或是深切的考虑、深刻的思想、深厚的内涵，深远的意义或影响。"深思"和内涵融为一体，即是《文选》选录的重要依据。《文选》中"诏"共 2 篇，分别是《汉武帝诏》、《贤良诏》，其中，武帝《贤良诏》曰：

> 朕闻昔在唐虞，画象而民不犯，日月所烛，罔不率俾。周之成康，刑错不用，德及鸟兽，教通四海，海外肃慎，北发渠搜，氐羌徕服；星辰不孛，日月不蚀，山陵不崩，川谷不塞；麟凤在郊薮，河洛出图书。呜乎，何施而臻此与！今朕获奉宗庙，夙兴以求，夜寐以思，若涉渊水，未知所济。猗与伟与！何行而可以章先帝之洪业休德，上参尧舜，下配三王！朕之不敏，不能远德，此子大夫之所睹闻也。贤良明于古今王事之体，受策察问，咸以书对，著之于篇。朕亲览焉。④

诏书，作为皇帝专用的公文文体，是中国古代政治专制统治下的产物，

---

① （唐）姚思廉：《梁书·江淹任昉列传第八》卷十四，中华书局 1973 年版。
② （唐）李延寿：《南史》卷十五"列传第五"，中华书局 1975 年版，第 441 页。
③ （梁）萧统编：《文选·序》，中华书局 1977 年版，第 1 页。
④ （汉）班固撰，（唐）颜师古注：《汉书·武帝纪第六》卷六，中华书局 1964 年版，第 160 页。

伴随着封建统治制度的发展而发展，在不同的历史时期呈现不同的特色，这些特色直接反映了当时社会政治意识形态的主流层面。汉武帝时期的诏令同样如此，除了在内容上直接反映了汉武帝"大一统"思想的皇权专制的政治理念，在体制上也经历了不断完善的过程。

（一）深刻的背景

《贤良诏》发布于元光元年（公元前134年），其诏举贤良，受策察问，并要"著之于篇。朕亲览焉"。这时，正是窦太皇太后去世的第二年。窦氏是景帝之母，武帝之祖母，她"好黄帝、老子言，景帝及诸窦不得不读《老子》尊其术"。景帝时，"窦氏侯者凡三人"①。这表明窦氏在景帝朝时就有较大的势力。公元前141年，景帝去世后，在长公主刘嫖和母亲王皇后的帮助下登上太子之位的刘彻即位，即汉武帝。时年16岁登基之初的汉武帝，其权力受到多方牵制，其中影响最大的就是窦氏。窦氏作为一股政治势力的代表，对武帝造成的政治阻力主要有：景帝时，废栗太子时，"太后（窦氏）心欲以梁王（刘武）为嗣"②，后刘武因病死；另外，窦氏因信黄老之言，而贬抑儒臣，这和即位之始信奉儒学，并要一展雄才大略实现文治武功的武帝发生直接冲突，导致的直接后果就是建元新政不到一年就以失败告终，而自己的两位儒学老师赵绾和王臧"下狱自杀"。前者是由于窦氏"爱少子"而引起的以刘武为代表的政治力量的发展，后者则是因政见的不同而引起的权力争夺。不仅如此，当时在列王贵族及诸窦宗室中还涌现了欲废除武帝的暗流，据《资治通鉴》第十七卷记载："安雅善武安侯田蚡，其入朝，武安侯迎之霸上，与语曰：'上无太子，王亲高皇帝孙，行仁义，天下莫不闻。宫车一日晏驾，非王尚谁立者。'③ 安大喜，厚遗金钱财物。"当时武帝只有18岁，两人却言武帝"晏驾"而立，实是密谋篡位之举。这些都说明，武帝即位之初，存在几种代表不同利益的不同政治力量的博弈，并非风平浪静。其中，武帝即位初期，直接影响他施政的因素，除了以窦太皇太后为代表的尚"黄老之言"的政治势力外，还有从根本上影响建立"大一统"政治格局的诸侯王国。

---

①　（汉）班固撰，（唐）颜师古注：《汉书·外戚传第六十七上》卷九十七上，中华书局1964年版，第3942页。

②　（汉）班固撰，（唐）颜师古注：《汉书·文三王传第十七》卷四十七，中华书局1964年版，第2207页。

③　（宋）司马光：《资治通鉴·汉纪九》卷十七，中华书局1956年版，第557页。

汉初，就基本的政治经济制度而言，职官、郡县、刑法等制度皆承袭于秦，正是所谓"汉承秦制"。在思想文化建设的意识形态方面，汉初君臣的态度是谨慎而慎重的。王国维在《汉郡考·下》有："汉兴，矫秦郡县之失，大启诸国，时去六国之亡未远，大抵因其故壤。"① 于是出现了封侯建国的封建制和中央集权的郡县制并行的局面，其封建制既是为了因军功封赏功臣以建立打击项羽的军事联盟，又是为了镇抚六国遗民的故国之思而采取的权宜之计。司马迁在《史记·汉兴以来诸侯王年表》中描述汉初诸侯国形势：

> 自雁门、太原以东至辽阳，为燕、代国；常山以南，大行左转，度河、济，阿、甄以东薄海，为齐、赵国；自陈以西，南至九疑，东带江、淮、谷、泗，薄会稽，为梁、楚、淮南、长沙国：皆外接于胡、越。而内地北距山以东尽诸侯地，大者或五六郡，连城数十，置百官宫观，僭于天子。汉独有三河、东郡、颍川、南阳，自江陵以西至蜀，北自云中至陇西，与内史凡十五郡，而公主列侯颇食邑其中。②

据上可看出，诸侯王国封国地域广阔，高祖除秦郡外新设 26 郡，其中三分之二在诸侯国封国内，吴国封有 4 郡 50 余城，齐国有 6 郡 70 余城，封国最小的楚国，也有 3 郡 36 县。事实上，各从其俗的权宜之计在现实政治生活中虽然避免了文化专制可能带来的直接冲突，而在客观上却为诸侯王国的强大以致达到各自为政的地步，埋下了隐患。汉初的诸侯国，除了地域广阔，在经济、政治制度、思想文化上都具有很大的独立性和自主权。

在地域上，诸侯国占地广阔，在高祖刘邦统治的最后阶段，刘邦子弟同姓为王者共有 9 国，计有：代、燕、齐、赵、梁、楚、吴、淮南等，还有一个异姓吴芮的长沙国。这 10 个诸侯王国地域连连，占全国疆域的大半，诸王所辖 39 郡，朝廷直辖仅 15 郡。正是"一胫之大几如腰，一指之大几如股"③。

在经济上，诸侯国有权在自己的封地内征收赋税、征调徭役，并有权直

---

① 王国维：《观堂集林》第 2 册，中华书局 1959 年版，第 551 页。

② （汉）司马迁撰，（唐）司马贞索隐，张守节正义，（宋）裴骃集解：《史记·汉兴以来诸侯王年表第五》卷十七，中华书局 1963 年版，第 801 页。

③ 贾谊：《上疏陈政事》，严可均《全汉文》卷十五，《全上古三代秦汉三国六朝文》，中华书局 1958 年版，第 209 页。

接经营煮盐、冶铁甚至铸造钱币。各诸侯王国"各务自拊循其民"①。在文化上，楚、齐、河间、淮南形成了自己独特的学术中心，诸侯王国甚至有独特的传统风俗习惯和学术中心，这一方面是战国时期六国旧俗特征的延续，另一方面也是自上而下教化的结果。淮南王刘安、河间献王刘德对先秦古籍旧书十分青睐，"河间献王德以孝景前二年立，修学好古，实事求是。从民得善书，必为好写与之，留其真，加金帛赐以招之。繇（由）是四方道术之人不远千里，或有先祖旧书，多奉以奏献王者，故得书多，与汉朝等。是时，淮南王安亦好书，所招致率多浮辩。献王所得书皆古文先秦旧书，《周官》、《尚书》、《礼》、《礼记》、《孟子》、《老子》之属，皆经传说记，七十子之徒所论。其学举六艺，立《毛氏》、《左氏春秋》博士。修礼乐，被（披）服儒术，造次必于儒者。山东诸儒多从而游"②。河间献王为收集先秦旧书，不惜重金，不遗余力，同时立博士，修礼乐，招徕很多儒生从之。可看出以河间献王为首的河间学术中心，已形成系统的教化体系。

在政治制度上，首先有独立的官吏体系，据《汉书·百官公卿表》："诸侯王，高帝初置，金玺绶，掌治其国。有太傅辅王，内史治国民，中尉掌武职，丞相统众官群卿大夫都官，如汉朝。"③ 其次有自己的律令，有生杀予夺的权力，淮南王"自为法令"，"不用汉法"，《史记·淮南列传》有："及长身自贼杀无罪者一人；令吏论杀无罪者六人；为亡命弃市罪诈捕命者以除罪；擅罪人，罪人无告劾，系治城旦春以上十四人；赦免罪人，死罪十八人，城旦春以下五十八人；赐人爵关内侯以下九十四人。"④ 拥有很大的自治权，"称制，自为法令，拟于天子"⑤。

可见，诸侯王国在经济、政治、文化等方面都具有相当独立的自治权，在一定程度上，已经具备了行使国家职能的部分权力，这正是造成景帝时期

---

① （汉）司马迁撰，（唐）司马贞索隐，张守节正义，（宋）裴骃集解：《史记·吴王濞列传第四十六》卷一百六，中华书局 1963 年版，第 2822 页。

② （汉）班固撰，（唐）颜师古注：《汉书·河间献王刘德传》、《汉书·景十三王传第二十三》卷五十三，中华书局 1964 年版，第 2410 页。

③ （汉）班固撰，（唐）颜师古注：《汉书·百官公卿表第七下》卷十九下，中华书局 1964 年版，第 799 页。

④ （汉）司马迁撰，（唐）司马贞索隐，张守节正义，（宋）裴骃集解：《史记·淮南衡山列传第五十八》卷一百一十八，中华书局 1963 年版，第 3077 页。

⑤ 同上书，第 3076 页。

"七国之乱"的根本原因。建元六年，窦氏去世，时年 21 岁的刘彻得到了强力贯彻自己政治意志的机会。他再度改元，将年号命名"元光元年"，此后数十年间，刘彻每隔六年改一次年号。元光元年，也是刘彻推行一系列改革的开始。发布于此年的《贤良诏》，无疑具有标志性意义。

（二）深切的考虑

西汉前期统治阶级的指导思想主要是黄老学说，主张清静无为、清心寡欲，宽减行政，废除了秦王朝的严刑峻法、轻徭薄赋，使经济和人口得到一定的恢复。经过文景之治六七十年的时间，社会较为安定，也积累了较雄厚的物力。然而仍有内忧外患：文帝时"匈奴连岁入边，杀掠人民及畜产甚多。云中、辽东敝甚"①，文帝六年，匈奴两路攻汉，"烽火逼于甘泉、长安"，文帝采取纳币和亲政策以应对；"宗室有国，公卿大夫以下，争夺奢侈无限度"②。诸侯王势力逐渐发展过大，对中央政权造成威胁，景帝即位之第三年，以吴王、楚王为首的刘姓七国诸侯即联兵造反，一年后才被平定；景帝在位 16 年，期间匈奴 5 次入边，杀掠人口以万计。以上事实都说明，"无为而治"已不能阻挡国内诸侯亲王势力扩大的趋势，和亲纳币也不能遏制外侮屡犯的行为，武帝即位之初，就需要加强中央权力以抵御外侮。

武帝推行"元光改革"，要加强中央集权，就必然转变原有的意识形态。经过建元年间激烈的政治斗争和意识形态的争论后，武帝对国家长治久安的思考更加深入、更加具体。《贤良诏》明确选拔"贤良"的内容和方式，"贤良明于古今王事之体，受策察问，成以书对，著之于篇。朕亲览焉"。而早在即位之初，武帝就"古今治乱之由，长治久安之道"征询过董仲舒，"今朕获承宗庙，夙兴以求，夜寐以思，若涉渊水，未知所济"。"任大守重，夙夜不宁。"刘彻向董仲舒提出的问题是："何行而可以章先帝之洪业，上参尧舜，下配三王？""欲闻大道之要，至论之极。""子大夫其尽心，莫有所隐，朕将亲览焉。"③ 由此可见，武帝当时所欲求解的，不只是某些具体的政策措

① （汉）班固撰，（唐）颜师古注：《汉书·文帝纪第四》卷四，中华书局 1964 年版，第 112 页。

② （汉）班固撰，（唐）颜师古注，（宋）司马光编著：《资治通鉴·汉纪八》卷十六，中华书局 1956 年版，第 526 页。

③ （汉）班固撰，（唐）颜师古注：《汉书·董仲舒传第二十六》卷五十六，中华书局 1964 年版，第 2495 页。

施，而是带规律性普遍性的历史发展规律和指导战略。也就是要寻找一个既能总结以往历史教训，又能解决现实问题，从而保证未来稳定和繁荣的长治久安之道。

如何在渐进的改革中推行"汉法"的问题，经过了"文景之治"、"削藩"、"刑罚"的反复之后，归根结底都集中于应怎样构建一种更统一、更有效的意识形态上。和秦朝短暂灭亡的情况一样，汉朝基业仅凭借强权政治的威力是无法长久延续的，而建立一个统一的意识形态，即在思想上树立权威才是维护统治的长久之计。思想上的统一来自文化上的权威，这是建立统一意识形态的关键层面。经过六七十多年的休养生息，"国家无事，非遇水旱之灾，民则人给家足，都鄙廪庾皆满，而府库余货财。京师之钱累巨万，贯朽而不可校。太仓之粟陈陈相因，充溢露积于外，至腐败不可食。众庶街巷有马，阡陌之间成群，而乘字牝者傧而不得聚会。守闾阎者食粱肉，为吏者长子孙，居官者以为姓号。故人人自爱而重犯法，先行义而后绌耻辱焉"①。班固也有"周云成康，汉言文景，美矣"② 的赞叹。汉朝统治者在树立起政治上的权威后，树立思想的权威就更加迫不及待，就更加需要树立统一的思想文化权威。正如《中国经学思想史》一书中所论述的："一个建筑在宗法家族制度之上的中央集权国家，就好比一个大家庭，拥有最高权力的皇帝是总家长。这是一个需要权威的时代，除了政治的权威之外，还要有思想的权威，而思想的权威就是圣人与经典。政治的权威与思想的权威的关系，也就是所谓的'治统'与'道统'的关系，二者有一致性，但也保持相当的张力。"③ 建元元年十月，也就是武帝即位第二年。就举诏"贤良、方正直言极谏之士"，这就是《贤良制》，而其中表现的"天人合一"思想成为汉武帝时期进行文化思想统一的关键点和切入点。

《贤良制》是诏举人才的，虽然对人才的要求很笼统，但还是可以看出，他迫切需要的是能充分表达思路的"极谏"人才，迫切需要治国理政的新思想、新思路、新观点和新方法。现实生活中的亟待解决的问题是汉武帝之所以诏举人才的直接现实，而围绕建立统一的政治文化形态、统一思想的统治

---

① （汉）司马迁撰，（唐）司马贞索隐，张守节正义，（宋）裴骃集解：《史记·平准书第八》卷三十，中华书局 1963 年版，第 1417 页。
② （汉）班固撰，（唐）颜师古注：《汉书·景帝纪》卷五，中华书局 1964 年版，第 153 页。
③ 姜广辉主编：《中国经学思想史》第一卷，中国社会科学出版社 2003 年版，第 13 页。

主题，则是解决现实问题的政治方向。如何解决这些存在的问题，重建社会秩序是武帝即位之初经常思考的问题。作为年轻有为、精力充沛的帝王，他显然具有这样的担当意识。建元元年（公元前 140 年）十月，武帝在贤良对策会议的制书中，明确提出"朕获承至尊休德，传之亡穷，而施之罔极，任大而守重，是以夙夜不惶康宁，永惟万事之统，犹惧有阙。故广延四方之豪俊，郡国诸侯公选贤良修洁博习之士，欲闻大道之要，至论之极。今子大夫褎然为举首，朕甚嘉之。子大夫其精心致思，朕垂听而问焉"①。这就是说他需要的是国家长治久安的规律性、普遍性的理念，并不是针对一时一事的措施和方法。同时，武帝也谈了他治理国家的理想：

  盖闻五帝三王之道，改制作乐而天下洽和，百王同之。当虞氏之乐莫盛于《韶》，于周莫盛于《勺》。圣王已没，钟鼓筦弦之声未衰，而大道微缺，陵夷至乎桀纣之行，王道大坏矣。夫五百年之间，守文之君，当涂之士，欲则先王之法以戴翼其世者甚众，然犹不能反，日以仆灭，至后王而后止，岂其所持操或悖缪而失其统与？固天降命不可复反，必推之于大衰而后息与？乌乎！凡所为屑屑，夙兴夜寐，务法上古者，又将无补与？三代受命，其符安在？灾异之变，何缘而起？性命之情，或夭或寿，或仁或鄙，习闻其号，未烛厥理。伊欲风流而令行，刑轻而奸改，百姓和乐，政事宣昭，何修何饬而膏露降，百谷登，德润四海，泽臻草木，三光全，寒暑平，受天之祐，享鬼神之灵，德泽洋溢，施乎方外，延及群生？

  子大夫明先圣之业，习俗化之变，终始之序，讲闻高谊之日久矣，其明以谕朕。科别其条，勿猥勿并，取之于术，慎其所出。乃其不正不直，不忠不极，枉于执事，书之不泄，兴于朕躬，毋悼后害。子大夫其尽心，靡有所隐，朕将亲览焉。②

  根据《独断》对制的解释，制，就是帝王的命令。《史记·秦始皇本纪》"命为制，令为诏"。根据汉朝制度："帝王下书有四，一曰策书，二曰制书，

①　（汉）班固撰，（唐）颜师古注：《汉书·董仲舒传第二十六》卷五十六，中华书局 1964 年版，第 2504 页。

②　同上书，第 2506 页。

三曰诏书，四曰戒敕。""制书者，帝者制度之命……露布州郡也。"① 通常是宣布重要事件或者重要思想时所用的命令性文书，和"诏"都具有周知性、强制性的特点。这篇制书说明了以下几个方面的主题。

突出的"尊君"观念。说到治国理念，追溯到历史渊源，就会说到三皇五帝。有关"五帝"的传说也是具有"至美之德"而威服四方的帝王，这是武帝心中理想的帝王典范。据《史记·五帝本纪》记载，黄帝尊为天子，"监于万国"，设官以"治民"，"抚万民，度四方"。帝尧时，"百姓昭明，合和万国"，"其仁如天，其知如神"。虞舜设官分职，"播时百谷"② 以解除饥饿，"敬敷王教"以教化人民。《尧典》、《舜典》、《大禹谟》等都有类似记载，这些远古时期的信息，在即位的武帝心中，具有统治模式方面权威特征的属性。"朕获承至尊休德，传之亡穷，而施之罔极，任大而守重"，肯定了先帝崇高的地位和美好的德行，并表明了要继承下来并使之永久流传的担当精神。

重视"天人合一"，重视人类社会与自然界的和谐统一。人与天地同为万物之本的思想是人们对客观世界认识的早期理论。《易经》以天、地、人诠释卦画，以人居天地之间，并通过天、地、人的关系判断吉凶，这说明，人们很重视人在自然秩序中与天、地、人之间的相互关系及相互影响，这也是董仲舒"天人感应"的思想前提。《老子》中有言："道生一，一生二，二生三，三生万物。"③ "一"为宇宙本体的"混元之气"④，是万物产生的本源，"一"分为"二"，"二则天地也"。天地之间通过阴阳变化而生人，"三"即"三才"，指天、地、人。"天地人既定，万物备生其间"，故"三生万物"，也就是说，人不仅对万物生成的作用不可或缺，而且在维持天、地、人的关系中，即宇宙秩序的作用，同样不可或缺。而"帝王"，即"天子"，代表"天"来维持天下安定，这就是董仲舒"天人感应"观点的前提。因此，董仲舒"天人感应"的理论包含两个重要关系：天子治理国家、平定天下，是代表天执行权力，这是"君权神授"；天子维持天下秩序时会和天

---

① 蔡邕：《独断》（钦定四库全书本），《四库全书·子部·杂家类》第 850 册。

② （汉）司马迁撰，（唐）司马贞索隐，张守节正义，（宋）裴骃集解：《史记·五帝本纪第一》卷一，中华书局 1963 年版，第 3 页。

③ 陈鼓应：《老子注译及评介》第四十二章，中华书局 1984 年版，第 232 页。

④ 孙希旦：《礼记集解·月令第六》卷十七，中华书局 1989 年版，第 472 页。

地万物的本原有相互参和的对应关系，即"天人感应"。这是其思想的前提。武帝在"制"中也明确提出"灾异之变，何缘而起"的疑惑，这是对现实政治秩序的疑惑。同时提出"伊欲风流而令行，刑轻而奸改，百姓和乐，政事宣昭，何修何饬而膏露降，百谷登，德润四海，泽臻草木，德润四海，泽臻草木，三光全，寒暑平，受天之祐，享鬼神之灵，德泽洋溢，施乎方外，延及群生"的政治理想。也就是把"天子"是否有所作为，是否实现"天人合一"，当成人类社会与自然界的和谐统一的必要条件。通过教化使政令得到执行，减轻刑罚，奸邪的事情得到改正，百姓安居乐业，政治清正廉明，就能使符瑞降临。

武帝也直接表达了四层意思：首先，希望帝业永固，"传之无穷，而施之罔极"。其次，欲求执政的理论依据，"欲闻大道之要，至论之极"。再次，自然的灾异变化所体现的天人关系，怎样以此巩固皇权地位，"三代受命，其符安在？灾异之变，何缘而起？"最后，表达政治理想，"风流而令行，刑轻而奸改，百姓和乐，政事宣昭，何修何饰而膏露降，百谷登，德润四海，泽臻草木，三光全，寒暑平，受天之祐，享鬼神之灵，德泽洋溢，施乎方外，延及群生"。其实质就是怎样从理论及实践上建立一个稳定永固的秩序，并且为这个秩序的建立指明建构方向，从"灾异之变"的天人关系为皇权寻找依据，从意识形态的建构中为教化确立方向，其实质就是维护中央集权的秩序。董仲舒对此作"天人三策"，从天人关系中为武帝"大一统"的政治秩序提供了充分的理论依据。董仲舒在回答汉武帝"天人三策"的奏章结尾处指出："《春秋》大一统者，天地之常经，古今之通谊也。"①董仲舒《春秋繁露》确立了"天"和天子的绝对权威，《二端》说："是故《春秋》之道，以元之深正天之端，以天之端正王之政，以王之政正诸侯之即位，以诸侯之即位正境内之治。"② 以天地宇宙间循环往复的秩序之礼向皇帝建议"罢黜百家"，用思想的统一来维持天下一统。《汉书·董仲舒传》中的"大一统"，是儒家思想的核心观念之一，这在《公羊春秋传》中得到集中体现。汉武帝通过对"公羊学"的推崇，使"大一统"成为当时政治意识形态的主旋律。

---

① （汉）班固撰，（唐）颜师古注：《汉书·董仲舒传第二十六》卷五十六，中华书局1964年版，第2508页。

② （汉）董仲舒：《春秋繁露·二端第十五》第六卷，上海古籍出版社1989年版，第35页。

那么，汉武帝为实现他的宏伟蓝图，想使国家、社会的治理达到一个理想境界，在当时的历史背景下，面对存在的问题，从期间所颁布的诏令中，从他解决问题的思路中可初见端倪。

二　从武帝诏令中的"诗教"观看"义归乎翰藻"

汉武帝对礼乐诗赋都很重视并大力倡导，《史记·乐书》有"礼义立，则贵贱等矣；乐文同，则上下和矣"。这就是说，"礼"能使人区别贵贱，区分等级，"乐"可以使人产生共鸣，情感相应。这有利于维护和协调封建专制的等级制度，有利于调和的亲疏、贵贱、尊卑的社会关系。同时，武帝着力构建的是"大一统"政治意识，需要儒家"诗教"的教化方式作为统一思想的方式。《礼记·经解》："孔子曰：入其国，其教可知也。其为人也，温柔敦厚，诗教也。"古代大臣谏言君主，常引用《诗》中的诗句。"诸侯、卿大夫交接邻国，以微言相感；当揖让之时，必称《诗》以谕其志，盖以别贤不肖而观盛衰焉。故孔子曰：'不学《诗》，无以言。'"①

（一）《诗经》的政治教化作用

1. 尚"大一统"

除了明确的"大一统"的政治观念在诏令中的直接表达外，武帝在诏令中以征引《诗经》、《尚书》、《周易》等儒家经典，更加强化《诗经》等的经学意义，宣扬"大一统"的主题思想。以诗教宣扬"大一统"精神的正面表现。抒情言志的《诗经》是儒家思想的重要经典，也是中国古代专制社会中重要的政治经典。《史记·孔子世家》云："古者《诗》三千余篇，及至孔子，去其重，取可施于礼义，上采契、后稷，中述殷周之盛，至幽厉之缺，始于衽席，故曰《关雎》之乱以为《风》始……"② 可知，《诗经》的编纂目的就在宣扬礼仪，宣扬教化。《诗经》中充满圣德高义的"唐虞盛世"和充满庄重典雅色彩的民间生活和传说故事被援引，或为外交辞令，或为文学名句，或为断事依据。因此，《诗经》一向作为儒家经典流传于世。早在先秦时期，人们就将诗歌运用到政治生活中，《国语·周语上》："天子听政，

---

① （汉）司马迁撰，（唐）司马贞索隐，张守节正义，（宋）裴骃集解：《汉书·艺文志第十》卷三十，中华书局 1964 年版，第 1701 页。

② （汉）司马迁撰，（唐）司马贞索隐，张守节正义，（宋）裴骃集解：《史记·孔子世家第十七》卷四十七，中华书局 1963 年版，第 1922 页。

使公卿至于列士献诗……而后王斟酌焉。是以事行而不悖。"① "献诗"供天
子"斟酌",通过诗歌了解民声民意,以"事行而不悖"。这是诗歌对政治生
活产生影响的直接记载。孔子在谈到诗歌的作用时,提出了著名的"兴观群
怨"说,把艺术的审美价值"感发意志"和社会价值"观风俗之盛衰"、"群
居相切磋"、"怨刺上政"结合起来。汉代在研究《诗经》时,把表现男女相
悦之爱的民歌《关雎》解释成"经夫妇,成孝敬,厚人伦,美教化,移风
俗"② 的"后妃之德",并提出"上以风化下,下以风刺上"③ 的观点。因
此,《诗经》之所以被武帝立为"博士",不仅是强调《诗经》艺术的社会作
用,更是以"诗教"宣扬"唐虞盛世"的政治理想,宣扬"大一统"的政治
思想。

2. 尚"正"

"政,正也,下所取正也"④, "政者,正也。子帅以正,孰敢不正?"⑤
只要身居官职的人能够正己,那么手下的大臣和平民百姓,就都会归于正道,
这里的"正"是站在规范统治者的角度来说的,这是先秦时期对政治的根本
性,同时也是对治理国家的普遍性和规范性的理解。在一定的社会背景下,
"正"具有正统、端正、正面、经典之义。在儒家思想中, "正"代表了
"政"的本源性和根源性,是"政"之为"政"的本质特征和合法性依据而
存在的。"社会中的人们遵循一种秩序,按照一套价值生活,遵从一套规则
交往,如果这套秩序、价值、规则在人看来是'合情合理'的话,那么, 必
然会在人们内心中生起一种尊重秩序、承认价值、遵守规则的意愿,这种
'意愿'就是克制个人过分的情欲,尊重他人应有的权利的'善'。"⑥ 具体
到中国古代专制社会, "正"还具有正面积极的态度、端庄正直的行为、崇
尚正道的理念等代表思想理念、行动方式、所呈现状态等的内容。武帝时期,
正需要与构建"大一统"国家相适应的代表正面积极的统治思想,因此武帝

---

① 《国语·周语上》卷一《邵公谏厉王弭谤》,上海人民出版社 1988 年版,第 9 页。
② 阮元:《十三经注疏》之三《毛诗正义·周南关雎诂训传第一》卷一,上海古籍出版社 1990
年版,第 172 页。
③ 同上书,第 18 页。
④ (汉)刘熙:《释名》,《尔雅·广雅·方言·释名清疏四种合刊》,上海古籍出版社 1989 年
版,第 1048 页。
⑤ 楼宇烈整理:《论语·颜渊第十二》,中华书局 1984 年版,第 184 页。
⑥ 焦金波:《中国传统政治正义认知的历史建构》,《理论探讨》2007 年第 2 期。

诏令中所引《诗经》、《尚书》、《国语》的句子都是为宣扬与之相适应的思想的。同时，汉朝设立经学博士讲解"六经"的根本目的在于宣扬儒家思想，以《诗经》为例予以说明，以"诗教"宣扬"大一统"精神的正面表现。

（二）武帝诏令引《诗》考辨

汉朝经过几十年的物质积累，至汉武帝时期"大一统"的政治意识形态的强化，使汉代文学呈现较明显的倾向性，就是以道德教化为形式的政治功利性。《论语·阳货》："子曰：'小子，何莫学夫《诗》？《诗》可以兴，可以观，可以群，可以怨；迩之事父，远之事君；多识于鸟兽草木之名。'"① 这正是孔子对诗歌的社会作用的高度概括，和对诗歌美育作用的深刻认识。

武帝时期的诏令中，汉武帝喜爱化用《诗经》中的句子，如元朔二年（公元前 127 年）所下《益封卫青》曰：

> 匈奴逆天理，乱人伦，暴长虐老，以盗窃为务，行诈诸蛮夷，造谋籍兵，数为边害。故兴师遣将，以征厥罪。《诗》不云乎？"薄伐猃允，至于太原"；"出车彭彭，城彼朔方"。今车骑将军青度西河至高阙，获首二千三百级，车辎畜产毕收为卤。已封为列侯，遂西定河南地，案榆溪旧塞，绝梓领，梁北河，讨蒲泥，破符离，斩轻锐之卒，捕伏听者三千一十七级。执讯获丑，驱马牛羊百有余万，全甲兵而还，益封青三千八百户。②

1.《诗经·六月》主旨考

《益封卫青》中"薄伐猃狁，至于太原"，"出车彭彭，城彼朔方"。这里分别引用了《诗经·小雅·六月》中的"薄伐猃狁，至于大原。文武吉甫，万邦为宪"句以及《诗经·小雅·出车》中的"出车彭彭，旗旐央央。天子命我，城彼朔方"。《六月》诗歌如下：

> 六月栖栖，戎车既饬，四牡骙骙，载是常服。

---

① 楼宇烈整理：《论语·阳货第十七》，中华书局 1984 年版，第 263—264 页。

② （汉）班固撰，（唐）颜师古注：《汉书·卫青霍去病传第二十五》卷五十五，中华书局 1964年版，第 2473 页。

> 狁犹孔炽，我是用急，王于出征，以匡王国。
> 比物四骊，闲之维则，维此六月，既成我服。
> 我服既成，于三十里，王于出征，以佐天子。
> 四牡修广，其大有颙，薄伐狁犹，以奏肤公。
> 有严有翼，共武之服，共武之服，以定王国。
> 狁犹匪茹，整居焦获，侵镐及方，至于泾阳。
> 织文鸟章，白旆中央，元戎十乘，以先启行。
> 戎车既安，如轾如轩，四牡既佶，既佶且闲。
> 薄伐狁犹，至于大原，文武吉甫，万邦为宪。
> 吉甫燕喜，既多受祉，来归自镐，我行永久。
> 饮御诸友，炰鳖脍鲤，侯谁在矣，张仲孝友。①

　　《六月》是一首叙述、赞美周宣王五年六月派遣大将尹吉甫北伐狁犹取得胜利的诗歌，尹吉甫北伐成功，维护并巩固了周天子的统治地位。《汉书·匈奴传》记载："周宣王时，狁犹内侵，至于泾阳，命将征之，尽境而还。"②《汉书·韦玄成传》载："周室既衰，四夷并侵，狁犹最强。至宣武而伐之，诗人美而颂之曰：'薄伐狁犹、至于大原。'"③ 可知，这首诗的写作背景，表现了完整的战争过程——周宣王下达命令—出征—交战—胜利—凯旋—庆功，这是一场正义的反侵略战争，字里行间抒发的是"狁犹孔炽"之际"王于出征，以匡王国"的爱国热情。诗歌还赞扬了尹吉甫文武双全的气概，"文武吉甫，万邦为宪"。武帝在诏令中引用《六月》就是要借此赞扬卫青领兵击败匈奴的功绩，其历史功绩和周宣王时代的尹吉甫一样。诏令以《六月》为类比，首先突出了反侵略的历史背景，"逆天理，乱人伦，暴长虐老，以盗窃为务；行诈诸蛮夷，造谋籍兵，数为边害"。宣扬了"大一统"的政治立场，同时也说明了"以匡王国"的战争性质：与周宣王同，反侵略的正义战争；接着就派遣大将军征伐，"故兴师遣将，以征厥罪"。大将军卫青不辱使

---

①　王先谦：《诗三家义集疏》，中华书局1987年版，第607—613页。

②　（汉）班固撰，（唐）颜师古注：《汉书·匈奴传第六十四上》卷九十四上，中华书局1964年版，第3758页。

③　（汉）班固撰，（唐）颜师古注：《汉书·韦玄成传》，《汉书·韦贤传第四十三》卷七十三，中华书局1964年版，第3120页。

命，"度西河，至高阙，获首二千三百级，车辎畜产，毕收为卤"。"遂西定河南地，案榆溪旧塞，绝梓领，梁北河，讨蒲泥，破符离，斩轻锐之卒，捕伏听者三千一十七级，执讯获丑，驱马牛羊百有余万，全甲兵而还。"突出了战争的过程和取得战争胜利的结果。因此"益封青三千八百户"。明确说明了加封卫青的原因。这则诏令不仅在语言上直接引用《六月》，以突出和周宣王时期相似的战争主题——反侵略，在战争内涵的主题上也暗示了和周宣王同样的时代主题——维护"大一统"政治下的"天子"地位和权威，同时这则诏令在内容结构上，也采取铺叙的方式，除了战争场面的叙述相对简单，将战争发生的起因、过程、结果等完整叙述。这则诏令在语言表现、主题思想、结构安排等方面和《六月》相似。因此这则诏令可以说是武帝"大一统"政治立场的集中表现。

2. 《诗经·出车》主旨考

值得注意的是，这则诏令所引用的另外两句"出车彭彭，城彼朔方"，是《诗经·小雅·出车》两句，诗歌原文为：

> 我出我车，于彼牧矣。自天子所，谓我来矣。
> 召彼仆夫，谓之载矣。王事多难，维其棘矣。
> 我出我车，于彼郊矣。设此旐矣，建彼旄矣。
> 彼旟旐斯，胡不旆旆。忧心悄悄，仆夫况瘁。
> 王命南仲，往城于方。出车彭彭，旗旐央央。
> 天子命我，城彼朔方。赫赫南仲，猃狁于襄。
> 昔我往矣，黍稷方华。今我来思，雨雪载途。
> 王事多难，不遑启居。岂不怀归，畏此简书。
> 喓喓草虫，趯趯阜螽。未见君子，忧心忡忡。
> 既见君子，我心则降。赫赫南仲，薄伐西戎。
> 春日迟迟，卉木萋萋。仓庚喈喈，采蘩祁祁。
> 执讯获丑，薄言还归。赫赫南仲，猃狁于夷。①

这首诗的背景同样是周宣王反抗北方猃狁的侵略而出兵，和《六月》不

---

① 王先谦：《诗三家义集疏》，中华书局1987年版，第585—587页。

同的是,《出车》是以随军将士为叙述角度来反映战争情况的,反映的主题
也不再是军队的威武和气魄,而是作为直接参与者对战争的切身感受和体会。
作为统治者,站在"大一统"角度维护统治,突出的是战争性质和战争结
果,而站在战争的参与者方面看待战争,会有截然不同的感受。对于统帅而
言,"南仲"一方面领命受诏,率部迎敌,表现了奔赴国难的骁勇和威武,
同时还注意到战争给人民带来的灾难和痛苦,"忧心悄悄,仆夫况瘁",注意
到"仆夫"的疲惫,体察到行军将士的艰苦;另一方面还要承受告别妻子、
远离家乡的离愁和忧伤,对于南仲的妻子而言,则是"未见君子,忧心忡
忡。既见君子,我心则降"。同样是周宣王时期反侵略的战争主题,从维护
"大一统"的帝王到为维护"大一统"而流血牺牲的将士,对战争的体验完
全不同。武帝在这篇诏令中,引用了《出车》的两句,"出车彭彭,城彼朔
方",断章取义,表现了"天子"眼中军队出发时的虎虎生气,从出征的将
士的感受中截取一个情景场面上的描写,着重展现的是军队的威武和骁勇,
而非将士角度的整体感觉和体验。说明武帝诏令在引用《诗经》时是考虑
"诗教"中"大一统"主题思想的。对其中诗句的解释正是"政者,正也"
中正面意义的提取。在武帝时期的专制时代,所谓的正面意义,就是巩固统
治、维护统一的积极含义。

　　《昭明文选》中的两篇武帝诏令,内容都是诏举人才,充分说明武帝为
政思路的开阔和胸襟的博大。在君王意志高于一切的皇权专制时代,这些
"金口玉言"不仅具有行政效力,还具有法律效力。其中的许多文件,不仅
对中国历史产生重要影响,还能够帮助我们深刻了解中国历史,更能透过历
史现象解读现实。从这两篇诏令语言的表达形式上,也从侧面反映西汉武帝
时期,意识形态领域中思想的转变和活跃。正因为有对时代背景的深入反思,
武帝用"引经据典"的"翰藻"明确表达贯彻君王意志的坚定和果断,从形
式和内容上符合"事出于深思,义归乎翰藻"的选录标准。获得刘勰的极高
评价,理乎宜然,并被萧统录入《文选》,成为"文同训典、垂范后世"的
经典。武帝诏令不仅是深入了解其文治武功的重要桥梁,更成为后代帝王公
文的典范。

《文选》不录《史记》赞论与萧统文学观*

潘定武**

【摘　要】《文选》收录了《汉书》、《后汉书》等赞论而不录《史记》赞论，体现了《文选》编纂者崇尚典雅整饬的文学审美追求。进而言之，《文选》主编者萧统与《文心雕龙》著者刘勰的文学观虽有较多共同之处，但也有明显差异：萧统大致有先文而后质的倾向，而刘勰则遵循文质彬彬的传统；萧统偏重文辞，而刘勰更重情理。萧统、萧纲兄弟文学观虽有分歧，却并非明显对立。

【关键词】《文选》；萧统；刘勰；萧纲；文学观

《文选》不但辑录保存了先秦至南朝齐梁时代大量优秀诗文，而且反映了编选者萧统等人重要的文学思想。除萧统《文选序》之外，《文选》选篇问题同样值得重视。学界对《文选》选录大量的各体诗歌及辞赋已有较多研究，而对《文选》收录作品偏少的史著赞论等文字则鲜有论及。其实，《文选》在选录史赞论方面同样体现了选编者鲜明的文学观。《文选》主编者萧统与《文心雕龙》著者刘勰的文学观虽有较多共同之处，但也有不容忽视的差异。而另一方面，萧统、萧纲兄弟的文学观虽有较明显分歧，但却并非完全对立。

＊ 本文为教育部人文社会科学研究项目"文章学视野下的《史记》研究"（12YJAZH097）阶段性成果。
＊＊【作者简介】潘定武（1967—　），文学博士，黄山学院文学院副教授，研究方向为中国古代文学与徽学。

一　《文选》不录《史记》赞论臆说

《文选》基本不录经、史、子部著作，而于卷四十九、卷五十中收录了若干史著之赞、论、序、述之类文字共 13 首，分别是班固《汉书》之《公孙弘传赞》、《述高帝纪》、《述成帝纪》、《述韩彭英卢吴传》，干宝《晋纪》之《论晋武帝革命》、《总论》，范晔《后汉书》之《皇后纪论》、《二十八将传论》、《宦者传论》、《逸民传论》、《光武纪赞》，沈约《宋书》之《谢灵运传论》和《恩幸传论》。作为纪传体史著的第一部，《史记》突出的文学性自唐代开始逐渐受到推崇，其赞论文字也因寓意深刻、不乏文采而同样受到重视，但《文选》却一概不予收录。对此，《史记》研究者和《文选》研究者似乎都未予以关注。

《文选序》论其选文曰："至于记事之史，系年之书，所以褒贬是非，纪别异同，方之篇翰，亦已不同。若其赞论之综缉辞采，序述之错比文华，事出于沉思，义归乎翰藻，故与夫篇什，杂而集之。"① 其所言采录史书赞论等的标准为"事出于沉思，义归乎翰藻"，此亦被视为《文选》选文的基本标准。就《文选》所收 130 余位作者 700 余首作品而言，其文体多样、题材全面、内容丰富都无法忽视，而要以语言华美、风格典丽为其突出之特色。因此，《文选》选文虽不唯形式是重，而其艺术标准确在"翰藻"。不具有文采之美，尤其是不重用典、不事骈俪之文，往往要被看轻。即便如立身德行方面颇获萧统推许的陶渊明，因其文体省净，语多质直，亦仅有 8 题 9 首诗文入选，远不及陆机、谢灵运、沈约、任昉等人。而《文选》收录作品在 10 首以上的作者，除以上陆机等人，尚有屈原、班固、曹植、潘岳、颜延之、江淹、谢朓等，总计 18 人，诗文共 447 首，数量约占《文选》收录作品总数的 64%；其余 110 余人作品合计仅占总数的 36%。从以上 18 人的创作看，最早之屈原为"金相玉式，艳溢锱毫"② 的首位大诗人，班固为东汉一代文章大家，其辞赋文章均具有骈俪色彩和雍容之美，曹植则"骨气奇高，词采华茂，情兼雅怨，体被文质，粲溢今古，卓尔不群"③，其惊才绝艳为古今共赏。另如陆机、潘岳、大小谢、江淹、沈约、任昉等人诗文亦无不能驰骋其

① 萧统纂，李善等注：《六臣注文选》，浙江古籍出版社 1999 年版，第 4 页。
② 刘勰著，詹锳义证：《文心雕龙义证》，上海古籍出版社 1989 年版，第 168 页。
③ 钟嵘著，曹旭集注：《诗品集注》，上海古籍出版社 1994 年版，第 97 页。

文采，且自魏晋至南朝，繁缛之风渐盛，骈俪之文日夥。陆机、潘岳文若锦绣，谢灵运篇什富丽精工，沈约、谢朓大倡声律，任昉尤擅骈体。《文选》广收以上诸人诗文作品，不仅因为爱赏其文才，而且也欲以标榜其文采，垂范于天下文士。

就《文选》所录班固、干宝、范晔等人史赞论等文字看，也与《文选序》强调的总体艺术标准一致。班固《汉书》与《史记》相较，已整体呈现整饬之风，其论赞语言尤多规整而雍雅，颇具声律之美。试读《史记·淮阴侯列传赞》："吾如淮阴，淮阴人为余言，韩信虽为布衣时，其志与众异。其母死，贫无以葬，然乃行营高敞地，令其旁可置万家。余视其母冢，良然。假令韩信学道谦让，不伐己功，不矜其能，则庶几哉，于汉家勋可以比周、召、太公之徒，后世血食矣。不务出此，而天下已集，乃谋叛逆，夷灭宗族，不亦宜乎！"① 其语言何其通达自由，直如行云流水，行于所当行，止于所当止。《史记·述淮阴侯列传》文字也纯然散体："楚人迫我京索，而信拔魏、赵，定燕、齐，使汉三分天下有其二，以灭项籍。"② 《汉书·韩彭英卢吴传赞》则曰："张耳、吴芮、彭越、黥布、臧荼、卢绾与两韩信，皆徼一时之权变，以诈力成功，咸得裂土，南面称孤。见疑强大，怀不自安，事穷势迫，卒谋叛逆，终于灭亡。"③ 已化《史记》之自由为整饬。而再看《文选》所录《汉书》之《述韩彭英卢吴传》："信惟饿隶，布实黥徒，越亦狗盗，芮尹江湖。云起龙襄，化为侯王，割有齐、楚，跨制淮、梁。绾自同闬，镇我北疆，德薄位尊，非胙惟殃。吴克忠信，胤嗣乃长。"④ 其整齐典重、人工修饰的痕迹更是何其明显。干宝的史论赞，尤其是范晔、沈约的史论赞文字，更是骈俪色彩浓厚，体现了魏晋南朝散文优美化、骈俪化的时代特色。《史记》的整体风格雄肆疏放，论赞也不拘一格，句式灵活，长短相间，极少规整之语。虽然自今观之，《史记》论赞极富独特价值且具有独特的文学风貌，然在萧统等《文选》编选者看来，却并不符合其艺术标准。另外，汉魏六朝对司马迁与《史记》的评价，总体也不及班固与《汉书》。尤其是汉魏以来社

---

① （汉）司马迁著，（南朝·宋）裴骃集解，（唐）司马贞索隐，张守节正义：《史记》，中华书局 1959 年版，第 2629—2630 页。

② 同上书，第 3315 页。

③ （汉）班固著，（唐）颜师古注：《汉书》，中华书局 1962 年版，第 1895 页。

④ 同上书，第 4246 页。

会上层一直有视《史记》为"谤书"的观点，① 无疑一定程度上影响了文人对司马迁与《史记》的看法，沈约所撰著名的《宋书·谢灵运传论》列举了较多的两汉魏晋代表作家，汉代即有贾谊、司马相如、王褒、扬雄、班固、崔骃、张衡、蔡邕等，但未及司马迁。《文选》所录司马迁唯一之文即《报任少卿书》，此文不唯情感饱满，而且文采飞扬，句式则整散结合，堪称文情并茂的杰作，无疑是合乎萧统文学观的。

《文选序》又论曰："若夫椎轮为大辂之始，大辂宁有椎轮之质？增冰为积水所成，积水曾微增冰之凛，何哉？盖踵其事而增华，变其本而加厉。物既有之，文亦宜然。"② 此段文字不但鲜明体现了萧统的文学发展观，而且也流露出选文者对后世"踵事增华"作品的赏爱。考察《文选》，收录 10 首以上（包括 10 首）诗文作品者共计 18 人，其具体收录情况列表如下：

《文选》收录 10 首以上（包括 10 首）诗文的作者统计表

时代	先秦	两汉	三国	三国	三国	西晋	西晋	西晋	西晋	西晋	南朝	南朝	南朝	南朝	南朝	南朝	南朝	南朝
作者	屈原	班固	王粲	曹植	刘祯	阮籍	陆机	左思	潘岳	张协	谢灵运	颜延之	鲍照	江淹	沈约	谢朓	王融	任昉
诗文数量	5题10首	11题11首	9题14首	27题33首	5题10首	3题19首	44题108首	7题14首	19题23首	3题12首	32题40首	22题27首	18题18首	6题35首	17题17首	23题23首	3题11首	19题22首

从所录作者时代看：先秦 1 人，两汉 1 人，三国 3 人，西晋 5 人，南朝 8 人。先秦晚期至两汉 500 余年仅有 2 人，而魏晋以来约 300 年则有 16 人，西晋太康以来 200 余年即有 12 人，尤其是南朝，不足百年时间竟达 8 人。再看入选作品数量，魏晋以前屈原、班固二人共为 21 首，人均不足 11 首；而魏晋以来 16 人共达 426 首，人均近 27 首，为魏晋之前的两倍以上。于此可见萧统等人选文之明显偏重。

---

① 如班固《典引·序》载，永平十七年，班固与大儒贾逵等受皇帝之召，明帝宣示曰："司马迁著书，成一家言，扬名后世，至以身陷刑之故，反微文刺讥，贬损当世，非谊士也。"《三国志·董卓传》注引谢承《后汉书》："（王）允曰：'昔武帝不杀司马迁，使作谤书，流于后世。'"范晔《后汉书·蔡邕传》所载亦同。

② 萧统纂，李善等注：《六臣注文选》，浙江古籍出版社 1999 年版，第 2 页。

近现代以来，多数论者倾向于认为《汉书》文采不足，文学性远非《史记》可比，甚至有视《汉书》为纯粹的历史著作，或称自《汉书》开始而呈现正史的史学与文学分途。实际《汉书》较之《史记》，固然逊其生动与风神，却更加雍容典雅，明显带有斟酌文辞、追求整饬的美学倾向。《汉书》的风格无疑正是东汉前期整体士风和文风的体现。考察东汉光武、明、章时期士风，明显具有儒雅厚重、谨固自守的特点，影响到当时文风，也普遍以典正淳厚相尚。而这种史著语言的典雅与整饬倾向，在魏晋六朝骈俪文风行的整体文学风尚中得到了普遍推许并被发扬光大。至于范晔，在论其所作《后汉书》时，更有意自逞且极端自负其文采，其《狱中与诸甥侄书》称："详观古今著述及评论，殆少可意者，班氏最有高名，既任情无例，不可甲乙辨。后赞于理近无所得，唯志可推耳。博赡可不及之，整理未必愧也。吾杂传论，皆有精意深旨，既有裁味，故约其词句。至于《循吏》以下，及《六夷》诸序论，笔势纵放，实天下之奇作。其中合者，往往不减《过秦》篇。尝共比方班氏所作，非但不愧之而已。……赞自是吾文之杰思，殆无一字空设，奇变不穷，同合异体，乃自不知所以称之。"① 沈约领袖南朝文坛数十年，诗文兼长，而又倡导声律，其领衔所撰《宋书》总体呈现文学色彩强于史学色彩的倾向，《宋书》多数传论均属骈文体制，沈约精心结撰的《谢灵运传论》更是辞采富丽、字句精工，堪称骈文的典范。要之，史传之作，自两汉至南朝，某种意义上同样显现出追摹风尚、踵事增华的发展轨迹。

二　萧统与刘勰、萧纲文学观异同

《文选》弃《史记》之赞论而入《汉书》、《后汉书》、《宋书》等之赞论，体现的正是萧统等人的文学发展观与文学批评观：文学虽不能越出儒家经典之准式，但须以文华和翰藻为尚，文辞优美、声色动人、调律和谐、句式对偶几乎是《文选》评判优秀文学作品的首要尺度。进而言之，《文选》体现萧统的文学观与《文心雕龙》体现刘勰的文学观显然存在一些差异。《文选》为我国古代影响最大的一部诗文选集，《文心雕龙》则为我国古代文学理论论著的高峰之作，二者同时诞生于南朝中期的文学与文化背景之下，

---

① 沈约：《宋书》，中华书局 1974 年版，第 1830—1831 页。

在中国文学史和文学批评史上同样具有举足轻重的地位。论者多据《梁书·刘勰传》"迁步兵校尉，兼舍人如故。昭明太子好文学，深爱接之"① 等语，认为萧统既十分爱赏刘勰，其文学观点和选文标准亦均略同于刘勰，而且萧统编纂《文选》的理念也颇受刘勰的影响。如穆克宏先生认为："萧统与刘勰有共同的爱好，有颇多相同的文学思想和文学批评实践。"② 李金坤则称："种种迹象表明，刘勰的文学思想不可能不影响萧统，而萧统《文选》受刘勰《文心雕龙》影响也自然是不言而喻的。"③ 周勋初先生也认为："昭明系统的文人提出的艺术标准与刘勰提出的折中说是一致的。……萧统与刘勰的私人关系也是很密切的。……二人相处既久，感情又很融洽，当与文学见解上的相合有关。"④ 周勋初、王运熙先生又都将萧统与刘勰同归于南朝文学理论批评的折中派。⑤

　　刘勰与萧统过从较密，萧统亦当阅过《文心雕龙》，或许都无可怀疑。但《文选》与《文心雕龙》体现的文学观仍有明显不一致之处。首先，考察《文心雕龙》的作旨，乃为纠正"去圣久远，文体解散，辞人爱奇，言贵浮诡，饰羽尚画，文绣鞶帨，离本弥甚，将遂讹滥"⑥ 之时风。而其文论体系，实以征圣、宗经为其旨归。在刘勰看来："繁略殊形，隐显异术，抑引随时，变通会适，征之周孔，则文有师矣。是以论文必征于圣；窥圣必宗于经。"⑦ 一切文体也都源于儒家经典，后世文体嬗变，须守经典之常，否则便被视为散乱之异体。其论诗体之"四言正体，则雅润为本；五言流调，则清丽居宗"⑧，就颇能说明问题。《文心雕龙·史传》推崇《左传》为"圣文之羽翮，记籍之冠冕"⑨，而论《史记》则彰其"爱奇反经之尤，条例踳落之失"⑩。刘勰论史，重在义法体制，是非标准则一本儒家经典《春秋》。从宗经出发，刘

---

①　姚思廉等：《梁书》，中华书局 1973 年版，第 710 页。

②　穆克宏：《刘勰与萧统》，《福建师范大学学报》（哲学社会科学版）1989 年第 4 期。

③　李金坤：《刘勰与萧统关系原论》，《苏州教育学院学报》2003 年第 2 期。

④　周勋初：《梁代文论三派述要》，《中华文史论丛》1964 年第 5 辑。

⑤　同上。王运熙：《刘勰文学理论的折中倾向》，《文心雕龙探索》（增补本），上海古籍出版社 2005 年版，第 243—252 页。

⑥　刘勰著，詹锳义证：《文心雕龙义证》，上海古籍出版社 1989 年版，第 1911 页。

⑦　同上书，第 45—46 页。

⑧　同上书，第 210 页。

⑨　同上书，第 569 页。

⑩　同上书，第 576 页。

勰对《史记》及其以下的史著均予以批评："史、班立纪，违经失实。"①
"自《史》、《汉》以下，莫有准的。"② 显然，刘勰对待史传的眼光与萧统是
明显不同的，刘勰关注的是史传是否合乎儒家经典的义理，而萧统则看重史
传是否具有合乎其标准的文辞。而《文选》编纂之由，萧统言："余监抚余
闲，居多暇日，历观文囿，泛鉴辞林，未尝不心游目想，移晷忘倦。自姬、
汉以来，眇焉悠邈，时更七代，数逾千祀。词人才子，则名溢于缥囊；飞文
染翰，则卷盈乎缃帙。自非略其芜秽，集其清英，盖欲兼功太半，难矣。"③
即要萃取周秦汉以来辞林之精华，使文人学士观此而知天下文章之大要。
《文选》选文虽然也体现了萧统一定的儒家观念，但其衡文标准显然并非主
要依据儒家经典。就诗歌而言，《文选》入选四言诗仅 38 首，而收录五言诗
达 400 余首，四言数量不及五言十分之一，反映出萧统等人对诗歌看重的恰
是被刘勰称作"流调"的五言，而非被刘勰视为"正体"的四言。至于《文
选》所收录作品与《文心雕龙》所论及作品有较多的不一致，王立群先生已
有详论④，兹不赘述。

其次，刘勰论文包罗经、史、子、集，《文心雕龙》虽在文体论部分大
体区分有韵之文和无韵之笔，而并不刻意辨析文学与非文学，体现的是杂文
学或文章学的观念，因而《文心雕龙》也被看成中国古代文章学理论著作。
而《文选》的选文虽同样还反映了当时并非纯粹的文学观念，入选了一定的
应用文字，另外对诸类文体尽量选取各种有代表性的作品，如序类入选了
《毛诗序》、《尚书序》、《春秋左氏传序》等。但总体而言，《文选》有明确
的选文标准与选文范围，对经、史、子部著作基本不予收录，收录若干史赞
论等文字也显然是看重其典雅与文采，因而一般均视《文选》为一部典型的
文学作品选集。

刘勰虽不反对文采，但更强调华实相配，认为立文应当以情理统御文辞：
"夫铅黛所以饰容，而盼倩生于淑姿；文采所以饰言，而辩丽本于情性。故
情者文之经，辞者理之纬；经正而后纬成，理定而后辞畅：此立文之本源

---

① 刘勰著，詹锳义证：《文心雕龙义证》，上海古籍出版社 1989 年版，第 585 页。
② 同上书，第 598 页。
③ 萧统纂，李善等注：《六臣注文选》，浙江古籍出版社 1999 年版，第 3 页。
④ 王立群：《〈文选〉成书研究》，商务印书馆 2005 年版，第 240—266 页。

也。"① 刘勰在文学发展上主张通变，而尤重常、变结合，变中守常。又其虽肯定"时运交移，质文代变"②，同样具有文学发展的眼光，但对"后之作者，采滥忽真，远弃风雅，近师辞赋，故体情之制日疏，逐文之篇愈盛"③的尚文弃质之风显然不能认同，因而《文心雕龙·明诗》对"张潘左陆，比肩诗衢，采缛于正始，力柔于建安"已有所批评，对"江左篇制，溺乎玄风"更加不满，至于"宋初文咏，体有因革。庄老告退，而山水方滋；俪采百字之偶，争价一句之奇，情必极貌以写物，辞必穷力而追新"④的南朝以来诗风，尤非刘勰所认同，故而《明诗》篇中遍举先秦至东晋重要诗人，而对南朝诗人竟一无所及。而考察《文选》，不但收录西晋大诗人陆机、潘岳诗歌特多，而且对南朝著名诗人如谢灵运、颜延之、沈约、谢朓等人诗作同样极为推重。要之，《文选》、《文心》的衡文标准实有明显分歧。刘勰标举的是孔子"文质彬彬"之传统，且倾向于先质后文。萧统虽则宣称"姬公之籍，孔父之书，与日月俱悬，鬼神争奥，孝敬之准式，人伦之师友，岂可重以芟夷，加之剪截"⑤，且有"丽而不浮，典而不野，文质彬彬"⑥之论，但具体衡文却更重视"踵事增华"、声彩动人的作品，表现出一定的先文而后质倾向。

《文心雕龙》开篇《原道》即称："仰观吐曜，俯察含章，高卑定位，故两仪既生矣，惟人参之，性灵所钟，是谓三才。为五行之秀，实天地之心。心生而言立，言立而文明，自然之道也。"⑦ 在刘勰看来，人文比参天地之文而生，是人的自然才性的体现，故其论文实重本色自然，虽然时代风气对他的影响确实不容忽视，以致《文心雕龙》本身也采用骈语写作。而萧统于《文选序》中关于"大辂"、"增冰"之论，显然反映了萧统对文学修辞藻饰的看重，可见萧统论文虽反对浮野，而特重典丽。应当说，萧统的文学观也具有传统和重质的一面，如《文选》不录艳情和俚俗之作，甚至较少收录齐梁以来已颇为流行的"新体诗"，但这并不代表萧统不注重文采。我们从《文选序》之所以不采子部作品的"老、庄之作，管、孟之流，盖以立意为

---

① 刘勰著，詹锳义证：《文心雕龙义证》，上海古籍出版社 1989 年版，第 1157 页。
② 同上书，第 1653 页。
③ 同上书，第 1161—1162 页。
④ 同上书，第 202—204 页。
⑤ 萧统纂，李善等注：《六臣注文选》，浙江古籍出版社 1999 年版，第 3 页。
⑥ 萧统：《昭明太子集》，中华书局 1936 年版，第 15 页。
⑦ 刘勰著，詹锳义证：《文心雕龙义证》，上海古籍出版社 1989 年版，第 4 页。

宗，不以能文为本"① 的评论中，显然可以感知萧统对"能文"的重视。

至于萧统与萧纲兄弟的文学观，有认为截然属于两派。周勋初先生观点可为代表："（萧统）美学趣味与二弟有别"，"文学见解也与简文、湘东异趣"。② 而王运熙、杨明则认为，萧纲与萧统、刘勰等在抬高抒情体物诗地位、强调文学之艺术力量、强调天才与兴会、重结构与语言等方面均有相通之处，但萧统、萧纲兄弟在创作内容、雅俗趣尚方面区别较著，二人文学思想确有不同，但也不可过分强调。③ 这表明新时期以来，对萧纲及宫体文学认识发生了明显转变。

萧纲生于萧梁宫室，其父萧衍本为萧齐著名文人集团"竟陵八友"成员之一，与崇尚声律的沈约、谢朓等"永明体"作家声气相投。萧纲习染于浓郁的文学环境，且自幼文学禀赋特异，自称七岁有诗癖。在长期文学实践和时代环境影响下，萧纲逐渐形成自己的文学思想。在集中体现其文学思想的《与湘东王书》中，萧纲批评因盲目习古而导致"懦钝"、"浮疏"的文学风尚，而推崇《风》、《骚》比兴传统。换言之，他鄙薄雕琢字句、不见性情的机械摹古，倡导文学出于自然、吟咏性情而不废寄托。至于其《诫当阳公书》中屡受讥评的"立身之道与文章异，立身先须谨重，文章且须放荡"之语，亦不过强调文章在书写个人性情方面不必拘束矜持，而无须像做人一样刻意修饰、老成持重。"放荡"并非浮艳、淫荡，设想萧纲教导尚未成年之子为文浮艳、淫荡，未免过于荒唐。联系萧纲《昭明太子集序》中推崇的"丽而不淫"，其所谓"放荡"确乎是指抒情之无羁和用语之华美。再看萧纲之创作，固然有不少为宫廷内容且无干风教的宫体作品，但题材内容实是丰富多样的，至于其《雁门太守行》、《泛舟横大江》、《陇西行》、《度关山》等边塞诗作，风格颇为劲健雄浑，更与宫体之浮艳大异其趣。

而另一方面，身为梁朝统治集团核心人物的萧统，其文学思想和文学实践同样离不开其父辈和梁朝宫廷文学氛围的熏陶影响。《梁书·昭明太子传》载："（太子）每游宴祖道，赋诗至十数韵。或命作剧韵之赋，皆属思便成，无所点易。"④ 萧统文采之杰出亦使人隐约可见当年曹植的影子（萧衍曾称萧

① 萧统纂，李善等注：《六臣注文选》，浙江古籍出版社 1999 年版，第 3 页。
② 周勋初：《梁代文论三派述要》，《中华文史论丛》1964 年第 5 辑。
③ 王运熙、杨明：《论萧纲的文学思想》，《文学评论》1991 年第 2 期。
④ 姚思廉等：《梁书》，中华书局 1973 年版，第 166 页。

统为"吾家之东阿")。《文选序》本身即句式整齐，颇具文辞声色之美。而萧统本人的辞赋创作，如《殿赋》、《铜博山香炉赋》等均为典型的骈赋体。萧统虽有批评陶渊明《闲情赋》之语，其诗作亦不列于宫体之林，但其描写女性及艳情之诗歌，如《三妇艳》："大妇舞轻巾，中妇拂华茵。小妇独无事，红黛润方津。良人且高卧，方欲荐梁尘。"又如《长相思》："相思无终极，长夜起叹息。徒见貌婵娟，宁知心有忆。寸心无所因，愿附归飞翼。"仔细吟味，实与乃弟萧纲等人的宫体之作相去无多。当然，萧纲更加自觉地发挥了诗歌的"吟咏性情"功能，并追求绮辞丽句，在为文上确乎"放荡"不少。要之，我们一方面要正视萧统与萧纲在文学观念与创作实践上较明显的分歧，但另一方面，过分强调萧氏兄弟论文与创作方面的差异，乃至将二人的文学观完全对立起来，截然分为两派，则似乎并无十分必要，也无充分的依据。

齐梁是一个文学创作比较自由、文学思想比较活跃的时代，也是文学新旧变革的时代。萧统、萧纲等人的文学思想和创作实践都似乎存在着矛盾，有在文学的政治性和娱情性的矛盾中徘徊的倾向，论者似不宜执其一端而忽略其余。

《文选》命运义理之论体文的持论意义研究

蒋振华[*]

【摘　要】《昭明文选》选有班彪、嵇康、李康、陆机、刘峻关于命运理思的论体文五篇，有持命定论、天命论者，有持抗命论、人定胜天论者，表现出矛盾对立的历史观，选编者以此入选，也反映了他对于个体命运和国家兴亡的矛盾态度，这正说明我国思想史的进程是在矛盾中运动发展的。与此同时，班陆之文与李刘之文的构思立意呈持论的双刃剑特色，即先举事再持论与先持论再举例两者相辅相成，再加之以嵇康文的类比思维之写作技巧有如锦上添花，使五篇论体臻于内容与形式的统一，以此彰显选编者对于论体文之看法。

【关键词】持论理思；持论文法；论体文；《文选》

我国古代传统思想中的命定论观念远自上古肇基，在作为我国思想文化大厦之两根主要支柱的儒道思想里，分别有"死生有命，富贵在天"和"知其不可，安之若命"的表述。汉代"天人感应"思想盛行以后，中国古代的天命观更是深入人心，不论尊卑、贵贱，各种阶层、各类人等，都信之如响之随声，影之从形。降及魏晋南北朝，长期的分裂战乱、天灾人祸、旦夕祸福，更使人类相信冥冥之中的命运安排。命运，大至国家（国运），小至个体（运气、生命），无所不在，不期而来，留而不住。以此考衡梁昭明太子

---

* 【作者简介】蒋振华，男，湖南师范大学文学院教授，出版过专著《汉魏六朝道教文学思想研究》。

萧统所编《文选》之论体，除"史论"入选十三篇外，其他一切题材的论体文入选计十四篇（含姊妹篇、连珠体），而其中所涉命运者之论体为五篇，分别为班叔皮之《王命论》，嵇叔夜之《养生论》，李萧远之《运命论》，陆士衡之《辩亡论》（上下篇），刘孝标之《辩命论》。显然这一比例是很大的了。五篇之中，大至王命、国运，小至凡人之生命、运气、命数，靡不赅论。何以如此？我们从上古以来的天命论思想至魏晋南北朝之存亡兴替，可以推知《文选》看重并遴选此类论体之隐衷。

一　论体五篇持论的理思

萧统在《文选》自序中云："论则析理精微。""论"必须是同时符合两个要素标准的文体，一是要"析理"，二是要"析理精微"，以此考衡论命运之五篇论体，实际上隐含了编选者以正统儒家"文质彬彬"的文学创作原则对于文学之内容与形式需完美统一的最高要求。以"质"来衡量五篇所析之理，因为同时"铐上"了"精微"的"锁链"，则所析之理必然是含蕴深刻而思辨入理的，质言之，所持之论务必理思如厚茧、意蕴醇深。尝试论之，其理思有三。

一者，一切皆由命注定。圣者如尧、舜、仲尼，凡者如众类小品，大者如国都，小者如乡邑，兴衰存亡，富贵穷达，历数皆在天。故《王命论》云：

> 昔在帝尧之禅，曰："咨！尔舜，天之历数在尔躬。"舜亦以命禹。暨于稷、契，咸佐唐、虞，光济四海，奕世载德。至于汤、武，而有天下。虽其遭遇异时，禅代不同，至于应天顺人，其揆一焉。①

尧禅位给舜，舜传禹，禹暨于稷、契，再至于汤、武，又至于秦汉，皆应天顺人，历数在天。天者，命也，"命也者，自天之命也"。王之命决于天，然则凡品众类之命如何？同理，亦决于天。故《辩命论》云："士之穷通，无非命也。"刘孝标即以管辂、刘璠、刘琎等凡人例证之，结言曰："死生有命，富贵在天，其斯之谓矣。"与《辩命论》同一理思者，李萧远在

_____

① 班彪：《王命论》，李善注《文选》，上海古籍出版社1986年版，第2263页。

《运命论》中如此云："夫治乱，运也；穷达，命也；贵贱，时也。"又云："吉凶成败，各以数至。"

班叔皮、李萧远、刘孝标三人所论命定之同者，均执天命、天数使然之理。然执理之所以同，一则是先秦以来传统天命观之影响，再则是三人执理之出发点使然。班叔皮所论王者之命天所使然，意在新、汉易代之际，为兴复汉室、维护刘汉王权制造舆论。据《后汉书·班彪传》载：

> 彪性沉重好古。年二十余，更始败，三辅大乱。时隗嚣拥众天水，彪乃避难从之。嚣问彪曰："往者周亡，战国并争，天下分裂，数世然后定。意者从横之事复起于今乎？将承运迭兴，在于一人也？愿生试论之。"对曰："周之废兴，与汉殊异。昔周爵五等，诸侯从政，本根既微，枝叶强大，故其末流有从横之事，势数然也。汉承秦制，改立郡县，主有专己之威，臣无百年之柄。至于成帝，假借外家，哀、平短祚，国嗣三绝，故王氏擅朝，因窃号位。危自上起，伤不及下，是以即真之后，天下莫不引领而叹。十余年间，中外骚扰，远近俱发，假号云合，咸称刘氏，不谋同辞。方今雄杰带州域者，皆无七国世业之资，而百姓讴吟，思仰汉德，已可知矣。"嚣曰："生言周、汉之势可也；至于但见愚人习识刘氏姓号之故，而谓汉家复兴，疏矣。昔秦失其鹿，刘季逐而羁之，时人复知汉乎？"
> 彪既疾嚣言，又伤时方艰，乃著《王命论》，以为汉德承尧，有灵命之符，王者兴祚，非诈力所致，欲以感之，而嚣终不寤，遂避地河西。河西大将军窦融以为从事，深敬待之，接以师友之道。彪乃为融画策事汉，总西河以拒隗嚣。[①]

据此可知，班彪写作《王命论》旨在为刘汉王朝作辩，反对新政王莽篡汉，以天命劾弹新莽，力陈汉室的顺天承运，后果应其言，光武帝刘秀推翻新莽，继承汉统。

唐尧以降，王运兴替，既受命于天，必有天瑞符应以兆之。故班彪又以西汉以来天人感应的关系理论为依据，将其"王命天授，非人力也"的中心

① （宋）范晔：《后汉书·班彪传》，中华书局1965年版，第1323—1324页。

理思深入发挥，详博论述，其辞云：

> 唐据火德，而汉绍之。始起沛泽，则神母夜号，以章赤帝之符。由是言之，帝王之祚，必有明圣显懿之德，丰功厚利积累之业，然后精诚通于神明，流泽加于生民。故能为鬼神所福飨，天下所归往……世俗见高祖兴于布衣，不达其故，以为适遭暴乱，得奋其剑。游说之士，至比天下于逐鹿，幸捷而得之。不知神器有命，不可以智力求。①

班彪认为，高祖成帝王之业，开国家之运，实归之于神器有命，则先有天瑞符应，而一旦应天承运，则有汉一代绵延百世皆天运所赐，天下其他有篡逆之异心者如王莽之辈实乃冒天下之大不韪。为了强调这种天瑞符应的实效性和预兆性，班彪不惜笔墨以逞其论说之辞，又再致其意，其文曰："若乃灵瑞符应，又可略闻矣：初，刘媪妊高祖，而梦与神遇，震电晦冥，有龙蛇之怪；及长而多灵，有异于众。是以王、武感物而折契，吕公睹形而进女，秦皇东游以厌其气，吕后望云而知所处，始受命则白蛇分，西入关则五星聚。故淮阴、留侯谓之天授，非人力也。"② 如此众多的天降福瑞，天地间的神秘契合，冥冥中的前世约定，已然注定了刘氏大汉的一统天下，代天而行其道。这种为天授而非人力的思想，最直接的来自班彪百余年前的西汉武帝时代董仲舒有关天人感应的灾异思想。董氏认为，人间灾异乃天之所发，故由灾异可探得天对于统治政治所作之反应。结合班彪所处西汉末年王莽反汉的社会动荡，汉室朝纲危如累卵，国运将倾，班氏从一心维护汉大一统政权出发，在《王命论》里为汉室复兴反复寻找历史上高祖始基帝业的天赐运数，申述天授命非人力的天命论思想，其苦心经营昭然若揭。

生存处境、时代背景与班彪之相似者李萧远（康），正处魏晋易代之际，王朝兴废，人事荣衰，"名士少有存者"，个体在瞬息万变的生存环境、政治处境中，主宰不了自己的命运，冥冥之中，命决于天，其对运命之理的感慨与班叔皮同调，故其《运命论》云：

---

① 班彪：《王命论》，李善注《文选》，上海古籍出版社 1986 年版，第 2264 页。

② 同上书，第 2267 页。

　　夫治乱，运也；穷达，命也；贵贱，时也。故运之将隆，必生圣明之君；圣明之君，必有忠贤之臣。其所以相遇也，不求而自合；其所以相亲也，不介而自亲。唱之而必和，谋之而必从；道合玄同，曲折合符。得失不能疑其志，谗构不能离其交，然后得成功（也）。其所以得然者，岂徒人事哉？授之者，天也；告之者，神也；成之者，运也！①

　　李康著《运命论》，企图探讨王朝兴废、君臣际合之所以然，将其归之于天命，即上天的意旨。这与班彪所持论相同。两者都有宿命论或不可知论之意思，都将人类无论高贵卑贱皆无能自主的消极态度宣泄于文，认为人生穷达、贵贱在纷繁变化的"天"面前无能为力，只能听之任之，为"天"所恣意摆布，一切荣辱都是可遇而不可求，显然，老庄哲学思想中的不可知论对其影响深远。不仅如此，同班彪所思一致，通达者、成功者、富贵者、荣华者，在其成功之前，总有福瑞灵验，反之者，则有灾殃预示。故《运命论》又云：

　　夫黄河清而圣人生，里社鸣而圣人出，群龙见而圣人用。……孔子曰："清明在躬，气志如神。嗜欲将至，有开必先。天降时雨，山川出云。"……运命之谓也。②

　　尊贵之圣人的降诞，有如"天降时雨"，决定于天命。那么，人之将亡，命之将毁，又有何征兆？故李康云："岂惟兴主，乱亡者亦如之焉：幽王之惑褒女也，袄始于夏庭；曹伯阳之获公孙强也，征发于社宫；叔孙豹之昵竖牛也，祸成于庚宗。"③ 此三人之败，亦早有灾异显迹。综上所述，李康之论成败兴衰，亦将董仲舒天人关系、天人感应思想以及汉代灾祥符瑞的先验主义思想作为持论之据，延续着中国哲学理思中的命定主义、宿命主义之脉络，得出"吉凶成败，各以数至，咸皆不求而自合，不介而自亲矣"④ 的普遍规律和通观论，从中国思想史意义上讲，上述两人都在对此命定论理论的继承

① 李康：《运命论》，李善注《文选》，上海古籍出版社1986年版，第2295页。
② 同上书，第2295—2297页。
③ 同上书，第2297页。
④ 同上书，第2298页。

阐扬上，有阶段性之总结、收官之意义，而从《文选》之选编者专选论体文中命定论之文竟然有如前述之高比例，也隐含萧统对此命定论思想的历史认同，暗含着他欲对此一理思作一总结，归纳普遍"真理"的企图。不仅如此，萧统又选了另一篇同类持论的论体文即刘孝标的《辩命论》，以强化其对于命定主义的坚持。《辩命论》序云：

> 主上尝与诸名贤言及管辂。叹其有奇才而位不达。时有在赤墀之下豫闻斯议，归以告余。余谓士之穷通，无非命也。①

刘峻此文的序论作为全文之纲，辄曰"士之穷通，无非命也"，此乃斩钉截铁之思想观点，之后在正文中对此一理念又反复申述之，如云：

> 故性命之道，穷通之数，夭阏纷纶，莫知其辩。……尝试之曰：夫道生万物，则谓之道；生而无主，谓之自然。自然者，物见其然，不知所以然，同焉皆得，不知所以得。鼓动陶铸而不为功，庶类混成而非其力。生之无亭毒之心，死之岂虔刘之志。坠之渊泉非其怒，升之霄汉非其悦。荡乎大乎，万宝以之化；确乎纯乎，一化而不易。化而不易，则谓之命。命也者，自天之命也。定于冥兆，终然不变。鬼神莫能预，圣哲不能谋，触山之力无以抗，倒日之诚弗能感。短则不可缓之于寸阴，长则不可急之于箭漏。至德未能逾，上智所不免。是以放勋之世，浩浩襄陵；天乙之时，焦金流石。文公霢其尾，宣尼绝其粮。颜回败其丛兰，冉耕歌其《茉苡》。夷、叔毙淑媛之言，子舆困臧仓之诉。圣贤且犹若此，而况庸庸者乎！至乃伍员浮尸于江流，三闾沈骸于湘渚。贾大夫沮志于长沙，冯都尉皓发于郎署。君山鸿渐，铩羽仪于高云；敬通凤起，摧迅翮于风穴。此岂才不足而行有遗哉？②

由此观之，一切皆由命里注定，人皆不能免于命，而所谓"命也者，自天之命也"，亦即天命决定人事，人在命运面前只能俯首帖耳。

---

① 刘峻：《辩命论》，李善注《文选》，上海古籍出版社 1986 年版，第 2344 页。
② 同上书，第 2345 页。

　　值得我们注意的是这三篇论文共同的命定论理思,选编者的选论标准亦即他对于王者、凡人穷通、贵贱、荣辱等的看法除了同声支持班、李、刘之外,在三篇论文位置的排列上依次置于三卷(卷52、卷53、卷54)之前、中、后,形成既顺势又均匀且前后呼应之建构,而且有意安排刘孝标的《辩命论》为压轴,显然是对于刘文中"萧远论其本而不畅其流,子(玄)语其流而未详其本"的赞赏,根据李善所注此两句云:"李萧远作《运命论》,言治乱在天,故曰论其本。郭子玄作《致命由己论》,言吉凶由己,故曰语其流。"① 则刘孝标此文是本末有别、源流有分的,而本为天,天才是本,正合萧统的符契,且萧氏在论体中,在命定论的论体文中,根本就不选郭子玄(象)的《致命由己论》,则其持论之态、持论之意义或价值取向可知矣。

　　二者,命既由天定,则一切圣人凡品必得乐天知命、顺天识命。班彪、李康、刘峻持论一致,共执此理,以警世醒人。班氏《王命论》云:

　　　　历古今之得失,验行事之成败,稽帝王之世运,考五者之所谓。取舍不厌斯位,符瑞不同斯度,而苟昧权利,越次妄据,外不量力,内不知命,则必丧保家之主,失天年之寿,遇折足之凶,伏斧钺之诛。英雄诚知觉寤,畏若祸戒,超然远览,渊然深识,收陵、婴之明分,绝信、布之觊觎,距逐鹿之瞽说,审神器之有授,贪不可冀,无为二母之所笑,则福祚流于子孙,天禄其永终矣。②

　　"外不量力,内不知命",只能换来祸凶灾殃;反之,觉悟天命,深识命理,安命顺天,则福禄永享,吉祥永驻。知晓此理,人皆可以为成功者,皆可以为英雄。至于欲作圣人者,更是通晓知命之深意,故李萧远《运命论》有云:

　　　　然则圣人所以为圣者,盖在乎乐天知命矣。故遇之而不怨,居之而不疑也。其身可抑,而道不可屈;其位可排,而名不可夺。譬如水也,通之斯为川焉,塞之斯为渊焉,升之于云则雨施,沉之于地则土

---

① 刘峻:《辩命论》,李善注《文选》,上海古籍出版社1986年版,第2345—2346页。
② 班彪:《王命论》,李善注《文选》,上海古籍出版社1986年版,第2268页。

润。体清以洗物，不乱于浊；受浊以济物，不伤于清。是以圣人处穷达如一也。①

　　人生要求福禄康泰，要做圣贤君子，其实很简单，做起来也很容易，那就是乐天知命，"穷达如一"，"不以物喜，不以己悲"，儒家持此论，道家亦持此论，佛家更是把"放下屠刀，立地成佛"播散在大众凡间，希望施主们都成我佛祖佛宗。故刘孝标在《辩命论》中大声疾呼、猛唤世人曰："然则君子居正体道，乐天知命，明其无可奈何，识其不由智力，逝而不召，来而不拒，生而不喜，死而不戚。瑶台夏屋，不能悦其神；土室编蓬，未足忧其虑。不充诎于富贵，不遑遑于所欲。岂有史公、董相《不遇》之文乎？"②

　　然而，乐天知命，逆来顺受，"不由智力"，理虽这么说，似乎陷入了不可知论、消极悲观的无奈之中，但班彪、李康、刘峻者们也并不是那种失去人格尊严、委曲求全、丧义背道以苟且偷安的辱节之士，"乐天知命"必须在一种高尚的人格道义、伟大的道德操守前提下去把持、去实行。对此，李康指出"其身可抑，而道不可屈；其位可排，而名不可夺"，即使一个人遭受了通天厄运，厄运把其身体摧残压抑得无法伸展，但高尚的道义是不能被污辱的，"士可杀不可辱"，虽然人的名位可以依大小高低排列，但更珍贵的声誉、名望是不能被屈辱的，"古之君子，盖耻得之而弗能治也，不耻能治而弗得也。原乎天人之性，核乎邪正之分，权乎祸福之门，终乎荣辱之算，其昭然矣。故君子舍彼取此"③。很显然，受儒家孔孟志士仁人思想之影响，"贫贱不能移，富贵不能淫，威武不能屈"的大丈夫人格精神养育和灌溉着李康的道德人格，是故在厄运面前、不可预测的凶煞祸难面前，把正义、真理和真善美的道德品质看得高于命运，高于痛楚、困难、失败和悲剧，并号召用儒家的仁和义来打造、历练自己的至高品德，"何以守位？曰仁；何以正人？曰义"④。刘孝标亦如李萧远，声言"君子居正体道"⑤，号召"修善立名"⑥，

---

① 李康：《运命论》，李善注《文选》，上海古籍出版社1986年版，第2301页。
② 刘峻：《辩命论》，李善注《文选》，上海古籍出版社1986年版，第2360页。
③ 李康：《运命论》，李善注《文选》，上海古籍出版社1986年版，第2306页。
④ 同上书，第2305页。
⑤ 刘峻：《辩命论》，李善注《文选》，上海古籍出版社1986年版，第2360页。
⑥ 同上书，第2359页。

所谓正，所谓道，就是孔孟的仁义道德，可为天下范的真理、正义。

综上所论，不难发现，班彪他们一方面主张认命、安命、听命的消极无奈的不可知论，另一方面又提倡坚强不屈、操持高尚正直之名节的心地良知论，这无疑陷落在一种矛盾纠结的心理状态之中，他们内心是混乱的、迷茫的，这种混乱和迷茫正好是他们三人分别处于汉新易代、正始（魏晋）易代、南北朝分裂尤其是南朝走马灯似的替代时期产生的正常的思想矛盾，他们既有治理天下的抱负，又有明哲保身的要求，如李康所说："既明且哲，以保其身。"① 这种个人矛盾，其实正是时代的矛盾，职是之故，三人上述所持命运论的理思内涵，其深刻的思想意义正在于它的时代性。以刘峻的《辩命论》而论，这种意义则更为突出，更具典型性。一方面他认为，人在命运面前无能为力，任何圣人贤达都不能抵抗，他说："空桑之里，变为洪川；历阳之都，化为鱼鳖；楚师屠汉卒，睢河鲠其流；秦人坑赵士，沸声若雷震；火炎昆岳，砾石与琬琰俱焚；严霜夜零，萧艾与芝兰共尽。虽游、夏之英才，伊、颜之殆庶，焉能抗之哉？"② 但另一方面，虽然刘峻把人生的进退荣辱委之于无可抗拒的命运，但其中却包含着许多感慨不平之意，这与其说是无可奈何之言，不如说是愤世嫉俗之语。因为刘氏对"高才而无贵仕，饕餮而居大位，自古所叹"的现实社会，对"天下善人少，恶人多，暗主众，明君寡"③ 的历史，认识是非常深刻而清醒的。这种认识，在另一个角度又无疑否定和颠覆了他的命不可拒之论，如此一来，个人的思想矛盾，就提升和顺推到了一种历史的高度，一种现实的尖端，把历史与现实作了一个巧妙的关合，因此，其思想矛盾的时代意义就显豁明达了。

三者，"死生有命，富贵在天"不是绝对的，人的主观能动性如果得到充分发挥，人的聪明才智如果能够审时度势，驾驭好机会，把握好形势，小至个人生命的颐养，大至国家安危存亡的掌控，或可以延年益寿，或可以转危为安，运亡为存。持此理思者，前者如嵇叔夜，后者如陆士衡。他们分别撰《养生论》、《辩亡论》（上下篇）以明之。

嵇康撰《养生论》，虽然配合正始玄学的时代潮流，为玄谈中的一个重要论题而发表意见，但在正始之际血雨腥风的政治环境里，当如前述李康等

---

① 李康：《运命论》，李善注《文选》，上海古籍出版社 1986 年版，第 2306 页。
② 刘峻：《辩命论》，李善注《文选》，上海古籍出版社 1986 年版，第 2353 页。
③ 同上书，第 2355 页。

知识分子深感命运多舛、难以把握而迷茫徘徊之时，嵇康确有为这些迷惘的士人拨开云雾、寻找光明之意图，退一步说，即从个体生命怎么安放，既然生命已经降临那么该如何去善待生命这个"小题"上说，而不是从建立功名富贵、干一番轰轰烈烈的伟业上去说，那么嵇康试图批判上古以来世间富贵、穷达、生死皆命中注定的消极低沉之论，以期醒悟世人从善待生命、养生颐年做起，挑战命定论的无知、不可知之谈，然有趣的是，他写《养生论》之目的当然是在此一点上，却在有意无意之中，竟为道教养生理论作了一次宣传，① 真可谓一箭双雕甚至一石多鸟。他说：

> 世或有谓神仙可以学得，不死可以力致者；或云上寿百二十，古今所同，过此以往，莫非妖妄者。此皆两失其情，请试粗论之。
>
> 夫神仙虽不目见，然记籍所载，前史所传，较而论之，其有必矣。似特受异气，禀之自然，非积学所能致也。至于导养得理，以尽性命，上获千余岁，下可数百年，可有之耳。而世皆不精，故莫能得之。②

在嵇康看来，人类生命的寿夭长短，在乎自身的把握之中，非世俗所说决定于天命。至于怎样把握，则在于"导养得理"，如能是，则"上获千余岁，下可数百年"。接下来嵇康就为人们提供了多种"导养"即养生的方法。

第一，正确处理人体中形与神的关系，其关系为"形恃神以立，神须形以存"③，处理的方法是"修性以保神，安心以全身，爱憎不栖于情，忧喜不留于意，泊然无感，而体气和平。又呼吸吐纳，服食养身，使形神相亲，表里俱济也"。④

第二，形神相亲、性命双修的同时，辅之以健康的食养和药养。

第三，养生要防患于未然，防微杜渐，"害成于微而救之于著，故有无功之治"，因此要"慎众险于未兆"⑤。

---

① 参见拙文《竹林七贤对于魏晋神仙道教文化的诗性阐释》，《中州学刊》2013 年第 7 期。
② 嵇康：《养生论》，李善注《文选》，上海古籍出版社 1986 年版，第 2287—2288 页。
③ 同上书，第 2289 页。
④ 同上。
⑤ 同上书，第 2291 页。

第四，善养生者，"清虚静泰，少私寡欲"①。

概而言之，养生方法是一个综合性、系统性的生命工程，"清虚静泰，少私寡欲。知名位之伤德，故忽而不营，非欲而强禁也。识厚味之害性，故弃而弗顾，非贪而后抑也。外物以累心不存，神气以醇白独著，旷然无忧患，寂然无思虑。又守之以一，养之以和，和理日济，同乎大顺。然后蒸以灵芝，润以醴泉，晞以朝阳，绥以五弦，无为自得，体妙心玄。忘欢而后乐足，遗生而后身存。若此以往，恕可与羡门比寿、王乔争年，何为其无有哉？"②

如果说嵇康主张小至个人的寿命、天年可以人力而为之，生命可以抗拒所谓的天命安排或命中注定，那么陆机则认为大至国家王朝的兴衰存亡也可在人类智慧的把握之中，故陆士衡著《辩亡论》探讨吴国兴亡之所由。他认为吴国之兴在于把天时地利人和合而用之，而吴国之亡正相反，他说：

> 《易》曰"汤武革命顺乎天"，《玄》曰"乱不极则治不形"，言帝王之因天时也。古人有言曰"天时不如地利"，《易》曰"王侯设险，以守其国"，言为国之恃险也。又曰"地利不如人和"，"在德不在险"，言守险之由人也。吴之兴也，参而由焉，孙卿所谓合其叁者也。及其亡也，恃险而已，又孙卿所谓舍其叁者也。③

"合其叁"（叁：天时、地利、人和）则吴兴，"舍其叁"则吴亡，人力、人事、人谋、人智……完全是可以与所谓的天命、命数抗衡的。由上嵇、陆之论对比前述班、李、刘之论，实乃针锋相对，各持一端。如此明显对立冲突的两种持论、两种理思，其实代表了中国古代思想史上唯心与唯物的两种世界观、历史观，从持论的意义上讲，无疑我们更欣赏嵇、陆的个人生命观、国家兴亡观，这更是一种催人向上、总结历史规律，个体能健康长生，国家能长治久安的积极策略。尤其像陆氏所说，怎样实行"人和"以及"人和"的基本内涵是什么，其实吴国的亡败为后世提供了深刻的卓有价值的历史借鉴，他说：

---

① 嵇康：《养生论》，李善注《文选》，上海古籍出版社 1986 年版，第 2293 页。
② 同上。
③ 陆机：《辩亡论》，李善注《文选》，上海古籍出版社 1986 年版，第 2326 页。

　　夫四州之萌非无众也，大江之南非乏俊也，山川之险易守也，劲利之器易用也，先政之策易循也。功不兴而祸构者，何哉？所以用之者失也。是故先王达经国之长规，审存亡之至数，谦己以安百姓，敦惠以致人和，宽冲以诱俊乂之谋，慈和以结士民之爱。是以其安也，则黎元与之同庆；及其危也，则兆庶与之共患。安与众同庆，则其危不可得也；危与下共患，则其难不足恤也。夫然，故能保其社稷，而固其土宇，《麦秀》无悲殷之思，《黍离》无愍周之感矣。①

　　对于上述两种对立持论的评价，以今天之观察，我们所揭示的理思意义当然是从肯定人的能动性来评判的，才是有意义的。但如何评价选文者昭明太子的意图，他是赞成命定论，还是站在尊重人的主体意识、先秦以来"人定胜天"的立场上？或者是摇摆于两者之间暧昧其意？问题其实也不难解决。依据就在《梁书·昭明太子传》之中。据传云："太子生而聪睿，三岁受《孝经》、《论语》，五岁遍读《五经》，悉能讽诵。……太子性仁孝。……高祖大弘佛教，亲自讲说。太子亦崇信三宝，遍览众经。乃于宫内别立慧义殿，专为法集之所。招引名僧，谈论不绝。太子自立二谛、法身义，并有新意。普通元年四月，甘露降于慧义殿，咸以为至德所感焉。……七年十一月，贵嫔有疾，太子还永福省，朝夕侍疾，衣不解带。及薨，步从丧还宫，至殡，水浆不入口，每哭辄恸绝。……虽屡奉敕劝逼，日止一溢，不尝菜果之味。体素壮，腰带十围，至是减削过半。每入朝，士庶见者莫不下泣。……太子明于庶事，纤毫必晓，每所奏有谬误及巧妄，皆即就辨析，示其可否，徐令改正，未尝弹纠一人。平断法狱，多所全宥，天下皆称仁。性宽和容众，喜愠不形于色。引纳才学之士，赏爱无倦。……出宫二十余年，不畜声乐。……普通中，大军北讨，京师谷贵，太子因命菲衣减膳，改常馔为小食。每霖雨积雪，遣腹心左右，周行闾巷，视贫困家，有流离道路，密加振赐。又出主衣绵帛，多作襦袴，冬月以施贫冻。若死亡无可以敛者，为备棺椁。每闻远近百姓赋役勤苦，辄敛容色。……太子孝谨天至，每入朝，未五鼓便守城门开。东宫虽燕居内殿，一坐一起，恒向西南面台。宿被召当入，危坐

――――――――――

　　① 陆机：《辩亡论》，李善注《文选》，上海古籍出版社1986年版，第2326页。

达旦。"① 从所引来看,昭明太子的为人秉性以及深读儒经所培养成的品德可以概括为:聪睿、明智、仁爱、孝慈、宽和、善德、义举、淡定、清净、施布、亲民、谨肃等。以此再联系嵇、陆两文对于人的抗击天命的主观努力或能动性的一些词语表达来看,我们也可加以提炼如下:嵇文有清虚、静泰、少私、寡欲、薄名、无忧、无虑、养和、顺性、体玄、知足、忘欢、虚心、任物等,将这些词的内涵行之于养生养命之中,则益于健康长寿,最大限度地对抗所谓寿夭命定的思想。陆文中则有:天时、地利、人和、谦己、敦惠、宽冲、慈和等,将这些词的内涵发挥到安邦治国的行动上,则国家长治久安,完全可以抵抗国运天定的宿命论思想。将昭明太子的所学、所养、所作、所为与嵇、陆力倡人谋、人智、人力的"人定胜天"的思想进行对比,太子的立场不言而喻,如此,则上述五篇论体之文的理思意义和选文价值亦不言而喻:人类是可以掌握自身生存生活的规律,也可以掌握国家民族的发展规律,也可以掌握社会、自然进步发展的规律,从而最大限度地造福于个人、集体、国家、民族乃至于整个天下。

二 论体五篇持论的文法

前述班彪、嵇康、李康、陆机、刘峻之文虽在理思上同持"命定"论,然如何持论,则文法有同有异,各逞才思,谋篇布局,大放光彩,为汉魏六朝文章写作提供构思、风格之借鉴,在艺术上展示了文法之意义。

班、陆之文法,从史事中绌绎出结论,文末总其论。班彪的《亡命论》,立意构思采取由历史事实绌绎一般结论的著作法,即由帝尧禅位舜,舜禅禹,再暨于稷、契,至于汤、武,又至于刘汉承尧之祚。故云:"由是言之,帝王之祚,必有明圣显懿之德,丰功厚利积累之业,然后精诚通于神明,流泽加于生民……世俗不知神器有命,不可以智力求。"② 此言王命决定于天命。再言侯者之命决定于天,以陈婴、王陵之例为据,推绎结论为:"是故穷达有命,吉凶由人。"③ 又言淮阴侯、留侯事,得出结论为:"故淮阴、留侯谓之天授,非人力也。"④ 如此历三层事实绌绎出《王命论》的核心理思,构思精密，说理充分，事实依据确凿，结论令人信服。此一精密严谨之结构篇章法，六朝文学史专家刘师培先生云："班彪《王命论》之但就史实判断者，显然主观与客观不侔矣。"① 这是说班氏此文主观推断过于客观叙说。

与班叔皮《王命论》立意上绅绎法相同，陆士衡《辩亡论》（上、下）列举吴国兴亡之史事，自创基业之始祖孙坚以降，怎样把握天时地利人和"叁合"而创天下与治天下，又怎样失去天时地利与人和，绅绎出结论为："吴之兴也，叁而由之，孙卿所谓合其叁者也。及其亡也，恃险而已，又孙卿所谓舍其叁者也。"又将班、陆两文比照而论，则其构思上更大相同者均在文末大篇幅总括文章之中心，虽然两人所持论者正好反背，班氏宣扬天命，陆氏强调人谋（当然是与天时地利平等的人和），但都在文末自己所持理论发挥至极致，使最后结论宏达稳当，无反驳推翻之可能，足见构思之匠心独运，苦心经营。职是之故，刘师培先生称陆机此种立意构思法为"先案后断法"，他说："陆士衡文可就《辩亡论》以考其谋篇之术。此论上下两篇，意思相连，而重要结论皆在下篇末段，盖必先定主旨篇法，而后将事实填入，此所谓先案后断法也。"② 申叔先生所论班彪之文不无是耶？

李、刘之文法，恰与班、陆者反，先持论，站立场，然后由史事支撑之。如李康《运命论》开头云："夫治乱，运也；穷达，命也；贵贱，时也。故运之将隆，必生圣明之君。圣明之君，必有忠贤之臣。其所以相遇也，不求而自合也；其所以相亲也，不介而自亲。唱之而必和，谋之而必从，道德玄同，曲折合符，得失不能疑其志，谗构不能离其交，然后得成功也。其所以得然者，岂徒人事哉？授之者天也，告之者神也，成之者运也。"③ 作者在这里开门见山亮出命定论的鲜明观点，然后以历史上无数君臣际合的正反事例证之，如正者有伊尹、尚父、百里奚、张良，反者有褒女、公孙强、竖牛等。最有说服力者，李氏以近四百字的笔墨详述仲尼不遇时，末以斩钉截铁之态第二次树立"治乱，运也；穷达，命也；贵贱，时也"的观点，与开头遥相呼应，形成前后衔接、首尾一致的完全封闭结构，使其结论无懈可击，天衣无缝。刘孝标之《辩命论》，亦如李康之文，文有序论，序论简短，然立论明确："士之穷达，无非命也。"开头一段，由论述之缘起即关于管辂命舛的

---

① 刘师培、刘跃进讲评：《中国中古文学史讲义》，凤凰出版社 2011 年版，第 180 页。
② 同上书，第 159 页。
③ 李萧远：《运命论》，李善注《文选》，上海古籍出版社 1986 年版，第 2295 页。

世之议论这一背景材料入手，落笔到"萧远论其本而不畅其流，子玄语其流而未详其本"关于命运之论的弊病，以彰显自己作《辩命论》的起因，至此的文字只能算是该文的引子。接下来的"尝试言之"才进入正文。一旦进入正文便开门见山树立己论："夫通生万物，则谓之道；生而无主，谓之自然。自然者，物见其然，不知所以然，同焉皆得，不知所以得。……化而不易，则谓之命。命也者，自天之命也。"① 接下来亦数举贤与不屑、穷与达、贵与贱之例证之，如放勋、天乙、文公、仲尼、颜回、冉耕、夷叔、子舆、伍员、三闾、贾子、冯都以至眼前的刘璡兄弟，最后亦以斩截之言收束："死生有命，富贵在天，其斯之谓也。"两相比较，则李、刘此两文之立意构思，文法趋同，皆为封闭式圆形文理，彰显论体之文的议论圆融严谨，以为持论者之镜鉴。

合班、陆、李、刘关于命运论之论体观之，正如一把双刃剑，又是一把两面刀，先举事再持论与先持论再举例两者相辅相成，共构完美严密的"命运"之论体，以见选文者昭明太子之慧眼识文，又在于以此四论为作文者模范临观焉。

唯嵇康之文《养生论》独树一帜，刘师培先生称其独到之处在于"一在条理分明，二在用心细密，三在首尾呼应"②。刘先生既已论之，则此不赘述。玩味此文再三，又发现其文法有更新意独抒者则在于修辞格的巧用。

《养生论》主要探讨人类有无可能健康长寿，人能否延年益寿乃至成为神仙的问题。这其实就是当时道教产生后对于神仙的信仰即神仙有无的问题。对于这个问题，嵇康从中国文化中传统的类比类取的思维方法论出发，认为人类长寿成仙是完全可能的。他说："且蝼蛉有子，蜾蠃负之，性之变也；橘渡江为枳，易土而变，形之异也。纳所食之气，还质易性，岂不能哉？故赤斧以炼丹颓发，涓子以术精久延。偓佺以松实方目，赤松以水玉乘烟。务光以蒲韭长耳，邛疏以石髓驻年。方回以云母变化，昌容以蓬虆易颜。若此之类，不可详载也。"③ 显然，嵇康从蝼蛉、蜾蠃之变到橘渡江为枳之变中，推知生命的变化即从有限变为无限是完全可能的。这种逻辑推理脱胎于"引

---

① 刘孝标：《辩命论》，李善注《文选》，上海古籍出版社1986年版，第2346页。
② 刘师培、刘跃进讲评：《中国中古文学史讲义》，凤凰出版社2011年版，第152页。
③ 戴明扬校注：《嵇康集校注》，人民出版社1962年版，第185—186页。

而伸之，触类而长之，天下之能事毕矣"① 的传统类推方法，在修辞格上叫作"类比"，即我们通常说的"举一反三"。嵇康对于此法深信不疑，他说："夫推类辨物，当求之自然之理，理已足然后借古义以明之耳。"② 正如童强先生所指出："古人认为，一类事物总有一类事物的道理，这就是这类事物的普遍法则。了解了这类事物的法则，往往可以通过一些变通与调节，而将它推衍到另一类事物上去，这样，也就获得了另一类事物的法则。"③ 正由于此，故嵇康习惯于运用这种类求推理或类比修辞去推演生命无限而成为神仙的可能性，"善求者，观物于微，触类而长"④，他说："虱处头而黑，麝食柏而香，颈处险而瘿，齿居晋而黄。推此而言，凡所食之气，蒸性染身，莫不相应。"⑤ 触类而推，嵇康认为人类通过药养的作用，完全可以成仙。至此，这种把人的主观能动性即通过人力、人智而改变所谓"死生有命"的反命论思想，其形成的过程借这种类推类比的思维法与造文法，确实既有科学价值又有文学功能的作文意义。理解于此，则不难弄懂刘师培先生对嵇康文理的謷评："嵇叔夜开论理之先，以能自创新意为尚，篇中反正相间，主宾互应，无论何种之理，皆能曲唱旁达。善学嵇者宜先构思，新意既得，然后谋篇布势，再定遣词之法，或全用比喻，或专就正题立言，务期意翻新而出奇，理无微而不达。苟能如此，则叔夜之精华已得，奚必拟其句调？试观六朝论理之文，绝无抄袭叔夜之词句者，惟分肌擘理，构思精密之处得之于嵇而已。"⑥ 嵇康《养生论》一文以类比法所构思的理思结论，仙可学得，人命可延，难道不精密以致令人信服吗？无怪乎昭明太子选之以入，其意义也正是刘师培先生所揭橥者。

班叔皮、李萧远、刘孝标一致执持命定论思想，而嵇叔夜、陆士衡则充分尊重人的智力、谋略、主观能动性在人生、社会发展中的决定性作用，由此构成两种比较对立矛盾的历史观，一方面，反映了人类认知在复杂、深奥、难以预测的自然、社会、茫茫宇宙面前的渺小；另一方面，也展示了人定胜

---

① 黄寿祺、张善文：《周易校注》，上海古籍出版社 2001 年版，第 519 页。
② 戴明扬校注：《嵇康集校注》，人民出版社 1962 年版，第 204 页。
③ 童强：《嵇康译注》，南京大学出版社 2006 年版，第 464 页。
④ 戴明扬校注：《嵇康集校注》，人民出版社 1962 年版，第 293 页。
⑤ 嵇康：《养生论》，李善注《文选》，上海古籍出版社 1986 年版，第 2289—2290 页。
⑥ 刘师培、刘跃进讲评：《中国中古文学史讲义》，凤凰出版社 2011 年版，第 173 页。

天，人类可以自己掌握命运，大至国家兴建，小至个人生活。选编者把此两种观念和理思之文合编选入，也无疑反映了萧统思想深处在看待个体生命存亡、国家兴衰安危上的矛盾。因此，持论者的矛盾对立、选文者的矛盾纠结，正好说明思想史的进程、人类历史的过程就是在矛盾中运动发展的。这就是我们要揭橥的五篇命运义理之文的持论意义。与此同时，根据形式为内容服务的辩证法，班、陆之文的先举事再持论的构思立意，李、刘之文的先持论再举例的行文脉络，而嵇康的类比行文，都使得持论连贯、条理井然，文法谨饬，真正达到了文学内容与形式的完美统一。这也是本文要揭示的五篇命运义理之文的持论意义。

敦煌本《文选注》断代考辨

景 浩[*]

【摘 要】 敦煌本《文选注》大致写成于武德三年至武德七年之间，可能是目前最早的《文选》注本；敦煌本《文选注》的整理为解决佚名注本的争议、重构唐代选学发展提供了新的材料和视角。敦煌本《文选注》可以证明：一、在俄藏敦煌 Φ242 号《文选注》的断代问题上，"撮钞"说难以成立；二、《文选钞》的著者不是公孙罗；三、李善注的成书可能是建立在前人的基础之上；四、唐代的选学实践应由精英+经典和大众+普及这两部分构成；五、唐代的选学发展不是音义—音义+引证—音义+引证+串讲的线性发展过程。

【关键词】 敦煌本《文选注》；断代；选学意义

敦本由两份卷子合成，分别收藏于天津艺术博物馆和日本永清文库。两写卷正面均为《文选》注，反面均为《大乘百法门论义记》，"将二者拼合衔接后，内容文字完全吻合，且无有阙文"[①]。该本无书写年代，但卷中两避民字，故中日学者一致将其定为唐抄本。该本属于佚名注，非李善注系统。冈村繁由其文中时有简单错误、多有口语、体例随意，定其为"普通读书人"阶层的著述。[②]

目前发现的佚名《文选》注共有四种，即俄藏敦煌 Φ242 号《文选注》、

---

* 【作者简介】景浩，男，西北师范大学中文系讲师，主要从事汉魏六朝文献与文学研究。
① 罗国威：《敦煌本〈文选注〉笺证》，巴蜀书社 2000 年版，第 1 页。
② 冈村繁：《文选の研究》，（东京）岩波书店 1999 年版，第 157 页。

敦煌本《文选注》、《文选集注》中的《文选钞》和《文选音决》（以下分别简称敦本、俄本、《钞》、《音决》）。其中《文选音诀》以注音为主，属专门之学，《敦煌本文选注》断代特征模糊，错误较多，故学界侧重于研究俄藏敦煌 Φ242 号《文选注》和《文选钞》，并有相关论著问世。① 然而，在取得巨大成绩的同时，学界也面临三方面的困境：

一、断代无法统一。如俄本，目前有太宗、高宗、玄宗、肃宗、穆宗、哀帝等多种断代。②

二、著者身份和注本性质无法统一。如《钞》，围绕其作者是否为公孙罗，学界看法不尽一致；③ 再如俄本，究竟是曹宪的《文选音义》，还是大众的私塾教本，学者亦各持己见。④

三、内部比较无法建立。现存的佚名注，无论性质、正文、注语都与李善注、五臣注颇有差异。如果能对其进行溯源，就可以在很大程度上解决佚名注的断代、性质、著者等诸问题，但俄本和《钞》在体例、篇目均有较大差异，几无比较的可能，而单纯与李善注、五臣注作比较，又无法说明这些差异。

对敦煌本《文选注》的进一步研究，或能突破上述困境。

把敦本、俄本、《钞》三者相较，可以发现敦本有三个特点：一、知识体系与俄本相似，两者在正文、注释上与李善注、五臣注有同有异；二、收录篇章与《钞》多有重合；三、内容丰富。该本几乎收录了李善注本四十三卷、四十四卷的全部内容。全本共四百五十八行，每行十八到二十一字，是单个抄本中注释最多的卷子。

由上而论，研究敦本，就有了三方面意义。一、由于与俄本、《钞》都存在契合点，可以在研究敦本的基础上，建构敦本、俄本、《钞》之间的内部比较研究；二、在内部比较的基础上，对俄本、《钞》的正文、注语、性质作出尝试性的溯源，另寻俄本和《钞》在断代、注者等问题上的解决途

---

① 目前国内研究敦煌本《文选注》的论文共有三篇，均为介绍、补订之作。分别是赵家栋的《敦煌本〈文选〉注字词考辨》，《宁夏大学学报》2010 年第 3 期；龚泽军《敦煌本文选注补校》，《敦煌学集刊》2011 年第 2 期；罗国威《古老诠释文本的再度诠释——评冈村繁〈永青文库藏敦煌本文选注笺订〉》，《辽宁大学学报》（哲学社会科学版）2001 年第 4 期。

② 黄伟豪：《俄藏敦煌 Φ242〈文选注〉著作年代辩》，《文学遗产》2012 年第 1 期。

③ 金少华：《古抄本〈文选集注〉研究》，博士学位论文，浙江大学，2011 年，第 72 页。

④ 刘明：《俄藏敦煌中 Φ242〈文选注〉写卷臆考》，《文学遗产》2008 年第 2 期。

径；三、将敦本、李善注、五臣注进行比较，描述三者的内在关系，从而完善唐代的选学发展脉络。

有基于此，本文拟对敦煌本《文选注》再行整理、研究，以期能在佚名《文选》注和整体选学研究两方面有所推进。

敦本的断代。迄今为止，关于敦本的断代，主要有两种观点。一、神田喜一郎根据注释内容多与五臣注相似，断为出于五臣的抄本。① 二、冈村繁根据训释体例和讳字将其断为李善之前的抄本。② 之所以产生这样的争议，主要原因是敦本的讳字极不规律——敦本"渊"、"虎"、"治"、"显"、"旦"、"隆"、"享"等字均不讳，"世"字十二见，不讳。"民"字二十一见，却有两处缺笔。事实上，这也正是神田喜一郎避开讳字不谈的原因。罗国威在敦本的序言中也付之阙如，仅指出其为初唐写本。③ 所以，如要证明敦本产生于李善注之前，还需找到更为切实的证据。

如果仔细检索，注本中还有三则证据，或可以说明敦本产生的年代。

证据一，《檄吴将校部曲文》曰：瓒之骂言未绝于口，而丹徒之刃以陷其胸。抄本注："瓒自被煞处，今闰州。"按丹徒是县，润州是州，此处作者以州释县，殊为不类。然考《旧唐书·地理志》"（润州上）隋江都郡之延陵县。武德三年，杜伏威归国，置润州于丹徒县，改隋延陵县为丹徒，移延陵还治故县，属茅州。六年，辅公祏反，复据其地。七年，平公祏，又置润州，领丹徒县。八年，废简州，以曲阿来属。九年，扬州移理江都，以延陵、句容、白下三县属润州……旧领县五……天宝领县六。"④ 则润州初置于武德三年，又置于武德七年，两次均只领丹徒县。武德八年至九年又纳曲阿、延陵、句容、白下四县，领县已变为五，天宝变为六。则著者所谓之"今"正是武德三年至七年的实际行政区划。抄本的写成，也应在武德三年至七年之间。

证据二，《与嵇茂齐书》：昔李叟入秦，及关而叹。李善注："《列子》曰：'……老子中道仰天而叹……"敦本注："叹事未详。"⑤ 则敦本未见李善

①　神田喜一郎：《敦煌本文选注·解说》，（东京）永清文库出版社1965年版，第6页。

②　冈村繁：《文选の研究》，（东京）岩波书店1999年版，第157页。

③　罗国威：《敦煌本〈文选注〉笺证》，巴蜀社2000年版，第1页。

④　《旧唐书》卷四十《地理三》第5册，中华书局1975年版，第1583页。

⑤　此条证据最早由罗国威检出，参见罗国威《敦煌本〈文选注〉笺证》，巴蜀社2000年版，第6页。

注。又两《唐书》载，玄宗于开元二十九年崇玄学，置生徒，令习老子、庄子、列子、文子，每年准明经例考试。① 天宝元年封列子号冲虚真人，《列子》号冲虚真经，两京崇玄学各置博士、助教，又置学生，② 则《列子》一书已上升至国家意识形态层面，倘若敦本出于五臣，应不会不注此条，亦不会对《列子》如此陌生。

证据三，敦本收有司马相如《喻巴蜀檄》和《难蜀父老文》，这两篇文章亦收入《汉书》。李善注在这两篇文章中引用颜师古《汉书》注两则，③ 敦本全篇未引颜师古注，且部分注释与颜师古相左。如"洒沈澹灾"，师古注："澹，安也。"敦本注："澹，摇之。"④ 甚至有颜师古正确，敦本误的现象，如"东向将报"，师古注："东向报天子也。"⑤ 敦本注："报蜀都相如。"出现这种情况，有两种可能。一是颜师古《汉书》注没有完成；二是颜书流传未广，敦本作者未及见。然据两《唐书》，颜书完成后，"深为学者所重"⑥，"大显于时"⑦，则第二条可能性不大，因此，敦本有可能写成于颜师古完成《汉书》注之前，即贞观十五年之前。

以上三条证据，第一条比较确实，第二、第三条支撑力度虽弱，亦可作为旁证，再考虑到讳字，基本可以支持冈村繁的判断，即敦本产生于李善注之前。

然要将敦本断至武德年间，还需解决两个问题，第一个问题是抄本不讳"渊"、"虎"。唐高祖李渊讳"渊"，李渊祖父讳"虎"，既然敦本写成于武德年间，则应讳此二字，然敦本"虎"、"渊"皆不讳，与此不符。关于这个问题，需结合唐代的实际避讳情况来考察。以抄本为例，永隆本李善注末标"永隆年二月十九日弘济寺写"⑧。则其写于高宗李治时期，殆无疑议，然此本不避"治"字，如在"五候大治第室"和"其北治太液池"两句中，"治"字均不缺笔。⑨

---

① 《旧唐书》卷九《玄宗本纪》第 1 册，中华书局 1975 年版，第 213 页。
② 同上书，第 215 页。
③ 这两条注释分别是《喻巴蜀檄》"右吊番禺"条注，《难蜀父老文》"洒沈澹灾"条注。
④ 《汉书》卷五十七《司马相如列传》第 8 册，中华书局 2009 年版，第 2585 页。
⑤ 同上书，第 2583 页。
⑥ 《旧唐书》卷七十三《颜师古传》，中华书局 1975 年版，第 2595 页。
⑦ 《新唐书》卷一百九十八《儒学上》，中华书局年 1975 年版，第 5642 页。
⑧ 饶宗颐编：《敦煌吐鲁番本文选》，中华书局 2000 年版，第 20 页。
⑨ 这两个例子是正文"前开唐中，弥望广潒。顾临太液，沧池漭沆"的注语。参见《敦煌吐鲁番本文选》，中华书局 2000 年版，第 4 页。

再以碑志为例，卫恪为大将军，贞观六年卒，八年合葬，墓志中世字两见，不避；① 彭师德为支度郎中，贞观十年葬，墓志中民字三见，亦不避。② 则从以上材料来看，唐高祖和唐太宗时期避讳较为复杂，不可一概而论，故敦本不避"渊"、"虎"亦可理解。

第二个问题是抄本中的两个缺笔"民"字。考李世民在武德九年六月被立为太子，同月下诏："今其官号人名，及公私文籍，有世及民两字不连续者，并不须避。"③ 则避"民"应是武德九年以后事，由此看来，敦本又似乎写成于武德九年以后，与我们的推论不符。下面对此情况作具体分析。为论述方便，先将有关材料罗列如下：

（1）魏遣会为镇西将军，督率前将军李辅、护军将军胡烈、征西将军邓艾等，攻剑阁，五道并入。来时，先为此檄，然始伐之。

（2）"匪民"，言独不得为中国之好。"征民西"，即会。"雍州"，刺史王经。"镇西"，即李辅等。

（3）"有征之"不欲与之战，欲说使知道义而伏之。"干"，楯，武舞。"羽"，即文舞。舞者所执，鸟羽、牦牛尾为之。"元元"，善民也。

这三则注释均出自《檄蜀文》，第一条注释在题目下，属解题部分。后两条注文是"悼彼巴蜀，独为匪民……征西雍州，镇西诸军，五道并进……王者之师，有征无战。故虞舜舞干戚而服有苗，庶弘文告之训，以济元元之命"的注释，"征民西"、"善民"中的两个"民"字是敦本中唯一的两个避讳字。第二、第三条注释和第一条注释中间有空格，则第二、第三条注释自成一段。这三条注释抄在一张纸上，第一条和第二、第三条间隔六行。

在第二条注释下，冈村繁按道："据《魏志》，当时'征西将军'为邓艾，雍州刺史为诸葛绪，镇西将军为钟会，与敦煌本注全异，盖著者误记所致。"④ 然若我们将第二条注释和第一条注释相比较，却发现，在第一条注释

① 赵君平：《邙洛碑志三百种》，中华书局 2004 年版，第 63 页。
② 同上书，第 64 页。
③ 《通典》卷一百四《礼六十四·沿革六十四》第 23 册，中华书局 1988 年版，第 2727 页。
④ 罗国威：《敦煌本〈文选注〉笺证》，巴蜀书社 2000 年版，第 166 页。

中，对"征西将军"、"镇西将军"的记载却都正确。这两条注释抄在同一张纸上，何以差异如此？考虑到第二条注释与全书迥异的避讳体例，合理的解释是，第二条注语为贞观九年后补订，在补订时，出于社会习惯的转变，避了民讳，誊抄的时候遂一并连补订材料抄入，故显示出与全书不同的避讳特点。第二条、第三条注释又属同一科段，则两者为同时补订。

如此，敦本避"民"便可解释。敦本初写成于武德三年至七年之间。贞观九年至贞观二十三年之间，他人又对此注本进行了订补，故全本"虎"、"渊"、"世"、"治"、"显"均不避，间避"民"字，但订补范围不大，基本保持了成书时的原貌。原因有二：首先，从避讳字反推——全本只有两个讳字，又集中在一个可以确认的订补科段。其余"民"、"世"凡三十一见，"虎"、"渊"凡四见，散落于全书各处，均未避讳和回改。其次，尽管还有其他补注和重复出注的现象，但在避讳、内容上与整书差异不大，乃抄本之正常现象，全书体例较为统一。

又赵家栋在《敦煌本〈文选〉注字词考辨》一文中讲道：

（敦本注）"巫蛊，谓武帝在甘泉宫，江充诈遣理桐木人五投听太子宫，而上武帝言太子宫有巫蛊气，遂掘之，得桐木，太子怨之，遂将兵围以充。"按：《笺证》认为："'理'当为'埋'之讹，'投听'二字今改作'于'，俟考。"笔者核对影印卷"理"字不误，左边构件作 **犭**，不可能是 **七** 之讹。"理"当为"治"，避唐高宗李治的讳而改，敦煌唐代写卷中习见。"理桐木人五"即为"治桐木人五"，意为作五个桐木人。①

此段话所引之正文和注释均出自《移书让太常博士》。如赵家栋所说，抄本避"治"，则敦本又订补于高宗以后。此说多可商榷，论之如下。

首先，就抄本内部而言，还有"埋"讹作"理"的例证。在《檄吴将校部曲文》文中，"埋没林薮"亦写作"理没林薮"，且左边构件正作"犭"。

其次，从语言的实际运用情况看，文献中表达"作木头人"的意思，或用"刻"，或用"作"，或用"为"，不用"治"字。举例如下：

---

① 赵家栋：《敦煌本〈文选〉注字词考辨》，《宁夏大学学报》2010 年第 3 期。

（1）昔北天竺有一木师，大巧，作一木女。①

（2）墙涂而不琱，木摩而不刻。②

（3）兴等不从命，刻木象汉吏，立道旁射之。③

（4）举家皆共一椁，刻木如生形，随死者为数。④

（5）晋阳得死魁，二尺，面顶各二目。帝闻之，使刻木为其形以献。⑤

（6）为桐人六枚，埋于太子官中。⑥

　　以上五例，第一例出自大众讲经，可作为俗语言的代表。后四例出自正史，可作为雅语言的代表。在后四例中，第二、第三条出自《汉书》，第四条出自《三国志》，是对语言的历时考察。第五条出自《北史》，第六条出自《礼记正义》，两书乃唐人所著，是共时的考察。总之，无论从雅俗的角度，抑或从历时、共时的角度，文献中均无用"治"表达"作五个木头人的"的现象。

　　最后，"埋桐"符合唐人的历史认识和叙事习惯。《朝野金载》谓："掘地埋桐，乃江充之擅造也。"⑦ 康子元《对文章判》谓："请辍埋桐之事，微申树李之风。"⑧《尚书正义·序》谓："由此奸人江充因而行诈，先于太子官埋桐人。"⑨ 则敦本校作"埋桐木人五"，较为符合唐人的历史认识和叙事习惯。

　　总之，若就语言的社会性、文本内部的一致性、唐人的历史认识和书写习惯进行综合考察，赵家栋的推理是难以成立的。

　　合之，笔者认为，敦煌本《文选注》写成于武德三年至七年之间，虽然在贞观二十三年之前有过订补，但基本保持了原貌，是目前可以明确断代的最早《文选》注本。

---

　　① 孙昌武、李庚扬：《〈杂譬喻经〉译注》，中华书局 2008 年版，第 207 页。

　　② 《汉书》卷七十二《王贡两龚鲍传》第 9 册，中华书局 2009 年版，第 3069 页。

　　③ 《汉书》卷九十五《西南夷两粤朝鲜传》第 11 册，中华书局 2009 年版，第 3843—3844 页。

　　④ 《三国志》卷三十《乌丸鲜卑列传》第 3 册，中华书局 1975 年版，第 846 页。

　　⑤ 《北史》卷八《齐本纪下》第 1 册，中华书局 1975 年版，第 296 页。

　　⑥ 孔颖达：《礼记正义》卷第十九《王制第五》，上海古籍出版社 2011 年版，第 560 页。

　　⑦ 张鷟：《朝野金载》卷三《影印文渊阁四库全书》第 1035 册，上海古籍出版社 1987 年版，第 242 页。

　　⑧ 《全唐文》第 351 卷，中华书局 1983 年版，第 3555 页。

　　⑨ 《尚书正义》卷一，《十三经注疏》，中华书局 1980 年版，第 116 页。

李善《文选注》所引《胡非子》考

赵建成*

【摘　要】：李善《文选注》引书有《胡非子》，然传世《文选》诸本皆有误以之为《韩非子》的情况，本文通过考察相关目录与典籍，对胡非子其人其书进行考证。胡非子为墨翟弟子，早于孟子、庄子、荀子与韩非子等战国诸子。《胡非子》为战国墨家著作之一，唐朝之后亡佚。本文据李善《文选注》、《意林》与唐宋类书之征引辑录其佚文，可归结为三则内容，并对这些佚文加以考论，从中可见其先秦诸子文之风貌。而将《胡非子》佚文与其他战国诸子文之相关内容进行比较，又可见先秦诸子争鸣之外的一致性。

【关键词】：《胡非子》；考证；辑佚；诸子

一　《胡非子》还是《韩非子》

《文选》卷五左太冲《吴都赋》"危冠而出，竦剑而趋"下，李善所采刘渊林注引《胡非子》曰："解其长剑，免其危冠。"①《胡非子》，北宋天圣明道本（国子监本，下简称"北宋本"）、胡克家本《文选》同，而唐钞《文选集注》本（下简称"集注本"）、奎章阁本（秀州本，六家本）、日本足利学校本（明州本，六家本）、茶陵本（六家本）、《四部丛刊》影宋本（建州本，六臣本）、汲古阁本（《四库全书》本）《文选》等皆作《韩非子》。《文

---

　　* 【作者简介】赵建成，黑龙江省龙江人，中国社会科学院文学研究所博士，复旦大学中文系博士后，黑龙江大学文学院副教授。主要从事先秦文学与文献研究。
　　① （梁）萧统编，（唐）李善注：《文选》，中华书局 1974 年影印，南宋淳熙八年（1181）尤袤本。下文所引《文选》出处同此。

选》卷三十五张景阳《七命》八首"樵夫耻危冠之饰，舆台笑短后之服"下李善注引《韩非子》曰："解其长剑，免其危冠。"此处善注引文与前引刘渊林注相同，但书名作《韩非子》。胡克家本、日本足利学校本、茶陵本、《四部丛刊》影宋本、汲古阁本《文选》同，唯奎章阁本《文选》作《胡非子》。

又，《文选》卷四十七王子渊《圣主得贤臣颂》"水断蛟龙，陆剸犀革"下李善注引《胡非子》曰："负长剑，赴榛薄，析兕豹，赴深渊，断蛟龙。"李善注所引书名，北宋本、胡克家本、奎章阁本、茶陵本、日本足利学校本、《四部丛刊》影宋本《文选》同，唯集注本《文选》作《韩非子》。

建成按：考之今本《韩非子》，皆无前述李善《文选注》之两则引文。然唐马总《意林》卷一"《胡非子》一卷"有语云："负长剑，赴榛薄，析兕豹，傅熊罴，此猎徒之勇也；负长剑，赴深泉，斩蛟龙，搏鼍鼋，此渔人之勇也。"① 宋李昉等《太平御览》卷第四百三十七引《胡非子》曰："夫负长剑，赴蓁薄，折兕豹，搏熊罴，猎徒之勇也；负长剑，赴深泉，折蛟龙，搏鼍鼋，渔人之勇也。"又曰："（屈将子）乃解长剑，释危冠。"② 故李善《文选注》所引，皆当为《胡非子》无疑。

众多的《文选》版本，从唐钞集注本到清胡克家本，都出现了误以《胡非子》为《韩非子》情况。或者更准确地说，没有一个版本的《文选》在《胡非子》书名的问题上是完全正确的。甚至以博洽精审著称的顾千里也未注意到相同的引文在前后被属之于不同的著作，因而在《文选考异》中未置一词。这是颇有意味的。我们当然不能苛责于古人，但这却说明了一个问题，即自唐以来，《胡非子》已经不是一部为人所熟知的著作。

二　胡非子其人其书

其实，《胡非子》一书，史志目录与其他目录、典籍中多有著录，古籍中亦多有征引。其主要著录情况有：《汉书·艺文志》（下文简称《汉志》）墨家："《胡非子》三篇。墨翟弟子。"③《隋书·经籍志》墨家："《胡非子》一卷。非，似墨翟弟子。"④《旧唐书·经籍志》、《新唐书·艺文志》、《日本

---

①　（唐）马总：《意林》，中华书局1991年版，第19页。

②　（宋）李昉等：《太平御览》，中华书局1960年影印本，第2014页。

③　《汉书》卷三十，中华书局1962年版，第1738页。

④　《隋书》卷三十四，中华书局1973年版，第1005页。

国见在书目录》之墨家、《意林》，均著录《胡非子》一卷。

胡非子其人，《汉书·古今人表》分人为九等，胡非子列于第四等，即中上，在墨翟之后。① 唐林宝撰《元和姓纂》卷三"胡非"条云："陈胡公后有公子非，后子孙为胡非氏，战国有胡非子，著书。"② 据《史记·陈杞世家》，陈胡公名满，妫姓，周武王克殷纣，封妫满于陈，是为胡公。③ 姚振宗《隋书经籍志考证》引梁玉绳由胡非子为胡公之后而判断其为齐人，④ 当是以此胡公为齐胡公而致误。齐胡公，名静，齐国第六任国君，与陈胡公非同一人。自《汉志》以下，诸目录均将《胡非子》著录于墨家，则《胡非子》为墨家学派之著作，胡非子为墨家学派之人物，殆无疑问。《汉志》云胡非子为墨翟弟子，《隋书·经籍志》于"墨翟弟子"前加一"似"字，有所疑，不知何据。考虑到班固及《汉志》因之而成的《七略》之作者刘歆，其时代距战国更近，所掌握之材料可能更多，还应以胡非子为墨翟弟子为是。若此，则胡非子应早于孟子、庄子、荀子与韩非子等战国诸子。

《胡非子》于《宋史·艺文志》未著录，应已亡佚。除李善《文选注》所引之只言片语外，唐宋类书与其他典籍中对《胡非子》多有采录。今迻录于下，并略考之：

> 《胡非子》曰：目见百步之外，而不能见其眦。（《艺文类聚》卷十七）⑤
>
> 负长剑，赴榛薄，析兕豹，傅熊罴，此猎徒之勇也；负长剑，赴深泉，斩蛟龙，搏鼋鼍，此渔人之勇也；登高陟危，鹄立四望，颜色不变，此陶缶之勇也；剟必刺，视必杀，此五刑之勇也；昔齐桓公以鲁为南境，鲁公忧之，三日不食。曹沫请击颈以血溅桓公，公惧不知所措，管仲乃劝与之盟。夫曹沫，匹夫之士，布衣柔履之人，一怒却万乘之师，存千乘之国，此君子之勇也。（《意林》卷一）⑥

---

① 《汉书》卷二十，中华书局 1962 年版，第 939 页。
② 据文渊阁《四库全书》本。
③ 《史记》卷三十六，中华书局 1959 年版，第 1575 页。
④ （清）姚振宗：《隋书经籍志考证》卷二十八，《二十五史补编》第四册，中华书局 1955 年版，第 5498 页。
⑤ （唐）欧阳询：《艺文类聚》，上海古籍出版社 1982 年版，第 314 页。
⑥ （唐）马总：《意林》，中华书局 1991 年版，第 19 页。

　　《胡非子》曰：胡非子修墨子教。有屈将子恃勇，闻墨者非斗，带剑危冠往见胡非子。劫而问之曰：将闻先生非斗而好勇，有说则可，无说则死。胡非子为言五勇，屈将子悦服。(《太平御览》卷第四百九十六)①

　　《胡非子》曰：夫曹刿匹夫徒步之士，布衣柔履之人也，唯无怒，一怒而劫万乘之师，存千乘之国。此谓君子之勇，勇之贵者也。

　　又曰：屈将子好勇，见胡非□而问曰：闻先生非斗，有说则可，无说则死。胡非曰：吾闻勇有五等：夫负长剑，赴秦薄，折兕豹，搏熊罴，猎徒之勇也；负长剑，赴深泉，折蛟龙，搏鼋鼍，渔人之勇也；登高危之上，鹤立四望，颜色不变，陶匠之勇也。若近视必杀，立刑之勇也；昔齐桓公伐鲁，曹刿闻之，触齐军见桓公曰：臣闻君辱臣死，君退师则可，不退则臣以血溅君矣。桓公惧。管仲曰：许与之盟而退。夫曹刿疋夫，一怒而却齐侯之师，此君子之勇。晏婴疋夫，一怒而沮崔子之乱，亦君子之勇也。五勇不同，公子将何处？屈将悦，称善，乃解长剑，释危冠，而请为弟子焉。(《太平御览》卷第四百三十七)②

　　《胡非子》曰：一人曰：吾弓良，无所用矢。一人曰：吾矢善，无所用弓。羿闻之曰：非弓何以往矢，非矢何以中的？令合弓矢而教之射。(《太平御览》卷第三百四十七)③

　　以上所录，《太平御览》卷第四百三十七、卷四百九十六所引实为一则，因其类书之性质而离散之。这些内容与《意林》卷一所录又为同一则内容，但《意林》所录不全，文字亦有所出入，二者可以相互校证、补充。此后尚有诸多典籍如明陈耀文《天中记》等引录《胡非子》，但皆从《艺文类聚》、《意林》、《太平御览》而来，故不录。所以，今可见之《胡非子》佚文，实际上只有三则内容。

　　清马国翰《玉函山房辑佚书》子编墨家类有《胡非子》辑本一卷，辑录《胡非子》佚文 4 则。④ 其第三、第四则即为上文所录《艺文类聚》卷十七、

---

①　(宋)李昉等：《太平御览》，中华书局 1960 年影印本，第 2270 页。
②　同上书，第 2014 页。
③　同上书，第 1600 页。
④　(清)马国翰：《玉函山房辑佚书》，上海古籍出版社 1990 年版，第 2698 页。

《太平御览》卷三百四十七之内容。其第一则为胡非子为屈将子言五勇之事，系杂糅《意林》、《太平御览》、《绎史》等书所引之数则佚文而成，出以校语，然其文字忽依《太平御览》，忽依《意林》，又取《绎史》，依《太平御览》之文，亦忽据此则，忽据彼则，取舍并无确凿的依据，颇为淆乱。另外，马国翰辑本并不注明所据版本，武英殿聚珍本《意林》①"傅熊罴"，马氏辑本"傅"作"搏"；宋本《太平御览》②卷四百九十六"修墨子教"，马氏辑本"子"作"以"；"屈将子恃勇"，马氏辑本"恃"作"好"；《太平御览》卷四百三十七"□而问曰"，马氏辑本校语"□"作"刻"；"闻先生非斗"下，马氏辑本校语多"士而好勇"四字；"胡非曰"，马氏辑本"曰"前有"子"字；"登高危之上"，马氏辑本校语"上"作"土"或"士"。其第二则辑自隋虞世南《北堂书钞》卷七十七："善为吏者树德。"考之清孔广陶三十三万卷堂影钞本《北堂书钞》卷第七十七《设官部·吏》，"善树德"下引《胡子》云："善为吏者树其德。"③"树"后有"其"字，书名作《胡子》。清林国赓等新校语之今按云："玉函山房辑《胡非子》谓《书钞》七十七引，无'其'字。考陈（心抑）、俞（羡长）本，皆与本钞同，其所据者又不知何本也。"④《胡子》是否为《胡非子》，颇可存疑，故本文暂不取《北堂书钞》所引《胡子》之文。又孙诒让《墨子后语》卷下《墨家诸子钩沈》第六亦收《胡非子》佚文，⑤实承自马国翰辑本，正文除第二则"树"后有"其"字外，全同于马氏辑本，唯校语略作调整、补充。

三 《胡非子》佚文考论

下面，我们对《胡非子》的三则佚文略加考论。

1. 目见百步之外，而不能见其眦

一个有趣的现象是，与此同样的表述还能在另外三部典籍中找到。一是《文子·上德》："椎固百内而不能自椓，目见百步之外而不能见其眦。"⑥二

---

① 本文所引中华书局本《意林》即据《丛书集成初编》所收武英殿聚珍本《意林》排印。
② 本文所引中华书局本《太平御览》即影宋本。
③ （隋）虞世南：《北堂书钞》，天津古籍出版社 1988 年影印本，第 317 页。
④ 同上。
⑤ （清）孙诒让：《墨子间诂》，中华书局 2001 年版，第 761 页。
⑥ 《文子》，上海古籍出版社 1989 年版，第 39 页。

是《韩非子·喻老》庄子曰："臣患之智如目也，能见百步之外，而不能自见其睫。"① 三是《淮南子·说林训》："椎固有柄，不能自椓；目见百步之外，不能自见其眦。"② 文子，《汉志》"《文子》九篇"下班固自注云："老子弟子，与孔子并时，而称周平王问，似依托者也。"③ 汉王充《论衡·自然篇》云："以孔子为君，颜渊为臣，尚不能谴告，况以老子为君，文子为臣乎？老子、文子，似天地者也。"④ 以孔子、颜渊类比老子、文子，亦以老子为文子之师。则其应早于胡非子、韩非子。而与门客撰著《淮南子》的淮南王刘安，年代上则要晚得多。那么"目见百步之外，而不能见其眦"之语是最早出自《文子》而先后为《胡非子》、《韩非子》、《淮南子》所采吗？问题并不那么简单。唐柳宗元曾经判断《文子》"盖驳书也"，其说云："其浑而类者少，窃取他书以合之者多，凡孟、管辈数家皆见剽窃。峣然而出其类，其意绪文辞叉牙相抵而不合。不知人之增益之欤？或者众为聚敛以成其书欤？"⑤ 自此以后相当长的一段时期里，《文子》一直被主流学术界视为伪书。1973 年在河北定县 40 号汉墓中出土了竹简本《文子》，伪书之说不攻自破。但竹简本《文子》与今本《文子》差异很大，二者对应的只有《道德篇》，竹简本《文子》的许多内容不见于今本，今本却有 80% 的内容与《淮南子》重合。竹简本《文子》大量采用"平王曰……文子曰"的表述方式，这与《汉书·艺文志》"称周平王问，似依托者也"的描述相合。因此班固，甚至刘歆所见之《文子》，应与竹简本《文子》相近。而今本《文子》把绝大部分"平王曰……文子曰"改成了"文子问……老子曰"或"老子曰"的表述方式，这也是今本《文子》绝大部分内容的引起方式，应该是为了更突出强调老子的地位。目前学术界一般认为，今本《文子》确为"驳书"，其内容大量抄袭了《淮南子》。⑥ "目见百步之外，而不能见其眦"之语，并不见于竹简本《文子》。所以今本《文子》此语是抄自《淮南子》的，殆无疑问。这样的话，《胡非子》就成了此语最早的出处。

---

① （清）王先慎：《韩非子集解》卷第七，中华书局 1998 年版，第 169 页。
② 刘文典：《淮南鸿烈集解》卷十七，中华书局 1989 年版，第 556 页。
③ 《汉书》卷三十，第 1729 页。
④ 黄晖：《论衡校释》卷第十八，中华书局 1990 年版，第 783 页。
⑤ （唐）柳宗元：《柳河东集》卷第四《议辩·辩文子》，上海人民出版社 1974 年版，第 68 页。
⑥ 今本《文子》十二篇二百余章，有一百三十余章的全部或部分内容明显抄自《淮南子》。

下面我们对《胡非子》此语略加分析。眦为眼眶之意。直接的解释是人的眼睛能看到百步之外的东西，却不能看到自己的眼眶。虽然没有上下文的语境，但这句话的含义还是显而易见的，它讨论了认知的局限性即自我认知的缺失与不足问题。汉高诱注云："喻人能有所为，而不能自为也。"① 这个解释非常精当。《胡非子》这一见解在《韩非子》中得到了共鸣。《韩非子·喻老》云："故知之难，不在见人，在自见。故曰：'自见之谓明。'"② 那么，该如何解决这个矛盾呢？《胡非子》仅存此一语，是否提出了解决的办法，我们不得而知，但《韩非子》则给出了答案："古之人目短于自见，故以镜观面；智短于自知，故以道正己。……目失镜则无以正须眉，身失道则无以知迷惑。西门豹之性急，故佩韦以自缓；董安于之心缓，故佩弦以自急。故以余补不足，以长续短之谓明主。"③ 这个问题的进一步推演，就是人自身的局限性问题，《韩非子》以乌获不能自举、离朱不能自见为例进行说明并作了分析："故乌获轻千钧而重其身，非其身重于千钧也，势不便也。离朱易百步而难眉睫，非百步近而眉睫远也，道不可也。"④

先秦诸子似乎特别热衷于对认知问题的讨论，除了"自见"的问题外，他们还讨论了客观世界的认知之难，主观、片面、擅长与否，都是影响认知的因素。所以，孟子云："明足以察秋毫之末，而不见舆薪。"⑤《鹖冠子》云："一叶蔽目，不见太山；两豆塞耳，不闻雷霆。"⑥《淮南子》云："离朱之明，察箴末于百步之外，不能见渊中之鱼。师旷之聪，合八风之调，而不能听十里之外。"⑦

2. 五勇之说

胡非子为屈将子论五勇的内容相对完整。通过这个故事我们首先能够判断胡非子的确是墨家学派的人物：第一，文中明确说"胡非子修墨子教"；第二，胡非子主张非斗，而"非斗"正是墨家的主张，这可以在《墨子》中找到明确的根据。《墨子·耕柱》曰："子夏之徒问于子墨子曰：'君子有斗

---

① 刘文典：《淮南鸿烈集解》卷十七《说林训》，中华书局 1989 年版，第 556 页。
② （清）王先慎：《韩非子集解》卷第七，中华书局 1998 年版，第 169 页。
③ （清）王先慎：《韩非子集解》卷第八，中华书局 1998 年版，第 197 页。
④ 同上书，第 197—198 页。
⑤ 杨伯峻：《孟子译注》卷一《梁惠王章句上》，中华书局 2005 年版，第 15 页。
⑥ 《鹖冠子》卷上《天则》。据文渊阁《四库全书》本。
⑦ 刘文典：《淮南鸿烈集解》卷一《原道训》，中华书局 1989 年版，第 15 页。

乎?'子墨子曰:'君子无斗。'子夏之徒曰:'狗豨犹有斗,恶有士而无斗矣?'子墨子曰:'伤矣哉!言则称于汤、文,行则譬于狗豨。伤矣哉!'"①

《胡非子》讲述这个故事,根本上还是为了宣传墨家"非斗"的主张。胡非子论五勇,使一个"带剑危冠"而来的好勇之人悦服称善,从而化解了一场潜在的争斗,本身就是一个最好的案例。同时,五勇之中,胡非子特别强调的是以曹刿、晏婴为代表的君子之勇,前者"一怒却万乘之师,存千乘之国",后者"一怒而沮崔子之乱",乃"勇之贵者"。这又是一种君子之勇的主张。

从论辩的艺术来看,这段文字也比较成功。第一,作者善于设置悬念,运用对比的手法。屈将子好勇,反对非斗的主张,带剑危冠而来,"劫而问之",挑衅、逼迫的意味非常明显,并直接将胡非子置于"有说则可,无说则死"的凶险境地,凸显了紧张的气氛,也激起了读者的好奇心。但通过胡非子的论辩,情势急转直下,屈将子悦服称善,"乃解长剑,释危冠,而请为弟子焉"。前后对比,衬托出胡非子雄辩的本领。第二,胡非子关于五勇的议论,运用了排比的手法,排比中又往往连续使用三或四字的短句,富于气势与力量。这也是先秦诸子散文的显著特色之一。

就目前所知,五勇之说最早由胡非子提出,其议论可能直接启发了庄子四勇之说。《庄子·秋水》孔子谓子路曰:"夫水行不避蛟龙者,渔父之勇也;陆行不避兕虎者,猎夫之勇也;白刃交于前,视死若生者,烈士之勇也;知穷之有命,知通之有时,临大难而不惧者,圣人之勇也。"② 虽然表述方式不同,但庄子的渔父之勇与猎夫之勇与胡非子是一致的,其烈士之勇大体相当于胡非子的君子之勇,圣人之勇则是庄子的发明。而汉刘向《说苑·善说》林既对齐景公言五种勇悍,③ 更是直接继承了《胡非子》的说法,只是具体的解说与表述有所不同。

《胡非子》的五勇之论,古人评价不一。宋洪迈评之云:"其说亦卑陋无过人处。"④ 这恐怕是有失偏颇的,然更有甚者。清沈钦韩云:"按其言与

---

① (清)孙诒让:《墨子间诂》卷十一,诸子集成本,上海书店出版社1988年版,第429页。

② (清)郭庆藩:《庄子集释》卷六下,中华书局2004年版,第596页。

③ 向宗鲁:《说苑校证》卷第十一,中华书局1987年版,第275—276页。林既所言五种勇悍为:工匠之勇悍、渔夫之勇悍、猎夫之勇悍、武夫之勇悍(实即为《胡非子》之五刑之勇)、林既之所以为勇悍(实即为《胡非子》之君子之勇)。

④ (宋)洪迈:《容斋随笔》,《容斋三笔》卷第十五"随巢胡非子"条,上海古籍出版社1960年版,第593页。

《说苑·善说篇》林既语齐景公同。无稽之谈，彼此般演，以是名家，一钱不直。始皇烈火，惜其不分皂白，若此辈恨不尽空之。"① 其反应过于激烈，似带有较强的主观色彩。与他们相反，清方浚颐云："胡非为墨之徒，而论勇则上本《庄》、《荀》，下开《说苑》。其以君子之勇为勇，一言折服危冠长剑之人，非不诚勇也哉！血气暴于外而道义馁于中，敌万人者反惧一人，勇固在德而不在力也。非虽为墨之徒，而所言则近乎圣贤，足资采择，正不得以异端目之。静能制动，柔能克刚，张至弱之帆以当至强之风，风为帆用，弱者转强，而篙橹咸听命焉。舟中摊卷，忽有所悟，附记于此，以见善言名理者之当前即是，无事远求也。"② 这又似有过度阐释之嫌。另外，胡非子早于庄子、荀子，方浚颐云其论勇上本《庄》、《荀》，是错误的，实为下启。

3. 弓矢之寓言

弓与矢，是一而二、二而一的有机体，只有二者结合，才能真正发挥其威力。寓言中的二人，都犯了放大局部功用以遮蔽整体的错误，当然是不可取的。最后，神射手羿出场，指出二人割裂整体的错误，"合弓矢而教之射"，摆明了整体性的道理。这则寓言很容易让我们想起《韩非子·难一》所记"自相矛盾"的寓言，但二者除皆以武器的寓言来说理的共同特点外，所要阐明的道理是不同的，后者想说的主要是逻辑性的问题。

当然，《胡非子》的弓矢之寓，还可以有其他的解读。章炳麟《訄书》云："其（《世本·作篇》）言曰：'牟夷作矢，挥作弓。'一器相倚依以行，而作之者二人，故郭璞眩之。（见《海内经》'少皞生般，般是始为弓矢'注）余读《胡非子》曰……以此知古之初作弓者，以土丸注发；古之初作矢者，以徒手纵送。两者不合，器终不利。此所谓隐匿良道，不以相教，繇民不知群故也。夫民别而听之则愚，合而听之则圣。故羿合之而械用成矣。"③ 这是一种社会史性质的解读，可备一说。然而需要注意的是，《胡非子》中二人"吾弓良，无所用矢"、"吾矢善，无所用弓"的表述本身，已经说明弓矢在当时是合用的，所以就《胡非子》本文而言，这只是一则寓言，即用以说理的手段，似不可过于指实。

以上我们对《胡非子》的三则佚文进行了简单的梳理，一斑虽不足以知

---

① （清）沈钦韩：《汉书疏证》卷二十五"胡非子三篇"条，清光绪二十六年浙江官书局刻本。
② （清）方浚颐：《二知轩文存》卷十三"读胡非子"条，清光绪四年刻本。
③ 章炳麟：《訄书》（重订本），《尊史》第五十六，中西书局 2012 年版，第 267—268 页。

全豹，但仍能见其先秦诸子之风采：善用寓言进行说理，论辩富于气势和力量。同时，这些内容也些许有助于我们了解墨子之后墨家学派发展的状况。另外，即便仅仅通过三则佚文，我们也能够明显发现和推测，先秦诸子有很多的共同话题和相似之处。我们以往常常过度强调其不同于争鸣及其意义，而忽略了他们的一致性。马国翰辑本《胡非子序》曰："五勇与《庄子》相出入，说弓矢亦本《韩非子》矛盾之喻，战国人文字相袭，往往而然也。"①胡非子早于庄子、韩非，其五勇之说与《庄子》四勇之论、弓矢之寓与《韩非子》矛盾之喻之关系，前文已述及，不必赘言。其文字自不能袭自《庄子》《韩非子》，马氏误。然其"战国人文字相袭"之观点则认识到了先秦诸子的一致性，是可取的。其实，先秦诸子生活在同一大的历史阶段，有着相同相近的政治、经济、社会与文化环境，他们都力图认识自我，认识其所处的世界，并对现实社会进行反思，寻求解决当下问题的出路与办法，因而往往会产生共同的话题，运用相同或相似表述方式。这是我们在从事相关的研究工作时应该注意的。

---

① （清）马国翰：《玉函山房辑佚书》，上海古籍出版社 1990 年版，第 2697 页。

日本时雨亭文库藏古钞本
《文选》卷第二校异举要

徐　华[*]

日本冷泉家时雨亭文库藏古钞本《文选》存卷子本一卷，首残，起自《东京赋》"崇业，涤饕餮之贪欲"，至卷末，题"文选卷第二"，相当于三十卷本卷第二，含《东京赋》（存后半）、《南都赋》、《三都赋序》和《蜀都赋》四篇。此本于1986年被指定为重要"文化财"，2008年收入"冷泉家时雨亭丛书"公开出版，附有后藤昭雄所作解说。[①] 此本相对其他钞本面世较晚，故近年方有西崎亨、陈翀等日本学者展开训点、对勘、整理。[②] 国内则傅刚先生著有《据日本现存写钞本讨论刻本前的文选面貌兼论写本和刻本的关系》一文，[③] 即以此本为重要参校讨论日钞本的时代层次及与刻本的关系问题。

作为众多日古钞《文选》之一种，时雨亭本的特别之处在于：（1）写抄信息完整。底本时代、校点者、抄写时间、抄写者、传承路径等信息，都在卷末识语中有相对完整的交代，这在写本系统中并不多见。（2）抄写时代相对较早。从卷末标记看，此钞底本乃为宽治七年（1093）菅原时登的校点

---

* 【作者简介】徐华，女，1973年生，黑龙江省鸡西人，华侨大学文学院教授，副院长。

① 《文选》卷第二，《冷泉家时雨亭丛书》，（东京）朝日新闻社2008年版。

② 西崎亨：《时雨亭文库藏文选卷第二声点考》，《女子大国文》2010年第1期；《文选卷第二时雨亭文库本宫内厅书陵部本对校訳文稿》，《女子大国文》2010年第9期；陈翀：《冷泉家时雨亭文库藏旧钞本文选卷二：本文翻刻と书人注の整理》，《中国学研究论集》2012年第12期。

③ 傅刚：《文选版本研究》（修订本），世界图书出版西安有限公司2014年版，第383—398页。

本，宽喜二年（1230）由菅原在公抄写。早于目前其他可知年代的日钞本。
（3）选学世家传本。此钞乃菅原家传之本。九条本识语曾多次提到菅家本，
说明菅家传本在当时应属比较可靠且成熟的本子。从书写字体来看，首尾一
致，圆熟洒脱，亦可见一斑。

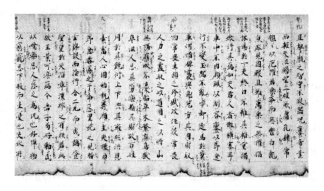

时雨亭本《文选》卷第二残卷

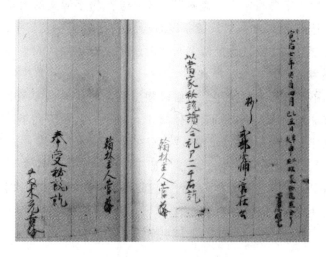

时雨亭本《文选》卷末题记

与时雨亭本同卷的日钞本，尚有宫内厅书陵部藏残卷，据小林芳规博士
推定为院政初期以降写本（公元 11 世纪末）；文选集注本，为九条道秀公所
藏，卷后有"源有宗""嘉曆元年仲夏下旬加一见了"的识语；九条本，藤
原师英书写于正庆元年（1332）。这就为我们重新认识钞本系统的面貌，及
其与刻本系统的差异，提供了较为丰富的参照信息。由于各本之间都存在较

多的异文，为了能够更清楚地见出各种不同类型的异文存在的特点，及其内在的规律，本文采取系统整理、分类归纳的方法。

一 俗字异文

俗字是古写本的重要表征之一。所谓俗字，按照颜元孙的说法，是指"例皆浅近，唯籍帐文案券契药方，非涉雅言，用亦无爽。傥能改革，善不可加"①。但实际上俗字不仅流传于民间，而且是一定时期整个社会书写习惯中约定俗成的不规范字，其成立与正字相对应，实异体字中的主体。② 汉唐时代，尤其是魏晋南北朝以降，俗字滋生，据颜之推在《颜氏家训·书证》中所说："吾昔初看《说文》，蚩薄世字，从正则惧人不识，随俗则意嫌其非，略是不得下笔也。所见渐广，更知通变，救前之执，将欲半焉。若文章著述，犹择微相影响者行之。官曹文书，世间尺牍，幸不违俗也。"③ 即已经多半随俗了，可见当时书写风气。随着唐代中后期，字样书籍的大量编纂和推广，宋以后文字书写基本日趋规范。《文选》俗字异文的大量出现，即以此为背景。段玉裁有言："其正字既皆合古，即其通字、俗字，学者浏览，亦可以推古今迁移之故，今世俗字与唐时俗字之有不同，而为校定古书之一助。"④ 是为辨别正俗的意义所在。

俗字的书写既然有时代性，就必须根据特定时代的参考字书来确定哪些算得上俗字。借助唐人字书如颜元孙《干·字书》（大历九年，774）、张参的《五经文字》（大历十一年，776）、唐玄度《新加九经字样》（开成二年，837）中所说，以及宋辽字书、清学考证等相参照，可见钞本《文选》卷二俗字书写情况。以《三都赋序》和《蜀都赋》两篇为例，选取时雨亭本、宫内厅本、集注本、九条本四种钞本与《干·字书》所说俗字相重合的 60 字，并与刻本相应比较，其呈现出的比例见下表：

① （唐）颜元孙：《〈干·字书〉序》，明金陵荆山书林刻本，嘉靖丁亥孙沐跋，丛书集成新编，（台北）新文丰出版公司 1985 年版，第 35 册。下并同，不另注。
② 黄征：《敦煌俗字典·前言》，上海教育出版社 2005 年版。
③ 颜之推：《颜氏家训集解》，王利器集解，中华书局 1993 年版，第 516 页。
④ 段玉裁：《经韵楼集（附补编 两考）》卷七《书干·字书后》，赵航、薛正兴整理，凤凰传媒出版集团 2010 年版，第 147 页。

《三都赋》、《蜀都赋》所用俗字比例表

版本名称	时雨亭本	宫内厅本	集注本	九条本	奎章阁本	陈八郎本	北宋本	赣州本
俗字比例	44/60	47/60	40/60	14/60	13/60	7/60	5/60	4/60

以上所列，可以大致反映出各本俗字书写的当下状态，宫内厅本、时雨亭本、集注本三种比例相近，所存俗字最多；九条本、奎章阁本比例相近，存俗字次之；陈八郎本、北宋本、赣州本比例接近，存俗字最少。

再以具体字形为例：

欝，时雨亭本、宫内厅本作"欝"，集注本"欝"、"欝"两存，九条本、北宋本、赣州本同作"鬱"。对于这个字，《说文·木部》作"鬱"；隶变作"欝"、"欝"。颜真卿《干·字书》：俗作"欝"，正作"欝"。至唐玄度《新加九经字样》：作"鬱、欝"，"并匘入，上木丛生也，下芳草也。今经典相承，通用上字"。①

又"鼋"、"鼉"类字，时雨亭本、宫内厅本下从"龜"旁，集注本作"鼋"，九条本作"鼋鼋"，北、尤诸本并"鼋"、"鼊"、"鼉"。唐張守節《史記正義》序曰："若其鼋鼉从龜，辞乱从舌，觉学从與，泰恭从小，匽匠从走，巢藻从果，耕籍从禾，席下为带，美下为火，裒下为衣，极下为點，析旁为片，恶上安西，餐侧出头，離旁作禹，此之等类例，直是讹字。"② 而此类俗写字亦多见《颜氏家训·书证》记载。

从这些细微的书写习惯看，时雨亭、宫内厅两钞本多保留了唐人所说的俗写。整体而言，日钞本与敦煌写卷，在俗字书写方面最为接近。但也不可一概而论，不同时期的日钞本，俗字使用也有差别，时代较早的，保留的俗字比例和书写习惯基本与敦煌本相仿，如宫内厅本和时雨亭本；集注本俗字则稍有减少，同卷之中俗正两存，如"飾"、"餝"；"競"、"竟"；"果"、"菓"；"巨"、"臣"；"霄"、"霄"等；时代相对在后的钞本如九条本则有相当一部分俗字已经被正字所取代，与宋刻本趋同。如"宮"作"害"，"苐"作"第"，"庄"作"莊"，"私"作"私"，"醽"作"觴"，"京"作"京"，"散"作"散"，"舊"作"奮"，"所"作"所"，"裹"作"裔"等，其规

---

① 唐玄度：《新加九经字样》，丛书集成新编，（台北）新文豊出版公司 1985 年版，第 35 册，第 649 页。

② 司马迁：《史记》，中华书局 1959 年版，第 14 页。

范程度，甚至已经超越了奎章阁本。亦可说明日钞本在传抄的过程中，字体字形也并非完全依照底本，而是随时代迁移而递改。

二 通假字异文

同音通假是在用字过程借音同或音近字，"依声托字"（朱骏声语）而成，通假字与正字之间意思全不相同，或者仅部分相同。不明通假，往往会造成文本的误读或误改。如王念孙说："诂训之指，存乎声音，字之声同声近者，经传往往假借。学者以声求义，破其假借之字，而读以本字，则涣然冰释。如其假借之字而强为之解，则诂籀为病矣。"[1] 先秦至汉唐，古籍多用通假，如此，辨别本字和假借字，关乎读解之是非、校改之是非。日钞本中字的通假，总体较今刻本为常见，而且有些钞本之间亦不相同。有些较明显，有些则较隐晦。

《蜀都赋》："鷲鷞山栖，鼀鼃水处。"鷲鷞，时雨亭本、陈八郎本、朝鲜正德本亦作"鷲鷞"，宫内厅本、集注本、北宋本、九条本作"蟩蜻"，尤袤本作"蜥蜓"。九条本旁记曰五臣作"鷲鷞"。各本字形皆乱，从鸟部到虫部。据刘渊林注：鷲，"鸟名也，如今之所谓山鸡。其雄色斑，雌色黑，出巴东。"《吴都赋》刘渊林注曰："山鸡，如鸡而黑色，树栖晨鸣。非今所谓山鸡也，今所谓山鸡者，鷲蜻也。合浦有之。"《说文》四篇上："雉有十四种。"其中有"鷲雉"，"鷲，赤雉也"。段注曰："按雉古音同夷。周礼雉氏掌杀草，故书作夷氏。……杨雄赋辛雉即辛夷。"鷲雉，亦见于潘安仁《射雉赋》："山鷲悍害，猋迅已甚。"徐爰注曰："鷲雉，似山鸡而小，冠背毛黄，腹下赤，项绿色，其性悍戾憨害，飞走如风之猋也。"《西征赋》："鷲雉雊于台陂，狐兔窟于殿傍。"宋本《艺文类聚》卷九十一："山鸡"类："竺法真登罗山疏曰：山海经云：鷲雉一名山鸡，养之攘火灾。"此"鷲雉"亦为南方特有之物，《艺文类聚》卷九十一引《异苑》曰："山鸡爱其毛，映水则舞。魏武时南方献之，帝欲其鸣舞而无由，公子苍舒令以大镜著其前，鸡鉴形而舞，不知止，遂乏死。"故各本作"蜥蜓"、"蟩蜻"、"鷲鷞"皆"鷲雉"之同音假借。

《蜀都赋》："拍狃氓于蓁草，弹言鸟于森木"。拍，时雨亭本、集注本五

---

① 王引之：《经义述闻·序》32 卷，道光七年重刻本。

臣、朝鲜正德本作"拍",《艺文类聚》作"柏"。宫内厅本、集注本、九条本、北宋本、尤袤本、陈八郎本并作"皛"。时雨亭本旁记曰:"五臣作拍,普格反,树也。六臣作皛。"异文主要在"拍貙氓"还是"皛貙氓"。何谓"貙氓"?句中与"言鸟"相对,刘渊林注(集注本)曰:"貙氓,谓貙人也。言鸟,鹦鹉之属也。皆出南中。文立《蜀都赋》曰:虎变之人。"李善注(集注本)曰:"《博物志》曰:江、汉有貙人,能化为虎。皛当为柏。"《文选钞》(集注本)曰:"貙者,虎之类也。能化人也。氓者,民也,言貙既能化作人,故曰貙氓也。""人化为虎"的最早记载,见于《淮南子·俶真训》:"昔公牛哀转病也,七日化为虎。其兄掩户而入觇之,则虎搏而杀之。"李善引《博物志》,今本《博物志》卷六作"江陵有猛人(《御览》八百八十八引作'江汉有貙人',又八百九十二与今本同),能化为虎。俗又曰貙虎化为人,好着紫葛衣,其足无踵。有五指者,皆貙也。越皇国之老者,时化为虎。宁州南见有此物"[1]。要之,所言皆为变异之事,但"貙氓"终究"虎"类,而非人。与"弹"之动作相对,此处当作"拍"。故集注本、北宋本、尤袤本李善注、文选钞虽正文作"皛",但都有"皛,当为拍"之说。

拍,《说文解字·扌部》作"拍,拊也。从手百声。""树,揊也。"《玉篇·手部》:"拍,拊也。"皆以手轻拍之意。然《释名》曰:"拍,搏也。手搏其上也。"搏,《说文》作"索持也"。《广雅》卷三上:打、拍、揊、搏并列,同为"击也"。王念孙《疏证》曰:"《释言》云:揊,搏也。搏、拍、揊,并声近义同。"故从左思赋本义看,当作"拍(搏)貙氓"。拍,通"搏"。

考汉唐字书,皛,《说文》:"显也,读若皎。"《广雅》:"白也。"《玉篇·白部》:"胡了切,明也,显也。"至《龙龛手鉴·白部》(高丽本)作:"胡了反,明也。又普伯反,亦打。又莫百反。"《广韵》上声部曰:"皛,明也。胡了切。"入声部"陌韵":"亦打,出《蜀都赋》。又胡了切,又莫百切。"说明至唐以后方出现"皛"训作"打","普伯反"。集注本陆善经据"皛"字本义注曰:"皛,显也,明也,言明显其在蒌草之中也。"段玉裁注《说文》亦持此说。其说皆据"皛"本义解,此句上下文便欠对应。且"使貙氓从深草中显露出来",亦无首尾,无神采。应非是。胡绍煐《文

---

① 张华:《博物志》,丛书集成初编本,商务印书馆 1939 年版。

选笺证》："《广韵》：拍，打也。普伯切。晶亦打，出《蜀都赋》。据许则晶、拍音义各异，广韵以为一字。"① 然此处以"晶"取代"拍"，其读音、字义亦与"拍"、"搏"同，乃同音假借，而非可以本字本义解。

《东京赋》"声教布濩，盈溢天区。"时雨亭本、九条本、北宋本"濩"，宫内厅本、尤袤本、陈八郎本、朝鲜正德本作"濩"，尤袤本、陈八郎本、朝鲜正德本下有"濩音护"。九条本旁记曰五臣本作"濩"。时雨亭本旁记曰六臣本作"濩"。胡克家《文选考异》卷一据袁本、茶陵本及薛注断："濩，当作护。"然考之《文选》，各篇用字多不一。《南都赋》"布濩漫汗"，时雨亭本、北宋本、尤袤本、陈八郎本、朝鲜正德本并作"濩"，宫内厅本作"护"。李善注曰"濩，音护"；司马相如《上林赋》"布濩闳泽，延曼太原"，《史记》、《汉书》及《文选》各本均作"布濩"。郭璞注曰："布濩，犹布露也。"师古曰"濩音护。"《吴都赋》"布濩皋泽"，《艺文类聚》、北宋本、尤袤本作"濩"。《五经文字》："濩，下郭反。又音护。"按：二字本同音假借，汉人或使用本字"濩"，或以"护"为通假，本无一定规范。今校不当笼统而言当作"护"，或"濩"。

《东京赋》："惠风广被，泽泪幽荒。""广被"，唯九条本作"横被"。时雨亭本、宫内厅本旁记并曰：善本作"横"。然今刻本之善本皆不作"横"，盖其所见之善本又不同。由此，可以侧面说明九条本某种程度上沿袭了早期李善本的面貌，今北宋本乃至尤袤本，反而诸多文本修改。《魏都赋》"惠风如薰，甘露如醴"句下，尤袤本李善注引"《东京赋》曰：惠风横被"。然北宋本李善注并无此语，盖为尤袤所加。孙志祖《文选考异》卷一："《魏都赋》注引作横被。案：《西都赋》：横被六合。《圣主得贤臣颂》：横被无穷，作横被是。"黄侃《文选平点》卷一亦持此说。王引之《经义述闻》② 卷三则举证"光"、"桄"、"广"、"横"四字，字异而声义同，皆"充也"之义，无烦是此而非彼，殊为公允。

综上，通假字异文的产生在萧统编辑《文选》之先，就已经在各篇当中存在，钞本和刻本当中也都有随成随改的状况，并不可借此判断诸本的时代先后或是版本系统。这一点，尤其要在各种异文中区别来看的。

① 胡绍煐：《文选笺证》卷五，黄山书社 2007 年版。
② 王引之：《经义述闻》卷三，道光七年重刻本。

三　改字与误字

此类异文与通假字不同，乃非可通假，而在流传过程中误认作通假字而被修改所致，其产生的情况也是多种多样，如：

《南都赋》："儇才齐敏，受爵傅觞。"受爵，时雨亭本、宫内厅本、九条本、北宋本、尤袤本作"受爵"，陈八郎本、朝鲜正德本作"授爵"。尤袤《李善与五臣同异附见于后》："五臣作授爵。"九条本旁记曰：五臣作"授"。《说文解字》："受，相付也""授，予也"。一为接受，一为给予，义既分别，非可通用。本句下张铣注曰："言惠才齐敏，授爵献酬无违于礼。"正是给予，而非接受。《西京赋》有："酒车酌醴，方驾授饔。"敦煌本、北宋本、尤袤本并作"授"；又"傅觞"，实即"行觞"，乃"使佐酒者行觞也"①。上文说侍者服装鲜丽，动作敏捷，正为佐酒者。各本都沿用误字"受"，独五臣刻本改作"授"。

《东京赋》："又秋豫以收成，观丰年之多稌。"豫，宫内厅本、北宋本作"譽"，时雨亭、九条本、尤袤本、陈八郎本、朝鲜正德本作"豫"。时雨亭本旁记曰："一本作秋譽。"从上下两句"春游"、"秋豫"相对看，当典出《孟子·梁惠王》下："夏谚曰：吾王不游，吾何以休？吾王不豫，吾何以助？一游一豫，为诸侯度。"《晏子春秋·问下》一也有："春省耕而补不足者谓之游，秋省实而助不给者谓之豫。""豫"正，"譽"误，宫内厅本同于早期的李善刻本，而时雨亭本、九条本同于五臣刻本，二本并行。

《东京赋》："草木繁庑，鸟兽阜滋。"繁，时雨亭、宫内厅、九条本、陈八郎本、朝鲜正德本并作"繁"，尤袤本作"蕃"。宫内厅本旁记曰：集案钞、决"繁"为"蕃"。按：繁，《说文》十三篇上，"緐，马髦饰也"。段注以此为本字本义。后俗写作"繁"，引申为"多"。《玉篇》零卷"糸部"："扶蕃反。《毛诗》：正月繁霜。传曰：繁，多也。《礼记》孔子曰：辞让之节繁。郑玄曰：繁，犹盛也。""蕃"字，《说文》卷一下："草茂也。"除了盛多，还有滋生不息之义。如本条注下薛综注曰："蕃，滋也。"《芜城赋》注李善引《声类》曰："孳，蕃也"。《国语·鲁语上》："蕃庶物也，古之训也。"韦昭注曰："蕃，息也。"故二字未可互相替代。又《南都赋》有"百

---

① 颜师古注，见汉史游《急就篇》卷三"侍酒行觞宿昔醒"句下，丛书集成新编本。

谷蕃庑"，诸本皆作"蕃"。李善注曰："百谷蕃庑，并已见《东京赋》。"本条下李善注（尤袤本）："《尚书》曰：庶草蕃庑。班固《汉书序》曰：蕃阜庶物。"与下句"阜滋"相呼应。故"繁"误，"蕃"正。

《东京赋》："虽系以颓墙填堑，乱以收其置罘。"时雨亭、九条本、陈八郎本、朝鲜正德本"颓"，宫内厅本、尤袤本作"陨"。按：司马相如《上林赋》，李善本、《汉书》作"陨墙"。师古曰："陨，坠也，音徒回反。"陈八郎本、朝鲜正德本作"颓"。《说文》八篇下"秃"部："穨，秃貌。"十四篇下"陨，下队（坠）也"。段注辨析曰："穨，俗字作颓""周南：我马虺穨。《释诂》及《毛传》曰：虺穨，病也。秃者病之状也。""颓与陨音同而义异。如《李陵传》：陨其家声。断不可作颓矣。"《广雅》卷二下："陨，邪也。"王念孙疏证曰："陨之言摧陨，皆倾邪之义也。"故此处当以"陨"为正，然后世多以二字相混甚至通用。

《南都赋》："巨蚌函珠，駮蝦蛳蛇。"时雨亭、宫内厅、九条本、陈八郎本、朝鲜正德本"駮蝦"，北宋本、尤袤本作"駮瑕"。九条本旁记曰：善本"蝦"作"瑕"。李善注（北宋本）："郭璞《尔雅注》曰：蝦大者长一二丈。委蛇，长貌。瑕与蝦古字通，胡加切。"按：《说文》十三篇上"蝦，蝦蟆也"，并不指今所说"蝦"。《说文》十一篇下"鰕，鰕鱼也"，段注曰："今之蝦字古谓之鰕鱼"，"古亦借瑕为之"。《尔雅释鱼》卷第十六作"鰝大鰕"，郭璞注曰："鰕大者出海中，长二三丈，须长数尺。"《急就篇》卷三有"鲤鲋蟹鳝鲐鲍鰕"，颜师古注曰："鰕谓今之海鰕，堪为鲊脯。及所呼鰕米者，又所在水中小鰕，可生啗。"至左思《吴都赋》尚有"罩两鯷，罿鰝鰕"。显然，本字作"鰕"，借字作"瑕"、"蝦"。从注文"瑕与蝦古字通"，李善有意修改正文作"瑕"字。

《南都赋》："其原野则有桑漆麻纻，菽麦稷黍。"纻，尤袤本作"苧"，它本并作"纻"。按：《说文》："纻，葍属。细者为绤，粗者为纻。""苧，草属，可以为绳"前者是可织布的麻，后者是可编绳的三棱草。虽音同而义异。故可据诸本而正尤袤本之误。

《南都赋》："醪敷径寸，浮蚁如萍。"蚁，时雨亭本、九条本、北宋本注、尤袤本注亦作"蚁"，《艺文类聚》、宫内厅本、陈八郎本、北宋本、尤袤本正文作"蛾"。李善注引《释名》曰："酒有泛齐，浮蚁在上，泛泛然如萍之多者。"今《释名》卷四《饮食》作："泛齐，浮蚁在上，泛泛然也。"李善本正文和注的不一致，说明其所据底本正文亦作"虮"。然作"蚁"者是。

《三都赋序》："考之草木，则生非其壤；校之神物，则出非其所。"草，时雨亭本、九条本作"草"，集注本、宫内厅本作"菓"，北宋本、尤袤本、陈八郎本、朝鲜正德本作"果"。九条本旁记曰"扌本"（折本）作"果"，时雨亭本旁记作"菓"。然正文后有"其鸟兽草木则验之方志"，与上相呼应，则此处当为"草木"。据《干·字书》："菓果，上俗下正。"草、菓形近致讹，作"草"者是。

《蜀都赋》："水陆所凑，兼六合而交会焉。"所凑，陈八郎本、朝鲜正德本作"所臻"。九条本旁记五臣本作"臻"。尤袤《李善与五臣同异附见于后》："五臣作所臻。"它本并作"所凑"。陈八郎本刘良注"臻，至也"，集注本则为"凑，至也"。《说文·水部》："凑，水上人所会也。"《玉篇·水部》（钞本零卷）："青豆反。楚辞：从波凑而下津。王逸曰：凑，聚也。淮南'衰世凑学者，不知原心及本'许叔重曰：凑，竞进也。"集注本李善注引"许慎《淮南子注》曰：凑，竞进也"，不见于北宋本和尤袤本；《文选》卷第五十九沈休文《齐故安陆昭王碑文》："水陆之涂三七"句下，北宋本、尤袤本李善注引"《蜀都赋》曰：水陆所凑"。按：凑，作聚合、交会之义。臻，《说文·至部》作"至也"。若作"并臻"、"臻凑"等方能表达聚合、交会的意思。故此处作"凑"者是，当据他本及字书正五臣刻本之误。

《蜀都赋》："白雉朝鸲，猩猩夜啼。"鸲，它本并作"雊"。集注本《音决》：雊，古猴反。《说文》四篇上："鸲，鸲鹆也，从鸟句声"，今之八哥。同篇"雊，雄雉鸣也。雷始动雉乃鸣而句其颈"。二者非同字，时雨亭本误。

《蜀都赋》："其圃则有蒟蒻茱萸。"圃，北宋本、尤袤本作"园"，九条本旁记曰李善本作"园"，顾千里、孙志祖等皆校正应作"圃"，因上文已有"其园"。马融《论语》注曰："树五谷曰稼，树菜蔬曰圃。"[①] 皆可证李善本误。

《蜀都赋》："腾波沸涌，珠贝沉浮。若云汉含星，而光曜洪流。"沉，宫内厅本、集注本作"汎"，北宋本、尤袤本作"氾"，陈八郎本、朝鲜正德本

① 《论语集解》卷七《子路第十三》"吾不如老圃"条下。

作"沈"，时雨亭本、九条本作"沉"。九条本旁记曰李善作"氾"。尤袤《李善与五臣同异附见于后》："五臣作沈浮。"按《说文》十一篇上，"浮"、"汎"二字互训同义，"汎"亦假借为"氾"，若为"汎"或"氾"，则与后"浮"字相重。故此条当作"沉"为是，以见其若隐若现、若沉若浮之状。

《蜀都赋》："酌醽醁，割芳鲜。"醽醁，北宋本、尤袤本作"清酤"，时雨亭本、宫内厅本、集注本、九条本、陈八郎本、朝鲜正德本并作"醽醁"。王念孙《读书杂志·余编下》："念孙案：'醽醁'与'芳鲜'相对为文，则作'醽醁'是也。今作'清酤'者，后人以李注引《诗》'既载清酤'而改之耳。不知李注自解'酤'字，非兼解'清酤'二字。其'醽'字已见《南都赋》，故不重注也。《北堂书钞·酒部》八、《艺文类聚》六一引此正作'酌醽醁'。"所说是也，可据钞本证李善刻本之误。

以上这类异文，五臣本或者李善本与其他各本不同的情况，皆可见误抄、误改的痕迹，此类显非萧选原貌，可据钞本及其他本正之，也可借此推测原本的情况。其有特殊，如"受爵"、"授爵"，"蚁"、"蚈"之类，也是早在文选编定之前，已经发生讹误，后世相沿或回改，因此并不能作为判断各本的原貌或这传承系统的依据。

四　阙文与倒文

阙文是相对刻本而言，钞本所阙文字。然仔细考察，值得注意的是，这些阙文基本为钞本同阙，刻本同有。从钞本的角度说，多出的文字，实际均为后世刻本增补所致。如此，则钞本的存在，实为我们展现了前所未见的《文选》样貌，这是极其值得重视的。

《南都赋》："于其陂泽，则有钳卢玉池。"北宋本、尤袤本、陈八郎本句下有"赭阳东陂"四字，时雨亭本、宫内厅本、九条本并无。九条本旁记曰：扌（摺本）有"赭阳东陂"。按："赭阳东陂"四字盖刻本后增。首先，此句下李善注："杜预《表》曰：所领部曲，皆居南乡界，所近钳卢大陂，下有良田。旧说曰：玉池在宛也。"陈八郎本李周翰注曰："钳卢玉池，陂泽名。"并无关于"赭阳东陂"的注释；其次，史籍中有关西汉召信臣在南阳修建水利工程的记载，如《汉书》卷八十九《循吏传》：召信臣"开通沟渎，起水门提阏凡数十处，以广溉灌，岁岁增加，多至三万顷。民得其利，畜积有余"。后汉光武帝时有杜诗"修治陂池，广拓土田，郡内比室殷足。时人

方于召信臣"①。不仅没有"赭阳东陂",亦未明确提出"钳卢玉池"。唐杜
佑《通典》卷二《田制下》云:"元帝建昭中,邵信臣为南阳太守,于穰县
理南六十里造钳卢陂,累石为堤,傍开六石门,以节水势。泽中有钳卢玉池,
因以为名。用广溉灌,岁岁增多,至三万顷,人得其利。及后汉杜诗为太守,
复修其业。时歌之曰:前有邵父,后有杜母。"②《后汉书》卷二十二《郡国
志》:南阳郡有三十七城,"朝阳"下李贤注曰:"《南都赋》陂泽有钳卢,
注曰在县。"《元和郡县图志》卷 21《山南道·邓州穰县》、《文献通考》卷
六《田赋考》也只提"钳卢陂",而无关于"赭阳东陂"的相应记载;其三,
从文本本身看,"于其陂泽",陂,乃蓄水之堤坝,《汉书》卷一《高帝纪》:
"师古曰:蓄水曰陂。"《后汉书》卷四十上《班彪列传》李贤注引孔安国注
《尚书》曰:"泽障曰陂,停水曰池。"钳卢玉池,本身已包含了"泽陂"二
义,而"赭阳东陂",不仅与首句重复,而且与下句"贮水淳渟,亘望无涯"
不谐。今人多据《南都赋》此句,以"赭阳东陂"为汉代南阳水利工程的另
一杰作,实不符名。故三种钞本并无"赭阳东陂"四字,更是说明《文选》
原本即无,乃后世刻本所增。

《蜀都赋》:"外负铜梁宕渠,内函要害膏腴。"北宋本、尤袤本"梁"下
有"而"字,"害"下有"于"字。陈八郎本、朝鲜本上为"于"字,下为
"以"字。时雨亭本、宫内厅本、集注本、九条本皆于此二处无二字。九条
本旁记曰:扌(摺本)有"于"、"以"二字。《艺文类聚》卷六十一无上
"而",有下"于"。按:"铜梁"、"宕渠","要害"、"膏腴"本并列关系,
此二虚字添加有如蛇足,故当据钞本正之。

《东京赋》"惘然若醒朝罢夕,夺气褫魄之为者。"尤袤本、陈八郎本、
朝鲜正德本"夕"下有"倦"字,"醒"字下逗,九条本旁记曰:扌(摺
本)有"倦"字。时雨亭本、宫内厅本、九条本"夕"下并阙。细审之,尤
袤本薛综注曰:"醒,病酒也。朝罢夕倦,晓夜不卧,惘然如神夺其精气。
又若魂魄亡离其身,今公子亦如之也。"其"朝罢夕倦"与正文原句完全相
同,此注释体例似不合;再者,"朝醒"本义谓夜醉酒而早晨仍未醒,《汉
书·礼乐志》有"泰尊柘浆析朝醒"。后汉史游《急就篇》曰:"侍酒行觞宿

---

① 范晔:《后汉书》卷三十一"郭杜孔张廉王苏羊贾陆列传"。
② (唐)杜佑:《通典》,日本宫内厅书陵部藏北宋版,(东京)古典研究会 1980 年版。

昔醒。"颜师古注曰:"昔,夜也。病酒曰醒。谓经宿饮酒,故致醒也。"故"醒朝"、"罢夕",当为两种状态的形容;再从文本本身看,刻本作"罔然若醒,朝罢夕倦",若无"倦"字,"醒"字下无逗,则如钞本作"惘然若醒朝罢夕",反而更紧洁,亦与下句"夺气褫魄"为同构词组。故此处刻本盖据注增加"倦"字,钞本保持本貌。

《东京赋》:"东京之懿未罄,值余有犬马之疾,不能究其详。"尤袤本、陈八郎本、朝鲜正德本"详"上有"精"字。时雨亭本、宫内厅本、九条本、北宋本并无。当为后世刻本添加。

《东京赋》:"迄上林,结徒营。"时雨亭本、宫内厅本、九条本、北宋本、尤袤本亦作"迄上林,结徒营",陈八郎本作"迄于上苑,结徒为营",朝鲜正德本作"迄于上林,结徒为营"。九条本旁小字补"于"、"为"。宫内厅本旁记曰:五臣作"结徒为营"。颜师古《匡谬正俗》卷五引《东京赋》作:"迄于上林,结徒为营。"宋本《艺文类聚》作"迄乎上林,结徒为营"。胡克家《文选考异》谓"依文义,善亦当有,或但所见传写脱耳"。亦未必,今三种钞本皆无,或原本即无此二字。考前后文法,皆实词结构,添此二虚字,反显累赘。

《东京赋》:"惟我后能殖之,以至和平,方将数诸朝阶。"时雨亭本、九条本、尤袤本、陈八郎本"以至和平",北宋本作"以至于和平",宫内厅本作"以至和"。据时雨亭本旁记曰:"集注今案五家本和下有平字。"宫内厅本也有这条旁记,并后引师说曰:"平字异本。"九条本旁记曰:"默无扌(摺)ナ(有)。"意谓写本无而刻本有。由此可见,集注本正文无"平"字,其所见五家本有。本句下薛综注曰:"后,帝也。惟我帝有至和之德,故必能殖之,方当生于朝陛。"与"和平"无涉,故原本当无"平"字,而作"惟我后能殖之以至和"。应据宫内厅本及时雨亭本旁记正之。

《南都赋》:"杳蔼蓊郁,森莘莘而刺天。"尤袤本、陈八郎本、朝鲜正德本"蓊郁"下有"于谷底"三字,时雨亭、宫内厅、九条本三种钞本俱无。观李善和五臣注,似原本亦当无此三字,属后人妄加。左思《蜀都赋》有"櫹槮幽蔼于谷底,松柏蓊郁于山峰"句,当为袭张衡此句,然更趋工整对仗,后人据此亦加张衡此句"于谷底"三字。

异文中除阙文外,尚有数量不少的倒文,也体现出钞本基本一致,与刻本多相异的规律。

　　《蜀都赋》："异物谲诡，奇于八方。"谲诡，时雨亭本、宫内厅本、九条本、集注本作"谲诡"，北宋本、尤袤本作"崛诡"，陈八郎本、朝鲜正德本作"诡谲"。九条本旁记曰善本作"崛"。四种钞本呈现高度一致，刻本则各不相同。检宋玉《高唐赋》"谲诡奇伟，不可究陈"；司马相如《封禅文》："奇物谲诡，俶傥穷变"；杨雄《剧秦美新》："奇伟倜傥谲诡，天祭地事"；张衡《东京赋》："瑰异谲诡，灿烂炳焕"；左思《吴都赋》："其荒陬谲诡，则有龙穴内蒸，云雨所储"，"阛阓谲诡，异出奇名"。凡言变化怪异之样貌者，皆曰"谲诡"。故此二字的使用当有所本。集注本李善注引"《高唐赋》曰：谲诡奇伟"，不见于北宋本和尤袤本。依本条，北宋以下李善本李善注经重新删削、增补、修改，亦据注改正文，五臣本亦然。

　　《东京赋》："重舌人之九译，金稽首而来王。"时雨亭本、宫内厅本、九条本"重舌人之"，北宋本、尤袤本、陈八郎本、朝鲜正德本作"重舌之人"。按：薛综注作"重舌，谓晓夷狄语者。九译，九度至中国者也"。然李善注引"《国语》曰：夫戎狄坐诸门外，而使舌人体委与之。韦昭曰：舌人能达异方之志，象胥之官也"。则"九译"者乃"舌人"，而非"重舌之人"。刻本正文盖据薛综注改，皆误，当以钞本正之。

　　《南都赋》："且其君子，弘懿睿哲，允恭温良。容止可则，出言有章。进退屈申，与时抑扬。"时雨亭本"叡哲"，宫内厅本作"明哲"，明旁标"叡"字。北宋本、尤袤本作"明叡"。尤袤《李善与五臣同异附见于后》："五臣作睿哲。"九条本、陈八郎本、朝鲜正德本作"睿哲"。九条本旁记善本作"明叡"。案《干禄字书》、《五经文字》："叡睿同。"本条李善注（北宋本、尤袤本）："班固《说东平王苍》曰：体弘懿之姿。叡，哲也。已见《东京赋》。"然《东京赋》正文作"叡哲"，薛综注作"叡，圣也"，李善注作"《尚书》曰：叡作圣，明作哲"。由此，本条所说"叡，哲也。已见《东京赋》"，不确。另，《说文》："叡，深明也。"或叡圣互训，北、尤本作"明叡"，词义重复，仍以时雨亭本、五臣本为正。

　　《蜀都赋》："以醲清，鲜以紫鳞。"时雨亭本、集注本"醲清"，宫内厅本作"缥清"，九条本、尤袤本、陈八郎本、朝鲜正德本作"清醲"。《文选集注》："今案：《音决》醲为缥。"则《文选音决》与宫内厅本同作"缥清"。按：《说文》无"醲"字，今见《广韵》、《集韵》：醲都指"酒清"。集注本李善注有"醲，酒之碧色者"，不见于今北宋本、尤袤本。《说文》十三篇上："缥，帛青白色也。"故赋文本当作"缥清"，指酒色之清冽。或李善改"缥"作"醥"，改"醥清"作"清醥"。

　　将以上这类阙、倒异文，从众多的异文当中剥离出来，使我们可以更清楚地看到，《文选》编辑成书后，抄本的时代尚且能够保持其本貌，而刻本在刊刻之时则发生了较多的校改增补，反而改变了不少原本。

五　代词、名物、虚字、讳字、音注等异文

　　除了以上所列之外，还有多种类型的异文，如：

　　（1）代词之异。《东京赋》："良久乃言曰：鄙哉余乎！习非而遂迷。"时雨亭本、宫内厅本"余"，尤袤本、九条本、陈八郎本、朝鲜正德本作"予"。陈八郎本、朝鲜正德本"习非"上有"予"字。九条本作"鄙哉予！习非而遂迷也"。《说文》卷二上"八"部，"余，语之舒也"。段注曰："余、予，古今字，凡言古今字者，主谓同音而古用彼，今用此。""礼经古文用余一人，礼记用予一人。"颜师古《匡谬正俗》卷三："郑元曲礼下篇予，古余字。因郑此说，近代学者遂皆读予为余。案《尔雅》云：卬，吾台予朕身甫余，言我也。此则予之与余义皆训我明非同字。许慎说文：予，相推予也。余，词之舒也。既各有音义，本非古今字。"①

　　（2）称谓之异。《东京赋》："今吾子苟好剿民以偷乐，忘人怨之为仇也。"吾子，尤袤本、九条本作"公子"。陈八郎本、朝鲜正德本并作"吾子"，但注文仍作"公子"。时雨亭本、宫内厅本作"吾子"，九条本旁记曰五臣本作"吾"，时雨亭本旁记曰："集并钞为公子，陆本为吾子。"可见各本称谓早已相混。然以主客对话结构的赋中，二称谓实不可混同。具体而言，《西京赋》：凭虚公子对安处先生曰，"先生独不见西京之事欤？请为吾子陈之"。又：安处先生对凭虚公子曰，"以《春秋》所讳而为美谈，宜无嫌于往初，故蔽善而扬恶，只吾子之不知言也"。又：凭虚公子对安处先生曰"幸见指南于吾子"。皆互相以"吾子"相称。李善注引"郑玄《礼记注》曰：吾子，相亲之辞也"。《文选》各主客赋相互之间称"公子"的仅此一例。相较而言，公子乃泛泛的称谓，吾子则使用于主客对话的当下。

　　（3）名物之异。《南都赋》："樗枣若榴，穰橙邓橘。"时雨亭本、宫内厅

---

　　①　（唐）颜师古：《匡谬正俗》，丛书集成初编本，商务印书馆 1939 年版。

本、陈八郎本、朝鲜正德本"若榴"，北宋本、尤袤本正文作"若留"，注文作"若榴"。九条本作"楮榴"。九条本旁记曰：善本"楮"作"石"。《广雅》卷十上"释木"云："楮榴，柰也。"王念孙《广雅疏证》曰："楮与若同。若、石声相近，故若榴又谓之石榴。李善《南都赋》注引《广雅》云：若榴，石榴也。"王氏所引《文选》李善注不知何本？今北宋本、尤袤本《南都赋》李善所引作"《广雅》曰：石留，若榴也"。潘岳《金谷集作诗》尤袤本李善注引"《广雅》曰：石榴，若榴也"。《蜀都赋》"若榴竞裂"，时雨亭、宫内厅、九条本、北宋本、尤袤本"若榴"，陈八郎本、朝鲜正德本作"石榴"。《文选钞》引《埤苍》曰："若榴，柰属也。"《艺文类聚》卷六十一引作"石留"。《白氏六帖事类集》卷三十引作："若榴。"故作为物名，实指相通，唯字形混用已久。

（4）虚字之异。《东京赋》："却走马于粪车，何惜騕褭与飞兔。"时雨亭本、宫内厅本、九条本、陈八郎本、朝鲜正德本"于"，北宋本、尤袤本作"以"。九条本旁记曰：善本作"以"。李善注（北宋本、尤袤本）："却，退也。《老子》曰：天下无道，戎马生于郊。天下有道，却走马以粪。河上公曰：粪者，粪田也。兵甲不用，却走马以务农田。然今言粪车者，言马不用，而车不败，故曰粪车也。何惜，言不爱之也。"北宋本、尤袤本据今《老子》改正文"于"作"以"，然忽略了张衡乃化用老子原文而出己意，即退走马于粪车之后，偃兵息武之意。《文选》卷第三十五张协《七命》有"却马于粪车之辕，铭德于昆吾之鼎"可证。

（5）讳字之异。宫内厅本多见缺笔讳，如"秉"、"虎（下作巾）"、"渊"、"世"、"民"缺笔，或见"民"改作"人"，总体与敦煌本避初唐讳同[1]；时雨亭本无缺笔讳，主要为改字讳，如"渊"改作"泉"，"民"改作"人"，"世"改作"代"，"世"字旁改作"云"。也或不讳，如有的"世"、"民"字皆不改不缺；九条本唯三条"民"改作"人"，它皆不讳。

（6）音注之异。《南都赋》："修袖缭绕而满庭，罗袜蹑蝶而容与。"蹑，陈八郎本、九条本旁记并音"苏叶"；蝶，尤袤本音"徒结"，陈八郎本音"徒顿"，九条本旁记、朝鲜正德本音"徒颊"。然时雨亭本旁记引《音决》音两则，蹑，徒协反。蝶，素协反；北宋本李善注音"蹑，徒颊切。蝶，苏

---

① 赵红：《敦煌写本汉字论考》，上海古籍出版社 2012 年版，第 88—91 页。

协切"。九条本也旁记了另一条音注："蹳，土越反。"据时雨亭本旁记的《音决》音、北宋本李善音以及九条本旁记另音可证尤袤本、陈八郎本、九条本旁记音皆误导。

六　小结

综上所述，可作以下几个方面的归纳：

（1）从俗正字的比例统计和避讳字的情况看，正可印证傅刚先生所提出的"初步判断西园（宫内厅）本是时代最早的写本，《文选集注》及冷泉家本晚于西园本而早于九条本。九条本则距刻本最近"① 之说。

（2）从通假字、疑似通假的俗正字、误字改字看，九条本，宫内厅本、集注本都与李善注本的底本系统较为接近，时雨亭本反倒多与五臣本系列的底本系统较为接近。

（3）然从阙文倒文之类例看，各钞本基本一致，阙者同阙，倒者同倒，与刻本呈现出明显的分野，这是很值得注意的。其阙文（衍文）、倒文的存在，大多乃因刻本而生，非因李善注、五臣注原本而生。

（4）名物、称谓等异文亦同样反映出刻本误改之状。

（5）对于日钞本《文选》的底本来源及与诸本的关系问题，以九条本为例，前人多持不同意见。或以为保存了无注三十卷本《文选》的面目（中村宗彦《九条本文选古训集》），或以为从李善单本中录出（森立之《经籍访古志》），或以为从六臣本中录出（斯波六郎《九条本文选解说》）。然从本卷分类探讨比照的结果看，几种日钞本所据抄写的底本皆非刻本，这是可以肯定的。但究竟是来源于三十卷白文钞本，还是注本之钞本，尚需具体根据不同本的情况，加以进一步的综合研究。就时雨亭本来说，其依据三十卷白文本抄写，亦参校单注钞本的可能性最大。

（6）时雨亭本的价值和意义还在于为《文选》钞本提供了一个明晰的时代坐标，以此坐标为参照所构成的日钞本系列，使我们得以见到前刻本时代的《文选》原态，正与敦煌写本相接续。在梳理选学传播史及校理刻本《文选》之失方面，均具有重要的意义。

（7）与此同时，仍需注意的是，以此本为参照，可见同样是日钞本，后

---

① 傅刚：《文选版本研究》（修订本），世界图书出版西安有限公司 2014 年版，第 383—398 页。

期钞本不仅书写习惯递改，而且并有参照其他钞本或刻本再加校改书写。因此，绝不可仅据一种钞本断言"某当作某"，或者本貌如何，必综合唐写本、几种钞本，参见刻本，旁及文字音韵训诂，回溯当下，全面考察，方可避免得出偏颇结论。

日藏观智院抄本《文选》叙录

王　玮[*]

观智院本《文选》藏于日本天理图书馆，昭和五十五年（1980），八木书店出版《天理图书馆善本丛书》，此本被收入该丛书汉籍部第二卷《文选·赵志集·白氏文集》中，花房英树先生作有解题一篇，附于书后。观智院抄本《文选》，属白文无注本，字大潇洒，但略欠工整。所存内容起自《过秦论》"明智而忠信"，下接《非有先生论》、《四子讲德论》、《王命论》、《典论·论文》、《六代论》，至《博弈论》末尾，卷末标"文选卷第廿六"。据其所标廿六分析，当为三十卷本。但《王命论》题目前有"论二"二字，不符合三十卷本特征，三十卷本分为上、中、下，六十卷本分一、二、三、四、五。然"论二"写在两列间分割线之上，似是后人所加。"文选卷第廿六"下有识语云："元德二历中春于庄严寺书毕。"日本元德二年即中国元朝至顺元年（1330）。有关庄严寺，我们所知甚少，花房英树也未在解题①中提供有价值的信息，仅知其与天台宗关系密切。现存内容中，"秉"字共出现三次，并缺末笔。唐高祖李渊父名昺，因此避嫌名"秉"。盖观智院本所据底本为唐时之本。又"而代贫贱"之"代"字，尤袤本、北宋本、陈八郎本、朝鲜正德本并作"世"，观智院本旁亦标有一"世"字。"枝葉硕茂"之"葉"，观智院本"世"写作"云"，旁注一"葉"字。"葉"字共出现五次，并将"世"写作"云"。然通观整个观智院本，亦有直书"世"字的情况，

---

*【作者简介】王玮（1987—　），女，汉族，山东烟台人，南开大学文学院博士研究生，主要研究方向为魏晋南北朝文学。

① 花房英树：《解题文选赵志集白氏文集》，八木书店1980年版。

有时写作"丗"，有时写作"丗"，但多数情况写作"世"。"三代之君，与天下共人"之"人"字旁注一"民"字，尤袤本、北宋本、陈八郎本、朝鲜正德本并作"民"。但多数情况观智院本写作"民"，如"秦王独制其民""民有定主"等。其他字，如"煦"、"渊"（写作"渕"）、"让"、"桓"、"贞"、"树"、"敬"、"殷"、"征"等宋代刻本中避讳之字，该本均不避讳。因观智院本仅存一卷，其中所能反映出的避讳情况较片面，不能完全据此推断时间，仅供参考。关于此本，除花房英树解题之外，目前仅见傅刚先生《文选版本研究》中有一段观智院本概况介绍，再无其他与此本相关的论文或专著，故本文通过异文比勘与旁记分析两部分将观智院本的概貌呈现出来，并对其价值作简要叙述。

一　异文比勘

《文选》版本分作两大系统：抄本系统与刻本系统。两种系统虽有承袭，但差异甚大。故在比勘、研究过程中，需谨慎对待，不能混而为一。观智院本《文选》属抄本系统，现存《文选》抄本中，与其所存内容重合者有二，分别是《文选集注》与室町本。《文选集注》保存于日本，最早由罗振玉先生带回国，2000 年周勋初先生重新整理出版，名为《唐钞文选集注汇存》。此本所存与观智院本重合之内容自《四子讲德论》"（建）功业，不亦难乎"始，但开头部分有残缺，至《四子讲德论》末止。室町本为无注三十卷抄本，系杨守敬从日本访得并带回国，现存于台北故宫博物院。此本现存二十卷，卷廿六即在其中，然因藏于台北故宫博物院，故笔者手中只有部分，自此卷开头至《四子讲德论》"浮游先生色勃眦溢曰是何言与"止。杨守敬认为此本"盖从古钞卷子本出，并非从五臣、善注本略出，何以知其然？若从善注出必仍六十卷，若从五臣出，其中文字必与五臣合，今细校之，乃同善注者十之七八，同五臣十之二三，亦有绝不与二本相同"①，又"相其纸质字体当在元明间"②。若杨氏推测不误，则室町本与观智院本情况相仿，时间相近。鉴于《文选集注》与室町本的实际情况，该文校勘主要以集注本为对校本，杨守敬本为参校本，并间参北宋本、尤袤本以及陈八郎本、朝鲜正德本，

---

① 杨守敬：《日本访书志》，《续修四库全书·史部·目录类》，第 674 页。
② 同上。

北、尤为单李善注刻本，陈、朝为单五臣注刻本。其中，北宋本至《四子讲德论》《易》曰："飞龙在天，利见大人。鸣声相"为止，剩余部分参照奎章阁本补。① 正如前文所说，抄本与刻本差异较大，属两种系统，故以观智院本与集注本之异同为分类之基本标准，以便考察抄本系统内部的差异；之后再根据六家、六臣刻本中所标李善与五臣差异的校语进行细分，从中亦可见抄本至刻本演变过程中所发生之变化。观智院本虽仅存一卷，但由于参校本多，因此校出之异同颇多，故举其要者。

（一）观智院本与集注本同

1. 观智院本与集注本同，与李善注刻本同，与五臣注刻本异

（1）俚人不识，寡见尠闻。② 观、集、杨、尤、北作"尠"，陈、朝作"鲜"。六家、六臣本③校语云：善本作尠字，五臣作鲜。集注本编者按中并未说明五家本作某，可见其所见李善与五臣并作"尠"。下文未明确标出编者按语者并是其所见李善与五臣同，不另说明。

（2）夫乐者，感人密深而风移俗易。观、集、杨、尤、北作"密"，陈、朝作"心"。六校语云：善本作密字，五臣作心。

（3）好恶不形，则是非不分。观、集、杨、尤、北作"形"，陈、朝作"刑"。六校语云：善本作形，五臣作刑。

（4）精练藏于矿朴。观、集、杨、尤、北作"练"，陈、朝作"炼"。六校语云：善本作练，五臣作炼。

（5）纷纭天地，寂寥宇宙。观、集、杨、北、陈作"聊"，尤、朝作"寥"。六校语云：善本作聊，五臣作寥。胡克家《文选考异》谓："茶陵本寥作聊，云：五臣作寥。袁本云：善作聊。案：此尤以五臣本改之也。袁、茶陵注中作聊。"陈八郎本与尤袤本并不符合其所在系统之特征。

（6）仆虽嚚顽，愿从足下。观、集、杨、尤、北、陈作"嚚顽"，朝作"顽嚚"。六校语云：善本作嚚顽，五臣本作顽嚚。

（7）民氓所不能命哉。观、集、尤、北、陈作"民"，杨、朝作"黎"。六校语云：善本作民，五臣作黎。

---

① 奎章阁本中李善注部分的底本即为北宋国子监刻本，故以奎章阁本补北宋本所缺内容。
② 引文出自观智院本，下同不再注。
③ 六家本指五臣在前，李善在后，主要有奎章阁本、明州本。六臣本指李善在前，五臣在后，主要有赣州本、建州本。下简称"六"，不再注。

（8）咸洁身修思，吐情素而披心腹。观、集、尤、北（奎）作"思"，陈、朝作"德"。《文选集注》编者按：五家本思为德。六校语云：善本作思，五臣作德。

（9）冲蒙涉田而能致远者。观、集、杨、尤、北有"能"字，陈、朝"致远"上无"能"字。《文选集注》编者按：五家、陆善经本无能字。六校语云：善本有能字，五臣无。

（10）其所临莅，莫不肌栗慑伏。观、集、尤、北（奎）作"栗"，陈、朝作"慄"。《文选集注》编者按：五家本栗为慄。六校语云：善本作栗，五臣作慄。

（11）文学夫子曰：天符既闻命矣，敢问人瑞。先生夫子曰：夫匈奴者，百蛮之最强者也。《文选集注》编者按：五家、陆善经本无下"夫子"。观、集、北（奎）作"先生夫子曰夫"，尤、陈、朝作"先生曰夫"。六校语云：善本作先生夫子曰，五臣作先生曰夫。胡克家《文选考异》谓："茶陵本'先生曰夫'作'先生夫子曰'，云：五臣作'先生曰夫'。袁本云：善作'先生夫子曰'。案此尤校改正之也。'先生夫子曰'乃传写之误。"观本、集注本并作"先生夫子曰"，可见非传写之误。

（12）且观大化之淳流。观、集、尤、北有"且"，陈、朝无。《文选集注》编者按：五家本无且字。但六家、六臣本并无校语。胡克家《文选考异》："袁本、茶陵本无且字。案：二本不著校语，无以考之。陈云且字衍。恐未必然，当各依其旧。""陈"指陈景云。观、集并有"且"，可见非衍。

2. 观智院本与集注本同，与五臣注刻本同，与李善注刻本异

（1）偃息乎《诗》、《书》之门，游观乎道德之域。观、集、朝"偃息"下无"匍匐"二字，尤、北（奎）、陈有。观本"偃息"旁注"匍匐"。《文选集注》编者按：《钞》、《音决》、五家本偃息下有匍匐二字。六校语云：善本有匍匐，五臣无。抄本与刻本所见正好相反。王念孙《读书杂志·余编下》谓："匍匐二字后人妄加之也。'偃息乎《诗》、《书》之门，游观乎道德之域'皆以七字为句。加入匍匐二字，则非特句法参差，且文不成义矣。五臣本无匍匐。"① 而胡绍煐持反对意见："'匍匐'二字后人无缘以加，且与

---

① 王念孙：《读书杂志》，江苏古籍出版社 1985 年版，第 1070 页。

'门'字义贯，细玩此节，语意当是'匍匐乎《诗》、《书》之门'句，而
'偃息'属上，或本无上'欲罢'二字，以'怠者不能偃息'句，恰与上
'进者乐其条畅'相对为文，后人顺文加'欲罢'二字，而句法累矣。"① 据
观智院本与集注本可知，王氏所说正确。

（2）陈懿诚于本朝之上。观、集、杨、陈、朝作"懿诚"，尤、北作
"恳诚"。六校语云：善本作恳诚，五臣本作懿诚。

（3）崇简易，上宽柔。观、集、陈、朝作"上"，尤、北（奎）作
"尚"。六校语云：善本作尚，五臣本作上。

（4）飞鸟翕翼，渊鱼奋跃。观、集、陈、朝作"渊"，尤、北（奎）作
"泉"。六校语云：善本作泉，五臣作渊。

3. 观智院本与集注本同，与李善、五臣刻本并异

（1）绍贤而处友者。观、集、杨作"绍"。《文选集注》编者按：五家本
绍为招。但尤、北、陈、朝并作"招"，且六家、六臣本并无校语。

（2）有二人焉，乘路而歌。观、集、杨作"路"，观本旁有"辂，五
臣"，说明观智院本所见善与五臣异，而集注本无按语，其所见善与五臣同。
尤、北、陈、朝并作"辂"，且六家、六臣本并无校语。

（3）行潦暴集，江海不为多。观、集"不"下无"以"字，尤、北、
陈、朝并有。《文选集注》编者按：《钞》、陆善经本不下有以字。

（4）咏歌之不猒。观、集作"猒"，尤、北、陈作"厌"，朝作"足"。
六校语云：善本作厌，五臣作足。

（5）恻隐身死之腐人，悽怆子弟之累首。观、集作"累首"。《文选集
注》编者按：五家本累为缧。六家、六臣本并无校语。虽尤、北（奎）、陈、
朝并作"缧"字，但"首"字此四本并作"匿"。

（6）道方伯之得失。观、集作"得失"，尤、北、陈、朝并作"失得"。
六家、六臣本并无校语。观智院本旁注"失得"。

（二）观智院本与集注本异

1. 观智院本与集注本异，与李善注刻本同，与五臣注刻本异

如"是以海内欢慕"。观、尤、北（奎）作"欢"，集、陈、朝作
"劝"。六校语云：善本作欢，五臣作劝。

---

① 胡绍煐：《文选笺证》，黄山书社 2007 年版，第 854 页。

2. 观智院本与集注本异，与五臣注刻本同，与李善注刻本异

（1）大厦之材，非一丘之木。观、尤、朝作"厦"，集、北（奎）、陈作"夏"。六校语云：善本作夏，五臣作厦。胡克家《文选考异》谓："茶陵本厦作夏，云：五臣本作厦。袁本云：善作夏。案：尤本以五臣乱善，非也。凡此字夏厦错见者，疑皆善夏五臣厦，余以此求之。"

（2）是以北狄宾合，边不恤冦，甲士寝而旌旗仆也。观、尤、陈、朝作"旌"，集、北（奎）作"旍"。六校语云：善本作旍，五臣作旌。胡克家《文选考异》谓："茶陵本云五臣作旌。袁本云善作旍。案此尤以五臣本改之也。旍即旌字。前已屡见，当各依其旧。"

（3）天性骄蹇，习俗杰暴。观、陈、朝作"骄"，集、尤、北（奎）作"憍"。六校语云：善本从心，五臣从马。观本"骄"旁记一"憍"字，不知何意。

3. 观智院本与集注本异，与李善、五臣刻本并同

（1）今子执分寸而罔億度。億，集作"意"，观等并作"億"。《文选集注》编者按：《钞》、五家本意为億。观本"億"旁记一"意"字。

（2）九罭不以为虚。集无"为"字，观等并有。《文选集注》编者按：陆善经本以下有为字。

（3）邪论不能惑孔墨。惑孔墨，集作"惑孔异墨"，观等并作"惑孔墨"。

（4）威灵外覆。集无"威"字，观等并有"威"。

（5）皆短于仁义。短，集作"桓"，观等并作"短"。

（6）狼挚虎攫。攫，集作"玃"，观等并作"攫"。

4. 观智院本与集注本异，与李善、五臣刻本亦异，即观智院本独有之处

（1）秦穆有由余、五羖，攘却西戎，始开帝绪。观作"由余"，集、尤、北（奎）、朝作"王由"，陈作"王田"。

（2）编结组颜。观作"组"，集、尤、北、陈、朝并作"沮"。

（3）非有积素田旧之欢。观作"田"，旁有"累"字，集、杨、尤、北、陈、朝并作"累"。

（4）故腐腾撇波而济水者。观句末有"者"字，集、杨、尤、北、陈、朝无。

（5）冲蒙涉田而能致远者。观句末有"者"字，集、杨、尤、北、陈、朝无。

（6）今吾子何乐此诗而歌咏之也。集、杨、尤、北、陈、朝无"歌"字。观智院本"歌"旁小字标注"本无"。

（7）然后知君之节趣。观作"趣"，集、杨作"趍"，尤、北、陈、朝并作"趋"。

（8）凡人视之佚焉。观作"佚"，朝作"帙"，集、杨、尤、北、陈作"怢"。李善注："《广苍》曰：怢，忽忘也。"《钞》曰："怢，或作佚忽字，并得通。"

（9）足蹈之也。集、尤、北、陈、朝"足"下并有"之"字。盖观本脱误。

（10）舒先生之愤，愿先生亦勿疑。观作"先生"，集作"三生"，尤、北、陈、朝作"二生"。《文选集注》编者按：五家本三为二，陆善经本为先。

（11）是以每歌之，不知老之将至也。集注本无"将"字，观本"将"字系旁补，但视其字迹应为抄写者所补，杨守敬本"将"字为句下后补，尤、北、陈朝并有"将"。《文选集注》编者按：《钞》、陆善经本至上有将字。

二　旁记分析

观智院本旁记较多，据花房英树介绍，旁记有朱笔、墨笔两种。由于现在所见为影印本，故无法区别朱、墨笔。旁记内容主要包括日语片假名与汉字两部分。假名是日本人在学习《文选》时为方便通读所添加的音注。汉字部分则包括三方面内容：一是原文字旁之音注，二是引自《文选钞》、《文选音决》、李善注及五臣注等引注，三是对抄写之初发生错误之处的修改。其中以音注为主。

其一，音注包括反切与直音两种情况。前一种如"召滑"之"滑"，旁记"胡八反"；"王廖"之"廖"，旁记"力雕反"等。后一种如"罷散"之"罷"，旁记"皮"等。两种情况以前一种反切法更为常见。观智院本并用"反"，与《文选集注》同，北宋本、尤袤本并用"切"。清代顾炎武《音学五书·音论卷下》说："反切之名，自南北朝以上皆谓之反，孙愐《唐韵》则谓之切，盖当时讳反字。"[1] 孙愐为唐玄宗时人，观本旁注所据当是玄宗前之本。考察《过秦论》、《非有先生论》中观智院本音注内容，多与尤袤本、

---

① （清）顾炎武：《音学五书》，中华书局1982年版，第54页。

朝鲜正德本中之音注不同（《文选集注》此部分阙，故无法比勘）。此不同包括两种情况，一是音注之字不同。如"召滑"之"滑"，尤、朝二本并未给此字加音注。二是相同字音注不同。如"带他"之"他"，观本音注"太河反"，尤袤本注"徒何切"，朝鲜正德本作"驼"。由此可知观本旁记之音注绝非来自尤袤本、朝鲜正德本。《文选集注》几乎完整保存了《四子讲德论》，经过比勘后发现，观本此篇旁记音注与《音决》相同的比例很高。如，观本"翮"字旁注"胡革反"，《音决》作"翮，胡革反"；又如观本"蒭"旁注"楚俱反"，《音决》作"蒭，楚俱反"；观本"跣"旁注"思辇反或为鲜同"，完全同于《音决》。还有一个值得注意的例子，《六代论》"封植子弟"，"植"字旁注"曹音值，王音食"。《文选集注》在《四子讲德论》"鄙人黯浅"的注释中引《音决》作"黯，王音暗，萧音奄"。虽然《文选集注》无存《六代论》，无法得知《音决》关于"植"字的注音，但据"黯"字判断观本"植"字音注来自《文选集注》之《音决》概无大误。通过以上例证，我们推测：音注主要来自《音决》，或者说来自《文选集注》中之《音决》。但也存在例外，这例外又分两种情况，一种为观本有误，从严格意义上说，此类可视作两者一致。如"衝蒙"之"衝"，"吕容反"，《音决》"衝，昌容反"，观本"吕"字显为"昌"字之误。"风移俗易"之"易"，音注"赤"，《音决》作"易音亦"，观本"赤"字显是"亦"字之误。另一种则是观本确与《音决》不同。如"涂觐卒遇"之"卒"，旁注"七忽反"，李善注、五臣注、《音决》并无"卒"之音注。"倚輗"之"倚"，旁注"五鸡反"，朝鲜正德本随文音注作"五鸡"，尤袤本随文音注作"玉鸡"，《音决》作"倚，于绮反"。"夫乐者"之"乐"，旁音注"岳"，《音决》作"乐，力各反"，尤本、朝本无此字音注。以上之例说明，或许旁记者所见《文选集注》与现在所见并非完全相同，盖集注本亦有多个版本在日本流传。此外，还有一种特例："怢"，音注"他忽反，他没反"，尤袤本李善注作"怢，他没反"，集注本李善注无"怢他没反"四字，《音决》作"怢，他忽反，又都忽反"，朝鲜正德本作"峡"，随文音注"他没"。此处反映出的问题较为复杂。首先，集注本李善注与尤袤本李善注不同，尤本比集注本多出了四字音注，而此四字却出现在观智院本旁记中。其次，尤袤本音注与朝鲜正德本同。第三，《音决》中有"怢"字的两种音注，但观本仅采用了其中一种。类似例子还有，"鳣"音注"善"，又音注"时阐反"。尤袤本李善注作："《山海经》注曰：鱓鱼似蛇，时阐切。"集注本李善注作："《山海经》注曰：鱓鱼似蛇。"无"时阐切"三字。《音决》作"鱓音善"。此类例子正是抄本到刻本演变过程中留下的痕迹。

其二，引注情况稍显复杂。旁注位置上，文字间、天头处并有。内容上，引注来源主要有李善注、五臣注、《文选抄》、《文选音决》等。部分引注明确标出来源，如《过秦论》"施及"，天头旁记作："《钞》：施，延也。"又"陈利兵而谁何"，"何"字旁记："《决》作呵，呼何反。"也有部分未直接标注来源者，但可通过现存资料找出其来源。如《过秦论》"陈利兵而谁何"，旁记"何问也。言谁敢问"。朝鲜正德本此句注文正作："铣曰：何问也。言谁敢问。"可见观本此条旁注当采自五臣注本。再如《非有先生论》"悖于目而拂于耳"，"拂"字旁记"违也，扶勿反"。尤袤本李善注作"《字书》曰：佛，违也。佛，扶勿切"。类似例子还有许多，不一一列举。引注中亦有例外，《四子讲德论》"枭瞷"，旁记"眼白也"。朝鲜正德本李周翰注"枭瞷，眼白也"，但《文选集注》李周翰注无此一句。由此可见：旁注者多以择要形式记录，而非完全照搬。注文多省略出处，如前例之省去《字书》等，可见其目的并非考镜源流，而只是简单地疏通文义。天头位置的引注多标注出处，正文中间的夹注则往往省略，盖由于空间有限所致。

其三，对抄写过程中错误之处的修改，修改者可能为抄写之人，亦可能为后世旁记之人。修改方式主要包括以下四种：

（1）错字。此类直接在原字上画圈，然后在旁边写一新字，圆圈的墨迹较原墨色浅。略举几例以明其情。"夫虫贤之臣"，"虫"改作"忠"。又"道寸主志"，"道寸"改作"导（繁体字作導）"。"摅威德而化洪"，"威"改作"盛"。"故虽遗罹厄会"，"遗"改作"遭"等。

（2）漏字。此类在两字之间画一个〇，再在旁边补上所漏之字或所漏之句。如：《四子讲德论》"及始讲德。〔文〕学夫子曰"，中括号中的字即为所补内容，下同。再如，《四子讲德论》"太子击〔诵《晨风》，文侯谕其指意。今吾子何乐此〕诗而歌咏之也"等。

（3）衍文。此类情况较少，修改方式似是在衍文的两边各画一条斜杠，或在某一边画一条斜杠。如《四子讲德论》"求贤索（文）友，历于西州"，括号中的字即为衍文。

（4）抠改。即用某种手法将原字墨迹变淡或去掉，很像现在用透明胶粘掉错字的方法，然后在原字上再写上新字，墨迹明显比周围字要深许多，较易发现。根据字迹的比较，我们认为这些抠改应系后人所为，如："敬遵所闻，未克单焉"，根据墨迹辨别，"单"原似写作"殚"，后改作"单"。再如"朝廷淑清"，"淑"字墨色明显与"廷"、"清"二字不同，且观智院本前面出现过"淑"字，写作"㳰"，而此处写作"淑"，应为后人所改。

　　除以上几类旁记之外，还有一种较为特殊的旁记。即在某字旁标注其他版本此字作某。如"本仁祖谊"（《非》），"谊"旁注"义五"，意即五臣注本作"义"，陈八郎本、朝鲜正德本正作"义"。"寡见尠闻"（《四》），"尠"旁注"鲜五"，陈八郎本、朝鲜正德本并作"鲜"。"乘路而歌"（《四》），"路"旁注"辂五臣"，尤袤本、北宋本、陈八郎本、朝鲜正德本并作"辂"。再如"今吾子何乐此诗而歌咏之也"（《四》），"歌"旁注"本无"。集注本、杨守敬本、尤袤本、北宋本、陈八郎本、朝鲜正德本并无"歌"字。"本无"之"本"盖并指李善注本与五臣注本而言。然而由于此类旁记较少，"本无"之例仅此一个，故不能断定其与李善注本之关系，但可以确定的是其绝非出自五臣注本。

　　花房英树根据笔迹猜测这些旁注应该和原文属同一个时期。据笔者理解，"同一时期"盖指旁记者并非原抄写者，但两人时代相距很近。旁注之音注部分主要来源于《音决》，偶有出李善注、五臣注者。引注则来源于李善注、五臣注、《音决》、《钞》，而此四种恰好并存于《文选集中》中。通过以上分析，判断《文选集注》为旁注者作注时之重要依据该无大误，但其所见之《文选集注》与现在所见当略有差异。

三　结语

　　花房英树在观智院本解说中推测它"'达到了萧统的原本'，并根据《日本国见在书目》有萧统《文选》三十卷的记载，说：'其传写本的残卷便是这个残卷二十六吧。'"① 然傅刚先生对此持保留意见。根据以上所述，观智院本之底本确非从李善、五臣注本出。原因有四：（1）观智院本为三十卷白文无注本，而李善注本为六十卷，与观智院本三十卷特征不符。（2）观智院本多有异于李善、五臣注本之处，尤其是五臣注本。（3）观智院本存在既不

---

① 傅刚：《文选版本研究》，北京大学出版社 2000 年版，第 148 页。

同于李善注本，亦不同于五臣注本之内容。（4）旁注中明确标注"五臣作某"，可见其底本绝非五臣本。据此，花房所说不无道理，或许果从古抄卷子本出亦未可知。观智院本虽仅存一卷，但其价值不容小觑。首先，它填补了此卷在抄本中的空白。其次，有助于纠正其他版本的错误以及某些错误的论断。再次，旁记中之《文选抄》、《音决》可补充《文选集注》所缺之相应内容。最后，观智院本系元代本子，其时已有刻本，而观智院本是抄本，故在其身上存在抄本与刻本结合的可能，这样有助于发现抄本至刻本过程中所发生的改变，或者还能找出之所以改变的原因。总之，我们应该重视观智院本《文选》，加大挖掘、研究力度，使此本价值早日得以体现。

历代《文选》广续补本版本考述

王晓鹃*

【摘　要】历代《文选》广续补本大体分为两类，一是书名明确标明"广、续、补"等字样，如宋末陈仁子《文选补遗》40卷，元代刘履《风雅翼》14卷，明代刘节《广文选》82卷、汤绍祖《续文选》27卷、周应治《广广文选》23卷、胡震亨《续文选》14卷等。二是专门辑录"《文选》不取"之诗文选本，如南宋初年王厚之所辑《古文苑》和清代孙星衍所编《续古文苑》，就属此类。明代《文选》续广本存在书目众多，作者、书名、卷数不一，版本单一等情况，遭到时人和后人的诸多批评。清代《文选》续广补之属以孙星衍《续古文苑》为代表，成就卓著，在清代凡有四刻。

【关键词】《文选》广续补本；版本；考辨

《文选》是我国现存最早的一部诗文总集，全书30卷，共收录先秦至南朝梁代作家130家，作品700余篇。《文选》既是诗文分类的典范和开先河者，也是文学自觉的标志，其编选标准和体例亦成为后世仿效的范式，更开启了后世的一种专门学问——选学。由于《文选》在历代都被视为"文章渊薮"、"选学"之宗，故后世选本大都模拟《文选》的体例编纂，而增广、续收、补遗《文选》的现象时有发生。这些广续补遗本或在《文选》既有的选录时段中增收，或在其延长时段中续收，尊崇《文选》的同

---

*【作者简介】王晓鹃（1969—　　），甘肃武都人，文学博士，陕西师范大学文学院教授，主要从事唐前文学文献的教学与研究。

时也依据各自的编纂思想对原典进行一些补充和完善，并在不少《文选》就很重视的问题上，作出自己的思考和变革，从而成为"选学"研究领域一个重要的组成部分。遗憾的是，学界对这一问题却缺乏深入和系统的研究。本文不揣浅陋，试图对历代《文选》广续补本的版本现状作一些考证，以求教于方家。

一

骆鸿凯先生曾说："选学之名，昉于唐初。一曰注释；二曰辞章；三曰广续；孟卜之续拟，陈刘之补广，探遗珠于沧海，异伐木于邓林，不免好事之讥，只厕附庸之末；四曰雠校；五曰评论。"① 由此可见，唐代是《文选》广续补本出现的时期，而从唐代到清朝，"广续补"《文选》之制已历经千载，其中亦涌现出一些优秀的选本，如《古文苑》、《文选补遗》、《风雅翼》、《广文选》和《续古文苑》等，都在不同程度上对《文选》有所补遗，确实弥补了《文选》因其自身的选编标准而在选学领域留下的某种缺憾。

据《新唐书·艺文志》记载，总集类有 75 家，99 部，4223 卷，其中涉及《文选》的有 12 家 15 部 313 卷，如梁昭明太子《文选》30 卷、萧该《文选音》10 卷、僧道淹《文选音义》10 卷、李善注《文选》60 卷、公孙罗注《文选》60 卷、又《音义》10 卷、李善《文选辨惑》10 卷、《五臣注文选》30 卷、曹宪集《文选音义》（卷亡）、康国安注《驳文选异义》20 卷、许淹《文选音》10 卷等。至于广续补本，则有孟利贞《续文选》13 卷（已佚）、卜长福《续文选》30 卷（已佚）、卜隐之《拟文选》30 卷（已佚），共 3 家 73 卷，约占此期《文选》研究的四分之一。因此，广续补本是唐代《文选》传播的途径之一，也是文选学形成的一大因素。

宋元时期是《文选》广续补本的延续期。《宋史·艺文志》中记载的总集类有 435 部，10657 卷，其中涉及《文选》的有 15 家 16 部 1464 卷，如萧统《文选》60 卷（李善注）、《五臣注文选》30 卷、周明辨《文选汇聚》10 卷、《文选类聚》10 卷、常宝鼎《文选名氏类目》10 卷、苏易简《文选双字类要》3 卷、刘敞《文选类林》18 卷、高似孙《文选诗句图》1 卷、吕延祚《注文选》30 卷。而涉及广续补本的则有卜邻《续文选》23 卷（已佚）、章

---

① 骆鸿凯：《文选学》，中华书局 1989 年版，第 82 页。

樵补注《古文苑》21 卷①和《文选补遗》40 卷等，计 3 家 84 卷。宋代广续补本规模较大，体制繁杂，原因在于宋代之后，前世文集散佚情况严重，搜集保存文献的任务迫在眉睫，而宋儒凭借选本宣传理学思想的行为和宋代发达的版刻印刷业也为选本的刊布流传提供了极大方便。元代的文选学著作只刊印了三种，即虞集《文选心诀》1 卷、刘履《选诗补注》8 卷和方回《文选颜鲍谢诗评》4 卷，涉及续广补本的只有刘履《选诗补注》8 卷。宋元广续补本深受宋明理学思想的影响，体现出鲜明的重道轻文的倾向。

明清是广续补本最集中的时期。明代涌现出大量广续补本，如刘节《广文选》82 卷、汤绍祖《续文选》27 卷、周应治《广广文选》23 卷、胡震亨《续文选》14 卷、张凤翼增订《新刊续补文选纂注》12 卷、张溥《广文选删》12 卷等。明人学风博杂，尤喜集帙编书。与宋元二代相比，明代广续补本的编纂在艺术上更倾向于文学性，内容上更具资料性，体例上更显体系化，风格上更现简约化。这可能与明人重性情、喜博杂、重宏观、轻微观的学风有一定联系。清人重考据，《文选》之注释学、校勘学、文字学、版本学、辨伪学、名物学、地名学、评点学、文论学等均在这一时期得到长足发展。与明代相比，清代广续补本数量确实很少，但成就并不低，如清代著名学者孙星衍所辑《续古文苑》就是集大成之作。上述选本大致可以分为两类：

一是书名明确标明"广、续、补"等字样。如唐代孟利贞《续文选》13 卷（已佚）、卜长福《续文选》30 卷（已佚）、卜隐之《拟文选》30 卷（已佚）、宋代卜邻《续文选》23 卷（已佚）、陈仁子《文选补遗》40 卷、元代刘履《风雅翼》14 卷（《选诗补注》8 卷、《选诗补遗》2 卷、《选诗续编》4 卷）、明代刘节《广文选》82 卷、汤绍祖《续文选》27 卷、周应治《广广文选》23 卷、胡震亨《续文选》14 卷、张凤翼增订《新刊续补文选纂注》12 卷、张溥《广文选删》12 卷。这类书籍不仅有广续补《文选》全书的，亦有专补《文选》某类者。前者以《文选补遗》和《广文选》等为代表，后者以《风雅翼》为例。如刘履《风雅翼》之《选诗补注》8 卷，以五臣旧注为本，取《文选》各诗删补训释；《选诗补遗》2 卷，取古歌谣词之散见于传记、诸子及乐府诗集者，选录 42 首，以补《文选》之阙；《选诗续编》4 卷，

---

① 参阅笔者《〈古文苑〉成书年代考》（《文史哲》2012 年第 1 期）；《〈古文苑〉编纂者新考》（《南京师大学报》2009 年第 5 期）。

取唐宋以来诸家诗词之近古者 159 首，以为"文选嗣音"，故其增补《文选》之意不言而明。

　　二是专门辑录"《文选》不取"之作家作品的续补《文选》类选本，如成书于南宋初年之选本《古文苑》的编纂目的，韩元吉早就清楚指出："世传孙巨源于佛寺经龛中得唐人所藏古文章一编，莫知谁氏录也。皆史传所不载，《文选》所未取，而间见于诸集及乐府，好事者因以《古文苑》目之。"① 至于孙星衍所编《续古文苑》，则是在为《古文苑》作"续"："《续古文苑》者，续唐人《古文苑》而作也。家巨源得之于佛龛，今星衍搜之于秘笈，皆选家所不载，别集所未传，足以备正史之旧闻，为经学之辅翼。不独探珠剖璞，发潜德之幽光；索骥图龙，感知音于旷代矣。"② 由此可知，这两者仍以增广、补遗《文选》为目的。

　　经统计，唐以来的《文选》"广续补本"大多已经散佚，流传至今的只有成书于宋代的《古文苑》、《文选补遗》，元代的《风雅翼》，明代的《广文选》、《广广文选》、《续文选》（胡震亨）、《续文选》（汤绍祖）、《广文选删》、《新刊续补文选纂注》和清代的《续古文苑》10 部③。

　　其中，成书于宋元时期的有《古文苑》、《文选补遗》和《风雅翼》三种。《古文苑》是我国古代的一部基础文集，编者不详，据说成书于唐代。据笔者考证，《古文苑》是南宋初年金石学家王厚之所辑，大致成书在南宋绍兴二十一年（1151）至三十一年（1161）。④ 从现存史料看，南宋郑樵编纂《通志》最先著录："《古文苑》十卷。"⑤ 但此本早在宋代已经散佚。南宋淳熙六年（1179），韩元吉加以整理校订，分为九卷，刻于婺州，史称宋淳熙婺州刻本（1179）。绍定五年（1232），章樵又加增订，并为注释，重分为二

---

　　① 　章樵注：《古文苑》21 卷本，守山阁本。
　　② 　孙星衍：《续古文苑》20 卷，岱南阁本。
　　③ 　此外，唐代裴潾《大和通选》30 卷（已佚）、徐坚辑《文府》20 卷（已佚）、宋代《文苑英华》1000 卷、《唐文粹》100 卷、晏殊《集选》100 卷（已佚）、曾原一《选诗衍义》4 卷（已佚）、无名氏《文选后名人诗》9 卷（已佚）和明代杨慎《选诗外编》9 卷等，均属于"广义"的《文选》广续补本，且跨时长，规模大，体例杂，任务重，研究难，故本论文有意将考察对象收缩为"狭义"的《文选》广续补本，即只取书名标明"广续补"等字样的选本，以精益求精。至于《古文苑》和《续古文苑》，虽然书名未标，但是其主要在《文选》的选录时段中增收"《文选》不取"之作家作品，且成就高，价值大，流传广，并对中古文学文献和《文选》研究大有裨益，故有意收录。
　　④ 　参阅笔者《古文苑论稿》，人民出版社 2010 年版。
　　⑤ 　郑樵：《通志》，《丛书集成初编》本，商务印书馆 1935 年版，第 825 页。

十一卷。二十一卷本最早的版本是宋常州军刻本（1236），但此本已散佚。后来，章樵之兄章橚之婿盛如杞于淳祐年间（1246）重修校刻。幸运的是，宋淳熙婺州刻本和宋淳祐盛如杞重修本现都完整存世，故现行版本分两个系统，明清以来都曾经重新刊刻或抄写。九卷无注系统中，经过清代著名学者孙星衍和顾广圻校刻的《岱南阁丛书》本是较好的版本。章樵注本系统中，经过钱熙祚校勘，附有钱氏《校勘记》的《守山阁丛书》本无疑是最优的版本。①

《文选补遗》四十卷，宋末陈仁子辑。陈仁子，字同俌，茶陵人（现湖南茶陵）。南宋咸淳十年（1274）漕试第一。宋亡不仕，营别墅于东山，以教授后进、著书刻书为业。《文选补遗》前有庐陵赵文仪序。四库馆臣认为此书"然其说云补《文选》，不云竟以废《文选》，使两书并行，各明一义，用以济专尚华藻之偏，亦不可谓之无功。较诸举一而废百者，固尚有间焉"②。评价极低。《文选补遗》四十卷，有元大德间茶陵东山书院刻本、明嘉靖茶陵翻刻本、清乾隆二年（1737）陈文煜刻本、《四库全书》本和清道光二十五年（1845）湖南琅环馆刻本。

《风雅翼》十四卷，元末刘履辑。刘履，字坦之，上虞人（现绍兴上虞），元末明初人。入明不仕，自号草泽间民，善作诗修史，遗著较多。洪武十二年（1379），诏求天下博学之士，浙江布政使强起之。至京师，授以官，以老疾，固辞，赐钞遣还，未及行而卒。《风雅翼》十四卷，"是编首为《选诗补注》八卷，取《文选》各诗删补训释，大抵本之'五臣旧注'，曾原演义，而各断以己意。次为《选诗补遗》二卷，取古歌谣词之散见于传记、诸子，及乐府诗集者，选录四十二首，以补《文选》之阙。次为《选诗续编》四卷，取唐、宋以来诸家诗词之近古者一百五十九首，以为'文选嗣音'。其去取大旨，本于真德秀文章正宗，其诠释体例，则悉以《朱子诗集传》为准"③。四库馆臣认为此书在陈仁子《文选补遗》之上："以其大旨不失于正，而亦不至全流于胶固。又所笺释评论，亦颇详赡，尚非枵腹之空谈，较陈仁子书犹在其上，固不妨存备参考焉。"④《风雅翼》的版本，据孙振玉

---

① 王晓鹃：《〈古文苑〉版本考》，《福州大学学报》2010 年第 5 期。
② 四库全书研究所：《钦定四库全书总目》（整理本），中华书局 1997 年版，第 2626 页。
③ 同上书，第 2637 页。
④ 同上书，第 2637—2638 页。

考证，大致有七刻："初刻应该是没有明确标注刊刻时间的'上虞本'。据称其行款反映了元代版刻风格：四周双栏，粗黑口，双花鱼尾，顺向。《风雅翼》重刻本是明宣德九年陈本深本。其与原刊本不同，版心逆向双鱼尾，卷首有曾鹤龄序。曾序提到了陈本前的'绍兴刻板'。依据此序可以推知，陈本前只有'上虞版'。《风雅翼》第三刻是明正统三年何景春重刻本。第四刻应在天顺四年。第四刻之后有：弘治王玺本、嘉靖四年萧世贤本、嘉靖三十一年顾存仁本。"① 孙氏此论确凿，足可采信。

二

有明一代，骆氏认为其"承宋元之后，定制以时文取士，选学益废。著述之家或辑注释，或施评点，或摘腴词，其书类不足观"②。因此，受时代风气所染，明代文选学以删注和评点为主流。删注类以张凤翼《文选纂注》12卷、陈与郊《文选章句》28卷、王象乾《文选删注》12卷、冯惟讷《选诗约注》7卷为代表。删注评点兼具者，则以闵齐华《文选瀹注》30卷（又名《孙月峰先生评文选》）、凌蒙初辑《合评选诗》7卷、邹思明《文选尤》14卷为代表。凌迪知《文选锦字录》21卷是明代《文选》词汇学著作之唯一存世者。不过，明代"选学"虽有所衰落，然评点、广续补遗之作仍层出不穷，正如许结先生所称："明人不仅重视广义的'选学'（选文之学），而且着意复兴狭义的'选学'，即'文选学'，以续、广自命，故又较前人多辟一专项文本。"③考见当时及后世之目录书，明代《文选》广续补本的情况大略如下。

1. 明刘节编《广文选》八十二卷

此书卷数，各目录书记载不一，焦竑《国史·经籍志》、朱睦㮮《万卷堂书目》等均记其为八十卷；丁丙《八千卷楼书目》、范邦甸《天一阁书目》、祁承㸁《澹生堂藏书目》、阮元《文选楼藏书记》、永瑢《四库全书总目》、嵇璜《续文献通考》、嵇璜《续通志》、沈初等撰《浙江采集遗书总录》、曾国藩《（光绪）江西通志》等均记其为六十卷；而黄虞稷《千顷堂书目》、季振宜《季沧苇藏书目》、万斯同《明史》、张廷玉《明史》以及翁连溪编校《中国古籍善本总目》则记为八十二卷。《中国古籍善本总目》同

① 孙振玉：《山东大学图书馆藏〈风雅翼〉叙录》，《古籍整理研究学刊》2011年第6期。
② 骆鸿凯：《文选学》，中华书局1989年版，第75页。
③ 许结：《明代的选学与赋论》，《南京师大学报》2013年第3期。

时亦有六十卷本记载。推其卷数差别，可能为版本刊刻差别所导致，内容未必有衍脱。如《中国古籍善本书目》曰：

> 《广文选》八十二卷目录二卷，明刘节辑，明嘉靖十二年侯秩刻本；
> 《广文选》六十卷，明刘节辑，明嘉靖十六年陈蕙刻本。①

据此可知前者卷数有争议者，盖八十二卷从明嘉靖十二年（1533）秩刻本，六十卷从明嘉靖十六年（1537）陈蕙刻本而已。观此后者，陈蕙刻本广布流之，故后人多依此刻本，作六十卷录。

《中国古籍善本总目》记载《广文选》版本两种，具体如下：

> 《广文选》六十卷，明嘉靖十六年陈蕙刻本，十一行二十一字，白口，四周单边；
> 《广文选》八十二卷目录二卷，明嘉靖十二年陈蕙刻本，十二行二十一字，白口，左右双边。

此外，《广文选》还有明冯允中本、汪一元本、佘诲本、张之象刻本、《两京遗遗编》本、王世贞批本和胡震亨本等。

2. 明周应治《广广文选》二十三卷

是书明代目录书中记载极少，唯祁承爜《澹生堂藏书目》录"《广广文选》廿三卷，周应廿五册治"②。细究之，"治"当在"周应"二字之后，应为倒误所致；其余如丁仁《八千卷楼书目》、嵇璜《续通志》与《四库》、《续文献通考》均录"《广广文选》二十三卷，明周应治编"。同时四库馆臣与嵇璜又称其拾节之遗，故曰《广广文选》。取名"广广"，意即"广昭明、梅国所选也，盖随所见擴之，以俟后之复广吾之广者"③。

除此之外，是书清嵇曾筠《（雍正）浙江通志》、翁连溪所校《中国古籍善本总目》以及《中国古籍善本书目》均记载其为"二十四卷"；如《中国古籍善本总目》录："《广广文选》二十四卷，明周应治辑。明崇祯八年周元

---

① 中国古籍善本书目编辑委员会：《中国古籍善本书目》，上海古籍出版社1989年版，第1566页。

② 祁承爜：《澹生堂藏书目》，清宋氏漫堂钞本。

③ 周应治：《广广文选义例》，四库全书存目丛书补编，齐鲁书社1997年版，第10页。

孚刻本，九行十九字，白口四周双边。"① 详细记载了此书的版本情况，推后人所见应为此种版本，故称二十四卷。《广广文选》还存有明万历二十四年（1596）刊本。

3. 明马继铭《广文选》二十五卷

是书二十五卷当无疑问，唯其作者，《明史》卷一百三十七与《千顷堂书目》卷三十一均录为"马继铭"；而《澹生堂书目》、《续通志》、《续文献通考》、明程楷《（天启）平湖县志》、清许瑶光《（光绪）嘉兴府志》及清永瑢《四库全书总目》均称其为"马维铭"。

考许瑶光所编，其称所录马维铭《广文选》二十五卷，出自《明史·艺文志》。然考《明史》所载，"马维铭"实为"马继铭"且"继"、"维"二字字体相似，疑为传抄之误，故后世公认其作者为"马继铭"。马氏此书明清目录书中仅录 10 条，与前者刘节之《广文选》43 条相较，流传显然不及刘氏之书。

至于马继铭《广文选》的版本，各目录书均未见载，唯知其二十五卷，又补遗缺卷。今存有明万历四十六年（1618）天佚草堂刊本。

4. 明张溥《广文选删》十二卷（疑）

是书目录书中唯见于《山东大学图书馆古籍善本书目》，且仅录书名，未录作者及卷数；又骆鸿凯《文选学》中提及此书，称"张溥《广文选删》十二卷"，而《明志》不载，骆氏亦称张、马二书未见，即其未亲眼见过此二书，故此书真伪存疑。《广文选删》十二卷，现有明崇祯刻本。

5. 明汤绍祖《续文选》三十二卷

该书汤绍祖《续文选·序》里已然点明其总计三十二卷。然黄虞稷《千顷堂书目》与《明史》均录其为二十七卷，清许瑶光《（光绪）嘉兴府志》称："汤绍祖《续文选》二十七卷。采集书录三十二卷，所录唐人、明人，且明人惟取正嘉后七子一派。"② 盖其三十二卷之称，指其采集书录之卷数，至于后人将其三十二卷之书录编为二十七卷，便有二十七卷之称。此处仍依原序作三十二卷讲。

南京大学图书馆藏汤绍祖《续文选》，明万历三十年希贵堂刻本，十行

---

① 翁连溪：《中国古籍善本总目》，线装书局 2005 年版，第 1720 页。

② 许瑶光：《（光绪）嘉兴府志》第四十一册，鸳湖书院藏版 1987 年版，第 83 页。

二十字，白口，左右双边，版口下镌"希贵堂"三字。

6. 明胡震亨《续文选》十四卷

是书明代目录书无一提及，至清《千顷堂书目》、《明史》、《好古堂书目》及地方志方才见得此书著录情况。究其原因，可能缘于胡震亨为明末著名文学家，明亡于1644年，而胡氏卒于1645年，故其书至清代目录书方见，亦属正常之事。十四卷之数，后世目录书记载一致，毋庸置疑。

胡震亨《续文选》流传极广，其版本有三：

（1）明万历刻本，九行十八字，小字双行字不等，白口。

（2）孙耀祖笺评，明崇祯刻本，八行十八字，白口，左右双边，现存南京大学图书馆。

（3）民国九年（1920）上海进化书局影印原刻本，6册，现存山东师范大学图书馆。

7. 明陈仁辑，张凤翼增订《新刊续补文选纂注》十二卷

目录书中首次出现《新刊续补文选纂注》一书，是在1980年7月南京大学图书馆所编《南京大学图书馆藏古籍善本图书目录》中："《新刊续补文选纂注》十二卷，明陈仁辑，张凤翼增订，明刻本，十二册，系翻刻张凤翼本。十一行廿二字，小字双行同，白口，四周单边。"[①] 后《中国古籍善本书目》及《中国古籍善本总目》均按此记载。此本今藏复旦大学、镇江图书馆，原题："明茶陵陈仁编辑，吴俊张凤翼增订。"王重民《提要》谓所见美国国会图书馆在"仁"字下有"子"字；先是陈仁子有《增补六臣注文选》六十卷，张凤翼乃就删注成《文选纂注》十二卷，事在万历八年张书出，坊间递有翻刻重印，又有《评林》之类出现，流传甚广。严绍璗先生编撰的《日藏汉籍善本书录》收有《文选纂注》系统书五部，其中便包括《（新刊续补）文选纂注》十二卷（舒四泉本），一概署："宋陈仁子编，明张凤翼增订。"范志新先生则认为："'新刊续补'四字，为《书录》擅加，原本所无。"[②]

后世目录书中多直接著录张凤翼所撰《文选纂注》十二卷，骆鸿凯《文

---

　　① 南京大学图书馆：《南京大学图书馆藏古籍善本图书目录》，南京大学图书馆1980年版，第39页。

　　② 范志新：《白璧指瑕，说严绍璗的〈日藏汉籍善本书录〉——以"文选类"为例》，《图书馆杂志》2009年第10期。

选学》则将其归入"删注本之属"而非"补遗广续之属"。黄虞稷《千顷堂书目》记载明陈仁锡《续补文选纂注》十二卷;清冯桂芬《(同治)苏州府志》记载张凤翼《文选纂注》十二卷,同时又录《续补文选纂注》十二卷,未录作者;李铭皖《(同治)苏州府志》除张凤翼《文选纂注》十二卷外,另录陈仁锡《续补文选纂注》十二卷。由此推论,此处"陈仁"二字之后当脱"锡"字;以上既点明《新刊续补文选纂注》为翻刻张凤翼《文选纂注》一书,而张氏《文选纂注》与陈仁锡《续补文选纂注》又非一书,综合可知三者前后继承情况,即陈仁锡《续补文选纂注》为续补张凤翼《文选纂注》一书,后张凤翼又在陈书的基础上增订了其续补之书,笔者窃以为当为其定名"明陈仁锡辑,张凤翼增订《新刊续补文选纂注》十二卷"。

至于张凤翼增订《新刊续补文选纂注》一书,《中国古籍善本总目》记其一个版本,即明万历二十二年刻本,十一行二十二字,小字双行同,左右双边。又南京大学图书馆藏一翻刻本,十一行廿二字,小字双行同,白口,四周单边。

综上,虽然明代《文选》广续补遗之属数量较多,但由于编纂水平相对较低,后人多有贬义。其中,刘节《广文选》是最受诟病的一部,明吕枏、王廷相《广文选序》批评道:

> 《广文选》以思亲操猗,兰操与胡笳十八拍操同卷,圣愚不分,经骚不辨,惟多是取,不揆之道,亦以为富可乎?……《广文选》如行也,焉知后无作者不因此而说汉礼、晋文比于古文献之足征者乎?审若是,且将恨收取之,未尽,广又奚暇论其醇疵哉?①

当时人虽为刘节作序,但已然认为其书所收过于杂乱,文体不分,品相混淆,以多取胜,故而断定其书必为后人所指摘。清范邦甸在《天一阁书目》中一方面承认刘氏撰《广文选》有一定的功效与难度:

> 夫文辟之水也,选之者如导水而聚之者也,是故海水之聚也,广其

---

① 五格:《(乾隆)江都县志》,清乾隆八年刊光绪七年重刊本,第1713页。

选者如导水而聚之海者也，吁，难言也。①

另一方面，范邦甸也延续了明人对其书的评价态度，称其"诚富哉！集矣！顾其中讹字逸简杂出，又文义之甚悖而俚者间在焉！"他对刘节其书之认识可称最为客观公正。因为即便是四库馆臣，也仍对刘节《广文选》持单一的批判态度：

> 考节所辑《广文选》，采摭浩博，而门目琐碎，体例冗杂，颇有贪多务得之失。其所自作，亦惟取明白条畅，尽所欲言。往往下笔不能自休，故不免稍伤于蔓衍。……卷末有晋江陈蕙跋，称"节旧本所录凡千七百九十六篇，其中讹字逸简杂出，又文义之甚悖而俚者闲在焉"。节不度德量力，乃有是集。蕙等又谬种流传，如涂涂附。②

四库馆臣除批判节之《广文选》门类琐碎、体例冗杂，有贪多务得之过外，连带陈蕙所刻版本亦加以批判，认为其流传讹误、穿凿附会，与节一样不自量力，实在过于尖刻。

至于马继铭《广文选》，至清流传极少，唯明程楷在《（天启）平湖县志》中对其人其书大加赞赏，称马氏之《广文选》尤脍炙人口。而周应治之《广广文选》，四库馆臣将其与节书并列，称其"此又拾节之遗，故曰《广广文选》，犹之《反离骚》后有《反反离骚》，《非国语》后有《非非国语》也。其舛漏踌驳，与节书亦鲁、卫之政"③。又引其中一处错误明确对其加以贬斥，即认为周氏所定《松柏歌》作者有错误，并引《越绝书序》所题作者加以反驳论证，贬斥程度与节书相比，有过之而无不及。

汤绍祖《续文选》一书，清范邦甸《天一阁书目》对其评价极高，称是书"包举艺文，兼综史传，信文囿之特秀，选部之最都也"④。《四库》则对其内容、体例颇有微词，称其：

---

①　范邦甸：《天一阁书目》，上海古籍出版社 2010 年版，第 459 页。
②　永瑢：《四库全书总目》，中华书局 1965 年版，第 1744 页。
③　四库全书研究所：《钦定四库全书总目》（整理本），中华书局 1997 年版，第 2701 页。
④　范邦甸：《天一阁书目》，上海古籍出版社 2010 年版，第 459 页。

　　然所录止唐人、明人，无五代、宋、金、辽、元。又明人惟取正、嘉后七子一派，而洪、永以来刘基、高启诸人仅录一二。盖恪守太仓、历下之门户，而又加甚焉。所分门目，一从《文选》。惟赋阙京都、郊祀、耕耤三类，而易江海为山海。物色一门谓昭明惟取天文，殊似未该，今用广之是也。然王世贞《竹林七贤图赋》谓之物色，则亦孰非物色乎？卢柟《寿成皋王赋》入志，徐祯卿《反反离骚》入论文，是何体例也？①

　　四库馆臣认为汤绍祖所录明人作品，局限于唐、明两代，明人作品又局限于正、嘉后七子一派，多门户之见；体例上亦相对杂乱，是以诟病，较为中肯。

　　至于胡震亨《续文选》，后世目录书多述胡氏其人事迹，而对《续文选》一书均一笔带过，可见其流传远不及汤绍祖其书广。唯清许瑶光《（光绪）嘉兴府志》卷五十六记载"胡震亨《续文选》十四卷，庄仲方曰：'录梁代及后魏、北齐、后周、陈、隋之文，以补《文选》之遗'"②。除此之外，更无对其书评价。至于张凤翼《新刊续补文选纂注》一书，在清代朴学家眼里价值更低，源于张凤翼是以《文选补遗》为底本，且未能一一注明注文出处。这是明人著书的一大学术弊病。这令四库馆臣大为不满。馆臣批评张氏不通著书义例，既称"纂注"便不当"多不著所出。夫诠释义理，可以融会群言。至于考证旧文，岂可不明依据"③。

　　显然，从整体来看，明代《文选》广续补本之属虽然数量可观，但是其编纂水平、体例、内容、成就等方面，既无法和《文选》原典相媲美，又无法和唐宋《文选》类选本相提并论，故遭到时人和后人的诸多批评，也在情理之中。不过，这些明代的广续补遗之属能够流传至今，也属不易。

三

　　清代是传统文选学的巅峰期。清人重考据，故极其重视《文选》之文本，这一工作终于在康熙末年由长洲何焯（义门）完成。何义门之后，以选

---

①　四库全书研究所：《钦定四库全书总目》（整理本），中华书局1997年版，第2704页。
②　许瑶光：《（光绪）嘉兴府志》第四十一册，鸳湖书院藏版1987年版，第83页。
③　四库全书研究所：《钦定四库全书总目》（整理本），中华书局1997年版，第2667页。

学名家者，有余萧客《文选音义》8 卷、汪师韩《文选理学权舆》8 卷、张云璈《选学胶言》20 卷、梁章巨《文选旁证》46 卷、朱珔《文选集释》24 卷、胡绍煐《文选笺证》32 卷、许巽行《文选笔记》8 卷和薛传均《文选古字通疏证》6 卷等，分别从不同角度对《文选》作出了深入研究，流传广泛，影响极其深远。相比而言，清代的《文选》续广补之属数量确实很少，只有孙星衍《续古文苑》一部。

孙星衍（1753—1818），阳湖（今江苏武进）人，字渊如，号伯渊，清代著名藏书家、金石学家和目录学家。乾隆五十二年（1787）进士，授翰林院编修，充三通馆校理。乾隆六十年（1795），孙授山东兖沂曹济道，次年补山东督粮道。嘉庆十二年（1807），孙任山东布政使。孙氏性嗜聚书，只要闻人藏有善本与秘本，便借抄无虚日；他精研金石碑版，尤工篆隶刻印，凡金石文字拓本，古鼎彝书画，无不考其源委。孙氏家建有藏书楼，名曰"平津馆"，收藏书籍极其丰富，并以校勘精审被世人称道。孙星衍自编《孙氏家藏书目》，分外编 3 卷、内编 4 卷，还有《廉石居藏书记》1 卷，《平津馆鉴藏书籍记》3 卷，续编 1 卷与补遗 1 卷。嘉庆五年（1800），孙星衍又刊行《祠堂书目》。孙氏一生校刻古书甚精，辑刊文献甚夥，嘉庆年间刻有《岱南阁丛书》与《平津馆丛书》。《岱南阁丛书》主要收集自著诗文集和他校订的《古文尚书》、《孙子》和地理、刑律方面的古籍；《平津馆丛书》10 集 32 种，主要是其辑校的诸子、医学、历史等古代典籍，选择精严，校勘精审。同时，孙星衍还著有《魏三体石经遗学考》、《寰宇访碑录》、《平津馆金石萃编》和《京畿金石考》等金石学著作，对以金石存文学厥功甚伟。

清代嘉庆十四年（1809），孙星衍重新刊刻九卷本《古文苑》，编入《岱南阁丛书》中。后来，孙星衍又辑录自周秦至元代金石、传记、地志和类书中的遗文，编为二十卷，题名《续古文苑》，刊入《平津馆丛书》中。《清史稿·艺文志》卷四著录。除此之外，清代丁仁《八千卷楼书目》卷十九集部、冯桂芬《（同治）苏州府志》卷一百三十九、顾广圻《思适斋集》卷十一序、李元度《国朝先正事略》卷三十五、刘锦藻《清续文献通考》卷二百七十"经籍考"十四、钱林《文献征存录》卷九、阮元《揅经室集》二集卷三、张绍南《孙渊如先生年谱》卷下、张维屏《国朝诗人征略》卷四十八、张之洞《书目答问》集部等都曾记载此事。显然，《续古文苑》本为承续

《古文苑》而来，正如孙星衍《续古文苑·序》所说："《续古文苑》者，续唐人《古文苑》而作也。家巨源得之于佛龛，今星衍搜之于秘笈，皆选家所不载，别集所未传，足以备正史之旧闻，为经学之辅翼，不独探珠剖璞，发潜德之幽光，索骥图龙，感知音于旷代矣。"①

显然，《续古文苑》二十卷，是孙星衍仿南宋王厚之所编《古文苑》而作，选录自周秦以来讫于宋元之逸文，凡正史、《文选》、《唐文粹》、《文苑英华》、《宋文鉴》、《元文类》以及各家专集、《百三名家集》、《诗纪》等已载者不选。引文于目录下均注出处，辑佚有校订，并有按语疏通隐奥，所选诸书，皆据善本。清代校勘名家顾千里亦参与校订，故其体例较《古文苑》更为精审。嘉庆十二年（1807）孙氏原刊本，编入《岱南阁丛书》中。此后，有清嘉庆十七年（1812）孙氏冶城山馆仿宋刊本、清光绪九年（1883）江苏书局刻本、清光绪十一年（1885）朱氏槐卢家塾珍藏冶城山馆藏版精刻大开本。

《续古文苑》首先是一部辑佚学著作，体例精善，校勘精良，对研究古代文学文献，尤其是碑碣无疑大有裨益。同时，倪惠颖认为《续古文苑》接续《古文苑》和《文选》，有着复兴汉魏六朝骈文传统的当代文坛意义。乾嘉时期文坛上骈散消长之势加剧，孙星衍以汉学家兼骈文家的立场，并吸纳当时《文选》学的力量，在《续古文苑》收文体例中蕴含了个人化的骈散视野，尤其是大量入选汉唐碑碣，具有突破唐宋古文之习的用心。作为清代常州派骈文的领军人物之一，孙星衍对桐城派古文传衍之盛有所反思和忧虑，较早提出对以时文为古文的批评。《续古文苑》的撰辑与刊行，对常州派骈文风尚及当时文坛孕育新方向，有着发萌启豁的意义。② 此论中肯。

总之，广续补《文选》之制在历代都有涉及，但是终究不如明人续补《文选》之作来的规模大。今可见清代有36本目录书记载了明人《文选》广续补遗之作，其中地方志有23本之多，尤以对刘节《广文选》、汤绍祖《续文选》记录条数为多，足见清人尤其是清代藏书家对此类著作的重视程度。"有清学术昌明，一洗元、明之陋。自亭林开其先，儒生辈出。"③ 张之洞《书目答问》后录有清一代文选学家，其作多为考证《文选》之专书。至于

① 孙星衍辑：《续古文苑》，岱南阁本。
② 倪惠颖：《孙星衍撰辑〈续古文苑〉的文坛意义》，《南京大学学报》2009年第5期。
③ 骆鸿凯：《文选学》，中华书局1989年版，第86页。

叶树藩《文选补注》、薛寿《续文选古字通》20 卷等，虽然书名有"补"、"续"等字样，但仔细考之，仍为小学之属，与历代续广补《文选》之作注重文本截然不同，列入广续补遗之属则过于勉强。可见清代"选学"虽盛，广续补遗之作却远不及明代。今从版本学角度简述此类著作之基本情况，希冀对选学的发展与深化有所补充。

以学论文:桐城派与《文选》派之争背后的学术背景[*]

郭院林[**]

【摘　要】清末民初桐城派与《文选》派的错位之争其实是晚清以来宋、汉之争的反映。后期汉学重镇扬州学派崛起,其文学上倡导《选学》,而宋学派与桐城派纠合在一起,不甘落魄而公开挑战。扬州学派殿军刘师培不仅继承汉学权威从学术理论上对宋学予以攻击,而且力图从文本体裁上否认桐城文派作文之法,揭穿其官方代言体的面目,从而彻底击溃桐城派。本文试图以文派论争为切入点,理顺桐城派与扬州学派的不同价值指向,揭示其文学样式背后都反映了各自怎样的价值考虑。

【关键词】桐城派;《文选》派;汉宋之争;文学样式;价值观念

一

1934 年,章太炎在苏州设"章氏国学讲习会",其讲义《文学略说》中提及"民国初年桐城派和《文选》派纷争的一重公案"①。其实,章太炎讲义所说即骈文派与古文派之争,原文曰:"阮芸台妄谓古人有文有辞,辞即散

　＊　本文为江苏高校优势学科建设工程资助项目(简称 PAPD)"文化传承与区域社会发展"阶段性成果。

　＊＊　【作者简介】郭院林,男,扬州大学文学院教授。出版过专著《清代仪征刘氏〈左传〉家学研究》(中华书局 2008 年版)、论文《道统对政统的抗衡——〈史记〉项羽形象塑造与司马迁的精英意识》(《北京大学学报》2014 年第 3 期)等。

　①　周勋初:《黄季刚先生〈文心雕龙札记〉的学术渊源》,《〈文心雕龙〉札记·导读》,上海古籍出版社 2000 年版。其后汪春泓在《由近代〈文选〉派与桐城派纷争联想新诗学建设》以及《论刘师培、黄侃与姚永仆之〈文选〉派与桐城派的纷争》都沿用周先生之说。

体，文即骈体，举孔子《文言》以证文必骈体，不悟《系辞》称'辞'，亦
骈体也。刘申叔文本不工，而雅信阮说。余弟子黄季刚初亦以阮说为是，在
北京时，与桐城姚仲实争……"文中指出骈文派理论最初源于阮元，其主张
见于《文言说》。骈文大家汪中作品的巨大影响，加以扬州学人研习《文选》
之传统，在文学特质论上认同俪词韵语，从而形成以"骈文为文体正宗"的
"《文选》派"。扬州学派殿军刘师培承继阮元的文学观念，作《广阮氏〈文
言说〉》等文推扬"《文选》派"，与桐城古文相抗衡。章太炎弟子黄侃在文
学主张上，亦归附刘师培一方。姚永朴、姚永概兄弟是桐城派晚期代表，
1914 年随着严复离校而蔡元培新主北大，因学旨不合，故而"二姚"离开北
大，到徐树铮所主正志学校任教。

　　然而《文选》派与桐城派双方并没有直接交锋，时间与主角都有错位。姚
氏任京师大学堂文科教员时在 1910 年至 1914 年，而黄侃北大任教则于 1914 年
至 1918 年，刘师培接受北大聘任则在 1916 年至 1919 年。① 刘师培进入北大任
教后，从此谢绝交游，专心讲学。对于外界纷争极为谨慎，常采取不介入的
态度。② 黄侃在北大虽然表现较为激烈，但对桐城派并没有进行攻击。姚氏
在刘、黄到来后已经离开，在媒体上也不曾产生争端。三家均治"龙学"，
刘师培有《〈文心雕龙〉讲录二种》③，黄侃有《〈文心雕龙〉札记》④，姚永
朴有《文学研究法》，因此两派只是北大中文系有影响的先后派别而已。

　　然而章太炎所说两派之争却又确曾发生，不过时间应该推进到 1905 年。
这一年学界在邓实、刘师培主持的《国粹学报》上展开了的骈、散争论，虽
然有章太炎等的不同意见，但总的来说，桐城古文则处于无声状态，而骈文
得到了充分的支持。⑤ 刘师培于此期间陆续发表的《论文杂记》⑥，由于不满

────────────

　　① 汪春泓：《论刘师培、黄侃与姚永仆之〈文选〉派与桐城派的纷争》，《文学遗产》2002 年第
4 期。

　　② 据《北京大学日刊》(1919 年 3 月 24 日)，刘氏对于《公言报》指其"结合"事极力辩解，
可见其不愿介入是非之中。

　　③ 《文心雕龙·颂赞篇》、《文心雕龙·诔碑篇口义》，罗常培整理听课笔记，发表于余冠英编
辑的《国文月刊》，收入陈引驰编校《刘师培中古文学论集》，中国社会科学出版社 1997 年版。

　　④ 据周勋初先生论证分析，认为黄侃的文学理论与其师章太炎不同，而受刘师培《文选》派学
说影响，因此，此文着重分析刘氏与桐城派的文学理论分歧。

　　⑤ 莫道才：《20 世纪前期骈文学学术发展述论》，《东方丛刊》2000 年第 3 辑。

　　⑥ 1905 年登载于《国粹学报》第 1 卷第 1—10 期，1928 年朴社印为单行本，1962 年人民文学
出版社有简易点校本；收入《刘申叔遗书》，江苏古籍出版社 1997 年版。

于桐城古文理论，因而系统阐发自己的文学主张。刘师培承继了清代后期仪征文派阮元的观点，力倡韵偶之文，强调以"藻饰"、"对偶"、"声律"为"文"之标准。《广阮氏文言说》、《文章源始》中，他从辨析文章之嬗变与文笔之异入手，对骈文的形成与发展作了深入分析。"是则文也者，乃经史诸子之外，别为一体者也。……骈文一体，实为文体正宗。"文近于经，语近于史。在《文说》中，刘师培也作了全面的阐述。在《精采篇第四》中，他先从《易》中的"物相杂，故曰文"引出"一奇一偶谓之文"，指出"文也者，乃英华发外，秩然有章之谓也"，"惟偶语韵词，体与文合"，同时，对骈文的形成过程作了进一步的阐述。《文说·耀采》是一篇全面论述骈文的迁演并为骈文辩护的论文。

刘师培的挚友南桂馨对其骈文理念与学术关系曾作过阐述：

> 清三百年骈文，莫高于汪容甫，六朝文笔之辨，则以阮文达最坚。昔周书昌、程鱼门论定文章，称桐城为天下正宗。申叔承汪、阮风流，刻意骈俪。尝语人曰："天下文章，在吾扬州耳。后世当自有公论，非吾私其乡人也。"桂馨窃闻之，八家文统，沿及南宋、元、明，日趋滑熟。前后七子欲变之，未为非也。然不知以骈变散，而乃以周秦变韩欧，夫欲为周秦之文，必先有周秦之学。顾其时经术疏芜已久，声音训诂门径茫然。吞剥矫揉，适成伪体。钱牧斋、黄太冲大笑悼之。乃复理八家绪言，顾亭林、朱锡鬯诸公，至不耻以元文相勉，诚恶万历以来之妄也。同时云间、西泠倡导骈文，犹多俗格。文士所奉为圭臬，仍在散，不在骈。骈文至常州，经儒风骨始邃。汪氏作而骈散之迹泯，阮氏起而文笔之界明，迨申叔崛兴，则又视前此诸家有进焉。①

南氏分析了历代文章与学术的关系，指出刘氏骈文理论来源于汪中、阮元等乡贤，认为刘师培的文章与学术密切相关。刘氏与桐城文章争胜，实是以学论文。中国传统重学轻文，桐城派不仅是文派，而首先是桐城学派，扬州的《文选》派与桐城派都不是单纯的文学争论，而是有其学术指向，由此而产生深刻分歧。因此，对于20世纪初的这场文派之争，我们有必要洞彻其

---

① 南桂馨：《刘申叔先生遗书序》，《刘申叔先生遗书》卷首，江苏古籍出版社1997年版。

背后的学术背景，进而探究文学与学术、思想的关系。

二

《文选》派与"桐城"派之争可以看作汉学后期代表扬州学派对汉宋之争的回应。乾嘉学术的兴起昭示着汉学已经占据学术优势。而汉学最初兴起便是对宋学"空疏"、"臆说"之弊的反思与调整。诚如梁启超所言，在这个时期，此学派已经"群众化"，所以他说："夫无考证学则是无清学也，故言清学必以此时期为中坚。"① 但是，由于汉学本身原因，更由于宋学高居庙堂，所以宋学者自始至终对汉学有着警惕与对角。宋学倡导者对儒学理想的解释和汉学家的解释有差异，这种差异与围绕着何种叙述形式能更好把握儒家式公共生活的核心内容而展开的争论遥相呼应。②

乾嘉时期学术界的汉宋之争，集中体现在江藩的《汉学师承记》、《宋学渊源记》和方东树的《汉学商兑》上。此前桐城三祖之一的方苞与汉学大家江永论礼不合。章太炎就认为此是汉宋交锋之始。而姚鼐的遭遇与态度则将此明朗化。③ 乾隆三十八年，《四库全书》馆开，姚鼐入馆任纂修官，次年辞职归乡讲学。其后严词抨击汉学，甚至诅咒戴震等人"生平不能为程朱之行，而其意乃欲与程朱争名，安得不为天之所恶，故毛大可、李刚主、程绵庄、戴东原，率皆身灭嗣绝，此殆未可以为偶然也"④。嘉道之际，江藩在汉学"护法神"阮元的支持下，张扬汉学而贬抑宋学，尤其是将桐城派拒之宋学之外。姚门弟子方东树怒不可遏，撰写第一部系统批判汉学的著作，即《汉学商兑》，从而使长期以来的汉、宋之争公开化。

方书在为宋学辩护的同时，也集矢于当时的汉学流弊。书中方东树对汉学的攻击主要集中在四个方面，即汉学家的治学方法，汉学诸人提出的种种"理"论，汉学烦冗支离、泥古株守之弊以及所谓汉学的超接道统。虽然该书多有非学术的意气之争，但也从某些侧面揭示了汉学的局限。他提出"主

---

① 梁启超：《清代学术概论》，上海古籍出版社 1998 年版，第 30 页。

② ［美］艾尔曼：《经学、政治和宗教——中华帝国晚期常州今文学派研究》，赵刚译，江苏人民出版社 1998 年版，第 203 页。

③ 漆永祥：《乾嘉考据学家与桐城派关系考论》，《文学遗产》2014 年第 1 期。

④ 姚鼐：《再复简斋书》，《惜抱轩文集》，《续修四库全书》第 1453 册，上海古籍出版社 2002 年版，第 52 页。

义理者，断无有舍经废训诂之事，主训诂者，实不能皆当于义理。何以明之？盖义理有时实在在语言文字之外者"。所以他强调："夫训诂未明，当求之小学，是也；若大义未明，则实非小学所能尽。"① 然方氏此书，旨在申宋学、黜汉学，否定乾嘉学派的考据学，维护程朱理学的地位，故其所辩，每多牵强，以己之好决之，而强为辞说，故多不足取。但通过此书，可以概见清代考据学的一些不足以及汉、宋之学争论的主要问题。

此书一出，得到清代宋学家的响应，纷纷题词赞誉。汉、宋学之争由此日起，形成不同门派。然而过分强烈的卫道心态，使方东树不能客观地对待汉学与宋学，议论往往走向极端。方氏固然揭露了汉学的痼疾，但采取了近乎全盘否定的方式，甚至抬出皇帝压人，这就超出了正常的学术争论的范围。

汉宋之争的要害从根本上说在于思想的争锋。在方东树一书出来之后，汉学家介于政治原因，没有回应。及至清末民初，作为扬州殿军的刘师培提起文派之争，意欲夺"天下文章在桐城"而变为"天下文章在扬州"。刘氏此说，虽与门户意气之争不脱干系，但究其理论根本，还在学术、思想上。因为桐城派与政治的因缘，使其实际上成为清朝舆论的代言人，故而在清末民初遭到一批革命学者的抨击。那么桐城派究竟如何与清朝统治结为一体的呢？

三

作为桐城派的"中兴元功"，曾国藩对桐城派渊源曾作过概述：

> 乾隆之末，桐城姚姬传先生鼐，善为古文辞。慕效其乡先辈方望溪侍郎之所为，而受法于刘君大櫆及其世父编修君范。三子既通儒硕望，姚先生治其术益精。历城周永年书昌为之语曰："天下之文章，其在桐城乎！"由是学者多归向桐城，号"桐城派"。犹前世所称"江西诗派"者也。②

当时戴名世肇其始，方苞、姚鼐、刘大櫆相继而起，桐城派异军突起，

---

① 方东树：《汉学商兑》卷中之下，《汉学师承记（外两种）》，生活·读书·新知三联书店 1998 年版。

② 曾国藩：《欧阳生文集序》，《曾国藩全集·诗文》，岳麓书社 1986 年版，第 245 页。

不仅尊宋学,还以孔孟道统自居。姚氏弟子尊方苞、刘大櫆、姚鼐为桐城三祖。桐城派始祖方苞为清代文坛标举了一面鲜艳的旗帜:"学行继程、朱之后,文章介韩、欧之间。"刘大櫆论文强调"义理、书卷、经济",而姚鼐发展为"义理、考据、词章",及至曾国藩阐发为"义理、考据、辞章、经济"①,经过几代人努力,桐城派成为清代散文的一座高峰,相较而言,扬州骈文的汪中虽然也能独树一帜,但不过是徂徕、新甫一类。②

　　然而,桐城派自兴起之日,便与政治纠结缠绕。③ 方苞生于研经探史极盛氛围之间,"自然有所感动奋发,以探索经学史学为务。《春秋》之义例、《左传》之书法、《周官》之仪法,对于方苞'义法'说之形成,当有直接触发之功"④。他最初受戴名世、万斯同影响,热衷研究经史,探究明亡原因。44 岁时因戴名世"《南山集》案"牵连,几乎被处死。但是他的命运由此发生了转折,在此后的二十多年中,他受到康熙、雍正、乾隆三帝的恩宠,成为皇帝的文学侍从。方苞著述之旨转为隐微,而以往探求史志,"述往事,思来者"学术精神不复存在。相反,他乖巧地选择当局支持的朱子思想(宋学)作为自己的理论出发点与归结点。"经过与政权相抵牾的磨难,方苞更坚持文章'义法',以程朱道统为依归,伸张以文德助政教。康熙帝在《四书明义》序中说:'万世道统之传,即万世治统所系。'方苞则以文统系道统与治统,完全符合康熙帝的文化政策。"⑤ 所以张高评先生认为"方苞之义法,根底自经术,发用于史学,而表现在文法义法上;不明言书法史法,但

---

　　① 曾国藩《劝学篇示直隶士子》:"人才随上风为转移,信乎? 曰:是不尽然,然大较莫能外也。……致力如何? 为学之术有四:曰义理,曰考据,曰辞章,曰经济。义理者,在孔门为德行之科,今世目为宋学者也。考据者,在孔门为文学之科,今世目为汉学者也。辞章者,在孔门为言语之科,从古艺文及今世制义诗赋皆是也。经济者,在孔门为政事之科,前代典礼、政书,及当世掌故皆是也。"参见《曾国藩全集·诗文》,岳麓书社 1986 年版,第 442 页。

　　② 朱之榛在《定庵文集补编题后》称:"盖桐城之文,如泰山主峰。端然不可亵视;而诸公之文,则如徂徕、新甫,与岱宗揖让俯仰于百里之间,不自屈抑,夫亦一代文字之雄也。"见《龚自珍全集》卷末,《四部丛刊》本。

　　③ 刘相雨《论桐城派与清代政治、文化的关系》一文认为在思想内容、文学体裁和文学风格等方面,桐城派的文章和清王朝提倡的有区别(《河南师范大学学报》2002 年第 1 期)。但作者也承认在大致内容上,桐城派与官方主流思想一致,只不过各自阐述的着重点与出发点有区别。

　　④ 张高评:《春秋书法与左传学史》,(台北)五南图书出版公司 2002 年版,第 270 页。

　　⑤ 孙康宜、宇文所安主编:《剑桥中国文学史》下卷,生活·读书·新知三联书店 2013 年版,第 259 页。

说义法者，避时忌也"①。也就是说，方苞在政治压力下选择了妥协，乖巧地将精力倾注于为时局点缀的文章之学。

清初的几个皇帝，如康熙、雍正、乾隆，都比较重视文化建设，从思想内容到文章形式都有限制。康熙崇尚程朱理学，组织编纂了《朱子全书》、《周易折中》、《性理精义》等书，并亲自为序，阐明他的见解。雍正帝在科举考试中增加了《孝经》，乾隆帝则基本继承了其祖、父的统治思想。康熙帝提倡简洁明了的实用主义文风，反对明末以来的浮华文风。雍正帝则告诫主考官，选拔的文章一定要"雅正清真，理法兼备"。乾隆帝也以"清真雅正"作为选拔士子的标准，并命方苞选录四书文，"逐一批抉其精微奥窔之处，俾学者了然心目间，用以拳服模拟"。在思想内容方面，康熙帝认为"文章以发挥义理，关系世道为贵"；而文体方面，清朝统治者提倡的主要是能够"施诸日用"的应用文。康熙帝虽然自称"素嗜文学"，也写过不少诗文，但是他认为"骚人词客，不过技艺之末，非朕之所贵也"，认为"寻章摘句，华丽辞藻，非帝王之本务"。从文章的风格来说：清朝统治者一再要求文章"清真雅正"，而方苞在阐发这一标准时却变成了"清真古雅"。清朝统治者这些文化政策对桐城派简洁、平易的文风有着直接而重要影响。②

桐城派突出其文道合一，对于朝廷提倡的程朱理学，桐城文家普遍奉为圭臬，且不容他人置疑，动辄将对手判为"邪说"，必诛之而后快。他们极力维护程朱理学的神圣和尊严，反对"立程朱为鹄的，同心于破之"，反对"外程朱而自立一宗"。由于桐城派与政治过分亲密，这些行径自然会遭到一些有识之士的抨击。清人对于桐城文章的批判，主要出于扬州汉学家及骈文家。

四

扬州学派接武吴、皖，为清代乾嘉学术重要流派，其学术成果遍及《周易》、《尚书》、《诗经》、"三礼"、《春秋》三传、"四书"、《尔雅》诸方面。扬州学派得以形成并不断发展，尤其与区域性的诸多因素直接相关。③ 乾嘉

---

① 张高评：《春秋书法与左传学史》，（台北）五南图书出版公司2002年版，第269页。
② 康熙、雍正、乾隆有关叙述，参见《大清世宗宪皇帝实录》、《大清高宗纯皇帝实录》、《大清圣祖仁皇帝实录》，华文书局1970年版。
③ 刘建臻：《清代扬州学派经学研究》第一章，江苏人民出版社2004年版。

之际的宝应朱彬和刘台拱,高邮王念孙父子,仪征阮元和刘文淇,江都焦循、黄承吉和汪中等大家集中出现,"选学"和"许学"为核心的传统学术荣誉,都使得扬州学人产生振兴扬州学术的自觉。

论及扬州学派渊源时,蒯光典认为来自安徽包世臣。李详则列举事实,说明扬州学派自成体系,并著《论桐城派》、《答江都王翰棻论文书》,分析"桐城派"形成的原因,以为"乃乾隆中,程鱼门与姬传相习,谓天下文章,其在桐城乎,此乃一时兴到之言,姬传先生犹不敢承……"但却被后生小子茫无所主之际"依以自固,句模字劙",桐城派文章末流之弊害,他们只重起承转合,却又空疏不学,摇曳作态,其实与姬传"义理考据词章,三者不可缺一"的主张大相径庭。[①]他认为"古文无义法,多读古书,则文自寓法。古文无派,于古有承者,皆谓之派"[②]。刘师培在《南北考证学不同论》一文中说:"戴氏弟子,舍金坛段氏外,以扬州为最盛",再则说"扬州经学之盛,自苏常外东南郡邑,莫之与京焉"。有时徽扬并称,"徽扬之儒,功在知新,精于考核,以穷理为归"[③],而且刘的家学渊源推算起来也是戴学的流衍,他的曾祖父刘孟瞻(文淇)先生"是江氏之三传"。这些都能激发刘氏的学术责任和自豪感,常常以振兴戴学自任,"故先生之学,惟扬州之儒得其传,则发挥光大,固吾乡学者之责也"[④]。

《文选》学的开创者曹宪、李善都是扬州人,到晚近李详的《选学浦言》、高步瀛《文选李注义疏》等名著,继承了清代朴学的优良传统。阮元奖励后学,并且他明确指出,文选楼是为纪念曹宪、李善而建的。[⑤]由此可见,扬州学人在学术方面已经有了辉煌的地位,而且试图在文学方面争取自己的一席之地。

在治学的方法上,扬州学人大体上沿袭以戴震为代表的汉学家对原儒宗旨的追求,甚至将作为工具理性存在的训诂、考据之学置于价值理性之前,他们抛弃"凭空胸臆"的宋明儒学途轨,将文章之学建立在坚实的训诂考据

---

① 闵尔昌:《碑传集补》卷53,《清代碑传全集》,上海古籍出版社1987年版,第1576页。

② 参见王利器《序》称李审言与桐城派马其昶、姚永概交往,但是"重其人而轻其文",因而撰有《论桐城派》。参见李审言《李审言文集》,江苏古籍出版社1978年版。

③ 刘师培:《刘申叔先生遗书》,江苏古籍出版社1997年版,第557页。

④ 同上书,第1823页。

⑤ [美]梅尔清:《清初扬州文化》,朱修春译,复旦大学出版社2004年版。

基础上："故训明则古经明"，"古经明则贤人圣人之理义明"。这才是"进乎技而至于道"的正确路向，这体现了"以复古为通变之要"的文章典范的调整。戴震的儒学三分说，就是在这种学术趋向下说的。① 这与桐城派主张凿枘不入，势必产生对立。在文学样式上，骈文大家李兆洛认为：骈文是阐发经典学说的真正的叙事形式。骈文近古，最有可能是载道之文的形式。② 因而骈文与古文孰为正宗，便成纠纷。

骈文家注意发现文学的独特的审美性。仪征阮元倡"文笔之论"，斥韩欧之文不得为文，只能称为"笔"，而六朝有韵排偶之作，才合于文的古训。汪中文风丽雅，为当时讲求"义法"的古文家所不容，其实其文章根底经史，陶镕汉魏，自铸伟词，当他的《哀盐船文》一问世，就被誉为"惊心动魄，一字千金"。阮元批评桐城古文的义法窃自八股文。据记载，方苞常用古文方法作八股文，又用八股文法作古文。姚鼐的古文和八股文也很相似。③章太炎较早地从地理环境角度讨论清学，认为汉学与桐城派势不两立存在地理环境的必然性。④ 龚自珍、谭嗣同用以载"非圣无法之道的"，都是所谓"沉博绝丽之文"，都打着六朝的旗帜。刘师培《论文杂记》要载异端于道，以抗孔孟之道，加上文笔之辨，根本排斥八家于文的领域之外，这是企图从文学上破桐城派的专制。这种文学观甚至成为他的民族自信心，他曾说："俪文律诗为诸夏所独有；今与外域文学竞长，惟资斯体。"⑤

刘师培集骈文家与汉学家于一身，他集中对桐城学术与文章都提出了批判。早在 1904 年，刘师培作《甲辰自述诗》，其中就提出自己的选择："桐城文章有宗派，杰作无过姚、刘、方。我今论文主容甫，采藻秀出追齐梁。"作者自注："予作文以《述学》为法。"⑥ "桐城方氏，精熟三礼，著述斐然，与伪儒之学稍异。"方氏学术虽然与清代理学有所不同，但是与汉学相比，

---

① 1855 年戴震在《与方希原书》一文说："古今学问之作，其大致有三：或事于理义，或事于制数，或事于文章。事于文章者，等而末者也。"戴震著，赵玉新点校《戴震文集》卷九《与方希原书》，中华书局 1980 年版，第 144 页。

② 蒋彤编：《李申耆（兆洛）年谱》，（台北）文海出版社 1969 年版。

③ 艾尔曼：《经学、政治和宗教——中华帝国晚期常州今文学派研究》，赵刚译，江苏人民出版社 1998 年版，第 206 页。

④ 章太炎：《訄书·清儒第十二》（重订本），生活·读书·新知三联书店 1998 年版，第 159 页。

⑤ 刘师培：《中国中古文学史讲义》，凤凰出版社 2011 年版，第 1 页。

⑥ 此诗载于《警钟日报》（1904 年 9 月 7 日），李妙根编《刘师培论学论政》附录收入，复旦大学出版社 1990 年版。

"然皆无足重也"①。刘氏认为方苞"善为归氏古文，明于呼应顿挫之法，又杂治宋学，以为名高，然行伪而坚，色厉内荏。姚鼐传之，兼饰经训以自辅。下逮二方，犹奉为圭臬。东树硁硁，尚类弋名；宗诚卑卑，行不副言"②；批评方氏"模仿欧、曾，明于呼应顿挫之法，以空议相演，又叙事贵简，或本末不具，舍事实而就空文"③。而"桐城之学，自成风气，疏于考古，工于呼应顿挫之文，笃信程朱有如帝天，至于今不衰"④。刘氏对桐城派的彻底批评，虽不无武断与门户之见，表现出明显的"扬汉抑宋"倾向，但是在一定程度上指出了桐城派的不光彩之处以及此派与政治的瓜葛，在清末民初"排满"的民族革命兴起之时，却有很大影响而得到众多支持。

五

作为媒介的文学直接会影响到意识形态，文派之争背后往往隐藏着学术指向与意识形态价值。古文复兴始于中唐，当时，韩愈呼吁恢复古文，抵制佛教的影响。11 世纪后，古文成为阐述文学价值的媒介。人们认为，效法古代文章，就是掌握流传到后世的古代智慧及其意义的标志。因此，古文既是文学运动，又是意识形态运动。儒士只要掌握了撰写古文的深奥艺术，就能发掘出有益于现代的古典智慧。

方苞所效仿的明代归有光在讨论《尚书》今、古文之争时，认为文学兴趣与经学研究关系日益密切："因念圣人之书，存者年代久远，多为诸儒所乱，其可赖以别其真伪，惟其文辞格制之不同。后之人虽悉力模拟，终无以得其万一之似。学者由其辞可以达至圣人，而不惑于异说。今伏生书与孔壁所传，其辞之不同固不待于别白而可知。"⑤ 传统学人都认识到：儒家的价值观念与古代经典代表的特定叙事风格关系密切。

但古文家似乎很少具有经学家那样的优越感，自韩愈以来的古文家所讲求的"学古道则欲兼通其辞；通其辞者，本志乎古道者"（韩愈《题欧阳生哀辞后》），都把道摆在首要位置而置文辞以兼通的地步。这是因为古文家理

---

① 刘师培：《近儒学案序目》，《刘申叔遗书》，江苏古籍出版社 1997 年版，第 1754 页。
② 刘师培：《清儒得失论》，《刘申叔遗书》，江苏古籍出版社 1997 年版，第 1536 页。
③ 刘师培：《论近世文学之变迁》，《刘申叔遗书》，江苏古籍出版社 1997 年版，第 1648 页。
④ 刘师培：《近儒学术统系论》，《刘申叔遗书》，江苏古籍出版社 1997 年版，第 1534 页。
⑤ 归有光：《尚书叙录》，《震川先生集》卷一，上海古籍出版社 2000 年版。

论中所谓道，主要指儒家之道。古文家所标榜的道，不过是充实于中，曲尽其情，发为文章，增其辉光而已。古文家很少有离儒者之学言道，离儒家之道而立言的。故而"道愈重而文愈贱，道愈放之四海而皆准，文愈可有可无"。这使古文家在论述文道关系时，往往先带有几分内怯与紧张。他们不愿明昭大号以文士自居，而又需时时挟道自重，不顾勤一世精力以尽心于文字间，期望于道万一有所得。这种矛盾的心态，又使他们在论述文道关系时，显得曲折往复，遮遮掩掩。

明末学林于天理心性之争没有肯定答案，形而上学层面的争论已经山穷水尽，所以只好回向原始经典，取证于经书。① 汉学最初就是出于"经世致用"的考虑，意图补救学术界空疏之风，思考明亡原因。在清朝统治者笼络与镇压两手文化政策的作用下，在安定富庶的社会环境中，逐渐转向朴实的考经证史的途径。到 20 世纪初，民族革命兴起，汉学家大多也转向革命。② 当时汉学阵营如章太炎、刘师培都是革命闯将。因此，扬州学者到刘师培才集中对桐城派予以攻击，也颇有破除统治舆论的考虑。

清末民初之际，在"民族救亡"的时代命题下，桐城派沿袭儒家道统，并没有针对现实提出任何新的话题。后期桐城派中吴汝伦提出义理考据有碍古文的纯文学观念，贺涛、范当世、马其昶、姚氏兄弟希望少涉纷杂，以具有渊穆气象的纯儒自处，他们的作品，很少再去讨论经世要务。《文选》派注重性情文采，也不为时代所容，随着刘师培 1919 年亡故，骈文派也就星散烟渺。《文选》派与"桐城"派的论证没有引起多大的反响，就像池塘里泛起的沉渣，很快就沉淀下去。随之一场更大的更有现实关怀的文学运动——新文化运动将它们同时树为批判的靶子，提出铲除"选学妖孽、桐城谬种"③，并且迅速将它们摒弃。

---

① 余英时先生从学术内在理路分析朴学兴起原因，但并不排斥外缘因素。参见余英时《论戴震与章学诚·总序》，生活·读书·新知三联书店 2005 年版。

② 吴雁南：《清代经学史通论》，云南大学出版社 2001 年版。史革新：《略论晚清汉学的兴衰与变化》，《史学月刊》2003 年第 3 期。

③ 钱玄同：《致陈独秀》，《新青年》1917 年第 2 卷第 5 号。

《文选平点》魏晋南北朝文论札记*

张金梅**

黄侃《文选平点》是近代"文选"学研究的重要成果之一。然而综观学界研究现状,发现大家对其关注远远不够。较有代表性的成果,仅有六篇,可分为两大类。其一,微观分析,可以安徽大学中文系余国庆教授和南京大学硕士研究生童岭为代表。前者围绕黄侃关于《鹏鸟赋》、《神女赋》、《洛神赋》、《陈情事表》、《归去来》等篇的精彩评点发表自己的看法,充分肯定大师对传统文化阐释的精深见解;① 后者则以陆机《文赋》"因论作文之厉害所由,他日殆可谓曲尽其妙"一句的注释为例,搜辑前贤论述资料及宇文所安、陈世骧等汉学家的翻译研究,在比勘考证的基础上,为季刚先生精约的笺识作一篇翼证,同时驳斥郭绍虞在《中国历代文论选》中的偏颇。② 其二,宏观研讨,可以南京大学中文系曹虹教授、福建师范大学中文系穆克宏教授、郑州大学文学院王书才博士、复旦大学博士生李婧为代表。其中,曹教授着重从字、词、句、篇、文体等方面举例分析《文选平点》的精义奥旨;③ 穆教授就《文选平点》论述黄侃对《文选》校勘、批注所取得的成就;④ 王博

---

　* 基金项目:湖北省教育厅教学研究项目"元典教学与人才培养"(2012326)、湖北省教育科学"十二五"规划一般项目"中国文论名篇精析"(2014B169)阶段性成果。

　** 【作者简介】张金梅(1974—),女,湖北黄梅人,文学博士,硕士生导师,湖北民族学院文学与传媒学院教授,主要研究方向为中国文化与文论。

　① 余国庆:《阐幽释微 画龙点睛——读〈文选平点〉札记》,《古籍整理研究学刊》2003 年第 3 期。

　② 童岭:《〈文选平点〉翼证一则》,《南京师范大学文学院学报》2004 年第 4 期。

　③ 曹虹:《读〈文选平点〉》,《南京大学学报》1989 年第 4 期。

　④ 穆克宏:《黄侃与〈文选〉学研究》,http://ltxc.fjnu.edu.cn/s/100/t/246/30/1b/info12315.htm。

士从"《文选》正文与注文撰者辨伪","评点揭示篇旨隐意,嗜言文章讽谏","借助评点以议论抒情,畅言文学、哲学"三方面论述黄侃文选学贡献;① 李婧的博士学位论文《黄侃文学研究》之第五章——黄侃与"选学"则从"黄侃评点《文选》的概况"、"黄侃对《文选》的校勘"、"黄侃对《文选》的解评"、"黄侃的'选学'地位与影响"四个方面展开研究。② 无论微观之分析,还是宏观之研讨,都在各自的视域里展示出黄侃作为"新选学"先驱③的重要贡献。

本文拟以《文选平点》中关涉魏晋南北朝文学理论的篇章——《文选序》、《文赋》、《与吴质书》、《与杨德祖书》、《宋书·谢灵运传论》、《典论·论文》等为观照对象,分别从校勘、章句、注释、批语四个层面,对黄侃《文选平点》进行管窥,力图一定程度上揭示黄氏文选"平点"学的文论价值。

黄侃《文选平点》现存四种版本:其一,其长女黄念容整理的《文选黄氏学》,台北文史哲出版社 1977 年出版;其二,其长女婿潘重规辑录的《评点昭明文选》,台北石门图书公司 1980 年影印出版;④ 其三,其侄黄焯整理的《文选平点》,上海古籍出版社 1985 年出版;其四,其子黄延祖整理的《文选平点》(重辑本),中华书局 2006 年出版。⑤ 四种版本相较,黄念容《文选黄氏学》一般学者不常见;潘重规《评点昭明文选》是过录本,而不是黄侃原手批本;黄焯《文选平点》是手写楷体,"平点"内容与《文选》文本难以区分,阅读不甚方便;黄延祖《文选平点》(重辑本)排版精致,方便阅读,因此本文暂以黄延祖重辑本为依据。⑥ 文中所涉引文,凡出此书者,

---

① 王书才:《黄季刚先生文选学成就述论——以〈文选平点〉为中心》,《名作欣赏》2010 年第 20 期。

② 李婧:《黄侃文学研究》,博士学位论文,复旦大学,2011 年,第 208—284 页。

③ 陈延嘉:《黄侃——新文选学的伟大先驱者》,中国海峡两岸黄侃学术研讨会筹备委员会编《中国海峡两岸黄侃学术研讨会论文集》,华中师范大学出版社 1993 年版。

④ 潘重规辑录的《黄季刚先生遗书》,凡 14 册。其中第 11—14 册是《评点昭明文选》(一·四)。

⑤ 《文选平点》(重辑本)系黄延祖整理的《黄侃文集》之一种,分上、下两册。

⑥ 与黄念容《文选黄氏学》、潘重规《评点昭明文选》、黄焯《文选平点》等几种版本相较,黄延祖《文选平点》(重辑本)虽排版精致,方便阅读,但是也存在一些问题。如穆克宏《黄侃与〈文选〉学研究》一文便指出四个问题:其一,第 4 页《文选平点叙》的作者应为黄侃,而不是黄焯;黄焯《文选平点》上海古籍出版社 1985 年出版,而不是 1982 年,且无出版"前言"。其二,第 7 页《文选平点重辑叙》中某些记述有误,如骆鸿凯《文选学》,中华书局 1937 年出版,而不是 1936 年等。其三,第 11 页《文选平点例言》未署名,有误"黄焯"为"黄延祖"之嫌疑。其四,黄焯《文选平点》目录后附《校文选正文应用书目表》,重辑本不应删去。其实,除穆克宏先生(转下页)

不再一一标注，仅标示页码。

一　校勘

作为训诂学大家，黄侃先生在"平点"《文选》时所做的首要工作，即是为《文选》校勘。诚如其女黄念容《〈文选黄氏学〉叙》所言：

> 盖先君娴习文辞，深于章句训诂之学，用能擘肌分理，达辞言之情。片言只字，皆根极理要，而探赜索隐，究明文例，曲得作者之匠心。既无文人蹈虚之弊，复免经生拘泥之累。（第2页）

综观《文选》魏晋南北朝文论诸篇，黄侃先生的"平点"确有"片言只字，根极理要"和"探赜索隐，曲得匠心"之特色。这里我们暂从校勘说起。

"片言只字，根极理要"作为黄侃先生"平点"《文选》的重要特点之一，在校勘《文选序》、《文赋》、《与杨德祖书》、《典论·论文》、《宋书·谢灵运传论》等篇中都有表现。现按行文顺序略举几例如下：

（1）《文选序》"纪别异同"。"平点"："'异同'改'同异'。"（第1页）

按，"异同"和"同异"两词近义，都是指不同和相同之处，但黄侃先生更改之后，更合情理。因为"纪别同异"之前有"褒贬是非"之语，是"褒是贬非"之意；同理，"纪别同异"也即"纪同别异"之意。

（2）《文赋》："佗日殆可谓曲尽其妙。""平点"："◎① '谓'是羡文，

（接上页）所列四个问题外，起始于第659页的《文选平点（重辑本）细目》也存在两个问题。当前，关于《文选》的文体分类，在学界主要有三种代表性意见，即37体、38体（即37体加"移"）、39体（38体加"难"）。从《文选平点（重辑本）细目》中可以看出，重辑本主张38种，即：赋、诗、骚、七、诏、册、令、教、文、表、上书、启、弹事、片戈、奏记、书、移、檄、对问、设论、辞、序、颂、赞、符命、史论、（此处应有"史述赞"）、论、连珠、箴、铭、诔、哀、碑文、墓志、行状、吊文、祭文。但是在编次时，却出现了小小的失误，即在第675页，误将"班孟坚史述赞三首"和"范蔚宗后汉书光武纪赞一首"列入"史论下"目次，而未单独列目"史述赞"。这样会让人误会重辑本主张《文选》文体分类是37种。此其一。其二，第668页，"第二十八卷　乐府诗集府下"应改为"乐府下"，以与第667页"乐府上"相对应。

① "◎（重圈）"是《文选平点》（重辑本）中黄侃先生使用的重要评点符号之一，据《文选平点例言》介绍，其所代表的意义为："其有精义坚深，句调足资后人模拟者，每字加两圈，或在句末施重圈。"第12页。

此言今以能为难，他日庶几能之耳。"（第 158 页）

按，关于"谓"作为衍文的校勘，童岭在《〈文选平点〉翼证一则》中已作过翔实而有力的解析，清晰地再现了陆机为文的谦虚谨慎。

（3）《文赋》："漱六艺之芳润。""平点"："六艺，六经也。注引《周礼》礼、乐、射、御、书、数解之，未是。"（第 159 页）

按，"六艺"在古代原指《周礼》中所谓礼、乐、射、御、书、数等六种技艺，但此处结合下文之"芳润"，应解释为六经，意谓六经文辞之美。

（4）《文赋》："言穷者无隘，论达者唯旷。""平点"："◎'无'当作'唯'。"（第 160 页）

按，黄侃先生的更改得到了后人的肯定与接受。如郭绍虞、王文生主编的《中国历代文论选》就明确将其注释为："无，语词，同'唯'。无隘即隘。"①

（5）《文赋》："谬玄黄之袟叙，故淟涊而不鲜。""平点"："◎'袟'当本作'秩'。"（第 160 页）

按，"袟"在古代有两种含义，一为装剑的套子；一同于"帙"，指书、画的封套或整理书籍。此处，"袟"当为"秩"，"袟叙"犹言"秩序"。

（6）《文赋》："虽濬发于巧心，或受蚥于拙目。""平点"："◎'蚥'，依注及别本校语，当作'蚩'。"（第 161 页）

按，据《康熙字典》，"蚥"与"嗤"同，切笑也。而"蚩"古同"嗤"。

以上几例皆是黄侃先生对选文文本的校勘。其实，黄侃先生还校勘了选文文本之注。如：

（7）《文赋》："必所拟之不殊，乃闇合乎曩篇。""平点"："◎注'昔之曩篇'当易为'曩昔之篇'。"（第 161 页）

按，"曩昔"，意谓"从前"。此乃黄侃先生校勘李善注之误。

（8）《文赋》："是盖轮扁所不得言，故亦非华说之所能精。""平点"："'李预曰，齐桓公也。扁言音篇'至'李预曰酒滓曰糟'，两'预'字当作'颐'。'言'字羡文。"（第 161 页）

按，李颐，《庄子音义》的作者。扁音篇，"言"为衍文。此亦黄侃先生校勘李善注之误。

---

① 郭绍虞、王文生主编：《中国历代文论选》第一册，上海古籍出版社 2001 年版，第 179 页。

（9）《与杨德祖书》："文之佳恶，吾自得之。后世谁相知定吾文者邪。""平点"："◎'恶'，《魏志》注作'丽'，然此不误，意言子定吾文，吾可以自得其佳恶，后世既与吾不相知，亦焉贵定吾文邪。其旨如此，非欲假力子建，以欺后世也。"（第491页）

按，"佳恶"不当为"佳丽"，此乃修正《魏志》注之非。

（10）《宋书·谢灵运传论》："禀气怀灵，理或无异。""平点"："或无是也，《宋书》作'无或'。"（第568页）

按，"或无"不当为"无或"，此乃修正《宋书》之非。

（11）《宋书·谢灵运传论》："遗风余烈，事极江右。""平点"："右字极是，言潘陆之风止于西晋，故下云东晋无闻丽辞，或作左，非也。"（第568页）

按，以"江左""江右"代称西晋和东晋，概述潘陆之风的影响，深见黄侃先生之文学卓地识。此乃修正他书之非。

在对错误的选文文本之注进行修正的同时，黄侃先生还对正确的选文文本之注进行了补充说明，如：

（12）《典论·论文》："家有敝帚，享之千金。""平点"："◎'享'，注作'亨'。是言敝帚之直，通于千金，极言重视己物耳。作'享'无义，然'亨''享'古皆作'亯'，特当为通，而不当就'享'字立训耳。"（第584页）

按，"家有敝帚，享之千金"语出刘珍《东观汉记·光武帝纪》。"享""亨"两字古代通用，但此处"享"只应当解释为"通"，而不应当就"享"字作解释，故谓"作'享'无义"。换言之，李善注"享"为"亨"，此乃黄侃先生对李善注之精当补充。

二　章句

"探赜索隐，曲得匠心"是黄侃先生"平点"《文选》的又一重要特点。这主要体现在黄侃先生为选文文本的分章断句和注释批语上。对于"章句"，黄侃先生尤为重视。其《文心雕龙札记·章句》开篇即云："结连二字以上而成句，结连二句以上而成章，凡为文辞，未有不辨章句而能工者；凡览篇籍，未有不通章句而能识其义者也；故一切文辞学术，皆以章句为始基。"[①]"平点"《文选》魏晋南北朝文论诸篇，黄侃的"辨"、"通"章句之功主要

---

① 黄侃：《文心雕龙札记》，中华书局2006年版，第153页。

表现在《文赋》和《典论·论文》两个文本上。

　　对于《文赋》文本，黄侃先生不仅详细划分了段落层次，还简要归纳了每段义旨：

"伫中区以玄览"至"聊宣之乎斯文"①	以上言作文之由。
"其始也"至"抚四海于一瞬"	以上构思之状。
"然后选义按部"至"或含毫而邈然"	以上言命篇之始部署意辞之状。
"伊兹事之可乐"至"郁云起乎翰林"	以上言文之深闳芳茂。
"体有万殊"至"故无取乎冗长"	以上辨体。
"其为物也多姿"至"故淟涊而不鲜"	以上言会意遣言而详论声调。
"或仰逼于先条"至"固应绳其必当"	以上言去取之术。
"或文繁理富"至"故取足而不易"	以上言篇中必有主语。
"或藻思绮合"至"亦虽爱而必捐"	以上言不当抄袭。
"或苕发颖竖"至"吾亦济夫所伟"	以上言文中特有佳句，而全篇不称。
"或讬言于短韵"至"含清唱而靡应"	以上言清而无应，此文小之故。
"或寄辞于瘁音"至"故虽应而不和"	以上言应而不和，此辞窳之故。
"或遗理以存异"至"故虽和而不悲"	以上言和而不悲，此理虚之故。
"或奔放以谐合"至"又虽悲而不雅"	以上言悲而不雅，此声俗之故。
"或清虚以婉约"至"固既雅而不艳"	以上言雅而不艳，此质多之故。
"若夫丰约之裁"至"故亦非华说之所能精"	以上总论文变，言随手之变，难以辞逮。

---

　　① "聊宣之乎斯文"在黄侃先生"平点"《文赋》时，曾出现了两次。第一次出现在《文赋》序末和正文第一段之前："聊宣之乎斯文 已以言作文之由。"此处可能是《文选平点》（重辑本）校勘之误。参见该著第158页。

"普辞条与文律"至"病昌言之难属"	此上言古之佳文难得，故己作亦鲜有佳。以下言古人之文既少佳者，己之文亦复然，即此见士衡之谦虚，前云："恒患意不称物，文不逮意，非知之难，能之难。"此节与彼文相应。
"故蹠踔于短垣"至"顾取笑乎鸣玉"	以上言自它之文佳者皆非易得。而己作亦少有佳者。
"若夫应感之会"至"吾未识夫开塞之所由"	以上言文思开塞之殊。
"伊兹文之为用"至"流管弦而日新"	以上总叹文用。

（第158—162页）

　　关于《文赋》的篇章结构，黄侃的划分较为精准。除"故蹠踔于短垣，放庸音以足曲。恒遗恨以终篇，岂怀盈而自足？惧蒙尘于叩缶，顾取笑乎鸣玉"独立成段值得商榷外，其他都与郭绍虞、王文生主编的《中国历代文论选》一致。① 因为该段与上段都是说明古之佳文难得，己之佳作亦少之义旨，所以应该合为一段，郭绍虞、王文生两先生的划分更为恰当。关于《文赋》的段落义旨，黄侃的归纳则十分精要。尤其是关于作文之由、构思、命篇、辨体、声调、文病、文思开塞、文用等概括，充分体现出黄侃对《文赋》理论层次和理论内涵的领悟与把握。

　　对于《典论·论文》文本的章句，黄侃先生亦有精辟之见。主要表现有二。

　　其一，在"而作论文"下，黄侃先生"平点"："◎'而作论文'当上属。文帝自言能审己度人，故能作论文，不失其实。"（第585页）此处"平点"，黄侃先生主要针对李善注而论。因为李善之注将本段末句"盖君子审己以度人，故能免于斯累而作论文"分属两段，其中"盖君子审己以度人，

---

　　① 郭、王两先生将"普辞条与文律"至"顾取笑乎鸣玉"合为一段。参见郭绍虞、王文生主编《中国历代文论选》第一册，上海古籍出版社2001年版，第174页。

故能免于斯累"上属;而"而作论文"下属。"故能免于斯累而作论文"当为一句,李善将其一分为二,成为"故能免于斯累"和"而作论文"两句,并分属上下两段,与上下文难以自洽,黄侃先生的"平点"当是。换言之,"而作论文"是就曹丕自言,不仅承上说明建安七子"以此相服,亦良难矣",而且呼应《典论·论文》篇名,与下段详论建安七子之文风无涉。也正缘于此,所以郭绍虞、王文生主编的《中国历代文论选》亦采取了这种划分方法,并在注释中引黄侃先生的高足骆鸿凯之语"故能免于斯累而作论文为一句,李注本误于累字绝"① 加以佐证。

其二,在"文章经国之大业"下,黄侃先生"平点":"古文分段,有极难处。大抵汉晋之文可以分句读,而不可以分段读,唐宋之文则段落甚为了然矣。即如此文,如用分段法,则篇末一语,直是畸零。然融等已逝之语,正承与物迁化之意,以见著论不朽之难。虽欲划分,其如神理不相接何。"(第585页)关于此处段落层次的划分,围绕《典论·论文》末句"融等已逝,唯干著论,成一家言",有两种不同意见。黄侃先生正是由此提出了自己划分段落的疑虑。一方面,按照分段之法,该句所论,乃是独立的一层意思,应成为独立的一个自然段,郭绍虞、王文生主编的《中国历代文论选》就是采取这种划分方法。② 另一方面,依照段意讲,该句则紧承前一段,似不应独立成段。因为前一段段末云:"而人多不强力,贫贱则慑于饥寒,富贵则流于逸乐,遂营目前之务,而遗千载之功,日月逝于上,体貌衰于下,忽然与万物迁化,斯志士之大痛也。"而接下来的"融等已逝,唯干著论,成一家言"则正是承与万物迁化之意,以见著书立言不朽之难,故黄侃先生认为若将其独立成段,则与上文"神理不相接"。正缘于对该句的深入辨析和两难困窘,黄侃先生明确得出了"汉晋之文可以分句读,而不可以分段读"的结论。显然,这个结论有一定的实践基础和指导意义。

三　注释

黄侃先生在"平点"《文选》时不仅注重校勘、章句等实学,而且擅长解释句意、揭示主旨,"有得于作者之旨趣"(第2页)。换言之,"探赜索

---

① 郭绍虞、王文生主编:《中国历代文论选》第一册,上海古籍出版社2001年版,第158、160页。
② 同上书,第159页。

隐，曲得匠心"作为黄侃先生"平点"《文选》的又一重要特点，在注释魏晋南北朝文论诸篇时也时有反映。如曹子建《与杨德祖书》云："刘季绪才不能逮于作者，而好诋诃文章，掎摭利病。"黄侃先生"平点"曰："◎无作者之才而议作者之利病，古今何止一刘季绪哉。"（第492页）据《三国志·魏书·陈思王传》裴注引《文章志》云："刘季绪名修，刘表子。官至东安太守。著诗、赋、颂六篇。"[1] 显然，仅有"诗、赋、颂六篇"的刘季绪"才不能逮于作者"，但是"无作者之才"的刘季绪却喜欢指责作者利病、挑剔文章得失，深为文坛所不齿。据《三国志·魏书·陈思王传》裴注引《典略》云："季绪琐琐，何足以云。"[2] 曹植举证刘季绪之实例，主要用意有二：其一，作为田巴实例的反证，"一旦而服千人"的田巴遭遇鲁仲连一通反驳后即"终身杜口"，况未若田氏者；其二，虽"有南威之容，乃可以论于淑媛，有龙渊之利，乃可以议于断割"，但人各有好尚，岂可同哉！换言之，人们的爱好各不相同，即使有作者之才也不能任凭自己的好恶妄论别人的文章。黄侃先生深知其中奥妙，并将刘季绪"无作者之才而议作者之利病"由"个案"上升为"一般"，对科学处理当代文学批评家和作家之间的关系仍有一定现实意义。

关于注释，在魏晋南北朝文论诸篇中，黄侃先生对《宋书·谢灵运传论》的"平点"最为详赡。此篇开头，黄侃先生即云："此篇未易促了，侃考之至深，别具篇札。宜取省览。"（第568页）遗憾的是，据黄念宁注"疑此篇札存先姊处，亡佚"（第568页）如今此篇札虽已亡佚，但"平点"亦可窥见一斑。现根据其"平点"义旨，略分为三。

其一，对"文体三变"的申说。《宋书·谢灵运传论》云："自汉至魏，四百余年，辞人才子，文体三变。相如巧为形似之言，班固长于情理之说，子建、仲宣以气质为体，并标能擅美，独映当时。"[3] 这里所谓"文体"不是指文章体裁，而是指文章风格，即"形似"、"情理"、"气质"三体。对此，黄侃先生分别进行了解释："形似，摹写事物之情状也。情理，榷论是非也。""气质专上天资，取其遒上也。"（第568页）关于此三种文体，黄侃先生没有区分其优劣，而是强调变通。如他在"平点""缀平台之逸响，采南

---

[1] 陈寿撰，裴松之注：《三国志》第二册，中华书局1959年版，第560页。

[2] 同上。

[3] 沈约：《宋书·谢灵运传论》，《宋书》第六册，中华书局1974年版，第1778页。

皮之高韵"时，便指出："平台指相如，南皮指曹王，虽异之而不能不有所取，贵在变通而已矣。"（第 568 页）

其二，对遒健文风的推崇。虽然诚如上文所言，黄侃先生对"形似"、"情理"、"气质"三体并无优劣之辨，但相较而言，他还是特别欣赏"气质"之体所体现的"遒健"之风。如谢灵运诗与颜延之齐名，并称"谢颜"。《宋书·谢灵运传论》云："灵运之兴会标举，延年之体裁明密。"黄侃先生"平点"："◎兴会标举，遒之属也。体裁明密，丽之方也。然颜终逊于谢，以未遒耳。"（第 568—569 页）并在"遒丽之辞，无闻焉尔"下"平点"："◎遒则意健，丽则文密，文辞至此乃无遗恨矣。"（第 568 页）显然，"遒健"是黄侃先生极力推崇的文风。

其三，对沈约声律论的辨析。相较于对"文体三变"的申说和遒健文风的推崇，黄侃先生对沈约声律论的辨析尤显价值，也更精彩。首先，黄侃先生明确指出沈约声律论滥觞之失实，如在"夫五色相宣，八音协畅，由乎玄黄律吕，各适物宜"下，黄侃先生评曰："此明用《文赋》中语，而云此秘未睹，不其诬乎。"（第 569 页）亦与其在《文赋》"其会意也尚巧，其遣言也贵妍。暨音声之迭代，若五色之相宣"下，"平点""后来范、沈声律之论，皆滥觞于此，实已尽其要妙也"（第 160 页）遥相呼应。①

之后，合理说明沈约声律论观点之偏颇，一方面，沈约认为，曹植、王粲、孙楚、王赞等人之警句不仅"直举胸情"，而且"正以音律调韵"而"取高前式"，黄侃先生则在"'并直举胸情'至'取高前式'"下评曰："◎此说未尽，亦须有意耳，宜云美辞而不讲音律，则虽美而不章，不然，但调音律，而意辞俱乖，宁足以取高前世哉。"（第 569 页）显然，在黄侃先生看来，沈约过于强调音律之说"未尽"，应在"有意"、"美辞"的前提下兼重音律，才能"取高前世"。另一方面，沈约认为："高言妙句，音韵天成，皆暗与理合，匪由思至。"② 黄侃先生则在其下分别评曰："亦须高妙，而后贵音韵天成耳"；"暗与理合何也，音韵乃自然之物，不待教而解调也"。（第 569 页）。换言之，沈约认为此前文人对音律都缺乏清醒的认识，即使偶有意

---

① 黄侃《文心雕龙札记·声律》亦可参："沈约作《宋书》，于《谢灵运传》后为论云：灵均以来，此秘未睹。或暗与理合，匪由思至。其说勇于自崇，而皆忘士衡导其先路，所以来韩卿之议也。然声律之论，实以永明为极盛之时。"中华书局 2006 年版，第 141 页。

② 沈约：《宋书·谢灵运传论》，《宋书》第六册，中华书局 1974 年版，第 1779 页。

律和谐的名句，也都是自然天成，暗合了音律理论及基本法则，并不是作家自觉的思考和追求。而黄侃先生则秉持自然声律观，不仅强调要先有高言妙句，然后才讲求声律；而且主张自然音韵，反对教解法则进行人为调节。

最后，客观评价沈约声律论之文学意义和文学史价值。在"'欲使宫羽相变'至'妙达此旨，始可言文'"下，黄侃先生评曰："声律论作，文变无穷，其所擢拔扬挖，不可胜数也，而此数语，实已总挈纲维。尝谓文士有二伟人，一则隐侯，一唯苏绰，骈文、律诗、小词、曲子皆自声律论出者也。陈、张、李、杜之诗，韩、柳、李、孙之文，皆自复古论出者也。工拙之数，不系于此，纷纷争论，只在形貌间耳。"（第569页）这里，黄侃先生先以"文变无穷，其所擢拔扬挖，不可胜数"之评语，高度赞扬了沈约声律论的文学意义；然后并举苏绰，从骈文、律诗、小词、曲子等文体演变角度论述沈约声律论对文学发展史的积极影响。

当然，黄侃先生的注释也有值得商榷之处。如《典论·论文》："下笔不能自休。"黄侃先生"平点"："◎言其喜于得官，益奋于文也，非讥其文多。"（第584页）对此，郭绍虞、王文生先生便持有完全不同的反对意见，其《中国历代文论选》关于《典论·论文》的注释8，曾明确指出：

> 下笔不能自休——休，止。元李冶《敬斋古今黈》："下笔不能自休者，正斥其文字汗漫无统耳。"骆鸿凯《文选学》："下笔不能自休，言其喜于得官，益奋于文，非讥其文之冗散也。"案《文心雕龙·知音》："至于班固、傅毅，文在伯仲，而固嗤毅云，下笔不能自休。"则是固书本意，自是讥毅为文冗长不休，意义原很显明，骆说非是。①

"骆说"即黄侃先生的观点。曹丕此段的核心是论述"文人相轻，自古而然"，而班固"小"傅毅，讥其"下笔不能自休"，正是"文人相轻"的典型例证。若按黄侃先生的理解，则此例与文意无涉，欠当。

四　批语

王立群先生曾在《现代〈文选〉学史》中明确指出："传统《文选》学

---

① 郭绍虞、王文生主编：《中国历代文论选》第一册，上海古籍出版社2001年版，第160页。

与现代《文选》学的区别，要在批评模式相距甚远。传统《文选》学以文献整理为研究模式，现代《文选》学以文学批评为研究模式。传统《文选》学为单一的文献研究，现代《文选》学熔文献研究与文学研究为一炉，变单一为多元，变局部为整体。"① 作为现代《文选》学的先驱，黄侃先生的《文选》学文学研究主要表现在其《文选》"平点"的批语之中。黄侃先生《文选平点》魏晋南北朝文论批语，常常表达其关于文学理论的精湛见解。撮其要，至少应有以下三点：

其一，《文心雕龙》、《金楼子》（论文之语）"翼卫"《文选》。在"平点"《文选序》时，黄侃曾明确指出："此序，选文宗旨、选文条例皆具。宜细审绎，毋轻发难端，《金楼子》论文之语，刘彦和《文心》一书，皆其翼卫也。"（第 1 页）尤其是《文心雕龙》，黄侃先生在《文选平点叙》中就特别强调过："读《文选》者，必须于《文心雕龙》所说能信受奉行，持观此书，乃有真解。若以后世时文家法律论之，无异于算春秋历用杜预《长编》，行乡饮仪于晋朝学校，必不合矣。开宗明义，吾党省焉。"（第 4 页）将信受奉行《文心雕龙》视为阅读和研究《文选》的重要方法。据不完全统计，黄侃先生"平点"《文选》时，引用《文心雕龙》达十余处。或结合《文心雕龙》文体论阅读《文选》，揭示《文心雕龙》分类选文对《文选》之影响；或将《文心雕龙》对作家作品的批评与《文选》相互印证；或利用《文心雕龙》所揭示的六朝文学背景研读《文选》等。② 至于《金楼子》论文之语，则主要是指其《立言》篇中着重探讨的"文笔"理论。综观《文选平点》，虽未能明确给出诸如《文心雕龙》"翼卫"《文选》的重要"证据"，但从黄侃先生《文心雕龙札记》关于萧绎"文笔"说以情采、声律为文，无情采、声律为笔的相关论述，尤其是"昭明简文，元帝似皆信从"③ 的论断中，可以窥见两者之间的密切关系。

其二，魏晋南北朝文论融会贯通，互渗研究。

黄侃先生不仅强调《文心雕龙》、《金楼子》等翼卫《文选》，还特别注重将魏晋南北朝其他文论著作贯通起来研究，互为参证。如：

（1）在魏文帝《与吴质书》："观古今文人，类不护细行，鲜能以名节自

---

① 王立群：《现代〈文选〉学史》，中国社会科学出版社 2003 年版，第 3 页。
② 李婧：《黄侃文学研究》，博士学位论文，复旦大学，2011 年，第 267—269 页。
③ 黄侃：《文心雕龙札记·总术》，中华书局 2006 年版，第 261 页。

立。"该句下，黄侃先生评曰："此下当与论文参看。"（第489页）即认为《与吴质书》可与《典论·论文》相互参照。

（2）在魏文帝《与吴质书》："孔璋章表殊健，微为繁富，公干有逸气，但未遒耳，其五言诗之善者，妙绝时人。"其下评曰："大抵子桓论文，以遒健不弱为贵耳。《文心》风骨篇全出于此。"（第489页）明确指出《文心雕龙·风骨》与《与吴质书》的渊源。

（3）在曹子建《与杨德祖书》："昔尼父之文辞与人通流"至"过此而言不病者，吾未之见也"。其下，黄侃先生"平点"："◎文殊蕴藉。乃知休文云'灵均以来，此秘未睹'，可谓不善措辞。"（第491—492页）又在沈休文《宋书·谢灵运传论》："夫五色相宣，八音协畅，由乎玄黄律吕，各适物宜。"其下，评曰："此明用《文赋》中语，而云此秘未睹，不其诬乎。"（第569页）而在《文赋》"其会意也尚巧，其遣言也贵妍。暨音声之迭代，若五色之相宣"下，黄侃先生明确指出："后来范、沈声律之论，皆滥觞于此，实已尽其要妙也。"（第160页）显然，这里黄侃先生是将《与杨德祖书》、《宋书·谢灵运传论》、《文赋》三著相互参渗。

（4）在魏文帝《典论·论文》："铭诔尚实，诗赋欲丽"其下，黄侃先生"平点"："铭诔尚实，可以补《文赋》，然彼于碑下见此义，丽亦密致也。"（第585页）即认为《典论·论文》的文体论可以补释陆机《文赋》。

（5）在魏文帝《典论·论文》："文以气为主，气之清浊有体"其下，黄侃先生"平点"："沈休文曰'子建仲宣以气质为体'，此与子桓笙磬同音。'"（第585页）即认为《典论·论文》的文气论可与沈约《宋书·谢灵运传论》所谓"子建仲宣以气质为体"相印证。

其三，文士与学者之分野。

在《与吴质书》："惜其体弱，不足起其文。"其下，黄侃评曰："文之繁简隐显，百状千名，所最忌者弱耳，有毕世劬劳，熟谙文律，而文反不显者，大抵由于斯，至于理非精到，文不师古，乃有后世之名，为流俗所附者，亦其气强之至也，然气之强弱不可强为。学之精粗，可以尽力。吾侪亦为所可为而已。"（第489—490页）很显然，在黄侃先生看来，文士和学者是两个不同的群体。前者之体气有强弱之分，且"不可强为"；而后者之学问虽有精粗之别，但可以尽力而为。因此我们应根据各人的实际情况，"为所可为"。黄侃先生这里所谓"文士"与"学者"的区分，可以理解为作家与批评家之间的区别，对指导当代作家与批评家各自的未来发展不无借鉴意义。

综上所述，对于魏晋南北朝文论，黄侃先生在《文选平点》中给予了全面关注。他不仅充分发挥了其作为训诂家的扎实功力，对《文选序》、《文赋》、《与吴质书》、《与杨德祖书》、《宋书·谢灵运传论》、《典论·论文》等诸篇进行了详尽的校勘、章句、注释；还全面体现了其作为文学批评家的理论素养，通过对《文选序》、《文赋》、《与吴质书》、《与杨德祖书》、《宋书·谢灵运传论》、《典论·论文》等诸篇的批语评点，揭示出文学批评发展的基本规律，对建设中国当代文学批评理论具有不可忽视的作用。